新日本古典文学大系 23

源氏物語 五

柳井滋
室伏信助
大朝雄二
鈴木日出男
藤井貞和
今西祐一郎
校注

岩波書店刊行

目次

付録

解説

凡例

一　底本には、古代学協会蔵、飛鳥井雅康等筆本五十三冊(大島雅太郎氏旧蔵。通称大島本)を用いる。それの欠く浮舟巻の底本には、東海大学付属図書館蔵明融本を用いる。

二　底本の本文を尊重し、手を加えないことを原則とする。やむを得ず訂正する場合には、その旨を脚注に明記する。他本によって補入する場合は〔　〕によってそれを示す。

三　翻刻に際しては、現在におこなわれる仮名の字体により、常用漢字表にある漢字についてはその字体を使用する。「む」「ん」の類別は本文のままとする。

四　本文は、次のような方針によって翻刻する。

1　段落を切り、句読点を施す。

2　会話の箇所は「　」でくくり、会話文中の会話は「　」でくくる。

3　和歌は二字下げとする。

4　消息文は二字下げとし、消息文中の和歌は三字下げとする。

5　仮名には必要に応じて漢字を当て、もとの仮名は読み仮名(振り仮名)の形で残す。

　本末《もとすゑ》　慰《なぐさ》む方《かた》

6　漢字には、必要に応じて読み仮名を(　)にいれて付す。

凡　例

7　当て字の類はそのまま残し、読み仮名を（　）にいれて付す。

行《ゆき》かふ　返事《かへりごと》　十六日月《いさよひのつき》

あか月《つき》(暁)　木丁《きちやう》(几帳)　な覧《らん》(ならん)

8　仮名遣いは、底本のままとし、本文が歴史的仮名遣いに一致しない場合には、（　）でそれを傍記する。

9　語の清濁については、近年の研究成果を参照して、これを区別する。

10　反復記号「〻」「ゝ」「〱」は底本のままとする。ただし、品詞の異なる場合や、漢字を当てた際の送り仮名、同一語の中で上が濁り下がすむ場合は、仮名に改め、反復記号は振り仮名の位置に残す。

またた《ゝ》れかは

聞《き》き《ゝ》知《し》る

すこしづつ《ゝ》

五　各巻末に、底本に存する「奥入」を掲げる。

六　本文の直前に導入として、各巻の梗概と系図を掲げる。系図においては、人物の呼称は通行のものにより、その巻での他の呼称は（　）内に示す。また、その巻に登場しない人物には［　］を付し、▒で故人を示す。

七　本文の段落の切れ目にあたる脚注欄の部分に、内容を示す小見出しを段落番号とともに付す。

八　脚注欄に引用した主な諸本の略号は以下の通りである。なお、諸本は多く、複製・影印の刊行されているものを用いる。

定家本　伝藤原定家筆本（原装影印古典籍覆製叢刊）
明融本　伝明融筆、東海大学付属図書館蔵本（東海大学蔵桃園文庫影印叢書）
穂久邇本　穂久邇文庫蔵本（日本古典文学影印叢刊）
陽明本　陽明文庫蔵本（陽明叢書）
伏見天皇本　吉田幸一氏蔵本（旧称、吉田本）（古典文庫）
書陵部本　三条西実隆筆、宮内庁書陵部蔵本（新典社、昭和四十三―四十五年）
尾州本　名古屋市蓬左文庫蔵本（尾州徳川家旧蔵）（徳川黎明会、昭和九年）
高松宮本　高松宮御蔵（臨川書店、昭和四十八・四十九年）
中山本　文化庁蔵本（中山輔親氏旧蔵）（複刻日本古典文学館）
各筆本　東山御文庫蔵本（貴重本刊行会、昭和六十一年）
三条西本　三条西家証本、日本大学蔵本（八木書店、平成六―八年）
承応板本　承応三年（一六五四）版
首書本　寛文十三年（一六七三）版『首書源氏物語』
湖月抄本　延宝三年（一六七五）版

その他
対校　『対校源氏物語新釈』平凡社
大成　『源氏物語大成』中央公論社

大系　日本古典文学大系『源氏物語』岩波書店
評釈　『源氏物語評釈』角川書店
全集　日本古典文学全集『源氏物語』小学館
集成　新潮日本古典集成『源氏物語』新潮社
完訳　完訳日本の古典『源氏物語』小学館

などの略号を用いる。

九　巻末に付録として「大島本『源氏物語』の本文の様態」を掲げる。

一〇　本書は六人の校注者の共同討議を経て執筆したものである。

第五分冊の執筆分担は左記の通りである。

「早蕨」「宿木」「蜻蛉」　今西祐一郎

「東屋」「浮舟」「手習」「夢浮橋」　室伏信助

なお、本文整定の基礎作業は、柳井滋と室伏信助が担当した。

早蕨
さわらび

〔巻名〕大君没した明くる新春、すでに亡い父八宮の法の師、宇治の阿闍梨から中君に蕨、土筆が届けられた。その返礼に中君が詠んだ歌「この春はたれにか見せむなき人のかたみに摘める嶺の早蕨」(五頁)による。

1 姉大君を失って茫然としたままに**新年**を迎えた中君のもとに、宇治の阿闍梨から例年通り蕨、土筆の初物が贈られてきた。中君は悲しみのうちに礼状を書く。

2 悲しみに痩せて一段と美しい中君を見て、女房たちは、おなじことなら中君が、いまだに大君を恋い偲ぶ薫と夫婦になっていたならばと、ままならぬ中君の宿世を残念がる。一方、匂宮は中君を京に迎える用意。

3 **内宴**もすんで宮廷行事が一段落したころ、薫は匂宮を訪問。匂宮は中君のことを、薫は大君の追憶を、夜更けまで語って互いに胸中を吐露する。

4 中君の方でも京へ移る準備。転居は**二月**ついたちごろの予定。大君の**喪も明け**たが、中君はまだ喪に服し足りない思いである。薫も中君の転居に備えて援助。車、供人などを宇治に遣わす。

5 中君転居の前日、薫、宇治を訪問。宇治を去る悲しみに沈む中君を慰める。

6 薫、中君、庭の紅梅に往時を偲んで歌を詠み交わす。薫は宇治近辺の**荘園**に八宮邸の管理を命じる。

7 薫、出家して八宮邸に残る老女房弁に対面。いつものように昔話をさせ、「涙の川」の歌を詠み交わして帰途に就く。

8 悲しみにくれる弁尼を尻目に、女房たちは京への転居に心躍らせてその準備にいそしむ。弁と中君、別れの唱和。弁の悲しみはますます募る。

9 **二月七日夕近く**、匂宮方からの迎えの供人を従えて、中君は京へ出発。薫からも供人の派遣その他、さまざまな後見があったが、中君の心中は晴れない。

10 中君一行、夜に入って匂宮の待つ二条院に到着。**三条宮**に待機して帰参した供人から報告を受けた薫は、中君が名実ともに匂宮のものになったことにあらためて失望を覚え、歌をひとりごつ。

11 娘六の君と匂宮との婚儀をこの二月にともくろんでいた右大臣(夕霧)は、中君の二条院輿入れを不快に思う。やむを得ず**二十日過ぎ**に六の君の**裳着**を挙行。薫にも六の君との縁組みを打診したが、薫はそっけない。

12 **花盛り**の頃、薫は自邸から**二条院**の桜を遠望して、今は主のいない宇治八宮邸に思いを馳せる。匂宮を訪うと宮は夕刻から参内の予定、薫は西の対に住む中君のもとに赴き、語り合う。

13 参内に先立って中君のもとに顔を出した匂宮は、薫と親しく語らうことを中君にすすめながらも、二人の仲を警戒する。

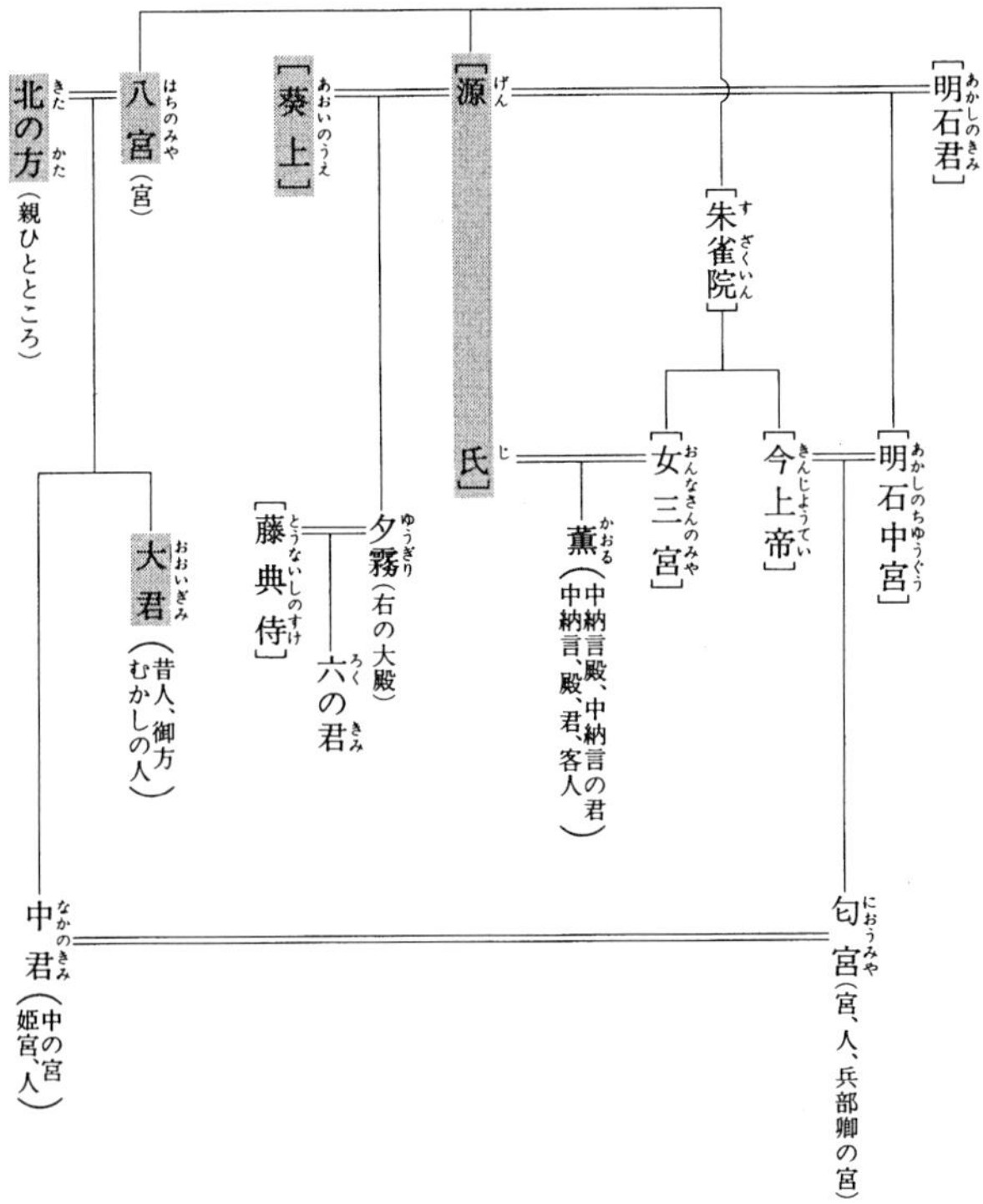

弁尼《べんのあま》（弁、人）
阿闍梨《あざり》
宿直人《とのいびと》
大輔君《たいふのきみ》

藪《やぶ》[一]しわかねば、春の光《ひかり》を見《み》給《(たまふ)》につけても、[二]いかでかくながらへにける月日ならむと、夢のやうにのみおぼえ給《(たまふ)》。[三]行《(ゆき)》かふ時《とき》〲にしたがひ、[四]花鳥《とり》の色をも音《ね》をも、[五]おなじ心に起《お》き臥《ふ》し見《み》つゝ、[六]はかなきことをも本末《もとすゑ》をとりて言《い》ひかはし、心ぼそき世のうさもつらさも、うち語《かた》らひあはせ聞《き》こえしにこそ、慰《なぐさ》む方《かた》もありしか、お《(を)》かしきこと、あはれなるふしをも、聞《き》き《ゝ》知《し》る人もなきまゝに、よろづかきくらし、心ひとつをくだきて、[七]宮のおはしまさずなりにしかなしさよりも、やゝうちまさりて恋《こひ》しくわびしきに、いかにせむと、明《あ》け暮《く》るゝも知《し》らずまどはれたまへど、[八]世にとまるべき程は限《かぎ》りあるわざなりければ、死《し》なれぬもあさまし。

[九]阿闍梨《あざり》のもとより、

年《とし》あらたまりては、何《なに》ごとかおはしますらん。御祈《いの》りはたゆみなくつかうまつり侍り。[一〇]今《いま》は一《ひとゝ》ところの御ことをなむ、やすからず念《ねん》じきこえさする。

など聞《き》こえて、蕨《わらび》、[一一]つく〲し、お《(を)》かしき籠《こ》に入《い》れて、「これは童《わらは》べの供養《くやう》じ

一 藪だからとて日光は分け隔てをして照らすものではないので、の意。「日の光藪し分かねば石上(いそのかみ)ふりにし里に花もさきけり」(古今集・雑上・布留今道)による。「藪」で宇治の山里を暗示。

1 宇治の新春

二 大君に死別して春を迎えた中君の心内。

三 巡り来ては過ぎて行く季節季節につけ。以下「慰む方もありしか」まで大君ありし時の回想。

四 花の色・鳥の音、の意。「花鳥の色にも音にもよそふべき方ぞなき」(〔一〕桐壺一七頁)。「えこそ花鳥の色をも音をもわきまへ侍らね」(〔二〕薄雲二四三頁)。「花鳥の色をも音をもいたづらにもの憂かる身は過ぐすのみなり」(後撰集・夏・藤原雅正)。雅正は紫式部の祖父。

五 大君と同じ気持で。「二所…起き臥しうち語らひつゝ…たはぶれごともまめごとも、おなじ心に慰めかはして過ぐし給」(〔四〕椎本三五三頁)。

六 ちょっとした歌の上句下句。上句には下句を、下句には上句を付けることをいうか(細流抄)。

七 父八宮がお亡くなりになった時の悲しさ。

八 この世での寿命は前世からきまっていること(定命＝じようみよう)なので。「命もし限りありてとまるべうとも」(〔四〕総角四五八頁)。

九 宇治の阿闍梨。八宮の法の師。「この宇治山に、聖(ひじり)だちたる阿闍梨住みけり」(〔四〕橋姫三〇五頁)。

一〇 (八宮、大君亡き)今は中君お一人の。

一一 「土筆　ツク〲シ」(色葉字類抄)。

一二 「はつほ」の転。初物。「初穂　ハツホ」(名義抄)。「ハツオ」(色葉字類抄)。「初尾　ハツヲ〈世俗用此字〉」(明応五年本節用集)。「ハツヲ何でも最初の物、最初の果実など」(日葡)。阿

て侍《(はべる)》[一二]はつをなり」とてたてまつれり。手《て》[一三]はいとあしうて、歌《うた》[一四]は、わざとがましくひき放《はな》ちてぞ書《か》きたる。

[一五]君にとてあまたの春をつみしかば常《つね》を忘《わす》れぬ初蕨《はつわらび》なり

[一六]御前に詠《よ》み申さしめ給へ。

とあり。

[一七]大事《だいじ》と思《おも》ひまはして詠《よ》み出《い》だしつらむとおぼせば、歌《うた》の心ばえ《(へ)》もいとあはれにて、[一八]なを《(ほ)》ざりに、さしもおぼさぬなめりと見《み》ゆる言《こと》の葉《は》を、めでたくこのましげに書《か》き尽《つ》くし給へる人の御文よりは、こよなく目《め》とまりて、涙もこぼるれば、返事《(かへりこと)》書《か》か《ゝ》せ給《(たまふ)》。

[一九]この春はたれにか見《み》せむなき人のかたみに摘《つ》める嶺の早蕨《さわらび》

使《つかひ》に禄《ろく》取《と》らせさせ給《(たまふ)》。

2 中君の美貌

[二〇]いと盛《さか》りににほひ多《おほ》くおはする人の、さま〴〵の御物思《おも》ひに、すこしうち面《おも》痩《や》せ給へる、いとあてになまめかしき気色《(けしき)》まさりて、昔人《(むかしびと)》[二一]にもおぼえたまへり。並《なら》び給へりしおり《(を)》は、とり〴〵にて、さらに似《に》たまへりとも見《み》えざりしを、うち忘《わす》れては、[二二]ふとそれかとおぼゆるまで通《かよ》ひ給へるを、「[二三]中納言殿《どの》の《ゝ》、骸《から》[二四]を

闍梨の蕨等献上のこと、四椎本三七二頁にも見える。

一三 阿闍梨の字は下手。「手」は筆跡の意。

一四 歌を手紙文から離し改行して、の意（細流抄）か、文字を一字ごとに離して、の意（弄花抄）か、解釈がわかれる。「放ち書き」（一若紫一七五頁、うつほ物語・国譲・上）は後者。

一五 阿闍梨の歌。父君（八宮）にと毎春摘んでは献上してきましたので、今年も例年通り差し上げる蕨の初物です。「（春を）積む」と「（蕨を）摘む」を掛ける。

一六 中君の御前で。取り次ぎの女房に対する言。

一七 以下中君の心内。（阿闍梨は詠みなれない歌を）真剣に思いめぐらしてやっと詠んだのだろうと。

一八 ほどほどのお気持から、それほどには思ってくださらぬらしく感じられる言葉を見事に魅力的にお並べになる人。匂宮をさす。

一九 中君の歌。大君亡き今年の春はいったい誰に見せようというのか、亡き父の形見に摘んでくれた宇治山の初蕨を。

二〇 今が盛りの年頃でこぼれるような美しさを備えた中君が。

二一 亡き大君の面影にも似かよっておられる。

二二 つい大君その人かと錯覚するほど。

二三 薫。

二四 せめて亡骸を残して、（死後も）お目にかかれるのであったなら、と。四総角四五九頁に「うつくしげにてうち臥し給へるを、かくながら、虫の殻のやうにても見るわざならましかば」。

だにとゞめて見《み》たてまつる物ならましかばと、朝夕《あさゆふ》に恋《こ》ひきこえ給《(たまふ)》めるに、お[一]なじくは、見《み》えたてまつり給《(たまふ)》御宿世《すくせ》ならざりけむよ」と、見《み》[二]たてまつる人〳〵はくちお《(を)》しがる。

[三]かの御あたりの人の通《かよ》ひ来《く》るたよりに、御ありさまは絶《た》えず聞《きゝ》きかは[四]し給ひけり。尽《つ》きせず思《おも》ひほれ給《(たまひ)》て、新《あたら》しき年《とし》ともいはず、い[五]や目《め》になむなり給へると聞《きゝ》給《(たまひ)》ても、げ[六]にうちつけの心あさゝにはものし給はざりけりと、いとゞいまぞあはれも深《ふか》く思ひ知《し》らるゝ。宮は、[七]おはしますことのいとところせくありがたければ、京[八]に渡《わた》しきこえむとおぼし立《た》ちにたり。

[九]内宴《ないえん》など、物さは《(わ)》がしきころ過《す》ぐして、中[一〇]納言の君、心にあまることをも、またたれにかは語《かた》らはむとおぼしわびて、兵[一一]部卿の宮の御方にまい《(ゐ)》り給へり。しめやかなる夕暮《ぐ》れなれば、宮うちながめ給《(たまひ)》て、端近《はしちか》くぞおはしましける。箏《さう》の御琴掻《ことか》き鳴《な》らしつゝ、例[一二]《れい》の御心寄《よ》せなる梅《むめ》の香《か》をめでおはする、下[一三]枝《しづえ》を押《お》しお《(を)》りてまい《(ゐ)》り給へる、にほひのいと艶《えん》にめでたきを、お[一四]《(を)》りお《(を)》かしうおぼして、

[一五]お《(を)》る人の心に通《かよ》ふ花《はな》なれや色には出《い》でず下《した》ににほへる

との給へば、

一　同じことなら、中君が薫と夫婦になればよかったものを、そうならない前世からの契りであったのだろうよ、の意。
二　中君の女房たち。
三　薫側の者が八宮邸に通って来るつてで。薫の供人で八宮邸の女房とねんごろな仲になった者(四総角四四五頁注三二)についていう(湖月抄)。
四　薫、中君はお互いに相手の様子を耳にしておられた。
五　涙ぐんだ目つき。泣き顔。薫についていう。→東屋一七九頁一二行、蜻蛉二七五頁一〇行、手習三四七頁一二行。
六　(中君は、薫の大君への思いが)まこと一時的で軽薄なものではなかったのだと。
七　匂宮は、宇治へ通うのが身分がらとても大変で、むつかしいので。
八　中君を京へお移し申そうと。
九　一月下旬の子の日に催される天皇主催の宴。「年もかはりぬれば、内わたりはなやかに、内宴、たふ(踏)歌など聞き給も」(一賢木三七九頁)。

3　薫、匂宮を訪う

一〇　薫は、心に収めきれない悲しみをも。
一一　匂宮。
一二　匂宮が「春は梅の花園をながめ」梅香を賞美したこと、四匂宮二一九頁に見える。
一三　薫が折って参上。
一四　(匂宮は)折柄ふさわしくお思いになって。
一五　匂宮の歌。この梅花は折る人(薫)の心に似る花なのだろうか、うわべの花やかさはないが内に匂いがある。暗に薫と中君の仲を疑う(細流抄)。
一六　薫の歌。見て楽しんでいる人に(持ち主が)言いがかりをつけるような花なら、用心して折るべきだった。

「見《み》[一六]る人にかこと寄《よ》せける花《はな》の枝《え》を心してこそおる《(を)》べかりけれ

わづらはしく」とたはぶれかはし給へる、いとよき御あはひなり。

[一七]こまやかなる御物語《がた》りどもになりては、[一八]かの山里《ざと》の御ことをぞ、まづはいかにと、宮《みや》は聞《き》こえ給《(たまふ)》。中納言も、過《す》ぎにし方《かた》の飽《あ》かずかなしきこと、そのかみよりけふまで思《おも》ひの絶《た》えぬよし、おり《(を)》〳〵につけて、あはれにもおかし《(を)》くも、[一九]泣《な》きみ笑《わら》ひみとかいふらむやうに聞《き》こえ出《い》で給《(たまふ)》に、まして[二〇]さばかり色《いろ》めかしく涙もろなる御癖《くせ》は、[二一]人の御上《うへ》にてさへ袖《そで》もしぼるばかりになりて、[二二]かひ〴〵しくぞあひしらひきこえ給《(たまふ)》める。

空《そら》の気色《(けしき)》も又、げにぞあはれ知《し》り顔《がほ》に霞《かす》みわたれる、夜《よる》になりてはげしう吹《(ふき)》いづる風のけしき、まだ冬《ふゆ》めきて、いと寒《さむ》げに、大殿油《おほとなぶら》も消《き》えつゝ、[二三]闇《やみ》はあやなきたど〳〵しさなれど、かたみに聞《き》き《ゝ》さし給《(たまふ)》べくもあらず、尽《つ》きせぬ御もの語《がた》りをえ[二四]晴《はる》けやり給はで、夜もいたうふけぬ。[二五]世にためしありがたかりける仲《なか》のむつびを、「[二六]いで、さりとも、いとさのみはあらざりけむ」と、[二七]残《のこ》りありげに問《と》ひなし給《(たまふ)》ぞ、わりなき御心ならひなめるかし。さりながらも、[二八]物に心得《え》給ひて、[二九]嘆《なげ》かしき心のうちもあきらむばかり、かつは慰《なぐさ》め、また[三〇]あはれをも

一七 うちとけた、二人だけのお話。
一八 匂宮は中君の消息を薫に尋ねる。
一九 「泣きみ笑ひみ」は慣用句。〔三〕須磨四二頁・松風二〇一頁、〔四〕柏木八頁・竹河二六五・二七二頁・椎本三五三頁などに見える。
二〇 あれほど多情で涙もろいご性質(の匂宮)は。
二一 他人(薫)の身の上のことでさえ、袖をしぼるほど涙に濡らして。「わが身から憂き世の中と名付けつつ人のためさへ悲しかるらむ」(古今集・雑下・読人しらず)の歌をふまえるか(花鳥余情)。
二二 殊勝にお相手をなさっておられるようだ。
二三 (梅花の色は隠して香は隠すことのできないように、匂宮、薫二人の姿は見えなくても香はまぎれようもない)筋の通らぬ春の夜の闇の暗さであるが、の意。「春の夜の闇はあやなし梅の花色こそ見えね香やは隠るる」(古今集・春上・凡河内躬恒)、「夕やみは道たどたどし月待ちてかへれわがせこそのまにもみん」(古今六帖一)による。「闇はあやなく心許なきほどなれど、香にこそげに似たる物なかりけれ」(〔四〕匂宮二二四頁一三行)。
二四 気が晴れるまでお話しにもなれぬうちに。
二五 世にも希なる薫と大君との(清らかな)交際。「薫大君に実事なきよしをかたり給ふ也」(細流抄)。
二六 匂宮の言。さあ、そうはいっても、まったく何事もなかったわけではあるまい。
二七 何か隠し事がありそうにお探りになる。
二八 (匂宮は)物事をよくわきまえなさって。
二九 悲嘆にくれる薫の心中も晴れるばかりに。
三〇 悲しみをもやわらげ。

さまし、[一]さま〴〵に語《かた》らひ給ふ御さまのお《(を)》かしきにすかされたてまつりて、げに心にあまるまで思《おも》ひむすぼほるゝことども、すこしづつ語《かた》りきこえ給《(たまふ)》ぞ、[二]こよなく胸《むね》のひまあく心《(ここ)》ちし給ふ。

宮も、[三]かの人近《ちか》く渡《わた》しきこえてんとする程のことども、語《かた》らひきこえ給《(たまふ)》を、「[四]いとうれしきことにも侍《(はべる)》かな。[五]あいなく身《(み)》づからのあやまちとなん思ふ《(う)》たまへらるゝ。[六]飽《あ》かぬむかしのなごりを、また尋《たづ》ぬべき方《かた》も侍らねば、大方《おほかた》には、何《なに》ごとにつけても、心寄《よ》せきこゆべき人となん思《おも》ふ《(う)》たまふるを、もし便《び》なくやおぼしめさるべき」とて、かの、[七]こと人とな思《おも》ひわきそと譲《ゆづ》り給《(たまひ)》し心をお《(お)》きてをも、すこしは語《かた》り聞《き》こえたまへど、[八]いはせの森《もり》の呼子鳥《よぶこどり》めいたりし夜《よ》のことは残《のこ》したりけり。心のうちには、かく慰《なぐさ》めがたき形見《かたみ》にも、[九]げにさてこそ、かやうにもあつかひきこゆべかりけれと、くやしきことやう〳〵まさりゆけど、いまはかひなきものゆへ《(ゑ)》、[一〇]常《つね》にかうのみ思《おも》はば、あるまじき心もこそ出《い》で来《く》れ、たがためにもあぢきなくお《(を)》こがましからむと思《(おもひ)》離《はな》る。[一一]さてもおはしまさむにつけても、まことに思ひ後見《うしろみ》きこえん方《かた》は、またたれかはとおぼせば、御渡《わた》りのことどもも心まうけせさせ給《(たまふ)》。

一 いろいろと相手をなさる(匂宮の)なさりようの魅力につられて。 二 (薫は)この上なく胸がすっきりする気分におなりになる。 三 →六頁注八。 四 薫の言。 五 (中君が一人宇治に留まっているのが)わけもなく自分の責任だと思えてなりません。 六 追憶止みがたい亡き大君の縁者は、中君以外にありませんので。 七 (薫に)中君を自分とおなじに思えとて、譲ろうとなさった(大君の)思惑。総角巻「こと人と思《(おも)》ひわき給《(たま)》ふまじきさまにかすめつゝ語らひ給へる心ばへ」(四四一三頁)を承ける。 八 心ならずも中君と一夜を明かした夜のことをさす。→四総角四〇五頁。ただし「いはせの森の呼子鳥」の意味するところ、古来「恋しくは来てもみよかし人つてにいはせの森のよぶこ鳥かな」、「神なびのいはせの森のよぶこ鳥いたくな鳴きそ我が恋まさる」を引歌として挙げるが、判然としない。 九 (大君の形見としても)大君の思惑どおり中君と夫婦になって、匂宮のように中君のお世話をしてさしあげるべきだったのだ、と。 一〇 いつもこのようなことばかりを考えていたら、(中君に対して)抱いてはならぬ気持も生じてこよう、(それは)誰にとっても無益でばかばかしいことだろうと、(薫は)断念する。 一一 そうして京の匂宮のもとへお越しになるにつけても、実際にお世話申すのは、自分以外に誰がいようか、と。 一二 あちら。宇治の中君方をさす。若人、童を求めるのは、京の生活への用意。 一三 (中君は)もうこれまでと、住み慣れた宇治の山荘を荒れ放題にするのも。「いざここにわが世は経なむ菅原や伏見の里の荒れまくも惜し」(古今集・雑下・読人しらず)による。 一四 だからといってそれなら、どこまでも強情に(宇治に)とじこもっ

一二かしこにも、よき若人《わか》、童《わらは》など求《もと》めて、人〳〵は心ゆき顔《がほ》にいそぎ思ひたれど、一三いまはとてこの伏見《ふしみ》を荒《あ》らしはてむもいみじく心ぼそければ、嘆《なげ》かれ給《(たまふ)》ことと尽《つ》きせぬを、一四さりとても又《(また)》、せめて心ごはく、絶《た》え籠《こも》りてもたけかるまじく、一五浅《あさ》からぬ中の契《(ちぎり)》も絶《た》えはてぬべき御住《す》まゐ《(ひ)》を「一六いかにおぼしえたるぞ」とのみ、うらみきこえ給《(たまふ)》も、すこしはことはり《(わ)》なれば、いかゞすべからむと思ひ乱《みだ》れ給へり。

一七きさらぎのついたちごろとあれば、ほど近《ちか》くなるまゝに、花の木どものけ一八しきばむも残《のこ》りゆかしく、一九峰《みね》の霞《かすみ》の立《た》つを見捨《す》てんことも、をの《(お)》が常世《とこよ》にてだにあらぬ旅寝《たびね》にて、いかにはしたなく人笑《わら》はれなることもこそなど、よろづにつゝましく、心ひとつに思《おも》ひ明《あ》かし暮《く》らし給ふ。二〇御服《ぶく》も限《かぎ》りあることなれば脱《ぬ》ぎ捨《す》て給ふに、二一禊《みそぎ》も浅《あさ》き心《(ここ)》ちぞする。二二親《おや》ひとところは、見《み》たてまつらざりしかば、恋《こひ》しきことは思《おも》ほえず、その御代《か》はりにも、二三このたびの衣を深《ふか》く染《そ》めむと心にはおぼしの給へど、さすがにさるべきゆへ《(ゑ)》もなきわざなれば、飽《あ》かずかなしきこと限《かぎ》りなし。

二四中納言殿より、御車《くるま》、御前《(ごぜん)》の人〳〵、二五博士《はかせ》などたてまつれ給へり。

ても大した事はあるまいし。

4 中君、除服

一五 匂宮との浅からぬご縁もすっかり途切れてしまいかねないような宇治住まいを。一六 匂宮の言。どういうおつもりなのだ。

一七 京への転居は二月始め頃。一八 蕾がふくらみかける風情もその後が気になって。一九 宇治山に立つ春霞を見捨てて京へ移ったとて自分の安住の地でさえないよそ者暮らしでは、どんなにみじめで物笑われになることやら、などと。「春霞立つを見捨ててゆく雁は花なき里に住みやならへる」(古今集・春上・伊勢)による。「常世」は雁が帰って行く北の故郷。→㈢須磨三三頁注二五。二〇 (大君のための)服喪の期間にも定めがあるので。「凡そ服紀は、君、父母、及び夫、本主の為に、一年。…妻、兄弟姉妹、夫の父母、嫡子に、三月」(喪葬令)。大君の死は前年十一月(㈣総角四五八頁)。二一 除服の禊ぎをするにつけても、喪に服し足りない気がする。除服の際、祓えをして喪服その他を川に流した。「やがて服ぬぐに、鈍色のものども、扇まで、祓(はら)へなどするほどに/藤衣流す涙の川水はきしにもまさるものにぞありける」(蜻蛉日記・上)。二二 両親のうち一人は。母北の方。中君の出産の際に死去(㈣橋姫二九九頁)。二三 大君の喪に服する衣は濃く染めようと心には思い、口にもお出しになったが。二四 「除服のはらへに川辺に出給ふ御車前駆など薫より奉給也」(湖月抄)。二五 陰陽博士。「御はらへのため御ぜんにそへて陰陽師をたてまつられたるべし」(湖月抄)。「為二小女一以二陰陽允孝秀一令レ行二河臨祓一」(小右記・万寿四年十二月三十日)。「陰陽允孝秀」は陰陽博士巨勢孝秀。

[一]はかなしや霞《かすみ》の衣《ころも》たちしまに花のひもとくお《(を)》りも来《き》にけり

[二]げにいろ〳〵いときよらにてたてまつれ給へり。[三]御渡《わた》りのほどのかづけ物どもなど、こと〳〵しからぬものから、[四]しな〴〵に、こまやかにおぼしやりつゝいと多《おほ》かり。「[五]お《(を)》りにつけては、忘《わす》れぬさまなる御心寄《よ》せのありがたく、はらからなども、えいとかうまではおはせぬわざぞ」など、人〳〵は[六]聞《き》こえ知《し》らす。[七]あざやかならぬ古《ふる》人どもの心には、かゝる方《かた》を心にしめて聞《き》こゆ。若《わか》き人は、時〳〵も見《み》たてまつりならひて、[八]今《いま》はとことざまになりたまはむを、さう〴〵しく、「[九]いかに恋《こひ》しくおぼえさせ給はむ」と聞《き》こえあへり。

[一〇]身《(み)》づからは、渡《わた》り給はんこと明日《あす》とての、まだつとめておはしたり。[一一]例《れい》の客《まら》人居《うとゐ》の方《かた》におはするにつけても、今《いま》はやう〳〵ものなれて、[一二]我《われ》こそ人より先《さき》にかうやうにも思ひそめしかなど、[一三]ありしさま、のたまひし心ばえ《(へ)》を思《(おもひ)》出《い》でつゝ、[一四]さすがにかけ離《はな》れ、ことのほかになどはしたなめ給はざりしを、[一五]我《(わが)》心もてあやしうも隔《(へだゝ)》たりにしかなと、胸《むね》いたく思ひつゞけられ給《(たまふ)》。[一六]かいま見《み》せし障子《さうじ》の穴《あな》も思ひ出《い》でらるれば、寄《よ》りて見《み》給へど、[一七]この中《なか》をばおろし籠《こ》めたれば、いとかひなし。

一 薫の歌。光陰矢の如しだ、まだ喪服を裁ち縫いしたばかりなのに、もうそれを脱ぐ時がきたとは。「霞の衣」を喪服の意に用いること、紫式部集に「なにかこのほどなき袖を濡らすらん霞の衣なべて着る世に」。また㊃柏木三八・三九頁参照。 二 薫が中君へ除服後の衣裳を贈ったことをいう。「げに」は歌の「花のひもとくをり」の言葉どおりに、の意。 三 京へ移られる際の、人々に配る祝儀の料。 四 与える相手の身分に応じて。→㊂絵合一七〇頁注五。 五 折にふれ、忘れてはいないことをお示しになるご配慮は世にも希なことで、兄弟などでもなかなかこうはおできにならぬものだ。 六 (女房たちは薫の厚意を中君に)お教え申す。 七 しがない古女房たちの気持としては、このようなまめまめしい薫の配慮を心から感謝して、(中君に)申し上げる。 八 (中君が匂宮に迎えられたら)もうこれきり(薫が)よその人になってしまわれるのを。

5 薫、宇治訪問

九 (薫が中君側の人々から)どんなに恋しく思われなさることだろう、の意。 一〇 薫ご自身は。 一一 薫がいつも通される客間。西の廂の間。→㊃総角四三〇頁注二、椎本三七四頁。 一二 自分の方が匂宮より先に大君を京へ迎えようと思い始めたものを、の意(細流抄)。「三条の宮も造りはてて、(大君を)渡いたてまつらむ事をおもひしものを」(㊃総角四六八頁)。 一三 亡き大君の様子やおっしゃったことの意味を。 一四 (大君は自分に)靡きはしなかったが)それでも(自分を)突き放したり、問答無用といった風に冷たくあしらいなさることはなかったのに。 一五 自分の方から距離を置いたような結果になってしまったことよ。「あまりにおほやうにせしゆへと也」(細流抄)。 一六 →㊃椎本三七四頁。 一七 薫のいる

一八うちにも人〳〵思ひ出《い》できこえつゝうちひそみあへり。一九中の宮は、ましてもよほさるゝ御涙の川《かは》に、あすの渡《わた》り二〇もおぼえ給はず、ほれ〳〵しげにてながめ臥《ふ》し給へるに、「二一月ごろの積《つ》もりもそこはかとなけれど、いぶせく思《(おもう)》たまへらるゝを、片《かた》はしもあきらめきこえさせて、慰《なぐさ》め侍らばや。例《れい》のはしたなくなさし放《はな》たせ給ひそ。二二いとゞあらぬ世の心《(ここ)》ちし侍り」と聞《き》こえ給へれば、「二三はしたなしと思《おも》はれたてまつらむとしも思《おも》はねど、いさや、心《(ここ)》ちも例《れい》のやうにもおぼえず、二四かき乱《みだ》りつゝ、いとゞはか〴〵しからぬひがこともやとつゝましうて」など、苦《くる》しげにおぼいたれど、「二五いとお《(ほ)》し」などこれかれ聞《き》こえて、二六中《なか》の障子《さうじ》の口《くち》にて対面《たいめむ》し給へり。

二七いと心はづかしげになまめきて、又このたびはねびまさり給ひにけりと、目《め》も驚《おどろ》くまでにほひ多《おほ》く、人にも似《に》ぬ用意《ようい》など、あなめでたの人《ひと》やとのみ見《み》え給へるを、二八姫宮《ひめみや》は、面影《おもかげ》さらぬ人の御ことをさへ思《おも》ひ出《い》できこえ給《(たまふ)》に、いとあはれと見《み》たてまつり給《(たまふ)》。「二九尽《つ》きせぬ御もの語《がた》りなども、けふは言忌《こといみ》すべくや」など言《い》ひさしつゝ、「三〇渡《わた》らせ給《(たまふ)》べき所近《ところちか》く、このごろ過《す》ぐして移《うつ》ろひ侍《(はべる)》べければ、三一夜中《よなか》あか月《(つき)》とつき〴〵しき人の言《い》ひ侍《(はべる)》める、何《なに》ごとのお《(を)》りにも、うとからずお三二

客間と母屋との間に御簾をぴったり下ろして(見えないようにして)あるので、の意か。一八(母屋の)御簾の内でも皆が亡き大君をお偲びして泣いている。一九中君。↓[四]椎本三五七頁注三三。二〇(明日の京への)転居の意に、「涙の川」の縁語で渡船場の意をひびかす。二一薫の言。ここしばらくのご無沙汰の間に積もった思いも、特別何がということもないが、申し上げないままだと胸にたまる気がいたしますので。二二ますます知らぬ世界に迷い込んだような気がします。「いとゞ」は、大君の死に加えて中君に冷淡にされたなら一層、の意。二三中君の言。そっけないと、あなたに思われ申そうというつもりはないけれども。二四取り乱して、普段にもましてわけのわからぬ失礼を申し上げるのではないかと心配で。二五(対面しないと薫が)お気の毒。二六西の廂の間(客人居)と母屋の西面を仕切る襖障子の出入口。二七薫の様子。二八中君は(薫を前にして)大君のことまでを思い出すにつけ、の意。二九薫の言。語りつくせぬ大君の思い出話などをして涙を見せては、明日の転居を前に不吉だから、口にしない方がよかろう、の意。三〇あなたがお移りになるご近所に、ここしばらくして私も転居いたしますので。中君は匂宮の住む二条院へ、薫は火災後再建された三条宮へ移る。↓[四]総角四〇九頁注二六。三一「夜中暁(を問わず)」と「つき〴〵しき人」が言うらしいですが(その言葉通りに私に対して)。「つき〴〵しき人」の意、難解。あるいは「すき〴〵しき人」からの転か。「夜中暁」の用例、浮舟二四七頁、夢浮橋三九二頁、[一]夕顔一二七頁に見える。三二(私を疎からず)お思いになりご相談くだされば、私が生きております限りはご返事申し上げたりご用件

ぼしのたまはせば、世に侍らむかぎりは聞《き》こえさせうけたまはりて過《す》ぐさまほしくなん侍るを、いかゞはおぼしめすらむ。[一]人の心さま〴〵に侍《(はべる)》世なれば、あいなくやなど、一方《ひとかた》にもえこそ思《おも》ひ侍らね」と聞《き》こえ給へば、「[二]宿《やど》をば離《か》れじと思《(おもふ)》心深《ふか》く侍《(はべる)》を、近《ちか》くなどのたまはするにつけても、よろづに乱《みだ》れ侍りて、聞《き》こえさせやるべき方《かた》もなく」など、所〳〵[三]言《い》ひ消《け》ちて、いみじくものあはれと思《おも》ひ給へるけはひなど、[四]いとようおぼえ給へるを、[五]心からよそのものに見《み》なしつると、いとくやしく思ひゐたまへれど、かひなければ、[六]そのよのことかけても言《い》はず、忘《わす》れにけるにやと見《み》ゆるまで、けざやかにもてなし給へり。

御前《(おまへ)》近《ちか》き紅梅《こうばい》の色も香《か》もなつかしきに、鶯《うぐひす》だに見過《みす》ぐしがたげにうち鳴《な》きて渡《わた》るめれば、まして「[七]春《はる》やむかしの」と心をまどはし給ふどちの御物語《がた》りに、おり《(を)》あはれなりかし。風のさと吹《(ふき)》入《い》るゝに、花《はな》の香《か》も客人《まら(うと)》の御匂《にほ》ひも、[八]橘《たちばなゝ》ならねどむかし思ひ出《い》でらるゝつまなり。つれ〴〵の紛《まぎら》はしにも、世のうき慰《なぐさ》めにも、[九]心とゞめてもてあそび給ひしものをなど、心にあまり給へば、

[一〇]見《み》る人もあらしにまよふ山里《やまざと》にむかしおぼゆる花の香《か》ぞする

言《い》ふともなくほのかにて、絶《た》え〴〵聞《き》こえたるを、[一一]なつかしげにうち誦《ずん》じなし

を承ったりして。

一 人間の考えは様々ですから、(そのように考えるのも)お節介ではあるまいかなど、一方的にも決めかねています。 二 中君の言。宇治の家を離れまいと思う気持が深うございますのに、(京で)ご近所だなどと仰せられますと。 三 口ごもって。 四 大君にそっくりでいらっしゃる。 五 自分から進んで(中君を)他人(匂宮)のものにしてしまった。「みなしつると」、書陵部本・各筆本・河内本・陽明本など「みなしつるとおもふに」。 六 以前、(大君が逃げたため)薫が中君と一夜を過ごす羽目になった折りのこと(四総角四〇五頁)は一言も言わず、忘れてしまったのかと見えるほど、知らぬ顔をしておられる。 七「月やあらぬ春やむかしの春ならぬ我が身ひとつはもとの身にして」(古今集・恋五・在原業平、伊勢物語四段)の古歌のように、故人(大君)を思い心傷めておられるお二人の語らい。 八「さつき待つ花橘の香をかげば昔の人の袖の香ぞする」(古今集・夏・読人しらず、伊勢物語六十段)による。「むかし」は大君在世中のこと。 九 (大君はこの紅梅に)心をとめて賞翫なさっていたものをなど、(中君は)胸がいっぱいになって。 一〇 中君の歌。この先見る人(私)もいなくなる、嵐吹きすさぶこの山里に、亡き人の形見の梅の香が匂っているよ。「嵐」に「あらじ」を掛ける。参考「逢ふことのあらしにまよふ小舟ゆゑとまる我さへこがれぬるかな」(九条右大臣集)。 一一 (薫は)聞く人を惹きつけるような調子で改めて口ずさんで。

6 春は昔の春ならず

一二 薫の歌。むかし親しんだ梅は当時そのままの匂いなのに、それが根ごとよそへ移ってしま

て、

袖[一二]ふれし梅はかはらぬ匂《にほ》ひにて根《ね》ごめうつろふ宿《やど》やことなる

[一三]たえぬ涙をさまよくのごひ隠《かく》して、言多《ことおほ》くもあらず。「[一四]またもなを《(ほ)》かやうにてなむ、何《なに》ごとも聞《き》こえさせよかるべき」など聞《き》こえを《(お)》きて立《た》ちたまひぬ。

[一五]御渡《わた》りにあるべきことども、人〳〵にのたまひを《(お)》く。[一六]この宿守《もり》に、かの鬚《ひげ》がちの宿直《とのゐ》人などはさぶらふべければ、[一七]このわたりの近《ちか》き御荘《みさう》どもなどに、そのことどもの[一八]給ひ預《あづ》けなど、[一九]こまやかなることどもをさへ定《さだ》めを《(お)》き給《(たまふ)》。

[二〇]弁ぞ、「[二一]かやうの御供《とも》にも、思《(おもひ)》かけず長《なが》き命《いのち》いとつらくおぼえ侍《(はべる)》を、人も[二二]ゆゝしく見《み》思ふべければ、今《いま》は世にある物とも人に知《し》られ侍らじ」とて、[二三]かたちも変《か》へてけるを、[二四]しゐ《(ひ)》て召《め》し出《い》でて、いとあはれと見《み》給ふ。[二五]例《れい》の昔物語《むかしものがた》りなどせさせ給《(たまひ)》て、「[二六]こゝには、なを《(ほ)》時〳〵はまい《(ゐ)》り来《く》べき、いとたづきなく心ぼそかるべきに、[二七]かくてものし給はむは、いとあはれにうれしかるべきことになむ」など、えも言《い》ひやらず泣《な》き給《(たまふ)》。「[二八]いとふにはえて延《の》び侍《(はべる)》命《いのち》のつらく、またいかにせよとてうち捨《す》てさせ給《(たまひ)》けんとうらめしく、[二九]なべての世を思《おも》ひ給へ沈《しづ》むに、[三〇]罪《つみ》もいかに深《ふか》く侍らむ」と、思《おも》ひけることどもを愁《うれ》へかけきこゆるも、

うのか。 一三「堪へぬ」と「絶えぬ」をかけるか。尾州本・承応板本・湖月抄本など「たへぬ」。参考「たえぬは老いの涙なりけり」(二松風一九五頁)、「たえぬ涙やおとなしの滝」(四夕霧一三一頁)。 一四 薫の言。今後も引き続きこういう具合に(お会いしたい)。(そうすれば)何をご相談するにも好都合。「よかるへき」、各筆本・承応板本・湖月抄本など「よるべき」。 一五 (薫は明日の)ご転居の準備をいろいろ、女房たちにお命じになる。 一六 宇治の家の留守番として、例の鬚面の宿直人(→四椎本三七〇頁注一五)などはお仕えするはずなので。 一七 宇治にある薫の荘園。→四椎本三七一頁。 一八 命じて言い置くこと。 一九 諸本「まめやかなることども」。 二〇 八宮家に仕える老女房、弁の君。→四椎本三六三頁。 二一 中君の京へのお供をするにも、思いの外に長生きをしてこのような目に遭うのがうらめしく思われまして。

7 弁の尼と対面

二二 私のような老人がお供をするのを縁起でもないと考えるでしょうから。 二三 剃髪して尼になること。 二四 (薫は尼姿の弁を)無理に呼び出して。 二五 弁はその昔、薫の実の父柏木に仕えた女房で、橋姫巻以来、薫にしばしばその出生前後の事情を語ってきかせた。→四橋姫三一八・三二〇頁、椎本三四九・三六二頁。 二六 薫の言。「こゝ」は宇治をさす。「まいりくへき」、諸本「まいりくべきを」。 二七 こうしてあなた(弁)が宇治にいて下されば。 二八 弁の言。人に嫌われるとますます元気になります命が無情で、またどうせよとて(大君は私を)捨ててあの世へ行ってしまわれたのかと。「あやしくも厭ふにはゆる心かないかにしてかは思ひやむべき」(後撰集・恋二・読人しらず)。→三常夏二三三頁注二六。 二九 世の中すべてに絶望しておりますので。「大

[一]かたくなしげなれど、[二]いとよく言《い》ひ慰《なぐさ》め給《(たまふ)》。

[三]いたくねびにたれど、むかしきよげなりけるなごりをそぎ捨《す》てたれば、額《ひたひ》の程さま変《か》はれるにすこし若《わか》くなりて、さる方《かた》にみやびかなり。[四]思《おも》ひわびては、などかゝるさまにもなしたてまつらざりけむ、それに延《の》ぶるやうもやあらまし、[五]さてもいかに心ふかく語《かた》らひきこえてあらましなど、一方《ひとかた》ならずおぼえ給《(たまふ)》に、[六]この人さへうらやましければ、[七]隠《かく》ろへたる木ちやうをすこし引《ひ》きやりて、こまかにぞ語《かた》らひ給《(たまふ)》。げにむげに思ひほけたるさまながら、物うち言《い》ひたる気色《(けしき)》、用意《ようい》くちおし《(を)》からず、[八]ゆへ《(ゑ)》ありける人のなごりと見《み》えたり。

[九]先《さき》に立《た》つ涙の川に身を投《な》げば人にを《(お)》くれぬ命《いのち》ならまし

とうちひそみ聞《き》こゆ。「それもいと[一〇]罪深《つみふか》くなることにこそ。[一一]かの岸《きし》に到《いた》ること、などか。[一二]さしもあるまじきことにてさへ深《ふか》き底《そこ》に沈《しづ》み過《す》ぐさむもあひなし。すべて、[一三]なべてむなしく思《おも》ひとるべき世になむ」などの給《(たまふ)》。

[一四]「身を投《な》げむ涙の川に沈《しづ》みても恋しき瀬《せ》ゝ《(ぜ)》に忘《わす》れしもせじ

いかならむ世にすこしも思ひ慰《なぐさ》むることありなむ」と、[一五]はてもなきこゝちし給《(たまふ)》。帰《かへ》らん方《かた》もなくながめられて、日も暮《く》れにけれど、[一六]すゞろに旅寝《たびね》せんも、

方の我が身ひとつの憂きからになべての世をもうらみつるかな」(拾遺集・恋五・紀貫之)。三〇 物思いは罪障となる。「さるもの思ひに沈まず、罪などいと深からぬさきに、いかで亡くなりなむ」(四総角四三九頁)。

一 見苦しく見えるが。諸本多く「かたくなしければど」、承応板本・首書本「かたくなしければ」。二 (薫は)言葉巧みに(弁を)慰めなさる。三 (弁は)相当な老人であるが、昔美しかった名残の髪を尼削ぎにしたので。尼削ぎは額髪を切り揃える。四 (薫は)悲しみのあまり、どうして(大君を)弁同様尼姿にしてさしあげなかったのであろう、その功徳で命が延びたかもしれないのに。五 それならそれで、どんなにか魂に触れるお話ができただろうに。六 (尼になった)弁までがうらやましいので。七 (弁が)その蔭に隠れている几帳を引きのけて。八 昔は立派な女房であったことが窺えた。九 弁の歌。まず流れる涙、そのおびただしい涙の川に身投げをすれば、あの方(大君)に死に遅れる命とはならなかっただろうに。「先き立つ涙をつゝみ給《(ひま)》て、物も言はれず」(浮舟二二五七頁)。一〇 「横死は罪と也」(紹巴抄)。「ふかくなる」は諸本「ふかゝなる」。「く」は「ゝ」の誤写に由来。「親をおきて亡くなる人は、いと罪深かなる物を」(浮舟二二五〇頁)。一一 「かの岸に到る」は「到彼岸」の訓読語。「かの岸に心よりにしあま舟のそむきしかたにこぎかへる哉」(三松風一九七頁)。「娑婆《(ばさ)》のほかの岸に至りて」(三若菜上二七八頁)。「などか」は、どうしてできようか、の意。一二 そんな極端なことまでして、地獄に堕ちてしまうのも無意味。「底」は前行「岸」とともに

人のとがむることやとあひなければ、帰《かへ》り給《(たまひ)》ぬ。[一八]皆《みな》[一七]思《おも》ほしの給へるさまを語《かた》りて、弁は、いとゞ慰《なぐさ》めがたくくれまどひたり。人は心《こゝろ》ゆきたるけしきにて、もの縫《ぬ》ひいとなみつゝ、[一九]老《お(い)》ひゆがめるかたちも知《し》らずつくろひさまよふに、いよ〳〵やつして、

[二〇]人はみないそぎたつめる袖のうらにひとり藻《も》塩《しほ》を垂《た》るゝあまかなと愁《うれ》へきこゆれば、

[二一]「塩垂《しほた》るゝあまのころもにことなれや浮《う》きたる浪にぬるゝ我《(わが)》袖

[二三]世に住《す》みつかむことも、いとありがたかるべきわざとおぼゆれば、[二二]さまに従《したが》ひてこゝをば離《あ》れはてじとなん思《おも》ふを、さらば対面《たいめん》もありぬべけれど、しばしのほども心《こゝろ》ぼそくて立《た》ちとまり給ふを見《み》を《(お)》くに、いとゞ心もゆかずなん。[二四]かゝるかたちなる人も、かならずひたふるにしも絶《た》え籠《こも》らぬわざなめるを、なを《(ほ)》世《よ》の常《つね》に思《おも》ひなして、[二五]時《とき》〴〵も見《み》え給へ」など、いとなつかしく語《かた》らひ給《(たまふ)》。[二六]むかしの人のもて使《つか》ひ給ひしさるべき御調度《てうど》どもなどは、みなこの人にとゞめを《(お)》き給《(たまひ)》て、[二七]「かく人より深《ふか》く思ひ沈《しづ》み給へるを見《み》れば、先《さき》の世も、とりわきたる契《(ちぎり)》もやものし給ひけむと思ふさへ、むつましくあはれになん」との給ふに、

「涙の川」の縁語。　一三「畢竟皆空の理を思ひとりて世中はたゞ夢まぼろしと歎ずべし、さまで大君の事に着すべからずと也」(湖月抄)。

8 弁の尼と中君

一四 薫の歌。身投げして川底に沈んだとて、折々に亡き人を恋うる煩悩は消えまい。「涙川底の水屑(づく)となりはてて恋しき瀬々に流れこそすれ」(拾遺集・恋四・源順)によるか。　一五 際限のない大君追慕の情。「わが恋は行くへも知らず果てもなし逢ふを限りと思ふばかりぞ」(古今集・恋二・凡河内躬恒)の影響あるか(全集)。　一六 用もないのに宇治に泊まるのも、人が変に思うかもしれぬと。

一七 薫のお気持、お言葉を中君に報告する。　一八 (弁以外の)女房たちは皆満足の様子で。　一九 老醜をも顧みず身繕いに精を出しているので、(弁は)ますます尼姿に徹して。　二〇 弁の歌。皆が京へ移る準備に奔走するなか、あとに残る私一人は尼衣の袖を涙で濡らすことだ。「いそぎたつ」に「袖」の縁語「裁つ」をひびかせ、「裏」と「浦」、「尼」と「海人」を掛ける。「袖の浦」は出羽国の歌枕(能因歌枕)。　二一 中君の歌。涙に濡れるあなたの尼衣と同じだ、あてもなく京へ出て行く心細さの涙に濡れる私の袖は。「心から浮きたる舟に乗りそめて一日も波に濡れぬ日ぞなき」(後撰集・恋三・小野小町)をふまえるか。　二二 中君の言。京に居付く(匂宮に添い遂げる)こともなかなか難しそうなことだと。　二三 状況によっては、この宇治の家を手放してはしまいと。「離(あ)れはてじ」→蜻蛉二九〇頁注七。　二四 弁のような尼姿の者。　二五 時折は(京に出てきて)顔を見せてください。　二六 亡き大君遺愛のおもだった調度品。　二七 中君の言。弁の大君追慕のさまをいう。

一いよ／＼童《わらは》べの恋《こ》ひて泣《な》くやうに、心お《(を)》さめむ方《かた》なくをぼ《(お)》ほ《ゝ》れい《(ゐ)》たり。

二みなかき払《はら》ひ、よろづとりしたゝめて、三御車《くるま》ども寄《よ》せて、御前《(ごぜん)》の人／＼、四位五位いと多《おほ》かり。四御身《(み)》づからも、いみじうおはしまさまほしけれど、こと／＼しくなりて、なか／＼あしかるべければ、たゞ忍《しの》びたるさまにもてなして、心もとなくおぼさる。五中納言殿《どの》よりも御前《(ごぜん)》の人数多《かずおほ》くたてまつれ給へり。六大方《おほかた》のことをこそ、宮《みや》よりはおぼしを《(お)》きつめれ、こまやかなるうち／＼の御あつかひは、たゞこの殿より、思《おも》ひよらぬことなくとぶらひきこえ給《(たまふ)》。

日暮《く》れぬべしと、七内《うち》にも外《と》にももよほしきこゆるに、八心あは《(わ)》たゝしく、いづちならむと思《おも》ふにも、いとはかなくかなしとのみ思《おも》ほえ給ふに、御車《くるま》に乗《の》る九大《たい》輔《ふ》の君といふ人の言《い》ふ、

一〇あり経《ふ》ればうれしき瀬《せ》にもあひけるを身をうぢ河に投《な》げてましかば

うち笑《ゑ》みたるを、一一弁の尼《あま》の心ばえ《(へ)》にこよなうもある哉《(かな)》と、心づきなうも見《み》給ふ。

一二いま一人《ひとり》、

一三過《す》ぎにしが恋しきことも忘《わす》れねどけふはたまづも行《(ゆく)》心かな

一四いづれも年経《としへ》たる人／＼にて、みなかの御方《かた》をば心寄《よ》せまほしくきこえためり

一 弁の泣き悲しみ、途方に暮れるさま。

二（邸内の調度を）きれいに片づけ、すべてを整理して。 三 匂宮が用意した迎えの車と供人たち。

9 中君、京へ出発

四 位五位が多いのは重々しい待遇。「御前四位五位がちにて、六位殿上人などは、さるべきかぎりを選らせ給へり」(三)少女三二四頁、紫上の六条院への引越し)。 四 匂宮自身も迎えに来たかったが、の意。 五 薫。 六 一通りのことは、匂宮の方で手配なさるようだが、細々とした内々のお世話は、もっぱら薫の方で、遺漏なく心配りしてさしあげなさる。 七「内」は中君の女房、「外」は迎えの者。 八（中君は）落ちつかない気分に襲われて、一体どこへ行こうとするのだと思うにつけ。 九 中君と同乗して京へ行く中君の女房。各筆本・高松宮本「大弐(の)君」、伏見天皇本・尾州本・三条西本・古活字一本「たいの君」に作る。 一〇 大輔の歌。生き続けているとこのようなうれしい機会にも巡り会えることだ。もし我が身を悲観して宇治川に身投げをしていたら…。「かかる瀬もありけるものをとまりゐて身を宇治川と思ひけるかな」(九条右大臣集)によるか(河海抄所引)。 一一 中君の心内。（大輔の様子は、悲しみに沈んだ）弁の心持ちと大変な違いだと、興ざめにもご覧になる。 一二 同行するもう一人の女房。 一三 亡くなった大君追慕の気持を忘れたわけではないが、京へ行く今日は今日で、何はさておき心が弾むことだ。 一四 どちらも長年仕えてきた女房で、二人とも大君寄りのようだったのに。「（心寄せ）まほしく」、底本「まし」に「ほ」、「く」を補入。尾州本・伏見天皇本など「よせまし」、各筆本・三条西本・首書本・陽明本など「よせ」。 一五 このように(中君中心に)気持を切り替えて

しを、今《いま》は一五かく思《おも》ひあらためて言忌《こといみ》するも、心うの世やとおぼえ給へば、物も言《い》はれ給はず。

一六道《みち》の程の遥《はる》けく、はげしき山道《みち》のありさまを見《み》給ふにぞ、一七つらきにのみ思ひなされし人の御中《なか》の通《かよ》ひを、ことは《(わ)》りの絶《た》え間《ま》なりけりと、すこしおぼし知《し》られける。七日の月のさやかにさし出《い》でたる影、お《(を)》かしく霞《かす》みたるを見《み》給《(たまひ)》つゝ、いとを《(ほ)》きに、一八ならはず苦《くる》しければ、うちながめられて、

一九ながむれば山より出《い》でゝゆく月《つき》もよにすみわびて山にこそ入《い》れ

二〇さま変《か》はりて、つゐ《(ひ)》にいかならむとのみあやう《(ふ)》く、行《(ゆく)》末《すゑ》うしろめたきに、二一年《とし》ごろ何《なに》ごとをか思《おも》ひけんとぞ、二二とり返《かへ》さまほしきや。

よひうち過《す》ぎてぞおはし着《つ》きたる。見《み》も知《し》らぬさまに、目《め》もかゝやくやうなる殿造《づく》りの、二三三《み》つ葉四《よ》つ葉《ば》なる中に引《ひ》き入《い》れて、宮、いつしかと待《ま》ちおはしましければ、御車《くるま》のもとに身《(み)》づから寄《よ》らせ給《(たまひ)》て、下《お》ろしたてまつり給《(たまふ)》。御しつらひなど、あるべきかぎりして、女房の局《つぼね》〳〵まで、御心とゞめさせ給《(たまひ)》けるほどしるく見《み》えて、いとあらまほしげなり。二四いかばかりのことにかと見《み》え給へる御ありさまの、にはかにかく定《さだ》まり給へば、二五おぼろけならずおぼさるゝことなめ

大君のことに触れまいとするのも、(中君は)いやな世の中よと。 一六 京への道程。 一七 薄情ゆえとばかり自然思い込んでいた匂宮の(絶え間がちな)お越しを、それは無理もない途絶えだったのだと、(中君は)すこしはお分かりになるのだった。「中の通ひ」は男女の仲の行き来、の意。 一八 (遠い旅は)経験がなくつらいので、つい物思いにふけって。 一九 中君の歌。見ていると山から顔を出して夜空を渡る月も、世の中に住むのがつらくてまた山に入って行くよ。参考「みやこにて山の端に見し月なれど波より出でて波にこそ入れ」(土佐日記)。 二〇 (宇治の山里から出てきた自分は)月とは違って、(宇治へ帰るのでもなく)最後はどうなるのだろうと、そればかりが危惧され。「ならむ」、底本「なからむ」を他の青表紙本により訂す。 二一 これまでの物思いは物思いとはいえなかった、の意。 二二 宇治に暮らした昔を取り返したい。「ありし世をとりかへさまほしく思ほしける」(三絵合一七九頁)。

10 二条院に到着

二三 多くの棟を並べる豪邸の形容。祝歌「この殿はむべも富みけりさきくさの三つ葉四つ葉に殿造りせり」(古今集・仮名序、催馬楽・この殿は)にもとづく。「三つ葉四つ葉の殿造りもをかし」(枕草子・花の木ならぬは)。 二四 どれほどのことがあれば(身を固めるのだろう)とお見えになった独身の匂宮が、急に相手がお決まりになったので。参考「いにしへは、いかばかりのことに定まり給《(たまふ)》べきにかと、つてにもほの聞こえし御心の、なごりなくしづまり給へるは」(三薄雲二一七頁)。 二五 匂宮が並はずれてご寵愛のようだと、世の人も中君のことをさぞかし優れた人なのだろうと。

りと、世人も心にくゝ思《おも》ひおどろきけり。

中納言は、一三条の宮に、この廿余《よ》日のほどに渡《わた》り給はむとて、このごろは日《ひ》ゝ《(ひ)》におはしつゝ見《み》給ふに、この院近《ちか》きほどなれば、二けはひも聞《き》かむとて、夜《よ》ふくるまでおはしけるに、三たてまつれ給へる御前《(ごぜん)》の人〳〵帰《かへ》りまい《(ゐ)》りて、ありさまなど語《かた》りきこゆ。いみじう御心に入《い》りてもてなし給ふなるを聞《き》き《ゝ》給《(たまふ)》にも、四かつはうれしき物から、さすがに我心《(わが)》ながらお《(を)》こがましく胸《むね》うちつぶれて、五物にもがなやと、返ゝ《(かへすかへす)》ひとりごたれて、

六しなてるや鳰《にほ》のみづうみに漕《こ》ぐ舟のまほならねどもあひ見《み》し物を

七とぞ言《い》ひくたさまほしき。

八右の大殿《おほ》は、六の君を宮《みや》にたてまつり給はんこと、この月にとおぼし定《さだ》めたりけるに、かく九思《おも》ひのほかの人を、このほどより先《さき》にとおぼし顔《がほ》にかしづきすへ《(ゑ)》給ひて、離《はな》れおはすれば、一〇いとものしげにおぼしたりと聞《き》ゝ給《(たまふ)》もいとお《(ほ)》しければ、文は時〳〵たてまつり給《(たまふ)》。一一御裳着《もぎ》の事、世に響《ひゞ》きていそぎ給へるを、延《の》べ給はむも人笑《わら》へなるべければ、廿日《(はつか)》あまりに着《き》せたてまつり給《(たまふ)》。

一二おなじゆかりにめづらしげなくとも、この中納言をよそ人に譲《ゆづ》らむがくちお《(を)》

一↓一一頁注三〇。二（薫は）中君の二条院入りの模様も窺おうと思って、夜おそくまで三条宮に留まっておられた。三中君のために薫がご用立てした前駆のものたち。↓一六頁五行。四（中君に対する匂宮の厚遇を、薫は）一方では嬉しく思うものの、やはり（中君が人のものになると思うと）自分の心ながら愚かしくも胸がどきどきして。「とり返すものならねど、をこがましく心ひとつに思ひ乱れ給」（四総角四四一頁注二二）。五（中君が匂宮に迎えられる前の昔を）とり返すことができるものなら、と。「とり返すものにもがなや世の中をありしながらの我が身と思はむ」（古注釈所引出典未詳歌）の句。「「…とり返すものにもがなや」とうち嘆き給《(たまひ)》て」（四柏木二八頁）、また宿木六五頁。六薫の歌。男女の契りを結びはしなかったが、中君とは一緒に一夜を過ごしたことがあったのに。上句は「まほ（完全の意）」を導く序。「しなてるや」は「鳰の湖（琵琶湖の異名）」にかかる枕詞。「まほ」に舟の縁語「真帆」を掛ける。七と、眨めてやりたいと思う。

11 右大臣夕霧の思惑

八夕霧。六の君と匂宮の縁談のこと、四椎本三七三頁注二七、総角四四〇頁注九。九（匂宮が）予想外の人（中君）を、娘との結婚より先にとお考えのような態度で重々しくお迎えになって、（二条院に）籠っておられるので。一〇夕霧がご立腹の模様とお聞きになるにつけても、気の毒なので、（匂宮は六の君に）手紙だけは時々差し上げなさる。一一六の君の成人の儀。一二次々行「ながめゐ給ふなるを」まで夕霧の心内。おなじ源氏の血縁で新鮮味がなくても、薫を他家の婿として譲り渡すのが残念さに、薫を六の君の婿にしてしまおうか。一三（薫は）長年ひそかに思いを寄せて

しきに、さもやなしてまし、一三年《とし》ごろ人知《し》れぬものに思ひけむ人をも亡《な》くなしてもの心ぼそくながめゐ給ふなるを、などおぼし寄《よ》りて、一四さるべき人して気色《(けしき)》とらせ給《(たまひ)》けれど、一五世のはかなさを目《め》に近《ちか》く見《み》しに、いと心うく、身もゆゝしうおぼゆれば、いかにも／＼さやうのありさまは物うくなん、と一六すさまじげなるよし聞《き》き《ゝ》給《(たまひ)》て、一七いかでか、この君《きみ》さへ、おほな／＼言出《ことい》づることを、物うくはもてなすべきぞ、とうらみ給《(たまひ)》けれど、したしき御仲《なか》らひながらも、人ざまのいと心はづかしげに物し給へば、えしゐ《(ひ)》てしも聞《き》こえ動《うご》かし給はざりけり。

一八花盛《ざか》りの程、一九二条の院の桜《さくら》を見《み》やり給《(たまふ)》に、二〇主《ぬし》なき宿《やど》のまづ思《(おもひ)》やられ給へば、二一「心やすくや」などひとりごちあまりて、宮の御もとにまい《(ゐ)》り給へり。二二こゝがちにおはしましつきて、いとよう住《す》みなれ給ひにたれば、めやすのわざやと見《み》たてまつる物から、例《れい》のいかにぞやおぼゆる心の添《そ》ひたるぞあやしきや。されど、二四実《じち》の御心ばえ《(へ)》は、いとあはれにうしろやすくぞ思ひきこえ給《(たまひ)》ける。

何《なに》くれと御物語《がた》り聞《き》こえかはし給ひて、夕《ゆふ》つ方《かた》、宮は内《うち》へまい《(ゐ)》り給はむとて、二五御車の装束《さうぞく》して、人／＼多《おほ》くまい《(ゐ)》り集《あつ》まりなどすれば、二六立《た》ち出《い》で給《(たまひ)》て、対《たい》の御方へまい《(ゐ)》り給へり。

いたという人(大君)をも亡くして。一四(夕霧は)それ相応の仲人を立てて(薫の)意向を探らせなさったが。一五次行「物うくなん」まで薫の意向。(大君の死という)この世の無常を目の当たりにして。一六六の君との縁談に無関心。一七夕霧の心内。どうして薫までが、(こちらが)ねんごろに申し出たことに乗ってこないのだろう。一八すでに三月、薫は二月二十余日以来三条宮に帰り住む(前頁二行)。「三月の十日なれば、花盛りにて」(四御法一六四頁)。一九薫の住む三条宮から二条院の桜を遠望する。↓次頁注五。二〇主人のいなくなった宇治八宮邸(の桜)が。「荒れはてて人も侍らざりける家に桜の咲き乱れて侍りけるを見て／浅茅原主なき宿の桜花心やすくや風にちるらん」(拾遺集・春・恵慶)による。二一前注、恵慶歌の第四句。

12 薫、中君を訪う

二二ひとり口ずさんでいるうちに気持が募って、匂宮邸に。二三(匂宮は)この二条院に居られることが多く、中君との暮らしも板に付いたご様子なので。(薫は)結構なことよと拝見するものの、例によって感心しかねる心(中君への未練)が混じるのは困ったことだ。二四(薫は)根がまめなお方だから、(中君のことを)万事めでたし、これで心配ないと。「実の御心ばへ」は「中君へ懸想などはなき心」(湖月抄)の意。「宮のおぼしよるめりし筋は、いと似げなき事におもひ離れて、大方の御後見は、われならでは又たれかは、とおぼすとや」(四総角四六八頁)。二五車の装備をして、お供の人々が。二六薫は匂宮の前から退出して、(中君の住む)対の屋へ。中君の居室は二条院の西の対。↓四総角四六七頁。

[一]山里《ざと》のけはひひきかへて、御簾《みす》のうち心にくゝ住《す》みなして、[二]お《(を)》かしげなる童《わらは》の透影《すきかげ》ほの見《み》ゆるして、御消息《せうそこ》聞こえ給へれば、[三]御褥《しとね》さし出《い》でて、むかしの心知《し》れる人なるべし、出《い》で来《き》て、御返《(かへり)》聞《き》こゆ。「[四]朝夕《あさゆふ》の隔《へだ》てもあるまじう思ふ《(う)》給へらるゝほどながら、そのこととなくて聞《き》こえさせむも中〳〵なれ〳〵しきとがめやとつゝみ侍《(はべる)》ほどに、世《よ》の中変《なかか》はりにたる心《(ここ)》ちのみぞし侍るや。[五]御前《(おまへ)》の梢《こずゑ》も霞隔《かすみへだ》てて見《み》え侍るに、あはれなること多《おほ》くも侍るかな」と聞《き》こえて、うちながめてものし給《(たまふ)》けしき、心ぐるしげなるを、[六]げにおはせましかばおぼつかなからず行《(ゆき)》返《かへ》り、かたみに花の色《いろ》、鳥《とり》の声《こゑ》をもお《(を)》りにつけつゝ、すこし心ゆきて過《す》ぐしつべかりける世をなど、おぼし出《い》づるにつけては、[七]ひたふるに絶《た》え籠《こも》り給へりし住《す》まゐ《(ひ)》の心ぼそさよりも、飽《あ》かずかなしう、くちお《(を)》しきことぞいとゞまさりける。

13 匂宮の疑心

[八]人びとも「[九]世《よ》の常《つね》に、こと〳〵しくなもてなしきこえさせ給《(たまひ)》そ。[一〇]限《かぎ》りなき御心のほどをば、今《いま》しもこそ、見《み》たてまつり知《し》らせたまふさまをも、見《み》えたてまつらせ給ふべけれ」など聞《き》こゆれど、[一一]人づてならず、ふとさし出《い》できこえんことなを《(ほ)》つゝましきを、やすらひ給ふほどに、[一二]宮、出《い》で給はむとて、御まかり

一 (中君の居室は、簡素だった)宇治の山荘とはうって変わって、簾中奥ゆかしい暮らしぶりで。
二 かわいらしい童女の姿が簾越しにほのかに見える、その童女に命じて。
三 (簾中から)敷物を差し出して、宇治時代のことを知っている女房なのであろう、その女房が。
四 薫の言。いつでもお目にかかろうと思えばお目にかかれるご近所にいながら、格別用事もないのにお伺いするのも、かえって馴れ馴れしいとのお叱りを蒙るのではないかと遠慮いたしておりましたうちに。「朝夕の隔て」は、朝と夕との間の短い隔て。「朝夕の隔てあるやうなれど、かくて見たてまつるは心やすくこそあれ」(㈢蛍四三七頁)、「朝夕の隔て知らぬ世のはかなさ」(㈣椎本三三五五頁注四一)。
五 (薫の三条宮から)こちら(二条院)の桜の梢が霞を通して見えるにつけましても。中君との間が隔たって感じられることを暗にいう。
六 次々行「過ぐしつべかりける世を」まで中君の心内。仰せの通り大君存命ならば不断に行き来して、お互いに花、鳥を季節季節にめでて、幾分は物思いを忘れて過ごせたはずの世なのになどと。→四頁注四。
七 ひたすらに(世間との交際を絶って)閉じこもっておられた頃(宇治時代)の暮らしの心細さよりも(現在の方が)、意に満たず悲しく。
八 中君の女房たち。
九 普通の客人に対するように、四角ばって(薫を)おもてなし申してはなりません。「こと〳〵しく」は諸本「うと〳〵しく」(よそよそしい、の意)。「こと〳〵しく」は字形の類似から発生した異文か。
一〇 この上ない(薫の)ご厚情を、(匂宮に迎えら

申しに渡《わた》り給へり。いときよらにひきつくろひけさうじ給《(たまひ)》て、見《み》るかひある御さまなり。一三中納言はこなたになりけりと見《み》給《(たまひ)》て、「一四などかむげにさし放《はな》ちては出《い》だし据《す》ゑ給へる。一五御あたりには、あまりあやしと思《おも》ふまでうしろやすかりし心寄《よ》せを、我《(わが)》ためはおこ《(を)》がましきこともやとおぼゆれど、さすがにむげに隔《へだ》て多《おほ》からむは、罪《つみ》もこそ得《う》れ。近《ちか》やかにて、むかし物語《がた》りもうち語《かた》らひ給へかし」など聞《き》こえ給《(たまふ)》ものから、「一六さはありとも、あまり心ゆるひせんも、またいかにぞや。疑《うたが》はしき下《した》の心にぞあるや」とうち返《かへ》じの給へば、一七一方《ひとかた》ならずわづらはしけれど、我《(わが)》御心にもあはれ深《ふか》く思ひ知《し》られにし人の御心《こゝろ》を、今《いま》しもをろ《(お)》かなるべきならねば、一八かの人も思ひの給ふめるやうに、一九いにしへの御代《か》はりとなずらへきこえて、かう思《おも》ひ知《し》りけりと、見《み》えたてまつるふしもあらばやとはおぼせど、二〇さすがに、とかくやと、方《かた》〴〵にやすからず聞《き》こえなし給へば、苦《くる》しうおぼされけり。

れて暮らしも安定した)今こそ、肝に銘じておられることを見せてさしあげることが大事なのです。

一一 (中君は)取り次ぎの女房抜きで、直接みずから返事を申し上げるのは、やはりはばかられるので、躊躇しておられるところへ。

一二 匂宮が、お出かけなさるとて、ご出発の挨拶に。

一三 薫はこちらに来ていたのだと(匂宮は)ご覧になって。

一四 匂宮の言。どうして(薫を)むやみに遠ざけて簾の外に座らせなさるのだ。

一五 あなた方にとっては、どうしてそんなにと思うほど安心していられた(薫の)厚情なのに、(それは)私にとっては馬鹿を見ることになるかもしれぬと思われるが、そうはいえ(薫に)あまりよそよそしくするのは、罰が当たるというものだ。

一六 とはいえ、あまり(薫に)心を許すのも、さてどんなものか。(薫の)内心は疑わしいものだ。「心にそ」、承応板本・首書本・湖月抄本「心にもぞ」。

一七 (中君は匂宮の言を)ほとほと鬱陶しく思うけれども、ご自身でも心からありがたいと身にしみて感じた薫の厚意を、この期に及んで粗略にしてはならないので。一八 薫。

一九 (薫を)亡き大君の代わりとしてお思い申し上げ、このように感謝しているのだと、(薫に)わかっていただく機会がないものかとは(中君は)お思いになるが。

二〇 そうはいうものの、あれこれと(匂宮が薫との仲について)いろいろに気をもんで口をお出しになるので。「とかくや」、承応板本・首書本・湖月抄本「とやかくや」、河内本「とやかうや」。

宿《やどり》木《ぎ》

〔巻名〕宇治の八宮旧邸を訪れた薫が「深山木にやどりたる蔦」の紅葉を愛でてひとりごちた歌「やどりきと思ひ出でずは木のもとの旅寝もいかにさびしからまし」(九二頁)、および弁尼の返歌「荒れはつる朽木のもとをやどりきと思ひおきける程のかなしさ」(同)の歌による。「やどりぎ(宿木)」は蔦の異名であるが、この二首では「宿りき(むかし宿った)」の掛詞。

1　今上帝の藤壺女御は故左大臣の娘。しかし皇子皇女の多い明石中宮に圧されて不遇であった。その腹には皇女が一人(女二宮)。女御はその女二宮の将来に希望を託して、大切に養育につとめた。

2　女二宮**十四歳の年**、母女御は**夏頃**、物の怪による病であっけなく死去。帝も悲しみ、女二宮の心中を察して、**四十九日**が過ぎるのを待って、女二宮を宮中に迎える。

3　**菊の移ろい**が見事なころ、帝は女二宮の居所を訪れ、亡き女御の思い出を語る。帝は女二宮の薫への降嫁を考える。

4　女二宮と碁を打っていた帝は、薫を碁の相手に召し、女二宮を賭物に匂わせて対局。帝は負ける。

5　薫への女二宮降嫁の噂を聴いて、薫を婿にと思っていた右大臣夕霧は、娘六の君と匂宮の縁組みを明石中宮を通して進める。

6　女二宮の**服喪も終わり**、降嫁の障碍はなくなった。しかし薫は今なお亡き大君を忘れることができず、女二宮との婚儀を急ごうとしない。

7　六の君と匂宮との婚儀は**八月**の予定。匂宮に迎えられて今は**二条院**に住む中君は、それを知って思い悩み京に出てきたことを後悔する。

8　中君は**五月頃**より懐妊、体調例ならざるも、経験の乏しい匂宮はそれに気付かない。**八月**になると中君も匂宮と六の君の婚儀の日を知る。

9　中君に同情を寄せる薫は匂宮の心変りを心配し、かつて大君の懇願に背いて中君を匂宮に譲ったことを悔やむ。

10　薫は、中君の苦境にあの世の大君がいかに嘆いているかを思い、暗然とする。

11　早朝、薫は自邸に咲く朝顔を摘んで**北の院**(二条院)を訪問。中君を見舞う。

12　**薫**、中君を慰める。声をはじめ中君の気配は大君そっくりに薫には感じられた。薫は持参の朝顔を簾中に差し入れ、歌を詠み交わす。

13　談、**宇治**八宮の旧邸の荒廃に及び、薫は源氏没後の**嵯峨の院**、**六条院**の有様を話題にするも、薫にとっては大君の死の悲しみの方が深い。

14　中君は宇治行きの世話を薫に依頼する。薫はそれを諌め、宇治邸を寺にすることを中君に諮る。

15　右大臣夕霧は**六条院の東の御殿**を磨き立てて、匂宮を迎える準備に余念がない。婚儀は八月**十六日**。夕霧は息子頭中将を使者として二条院に遣わし、宮を迎える。

16　中君は六の君のもとへ出かけた匂宮の仕打ちに心乱れ、呆然と月を眺めるばかり。一方、六の君方で歓待された匂宮は六の君にも愛情をおぼえるのであった。

17　二条院へ戻った匂宮は、一睡の後、六の君に後朝の文を書いてから中君に対面。

18　匂宮が言葉を尽くして中君を慰めているところに、六の君からの後朝の返事が到着。

19　六の君からの返事は、継母落葉宮の代筆であった。中君はそれまで物語の世界のことと思っていた男女の葛藤を、今は我が身のこととして思い知る。

20　匂宮は、夕方、六の君訪問の用意のため寝殿の自室にもどる。中君の耳に、新婚第二夜の六の君のもとへ向かう匂宮の行列の声が聞こえる。

21　**三日の夜の宴**の日、夕霧は宮中から薫を同道して退出。匂宮は宵過ぎに到着、夜更けて宴が始まる。

22　薫の供人の中には、どうして薫がおとなしく夕霧の婿にならないのか、と不満を抱く者もいる。帰邸した薫は匂宮に劣らず諸家から婿話が持ち込まれる自分も大したものだと思う。

23　一人寝に眠れぬ薫はお気に入りの女房按察使君の局を訪れて、一夜を明かす。

24　匂宮は昼間の六の君を見て、ひとしお愛情が募るのであった。六の君は歳の程**二十一、二**、盛りの美しさ。仕える侍女は三十人余、童六人。

25　右大臣家の婿となった匂宮は気軽に中君の待つ**二条院**に戻ることも叶わず、**六条院の南の御殿**に住むことになった。中君は、憂さ晴らしに宇治へ出かけたいと思い、薫に手紙を書く。

26　中君からの手紙の翌夕、薫はさっそく中君を訪れ、対面。

27　宇治行きの手引きを依頼する中君に対し、薫は匂宮の意向に従うべきことを説得。それではと奥へ引き下がろうとする中君の袖を、薫は簾の下から手を伸ばして捉えた。

28　思いがけぬ薫の振舞いに動転して奥へ入ろうとする中君。薫はその中君に付いて半身を簾中に入れ、添い臥して中君を口説く。

29 帰邸後も中君の面影が離れぬ薫は、朝まだき、中君に手紙を書く。中君からは短い返事のみ、それにつけても薫の慕情は募る。

30 二条院の留守が長びいたのを気にして、匂宮は急に二条院へ行く気になったのである。懐妊で大きくなった中君の腹を身近に見て、匂宮は珍しくも愛しくも思う。

31 薫の不埒な態度に懲りて、いつもより匂宮に睦まじく振舞う中君に、匂宮はこの上ない愛着を覚えるが、中君から薫の移り香が匂い出るのを怪しみ、二人の仲を疑う。

32 翌朝、六の君にも劣らぬ中君の美しさを目にして、匂宮は中君に対する薫の懸想への疑いを深め、中君あての薫の手紙を捜し出したりする。

33 薫は中君の後見役であるべき自分の立場をわきまえ、中君に装束を贈る。

34 貧乏というものを知らない匂宮の思いやりには限界があり、それを察して薫は細々とした援助を怠らないのであった。

35 薫は中君に対して分別ある態度を貫きたいとは思うが、恋慕の情はやまず、苦しい心中を手紙で中君に訴える。

36 薫、中君を再訪、また簾中に入ろうとするが、中君は胸痛を訴えて薫の接近を防いだ。

37 薫は、亡き大君追慕の念ゆえに中君に惹かれることを綿々と述べ、中君と語り合う以上を望む気はないことを誓う。

38 中君は、宇治に大君の人形か絵を置いて仏道修行をしたいという薫の言葉を聞いて、異母妹浮舟のことを思い出し、薫に語る。

39 中君から浮舟のことを打ち明けられた薫は驚喜し、浮舟のことを詳しく聞き出そうとするが、中君は適当におぼめかす。

40 薫は、中君が自分を遠ざける方便として浮舟の話を持ち出したのだと思うとつらいが、中君の好意に感謝する。しかし依然中君を思う薫の心は、浮舟に対してはまだ動かない。

41 **九月二十日ころ**、薫、宇治を訪う。弁尼を召し出して語らう。

42 薫は宇治山の阿闍梨を召して、八宮邸の寝殿を八宮終焉の**山寺**に移築して堂にすることを諮る。その夜、薫は宇治に泊まる。

43 見納めに八宮邸を見て回る薫、夜は再び弁尼を召して昔語りをさせる。

44 話のついでに薫は中君から聞いた浮舟の一件を弁に問いただす。

45 翌朝、薫は京から取り寄せた絹、綿などを阿闍梨、弁に贈り、蔦(宿木)の紅葉を中君への土産に持って帰京。

46 薫が**南の宮**(三条宮)から手紙とともに中君へ蔦の紅葉を届けたのは、ちょうど匂宮がいる時であった。

47 前栽の尾花が秋風に靡く夕暮れ、匂宮は琵琶を弾き中君と睦まじく語らう。

48 匂宮は二条院に三、四日逗留。それを知った夕霧は宮中よりの帰途、**二条院**に匂宮を迎えに寄って六条院へ同道。年変わって、**一月末**より中君の出産の兆し。

49 **二月**、司召の**直物**で薫は権大納言に昇任、右大将を兼任。右大将**就任披露の宴**が**六条院**で催された。

50 薫の宴の催されたその暁方に、中君、男児を出産。**産養**が盛大に催された。

51 **二月二十日過ぎ**に女二宮の**裳着**、その翌日薫との**婚儀**。**三日の夜**、所顕しの宴の後、薫は目立たぬように女二宮のもとに通うが、心中はなお大君を忘れない。

52 薫は中君の若宮誕生**五十日**の日を数えて、**祝いの餅**を心をこめて用意する。自身も匂宮の留守中に中君を訪う。

53 若宮を見た薫は、若宮が自分の子ならとうらやましく、また亡き大君が自分との間にこのような子を残して置いてくれたならと思う。

54 **四月初め**、**立夏の前**に薫は女二宮を自邸に迎える。その前日、帝は女二宮の住む**藤壺**に渡御、**藤花の宴**を盛大に催す。

55 女二宮を得て帝の婿になろうと思っていた按察使大納言は、薫を妬ましく思う。この大納言は、その昔、女二宮の母藤壺に思いを懸けて叶わなかった人物である。

56 女二宮の三条宮への**輿入れ**は豪華に行われた。自邸に迎えて、薫は女二宮の美しさに満足するが、亡き大君への思いを紛らすことは出来ない。

57 **四月二十日過ぎ**、薫は**宇治**に赴き、八宮邸の寝殿を移築した山寺の**御堂**を検分。その後、折しも**宇治橋**を渡って八宮邸に向かう、**初瀬詣で**帰りの浮舟一行を目にした薫は、一足先に邸内に入って障子の穴から一行の様子を窺う。

58 車から下りる浮舟を垣間見た薫は、浮舟が大君によく似ていることに驚く。

59 八宮邸の留守役弁尼は薫の垣間見をも知らず、浮舟に挨拶。薫は弁と浮舟の応答を見、大君の面影を宿す浮舟にいっそう心惹かれる。

60 日暮れて垣間見をやめた薫は、弁尼を召して浮舟の様子を尋ね、浮舟へのとりなしを依頼。

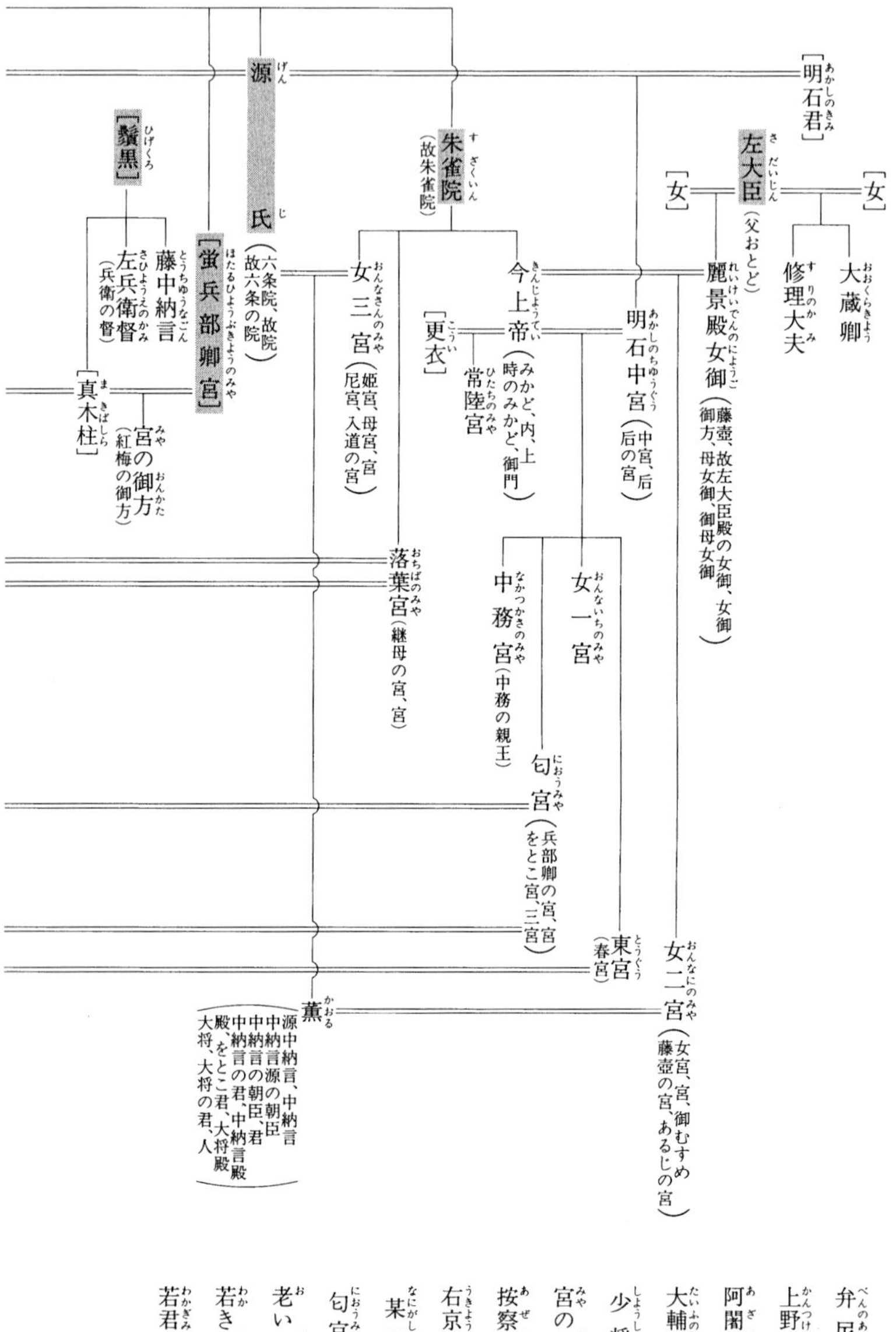

弁尼《べんのあま》（老人、尼君、弁、朽木）
上野親王《かんつけのみこ》
阿闍梨《あざり》
大輔君《たいふのきみ》（大輔）
少将《しょうしょう》
宮《みや》の大夫《だいぶ》
按察使君《あぜちのきみ》
右京大夫《うきょうのかみ》
某僧都《なにがしそうず》
匂宮《におうみや》の乳母《めのと》（御乳母）
老《お》い人《びと》
若《わか》き人《ひと》
若君《わかぎみ》の乳母《めのと》（乳母）

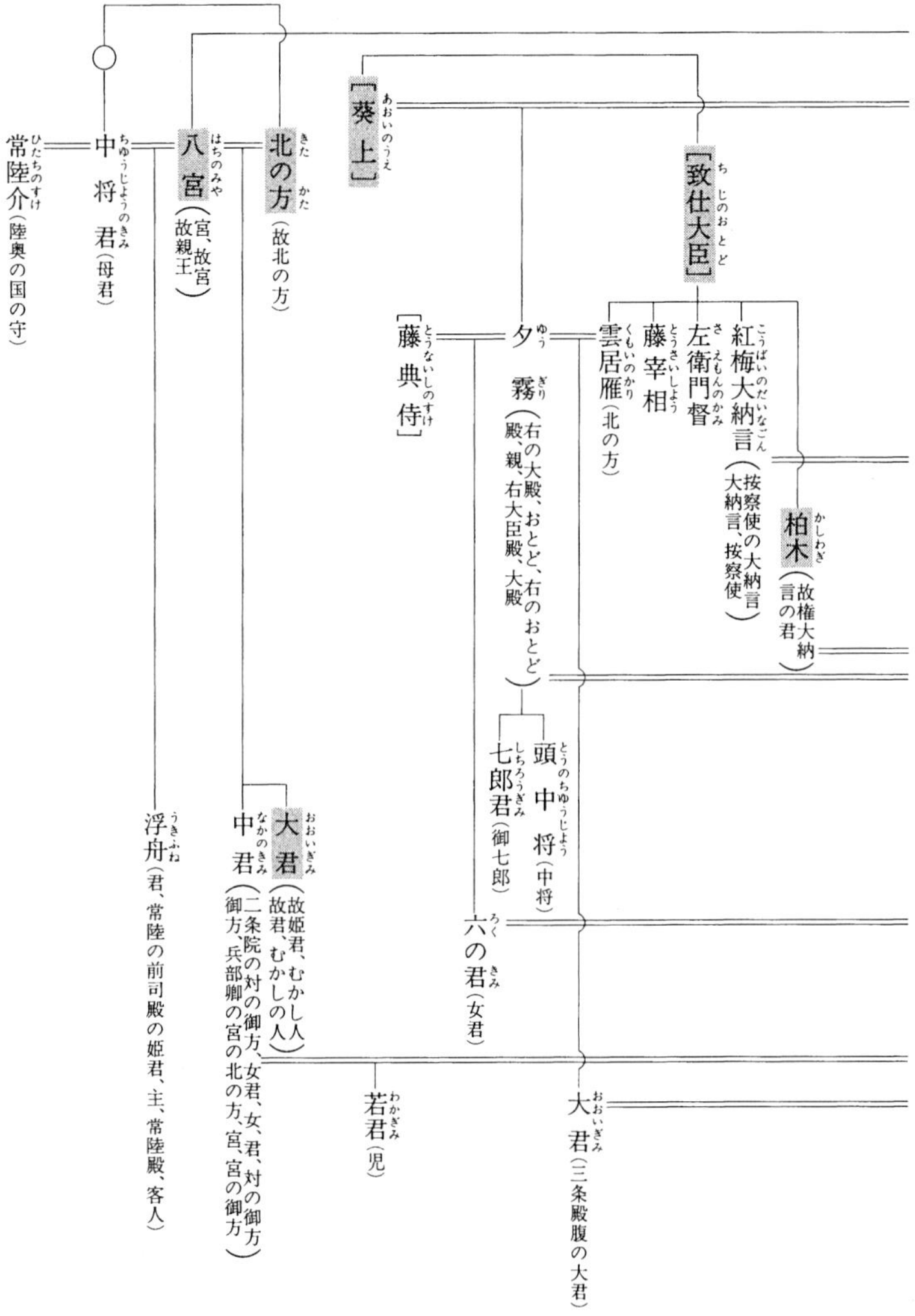

致仕大臣《ちじのおとど》
紅梅大納言《こうばいのだいなごん》（按察使の大納言、大納言、按察使）
柏木《かしわぎ》（故権大納言の君）
左衛門督《さえもんのかみ》
藤宰相《とうさいしょう》
雲居雁《くもいのかり》（北の方）
葵上《あおいのうえ》
夕霧《ゆうぎり》（右の大殿、おとど、右のおとど、殿、親、右大臣殿、大殿）
藤典侍《とうないしのすけ》
頭中将《とうのちゅうじょう》（中将）
七郎君《しちろうぎみ》（御七郎）
六の君《ろくのきみ》（女君）
大君《おおいぎみ》（三条殿腹の大君）
北の方《きたのかた》（故北の方）
八宮《はちのみや》（宮、故宮、故親王）
大君《おおいぎみ》（故姫君、むかし人、故君、むかしの人）
中君《なかのきみ》（二条院の対の御方、女君、女、君、対の御方、御方、兵部卿の宮の北の方、宮、宮の御方）
若君《わかぎみ》（児）
中将君《ちゅうじょうのきみ》（母君）
常陸介《ひたちのすけ》（陸奥の国の守）
浮舟《うきふね》（君、常陸の前司殿の姫君、主、常陸殿、客人）

[一]その比《(ころ)》、[二]藤壺《ふぢつぼ》と聞《き》こゆるは、故《こ》左大臣殿の女御になむおはしける。まだ春《(とう》[三]宮《ぐう)》と聞《(きこ)》えさせし時、人よりさきにまい《(ゐ)》り給《(たまひ)》にしかば、むつましくあはれなる方《かた》の御思ひは、ことにものし給《(たまふ)》めれど、[四]そのしるしと見《み》ゆるふしもなくて年経《としへ》給ふに、[五]中宮には、[六]宮《みや》たちさへあまた、こゝらを《(お)》となび給ふめるに、[七]さやうの事も少《すく》なくて、たゞ[八]女宮《(をんなみや)》一所《ひとゝころ》をぞ持《も》ちたてまつり給へりける。

[九]わがいとくちお《(を)》しく人におされたてまつりぬる宿世《すくせ》、嘆《なげ》かしくおぼゆるかはりに、この宮をだにいかで行《ゆ》く末《すゑ》の心も慰《なぐさ》むばかりにて見《み》たてまつらむと、か[一〇]しづき聞《(きこ)》え給ふ事をを《(お)》ろかならず。御かたちもいとお《(を)》かしくおはすれば、みかどもらうたきものに思《おも》ひきこえさせ給へり。女[一一]一の宮を、世《よ》にたぐひなきものにかしづき聞《(きこ)》えさせ給《(たまふ)》に、[一二]大方《おほかた》の世のおぼえこそ及《およ》ぶべうもあらね、うち〳〵の御ありさまはおさ《(を)》〳〵を《(お)》とらず、父《ちゝ》おとゞの御勢《いきほ》ひいかめしかりしなごりいたく衰《おとろ》へねば、ことに心もとなき事などなくて、さぶらふ人〳〵のなり姿《すがた》よりはじめ、[一三]たゆみなく、時〳〵につけつゝとゝのへ好《この》み、いまめかしくゆへ《(ゑ)》〳〵し

1 藤壺女御と女二宮

一「そのころ」は、新しい人物を登場させる際の語り出しの型。「その比(ころ)、按察大納言と聞こゆるは、故致仕のおとゞの次郎なり」([四]紅梅二三二頁)、「そのころ、世に数まへられ給はぬ古宮おはしけり」([四]橋姫二九八頁)。手習巻冒頭にも見える。「そのころの事と、あまたみゆる人まねのやうにかたはらいたけれど」(堤中納言物語・はなだの女御)。

二 今上帝の女御。梅枝巻で明石姫君(現中宮)より先に東宮妃となった左大臣の三の君([三]一六〇頁)と同一人物であろう(細流抄)。梅枝巻では「麗景殿」と号したが、のち藤壺に移ったか(湖月抄)。

三 今上帝が東宮でいらした頃、他の方より先に(東宮妃として)参られたので。

四 その表れと思えるようなご寵愛もなくて。「さして時めき給はざる事也」(湖月抄)。

五 明石中宮。[四]御法巻以降、中宮。

六 中宮という地位のみならず皇子皇女までがたくさん、こんなにも大きくなっておられるようなのに、の意。

七(藤壺女御には)御子の誕生ということも。

八 今上帝の女二宮。

九 藤壺女御の心内。自分の、悔しくも人(明石中宮)に負けておしまいになった前世からの定めが、嘆かわしく思える、その代わりに、せめてわが子女二宮を何とか将来自分が満足がゆくまで面倒を見てさしあげようと。

一〇 藤壺女御は我が子女二宮を大切にお育て申

きさまにもてなし給へり。

2 藤壺女御の死

[一四]十四になり給ふ年《とし》、御裳着《き》せ奉りたまはんとて、春よりうちはじめて、他事《こと》なくおぼし急《いそ》ぎて、何《なに》事もなべてならぬさまにとおぼしまうく。[一五]いにしへより伝《つた》はりたりける宝物《たからもの》ども、このお《(を)》りにこそはと探《さが》し出《い》でつゝ、いみじくいとなみ給《(たまふ)》に、女御、夏《なつ》ごろ、ものゝけにわづらひ給《(たまひ)》て、いとはかなく亡《う》せ給《(たまひ)》ぬ。言《い》ふかひなくくちお《(を)》しき事を内《うち》[一六]にもおぼし嘆《なげ》く。[一七]心ばえ《(へ)》なさけ〳〵しく、なつかしきところおはしつる御方《かた》なれば、殿上人どもも、「こよなくさう〴〵しかるべきわざかな」とお《(を)》しみきこゆ。[一八]大方《おほかた》さるまじき際《きは》の女官《(にょくわん)》などまで、しのびきこえぬはなし。

[一九]宮は、まして若《わか》き御心《(ここ)》ちに心ぼそくかなしくおぼし入《い》りたるを、[二〇]聞《き》こしめして、心ぐるしくあはれにおぼしめさるれば、御[二一]四十九日過《す》ぐるまゝに[二二]忍《しの》びてまい《(ゐ)》らせたてまつらせ給へり。[二三]日ゝにわたらせ給《(たまひ)》つゝ、見《み》たてまつらせ給《(たまふ)》。[二四]黒《くろ》き御衣《ぞ》にやつれておはするさま、いとゞらうたげにあてなるけしきまさり給へり。心ざまもいとよくおとなび給《(たまひ)》て、母女御よりもいますこ[二五]しづしやかに重《おも》りかなる所はまさりたまへるを、うしろやすくは見《み》たてまつらせ給へど、まことには、

しなさる。
一二 明石中宮腹の皇女。
一三 (女二宮は)一般的な世評では(后腹の女一宮に)及ぶべくもないが、実際のご境遇はそうそう(女一宮に)劣るわけではなく。
一三 怠りなく、時節に応じて趣味よく調え。
一四 旧年立では早蕨巻と同じ年、新年立ではその前年の総角巻と同じ年に当たる。本居宣長・源氏物語年紀考参照。以下新旧年立の相違により、本文の解釈が分かれる箇所がある。
一五 左大臣家伝来の宝物。
一六 今上帝におかれても。
一七 (藤壺女御は)思いやり深く、親しみやすい性格のお人だったので。
一八 直接関わりのない身分の(低い)女官。
一九 女二宮。
二〇 (帝が)お聞きあそばして。
二一 明星抄は「なななぬか」の訓みを付す。細流抄・夕顔巻に「四十九日　いつくまても(イにても)訓によむべし」。「なゝ七日」(伊勢物語七十八段)、「七々日」(梅沢本栄花物語・たまのかざり)、「しじふくにち」と読むも可能。参考「四十九日／秋風の四方の山よりおのがじしふくにちりぬる紅葉かなしな」(拾遺集・物名・藤原輔相)。
二二 帝は私的に女二宮を宮中に呼び寄せる。
二三 (帝は)毎日(女二宮のもとへ)お越しになって。
二四 喪服。
二五 落ち着いて重々しい。母女御の「なつかしきところ」(六行)との対照。→三六頁二行。次行「見たてまつらせ給」うのは帝。

御母方《はゝかた》とても、後見《うしろみ》と頼《たの》ませ給《(たまふ)》べきをぢなどやうのはか〴〵しき人もなし。わづかに一大蔵《くら》卿、修理《すり》の大夫《かみ》などいふは、女御にも異腹《ことはら》なりける、二ことに世のおぼえを《(お)》もりかにもあらず、やんごとなからぬ人〴〵を頼《たの》もし人にておはせんに、三女は心ぐるしき事多《おほ》かりぬべきこそいとお《(ほ)》しけれなど、御心ひとつなるやうにおぼしあつかふもやすからざりけり。

四御前《まへ》の菊移《きくうつ》ろひはてて五盛《さか》りなるころ、空のけしきのあはれにうちしぐるゝにも、まづこの六御方《かた》に渡《わた》らせ給《(たまひ)》て、むかしの事など聞《(きこ)》えさせ給ふに、御いらへなどもおほどかなるものから、いはけなからずうち聞《き》こえさせ給ふを、うつくしく思《おも》ひ聞《(きこ)》えさせ給《(たまふ)》。七かやうなる御さまを見《み》知りぬべからん人のもてはやしきこえんも、八などかはあらん、九朱雀院《(すざくゐん)》の姫宮《ひめ》を、六条院《(ろくでうのゐん)》に譲《ゆづ》りきこえ給《(たまひ)》しおり《(を)》の定《さだ》めどもなどおぼしめし出《い》づるに、一〇しばしは、いでや飽《あ》かずもあるかな、さらでもおはしなましと聞《き》こゆる事どもありしかど、一一源中納言の人よりことなるありさまにて、かくよろづを後見《うしろみ》たてまつるにこそ、そのかみの御おぼえ衰《おとろ》へず、やんごとなきさまにてはながらへ給《(たまふ)》めれ、一二さらずは、御心よりほかなる事どもも出《い》で来《き》て、を《(お)》のづから人に軽《かる》められ給《(たまふ)》こともやあらましなど、おぼしつゞけ

一 大蔵卿は正四位下、修理大夫は従四位下相当の官職。 二 書陵部本・承応板本・首書本・湖月抄本「けり」。陽明本「(ことはらにそおはし)ける」。 三 女の場合は心痛もきっと多いにちがいない、それが不憫だなどと、(帝は)ご自分一人の責任であるかのようにあれこれ思案なさるにつけても、心配が絶えないのであった。 四 清涼殿の前庭。「御前なる菊を折《(を)》りて左大将さしかへ給《(たまふ)》」([一]紅葉賀二四三頁)。 五 古来「うつろひはてずして」(細流抄)の意に解し、湖月抄など「うつろひはてゝ」に作るが、契沖は「ての字清むべし。…又伊勢物語に神無月のつごもりがた菊のうつろひさかりなるにといへり。うつろふ事のさかりなる也」(源註拾遺)と説く。↓九四頁一五行。国宝源氏物語絵巻の薫の直衣の文様(浮線綾)によれば、季節は冬か。 六 (帝は)女二宮の居室にお越しになり、亡き藤壺女御のことなどを。女二宮は藤壺に住む(一〇〇頁に「藤壺の宮」の呼称が見える)。 七 このような女二宮のお人柄を分かることのできる人(男)が(女二宮を妻として)大切にお世話申しあげるのも。 八 何の問題があろうか、構わない、の意を表す慣用句。→[三]藤袴一〇一頁注三一。承応板本・首書本・湖月抄本「などかはあらざらん」。 九 朱雀院が女三宮を源氏にお譲り申し上げなさった時の議論。→[三]若菜上二二八頁。 一〇 (女三宮降嫁の)当初は、いや感心できないことよ、(女三宮は)結婚なさらずにいらっしゃればよいものをという声もあったが。 一一 (子の)薫が人にすぐれたお方で、こうして万事(女三宮の)面倒を見てさしあげているからこそ、(女三宮は)昔ながらの評判も落とさず貴婦人として今日までお過ごしになれたようなものだ。 一二 そうで

3 女二宮、薫に降嫁か

て、ともかくも[一三]御覧ずる世にや思《おも》ひ定《さだ》めましとおぼし寄《よ》るには、やがてその[一四]ついでのまゝに、この中納言よりほかに、よろしかるべき人、又なかりけり。[一五]宮たちの御かたはらにさし並《なら》べたらんに、何事もめざましくはあらじを、[一六]もとより思《(おもふ)》人持《も》たりて、聞《(きき)》にくき事うちまずまじくはたあめるを、[一七]つゐ《(ひ)》にはさやうの事なくてしもえあらじ、さらぬ先《さき》に、さもやほのめかしてましなど、お《(を)》り〳〵おぼしめしけり。

[一八]御《ご》碁など打《う》たせ給ふ。暮《く》れゆくまゝに、しぐれお《(を)》かしき程に、花の色も[一九]夕映《ば》えしたるを御覧じて、人召《め》して、「[二〇]たゞいま、殿上にはたれ〳〵か」と問《と》はせ給《(たまふ)》に、「[二一]中務の親王《みこ》、[二二]上野《かんつけ》の親王《みこ》、[二三]中納言源《みなもと》の朝臣《あそん》さぶらふ」と奏《そう》す。「中納言の朝臣《あそん》こなたへ」と仰《おほ》せ事《(こと)》ありてまい《(ゐ)》り給へり。げにかくとりわきて召《め》し出《い》づるもかひありて、とを《(ほ)》くよりかほ《(を)》れるにほひよりはじめ、人に異《こと》なるさまし給へり。「[二四]けふのしぐれ、常《つね》よりことにのどかなるを、[二五]遊《あそ》びなどすさまじき方《かた》にて、いとつれ〴〵なるを、[二六]いたづらに日を送る戯《たはぶ》れにて、これなんよかるべき」とて、碁盤《ばん》召《め》し出《い》でて、[二七]御碁の敵《かたき》に召《め》し寄《よ》す。いつもかやうに[二八]け近《ちか》くならしまつはし給ふにならひにたれば、さにこそはと思《おも》ふに、「よき[二九]賭物《のりもの》はありぬ

なければ、(女三宮の)お気持に反するような事態も起こって、自然人から軽んじられなさることもあろうものをなど。一三 (帝は)ご自分の在位中に(女二宮の配偶者を)決めてしまうのがよかろうと、思い立ちあそばすにつけては。一四 帝の父朱雀院が女三宮を源氏に降嫁させたのを踏襲して、帝が女二宮を源氏の子薫(中納言)に降嫁させることをいう。「ついでのまゝに」→四匂宮二一三頁注二六。一五 (薫なら)内親王のお側に並べてみても、万事身分不相応ということはあるまい。一六 以前から愛人がいて、醜聞が発生するといった隙もなさそうだが。三条西本・書陵部本・承応板本・首書本・湖月抄本など「(思ふ人)もたりとて」、陽明本「もたて」。

4 帝、女二宮、薫と碁

一七 いつかはそのようなことが起こらぬとも限らないだろう、そうならぬ前に、女二宮との結婚はどうかとさりげなく打診してみようか。一八 帝が女二宮と碁をなさる。一九 夕方の薄明に映えるさま。二〇 帝の言。二一 「中務親王は今上の御子也」(細流抄)。→東屋一五九頁一行。二二 系図未詳の人物。「上野親王は当代の親王にあらず」(細流抄)。「上野 カムツケ」(色葉字類抄)。二三 薫。「御前にて人をめす時にはその人の官姓かばねを奏する事なり」(花鳥余情)。二四 帝の言。二五 (女二宮は服喪中ゆえ)管絃の遊びなどはふさわしくないので。二六 「職は散なり　優閑の地　身は慵《(ものう)》し　老大の時　春を送るには　唯だ酒有り　日を銷するには　棋に過ぎず」(白氏文集十六・官舎閑題)をふまえるか(花鳥余情)。二七 碁のお相手。二八 (帝が薫を)お側近くにお呼び寄せになるのは常のことなので、(薫は)そんなことだろうと。二九 勝負に賭けるもの。「賭 ノリ物」(名義抄)。「よき賭

べけれど、かる〴〵しくはえ渡《わた》すまじきを、何をかは」などのたまはする御けしき、いかゞ見《み》ゆらん、いとゞ心づかひしてさぶらひ給《(たまふ)》。

さて打《う》たせ給ふに、[一]三番《ばん》に数一《ひと》つ負《ま》けさせ給ひぬ。「ねたきわざかな」とて、「[二]まづけふは、この花一枝《ひとえだ》ゆるす」とのたまはすれば、御いらへ聞《(きこ)》えさせで、下《お》りておもしろき枝《えだ》をおり《(を)》てまい《(ゐ)》り給へり。

[三]世《よ》のつねの垣《かき》根ににほふ花ならばこゝろのまゝにおり《(を)》て見《み》ましを

と奏《そう》し給へる、[四]ようゐ《(い)》あさからず見《み》ゆ。

[五]霜にあへず枯《か》れにし園《その》の菊なれど残《のこ》りの色はあせずもある哉《(かな)》

との給はす。

かやうにおり《(を)》〳〵ほのめかさせ給《(たまふ)》御けしきを、人づてならずうけ給《(たまは)》りながら、[六]例《れい》の心の癖《くせ》なれば、忙《いそが》しくしもおぼえず。[七]いでや、本意《ほい》にもあらず、[八]さま〴〵にいとお《(ほ)》しき人〳〵の御事どもをも、よく聞《き》き過《す》ぐしつゝ年経《としへ》ぬるを、いまさらに[九]聖《ひじり》のものの、世《よ》に還《かへ》り出《い》でん心《(ここ)》ちすべき事と思ふも、かつはあやしや、[一〇]ことさらに心を尽《つ》くす人だにこそあなれとは思《(おもひ)》ながら、[一一]后腹《きさきばら》におはせばしもとおぼゆる心のうちぞ、あまりおほけなかりける。

物」は暗に女二宮をさす。

一 三番勝負で帝が一つ負け越し。 二 いずれ女二宮をゆるす、という含みの言。「一枝ゆるす」は「聞き得たり園中に花の艶を養ふことを 君に請ふ一枝の春を折ることを許せ」(和漢朗詠集・下・恋)をふまえる(花鳥余情)。 三 薫の歌。ありふれた垣根に咲いている菊の花なら自由に折って見るものを(内親王という高貴な身分でなければ、女二宮を気楽に妻にするのだが)。 四 「用意」で、心遣い、の意。 五 帝の歌。霜に負けて枯れてしまった菊の花であるが、移ろった後の色は鮮やかなものだ。母藤壺女御に先立たれた女二宮の美しさを寓する。 六 (薫は)いつもの(悠長な)ご性分で。薫は「心のどかなる人」と語られていた(四総角四三一頁注二一)。 七 以下一四行目「だにこそあなれ」まで、薫の心内。いやはや、(女二宮との縁談は)自分の望みではない。 八 いろいろ申し訳ない結果になった女性たちとの縁談をも、こじらすことなく聞き流して。宇治の大君から依頼された中君、右大臣の六の君(→注一二)のこと。 九 (女二宮と結婚しては)女人に縁のない聖が還俗(げんぞく)するような気がする。「ひしりのものゝ」は、青表紙他本・陽明本「ひしりの」、承応板本・首書本「ひしりよのものゝ」、河内本・書陵部本「ひしりやうのものゝ」。 一〇 格別に(女二宮獲得に)熱心な人さえいるということなのに。 一一 (女二宮が)明石中宮腹の内親王でいらしたならばと思わないでもない(薫の)心中は、あまりにもあつかましい。 一二 夕霧。三条西本・承応板本・首書本・湖月抄本など「左大臣との(殿)」、書陵部本「左のおほい殿」。「夕霧は竹河巻に左大臣に転ず。右大臣はあやまれる也。但藤壺女御の父左大臣

か〻る事を、[一二]右大殿《(みぎの)》ほの聞給《(ききたまひ)》て、六の君はさりともこの君にこそは、しぶ〳〵なりともまめやかにうらみ寄《よ》らば、つい《(ひ)》にはえいなびはてじとおぼしつるを、[一三]思ひのほかの事出《い》で来《き》ぬべかなりとねたくおぼされければ、兵部卿の宮はた、わざとにはあらねど、おり《(を)》〳〵につけつ〻お《(を)》かしきさまに聞《き》こえ給《(たまふ)》事など絶《た》えざりければ、[一四]さはれ、なを《(ほ)》ざりのすきにはありとも、さるべきにて御心とまるやうもなどかなからん、[一五]水漏《も》るまじく思《(おもひ)》定《さだ》めんとても、なを《(ほ)》〳〵しき際《きは》に下《くだ》らん、はたいと人わろく、飽《あ》かぬ心《(こゝ)》ちすべしなど、おぼしなりにたり。

「[一六]女子《ご》うしろめたげなる世の末《すゑ》にて、[一七]みかどだに婿求《むこもと》め給ふ世《よ》に、ましてた[一八]ゞ人の盛《さか》り過《す》ぎんもあいなし」など、[一九]そしらはしげにの給《(たまひ)》て、[二〇]中宮をもまめやかにうらみ申 給《(まうしたまふ)》事たび重《かさ》なれば、聞《き》こしめしわづらひて、「[二一]いとお《(ほ)》しく、かくおほな〳〵思ひ心ざして年経《としへ》給ひぬるを、あやにくにのがれきこえ給はんもなさけなきやうならん。親王《みこ》たちは、[二二]御後見《うしろみ》からこそともかくもあれ、[二三]上《うへ》の、御代《よ》も末《すゑ》になり行《(ゆく)》とのみおぼしの給《(たまふ)》めるを、[二四]たゞ人こそ、ひと事に定《さだ》まりぬれば、又心を分《わ》けんこともかたげなめれ。[二五]それだに、かのおとゞの、まめだちながら、こなたかなたうらやみなくもてなして、ものし給はずやはある。まして、

5 六の君と匂宮

にまぎる〻によりて、しばらくもとの右大臣をいへるにや」（花鳥余情）。六の君は藤典侍《(とうないしのすけ)》腹の娘（四匂宮二一二頁注一九）。薫との縁談のこと↓早蕨一九頁注一四。薫と女二宮の縁談をさす。 一三 思いがけぬこと。薫との縁談のこと。 一四 ままよ、本気ではない恋のすさびであるにせよ、縁あって（六の君が匂宮の）お気に召すこともどうしてないといえよう。 一五 仲むつまじい夫婦になるようにと思って婿選びをするにしても、取るに足らぬ身分の男の妻に身を落とすのは、それはまたみっともなく、不満に思うことになろう。「などてかくあふごかたみになりにけん水漏らさじと結びしものを」（伊勢物語二十八段）。 一六 女子の将来が不安な末世。「かしこき筋と聞こゆれど、女はいと宿世定めがたくおはします物なれば」（三若菜上二一五頁）。「御子たちは、ひとりおはしますことは例の事なれど」（三若菜上二一五頁注二六）をふまえた言。 一七 皇女独身の伝統をふまえた言。 一八 皇女でもない六の君が、の意。 一九 （夕霧は帝のことを）非難がましく口になさって。帝に対する「そしらはしげ」の語、一〇一頁にも見える。 二〇 明石中宮。夕霧の異母妹。 二一 明石中宮の匂宮に対する言。お気の毒に、（夕霧が）このように（匂宮を婿にと）懸命に希望なさって長年になるのに、意地悪く逃げようとなさるのも、思いやりに欠けるというものだろう。「おほな〳〵」↓早蕨一九頁注一七。 二二 後見人次第で良くも悪くもなるものだ。 二三 帝が、ご自分の治世も残り少ないというようなことばかり口になさっているようだが。 二四 臣下の者なら（妻が）誰か一人に決まってしまえば、もう一人妻を娶ることもむつかしかろう。「ひと事」、河内本・書陵部本・承応板本・首

[一]これは思《(お)》ひをきてきこゆる事もかなはば、あまたもさぶらはむになどかあらん」など、例《れい》ならず言《こと》つゞけて、[二]あるべかしく聞《き》こえさせ給ふを、[三]我《(わが)》御心にも、もとよりもて離《はな》れてはたおぼさぬ事なれば、[四]あながちにはなどてかはあるまじきさまにも聞《き》こえさせ給《(たまは)》ん。たゞ[五]いと事うるはしげなるあたりに取《と》り込《こ》められて、心やすくならひ給へるありさまの所せからん事を、なま苦《くる》しくおぼすに[六]ものうきなれど、げに[七]このおとゞにあまり怨《ゑん》ぜられはてんもあいなからんなど、やう〳〵おぼしよは《(わ)》りにたるべし。[八]あだなる御心なれば、かの[九]按察使《あぜち》の大納言の紅梅《こうばい》の御方をも猶《(なほ)》おぼし絶《た》えず、花紅葉《もみぢ》につけて[一〇]ものの給ひわたりつゝ、[一一]いづれをもゆかしくはおぼしけり。[一二]されど、その年《とし》はかはりぬ。

女二の宮も[一三]御服《ぶく》はてぬれば、[一四]いとゞ何事にか憚《はゞか》り給《(たまは)》ん。[一五]さも聞《き》こえ出《い》でばとおぼしめしたる御けしきなど、告《つ》げきこゆる人〳〵もあるを、[一六]あまり知《し》らず顔《がほ》ならんもひが〳〵しうなめげなりとおぼしおこして、[一七]ほのめかしまい《(ゐ)》らせ給《(たまふ)》お《(を)》り〳〵もあるに、[一八]はしたなきやうはなどてかはあらん。そのほどにおぼし定《さだ》めたなりと伝《つて》にも聞《き》く、[一九]身《(み)》づから[二〇]御けしきをも見《み》れど、心のうちには、なを《(ほ)》飽《あ》かず[二一]過給《(すぎたまひ)》にし人のかなしさのみ忘《わす》るべき世《よ》なくおぼゆれば、[二二]うたて、かく

書本・湖月抄本など「ひとかた」。二五 そうであってさえ、あの夕霧が、実直そうな顔をして、雲居雁と落葉宮双方を怨めしい思いを抱かせず(上手に)扱って。

一 あなたの場合は、心づもりをしてさしあげている(立坊の)事が叶った暁には、側室は大勢お仕えしても一向構わないのです。 二 筋道を立てても。 三 匂宮ご自身のお気持としても。 四 無理には、どうして(六の君の件を)話にならないといったふうに(中宮に)申し上げたりなさろうか。 五 たいそう四角ばった右大臣家にがんじがらめにされて。 六 (匂宮は六の君との縁談に)気が進まないのであるが。 七 夕霧。 八 匂宮の性分。紅梅巻では「いといたう色めき給《たま》(ひ)て、通ひ給ふ忍び所多く」(四二四三頁)。 九 柏木の弟、紅梅大納言。「紅梅の御方」は亡き蛍兵部卿宮の遺児、宮の御方。母は真木柱。母の紅梅大納言との再婚に際して大納言邸に移る。→四紅梅二三二頁。 一〇 三条西本・書陵部本・河内本・板本など「(つけて)もの給ひ」。 一一 六の君、宮の御方のどちらをも。

6 女二宮、忌明け

一二 「されどとは、紅梅の御かたも六君の事も沙汰ばかりにて未定して年のかはりぬると也」(湖月抄)。 一三 母女御の一周忌。女御の死は前年夏。↓二九頁五行。 一四 (女二宮の婚儀も)何に遠慮なさる必要があろうか。 一五 薫が結婚を申し出てくれば(許そう)とお思いの帝のご意向。 一六 (薫は)あまりに素知らぬ顔をするのも素直でなく無礼なことだと、意を決して。 一七 薫の方から女二宮降嫁の件を帝にそれとなく申し上げなさる。 一八 (帝が)冷淡なお返事を

契り深《ふか》くものし給《(たまひ)》ける人の、などてかはさすがに疎《うと》くては過《(すぎ)》にけんと、心得《え》がたく思ひ出《い》でらる。二二くちおし《(を)》き品《しなゝ》なりとも、かの御ありさまにすこしもおぼえたらむ人は、心《こゝろ》もとまりなんかし、二四むかしありけん香《かう》の煙《けぶり》につけてだに、いま一たび見《み》たてまつる物にもがなとのみおぼえて、二五やむごとなき方《かた》ざまに、いつしかなど急《いそ》ぐ心《こゝろ》もなし。

二六右《(みぎの)》大殿には急《いそ》ぎたちて、八月ばかりにと聞《き》こえ給《(たまひ)》けり。二七二条院《(にでうのゐん)》の対《たい》の御方には、聞《き》き給《(たまふ)》に、二八さればよ、いかでかは、二九数ならぬありさまなめれば、かならず人笑《わら》へにうき事出《い》で来《こ》んものぞとは、思ふ〳〵過《す》ごしつる世ぞかし、三〇あだなる御心と聞《(きき)》わたりしを、頼《たの》もしげなく思《(おもひ)》ながら、目《め》に近《ちか》くてはことにつらげなること見《み》えず、あはれに深《ふか》き契りをのみし給へるを、三一にはかに変《か》はり給《(たまは)》ん程いかゞはやすき心《(ここ)》ちはすべからむ、三二たゞ人の仲《なか》らひなどのやうに、いとしもなごりなくなどはあらずとも、いかにやすげなき事多《おほ》からん、なを《(ほ)》いとうき身なめれば、つい《(ひ)》には三三山住《ず》みに返《(かへる)》べきなめりとおぼすにも、三四やがて跡絶《た》えなましよりは、山がつの待《ま》ち思《おも》はんも人笑《わら》へなりかし。返ゝ《(かへすかへす)》も、三五宮のの給《(たまひ)》を《(お)》きしことにたがひて、三六草《くさ》のもとを離《か》れにける心がるさを、はづかしくもつらくも思《(おもひ)》

どうしてなさるはずがあろう。一九 高松宮本・承応板本・首書本・湖月抄本など「きゝ」に作る。「く」と「ゝ」は字体が紛らわしい。二〇 帝のご意向をも窺うが。「見れど」は帝に対しては敬意を欠く。「見たてまつれど」とあるべきところか。二一 宇治の大君。二二 なんと情けない、これほど前世からの因縁深くていらしたお方が、どうしてそうはいうものの疎遠な関係のままで亡くなってしまわれたのだろうと。二三 身分が卑しくても。二四 漢の武帝が亡き李夫人の面影を見るために焚かせたと伝える反魂香《(はんごう)》の煙。「人の国にありけむ香の煙ぞ、いと得まほしくおぼさるゝ」(四総角四四七頁注四一)。二五 高貴な女二宮との結婚に対しては。

7 中君の心境

二六 夕霧は(六の君と匂宮との婚儀の)準備を早めて。二七 中君。二八 以下、一三行「山住みに返べきなめり」まで、中君の心内。二九 人数にも入らぬ我が身の境遇。三〇 →注八。三一 (六の君を正室に迎えて匂宮の態度が)急にお変わりになったときには、どうして落ち着いていられようか。三二 (匂宮は皇族だから)普通人の夫婦仲などのように、(六の君を迎えたからとて)途端に心変わりするというようなことはないにせよ。三三 宇治の山里に住むこと。三四 このまま姿を消してしまうよりも、宇治の人々が待ち受けてあれこれ沙汰するであろう、それもみっともないことだ。「これより深き山を求めてやあと絶えなまし」(二明石五二二頁)。三五 父八宮のご遺言に背いて。「おぼろけのよすがならで、人の言にうちなびき、この山里をあくがれ給《(たまふ)》な」(四椎本三五一頁)。三六 草深い宇治の里。

知《し》り給《たまふ》。一故《こ》姫《ひめ》君の、いとしどけなげに物はかなきさまにのみ、何事もおぼしの給《たまひ》しかど、心の底《そこ》のづしやかなるところはこよなくもおはしけるかな、中納言の君の、いまに忘《わす》るべき世《よ》なく嘆《なげ》きわたり給《たまふ》めれど、もし二世《よ》におはせましかば、又かやうにおぼすことはありもやせまし、それをいと深《ふか》くいかでさはあらじと思《おもひ》入《い》り給《たまひ》て、とさまかうざまにもて離《はな》れん事をおぼして、三かたちをも変《か》へてんとし給《たまひ》しぞかし、四かならずさるさまにてぞおはせまし、いま思《おもふ》に、いかにを《お》もりかなる御心を《お》きてならまし、五亡《な》き御影《かげ》どもも《ゝ》、我をばいかに六こよなきあはつけさと見《み》給《たまふ》らんと、はづかしくかなしくおぼせど、七何《なに》かは、かひなきものから、かゝるけしきをも見《み》えたてまつらんと忍《しの》び返して、聞《き》き《ゝ》も入《い》れぬさまにて過《す》ぐし給ふ。

八宮は、常《つね》よりもあはれになつかしく起《お》き臥《ふ》し語《かた》らひ契《ちぎ》りつゝ、九この世《よ》ならず長《なが》き事をのみぞ頼《たの》めきこえ給《たまふ》。さるは、此《この》五《さ》月ばかりより、一〇例《れい》ならぬさまになやましくし給《たまふ》こともありけり。こちたく苦《くる》しがりなどはし給はねど、一一常《つね》よりも物まい《ゐ》る事いとゞなく、臥《ふ》してのみおはするを、一二まださやうなる人のありさまよくも見《み》知《し》り給はねば、たゞ暑《あつ》きころなればかくおはするなめりとぞおぼし

一 大君。「しどけなげ」は、はっきりとしない様。「…と、しどけなげにのたまひ消つもいとらうたげなるに」(㊂薄雲二四三頁注二七)。「づしやか」→二九頁注二五。
二 (大君が)生きて(薫と夫婦になって)いらしたら、大君も自分とおなじようにお感じになる事態が生じたことであろう。
三 尼になってしまおうと。
四 (亡くならなかったら大君は)きっとそう(尼に)なっていらしただろう。
五 今は亡き八宮や大君も。
六 この上なく軽率な者よと。
七 何になろう、仕方のないことなのに、自分の悲しみを(匂宮に)お見せ申したところでと(中君は)我慢して。
八 匂宮。
九 この世だけでなく(来世までの)末長い約束をひたすら(中君に)お与え申し上げなさる。「たのめ」は底本「たのみ」。諸本により改める。「この世のみならず契り頼めきこえ給へば」(㊃総角四二六頁注一九)。→五三頁注一九。

8 中君懐妊

一〇 普通でない様子。懐妊をいう。
一一 普段よりもお食事も一段と進まず。
一二 (匂宮は)いまだ身重の人の体調も詳しくはご存じないので。
一三 変だとお気づきになることもあって。
一四 妊娠した人が、このように体調を崩すというではないか。
一五 差し出がましく(懐妊のことを匂宮に)ご報告申し上げる女房もないので。

たる。さすがに一三あやしとおぼしとがむる事もありて、「もし、いかなるぞ。一四さる人こそ、かやうにはなやむなれ」などの給ふおり《(を)》もあれど、いとはづかしくし給《(たまひ)》て、さりげなくのみもてなし給へるを、一五さし過《(すぐし)》聞《(きこ)》え出《(いづ)》る人もなければ、たしかにもえ知《し》り給はず。

八月になりぬれば、一六その日など、ほかよりぞ伝《つた》へ聞《き》ゝ給《(たまふ)》。宮は、一七隔《へだ》てんとにはあらねど、言《い》ひ出《(いで)》んほど心ぐるしくいとお《(ほ)》しくおぼされて、さもの給はぬを、女君は、それさへ心うくおぼえ給ふ。忍《しの》びたる事にもあらず、世中《(よのなか)》なべて知《し》りたることを、一八その程などだにの給はぬことゝ、いかゞうらめしからざらん。一九かく渡《わた》り給《(たまひ)》にしのちは、ことなる事なければ、内《うち》にまい《(ゐ)》り給《(たまひ)》ても、夜《よる》とまる事はことにし給はず、二〇こゝかしこの御夜離《よが》れなどもなかりつるを、二一にはかにいかに思《(おもひ)》給はんと心ぐるしき紛《まぎら》はしに、このごろは時ゝ二二御宿直《とのゐ》とてまい《(ゐ)》りなどし給《(たまひ)》つゝ、二三かねてよりならはしきこえ給ふをも、たゞつらき方《かた》にのみぞ思《(おもひ)》を《(お)》かれ給ふべき。

中納言殿も、いと〱を《(ほ)》しきわざかなと聞《き》ゝ給ふ。二四花《はな》心におはする宮なれば、あはれとはおぼすとも、二五いまめかしき方《かた》にかならず御心移《うつ》ろひなんかし、二六女方《がた》

一六 (六の君との)婚儀の日はいつなど(中君は)よそから人づてに。
一七 (中君に)隠し事をしようというつもりではないが、(六の君とのことを)言い出すのが気の毒でかわいそうにお思いなさって、そうとも(中君に)おっしゃらないのを。
一八 (匂宮が)いつごろとさえ知らせて下さらない事よと、(中君は)どうして怨めしく思わないことがあろうか。
一九 中君が二条院へ移って来られて以後は。
二〇 あちこちの女たちに通って中君と夜を共にしないこと。
二一 急に(六の君ゆえの夜離れが生じると、中君は)どのようにお思いになろうかと気の毒で、その思いを紛らわすために。
二二 宮中の宿直のため参内。
二三 前もって(夜離れに)慣れるようにと(匂宮が)心遣いしてさしあげなさるのをも、(中君は)もっぱら(匂宮の)薄情さとしか思えずお怨みなさることであろう。
二四 以下次頁一一行「急ぎせしわざぞかし」まで薫の心内。「花心」は歌語で浮気心の意。「散りぬべき花心ぞとかつ見つつ頼みそめけむ我やなになる」(元良親王集)。匂宮の浮気心は、「月草の色なる御心」(四総角四三七頁注二五)とも語られた。
二五 目新しい方、すなわち六の君。
二六 六の君のお里も権勢を誇る家で、口やかましく(匂宮を)引き留めておこうとなされば、(中君が)匂宮を待ちながら独り寝をする夜も多くなることだろう、それが気の毒だ。

9 薫、中君を思う

もいとした〻かなるわたりにて、ゆるひなくきこえまつはし給はば、月ごろもさもならひたまはで、待《ま》つ夜多《おほ》く過《す》ごし給《(たまは)》んこそあはれなるべけれなど、思ひ寄《よ》るにつけても、[一]あひ《(い)》なしや、我心《(わが)》よ、何《なに》しに譲《ゆづ》り聞《(きこ)》えけん、[二]むかしの人に心をしめてしのち、大方《おほかた》の世をも思ひ離《はな》れて澄《す》みはてたりし方《かた》の心も濁《にご》りそめにしかば、たゞ[三]かの御事をのみとさまかうざまには思《(おもひ)》ながら、さすがに[四]人の心ゆるされであらむことは、はじめより思ひし本意《ほい》なかるべしと憚《はゞか》りつゝ、たゞいかにしてすこしもあはれと思《おも》はれて、うちとけたまへらんけしきをも見《み》んと、行《ゆ》く先《さき》のあらましごとのみ思《(おもひ)》つゞけしに、[五]人はおなじ心にもあらずもてなして、さすがに[六]一方《ひとかた》にもえさし放《はな》つまじく思ひたまへる慰《なぐさ》めに、[七]おなじ身ぞと言《い》ひなして、[八]本意《ほい》ならぬ方《かた》におもむけ給ひしが、ねたくうらめしかりしかば、まづ[九]その心をき《(お)》てをたがへんとて、急《いそ》ぎせしわざぞかしなど、あながちにめゝしくものぐるお《(ほ)》しく、[一〇]率《ゐ》てありきたばかりきこえしほど思ひ出《(いづ)》るも、いとけしからざりける心かなと、返すぐ〳〵ぞくやしき。

[一一]宮もさりとも、[一二]その程のありさま思ひ出《い》で給はば、我《(わが)》聞《き》かん所をもすこしは憚《はゞか》り給はじやと思《(おもふ)》に、[一三]いでや、いまはそのおり《(を)》の事など、かけてもの給ひ出《い》

一 つまらぬことをしたものだ、我が心ながら、どうして(中君を匂宮に)お譲りしたのだろう。
二 大君にもっぱら心を寄せるようになって以来、(それまで)俗世をも思い捨てて澄み切っていた(仏道に寄せる)思いも。
三 大君のこと。
四 大君が不承知のまま契りを結ぶのは、当初の考えに反するだろうと遠慮して。
五 大君は(薫とは)同じ考えではないような態度で。「おなし心」、三条西本・板本など「心」。
六 一方的に(薫を)突き放すわけにはいくまいとお思いになった、その気休めに。
七 妹だから同じことと強弁して。「…おなじことに思ひなし給へかし。身を分けたる心の中はみな譲りて、見たてまつらむ心ちなむすべき」(四総角四〇一頁)。
八 本来の望みではない方、すなわち中君に(薫を)近づけようとなさった。
九 薫を中君にという大君の企てを、その通りにはなるまいとして、急遽中君に匂宮を手引きしたのだった、の意。
一〇 (薫が匂宮を宇治へ)つれていって(中君に)手引きをしてさしあげたときのことを思い出すにつけ。
一一 匂宮。
一二 中君との馴れ初めをお思い出しになるなら、私(薫)への聞こえを思って多少は控えめになさらぬこともあるまいと思うが。
一三 いや、現在はその頃のことなど、おくびにもお出しにならぬようだ。
一四 心変わりしやすい人。
一五 相手の女だけでなく誰に対しても、あてにならず軽率な振舞いをしかねないようだ。
一六 (薫は)自分がまったくあまり一途に物を思

でざめりかし、なを《(ほ)》あだなる方《かた》に進《すゝ》み、一四移《うつ》りやすなる人は、一五女のためのみにもあらず、頼《たの》もしげなくかる〴〵しき事もありぬべきなめりかしなど、にくゝ思ひきこえ給《(たまふ)》。一六わがまことにあまり一方《ひとかた》にしみたる心ならひに、人はいとこよなくもどかしく見《み》ゆるなるべし。

一七かの人をむなしく見《み》なしきこえ給ふ《(う)》てしのち思《(おもふ)》には、みかどの御むすめをたまはんと思《おも》ほしを《(お)》きつるも、うれしくもあらず、一八この君を見《み》ましかばとおぼゆる心の月日にそへてまさるも、たゞ一九かの御ゆかりと思《(おもふ)》に、思《おも》ひ離《はな》れがたきぞかし、二〇はらからといふ中《なか》にも、限《かぎ》りなく思《おも》ひかはし給へりし物《(もの)》を、二一いまはとなり給《(たまひ)》にしはてにも、二二とまらん人をおなじ事と思《おも》へとて、二三よろづは思《おも》はずなる事もなし、たゞ二四かの思《(おもひ)》を《(お)》きてしさまをたがへ給へるのみなん、くちおし《(を)》うらめしきふしにて、二五この世には残るべきとの給《(たまひ)》しものを、二六天翔《あまがけ》りても、かやうなるにつけては、いとゞつらしとや見《み》給覧《(たまふらむ)》など、つく〴〵と二七人やりならぬひとり寝《ね》し給ふ夜《よ》な〳〵は、はかなき風の音にも目《め》のみ覚《さ》めつゝ、来《き》し方行《かたゆ》く先《さき》、二八人の上《うへ》さへあぢきなき世を思ひめぐらし給ふ。

二九なげのすさびにものをも言《い》ひふれ、け近《ちか》く使《つか》ひ馴《な》らし給《(たまふ)》人〳〵の中《なか》には、

い詰める性分なので、匂宮のことはこの上なく非難がましく思えるのであろう。

一七 大君に先立たれなさった後。「みなしきこえ給ふてし」、書陵部本・承応板本・首書本・湖月抄本「みたてまつりなしてし」に作る。

一八 中君と一緒になっていたらと。

一九 大君と血を分けた人だと思うので。

二〇 同腹の姉妹という中でも(大君と中君は)。

二一 (大君が)臨終をお迎えになったその最期にも。

10 薫、大君を追憶

二二 (大君は)後に残る中君を自分と同様に思ってくれといって。以下、「この世には残るべき」までの大君の言葉。総角巻に「このとまり給はむ人を、おなじこと思ひきこえ給へとほのめかしきこえしに、たがへ給はざらましかば、うしろやすからましと、これのみなむうらめしきふしにてとまりぬべうおぼえ侍(るはべ)」(四四五八頁)。

二三 (他には)何も不満はない。

二四 中君を薫と結婚させようというもくろみに(薫が)背きなさったことだけが。

二五 (私は)あの世へ行くに行けない気持だ。

二六 (大君の魂は)空から御覧になっても、(匂宮と六の君の結婚という)こういうありさまでは、これまでにもまして(薫を)心ない者とご覧になるのではないかと。「天翔る」→三若菜下三七二頁注二、四総角四五五頁四行。

二七 自分が選んだ結果にほかならぬ独り寝。

二八 「中君の物思ひ給ふ事までを思ひめぐらすとなり」(岷江入楚)。

二九 かりそめの慰みごと。「なげの御すさびにても、おしなべたる世の常の人をば目とゞめ耳たて給はず」(二蓬生一五三頁二行)。

を《(お)》のづからにくからずおぼさるゝもありぬべけれど、まことには[一]心とまるもなきこそさはやかなれ。さるは、[二]かの君たちの程にを《(お)》とるまじき際《ゝは》の人〳〵も、時世《よ》に従《したが》ひつゝ衰《おとろ》へて、心《こゝろ》ぼそげなるすまゐ《(ひ)》するなどを、尋《たづ》ねとりつゝあらせなどいと多《おほ》かれど、[三]いまはと世をのがれ背《そむ》き離《はな》れん時、この人こそと、とりたてて心《こゝろ》とまる絆《ほだし》になるばかりなる事はなくて過《す》ぐしてんと思《(おもふ)》心深《こゝろふか》かりしを、[四]いとさもわろく、わが心ながらねぢけてもあるかななど、常《つね》よりもやがてまどろまず明《あ》かし給へるあしたに、[五]霧《きり》の籬《まがき》より、花の色〳〵おもしろく見《み》えわたれる中《なか》に、朝顔《あさがほ》のはかなげにてまじりたるを、猶《(なほ)》ことに目《め》とまる心地し給《(たまふ)》。[六]明《あ》くる間《ま》咲《さ》きてとか、[七]常《つね》なき世《よ》にもなずらふるが、心ぐるしきなめりかし、[八]格子《かうし》も上《あ》げながら、いとかりそめにうち臥《ふ》しつゝのみ明《あ》かし給へば、この花の開《ひら》くる程をも、たゞひとりのみ見《み》給ひける。

11　薫、中君を訪う

人召《め》して、「[九]北《きた》の院にまい《(ゐ)》らむに、こと〳〵しからぬ車《くるま》さし出《い》でさせよ」との給へば、「[一〇]宮は、きのふより内《うち》になんおはしますなる。よべ御車率《い》て帰《かへ》り侍りにき」と申す。「[一一]さはれ、かの対《たい》の御方のなやみ給《(たまふ)》なる、とぶらひきこえむ。けふは[一二]内《うち》にまい《(ゐ)》るべき日なれば、日たけぬさきに」との給《(たまひ)》て、御装束《さうぞく》し給《(たまふ)》。[一三]出《い》

一（薫が）愛着を抱くような女もいないのはさっぱりしたものだ。
二 宇治の大君、中君姉妹。
三 いよいよ遁世出家しようという時に、この人のことが（心配だ）と、とくに愛着が残って束縛されるようなことにはならないで。「世のうきめ見えぬ山路へ入らむには思ふ人こそほだしなりけれ」（古今集・雑下・物部良名）。
四 何とも未練がましく、自分の心ながらひねくれていることよ。
五 霧の立ちこめた籬から（咲きこぼれて）。「秋はてて霧のまがきにむすぼれあるかなきかにうつるあさがほ」（㈢朝顔二五七頁）。
六 古来「あさがほは常なき花の色なれやあくるま咲きてうつろひにけり」（花鳥余情）を引歌として挙げるが、出典未詳。
七 無常の世にも喩えたりするのが、痛々しく思えるのであろう。「殿上にて、これかれ世のはかなきことをいひて、朝顔の花見るといふところを／朝顔を何はかなしと思ひけん人をも花はさこそ見るらめ」（道信集。拾遺集・哀傷）。
八 格子も上げたまま、（薫は）ほんのちょっと横になるといった恰好でずっと。
九 薫の言。「北の院」は中君の居所二条院。「三条院よりはきたにあたれり」（細流抄）。三条院は薫の居所。二条院から薫の居所は「南の宮」と呼ばれる。→九二頁注一三。
一〇 従者の言。匂宮は昨日から宮中にいらっしゃる由。
一一 薫の言。（宮が留守でも）かまわぬ、中君がお具合が悪いとのこと、そのお見舞いに参上しよう。
一二 参内の日なので。

で給ふまゝに、下《お》りて花の中《なか》にまじりたまへるさま、ことさらに[一四]艶《えん》だち色めきてもてなし給はねど、あやしくたゞうち見《み》るになまめかしくはづかしげにて、いみじくけしきだつ色好《ごの》みどもになずらふべくもあらず、を《(お)》のづからお《(を)》かしくぞ見《み》え給《(たまひ)》ける。朝顔《あさがほ》引《ひ》き寄《よ》せ給へる、露いたくこぼる。

[一五]「今朝《(けさ)》のまの色にやめでんを《(お)》く露の消《き》えぬにかゝる花と見《み》る〳〵はかな」とひとりごちて、お《(を)》りて持《も》たまへり。[一六]女郎花《をみなへし》をば見過《みす》ぎてぞ出《い》で給《(たまひ)》ぬる。

明《(あけ)》はなるゝまゝに、霧《きり》たち乱《みだ》る空お《(を)》かしきに、[一七]女どちはしどけなく朝寝《あさい》し給へらむかし、格子《かうし》、妻戸《つまど》うち叩《たゝ》きこは[一八]《(わ)》づくらんこそ、うゐ《(ひ)》〳〵しかるべけれ、[一九]朝《あさ》まだきまだき来《き》にけり、と思ひながら、人召《め》して、[二〇]中門《もん》のあきたるより見《み》せ給へば、[二一]「御格子《みかうし》どもまい《(ゐ)》りて侍《(はべる)》べし。女房《ばう》の御けはひもし侍りつ」と申せば、[二二]下《お》りて、[二三]霧《きり》の紛《まぎ》れにさまよく歩《あゆ》み入《い》り給へるを、[二四]宮の忍《しの》びたる所より返《(かへり)》給へるにやと見《み》るに、[二五]露にうちしめり給へるかほ《(を)》り、例《れい》のいとさまことに匂《にほ》ひ来《く》れば、「[二六]なを《(ほ)》めざましくはおはすかし。心をあまりお《(を)》さめ給へるぞにくき」など、[二七]あいなく若《わか》き人〳〵は聞《き》こえあへり。[二八]おどろき顔《がほ》にはあらず、よきほどにうち

一三 お出かけついでに、庭に下りて。
一四 風流ぶって色っぽい態度をなさるわけでもないが。
一五 薫の歌。今朝ひとときの美しさを賞美するとしようか、朝露の消えぬ間が命の花とはわかっていても。歌に続く「はかな」は、「はかなし」の語幹。
一六 「(女郎花は)女といふ名なれば、まめなる薫の心に見過し給ふと也」(湖月抄)。
一七 薫の心内。二条院の女性方は、匂宮の留守ゆえ、のんびりと朝寝坊をしておられることだろう、の意。
一八 咳払いをして訪れを知らせるのも、きまりが悪い。
一九 来るのが早すぎたよ。引歌が想定されるが、未詳。
二〇 中門が開いているのから(従者に寝殿の方を)窺わせなさると。
二一 従者の言。格子も上げてあるようです。
二二 薫は車から下りて。
二三 霧で物がよく見えない状態をいう。「まだ霧の紛れなれば、ありつる御簾の前に歩み出でて」(四橋姫三二一六頁五行)。
二四 匂宮が忍び所からお戻りなのかと(女房達が)思っていると。
二五 露にお濡れにな(って際だ)った薫り。「うちしめり濡れ給へる匂ひどもは、世のものに似ず艶《(えん)》にて」(四総角四二九頁七行)。
二六 二条院の女房の言。毎度のことながら、はっとさせられるお方だ。(けれども)あまりに平然としていらっしゃるのが憎らしい。
二七 むやみに若い女房たちは皆で(薫の)お噂をする。 二八 女房の様子。「しとやかにて面馴たるさま也」(湖月抄)。

そよめきて、御褥《しとね》さし出《い》でなどするさまも、いとめやすし。「[一]これにさぶらへとゆるさせ給ふほどは、人〴〵しき心《(ここ)》ちすれど、猶《(なほ)》かゝる御簾《みす》の前《まへ》にさし放《はな》たせ給へるうれはしさになん、しば〴〵もえさぶらはぬ」との給へば、「さらば、いかゞ侍《(はべる)》べからむ」など聞《き》こゆ。「[二]北面《きたおもて》などやうの隠《かく》れぞかし、[三]かゝる古《ふる》人などのさぶらはんにことは《(わ)》りなる休《やす》み所は。それも又、たゞ御心なれば、うれへ[四]きこゆべきにもあらず」とて、[五]長押《なげし》に寄《よ》りかゝりておはすれば、例《れい》の、人〴〵「[六]猶《(なほ)》あしこもとに」などそゝのかしきこゆ。

[七]もとよりもけはひはやりかに、をゝしくなどはものし給はぬ人がらなるを、いよ〳〵しめやかにもてなしおさ《(を)》め給へれば、[八]いまは身《(み)》づから聞《き》こえ給《(たまふ)》事もやう〳〵、うたてつゝましかりし方《かた》すこしづゝ薄《うす》らぎて、面馴《おもな》れ給《(たまひ)》にたり。

「[九]なやましくおぼさるらむさまも、いかなれば」など問ひきこえ給へど、はか〴〵しくもいらへきこえ給はず。[一〇]常《つね》よりもしめり給へるけしきの心ぐるしきもあはれにおぼえ給《(たまひ)》て、こまやかに、[一一]世中《(よのなか)》のあるべきやうなどを、はらからやうの者《もの》ゝあらましやうに、教《をし》へなぐさめきこえ給《(たまふ)》。

声なども、[一二]わざと似給へりともおぼえざりしかど、[一三]あやしきまでたゞそれと

一 薫の言。(褥を出して)ここに居よとお許しくださるのは人並みに扱っていただいた気もするが、相変わらずこのような御簾の外に(私を)放り出しなさるのが嘆かわしくて、繁々と伺う気にもなれない。薫がいるのは南の簀子。

二 下仕えが詰める裏方の場所。「北面だつ方に召し入れて…下仕へなどやうの人〻とだにうち語らはばや」(㊂藤袴一〇〇頁注七)。

三 私の如き古女房。薫の戯れの卑下。

四 「きこゆ」、底本「きこえ」。諸本により改める。

五 簀子と廂の間との境の、一段高くなった所。下長押(しもなげし)。「よりかゝりて」、書陵部本・承応板本・首書本・湖月抄本「をしかゝりて」に作る。「御簾ばかりは引き着て、長押におしかゝりてゐ給へり」(㊀賢木三四五頁)。

六 やはりあちらの簾のもとまで(中君が)お出ましになるべきだ、の意。「あしこ」→㊂若菜上二七五頁注二七。

12 薫、中君と語らう

七 薫の性格。

八 (中君は)今では自身で(薫に)ものを申し上げることも次第に、(以前は)いやで気後れがした点も少しずつ薄らいで、場慣れなさった。

九 薫の言。

一〇 (中君が)いつもより沈んでおられるご様子。「六君の事を思ひ給へるなるべし」(細流抄)。

一一 (こういう際の)女の身の処し方を、(薫は中君に)兄弟ならばそうもしようかという風に。

一二 (以前は中君が大君に)ことさら似ていらしたとも思えなかったが。

一三 (今は)不思議なほどもう大君そっくりと思えるので、(薫は)女房たちの目を構う必要がなければ。

一四 (二人を隔てる)簾を引き上げて(中君に)直

のみおぼゆるに、人目《め》見《み》ぐるしかるまじくは、簾《すだれ》[一四]も引《ひ》き上《あ》げてさし向《む》かひきこえまほしく、うちなやみ給へらんかたちゆかしくおぼえ給《(たまふ)》も、猶《(なほ)》[一五]世中《(よのなか)》に物思《おも》はぬ人は、えあるまじきわざにやあらむとぞ思《(おもひ)》しられ給《(たまふ)》。「人[一六]〳〵しくきら〳〵しき方《かた》には侍らずとも、心に思ふ事あり、嘆《なげ》かしく身をもてなやむさまになどはなくて過《(すぐ)》しつべきこの世《よ》と、身《(み)》づから思ひ給[一七]へし。心から[一八]かなしき事も、お《(を)》こがましくくやしきもの思《おも》ひをも、かた〳〵にやすからず思ひ侍《(はべる)》こそいとあいなけれ。官位《つかさくらゐ》などいひて、大事《だいじ》にすめる、[一九]ことは《(わ)》りの愁《うれ》へにつけて嘆《なげ》き思ふ人よりも、[二〇]これや、いますこし罪《つみ》の深《ふか》さはまさるらむ」など言《い》ひつゝ、お《(を)》り給へる花[二一]を、扇《あふぎ》にうちを《(お)》きて見《み》い《(ゐ)》たまへるに、[二二]やう〳〵赤《あか》みもて行《(ゆく)》も、なか〳〵色のあはひお《(を)》かしく見《み》ゆれば、やをら[二三]さし入《い》れて、

[二四]よそへてぞ見《み》るべかりける白露《しら》のちぎりかを《(お)》きし朝顔《あさがほ》の花

[二五]ことさらびてしももてなさぬに、露落《お》とさで持《も》たまへりけるよ、とお《(を)》かしく見《み》ゆるに、[二六]を《(お)》きながら枯《か》るゝけしきなれば、

「[二七]消《き》えぬまに枯《か》れぬる花のはかなさにを《(お)》くるゝ露は猶《(なほ)》ぞまされる

[二八]何《なに》にかゝれる」といと[二九]忍《しの》びて言《こと》もつゞかず、つゝましげに言《い》ひ消《け》ち給へる程、

接お目にかかりたく、お苦しみらしい(妊娠中の)御様子も見たく思われなさるにつけても。一五(色恋沙汰に縁遠い自分でさえこの有様なのだから)この世間で恋の悩みを持たぬ人はあるはずがないのだろうと。一六 薫の言。一人前に歴とした地位には登らずとも、悩み事に心を煩わせたり、不平不満にくよくよしたりなどせずにすごすのが望ましいこの世と。一七 書陵部本・尾州本・高松宮本・承応板本・首書本・湖月抄本など「給へしを」。一八「かなしき事は大君の事、くやしき事とは中君を我物にせざる事也」(細流抄)。一九(嘆くのも)一理ある不平不満で嘆く人。二〇(大君や中君のことを思っての)薫の嘆き。二一 朝顔の花。→四一頁四行。二二 だんだん赤く色変わりする。二三(薫は朝顔を御簾の下から)入れて。二四 薫の歌。(亡き大君の)形見として(あなたと)結婚しておくのだった、大君が私の妻にと約束してくれたあなたではなかったか。「(ちぎりか)おきし」に白露がおく意を掛ける。承応板本・首書本、上句「よそへても見るべかりけり」。二五(薫は)わざとらしくそうしているわけではないが。二六 露が置いたままで。二七 中君の歌。露の消えぬ間にあっけなく枯れてしまった朝顔の花(大君)よりも、花の枯れたあとに残される露(私)はもっと頼りないものだ。二八 何を頼りにして、の意。「朝顔」あるいは「露の命」について「何にかかれる」と詠んだ引歌が期待されるが未詳。参考「たのめおく言の葉だにもなきものを何にかかれる露の命ぞ」(金葉集・恋上・皇后宮女別当)。二九(中君は)小声で言葉少なに、恥ずかしそうに最後までおっしゃらない様子は。

[一]なを《(ほ)》いとよく似給へるものかなと思《(おもふ)》にも、まづぞかなしき。

「[二]秋の空は、いますこしながめのみまさり侍《(はべり)》[三]。つれ〲の紛《まぎら》はしにもと思《おも》ひて、先《さい》つ比《(ころ)》、宇治《うぢ》にものして侍《(はべり)》き。[四]庭も籬《まがき》もまことにいとゞ荒《あ》れはてて侍《(はべり)》しに、耐《た》へがたき事多《おほ》くなん。[五]故院の亡《う》せ給《(たまひ)》てのち、[六]二三年ばかりの末《すゑ》に、[七]世を背《そむ》き給《(たまひ)》し[八]嵯峨《さが》の院《ゐん》にも、六条院《(ろくでうのゐん)》にも、さしのぞく人の心《こゝろ》お《(を)》さめん方《かた》なくなん侍りける。[九]木草の色につけても、涙《(なみだ)》にくれてのみなん帰《かへ》り侍《(はべり)》ける。[一〇]かの御あたりの人は、上下《かみしも》心あさき人なく[一一]こそ侍りけれ、[一二]方《かた》〲つどひものせられける人〲も、[一三]みな所〲あかれ散《ち》りつゝ、[一四]を《(お)》の〲思ひ離《はな》るゝすまゐ《(ひ)》をし給《(たまふ)》めりしに、はかなき程の女房など、はたまして心お《(を)》さめん方《かた》なくおぼえけるまゝに、[一五]ものおぼえぬ心にまかせつゝ、山林《はやし》に入《い》りまじり、すゞろなるゐ中《(なか)》人になりなど、あはれにまどひ散《ち》ることそ多《おほ》く侍《(はべり)》けれ。[一六]さて中〲みな荒《あ》らしはて、忘《わす》れ草《ぐさ》生《お》ふ《(ほ)》して後なん、この[一七]右のおとゞも渡《わた》り住《す》み、[一八]宮たちなども方《かた》〲ものし給へば、むかしに返《(かへり)》たるやうにはべめる。さる世《よ》にたぐひなきかなしさと見《み》給《(たまへ)》しことも、年《とし》月経《ふ》れば、思《(おもひ)》さますお《(を)》りの出《い》で来《く》るにこそはと見《み》侍《(はべる)》に、[一九]げに限《かぎ》りあるわざなりけりとなん見《み》え侍《(はべる)》。かくは聞《き》こえさせながらも、[二〇]かのいにしへの

一 中君が大君によく似ておられることよ。「「…はつるゝ糸は」と、末は言ひ消ちて、いといみじく忍びがたきけはひにて」(四椎本三六一頁)。→早蕨一二頁五行。

13 源氏の死、大君の死

二 薫の言。「秋の空は…」は「大底(おほむね)四時(しいじ)心物(すべ)て苦し　中に就きて腸(はらわた)の断ゆることは是れ秋の天」(白氏文集・暮立、和漢朗詠集・秋興)によるか(細流抄。朗詠集の訓みは集註による)。

三 「侍」、書陵部本・承応板本・首書本・湖月抄本「侍る」、穂久邇本・陽明本など「はへる」。

四 「里は荒れて人はふりにし宿なれや庭も籬も秋の野らなる」(古今集・秋上・遍照)による。

五 源氏。

六 晩年の二、三年。

七 源氏が(嵯峨院で)出家したこと、ここで初めて語られる(河海抄)。

八 源氏が大覚寺の南に造った「嵯峨野の御堂」(二松風一九三頁・一九九頁、三若菜上二六一頁)。

九 河内本・陽明本・書陵部本(見セ消チ)・承応板本・首書本・湖月抄本など「木草の色につけても水のながれにそへても」。

一〇 源氏のお側近くに仕えていた人。

一一 河内本・陽明本「こそまとひ侍(はへり)けれ」、承応板本・湖月抄本「なんまどひ侍ける」。

一二 六条院の町々に住んでいらした源氏のご夫人たち。

一三 花散里は二条東院、女三宮は三条宮へ。→四匂宮一一三頁。

一四 各人この世と縁を切る生活をなさっていたようだが。

一五 どうしていいか分からず、出家したり、(地方に下って)ぱっとしない田舎者になるなど。

一六 そうして(六条院を)かえって荒れ放題にして、忘れ草を繁らせた(源氏追慕の念を忘れさせた)後に。

一七 夕霧が六条院に移り住み。→

かなしさは、[二一]まだいはけなくも侍《(はべり)》ける程にて、いとさしもしまぬにやはべりけん。なを《(ほ)》この[二二]近《ちか》き夢こそ、さますべき方《かた》なく思給《(おもう)》へらるゝは、[二三]おなじ事《(ごと)》、世《よ》の常《つね》なき悲《かな》しびなれど、[二四]罪深《つみふか》き方《かた》はまさりて侍るにやと、それさへなん心うく侍《(はべる)》」とて泣《な》き給へる程、いと心《こゝろ》ふかげ也《(なり)》。

[二五]むかしの人をいとしも思ひきこえざらん人だに、[二六]この人の思《おも》ひ給へるけしきを見《み》んには、すゞろにたゞにもあるまじきを、[二七]ましてわれも[二八]物を心《こゝろ》ぼそく思ひ乱《みだ》れ給《(たまふ)》につけては、いとゞ常《つね》よりも、面《おも》影に恋しくかなしく思ひきこえ給《(たまふ)》心なれば、[二九]いますこしもよを《(ほ)》されて、ものもえ聞《き》こえ給はず、[三〇]ためらひかね給へるけはひを、かたみにいとあはれと思ひかはし給ふ。

「[三一]世《よ》のうきよりはなど、人は言《い》ひしをも、[三二]さやうに思ひくらぶる心もことになくて、年《とし》ごろは過《す》ぐし侍りしを、[三三]いまなん、なを《(ほ)》いかで静《しづ》かなるさまにても過《す》ぐさまほしく思ふ《(う)》給ふるを、さすがに心にもかなはざめれば、[三四]弁の尼《あま》こそうらやましくはべれ。この[三五]廿日《(はつか)》あまりの程は、[三六]彼《(かの)》近《ちか》き寺《てら》の鐘《かね》の声も聞《き》きゝわたさまほしくおぼえ侍《(はべる)》を、[三七]忍《しの》びて渡《わた》させ給《(たまひ)》てんやと、聞《き》こえさせばやとなん思《おも》ひ侍《(はべり)》つる」との給へば、「[三八]荒《あ》らさじとおぼすとも、いかでかは。[三九]心やすき男《をのこ》だに、

四匂宮二一四頁。一八 女一宮、二宮(ともに明石中宮腹)。→四匂宮二一三頁。一九 死別の悲しみにも限度がある、の意。二〇 源氏の死の時をさす。二一 (当時は)まだ幼少で、(悲しさも)さほど深く心に沁みなかったのでしょうか。二二 最近の夢のような出来事。大君の死をさす。二三「事」は「ごとし」の語幹「ごと」の宛て字。三条西本「おなしこと」、承応板本・首書本・湖月抄本「おなじごと」。二四「大君には薫の恋慕愛着の心よりなれば、いよ〳〵つみふかゝるべしとなり」(岷江入楚)。二五 亡き大君を。二六 薫のご心痛の様子を見たら、つい(見る方も)平気でいられなくなりそうなのに。二七 中君はご自分も。二八「匂宮の心かはる事を思ひ給ふ故也」(湖月抄)。二九 一段と悲しみがつのって。三〇 中君が悲しみを静めかねておられる気配を。

14 宇治への思い

三一 中君の言。「山里はもののわびしきことこそあれ世の憂きよりは住みよかりけり」(古今集・雑下・読人しらず)。「人」は、昔の人、古人。三二 俗世と山里とを比較する気も特別なく、長年(宇治の山里で)暮らしてまいりましたが。三三 京に暮らす今になってやっと。三四 (宇治に居残っている)弁尼が。→早蕨一三頁注二〇以下。三五「八月廿日のほど」(四椎本三五四頁)に死去した八宮の忌日をさす。三六 八宮が籠もって、そこで亡くなった宇治の阿闍梨の寺。三七 人目に付かぬように私を宇治につれていってくださらないか。三八 薫の言。宇治の邸を荒廃させまいとなさっても、どうして(中君が勝手に出かけたり出来ようか)。三九 身軽な下々の男にとってさえ。

行《ゆ》き来《ゝ》のほど、荒《あら》ましき山道にはべれば、[一]思ひつゝなん月日も隔《(へだた)》り侍《(はべる)》。[二]この宮の御忌《き》日は、かの阿闍梨《あざり》にさるべき事どもみな言《い》ひを《(お)》き侍《(はべり)》にき。[三]かしこはなを《(ほ)》たう《(ふ)》とき方《かた》におぼし譲《ゆづ》りてよ。[四]時〳〵見《み》給ふるにつけては、心まどひの絶《た》えせぬもあいなきに、[五]罪失《つみうしな》ふさまになしてばやとなん思《(おもひ)》給ふるを、[六]またいかゞおぼしを《(お)》きつらん。ともかくも定《さだ》めさせ給《(たまは)》んに従《したが》ひてこそはとてなん。あるべからむやうにの給はせよかし。何《なに》事も疎《うと》からずうけ給はらんのみこそ、本意《ほい》のかなふにては侍らめ」など、[七]まめだちたる事共《(ども)》を聞《き》こえ給《(たまふ)》。経仏など、[八]この上《うへ》も[九]供養《くやう》じ給《(たまふ)》べきなめり。[一〇]かやうなるついでにことつけて、やをら籠《こも》りゐなばやなどおもむけ給へるけしきなれば、「[一一]いとあるまじき事也《(なり)》。猶《(なほ)》なにごとも、心のどかにおぼしなせ」と教《をし》へきこえ給《(たまふ)》。

日さし上《あが》りて、人〳〵まい《(ゐ)》り集《あつ》まりなどすれば、[一二]あまり長居《ながゐ》も事《こと》あり顔《がほ》ならむによりて、出《い》で給《(たまひ)》なんとて、「[一三]いづこにても御簾《みす》の外《と》にはならひ侍らねば、はしたなき心《(ここ)》ちし侍りてなん。いま又、かやうにもさぶらはん」とて立《た》ち給《(たまひ)》ぬ。[一四]宮の、などか、なきお《(を)》りには来《き》つらんと思《(おもひ)》給ひぬべき御心なるもわづらはしくて、[一五]さぶらひの別当《べたう》なる右京の大夫《かみ》召《め》して、「[一六]よべまかでさせ給ひぬとうけ

一 「思ひながら延引するとの心也」(湖月抄)。
二 →前頁注三五。「この宮」は諸本「故宮」に従うべきか。
三 八宮邸は寺となして寄進して下さい、の意。
四 (昔そのままの八宮邸を)折に触れ拝見しますにつけては、(大君を失なった)悲しみが尽きないのも無益なことゆえ。
五 その功徳によって罪障を消すことができるような状態、すなわち寺になすこと。
六 (中君の方では)どういう風にお心づもりをしておられるのであろうか。
七 (色恋を離れた)実際的な用件をいろいろ。
八 中君に申し上げた以上の事までも(薫は)。「この上」を細流抄・湖月抄などは、中君のことと解する。
九 「ホトケヲ　クヤゥズル」(日葡)、「くやうじ給べき」(承応板本・首書本・湖月抄本)など、慣用では「供養じ」と濁る。
一〇 (中君は)八宮の法事の機会を口実に、さりげなく(宇治に)引き籠もりたいなどと水を向ける様子なので。　一一 薫の言。
一二 (匂宮の留守に)あまり長居をするのも何か訳がありそうに思われるだろうから。
一三 薫の言。簀子で応接されたことをかこつ。→四二頁注一。参考「御簾の外(と)の隔てあることそうらめしけれ」(四柏木四〇頁七行)。
一四 薫の心内。匂宮が、どうして自分の留守中に(薫は)来たのだろうと忖度なさるのも。
一五 二条院の侍の詰所の長。右京大夫がそれに任ぜられている。
一六 薫の言。(匂宮は)昨夜(宮中から)お戻りなさったとお聞きして(こちらへ)参上したが。
一七 (匂宮に会うには)参内する方がよいのだろうか。　一八 右京大夫の言。

たまはりてまい《(ゐ)》りつるを、まだしかりければくちお《(を)》しきを。[一七]内《うち》にやまい《(ゐ)》るべき」との給へば、「[一八]けふは、まかでさせ給ひなん」と申せば、「[一九]さらば、夕《ゆふ》つ方《かた》も」とて出《い》で給ひぬ。

なを《(ほ)》、[二〇]この御けはひありさまを聞《き》き《ゝ》給《(たまふ)》たびごとに、[二一]などてむかしの人の御心をき《(お)》てをもてたがへて思ひ隈《ぐま》なかりけんと、悔《く》ゆる心《こゝろ》のみまさりて、心にかゝりたるもむつかしく、[二二]なぞや、人やりならぬ心ならんと思《(おもひ)》返し給ふ。そ[二三]のまゝに、また精進《さうじ》にて、いとゞたゞをこ《(お)》なひをのみし給ひつゝ、明《あ》かし暮《く》らし給《(たまふ)》。[二四]母《はゝ》宮のなを《(ほ)》いとも若《わか》くおほどきてしどけなき御心にも、[二五]かゝる御けしきをいとあやふくゆゝしとおぼして、「[二六]いく世《よ》しもあらじを、見《み》[二七]たてまつらむ程は、なを《(ほ)》かひあるさまにて見《み》え給へ。[二八]世中《(よのなか)》を思捨《(おもひ)す》て給《(たまは)》んをも、かゝるかたちにては、妨《さまた》げきこゆべきにもあらぬを、[二九]この世の言《い》ふかひなき心《(こゝ)》ちすべき心まどひに、いとゞ罪《つみ》や得《え》んとおぼゆる」との給ふが、かたじけなくいとお《(ほ)》しくて、よろづを思ひ消《け》ちつゝ、[三〇]御前《おまへ》にてはもの思《おも》ひなきさまをつくり給ふ。

15 匂宮と六の君の婚儀

[三一]右の大殿《おほい》には、六条院《(ろくでうのゐん)》の[三二]東《ひんがし》のおとゞ磨《みが》きしつらひて、限《かぎ》りなくよろづをとゝのへて待《ま》ちきこえ給《(たまふ)》に、[三三]十六日月《(いさよひのつき)》やうやうさし上《あが》るまで心もとなければ、

一九 薫の言。夕方にでも再び伺おう、の意。 二〇 (薫は)中君のご様子、近況を。 二一 どうして亡き大君の思惑に背いて軽はずみな考えに走ったのだろうと。大君の意向に背いて、中君を匂宮に譲ったことをさす。→三八頁注九。 二二 どういう訳でまあ、自分から求めてあれこれ苦しむのであろうか。 二三 「大君ののち薫はいまだ精進がちにてましますす也」(細流抄)。 二四 薫の母、女三宮。 二五 薫のご様子を(女三宮は)。 二六 女三宮の言。(自分は)この先そう長くはなさそうだが。「いく世しもあらじ我が身をなぞもかく海人の刈る藻に思ひみだるる」(古今集・雑下・読人しらず)をふまえるか。 二七 私がお目にかかれる間は、やはり頼りがいのある状態でいてください。薫に出家されては困る、の意。 二八 (薫が)遁世しようとなさるのに対しても、尼姿の私としては、それを妨げ申したりすべきではないのであるが。 二九 (薫が出家したら、自分も)生きるはり合いを失くして、心痛ゆえにますます物思いの罪を作ることになろう。 三〇 女二宮の前では(薫は)悩み事のないような態度をお取りになる。 三一 夕霧。 三二 落葉宮が住む丑寅の町。「丑寅の町に、かの一条の宮を渡したてまつり給(ひ)(たま)て」(四匂宮二一四頁注七)。六の君は落葉宮の養女としてそこに住む(同二二三頁)。 三三 八月十六日の月。→三七頁五行。「いさよひの月は十六日月也」(八雲御抄)。

一いとしも御心に入《い》らぬ事にて、いかならんとやすからず思《おも》ほして、二案内《あない》し給へば、「この夕《ゆふ》つ方《かた》、内《うち》より出《い》で給《(たまひ)》て、二条院《(にでうのゐん)》になむおはしますなる」と人申す。三おぼす人持《も》たまへればと心やましけれど、こよひ過《す》ぎんも人笑《わら》へなるべければ、四御子の頭中将《(とうのちゆうじやう)》して聞《き》こえ給へり。

五おほ空の月だにやどるわが宿《やど》に待《(まつ)》よひ過《(すぎ)》て見《み》えぬ君《きみ》かな

六宮は、中〳〵いまなんとも見《み》えじ、心ぐるしとおぼして、七内におはしけるを、御文《ふみ》聞《き》こえ給へりけり。八御返《(かへり)》やいかゞありけん、猶《(なほ)》いとあはれにおぼされければ、忍《しの》びて渡《わた》り給へりける也《(なり)》けり。九らうたげなるありさまを見捨《みす》てゝ出《い》づべき心地もせず、いとお《(ほ)》しければ、一〇よろづに契《(ちぎ)》り慰《なぐさ》めて、もろともに月をながめておはする程也《(なり)》けり。女君は、日《ひ》ごろもよろづに思《(おもふ)》事多《おほ》かれど、いかでけしきに出《い》ださじと念《ねん》じ返しつゝ、一一つれなくさまし給《(たまふ)》事なれば、ことに聞《き》ゝもとゞめぬさまに、おほどかにもてなしておはするけしきいと哀也《(あはれなり)》。

一二中将のまい《(ゐ)》り給へるを聞《き》ゝ給《(たまひ)》て、一三さすがにかれもいとお《(ほ)》しければ、出《い》で給はんとて、一四「いま、いとゝくまい《(ゐ)》り来《こ》ん。一五ひとり月な見《み》たまひそ。一六心そらなれば、いと苦《くる》しき」と聞《き》こえを《(お)》き給《(たまひ)》て、なを《(ほ)》かたはらいたければ、一七隠《かく》れの方《かた》より

一（匂宮にとって六の君との結婚は）さほどお気の進むことでもないので、（夕霧は）どうなることやらと心配なさって。

二匂宮のもとへ人を遣わして様子を探らせなさると。

三（二条院には）ご寵愛の人（中君）がいらっしゃるからだと（夕霧は）不快に思うが。

四夕霧の子。椎本巻の「頭の少将」（[四]三四一頁）と同一人か。

五夕霧の歌。大空を行く（いさよいの）月でさえ宿るわが家に、今宵はと待っていたのに一向に姿を見せぬあなただ。「おほぞらの月だに宿はいるものを雲のよそにもすぐる君かな」（元良親王集）による（花鳥余情）。

六匂宮は、（六の君との結婚を）なまじ今日だと（中君に）知られないでおこう、かわいそうだと。

七宮中。

八中君からのご返事がどういうものであったのか（それをご覧になって）。

九いたわしい中君を放って出かける気にもなれず。

一〇あらゆる約束をして（中君の心を）慰め。

一一素知らぬ態度で気持を静めておられる事柄なので。

一二夕霧からの使者、頭中将。→注四。

一三あちら、すなわち六の君方。

一四匂宮の言。しばらくして、すぐ戻ってまいります。

一五（一人で）月を見るのは忌むこと。→五〇頁注七。三条西本・書陵部本・陽明本・板本など「み給ひそよ」。

一六（自分も）うわの空で出かけて行くので。

一七六の君訪問の用意のため、匂宮が西の対から自室の寝殿へこっそり戻る様。

一八匂宮の後ろ姿を（中君は）。

一九「枕浮く」は涙に濡れた独り寝の悲嘆を形容する慣用表現。→[二]須磨三二一頁注二八、[四]柏木

寝《しん》殿へ渡《わた》り給《(たまふ)》、一八御後手《うしろで》を見《み》を《(お)》くるに、ともかくも思《おも》はねど、たゞ一九枕の浮《う》きぬべき心《(ここ)》ちすれば、二〇心うき物は人の心也《(なり)》けりと、我ながら思《(おもひ)し》知らる。

二一お《(を)》さなき程より、心ぼそくあはれなる身二二どもにて、世二三の中を思ひとゞめたるさまにもおはせざりし人一《ひと》所を頼《たの》みきこえさせて、さる山里に年経《へ》しかど、い二四つとなくつれ〴〵にすごくありながら、二五いとかく心にしみて世をうきものとも二六思《おも》はざりしに、二七うちつゞきあさましき御事どもを思《(おもひ)》し程は、世《よ》に又とまりて片《かた》時経《ふ》べくもおぼえず、恋《こひ》しくかなしき事のたぐひあらじと思《(おもひ)》しを、命長《いのちなが》くていままでもながらふれば、二八人の思ひたりし程よりは、人にもなるやうなるありさまを、二九長《ながゝ》かるべき事とは思《おも》はねど、見《み》三〇るかぎりはにくげなき御心ばえ《(へ)》もてなしなるに、やう〳〵思《(おもふ)》事うすらぎてありつるを、三一このお《(を)》りふしの身のうさ、はた言《い》はん方《かた》なく、限《かぎ》りとおぼゆるわざなりけり、ひたすら世《よ》に亡《な》く成給《(なりたまひ)》にし人三二〳〵よりは、さりとも、三三これは時〳〵もなどかはとも思ふべきを、こよひかく見《み》捨《す》てゝ出《い》で給《(たまふ)》つらさ、来《き》し方行《かたゆ》く先《さき》みなかき乱《みだ》り、心ぼそくいみじきが、我《(わが)》心ながら思ひやる方《かた》なく心うくもあるかな、三四を《(お)》のづからながらへば、など三五慰《なぐさ》めんことを思ふに、さらに姨《をば》捨山の月澄《す》みのぼりて、夜ふくるまゝに、よろ

五頁、浮舟二五四頁。
二〇 中君の心内。(平気でいようと思っても、涙を流すとは)情けないのは人間の心というものであったと。

16 姨捨山の月

二一 以下一四行「ながらへば」まで、中君の心内。
二二 大君、中君姉妹ゆえ、複数形「身ども」。
二三 この世に何の望みもお持ちでなかったような人。父八宮をさす。
二四 (宇治では)おおむねいつも何をするというでもなくもの寂しい状態ではあるものの。
二五 (今のように)こうまで。
二六 「おもはさりし」、三条西本・書陵部本・尾州本・板本など「思(おもひ)しらざりし」。
二七 八宮、大君と続いた死をさす。
二八 (以前)周囲の者が心配したのに較べれば、(二条院に迎えられた現在は)人並みの境遇である、の意。→四総角四三八—九頁。
二九 (こうした状態が)長く続くとは思わないが。
三〇 二人でいる限りは(匂宮は)好ましいお心遣い、待遇をしてくださるので。 三一 今回の(六の君の件での)我が身のつらさ。「おりふし」、三条西本・書陵部本・尾州本・板本など「ふし」。
三二 父八宮や大君。 三三 匂宮の場合は時折にでもどうして(逢えないことがあろうか)と思える相手なのに。 三四 自然長生きをすれば(匂宮との仲も元に戻るだろう)と。
三五 (中君は)自分を慰めるようなことを思っていると、(中君の悲しみに)追い打ちをかけるように人の悲しみを募らせる月が。「我が心なぐさめかねつ更級や姥捨山にてる月を見て」(古今集・雑上・読人しらず)による。「慰めがたき姨捨にて、人目にとがめらるまじきばかりに、もてなしきこえ給へり」(三若菜下三五八頁注五)。

づ思《(おもひ)》みだれ給ふ。松風の吹《ふ》き来《く》るをと《(お)》も、[一]荒《あら》ましかりし山おろしに思ひくらぶれば、いとのどかになつかしくめやすき御すまゐ《(ひ)》なれど、こよひはさもおぼえず、[二]しゐ《(ひ)》の葉のを《(お)》とにはを《(お)》とりて思《おも》ほゆ。

[三]山里《ざと》の松《まつ》のかげにもかくばかり身にしむ秋の風はなかりき

[四]来《き》し方忘《かたわす》れにけるにやあらむ。

[五]老人《(おいびと)》どもなど、「[六]いまは入《い》らせ給《(たまひ)》ね。[七]月見《み》るは忌《い》み侍るものを。あさましく、はかなき御くだ物をだに御覧じ入《い》れねば、いかにならせ給《(たまは)》ん」と、「あな見《み》ぐるしや。[八]ゆゝしう思ひ出《い》でらるゝ事も侍《(はべる)》を、いとこそわりなく[九]」とうち嘆《なげ》きて、[一〇]「いで、この御事《こと》よ。さりとも、かうておろかにはよも成《(なり)》はてさせ給はじ。さ言《い》へど、[一一]もとの心ざし深《ふか》く思ひそめつる中《なか》は、名残なからぬ物ぞ」など言《い》ひあへるも、さま〴〵に聞《き》きにくゝ、いまはいかにも〳〵、[一二]かけて言《い》はざらなむ、たゞにこそ見《み》めとおぼさるゝは、人には言《い》はせじ、我ひとりうらみきこえんとにやあらむ。「いでや、[一三]中納言殿《どのゝ》のさばかりあはれなる御心ふかさを」など、[一四]そのかみの人〳〵は言《い》ひあはせて、「[一五]人の御宿世《すくせ》のあやしかりける事よ」と言《い》ひあへり。

一　荒々しかった宇治の山颪の風。
二　宇治八宮の旧宅の風の音より劣って感じられる。「しひ(椎)の葉」は、「優婆塞《(うばそく)》が行ふ山の椎が本あなそばそばし床にしあらねば」という神楽歌により、「優婆塞」であった(〔四〕橋姫三一〇頁注四)八宮邸をさす。→〔四〕椎本三七一頁注二八。
三　中君の歌。宇治の山荘でもこれほど身にしむ秋風は経験したことがなかった。「秋」に「飽き」を掛ける。
四　「昔の山風のあらかりしを忘れたるにや」(明星抄)という、語り手の評。
五　中君の老女房。
六　もう(廂の間から母屋へ)お入りなさいませ。
七　「ある人の、「月の顔見るは忌むこと」と制しけれども、ともすれば人まにも月を見ては、いみじく泣き給ふ」(竹取物語)。「月をあはれといふは忌むなりといふ人のありければ／ひとり寝のわびしきまゝに起きゐつゝ月をあはれと忌みぞかねつる」(後撰集・恋二・読人しらず)。
八　「おどろ〳〵しからぬ御なやみに、物をなむさらに聞こしめさぬ」(〔四〕総角四五〇頁八行)状態で亡くなった大君のことをさす。
九　「わりなく」は書陵部本・承応板本・首書本「わりなけれ」、湖月抄本「わりなけれなどいふ、わかき人々は心うの世や」に作る。
一〇　老女房の言。何とまあ、このたびの(六の君との)ご婚儀は。いくら何でもこのまま(匂宮の)愛情がさめておしまいになることはよもやあるまい。
一一　初めから深い愛情で結ばれた仲は、跡形もなく消えてしまうものではないのだ。
一二　(中君は他人が)口に出して言わないでほしい、自分で黙って見ていようと。　一三　薫。

宮はいと心ぐるしくおぼしながら、今[一六]めかしき御心《こゝろ》は、いかでめでたきさまに待《ま》ち思《おも》はれんと心《こゝろ》げさうして、えならずたきしめ給へる御けはひ、言《い》はん方《かた》なし。待《(まち)》[一七]つけきこえ給へるところのありさまも、いとお《(を)》かしかりけり。人[一八]の程、さゝやかにあえかになどはあらで、よき程になりあひたるこゝちし給へるを、いかならむ、もの〳〵しくあざやぎて、心《こゝろ》ばへもたをやかなる方《かた》はなく、誇《ほこ》りかになどやあらむ、さらばこそ、うたてあるべけれなどはおぼせど、さ[一九]やなる御けはひにはあらぬにや、御心《こゝろ》ざしを《(お)》ろかなるべくもおぼされざりけり。秋[二〇]の夜《よ》なれど、ふけにしかばにや、程なく明《あ》けぬ。

帰《かへ》[二一]り給ひても、対《たい》へはふともえ渡《わた》り給はず。しばし大殿籠《おほとのごも》りて、起《お》きてぞ御[二二]文書《ふみか》き給ふ。「御[二三]けしきけしうはあらぬなめり」と、御前《まへ》なる人〳〵つきしろふ。「対《たい》[二四]の御方《かた》こそ心ぐるしけれ。天[二五]下にあまねき御心《こゝろ》なりとも、を《(お)》のづからけ[二六]おさるゝ事もありなんかし」など、たゞにしもあらず、みな馴れ仕《つか》[二七]うまつりたる人〳〵なれば、やすからずうち言《い》ふどももありて、すべて[二八]なを《(ほ)》、ねたげなるわざにぞありける。御返《かへ》[二九]りも、こなたにてこそはとおぼせど、夜《よ》[三〇]の程おぼつかなさも、常《つね》[三一]の隔《へだ》てよりはいかゞと心ぐるしければ、急《いそ》ぎ渡《わた》り給《(たまふ)》。

一四　宇治以来の(事情を知っている)女房たち。
一五　中君が薫と結婚するようにならなかった巡り会わせをいう。
一六　(匂宮は)華やかなご性分なので、何がなんでも立派な婿として(右大臣家に)よろこび迎えられようと張り切って。
一七　匂宮を待ち儲けている右大臣家。
一八　六の君の様子。　一九　諸本多く「さやうなる」。底本「ウ」を傍記。→九一頁注三一。
二〇　秋の夜長ではあるが、匂宮のお越しが夜更けであったせいか。参考「長しとも思ひぞはてぬ昔より逢ふ人からの秋の夜なれば」(古今集・恋三・凡河内躬恒)。
二一　(匂宮は二条院に)お戻りになっても、(中君のいる西の)対へはすぐにはお越しにならない。
二二　六の君への後朝《きぬぎぬ》の文。
二三　あのご様子ではまんざらでもないようだ。
二四　中君。

17 匂宮、二条院へ

二五　どんなにお心が広くても。「天下に」は強調の副詞、「てんげ」と訓むか(原田芳起)。参考「てんげの吉方《(えはう)》にもまさらん」(蜻蛉日記・中)、「てんげにいふとも」(うつほ物語・楼の上・上)。承応板本・湖月抄本「天下」に「あめのした」の傍訓、首書本は「天のした」に作る。
二六　中君が六の君に圧倒されること。　二七　宇治以来お側近くにお仕えしてきた者たちなので。
二八　何から何までなんといっても、(中君側の者にとっては)妬ましく思えることなのであった。
二九　(六の君からの)ご返事も、自室で(受け取りたい)と(匂宮は)お思いだが。
三〇　(中君の)昨夜の留守居の不安。
三一　「禁中などにおはし給ひし時よりはこよひは六君に逢給へば心くるしくてと也」(湖月抄)。

寝《ね》[一]くたれの御かたち、いとめでたく見所ありて入《い》り給へるに、臥《ふ》[二]したるもうたてあれば、すこし起《お》き上《あ》がりておはするに、[三]うち赤《あか》み給へる顔《かほ》のにほひなど、[四]けさしもことにお《(を)》かしげさまさりて見《み》え給《(たまふ)》に、[五]あいなく涙《なみだ》ぐまれて、しばしうちまもりきこえ給《(たまふ)》を、はづかしくおぼしてうつぶし給へる髪《かみ》のかゝり髪《かん》ざしなど、猶《(なほ)》いとありがたげ也《(なり)》。

[六]宮もなまはしたなきに、こまやかなることなどは、ふともえ言《い》ひ出《(いで)》給はぬ面《おも》隠《がく》しにや、「[七]などかくのみなやましげなる御けしきならむ。暑《あつ》き程の事とかの給ひしかば、[八]いつしかと涼しきほど待《(まち)》出《い》でたるも、なを《(ほ)》はれ〴〵しからぬは、見《み》ぐるしきわざかな。[九]さま〴〵にせさすることも、あやしく験《しるし》なき心地こそすれ。さはありとも、修《す》法は又[一〇]のべてこそはよからめ。[一一]験《しるし》あらむ僧《そう》もがな。なにがし僧都《そうづ》をぞ、夜居《よゐ》にさぶらはすべかりける」などやうなる[一二]まめごとをの給へば、[一三]かゝる方《かた》にも言《こと》よきは心づきなくおぼえ給へど、むげにいらへきこえざらむも例《れい》ならねば、「[一四]昔も、人に似ぬありさまにて、かやうなるおり《(を)》はありしかど、[一五]を《(お)》のづからいとよくを《(お)》こたるものを」との給へば、「[一六]いとよくこそさはやかなれ」とうち笑《わら》ひて、[一七]なつかしくあい行《(ぎやう)》づきたる方《かた》は、これに並《なら》ぶ人はあら

一「しばし大殿籠りて、起き」(前頁九行)たばかりの、匂宮のしどけない姿。 二(中君は)横になっているの(を見られるの)もいやなので。 三「終夜なき給へる名残なるべし」(湖月抄)。「中君のねおきのかほの躰」(紹巴抄)。 四よりによって(六の君のもとから戻ったばかりの)今朝。 五(匂宮は)不覚にも自然涙が出て。 六(六の君の所から戻ったばかりなので)匂宮もばつが悪くて、睦言などは即座に口にお出しになれない、その照れ隠しにであろうか。 七匂宮の言。 八早く涼しい季節になればと待ち望んでいた、その時になったのに。 九いろいろさせている加持祈禱も。 一〇さらに期間を延ばしてするのがよかろう。 一一験力のある僧が必要だ。 一二現実的な話を。 一三(匂宮が)このような「まめごと」にも調子がいいのは(中君は)気に入らないが。 一四中君の言。 一五自然に快復するものですから。 一六匂宮の言。大層元気がいいね。 一七親しみやすくかわいい点では、中君に。「あい行」は「愛敬」。 一八(六の君に)早く逢いたいというお気持が募るのは。 一九六の君に対する愛情。 二〇「中君に対し給ひては御心もかはらぬにやと也」(湖月抄)。 二一(匂宮の、この世のみならず)来世(の愛情)までを約束し(中君を)頼りにさせなさる、尽きぬ言葉を。 二二中君の心内。短いであろう、命の終わりを待つ間にも、(匂宮の)薄情を目にすることがあるにちがいないから。「御心に」、青表紙他本「御心は」。「ありはてぬ命待つ間のほどばかり憂きことしげく思はずもがな」(古今集・雑下・平

じかしとは思ひながら、なを《ほ》又[一八]とくゆかしき方《かた》の心焦《い》られもたち添《そ》ひ給へるは、[一九]御心《こゝろ》ざしをろ《お》かにもあらぬなめりかし。

　されど、[二〇]見《み》給《たまふ》ほどは変《か》はるけぢめもなきにや、[二一]後《のち》の世まで誓《ちか》ひ頼《たの》め給《たまふ》事ども尽《つ》きせぬを聞《き》くにつけても、げにこの世は、[二二]みじかゝめる命待《いのちま》つ間《ま》もつらき御心に見《み》えぬべければ、[二三]後《のち》の契りやたがはぬこともあらむと思《おもふ》にこそ、なを《ほ》こりずまに又も頼《たの》まれぬべけれとて、いみじく念《ねん》ずべかめれど、え忍《しの》びあへぬにや、[二四]けふは泣《な》き給《たまひ》ぬ。日《ひ》ごろも、[二五]いかでかう思ひけりと見《み》えたてまつらじと、よろづに[二六]紛《まぎら》はしつるを、さま〴〵に思ひ集《あつ》むることし多《おほ》かれば、さのみもえも隠《かく》されぬにや、[二七]こぼれそめてはえとみにもためらはぬを、いとはづかしくわびしと思《おもひ》て、[二八]いたく背《そむ》き給へば、しゐ《ひ》てひき向《む》け給《たまひ》つゝ、「[二九]聞《き》こゆるまゝに、哀《あはれ》なる御ありさまと見《み》つるを、なを《ほ》隔《へだて》たる御心こそありけれな。[三〇]さらずは、夜《よ》のほどにおぼし変《か》はりにたるか」とて、[三一]我《わが》御袖して涙をのごひ給へば、「[三二]夜《よ》の間《ま》の心変《が》はりこそ、の給ふにつけて、をしは《お》かられ侍《はべり》ぬれ」とて、すこしほゝ笑《ゑ》みぬ。「[三三]げに、あが君や、幼《をさな》の御もの言《い》ひやな。[三四]さりと[三五]まことには心に隈《くま》のなければ、いと心やすし。[三六]いみじくことはり《わ》して聞《き》こゆとも、いとしるか

18 中君を慰める匂宮

定文)によるか。「ながからぬ命待つ間のほどばかりうきことしげくなげかずもがな」(重之女集)。二三 (せめて)来世についての約束なら言葉通りになろうかと思う、その点で。二四 六の君のもとへ出かける匂宮を送った昨日は中君は「いかでけしきに出ださじと念じ返しつゝ」(四八頁一〇行)涙をこらえた。二五 何とかこのように(悲しく)思っていたのだと(匂宮には)気取られ申すまいと。二六 書陵部本・承応板本・首書本・湖月抄本など「思(おも)ひまぎらはし」。二七 (涙が)こぼれ始めると簡単にも押さえることができないのを。二八 (涙を隠すために)顔をそむけた中君に匂宮は強引に自分の方を向かせる。二九 匂宮の言。「匂ののたまふまゝにしたがひて哀なる中君のありさまと思へばと也」(湖月抄)。「哀なる」は、素直でかわいい、の意。三〇 そうでなければ、(私が六の君の所へ行った)一晩のうちに心変わりなさったのか。三一 (匂宮は)ご自分の袖で(中君の)涙を。三二 中君の言。(あなたの)一晩での心変わりの方こそ、そういうことをおっしゃるにつけ、疑われることです。三三 なるほど、あなたという人は、幼稚なことをお言いだな。三四 三条西本・書陵部本・河内本・板本など、「されと」。うつほ物語に「さりと、みなさだまりたるやうにこそ」(国譲・下)の例があるが、これにも誤写が潜むか。三五 実のところは(私は)心中隠し事をしているわけではないので、まったく安心だ。三六 必死に道理を並べ立てても、(心変わりというものは)すぐわかってしまうものだ。「ことはり」、三条西本・首書本・湖月抄本「ことえり」。

るべきわざぞ。むげに世のことは《(わ)》りを知《し》り給はぬこそ、らうたきものからわりなけれ。よし、一わが身になしても思ひめぐらし給へ。二身を心ともせぬありさまなり。三もし思ふやうなる世もあらば、人《ひと》にまさりける心ざしの程、知《し》らせたてまつるべき一《ひと》ふしなんある。四たわ《(は)》やすく言出《ことい》づべきことにもあらねば、五命《いのち》のみこそ」などの給ふ程に、六かしこにたてまつれ給へる御使《つかひ》、七いたく酔《ゑ》ひすぎにければ、八すこし憚《はゞか》るべきことど《ゝ》も忘《わす》れて、けざやかにこの南面《みなみおもて》にまい《(ゐ)》れり。

九海人《あま》の刈《か》るめづらしき玉藻《も》にかづき埋《うづ》もれたるを、さなめりと人〳〵見《み》る。一〇いつの程に急《いそ》ぎ書《か》き給へらんと見《み》るも、やすからずはありけんかし。宮も、あながちに隠《かく》すべきにはあらねど、一一さしぐみは猶《(なほ)》いとお《(ほ)》しきを、すこしのようゐ《(い)》はあれかしとかたはらいたけれど、いまはかひなければ、女房して御文《ふみ》とり入《い》れさせ給《(たまふ)》。一二おなじくは、隔《へだ》てなきさまにもてなしはてて《ゝ》むと思《おも》ほして、ひきあけ給へるに、一三継母《まゝはゝ》の宮の御手《て》なめりと見《み》ゆれば、いますこし心やすくて、うちを《(お)》き給へり。一四宣旨《せんじ》書《が》きにても、うしろめたのわざや。

一五さかしらはかたはらいたさに、そゝのかしはべれど、いとなやましげにてなむ。

一 あなた自身を私の立場に置いて考えて見ても下さい。 二 (私は)我が身を思い通りにできない境遇なのだ。「いなせとも言ひはなたれず憂きものは身を心ともせぬ世なりけり」(後撰集・恋五・伊勢)。 三 思い通りになる時が到来すれば。「匂、位につき玉ふ事もあらば、中君を中宮にもさだめ申さんと也」(孟津抄)。 四 (皇位のことなど)軽々しく口に出せることでもないので。 五 命だけが頼りだ、の意。 六 六の君に差し上げた後朝の文の使者。 七 (先方でのもてなしで)ひどく酔っ払っていたので。 八 (中君の手前)少しは遠慮すべきことも忘れて、当然のように西の対の南面に。 九 使者が六の君方から与えられたすばらしい禄の衣裳の数々を被(かず)いているさま。「海人の刈るめづらしき」は「玉藻」を導く序詞、「藻」に「裳」をひびかせて、禄の衣裳を表す。→㊁明石七一頁注二八。 一〇 いつの間に(匂宮は六の君への文を)すばやくお書きになったのだろうと(中君方の人々は)見るにつけても。 一一 いきなり(他の女からの文を中君の眼前で扱う)というのも気の毒なことなのに、もう少し注意してほしいものだと。 一二 (匂宮は)同じこと(知られたの)なら、隠し立てをしない態度を貫こうとお思いになって(その場で文を)。 一三 六の君の自筆ではなく、継母の落葉宮(→㊃匂宮二二・二三頁)の代筆。 一四 代筆であっても、(中君の目に触れるのは匂宮にとっては)気懸かりなことだ。「せんじがきは旨趣をのべて人にかゝする也」(天朝墨談二)。 一五 継母代筆の手紙。小賢しく代筆するのも気が引けますので、(六の君に返事を)促しましたが。

19 後朝の使者

[一六]をみなへししほ《(を)》れぞまさる朝露《あさ》のいかにをき《(お)》ける名残なるらん

あてやかにお《(を)》かしく書《か》き給へり。

「[一七]かことがましげなるも、わづらはしや。まことは心やすくて、しばしはあらむと思ふ世《よ》を、思《おも》ひのほかにもあるかな」などはの給へど、[一八]また二《ふた》つとなくて、さるべき物に思《おも》ひならひたるたゞ人の中《なか》こそ、かやうなる事のうらめしさなども、見《み》[一九]る人苦《くる》しくはあれ、思へば[二〇]これはいとかたし。つゐ《(ひ)》にかゝるべき御事なり。[二一]宮たちと聞《き》こゆる中《なか》にも、筋《すぢ》ことに世《よ》人思《おも》ひ聞《(きこ)》えたれば、[二二]いくたりも〳〵えたまはん事も、もどきあるまじければ、人もこの御方[二三]いとお《(ほ)》しなども思ひたらぬなるべし。[二四]かばかりもの〳〵しくかしづき据《す》ゑ給《(たまひ)》て、心《こゝろ》ぐるしき方《かた》おろかならずおぼしたるをぞ、幸《さいは(ひ)》いおはしけると聞《き》こゆめる。身《(み)》[二五]づからの心にも、あまりにならはし給うて、にはかにはしたなかるべきが嘆《なげ》かしきなめり。[二六]かゝる道を、いかなれば浅《あさ》からず人の思《(おもふ)》らんと、昔物語《むかしものがたり》などを見《み》るにも、人の上《うへ》にても、あやしく聞《き》き思ひしは、げにおろかなるまじきわざなりけりと、[二七]わが身になりてぞ、何《なに》事も思ひ知《し》られ給《(たまひ)》ける。

宮は、常《つね》よりもあはれに、うちとけたるさまにもてなし給《(たまひ)》て、[二八]むげに物《もの》まい《(ゐ)》

一六 継母の宮の歌。六の君は一段と沈んでいる、あなたがどのような扱いをしたからなのだろうか。「をみなへし」に六の君をたとえ、「露」の縁語「置き」に「起き」を掛ける。

一七 匂宮の言。継母の歌が非難がましいのも。「いかにおきけるなごりなるらんといふうたの詞にいへり」（花鳥余情）。

一八 妻は一人だけで、それが当然だと思い込んでいる臣下の者の夫婦仲であれば。

一九 周囲の者も気の毒に思いもするが。

二〇 （親王である）匂宮と中君との場合は（中君が周囲の同情を得ることは）とてもむつかしい。

二一 （匂宮は）親王と申し上げる方々のなかでも別格だと。立坊、即位の可能性あることをさす。

二二 （匂宮が）幾人妻をお持ちになろうとも、非難すべきことではないので。

二三 中君が気の毒だとは思っていないようだ。

二四 （匂宮が中君を）これほど丁重に（二条院へ）お迎えになり、いじらしい者として並大抵でなくご寵愛なさるのを、（それこそ中君の）幸福というものだと（世間では）お噂申しているようだ。

二五 （中君）自身も心中、あまりにも（匂宮がそのような扱いを）当たり前のように思わせなさっておいて。

二六 このような（恋の）方面に関して、（これまで）どうして世間では深刻に考えるのであろうかと、昔物語を見ても、人の身の上話を聞いても、不思議に思ったのは、その通りいい加減に済まされないことなのであったよと。

二七 自分の身の上になって初めて。

二八 （中君が）何もお召し上がりにならないのは。前に「はかなき御くだ物をだに御覧じ入れねば」（五〇頁七行）とあった。

20 二日の夜

らざなるこそいとあしけれとて、[一]よしある御くだ物召《め》し寄《よ》せ、[二]又さるべき人召《め》して、ことさらに調《てう》ぜさせなどしつゝ、そゝのかしきこえたまへど、いと[三]遥《はる》かにのみおぼしたれば、「[四]見《み》ぐるしきわざかな」と嘆《なげ》き聞え給《(たまふ)》に、暮《く》れぬれば、夕《ゆふ》つ方《かた》、[五]寝殿《しむ》へ渡《わた》り給《(たまひ)》ぬ。[六]風涼《すゞ》しく、大方《おほかた》の空お《(を)》かしき比《(ころ)》なるに、[七]いまめかしきにすゝみ給へる御心《こゝろ》なれば、いとゞしく[八]艶《えん》なるに、[九]もの思《おも》はしき人の御心のうちは、よろづにしのびがたき事のみぞ多《おほ》かりける。日ぐらしの鳴《な》く声に、[一〇]山の陰《かげ》のみ恋《こひ》しくて、

[一一]大かたに聞《き》かましものを日ぐらしの声うらめしき秋のくれ哉《(かな)》

こよひは、まだふけぬに出《い》で給ふ也《(なり)》。御前駆《さき》の声のとを《(ほ)》くなるまゝに、[一二]海人《あま》も釣《つり》すばかりになるも、[一三]われながらにくき心かなと、思ふ〳〵聞《き》き臥《ふ》し給へり。[一四]はじめよりもの思《おも》はせ給《(たまひ)》しありさまなどを思ひ出《い》づるも、うとましきまでおぼゆ。[一五]このなやましきことも、いかならんとすらむ。[一六]いみじく命短《みじか》き族《ぞう》なれば、かやうならんついでにもや、[一七]と、はかなくなりなむとす覧《(らん)》と思ふには、お《(を)》しからねど、かなしくもあり、[一八]又いと罪深《つみふか》くもあなるものをなど、まどろまれぬまゝに、思ひ明《あ》かし給ふ。

一 珍しい果実類。
二 「料理かたの人也」(湖月抄)。
三 気が進まないさま。
四 匂宮の言。困ったことだ。 五 (六の君の所へ行くために)中君の居所西の対から匂宮の居所寝殿へ。「二日めの暮の事也」(岷江入楚)。
六 時は中秋、八月十七日。→四七頁一五行。
七 →五一頁注一六。 八 「艶」は恋にうきたつ気分、雰囲気をいう。→㈠花散里三九七頁注三五、㈢蓬生一四六頁二行。
九 中君のご心中は。
一〇 山陰の宇治の家がひたすらなつかしく思えて。「ひぐらしの鳴きつるなへに日は暮れぬと思ふは山の陰にぞありける」(古今集・秋上・読人しらず)をふまえる。「ひぐらしの声におどろきて、山の陰いかに霧りふたがりぬらむ…とながめおはする」(㈣夕霧一一五頁六行)。
一一 中君の歌。(宇治にいたら)普通に聞いていたものを、(京では)ひぐらしの声も(我が身の境遇ゆえ)恨めしげに聞こえる秋の夕暮だ。「むかしの山里のまゝならましかば大かたにのみきくべき物をと也」(細流抄)。
一二 涙のおびただしいさま。源氏釈以下「恋をしてねをのみなけば敷妙の枕のしたに海人ぞ釣する」(出典未詳)をあげる。「つりす」、尾州本・各筆本・承応板本・首書本・湖月抄本など「つりする」。参考、「枕の下は、海人もつりするばかりにうかび明かして」(夜の寝覚一)、「あまもつりするばかりにて、ふし給へるに」(あさぢが露)。
一三 (中君は)自分ながらいやな心根だなと。
一四 馴れ初め以来、物思いをさせなさった(匂宮の)態度。→㈣総角四二八頁、四三五頁。
一五 中君の懐妊のこと。→三六頁注一〇。
一六 短命の家系なので、出産がもとで死ぬかも

21 三日の夜の宴

[一九]その日は、后《きさい》[二〇]の宮なやましげにおはしますとて、たれも〳〵まいり《(ゐ)》給へれど、御風《(かぜ)》におはしましければ、ことなる事もおはしまさずとて、おとゞは[二一]昼《ひる》まかで給《(たまひ)》にけり。[二二]中納言の君さそひきこえ給《(たまひ)》て、一《ひと》つ御車にてぞ出《い》で給《(たまひ)》にける。[二三]こよひの儀式《ぎしき》いかならん、[二四]きよらを尽《つ》くさんとおぼすべかめれど、限《かぎ》りあらんかし。[二五]この君も、心はづかしけれど、親《した》しき方《かた》のおぼえは、[二六]わが方《かた》ざまに、又さるべき人もおはせず、[二七]もののはえにせんに、心ことにおはする人なればなめりかし。例《れい》ならずいそがしくまで給《(たまひ)》て、[二八]人の上《うへ》に見《み》なしたるを、[二九]くちおし《(を)》とも思《(おもひ)》たらず、何《なに》やかやと[三〇]もろ心にあつかひ給へるを、[三一]おとゞは人知《し》れずなまねたしとおぼしけり。

[三二]よひすこし過《(すぐ)》る程に、おはしましたり。寝殿《しん》の南《みなみ》の廂《ひさし》、東《ひんがし》によりて御座《おまし》まい《(ゐ)》れり。御だゐ[三三]八《(い)や》つ、例《れい》の御皿《さら》などうるはしげにきよらにて、またちいさき《(ひ)》台《だいふた》二つに、[三四]花足《(け)そく》の御皿《さら》などもいまめかしくせさせ給《(たまひ)》て、[三五]もちゐ《(ひ)》まいらせ《(ゐ)》たまへり。めづらしからぬ事書《か》きをく《(お)》こそにくけれ。[三六]おとゞ渡《わた》り給《(たまひ)》て、「夜いたうふけぬ」と女房してそゝのかし申《(まうし)》給へど、[三七]いとあざれて、とみにも出《い》でたまはず。[三八]北の方の御はらからの左衛門督《(さゑもんのかみ)》、藤宰相《さい》などばかりものし給《(たまふ)》。

知れないと思うにつけても、命は惜しくないが。「母も姉君も早世のすぢ也」(細流抄)。

一七 諸本「と」なし。 一八 「懐妊にてうせなば罪ふかゝるべしと也」(細流抄)。同じ考えは柏木巻にも見える。→四一三頁注三五。

一九 「匂宮の六君にあひ給ひし三日めのこと」(弄花抄)。 二〇 明石中宮ご不例とて、(廷臣は)皆参内なさったが。 二一 右大臣夕霧。

二二 夕霧は薫を誘って同じ車で宮中から退出。

二三 結婚三日目の夜の儀式。「露顕(ところあらわし)の儀」、また「餅(もちい)の夜」(栄花物語・ゆふしで)ともいう。帳中の新郎新婦に餅を供し、のち宴。御堂関白記・寛仁元年十一月二十四日条参照。

二四 出来る限り豪勢にとお思いのようだが、(夕霧には臣下としての)制限があることだろう。

二五 薫。 二六 (夕霧の)一門に。

二七 宴を盛り立てるのに格別すぐれたお人だからなのであろうよ。「心ことに」、諸本「心ことにはた」。

二八 薫が六条院に参上。

二九 (薫は六の君を)人妻として眺めることになったのを、残念だとも思っていず。

三〇 夕霧に協力して。

三一 夕霧は心中(六の君を望まなかった薫のそういう態度を)小憎らしく。

三二 匂宮、六条院に到着。

三三 台。「御膳也」(湖月抄)。その上に皿を載せる。 三四 脚付きの皿。「三ケ夜の餅は銀器にもる也」(弄花抄)。 三五 餅。→注二三。「もちひ」は「もちいひ」の転。

三六 夕霧。 三七 匂宮は新婦にかかりきりで、なかなか帳中から出て宴席におつきにならない。

三八 (夕霧の)奥方。雲居雁。

[一]からうして出《い》で給へる御さま、いと見《み》るかひある心ちす。[二]あるじの頭中《(とうのちゆう)》将《(じやう)》、さか月《(づき)》さゝげて御台《だい》まいる《(ゐ)》。次《つぎ》〱の御土器《かはらけ》、二《ふたゝ》たび三《み》たびまいり《(ゐ)》給《(たまふ)》。[三]中納言のいたくすゝめ給へるに、宮すこしほを笑《(ほ)ゑ》み給へり。[四]「わづらはしきわたりを」と、ふさはしからず思《(おもひ)》て言《い》ひしを、おぼし出《い》づるなめり。されど、[五]見《み》知《し》らぬやうにていとまめなり。[六]東《ひんがし》の対《たい》に出《い》で給《(たまひ)》て、御供《とも》の人〱もてはやし給《(たまふ)》。[七]おぼえある殿上人どもいと多《おほ》かり。四位六人は、女の装束《さうぞく》に細長《ほそなが》そへて、五位《ゐ》十人は三《み》重襲《へがさね》の唐衣《からぎぬ》、[八]裳《も》の腰《こし》もみな[九]けぢめあるべし。六位四人は、綾《あや》の細《ほそ》長《なが》、袴《はかま》など、[一〇]かつは限《かぎ》りあることを飽《あ》かずおぼしければ、[一一]物《ものゝ》の色、しざまなどをぞきよらを尽《つ》くし給へりける。[一二]召次《めしつぎ》、舎人《とねり》などの中《なか》には、[一三]乱《みだ》りがはしきまで、いかめしくなんありける。げにかくにぎはゝしく花やかなる事は見《み》るかひあれば、[一四]物語《ものがたり》などにまづ言《い》ひたてたるにやあらむ、されど、くはしくはえぞ数《かぞ》へたてざりけるとや。

[一五]中納言殿の御前《ぜん》の中《なか》に、なまおぼえあざやかならぬや、暗《くら》き紛《まぎ》れに立《た》ちまじりたりけん、帰《かへ》りてうち嘆《なげ》きて、「[一六]我殿《(わが)とのゝ》の、などかおいらかに、この殿の御婿《むこ》にうちならせ給《(たまふ)》まじき。あぢきなき御ひとり住《ず》みなりや」と、中門《もん》のもとにて

一 やっと座についた匂宮のさま。
二 もてなし役の夕霧の息。「饗 アルシ」(色葉字類抄)。
三 薫が(盃を)。
四 匂宮の言。気兼ねの多い右大臣家では。↓三四頁注五。
五 (薫は)そしらぬ顔をして大真面目である。
六 薫の行動。「匂の御供の人を薫のもてはやし給也」(湖月抄)。
七 以下、匂宮の供人とそれらに対する禄について述べる。
八 裳の紐。大腰。「車より黒主に物かづけける、その裳の腰に書きつけて」(後撰集・雑一・黒主)。
九 身分によって異なっているはず。
一〇 (禄にも)規定があるのを。
一一 染色や仕立て。「法令の外にはすべき事もなければ、しざまを執し給ふ也」(細流抄)。
一二 雑用に奉仕する役人。元来は院に所属するが、親王家にもあったこと、吏部王記《(りほうおうき)》・天暦二年の式部卿重明親王婚儀の記事から知られる(花鳥余情)。
一三 禄の豪勢なさまをいう。「重明親王嫁取之時召継以下銭二万を禄に給ふよし(中略)匂宮の事もこれになずらふるべし」(花鳥余情)。
一四 うつほ物語・藤原の君、同・沖つ白波、落窪物語二などに、「三日の夜」の記事が見える。
一五 薫の前駆の者のなかに、たいした禄に預かれなかった者が、暗がりに紛れて匂宮方の従者と一緒にいたのだろうか。

22 薫の胸中

一六 薫の従者の言。うちのご主人は、どうしておとなしく、右大臣の婿殿になろうとなさらないのだ。無意味な独身であることよ。

つぶやきけるを[一七]聞《(きき)》つけ給《(たまひ)》て、お《(を)》かしとなんおぼしける。[一八]夜《よ》のふけてねぶたきに、[一九]かのもてかしづかれつる人〳〵は、心《(ここ)》ちよげに酔《ゑ》ひ乱《みだ》れてより臥《ふ》しぬらんかしと、うらやましきなめりかし。

[二〇]君は、入《い》りて臥《ふ》し給《(たまひ)》て、[二一]はしたなげなるわざかな、こと〳〵しげなるさましたる親《おや》の出《い》でゐて、[二二]離《はな》れぬ仲《なか》らひなれど、これかれ、火《ひ》明《あ》かくかゝげて、すゝめきこゆるさか月《(づき)》などを、いとめやすくもてなし給《(たまふ)》めりつるかなと、宮の御ありさまをめやすく思ひ出《い》でたてまつり給《(たまふ)》。[二三]げにわれにても、よしと思《おも》ふ女子《をんなども》持たらましかば、この宮をおきたてまつりて、内《うち》にだにえまい《(ゐ)》らせざらましと思ふに、たれも〳〵[二四]宮にたてまつらんと心ざし給へるむすめは、[二五]なを《(ほ)》源中納言にこそと、とり〴〵に言《い》ひならぶなるこそ、[二六]我《(わが)》おぼえのくちお《(を)》しくはあらぬなめりな、[二七]さるは、いとあまり世《よ》づかず古《ふる》めきたるものを、など、心おごりせらる。[二八]内《うち》の御けしきあること、まことにおぼし立《た》たむに、かくのみ物うくおぼえば、いかゞすべからん、[二九]面立《おもだ》たしきことにはありとも、いかゞはあらむ、[三〇]いかにぞ、故君《こぎみ》にいとよく似給へらん時に、うれしからむかし、と思ひよらるゝは、[三一]さすがにもて離《はな》るまじき心なめりかし。

一七 薫は耳にお挟みになって。
一八 次行「臥しぬらんかし」まで、薫の従者の心内。
一九 盛大に振舞いを受けた匂宮方の供人たちは。
二〇 自邸に戻った薫。
二一 薫の心内。きまりわるそうなことだな、ものものしい態度で親が座について。
二二 近い親族なのに。夕霧は匂宮の伯父。
二三 実際自分でも、すばらしいと思う娘を持っていたら、匂宮をさしおいて、帝にさえとても差し上げる気にはなるまいと。
二四 匂宮に差し上げようと願っておられる娘については。
二五 やはり薫に(差し上げよう)と、口々に(匂宮と薫とを)並べて言っているというのは。参考「その御方、かの細殿といひならぶる御あたりもなく」(紫式部日記)。
二六 自分の声望は捨てたものではなさそうだな。
二七 実のところ、(自分は)あまりにも浮き世離れしていて古くさい人間なのに、などと、内心まんざらでもない。
二八 帝のご意向の(女二宮降嫁の)件は、本当に(帝が)決心なさった場合に、ひたすらこのように気が進まないとしたら、どうしたらよかろう。「みかどの御むすめをたまはんと思ほしおきつるも、うれしくもあらず」(三九頁)。
二九 名誉なことではあっても。
三〇 ひょっとして(女二宮が)亡き大君によく似ておられるのなら。
三一 「いかゞはあらむ」と危惧されはするものの、関心がないのではなさそうだ。

一例《れい》の、寝覚《ねざ》めがちなるつれ〴〵なれば、二按察使《あぜち》の君とて、人よりはすこし思ひまし給へるが局《つぼね》におはして、その夜《よ》は明《あ》かし給《(たまひ)》つ。三明《あ》け過《す》ぎたらむを、人の咎《とが》むべきにもあらぬに、くるしげに急《いそ》ぎ起《お》き給《(たまふ)》を、四たゞならず思ふべかめり。

五うちわたし世《よ》にゆるしなき関川《せきかは》をみなれそめけん名こそお《(を)》しけれ

六いとお《(ほ)》しければ、

七深《ふかゝ》らずうへは見《み》ゆれど関川《せきかは》のしたのかよひはたゆる物かは

八深《ふか》しとの給はんにてだに頼《たの》もしげなきを、九この上《うへ》の浅《あさゝ》さは、いとゞ心《こゝろ》やましくおぼゆらむかし。妻戸《つま》を《(お)》しあけて、「一〇まことは、この空《そら》見《み》給へ。いかでかこれを知《し》らず顔《がほ》にては明《あ》かさんとよ。一一艶《えん》なる人まねにてはあらで、一二いとゞ明《あ》かしがたくなり行《(ゆく)》、夜《よ》な〳〵の寝覚《ねざ》めには、この世かの世《よ》までなむ思ひやられてあはれなる」など、一三言《い》ひ紛《まぎら》はしてぞ出《い》で給《(たまふ)》。一四ことにお《(を)》かしき事の数を尽《つ》くさねど、さまのなまめかしき見《み》なしにやあらむ、なさけなくなどは人に思《おも》はれ給はず。

一五かりそめの戯《たはぶ》れ言《ごと》をも言《い》ひそめ給へる人の、け近《ちか》くて見《み》たてまつらばやとのみ思《(おもひ)》きこゆるにや、一六あながちに、世《よ》を背《そむ》き給へる宮の御方に、縁《えん》を尋《たづ》ねつゝま《(ゐ)》いり集《あつ》まりてさぶらふも、一七あはれなる事程〳〵につけつゝ多《おほ》かるべし。

23 按察使の君

一「人やりならぬひとり寝し給ふ夜な〳〵は、はかなき風の音にも目のみ覚めつゝ」(三九頁)。 二 薫が情をかけている女房の一人。女三宮に仕える女房であろう。→六〇頁注一五・一六。 三 朝の帰りが遅くなっても、誰もそれを咎め立てするはずもないのに、(薫は)気遣わしげに。 四 (帰りを急ぐ薫を按察使君は)内心おもしろからず思っているような風情。 五 按察使君の歌。いつまでたっても世間から公認されない仲なのに、あなたと親しくなったという浮き名が立つのは口惜しい。「うちわたし」は、ひきつづき、ずっと、の意。「関川」は逢坂の関付近の川(寛平御時菊合)。 六 (按察使君が)かわいそうなので。 七 薫の歌。深い思いがなさそうにうわべは見えるが、心の中ではあなたのことを忘れはしない。この歌のやりとりは大和物語一〇六段、「浅くこそ人は見るらめ関川の絶ゆる心はあらじとぞ思ふ／女、返し／関川の岩間をくゞる水浅み絶えぬべくのみ見ゆる心を」をふまえるか。「浅くこそ」は元良親王の歌。元良親王集にも見える。 八 (薫が)「深い」とおっしゃったところで、それさえ当てにはできそうもないのに。 九 薫の歌の「うわべは浅くみえるが」という言葉は(按察使君には)一段とこたえたことであろう。 一〇 薫の言。「この空」は八月十八日の月が残る有明の空。 一一 風流人のまねではなく。 一二 秋の夜長ゆえ、ふだんにもまして明かしづらくなってゆく毎晩の寝覚め。 一三 話を逸らして。 一四 (薫は)特に人を惹き付けるような言葉をあれこれ言うわけではないが、(人は薫の)優美な物腰を目の当たりにするせいか。 一五 (薫が)一時の戯れに言葉をおかけになった女が、お側近

[一八]宮は、女君の御ありさま昼見《ひるみ》きこえ給《たまふ》に、いとゞ御心ざしまさりけり。大《おほ》きさよき程なる人の、様体《やうだい》いときよげにて、[一九]髪《かみ》の下《さが》り端《ば》、頭《かしら》つきなどぞ、ものよりことにあなめでたと見《み》え給《たまひ》ける。[二〇]色あひあまりなるまでにほひて、もの〳〵しくけ高《たか》き顔《かほ》の、まみいとはづかしげにらう〳〵じく、すべて何事も足《た》らひて、かたちよき人と言《い》はむに飽《あ》かぬところなし。[二一]廿に一《ひと》つ二《ふた》つぞあまり給へりける。いはけなき程ならねば、[二二]かたなりに飽《あ》かぬ所なく、あざやかに盛《さか》りの花と見《み》え給へり。限《かぎ》りなくもてかしづき給へるに、かたほならず。[二三]げに親《おや》にては、心もまどはし給《たまひ》つべかりけり。たゞやはらかにあい行《ぎやう》づきらうたき事ぞ、[二四]かの対《たい》の御方《かた》はまづ思《おも》ほし出《いで》られける。ものの給《たまふ》いらへなども、はぢらひたれど、又あまりおぼつかなくはあらず、すべていと見所多《おほ》く、[二五]かど〳〵しげ也《なり》。[二六]よき若《わか》人ども卅人ばかり、童《わらは》六人かたほなるなく、装束《さうぞく》なども、[二七]例《れい》のうるはしきことは目馴《めな》れておぼさるべかめれば、[二八]ひきたがへ心得ぬまでぞ好《この》みそし給へる。[二九]三条殿腹《ばら》の大君を、春宮《とうぐう》にまい《ゐ》らせ給へるよりも、この御事をば、[三〇]ことに思ひを《お》きてきこえ給へるも、宮の御おぼえありさまからなめり。

かくて後《のち》、[三一]二条の院に、え心やすくわたり給はず。[三二]軽《かる》らかなる御身ならねば、

くで(薫を)拝したいとひたすら思い申すのであろうか。

24 六の君の容姿

一六 無理をしてまで、出家の身の女三宮の所へ、つてを求めては皆参上しお仕えするのも。

一七 (宮仕えに身を落とすについては)気の毒な事情が、出自の高い者にも低い者にもそれぞれにいろいろあるようだ。

一八 匂宮は六の君のお姿を。

一九 切り揃えた髪の垂れ具合。「うちとけたらぬもてなし、髪の下がり端、めざましくもと見たまふ」(㈠夕顔一一〇頁)。 二〇 顔色はあり余るほどの艶があり、重々しく気品のある顔つきで。「いとをかしき色あひ、つらつきなり」(㈢野分四七頁七行)。

二一 六の君の年齢。

二二 未熟で飽き足りない点はない。 二三 たしかに(このような六の君の)親としては(理想の婿選びに)気を揉みなさるのも当然のことだった。

二四 中君。 二五 才気を感じさせる。

二六 六の君の女房と女(め)の童。 二七 並みの盛装は(匂宮は)見飽きたものにお思いになろうというわけで。 二八 通例とはうって変わって常識を外れるほどに趣向を凝らしに凝らされた。「(好み)そし」は、過度に…する、の意。

二九 正妻雲居雁腹の長女。「大姫君は東宮にまゐり給(たま)ひ)て」(㈣匂宮二一三頁注二四)。

三〇 (夕霧が)格別にご配慮申し上げなさるのも、匂宮のご声望、人品のゆえであると見える。

三一 匂宮は中君のいる二条院に気軽にお越しにもなれない。

三二 気ままに行動できるご身分ではないので、ご自分の思いのままに、昼だからといって(六

25 中君、薫へ手紙

条院から二条院へ)出かけるわけにもいかず。

おぼすまゝに昼《ひる》の程などもえ出《い》で給はねば、[一]やがておなじ南《みなみ》の町《まち》に、年《とし》ごろありしやうにおはしまして、[二]暮《く》るれば、又えひき避《よ》きても渡《わた》り給はずなどして、[三]待《ま》ちどを《ほ》なるおり《を》〳〵あるを、[四]かゝらんとすることとは思ひしかど、さしあたりては、[五]いとかくやはなごりなかるべき、[六]げに心あらむ人は、数ならぬ身を知《し》らでまじらふべき世にもあらざりけりと、かへす〳〵も[七]山路《ちわ》分け出《い》でけんほど、うつゝともおぼえずくやしくかなしければ、[八]猶《なほ》いかで忍《しの》びて渡《わた》りなむ、[九]むげに背《そむ》くさまにはあらずとも、しばし心をも慰《なぐさ》めばや、[一〇]にくげにもてなしなどせばこそ、うたてもあらめなど、心《こゝろ》ひとつに思ひあまりて、はづかしけれど、[一一]中納言殿《どの》に文《ふみ》たてまつれ給《たまふ》。

[一二]一日《ひとひ》の御事をば、阿闍梨《あざり》の伝《つた》へたりしに、くはしく聞《き》き侍《ゝはべり》にき。[一三]かゝる御心のなごりなからましかば、いかにいとおしく《ほ》と思給《おもう》へらるゝにも、をろか《お》ならずのみなん。[一四]さりぬべくは、身《み》づからも。

と聞《き》こえ給へり。

陸奥国紙《みちのくにがみ》に、[一五]ひきつくろはずまめだち書《か》き給へるしも、いとおかし《を》げ也《なり》。[一六]宮の御忌日《き(にち)》に、例《れい》の事どもいとたう《ふ》とくせさせ給へりけるを、よろこび給へるさ

一(六の君を訪れて)そのまま同じ六条院の南の町に、(幼い頃)長年住んでいたように滞在なさって。「南の町」はかつての紫上の居所。→四横笛六〇頁注一七。

二日が暮れると、それはそれで(同じ六条院内の)六の君の所を素通りして(中君のいる二条院へ)お出かけにもなれないといった具合で。

三中君が匂宮の訪れを待ち遠しく思う折々。

四中君の心内。こうなるであろうことは予想してはいたが、その時になってみると。

五まったくこのような(匂宮の)極端な心変わりがあっていいものだろうか。

六まことに、慎重な人なら、人数にも入らぬ身の程をわきまえずに付き合うことの出来る社会ではなかったのだ。

七宇治の山里から京へ出てきた頃のことが正気の振舞いとも思えず。

八何とか人目につかないようにして、宇治へ出かけよう。

九完全に(匂宮と)縁を切るという状態ではなくとも。

一〇嫉妬深そうな態度を示したりすれば、まずいだろうがなどと、(中君は)自分一人では決めかねて。

一一薫。

一二中君の手紙。「一日の御事」は、薫が宇治の阿闍梨に催させた八宮忌日の法事。→四六頁注二。

一三(故人への)こうしたご厚意の残りがおありでなかったならば、どんなにか(故人も)気の毒であろうと。

一四対面の機会があれば、中君自身お礼を申し上げたい、の意。

一五体裁ぶらずまじめに。「陸奥国紙」は通常の手紙に用いる紙。→四総角四二〇頁注一〇、三

まの、おどろ〳〵しくはあらねど、[一七]げに思ひ知《し》り給へるなめりかし。例《れい》[一八]は、これよりたてまつる御返《（かへり）》をだに、つゝましげに思《おも》ほして、はか〴〵しくもつゞけ給はぬを、「身《（み）》[一九]づから」とさへのたまへるがめづらしく[二〇]うれしきに、心ときめきもしぬべし。[二一]宮の、いまめかしく好《この》みたち給へる程にて、おぼしを《（お）》こたりけるも、げに心ぐるしくおしはからるれば、いとあはれにて、お《（を）》[二二]かしやかなる事もなき御文《ふみ》を、うちもを《（お）》かずひき返し〳〵《（ひきかへし）》見《み》ゐ給へり。御返《かへ》りは、

[二三]うけ給《（たまは）》りぬ。[二四]一日《（ひとひ）》は、聖《ひじり》だちたるさまにて、ことさらに忍《しの》びはべしも、さ[二五]思ひたまふるやう侍《（はべる）》ころほひにてなん。[二六]なごりとの給はせたるこそ、すこし浅《あさ》く成《（なり）》にたるやうにと、うらめしく思ふ《（う）》たまへらるれ。よろづはさぶらひてなん。あなかしこ。

と、[二七]すくよかに、白《しろ》き色紙《しきし》のこは〴〵しきにてあり。

さて、又の日の夕《ゆふ》つ方《かた》ぞ、[二八]渡《わた》り給へる。[二九]人知《し》れず思ふ心しそひたれば、あいなく心づかひいたくせられて、なよゝかなる御衣《ぞ》どもを、いとゞ匂《にほ》はしそへ給へるは、あまりおどろおどろしきまであるに、[三〇]丁子《（ちやう）じ》染《ぞめ》の扇《あふぎ》のもてならし給へる移《うつ》り香《が》などさへたとへん方《かた》なくめでたし。

胡蝶四一九頁注一七。一六 →注一二。
一七 文面どおり（中君は薫の厚意を）身にしみて感じておられるようだ。
一八 ふだん（の中君）は、薫から差し上げる手紙のご返事でさえ、気が引けるようにお思いになって、てきぱきと書き続けなさらないのに。
一九 中君の手紙の「さりぬべくは、身づからも」（注一四）をさす。 二〇 薫の思い。
二一 匂宮が、派手な六の君に心を奪われて、中君から遠ざかっておられるのも、薫は気の毒に察せられるので、の意。
二二 「ひきつくろはずまめだち書き給へる」（注一五）中君の手紙を。
二三 薫の返事。「うけ給りぬ」は「承りぬ」で、手紙を拝見しました、の意。「貴人への返事にはかく書也」（湖月抄）。→六九頁注二五、㊂胡蝶四一九頁六行。
二四 先日（の八宮の周忌）は、僧のような格好でわざとこっそり出かけましたのも。「はべし」は「はべりし」の促音便無表記。
二五 そう思います子細ある折でしたので。先に中君が希望した宇治への同行（四五頁注三七）を叶えなかった言い訳。
二六 （前の手紙で、薫の厚意を）「なごり」（前頁一一行）とおっしゃったのは、（薫の気持が）少し薄らいだように（中君が）お感じなのかと。

26 薫、中君を訪う

二七 中君の手紙に応じた書きぶり、仕様。
二八 薫の二条院（中君）訪問。
二九 （薫は）心中ひそかに中君を思う気持があるので、やたらに緊張して。
三〇 「丁子を濃く煎じ出して其汁にて染めたるなり」（安斎随筆）。「香染」とも。「香染めなる御扇に書きつけ給へり」（㊃鈴虫七二頁注一二）。

一女君も、あやしかりし夜《よ》のことなど思《(おもひ)》出《い》で給《(たまふ)》折〳〵なきにしもあらねば、まめやかにあはれなる御心ばへの、人に似ずものし給ふを見《み》るにつけても、二さてあらましをとばかりは思《(おもひ)》やし給覧《(たまふらん)》。三いはけなき程にしおはせねば、四うらめしき人の御ありさまを思《おも》ひくらぶるには、何事もいとゞこよなく思《(おもひ)》知《し》られ給《(たまふ)》にや、五常《つね》に隔《へだ》て多《おほ》かるもいとお《(ほ)》しく、もの思ひ知《し》らぬさまに思ひ給ふらむなど思ひ給《(たまひ)》て、六けふは御簾《みす》のうちに入《い》れたてまつり給《(たまひ)》て、七母屋《もや》の簾《すだれ》にき丁《(ちやう)》そへて、我はすこしひき入《い》りて対面《たいめん》し給へり。「八わざと召《め》しと侍らざりしかど、九例《れい》ならずゆるさせ給へりしよろこびに、すなはちもまい《(ゐ)》らまほしく侍りしを、一〇宮渡《わた》らせ給ふとうけたまはりしかば、おりあしくやはとて、けふになし侍《(はべり)》にける。一一さるは、年《とし》比《(ごろ)》の心《こゝろ》のしるしもやう〳〵あらはれ侍《(はべる)》にや、隔《へだ》てすこし薄《うす》らぎ侍《(はべり)》にける御簾《みす》のうちよ。めづらしく侍るわざかな」との給ふに、なをいとは《(ほ)》づかしく、言《い》ひ出《い》でん言《こと》葉もなき心《(こゝ)》ちすれど、「一二一日《(ひとひ)》、うれしく聞《き》き侍《(はべり)》し心のうちを、例《れい》のたゞむすぼほれながら過《す》ぐし侍《(はべり)》なば、思《(おもひ)》知《し》るかたはしをだにいかでかは、とくちお《(を)》しさに」と、いとつゝましげにの給《(たまふ)》が、一三いたく退《しぞ》きて、絶《た》え〴〵ほのかに聞《き》こゆれば、心もとなくて、「一四いと遠くも侍《(はべる)》かな。まめやかに聞《き》こえさせ、

一 中君も、(大君に逃げられた薫と一夜を明かす羽目になった)奇妙な夜のことを。↓四総角四〇四頁以下。
二 (匂宮とではなく)薫に連れ添っていたならばというくらいはお思いになることであろう。
三 中君は子供ではないので、の意。 四 匂宮。
五 いつも(薫に)距離を置いて会っているのもお気の毒で、(薫も中君を)物の分からぬ者だとお思いだろう。
六 前回の薫訪問時の座は「御簾の前」(四二二頁二行)、「御簾の外」(四六頁一二行)であった。「御簾のうち」は廂の間。 七 廂の間と母屋とを仕切る簾の内側(母屋側)に几帳を立て添えて、中君自身は少し母屋の方へ引っ込んで。
八 薫の言。特にお招きにあずかったのではありませんが。中君の手紙の「さりぬべくは、身づからも」(六二頁一二行)の言葉をさす。 九 いつもと違って対面をお許しくださったお礼に。
一〇 (昨日は)匂宮がお越しだとお聞きしましたので、具合が悪かろうと思って。
一一 それはともかく、長年あなたを思ってきたかいも徐々に現れてきたのでしょうか、御簾内に入れていただき、あなたの他人行儀が少しばかり薄らいだ感じがします。
一二 中君の言。先日、(宇治の阿闍梨から八宮周忌の報告を)うれしく聞きましたその心中を、いつものようにふさぎ込んだまま(何も申し上げずに)過ごしましたなら、感謝の片鱗すらどのようにして(お伝えできようか)と。「一日の御事をば、阿闍梨の伝へたりしに、くはしく聞き侍(はべり)にき」(六二頁一〇行)。
一三 母屋の方へ深く引っ込んで。
一四 薫の言。ひどく奥の方におられますね。
一五 中君は(薫のいる方へ)少しにじり寄る。

うけたまはらまほしき世の御もの語《がた》りも侍るものを」との給へば、げにとおぼして、一五すこし身《み》じろき寄《よ》り給《(たまふ)》けはひを聞《き》き《ゝ》給《(たまふ)》にも、ふと胸《むね》うちつぶるれど、さりげなく、いとゞしづめたるさまして、一六宮の御心《こゝろ》ばへ思《おも》はずに浅《あさ》うおはしけりとおぼしく、一七かつは言《い》ひもうとめ、また慰《なぐさ》めも、かた〴〵にしづ〳〵と聞《き》こえ給ひつゝおはす。

一八女君は人の御うらめしさなどは、うち出《い》で語《かた》らひきこえ給ふべきことにもあらねば、一九たゞ世やはうきなどやうに思《おも》はせて、言少《ことずく》なに紛《まぎら》はしつゝ、二〇山里《ざと》にあからさまに渡《わた》し給へとおぼしく、いとねんごろに思《(おもひ)》ての給《(たまふ)》。二一「それはしも、心《こゝろ》ひとつにまかせては、え仕《つか》うまつるまじきことに侍り。猶《(なほ)》、二二宮にたゞ心うつくしく聞《き》こえさせ給《(たまひ)》て、彼《(かの)》御けしきに従《したが》ひてなんよく侍るべき。二三さらずは、すこしもたがひ目《め》ありて、心かろくもなどおぼしものせんに、いとあしく侍《(はべり)》なん。二四さだにあるまじくは、道の程も御を《(お)》くりむかへも、おり立《た》ちて仕《つか》うまつらんに、何《なに》の憚《はゞか》りかは侍らむ。二五うしろやすく人に似ぬ心のほどは、宮もみな知《し》らせ給へり」などは言《い》ひながら、お《(を)》り〳〵は二六過《す》ぎにし方《かた》のくやしさを忘《わす》るゝお《(を)》りなく、二七ものにもがなやと、とり返《かへ》さまほしきとほのめかしつゝ、やうやう暗《くら》くなりゆ

27 薫、中君に迫る

一六 (薫は)匂宮の(中君への)思いが心外にもお浅いのだったという顔をして。「おぼしく」、湖月抄本・河内本「おぼして」。 一七 一方では(中君を)慰めたり、どちらについても神妙にお話し申しておられる。「うとめ」は下二段活用の「うとむ」で、うとませる、の意。→四竹河二六八頁一三行。「しづ〳〵と」の用例、→一帚木五九頁一行。

一八 中君は匂宮に対する不満などは、口に出して(薫に)相談申し上げるような事柄でもないので。 一九 もっぱら「世間が悪いのではない(自分のせいなのだ)」といった風に思わせて、言葉少なに(匂宮への恨みは)取り繕って。「世やはうき」は古歌の一句か。紫明抄以下「世やは憂き人やはつらき海人の刈る藻に住む虫の我からぞ憂き」(出典未詳)を引く。

二〇 宇治にちょっとだけ連れていっていただきたいとお望みらしく。

二一 薫の言。それだけはわたしの一存では、どうにもならないことです。

二二 匂宮に素直にお願いなさって、宮のご意向に従ってなさるのがよろしいでしょう。

二三 そうなさらないと、すこしでも誤解が生じて、(匂宮が)軽率にも(そのようなことをして)とお考えになられたら、大変困ります。

二四 そうした問題さえなければ。

二五 (女性関係で)安心できる、他の男とは違った私の性格は、匂宮もすべてご存じだ。

二六 中君を匂宮に譲った昔に対する後悔。

二七 「取り返すものにもがなや世の中をありしながらの我が身と思はむ」という古歌のように、昔を今に取り戻したいと(中君に)一再ならずほのめかして。→早蕨一八頁注五。

くまでおはするに、[一]いとうるさくおぼえて、「[二]さらば、心《(ここ)》ちもなやましくのみ侍《(はべる)》を、又よろしく思《(おもひ)》給へられん程に、何事も」とて、[三]入《い》り給《(たまひ)》ぬるけしきなるが、いとくちお《(を)》しければ、「[四]さても、いつばかりおぼし立《た》つべきにか。いと茂《しげ》くはべし道《みち》の草も、すこしうち払《はら》はせ侍らんかし」と[五]心とりに聞《き》こえ給へば、[六]しばし入《い》りさして、「[七]この月は過《す》ぎぬめれば、[八]ついたちの程にもとこそは思《(おもひ)》侍れ。たゞいと忍《しの》びてこそよからめ。何《なに》か、[九]世《よ》のゆるしなどこと〳〵しく」との給《(たまふ)》声の、いみじくらうたげなるかなと、常《つね》よりもむかし思《(おもひ)》出《い》でらるゝに、[一〇]えつゝみあへで、[一一]寄《よ》りゐ給へる柱《はしら》もとの簾《すだれ》の下《した》より、やをらを《(お)》よびて御袖《そで》をとらへつ。

[一二]女、[一三]さりや、あな心うと思《(おもふ)》に、何《なに》事かは言《い》はれん、[一四]ものも言《い》はでいとゞ引《ひ》き入《い》り給へば、それにつきていと馴《な》れ顔《がほ》に、なからはうちに入《い》りて添《そ》ひ臥《ふ》し給へり。「[一五]あらずや。[一六]忍《しの》びてはよかるべくおぼすこともありけるがうれしきは、ひが耳《みゝ》か、聞《き》こえさせんとぞ。うと〳〵しくおぼすべきにもあらぬを、心うのけしきや」とうらみ給へば、いらへすべき心《(ここ)》ちもせず、思はずにくゝ思《(おもひ)》なりぬるを、せめて思《おも》ひしづめて、「[一七]思ひのほかなりける御心の程かな。人の思《(おもふ)》ら

一 (下心を匂わせる薫を中君は)うっとうしくお思いになって。 二 中君の言。
三 中君は母屋の奥へ退く。
四 薫の言。では、いつ頃に宇治へお出かけなさるのか。(その際には)深く繁っておりました道中の草も、多少は刈り除かせることにいたしましょう(道案内をいたしましょう)。
五 (中君の)ご機嫌取りに。
六 (中君は)ちょっとの間、奥へ入る足を止めて。
七 中君の言。 八 (来月の)月初めの頃。九月になって、の意。
九 匂宮に宇治行きの許可をいただいたりするのはおおげさだ。六五頁注二一の薫の言に対していう。
一〇 (薫は中君への思いを)我慢しきれなくて。
一一 自分が寄り掛かっておられる柱のそばの簾の下から、そっと手を伸ばして中君の袖を。
一二 前頁五行の「女君」に続いて、中君を「女」と呼び、次頁一五行で薫を「男君」と呼ぶのは、中君・薫対面の場を男女の葛藤として語る筆致。

28 中君、動転

一三 やはりそうか、ああ情けない。 一四 中君が無言でますます奥へ退かれると、(薫は)それにくっついて馴れ馴れしげに、上半身は簾の内側に入って。
一五 薫の言。(そういうつもりとは)違うのです。
一六 (宇治へは)こっそり行った方がよいとお考えだったのだとうれしく思ったのは、聞き間違いではないか、(それを)お伺いしようとのことなのです。中君の言「たゞいと忍びてこそよからめ」(五行)を承ける。「ひかみゝか」、三条西本・書陵部本・陽明本・板本など「ひかみゝかと」。
一七 中君の言。思いも寄らぬ考えをお持ちだったのですね。回りの者が何と思うでしょう。あきれました。 一八 (中君は薫を)軽蔑して。

んことよ。あさまし」と[一八]あはめて、泣《な》きぬべきけしきなる、すこしはことは《(わ)》りなれば、いとおし《(ほ)》けれど、「[一九]これは咎《とが》あるばかりの事かは。かばかりの対面《たいめん》は、いにしへをもおぼし出《い》でよかし、[二〇]過《す》ぎにし人の御ゆるしもありし物を、いとこよなくおぼしけるこそ、中〳〵うたてあれ。すき〴〵しくめざましき心はあらじと、心やすく思《おも》ほせ」とて、[二一]いとのどやかにはもてなし給へれど、月比《(ごろ)》くやしと思《おも》ひわたる心のうちの苦《くる》しきまでなりゆくさまを、つく〴〵と言《い》ひつゞけ給《(たまひ)》て、ゆるすべきけしきにもあらぬに、[二二]せん方《かた》なく、いみじとも世《よ》のつね也《(なり)》。[二三]中〳〵むげに心知《し》らざらん人よりも、はづかしく心づきなくて、泣《な》き給《(たまひ)》ぬるを、「[二四]こはなぞ。あな若《わか》〳〵し」とは言《い》ひながら、言《い》ひ知《し》らずらうたげに心ぐるしきものから、ようゐ《(い)》深《ふか》くはづかしげなるけはひなどの、[二五]見《み》し程よりもこよなくねびまさり給《(たまひ)》にけるなどを見《み》るに、[二六]心からよそ人にしなして、かくやすからずものを思ふ事と、[二七]くやしきにも、又げに音《ね》は泣《な》かれけり。

近《ちか》くさぶらふ女房二人《ふたり》ばかりあれど、[二八]すゞろなるおと《(を)》このうち入《い》り来《き》たるならばこそは、こはいかなることぞともまい《(ゐ)》り寄《よ》らめ、[二九]疎《うと》からず聞《き》こえかはし給《(たまふ)》御仲《なか》らひなめれば、さるやうこそはあらめと思《(おもふ)》に、かたはらいたければ、

一九 薫の言。これは咎められるほどの事であろうか。この程度の対面は、昔(もあったこと)を思い出して下さい。「いにしへ」は、総角巻で中君と一夜を明かした時のこと(四四〇五頁以下)。

二〇 (中君との仲は)亡くなった人(大君)のお許しも頂いていたのに、まったく問題外のこととお思いであったとは。

二一 (薫は)大層穏やかな物腰ではあるが、この何か月来(中君と結婚しなかったことを)残念に思い続けてきた心中の思いが苦しいほど募る有様を、しつこく言い続けなさって、(中君を)離しそうな様子も見えないので。

二二 (中君は)どうするすべもなく、ひどい(「いみじ」)といったところで(中君の困惑は)そのような言葉では到底表せない。

二三 なまじどのような人か全く知らない人よりも(薫に対しては)。 二四 薫の言。どういうことです。まあ幼稚な。

二五 昔、中君に身辺に接した時よりも、格段に美しくおなりだなあと。「見し程」は大君の身代りの中君と一夜語り明かした時のことをさす。→四総角四〇五頁。

二六 自分の考えで(中君を)他人のものにしてしまって、こうして心休まらぬ物思いをすることよと。

二七 後悔するにつけても。「神山の身をうの花のほとゝぎすくやし〳〵とねをのみぞなく」(古今六帖四)をふまえるか(源註拾遺)。

二八 無関係な男が闖入してきた場合なら、これは何としたことよと(中君の)お側に馳せ参じもしようが。

二九 (中君と薫とは)親しく語り合う仲でいらっしゃるようだから、しかるべき訳があるのであろうと思うと、傍にいるのが遠慮されるので。

知《し》らず顔《がほ》にてやをら退《しぞ》きぬるに、いとお《(ほ)》しきや。[一]お《(を)》とこ君は、いにしへを悔《く》ゆる心の忍《しの》びがたさなども、いとしづめがたかりぬべかめれど、[二]むかしだにありがたかりし心の用意《ようい》なれば、なを《(ほ)》いと思ひのまゝにもてなしきこえ給はざりけり。[三]かやうの筋《すぢ》は、こまかにもえなんまねびつゞけざりける。[四]かい《(ひ)》なき物から、人目《め》のあいなきを思へば、よろづに思《おも》ひ返《かへ》して出《い》で給《(たまひ)》ぬ。

[五]まだよひと思ひつれど、あか月《(つき)》近《ちか》うなりにけるを、見《み》咎《とが》むる人もやあらんとわづらはしきも、[六]女の御ためのいとお《(ほ)》しきぞかし。[七]なやましげに聞《き》きわたる御心《(ここ)》ちはことは《(わ)》りなりけり、[八]いとはづかしとおぼしたりつる腰《こし》のしるしに、多《おほ》くは心ぐるしくおぼえてやみぬるかな、[九]例《れい》のお《(を)》こがましの心《こゝろ》やと思へど、[一〇]なさけなからむ事はなを《(ほ)》いと本意《ほい》なかるべし、又たちまちの我《(わが)》心の乱《みだ》れにまかせて、あながちなる心をつかひてのち、[一一]心やすくしもはあらざらむものから、わりなく忍《しの》びありかん程も心づくしに、[一二]女のかた〴〵おぼし乱《みだ》れん事よなど、[一三]さかしく思《(おもふ)》にせかれず、[一四]いまの間《ま》も恋《こひ》しきぞわりなかりける。[一五]さらに見《み》ではえあるまじくおぼえ給《(たまふ)》も、返《かへ》す〳〵あやにくなる心《こゝろ》なりや。

むかしよりはすこし細《ほそ》やぎて、あてにらうたかりつるけはひなどは、[一六]たち離《はな》

一 薫。→六六頁注一二。 二（中君と一夜を過ごした）昔でさえ世にも希な気配りをなさる人なので、今夜も自分の気持を押し通すような振舞いはなさらなかった。 三 男女の情事にかかわること。この一文は語り手の言。 四（薫は）訪問したかいもないものの、（これ以上長居をして）人に見咎められるのもつまらないので。 五 薫が訪れたのは「夕つ方」（六三頁一二行）。 六「人のとがめをおもふ事、身の上より猶女の御ためと、中君への深切をいふ詞なり」（湖月抄）。 七 以下、薫の心内。かねてよろしくないと聞いていたお具合は、（身近に会ってみると）もっともなことだ。中君懐妊のことをさす。 八 とても恥ずかしがっておられた妊婦の付ける帯のせいで、すっかり同情して引き下がってしまったことだ。「腰のしるし」は「懐妊の着帯也」（細流抄）。 九 いつもながら間の抜けた我が心よと思うが。薫は中君と事なく一夜を過ごした時にも「かくをこがましき身の上、また人にだに漏らし給な」（四総角四〇七頁注三八）と言った。 一〇 強引な振舞いに及ぶのはやはり自分の気持に反するだろうし、またその場の激情に引きずられて、無理やりな行動に及んだ後では。 一一（また逢瀬は）そう簡単に期待できないものの、危険を冒してこっそり逢いに行ったりするのも苦労多く。 一二 中君が（匂宮、薫の両人）それぞれについてさぞかし思い悩まれることであろう。 一三（薫は）冷静に考えてみても（中君への思いを）堰き止めること叶わず。 一四 逢って別れたばかりの今。「逢はざりし時いかなりしものとてかただ今の間も見ねば恋しき」（後撰集・恋一・読人しらず）による語か（源註拾遺）。 一五（薫は）もはや中君と契らずにはいられない気持になられる

29 あしたの文

れたりともおぼえず、身にそひたる心《(こゝ)》ちして、さらに他事《ことゞ》もおぼえずなりにたり。宇治《うぢ》にいと渡《わた》らまほしげにおぼいためるを、さもや渡《わた》しきこえてましなど思へど、一七まさに宮はゆるし給てんや、一八さりとて、忍びてはた、いと便《びん》なからむ、一九いかさまにしてかは、人目見《めみ》ぐるしからで、思ふ心のゆくべきと、心もあくがれてながめ臥《ふ》し給へり。

二〇まだいと深《ふか》きあしたに御文《ふみ》あり。例《れい》の、二一うはべはけざやかなる立文《たてぶみ》にて、

二二いたづらに分《わ》けつる道の露しげみむかしおぼゆる秋の空哉《(かな)》

二三御けしきの心うさは、ことはり《(わ)》知《し》らぬつらさのみなん。聞えさせむ方なく。

とあり。二四御返しなからむも、人の、例《れい》ならずと見咎《みとが》むべきを、いと苦《くる》しければ、

二五うけ給《(たまは)》りぬ。いとなやましくて、え聞《(きこ)》えさせず。

とばかり書《か》きつけ給へるを、二六あまり言少《ことずく》ななるかなとさうゞしくて、お《(を)》かしかりつる御けはひのみ恋《こひ》しく思ひ出《い》でらる。

二七すこし世《よ》の中《なか》をも知《し》り給へるけにや、さばかりあさましくわりなしとは思《おも》ひ給へりつるものから、二八ひたふるにいぶせくなどはあらで、いとらう／＼じくはづかしげなるけしきも添《そ》ひて、二九さすがになつかしく言《い》ひこしらへなどして、出《い》

のも。
一六（別れてきた今も）離ればなれになっているとも感じられず、すぐ側にいる気がして。一七よもや匂宮はお許しになるまい。一八だからといって、こっそりと（中君を宇治へ連れて）行くのはそれはそれで、とてもまずいことだろう。一九どうしたら、みっともないまねをせずに、満足な結果が得られるのだろうかと、心ここにあらずといった有様で、物思いにぼんやりして横になっておられた。二〇まだ明けるのに間がある朝早くに（薫からの）手紙が届けられる。薫が帰ったのは「あか月近う」（前頁六行）であった。二一外側は恋文でないことがはっきりわかるような普通の手紙の体裁で、の意。二二薫の歌。（思いを遂げられず）むなしく踏み分けて帰ってきた草の露にひどく濡れて、昔（宇治での一夜）が思い出される今朝の秋空だ。二三あなたのお扱いがつらく感じられるのは、（私には）理由のわからぬ冷淡な態度ばかりを取られるからだ。「ことわり知らぬつらさ」は引歌あるか。河海抄などの古注、「身を知ればうらみぬものをなぞもかくことわり知らぬつらさなるらん」（出典未詳）を挙げるが、弄花抄・細流抄・紹巴抄は採らない。二四三条西本・尾州本・陽明本・穂久邇本・首書本「御かへり」。二五中君の返事。→六三頁注二二。二六薫の心内。あまりにも言葉の少ない（そっけない）返事だ。二七（匂宮と結婚して）多少は男女の仲をお知りになられたせいか。二八一途に（薫を）嫌悪するといった風でもなく。二九（「あさましくわりなし」とは思いながら）それでも（薫に対し）物柔らかになだめたりして、（薫を）お帰しになった（中君の）心遣い。

だし給へる程の心ばへなどを思ひ出《(いづ)》るも、ねたくかなしく、さま〴〵に心にかゝりて、わびしくおぼゆ。一何事も、いにしへにはいと多《おほ》くまさりて思出《(おもひいで)》らる。二何《なに》かは、この宮離《か》れはて給ひなば、われを頼《たの》もし人にし給ふべきにこそはあめれ、三さても、あらはれて心やすきさまにえあらじを、忍《しの》びつゝ又思《おも》ひます人なき心のとまりにてこそはあらめなど、四たゞこの事のみつとおぼゆるぞ、けしからぬ心なるや。さばかり心《こゝろ》ふかげに、さかしがり給へど、おと《(を)》こといふものの心うかりける事よ。五亡《な》き人の御かなしさは言《い》ふかひなき事にて、いとかく苦《くる》しきまではなかりけり。六これは、よろづにぞ思《おも》ひめぐらされ給ひける。「けふは、七宮渡《わた》らせ給《(たまひ)》ぬ」など、人の言《い》ふを聞《き》くにも、八後見《うしろみ》の心は失《う》せて、胸《むね》うちつぶれていとうらやましくおぼゆ。

九宮は、日《ひ》ごろに成《(なり)》にけるは、我《(わが)》心さへうらめしくおぼされて、にはかに渡《わた》り給へるなりけり。一〇何《なに》かは、心隔《へだ》てたるさまにも見《み》えたてまつらじ、一一山里《ざと》にと思《(おもひ)》立《た》つにも、頼《たの》もし人に思ふ人《ひと》もうとましき心添《そ》ひ給へりけり、と見《み》給《(たまふ)》に、一二世中《(よのなか)》いと所せく思《おも》ひなられて、猶《(なほ)》一三いとうき身也《(なり)》けりと、たゞ消《き》えせぬほどはあるにまかせておひ《(い)》らかならんと思《おも》ひはてて、いとらうたげに、うつくしきさ

一 すべての面で、昔よりは何倍もすばらしくなったと(昨夜の中君が)思い出される。二 薫の心内。何の、匂宮が(中君を)すっかりお見限りになった暁には、(中君は)自分(薫)を頼りになさるほかはあるまい。三 その場合も、表だって気軽に逢えるようにはなれまいから、人目を忍んで逢う最愛の人ということになるのであろう。四 ひたすら中君の事ばかりずっと思われるのは。五 亡き大君の追慕の念は言っても仕方のないことで、これほどまでに苦しい思いをすることはなかった。六 中君のことは。七 匂宮が二条院へお越し。八 (薫は)中君の後見役という(ふだんの)気持は消え失せて、胸つぶれる思いで(匂宮が)うらやましく思われる。九 匂宮は、(中君への無沙汰が)何日にもなってしまったのは、(そうさせた)自分の心までが恨めしく思われなさって。一〇 中君の心内。何の、(匂宮を)疎ましく思っているようなそぶりはお見せ申すまい。一一 宇治へ戻ろうという気を起こすにも、頼りにしようと思う薫もいやな下心を持っているのであったと、ご覧になるにつけ。一二 世の中どこにも自分の居場所はないように思われて。一三 まったく情けない我が身なのだった、最小限命ある間はあるがままに素直に振舞おうと諦めて。「憂きながら消えせぬものは身なりけりうらやましきは水の泡かな」(拾遺集・哀傷・中務)による。一四 匂宮の態度。

30 匂宮帰邸

一五 中君の懐妊の様。一六 「いとはづかしとおぼしたりつる腰のしるし」(六八頁注八)。一七 (匂宮は)これまでこのような(懐妊の)人を身近にご覧になったことがなかったので。

まにもてなしてゐ給へれば、[一四]いとゞあはれに、うれしくおぼされて、日比《(ひごろ)》の怠《おこた》りなど限《かぎ》りなくの給ふ。[一五]御腹《はら》もすこしふくらかになりにたるに、[一六]かのはぢ給《(たまふ)》しるしの帯《おび》のひき結《ゆ》はれたるほどなどいとあはれに、[一七]まだかゝる人を近《ちか》くても見《み》給はざりければ、めづらしくさへおぼしたり。[一八]うちとけぬ所にならひ給《(たまひ)》て、よろづのこと心やすくなつかしくおぼさるゝまゝに、おろかならぬ事どもを、尽《つ》きせず契《ちぎ》りのたまふを聞《き》くにつけても、[一九]かくのみ言《こと》よきわざにやあらむと、[二〇]あながちなりつる人の御けしきも思《おも》ひ出《い》でられて、[二一]年比《とし(ごろ)》あはれなる心ばへなどは思《(おもひ)》わたりつれど、[二二]かゝる方《かた》ざまにては、あれをもあるまじきことと思ふにぞ、[二三]この御行《ゆ》く先《さき》の頼《たの》めは、いでやと思ひながらも、すこし耳《みゝ》とまりける。

[二四]さても、あさましく、たゆめ〳〵て入《い》り来《き》たりしほどよ、[二五]むかしの人に疎《うと》くて過《す》ぎにし事など語《かた》り給《(たまひ)》し心ばへは、げにありがたかりけりと、[二六]猶《(なほ)》うちとくべくはたあらざりけりかし、などいよ〳〵心づかひせらるゝにも、[二七]久《ひさ》しくとだえ給《(たまは)》んことはいとものおそろしかるべくおぼえたまへば、[二八]言《こと》に出《い》でては言《い》はねど、過《す》ぎぬる方《かた》よりはすこしまつはしざまにもてなし給へるを、宮は、いとゞ限《かぎ》りなくあはれと思《おも》ほしたるに、[二九]かの人の御移《うつ》り香《が》のいと深《ふか》くしみ給へるが、

一八 (匂宮が)堅苦しい六条院に長く居られたせいで、(二条院では)万事気楽でなごやかにお感じになるままに、(中君に対して)並々ならぬ言葉を、次から次へと約束なさるのを。一九 中君の心内。(男というものは)いつもこのように口先の巧みなものなのであろうか。二〇 (昨夜)むやみな振舞いをした人、薫。二一 長年(薫を)思いやり深い方だとはずっと思ってきたが。「心はへなとは」、諸本「心ばへとは」。二二 こういう(男女関係の)方面では、あの人とのこともあってはならないことだと。「あれをも」、各筆本・書陵部本「かれをは」、高松宮本「あはれをも」、承応板本・湖月抄本「哀をも」。二三 目の前にいる匂宮の、将来のお約束は、さあ、どんなものかと思いながらも、多少は当てにしてみようかという気にもなるのであった。

二四 「あらざりけりかし」まで、中君の心内。それにしても、(薫は)あきれたことに、すっかり油断させておいて闖入してきたことだ。二五 亡き大君とは男女の仲にならないままで終わってしまったことなどをお話しになった(その薫の)心根は、本当に希有なことであったと。「(ありがたかり)けりと」、河内本・陽明本・板本「けれど」。二六 やはり(薫にも)気を許すべきではなかったのだ。二七 (匂宮の二条院へのお越しが)長らく途絶えることになると(その間にまた薫の訪問があるのではないかと)何となく怖い気がなさるので。二八 (中君は)口に出しては言わないが、これまでよりは幾分(匂宮に)側にいてほしいようなそぶりをお見せになるのを。二九 (中君の衣に)薫から移された匂いが深くしみこんでおられるのが。

31 薫の移り香

世[一]の常《つね》の香《かう》の香《か》に入《い》れたきしめたるにも似《に》ず、しるき匂ひなるを、[二]その道《みち》の人にしおはすれば、あやしと咎《ゝが》め出《い》で給《たまひ》て、いかなりしことぞと[三]けしきとり給《たまふ》に、[四]ことのほかにもて離《はな》れぬ事にしあれば、言《い》はん方《かた》なくわりなくて、いと苦《くる》しとおぼしたるを、[五]さればよ、かならずさることはありなん、よもたゞには思《おも》はじと思ひわたる事ぞかし、と御心さは《(わ)》ぎけり。[六]さるは、単衣《ひとへ》の御衣《ぞ》なども脱《ぬ》ぎかへ給《たまひ》てけれど、あやしく心よりほかにぞ身にしみにける。

「[七]かばかりにては、残《のこ》りありてしもあらじ」と、[八]よろづに聞《きゝ》きにくくの給《たまひ》つゞくるに、心うくて身ぞを《(お)》き所なき。「[九]思《おも》ひきこゆるさまことなるものを、[一〇]われこそさきになど、かやうにうち背《そむ》く際《きはゝ》はことにこそあれ。又、[一一]御心を《(お)》き給《たまふ》ばかりの程やは経《へ》ぬる。思ひのほかにうかりける御心かな」と、[一二]すべてまねぶべくもあらずいとお《(ほ)》しげに聞《き》こえ給へど、[一三]ともかくもいらへ給はぬさへいとねたくて、

[一四]また人になれける袖の移《うつ》り香《が》をわが身にしめてうらみつる哉《(かな)》

女は、[一五]あさましくの給ひつゞくるに、言《い》ふべき方《かた》もなきを、いかゞはとて、

[一六]みなれぬる中の衣《ころも》とたのめしをかばかりにてやかけはなれなん

一 ありふれた香料の香りを燻き染めたようなものでなく、(薫のだと)はっきりわかる匂い。「御帳の帷子(かたびら)、壁代などは、よき移しどもに入れ「いれ」、尾州本・伏見天皇本「いれしめ」。「御帳の帷子(かたびら)、壁代などは、よき移しどもに入れ染(し)めたれば」(うつほ物語・蔵開・上)、「唐の色紙からばしき香(うか)に入れしめつゝ」(㈢玉鬘三三八頁注一一)。 二 (匂宮は)香の方面に造詣の深い方でいらっしゃるので。 三 事情をお尋ねになる。 四 (匂宮の疑いは)まったく的外れでもないことなので、中君はどう弁解しようかと途方に暮れて。 五 匂宮の心内。やはりそうか、きっとそういうことになるだろう、よもや(薫は中君を)下心なく思ってはいまいとかねて心配していることだった。 六 実は、(中君は薫が帰った後)単衣なども脱いで新しいのに着替えていらしたのであったが、不思議なことに知らぬ間に(衣のみならず)体にまで匂いが付いていたのだった。 七 匂宮の言。これほどの状態では、(中君と薫との間には)もはや隔ては残っていまい。 八 (匂宮が)あらゆることを露骨におっしゃり続けるので、(中君は)情けなくて針の筵の思いである。 九 匂宮の言。あなたのことは特別大切にお思い申しているのに。 一〇 (薄情な)相手より先に自分が相手を忘れてやろうなどと、このように私を裏切るのはあなたのような身分の人がすることではない。「人よりは我こそ先に忘れなめつれなきをしも何か頼まん」(寛文版古今六帖四)による。 一一 あなたが不信を抱くほど長い間留守にしたわけではあるまいに。 一二 とうてい言葉では言い表せないほど(中君が)気の毒な風に申し上げなさるが。 一三 (中君が)こうともああともお答えなさらな

とてうち泣《な》き給へるけしきの、限《かぎ》りなくあはれなるを見《み》るにも、[一七]かゝればぞかしといと心やましくて、われもほろ〳〵とこぼし給《(たまふ)》ぞ、いろめかしき御心なるや。まことに、いみじきあやまちありとも、ひたふるにはえぞ疎《うと》みはつまじく、らうたげに心ぐるしきさまのし給へれば、[一八]えもうらみはて給はず、の給ひさしつゝ、かつはこしらへきこえ給《(たまふ)》。

32 六の君に劣らぬ中君

又の日も、[一九]心のどかに大殿籠《おほとのごも》り起《お》きて、[二〇]御手水《てうづ》、御粥《かゆ》などもこなたにまいら《(ゐ)》す。御しつらひなども、さばかり[二一]かゝやくばかり高麗《こま》唐土《もろこし》の錦綾《にしきあや》をたち重《かさ》ねたる目《め》うつしには、世《よ》の常《つね》にうち馴《な》れたる心地して、人〳〵のすがたも、なえばみたるうちまじりなどして、いと静《しづ》かに見《み》まはさる。[二二]君《きみ》はなよゝかなる薄《うす》色どもに、撫子《なでしこ》の細長重《ほそながかさ》ねて、うち乱《みだ》れ給へる御さまの、[二三]何事もいとうるはしくことぐ〳〵しきまで盛《さか》りなる人の御装《よそ》ひ何《なに》くれに思《(おもひ)》くらぶれど、[二四]け《(お)》をとりてもおぼえず、なつかしくおか《(を)》しきも、[二五]心ざしのをろ《(お)》かならぬにはぢなきなめりかし。[二六]まろにうつくしく肥《こ》えたりし人の、すこし細《ほそ》やぎたるに、色はいよ〳〵白《しろ》くなりて、あてにおか《(を)》しげ也《(なり)》。

[二七]かゝる御移《うつ》り香などのいちしるからぬおり《(を)》だに、あい行《(ぎやう)》づきらうたき所など

いのさえ(匂宮には)しゃくにさわって。 一四 匂宮の歌。私以外の男と親しくした(あなたの)袖に残る(男の)移り香を、心底恨めしく思ったことだ。参考「わぎもこがみなれ衣の移り香をひとへ寝たりと人ぞとがめし」(相如集)。 一五 (匂宮が)あきれたことを次から次へとおっしゃるので、(中君は)どう答えていいかわからないが、返歌をしないわけにもいくまいと。 一六 中君の歌。馴れ親しんだ夫婦として頼りに思わせてくださっていたのに、この程度の移り香のせいで私をお見捨てになるのか。副詞「かばかり」に「香ばかり」を掛ける。「たのめし」、諸本「たのみし」。 一七 匂宮の心内。こうだから薫も(中君に)惹かれるのだと、(匂宮は)心中穏やかならず。 一八 (匂宮は中君を)恨み通すこともおできにならず、恨み言を中断しては、一方で(中君の)ご機嫌をお取りになる。 一九 (中君と共寝をして)ゆっくりとお目覚めになって。「大殿籠り起き」は、「寝起き」の尊敬語。 二〇 朝の洗面や食事なども中君の住む西の対でなさる。 二一 六の君方の絢爛豪華に接した目でみると(中君の暮らしぶりは)、の意。「頭(かしら)より足末(あなすゑ)までに綾錦を裁ち切りて、見給はむ草木まで着せ飾らむ」(うつほ物語・忠こそ)。 二二 中君。 二三 六の君の容姿。 二四 中君は(そのような六の君に)見劣りするとも思われず。 二五 匂宮の中君への愛情が並々ならぬものなので、(そのせいで中君は)劣っているようには見えないのであろう。 二六 中君の体つき。「まろに」は、ふっくらと。「円 マロナリ」(名義抄)。 二七 今回のような(薫の)移り香といった確証がない場合でさえ。

の、なを《(ほ)》人には多《おほ》くまさりておぼさるゝまゝには、[一]これをはらからなどにはあらぬ人の、け近《ちか》く言《い》ひ通《かよ》ひて、事《こと》にふれつゝ、を《(お)》のづから声、けはひをも聞《き》き《ゝ》見馴《みな》れんは、[二]いかでかたゞにも思《おも》はん、かならずしかおぼしぬべきことなるを、と、[三]わがいと隈《くま》なき御心ならひにおぼし知《し》らるれば、[四]常《つね》に心をかけて、しるきさまなる文《ふみ》などやあると、近《ちか》き御厨子《みづし》[五]、小唐櫃《こからひつ》などやうのものをも、さりげなくて探《さが》し給へど、さるものもなし、[六]たゞいとすくよかに言少《ことずく》なにてなを《(ほ)》〳〵しきなどぞ、[七]わざともなけれど、ものにとりまぜなどしてもあるを、[八]あやし、猶《(なほ)》いとかうのみはあらじかし、と疑《うたが》はるゝに、いとゞけふはやすからずおぼさるゝ、[九]事《(こと)》わりなりかし。[一〇]かの人のけしきも、心あらむ女のあはれと思《(おもひ)》ぬべきを、などてかは、事のほかにはさし放《はな》たん、いとよきあはひなれば、かたみにぞ思ひかはすらむかし、と思やるぞ、[一一]わびしく腹立《はらだ》た《ゝ》しくねたかりける。なを《(ほ)》いとやすからざりければ、その日もえ出《い》[一二]で給はず。六条院《(ろくでうのゐん)》には、御文《ふみ》をぞ二《ふた》た《ゝ》び三たびたてまつり給ふを、「[一三]いつのほどに積《つ》もる御言《こと》の葉ならん」とつぶやく老《お》ひ《(い)》人どももあり。

[一四]中納言の君《きみ》は、かく宮の籠《こも》りおはするを聞《き》[一五]くにしも、心やましくおぼゆれど、

一　中君を(薫のような)兄弟以外の男が、近付いて話をして。
二　どうして平静な気持でいられようか、きっとただならぬ思いを抱くことであろうにと。
三　(匂宮は)自分の豊富なご経験からお分かりになるので。
四　普段から気を付けて、はっきり恋文とわかるような(薫の)手紙がありはしないかと。
五　「厨子」は戸棚、「唐櫃」は衣類、調度を納める脚付きの箱。
六　中君に宛てた薫の手紙のさま。そっけなく短くて(内容も)たいしたことのないものが。
七　特別扱いしているわけではないが、他の物と一緒に置いてあるのを。「わさとも」、承応板本・湖月抄本「わざとし」。
八　匂宮の心内。不審だ、このような手紙だけではよもやあるまい。
九　もっともなことである。
一〇　匂宮の心内。薫の風貌も、物を見る目のある女なら必ずや魅力を感じるであろうものを、どうして、(中君が薫を)無視することがあろうか、たいそう似合いの二人ゆえ、互いに思い合っていることだろうよ。
一一　(匂宮は)情けなく腹立たしく妬ましいのであった。
一二　(匂宮は六条院の六の君の所へ)お出かけになることが出来ない。
一三　「きのふけふの御ほどに、いつのまにおぼつかなさのつもりて、かやうに二度三度まいらせ給ふ御文ぞと也」(湖月抄)。「いつのまに積る御言の葉にかあらむ」(㊂若菜下三七九頁)。
一四　薫はこうして匂宮が(二条院に)。
一五　諸本多く「きくにも」。

33 薫、中君に衣料を贈る

[一六]わりなしや、これは我心《（わが）》のおこ《（を）》がましくあしきぞかし、[一七]うしろやすくと思《おも》ひそめてしあたりのことを、かくは思《（おもふ）》べしや、としゐ《（ひ）》てぞ思ひ返《かへ》して、[一八]さは言《い》へどえおぼし捨《す》てざめりかしとうれしくもあり、[一九]人〳〵のけはひなどの、なつかしき程に萎《な》えばみためりしをと思ひやり給《（たまひ）》て、[二〇]母《はゝ》宮の御方にまい《（ゐ）》り給《（たまひ）》て、[二一]「よろしきまうけの物どもやさぶらふ。使《つか》う《（ふ）》べきこと」など申《（まうし）》給へば、[二二]「例《れい》の、たゝむ月のほう《（ふ）》じの料《れう》に、白《しろ》き物どもやあらむ。染《そ》めたるなどは、いまはわざともしを《（お）》かぬを、急《いそ》ぎてこそせさせめ」との給へば、「なにか。こと〳〵しき用《よう》にも侍らず。さぶらはんに従《したが》ひて」とて、[二三]御匣殿《みくしげどの》などに問《と》はせ給《（たまひ）》て、女の装束《さうぞく》どもあまたくだりに、細長《ほそなが》どもも、たゞあるに従《したが》ひて、[二四]たゞなる絹《きぬ》、綾《あや》など取り具《ぐ》し給《（たまふ）》。[二五]みづからの御料《れう》とおぼしきには、我《（わが）》御料《れう》にありける紅《くれなゐ》の[二六]擣目《うちめ》なべてならぬに、白《しろ》き綾《あや》どもなど、あまた重《かさ》ね給へるに、[二七]袴《はかま》の具《ぐ》はなかりけるに、いかにしたりけるにか、[二八]腰《こし》のひとつあるを、ひき結《むす》び加《くは》へて、

[二九]むすびける契《（ちぎり）》ことなる下紐《したひも》をたゞひとすぢにうらみやはする

[三〇]大輔《たいふ》の君とて、[三一]おとなしき人の、むつましげなるに遣《つか》はす。[三二]「とりあへぬさまの見《み》ぐるしきを、つきづきしくもて隠《かく》して」などの給《（たまひ）》て、[三三]御料《れう》のは、忍《しの》びやか

一六 薫の心内。どうにもならないことだ。
一七 はじめは安心して暮らせるようにと思っ(て匂宮との結婚を勧め)た中君のことを、このように思っていいものだろうか、と無理に反省して。
一八 そうはいうものの(匂宮は中君を)お見捨てにはなれないようだと(薫は)うれしい気持もして。「さは言へど」は三七頁一四行「花心におはする宮なれば」などを承ける。
一九 (中君の)侍女たちの身なりも、体に馴染む程度に(着古して)柔らかくなっていたようだ。
二〇 女三宮。
二一 薫の言。適当な在庫の衣料はありませんか。
二二 女三宮の言。「たゝむ月」は、来月の意。九月。「九月は斎月なれば法事あるべし」(細流抄)。
二三 元来は宮中の衣服縫製所、転じて宮家、大臣家等のそれをもいう。ここは後者。「わが御匣殿」(㈠帚木七三頁注三三)。
二四 「いまだそめぬなるべし」(岷江入楚)。
二五 中君ご自身のお召料と思われる分には、薫ご自身のお召料に用意してあった。
二六 絹に光沢を出すために砧《（きぬた）》で打った、その跡。→㈣夕霧一二七頁注二八。
二七 「薫の料のきぬなれば、女の袴の具はなかりしとなり」(岷江入楚)。
二八 袴の腰紐。「女の袴の腰に、赤き薄様に／人知れぬ結ぶの神をしるべにていかがすべきと嘆く下紐」(うつほ物語・楼の上・上)。
二九 薫の歌。私以外の人と結婚したあなたなのだから、あなたのことを一途に恨みはしない。
三〇 中君の女房。→早蕨一六頁。
三一 諸本「おとな〳〵しき人」。
三二 薫の言。ありあわせのもので失礼ですが、うまく取り繕ってください。三三 →注二五。

なれど、箱《はこ》[一]にて、包《つゝ》みもことなり。御覧[二]ぜさせねど、さき〴〵もかやうなる御心しらひは常《つね》のことにて目馴《めな》れにたれば、けしきばみ[三]返《かへ》しなどひこしろふべきにもあらねば、いかゞとも思《(おもひ)》わづらはで、人〴〵[四]にとり散《ち》らしなどしたれば、を《(お)》の〳〵さし縫《ぬ》[五]ひなどす。若《わか》[六]き人〳〵の、御前近《まへちか》く仕《つか》うまつるなどをぞ、とりわきてはつくろひたつべき。下仕《しもづか》へどもの、いたく萎《な》えばみたりつる姿《すがた》どもなどに、白《しろ》き給《あはせ》[七]などにて、掲焉《けちえん》[八]ならぬぞ中〳〵めやすかりける。

誰《たれ》[九]かは、何事をも後見《うしろみ》かしづききこゆる人のあらむ。宮[一〇]は、を《(お)》ろかならぬ御心ざしの程にて、よろづ[一一]をいかでとおぼしを《(お)》きてたれど、こまかなるうち〳〵の事までは、いかゞはおぼし寄《よ》らむ。限《かぎ》りもなく人にのみかしづかれてならはせ給へれば、世[一二]の中うちあはずさびしきこと、いかなるものとも知《し》り給はぬ、ことは《(わ)》りなり。艶《えん》[一三]にそゞろ寒《さむ》く、花《はな》の露をもてあそびて世《よ》は過《す》ぐすべきものとおぼしたるほどよりは、おぼす人《ひと》のためなれば、を《(お)》のづからお《(を)》りふしにつけつゝ、まめやかなる事までもあつかひ知《し》らせ給《(たまふ)》こそ、ありがたくめづらかなることなめれば、「いでや」[一四]など、譏《そし》らはしげに聞《き》こゆる御乳母《めのと》[一五]などもありけり。童《わらは》[一六]べなどのなりあざやかならぬ、お《(を)》り〳〵うちまじりなどしたるをも、女君

一 衣箱。「よき衣箱に入れて、包みいとうるはしうてたてまつれたまへり」(㊂行幸七七頁六行)。 二 (中君には)お目にかけないが、これまでもこのような(薫の)ご配慮は。 三 変に気を回して(贈り物を)返したりなど右往左往すべきでもないので、(大輔は)どうしたものかと悩みもせずに。 四 女房たちに広く分配したので。 五 仕立てをする。「似つかはしからぬをさし縫ひつゝ」(㊃総角四二五頁二行)。 六 若い女房たちで、中君の側近くお仕えする者などを、選び出して身だしなみを整えさせるのであろう。 七 裏を付けた衣。「給衣　アハセノキヌ」(色葉字類抄)。 八 派手でないのが。「掲焉　イチシルシ　ケチエン」(黒川本色葉字類抄)。

34 後見人、薫

九 (薫以外に)一体誰が、何事につけ(中君を)大切にお世話申す人がいようか。 一〇 匂宮。 一一 万事(中君に)何とか不都合無いようにと配慮なさっているが、細々した暮らし向きのことまでは(匂宮には)とてもお考えが及ばない。 一二 生計がままならずわびしい思いをするということが、どのようなものだともご存じないのは。 一三 風流に背筋の寒くなるような思いをし、(はかない)花の露を賞美する生活を理想とお思い(の匂宮)であることを考えれば、愛する中君を思うゆえに、ついついその時々につけては、暮らし向きのことまでもご自分からお世話なさるのは、稀有で思いもよらないことなので。「御心のまゝに、をらば落ちぬべき萩の露、拾はば消えなんと見る玉笹の上のあられなどの、艶にあえかなるすき〴〵しさ」(㊀帚木五二頁)。 一四 あれ、まあ(そこまでなさらなくても)。 一五 匂宮の乳母。 一六 中君に仕える女の童。 一七 なまじ晴れがましいだけにかえって肩身の狭い思いをする(二

はいとはづかしく、[一七]中〳〵なる住《す》まゐ《(ひ)》にもあるかななど、人知《し》れずはおぼす事なきにしもあらぬに、ましてこのごろは、[一八]世《よ》に響《ひゞ》きたる御ありさまのはなやかさに、[一九]かつは宮のうちの人の見《み》思はんことも、人げなきことと、おぼし乱《みだ》るゝこともそひて嘆《なげ》かしきを、[二〇]中納言の君はいとよく推《お》しはかり聞《(きこ)》え給へば、[二一]疎《うと》からむあたりには、見《み》ぐるしくくだ〳〵しかりぬべき心しらひのさまも、[二二]侮《あなづ》るとはなけれど、何《なに》かは、こと〳〵しくしたて顔《がほ》ならむも、中〳〵おぼえなく見咎《みとが》むる人やあらんとおぼすなりけり。

[二三]いまぞ、又、[二四]例《れい》のめやすきさまなるものどもなどせさせ給《(たまひ)》て、[二五]御小袿《こうちき(お)》をらせ、[二六]綾《あや》の料《れう》たまはせなどし給《(たまひ)》ける。[二七]この君しもぞ、宮にを《(お)》とりきこえたまはず、さまことにかしづきたてられて、[二八]かたはなるまで心おごりもし、世《よ》を思《(おもひ)》すまして、あてなる心ばへはこよなけれど、[二九]故親王《こみこ》の御山住《ず》みを見《み》そめ給《(たまひ)》しよりぞ、さびしき所のあはれさはさまことなりけりと、心ぐるしくおぼされて、[三〇]なべての世をも思ひめぐらし、深《ふか》きなさけをもならひ給《(たまひ)》にける。[三一]いとお《(ほ)》しの人ならはしや、とぞ。

35 それぞれの胸中

かくて、なを《(ほ)》、[三二]いかでうしろやすくおとなしき人にてやみなんと思ふにも従《したが》

条院の)暮らしであることよ。一八 六の君側の様子。一九 (自分の気持と同時に)一方では宮家(二条院)に仕えている人の目にも、みっともなく思われることだろうと。「匂の御内衆も六君がたの目うつしに人げなく見思ふらんと也」(湖月抄)。二〇 薫。二一 懇意でないような人に対しては、失礼で余計に思われるような心遣いの仕方。七五頁の薫の贈り物をさす。二二 (薫は中君を)軽んずるわけではないが、(そのような細々した贈り物をすることも)何の(差し支えなかろう)、仰々しく特別にあつらえたという態度では、かえって改まって(何事かと)変に思う人もあるかもしれぬと。二三「まへにはとりあへぬ物どもなれば、いまは又ことさらにしてまいらせ給へり」(細流抄)。二四 いつものように薫の贈り物としてふさわしい(豪華な)衣料を用意させなさって。二五 中君の小袿を織らせ。「さまなる」、承応板本・湖月抄本は「さまの」。二六「綾料 糸事也」(河海抄)あるいは「れう(料)はをりちん(織り賃)の事也」(花鳥余情)という。二七 この薫こそ実は、匂宮に劣り申さず。二八 極端なまで自信に満ち、俗事を問題にせず、高貴なご性分はこの上ないけれども。「此君は、まだしきに世のおぼえいと過ぎて、思《おも》(ひ)あがりたる事こよなくなどぞものし給ふ」(四匂宮二一八頁一〇行)。二九 亡き八宮の(宇治の)山里暮らしを初めてご覧になって以来、生計の苦しい家のわびしさは大変なものなのだったと。三〇 (自分のことだけでなく)広く世間を見わたして、深い思いやりの心を身にお付けになったのであった。三一 (薫にとっては)お気の毒な(八宮の)影響であったということだ。三二 (薫は)何とかいつまでも(中君の)心配ない後見役

はず、心にかゝりて苦《くる》しければ、御文《ふみ》などをありしよりはこまやかにて、ともすれば、忍《しの》びあまりたるけしき見《み》せつゝ聞《き》こえ給《（たまふ）》を、女君いとわびしき事そひたる身とおぼし嘆《なげ》かる。一ひとへに知《し》らぬ人ならば、あなものぐるお《（ほ）》しとはしたなめさし放《はな》たんにもやすかるべきを、むかしよりさま二ことなる頼《たの》もし人にならひ来《き》て、今さらに仲《なか》あしくならむも、中〱人目《め》あしかるべし、三さすがにあさはかにもあらぬ御心ばへありさまの、あはれを知《し》らぬにはあらず、さりとて、心かはし顔《がほ》にあひしらはんもいとつゝましく、いかゞはすべからむと、よろづに思《おも》ひ乱《みだ》れ給《（たまふ）》。

四さぶらふ人〱も、すこしものゝ言《い》ふかひありぬべく若《わか》やかなるはみなあた五らし、六見馴《みな》れたるとては、かの山里《ざと》の古女《ふる》ばら也《（なり）》。思ふ心をもおなじ心になつかしく言《い》ひあはすべき人のなきまゝには、七故姫君《こひめぎみ》を思《（おもひ）》出《い》で聞え給はぬお《（を）》りなし。八おはせましかば、この人もかゝる心を添《そ》へ給はましやと、いとかなしく、九宮のつらくなり給はん嘆《なげ》きよりも、この事いと苦《くる》しくおぼゆ。

一〇お《（を）》とこ君も、しゐ《（ひ）》て思ひわびて、一一例《れい》のしめやかなる夕《ゆふ》つ方《かた》おはしたり。一二やがて端《はし》に御褥《しとね》さし出《い》でさせ給《（たまひ）》て、一三「いとなやましきほどにてなん、え聞《き》こえさせ

でいようと思う気持に反して、(中君のことが)気になって苦しいので。

一 まったく知らない人なら、(薫のような態度は)まあ、気違いじみていると冷たく突き放すのも簡単であるが。

二「薫は中君と兄弟などのやうなる近きゆかりにもあらず、又夫婦の間にてもなくて、たのみならひたる人なれば、さまことなると云なり」(岷江入楚)。

三 そうはいえ(中君は)うわべだけではない(薫の)心根、態度の、ありがたさを知らないわけではなく、(しかし)だからといって、親密な態度で(薫の)受け答えをするのもとてもそのような気にはなれず。

四 (中君の相談相手となる)女房たち。

五「皆新参の人たち也」(細流抄)。書陵部本・承応板本・首書本・湖月抄本・尾州本・伏見天皇本など「あたらしき心ちして」。

六 気心の知れた女房といえば、宇治の山荘以来仕えている老いぼれ女房どもだ。承応板本・湖月抄本「み給ひなれたる人とては」、伏見天皇本「みたまひなれたるとては」。

七 (相談相手であった)亡き大君を。 八 大君ご存命なら、薫もこのような(わずらわしい)気持を抱きはなさらなかっただろうと。 九 匂宮が(六の君に心を移して)薄情におなりになるであろう、その嘆きよりも、薫の横恋慕のことが。

一〇 薫。→六六頁注一一。 一一 いつものように(匂宮が留守で)ひっそりとした夕方に。

36 薫、中君を再訪

一二 (中君は薫を内へ入れず)そのまま簀子に敷物を用意させなさって。 一三 中君の言。ただ今とても体調が悪いので、ご挨拶できません。

ぬ」と、人して聞《き》こえ出《い》だし給へるを聞《き》くに、いみじくつらくて涙落《なみだお》ちぬべきを、[一四]人目《め》につゝめば、しゐ《(ひ)》て紛《まぎら》はして、「[一五]なやませ給《(たまふ)》お《(を)》りは、知《し》らぬ僧《そう》なども近《ちか》くまい《(ゐ)》りよるを、医師《くすし》などのつらにても、御簾《みす》のうちにはさぶらふまじくやは。[一六]かく人づてなる御消息《せうそこ》なむ、かひなき心《(ここ)》ちする」との給《(たまひ)》て、いとものしげなる御けしきなるを、[一七]一夜《ひとよ》ものの《ゝ》けしき見《み》し人〳〵、「[一八]げにいと見《み》ぐるしく侍《(はべる)》めり」とて、[一九]母屋《もや》の御簾《みす》うちおろして、よひ《(ゐ)》の僧《そう》の座《ざ》に入《い》れたてまつるを、女君、まことに心《(ここ)》ちもいと苦《くる》しけれど、[二〇]人のかく言《い》ふに掲焉《けちえん》にならむも、又いかゞとつゝましければ、[二一]ものうながらすこしゐざり出《い》でて《ゝ》、対面《たいめん》し給へり。

[二二]いとほのかに、時〳〵物の給ふ御けはひの、[二三]むかし人のなやみそめ給へりし比《(ころ)》まづ思出《(おもひいで)》らるゝも、ゆゝしくかなしくて、かきくらす心《(ここ)》ちし給へば、とみにものも言《い》はれず、[二四]ためらひてぞ聞《き》こえ給《(たまふ)》。[二五]こよなく奥《おく》まり給へるもいとつらくて、[二六]簾《す》の下《した》よりき丁《(ちやう)》をすこし押《お》し入《い》れて、例《れい》の馴《な》れ〳〵しげに近《ちか》づき寄《よ》り給《(たまふ)》がいと苦《くる》しければ、わりなしとおぼして、[二七]少将といひし人を近《ちか》く呼《よ》び寄《よ》せて、「[二八]胸《むね》なん痛《いた》き。しばし押《お》さへて」との給ふを聞《(きき)》て、「[二九]胸《むね》は押《お》さへたるはいとくるしく侍る物を」とうち嘆《なげ》きて、[三〇]ゐなを《(ほ)》り給《(たまふ)》ほども、[三一]げにぞしたやすからぬ。

一四 (薫は)人に見られないように、無理に紛らわして。
一五 薫の言。ご病気の際は、面識のない僧侶などもお側近くに伺うのに、医師並みにでも、簾の中に入れていただくわけにはいかないのか。
一六 このような女房を介してのご挨拶では。
一七 先夜の(薫と中君の親密な)様子を目にした女房たちは。 一八 女房の言。薫の言葉通り(薫を簀子に座らせるのは)あまりにも無様(で失礼)でございましょう。
一九 (中君のいる)母屋の簾を下ろして、(廂の間の)夜居の僧の座に。
二〇 女房がこう言うのにはっきり逆らうのも、一方ではどんなものかと気が引けるので。「掲焉」→七六頁注六。
二一 渋々ながら。「ものう」は「ものうし」の語幹。
二二 中君の応答の様子。 二三 故大君。三条西本・伏見天皇本・各筆本・湖月抄本「むかし(昔)の人」、書陵部本・承応板本「故君」。
二四 (薫は)感情を静めてからお話し申し上げる。
二五 (中君が)母屋の奥の方におられるのも。前回の対面は「すこしひき入りて」(六四頁七行)であった。
二六 (母屋と廂の間との境の)簾の下から、几帳を奥へ押し入れて(簾をかかげ、薫は上半身を入れて)、の意か。「例の」は前の時と同様に、の意。前には「いと馴れ顔に、なからはうちに入りて添ひ臥し給へり」(六六頁)。 二七 中君の女房。 二八 中君の言。薫を牽制する口実。
二九 薫の言。
三〇 女房の接近を察して薫は居ずまいをただす。
三一 まったく(中君にとっては)油断できない、の意か。「中君の心也。薫といふ儀あれども不レ用レ之」(細流抄)。

「一いかなれば、かくしも常《つね》になやましくはおぼさるらむ。人に二問《と》ひ侍しかば、しばしこそ心《(ここ)》ちはあしかなれ。さて又、よろしきおり《(を)》ありなどこそ教《をし》へはべしか。あまり若《わか》〳〵しくもてなさせ給《(たまふ)》なめり」との給《(たまふ)》に、いとはづかしくて、「三胸《むね》はいつともなくかくこそは侍れ、四むかしの人も、さこそはものし給《(たまひ)》しか。五長《なが》ゝかるまじき人のするわざとか、人も言《い》ひ侍《(はべる)》める」とぞの給ふ。げに、六たれも千年《ちとせ》の松《まつ》ならぬ世《よ》をと思ふには、いと心ぐるしくあはれなれば、七この召《め》し寄《よ》せたる人の聞《き》かんもつゝまれず、八かたはらいたき筋《すぢ》のことをこそ選《え》りとゞむれ、昔より思ひきこえしさまなどを、九かの御耳《みゝ》ひとつには心得《え》させながら、人はかたわ《(は)》にも聞《き》くまじきさまに、さまよくめやすくぞ言《い》ひなし給《(たまふ)》を、一〇げにありがたき御心ばへにもと聞《き》ゝゐたりけり。

何事につけても、一一故《こ》君の御事をぞ尽《つ》きせず思ひ給へる。「一二いはけなかりし程より世中《(よのなか)》を思《おも》ひ離《はな》れてやみぬべきこゝろづかひをのみならひはべしに、一三さるべきにや侍《(はべり)》けん、一四疎《うと》きものからをろ《(お)》かならず思《おも》ひそめきこえ侍《(はべ)》しひとふしに、かの本意《ほい》の聖《ひじり》心はさすがに違《たが》ひやしにけん。一五慰《なぐさ》めばかりに、一六こゝにもかしこにも行《ゆ》きかゝづらひて、人のありさまを見《み》んにつけて、紛《まぎ》るゝこともやあらんな

一 薫の言。 二「懐妊したる人のおもむきをたづねとへばと也」(細流抄)。「侍しかば」は、次行の「はべしか」に合わせて「はべしかば」と読むか。 三 中君の言。 四 故大君。「大君も胸をやみ給しなり」(岷江入楚)。 五「長命なるまじき人のかくあると、人のいひしと也」(岷江入楚)。 六「憂くも世に思ふ心にかなはぬか誰も千歳の松ならなくに」(古今六帖四・うらみ)によるか。→四柏木四頁注二〇。 七 中君がお呼び寄せになった女房、少将。 八(薫は)聞かれて困るような内容のことはより分けて口に出さないが、以前から(中君を)お思い申していたことなどを。 九 中君だけには聞けば分かるように言う一方、第三者が聞いても変に思わないように。 一〇(少将は)まことに世にも希な薫のご厚意であることよと傍らで聞いているのであった。 一一 大君。陽明本「たゝこきみの御ことをこそはおもひ給いつれ」によれば、「何事につけても」以下を、薫の言と解せる。 一二 薫の言。幼時より仏道への関心が深かったことを述べる。「法文などの心得まほしき心ざしなん、いはけなかりし齢より深く思ひながら」(四橋姫三〇八頁六行)。

37 薫の愁訴

一三 前世からの因縁なのだろうか。 一四 お側には寄せていただけないながらも(大君を)一通りではなくお慕い申し始めました、その一事ゆえに、幼時以来の仏道への志は残念ながら挫折してしまったのでしょうか。 一五 大君への思いが叶えられなかった慰め、の意。 一六 あちらこちらの女性とかりそめの契りを結び、そういう女性と一緒にいれば、(大君への恋しさが)紛れることもあろうかなど。 一七 大君以外の女性に気

ど思ひよるおり《(を)》〳〵侍れど、さらに[一七]ほかざまにはなびくべくもはべらざりけり。よろづに思給《(おもうたまへ)》わびては、[一八]心のひく方《かた》の強《つよ》からぬわざなりければ、[一九]すきがましきやうにおぼさるらむとはづかしけれど、[二〇]あるまじき心のかけてもあるべくはこそめざましからめ、たゞかばかりのほどにて、時《とき》〳〵思ふ事をも[二一]聞《き》こえさせうけたまはりなどして、隔《へだ》てなくの給《(たまひ)》かよはむを、誰かは咎《とが》め出《い》づべき。[二二]世《よ》の人に似ぬ心の程は、みな人にもどかるまじくはべるを、猶《(なほ)》うしろやすくおぼしたれ」など、[二三]うらみみ泣《な》きみ聞《き》こえ給《(たまふ)》。

[二四]「うしろめたく思ひきこえば、かくあやしと人も見《み》思《おも》ひぬべきまでは聞《き》こえ侍るべくや。年《とし》ごろ、[二五]こなたかなたにつけつゝ、見《み》知《し》る事どもの侍《(はべり)》しかばこそ、[二六]さまことなる頼《たの》もし人にて、[二七]いまはこれよりなどおどろかしきこゆれ」との給へば、「[二八]さやうなるおり《(を)》もおぼえはべらぬものを、いとかしこきことにおぼしを《(お)》きてのたまはするや。[二九]この御山里《ざと》出《い》で立《た》ちいそぎに、からうして召《め》し使《つか》はせ給《(たまふ)》べき。それも、[三〇]げに御覧じ知《し》る方《かた》ありてこそはと、を《(お)》ろかにやは思ひ侍《(はべる)》」などの給《(たまひ)》て、なを《(ほ)》いとものうらめしげなれど、[三一]聞《き》く人あれば、思ふまゝにもいかでかはつゞけ給はん。

持が傾くこともないのでした。一八 心の惹かれる人(中君)に対して毅然としてはいられぬものなので、の意か。「心のひく方なむ、かばかり思ひ捨つる世に、猶とまりぬべきものなりければ」(〔四〕総角三八八頁五行)。一九 (薫の接近を中君は)好色な振舞いのようにお思いであろうと。二〇 けしからぬ気持が少しでもあれば失礼にあたろうが、ただこの程度の対面で。二一 こちらから申し上げそちらのお話をもお聞きなどして、親しく言葉を交わしていただこうというのを。「のたまひかよふ」は「いひかよふ」の尊敬語。→七四頁二行、〔三〕蓬生一三七頁六行。二二 世の常の男とは違った(薫の真面目な)性格。二三 恨み言を言ったり泣いたりして。

二四 中君の言。(薫を)油断ならない人とお思い申していたら、こうして変だと女房も不審を抱きかねないほど親しくはお話し申し上げるはずもありません。二五 京のことにつけ宇治のことにつけ、たびたびお世話になったことを承知しておりますればこそ。二六「むかしよりさまことなる頼もし人にならひ来て」(七八頁注二)。二七 今では私の方からお手紙を差し上げたりしているのです。六二頁一〇行以下の中君の手紙をさす。「これよりなと」、書陵部本・承応板本・湖月抄本「これよりなどさへ」。二八 薫の言。そういう(大事な)折があったとも思えませんが、(先日のちょっとしたことを)大層にお考えになっておっしゃるのか。二九 今度の宇治へのお出かけの準備には、何か(私を)利用して下さるおつもりなのでしょう。三〇 なるほど(私の厚意を)分かって下さっていればこそと、いい加減に思ったりはいたしません。三一 傍らで聞いている女房、少将。

外《と》の方《かた》をながめ出《い》だしたれば、やう〳〵暗《くら》くなりにたるに、虫《むし》の声ばかり紛《まぎ》れなくて、一山の方小《かたを》暗《ぐら》く、何《なに》のあやめも見《み》えぬに、いとしめやかなるさまして二寄《よ》り給へるも、わづらはしとのみうちにはおぼさる。「三限《かぎ》りだにある」など忍びやかにうち誦《ずむ》じて、「四思ふ《(う)》たまへわびにて侍り。五をと《(お)》なしの里求《さともと》めまほしきを、かの山里《ざと》のわたりに、わざと寺《てら》などはなくとも、六むかしおぼゆる人形《かた》をもつくり、七絵《ゑ》にもかきとりて、をこなひ《(お)》侍らむとなん思ふ《(う)》給へなりにたる」との給へば、「八あはれなる御願《ねが》ひに、又うたて九御手洗川《みたらしがは》近《ちか》き心地する人形《かた》こそ、思ひやりいとおし《(ほ)》くはべれ。一〇黄金《こがね》求《もと》むる絵師《ゑし》もこそなど、うしろめたくぞ侍《(はべる)》や」との給へば、「一一そよ。その匠《たくみ》も絵師《ゑし》も、いかでか心にはかなふべきわざならん。一二近《ちか》き世に花降《ふ》らせたる匠《たくみ》も侍りけるを、さやうならむ一三変化《へ(ぐゑ)》の人もがな」と、とさまからざまに忘《(わすれ)》ん方《かた》なきよしを、嘆《なげ》き給ふけしきの心ふかげなるもいとおし《(ほ)》くて、いますこし近《ちか》くすべり寄《よ》りて、「一四人形《かた》のついでに、いとあやしく思ひ寄《よ》るまじき事をこそ思ひ出《い》ではべれ」との給ふけはひのすこしなつかしきも、いとうれしくあはれにて、「何事にか」と言《い》ふまゝに、一五き丁《(ちやう)》の下《した》より手《て》をとらふれば、いとうるさく思ひならるれど、一六いかさまにして、かゝる心をやめ

38 人形の望み

一 (中島の)築山の方は薄暗く、物の形も見分けがつかない中で。 二 (薫が)柱にもたれて座っておられるのも。 三 薫の言。「恋しさの限りだにある世なりせば年経ば物は思はざらまし」(古今六帖五・としへていふ)の一句。 四 薫の言。思案に暮れています。 五「恋ひわびぬ音(ね)をだに泣かむ声立てていづれなるらむ音無しの里」(古今六帖二)により、声を立てて泣きたい気持だが、の意。 六 亡き大君にそっくりの像をも作り。「偶人 ヒトカタ〈土――木――等也〉」(色葉字類抄)。 七 漢の武帝が李夫人の似姿を甘泉殿に描かせた故事(白氏文集四・李夫人)をさすか(河海抄)。 八 中君の言。 九 縁起でもなく祓えの後は御手洗川に流し捨てるような人形にするとは、考えるだけで気の毒なことです。像、絵としての「ひとかた」を祓えの撫物の意に解して答える。 一〇 (賄賂の)黄金を要求して描く絵師がいるかもしれない。漢の元帝の命で後宮女性の姿絵を描いた画工が賄賂によって描き方を加減したという、王昭君の故事。「…絵師ニ、或ハ金銀ヲ与へ、或ハ余ノ諸ノ財ヲ施シケレバ、絵師、其レニ耽テ、弊(つたな)キ形ヲモ吉ク書成シテ持テ参タリケレバ」(今昔物語集十ノ五)。→㊁須磨三八頁注四。 一一 薫の言。 一二 未詳。描いた花から実際に花びらが散ったという話があったか。あるいは「或説云ひだのたくみは、はかり事に花をふらせたりと云々」(花鳥余情)。 一三 人智を超えた能力を持つ人。 一四 中君の言。 一五 →七九頁注二六。薫は中君の手を捉える。 一六 中君の心内。どうにかして、(薫の)こういう気持をとどめて、穏やかな仲でいようと。

て、なだらかにあらんと思《おも》へば、一七この近《ちか》き人の思《おも》はんことのあいなくて、さりげなくもてなし給へり。

「一八年比《とし(ごろ)》は、世《よ》にやあらむとも知《し》らざりつる人の、この夏《なつ》ごろ、一九とを《(ほ)》き所よりものして尋出《(たづね)い》でたりしを、疎《うと》くは思《(おもふ)》まじけれど、又うちつけに、さしも何《なに》かはむつび思はんと思侍《(おもひはべり)》しを、先《さい》つ比来《(ころ)き》たりしこそ、二〇あやしきまでむかし人の御けはひに通《かよ》ひたりしかば、あはれにおぼえなりにしか。二一形見《かたみ》など、かうおぼしの給《(たまふ)》めるは、中〳〵何事もあさましくもて離《はな》れたりとなん、見《み》る人〳〵も言《い》ひ侍《(はべり)》しを、二二いとさしもあるまじき人《ひと》の、いかでかはさはありけん」との給《(たまふ)》を、二三夢語《ゆめがた》りかとまで聞《き》く。二四「さるべきゆへ《(ゑ)》あればこそは、さやうにもむつびきこえらるらめ。などか、二五今までかくもかすめさせ給はざらん」との給へば、

二六「いさや、そのゆへ《(ゑ)》も、いかなりけん事とも思ひわかれ侍らず。二七ものはかなきありさまどもにて世《よ》に落《お》ちとまりさすらへんとすらむことと《ゝ》のみ、うしろめたげにおぼしたりし事どもを、たゞ一人《ひとり》かき集《あつ》めて思ひ知《し》られ侍《(はべる)》に、二八又あいなきことをさへうち添《そ》へて、人も聞《き》き《ゝ》つたへんこそ、二九いといと《〳〵》お《(ほ)》しかるべけれ」との給《(たまふ)》けしき見《み》るに、三〇宮の忍《しの》びてものなどの給ひけん人の、忍草《しのぶぐさ》摘《つ》みを《(お)》きたりけ

一七（事を荒立てて）側近くにいる少将に変に思われるのも具合が悪いので。
一八 中君の言。これまでこの世にいようとは考えもしなかった者が。異母妹浮舟のこと。

39 異母妹浮舟

一九 遠い田舎から上洛して行方が判明したのだが、疎遠な間柄ではないけれども、かといっていきなり、そう親しく付き合う必要もあるまいと。二〇 不思議なほど亡き大君に雰囲気が似ていたので。

二一（大君の）形見などと、私に対して思ったりおっしゃったりしてくださるようなのは、かえって（私には大君に）どこも似た所などまったくないと、女房たちも申しておりますのに。↓早蕨五頁。二二 それほど似るはずのない（腹違いの）者が、どうしてそのように似ているのだろう。二三（薫は中君の見た）夢の話を聞いているのではないかと。二四 薫の言。しかるべき理由があるからこそ、（先方は中君に）親しくお近付き申されるのであろう。二五 こうだともほのめかしてくださらなかったのか。二六 中君の言。いいえ、その理由も、どういう事か（私には）よく分からないのです。二七（私たち姉妹が）より所のない境遇でこの世に残され落ちぶれた暮らしをすることだろうとばかり、（亡き八宮が）心配しておられた様々の事を、（大君亡き今は）自分一人であれこれ身にしみておりますのに。

二八（腹違いの姉妹の出現という）余計な問題が生じて、世間の噂になるのは。二九「八宮の御ためいとおしからんと也」（湖月抄）。三〇（薫は）八宮が秘かに親しくしていた女が、形見の子を生んでいたのであろうと察した。「結びおきし形見の子だになかりせば何にしのぶの草を摘ままし」（後撰集・雑二・兼忠母の乳母）による。↓[一]葵三一四頁注三。

るなるべしと見知《みし》りぬ。

[一]似《に》たりとの給《(たまふ)》ゆかりに耳《みゝ》とまりて、「[二]かばかりにては、おなじくは言《い》ひはてさせ給うてよ」といぶかしがり給へど、さすがにかたはらいたくて、えこまかにも聞《き》こえ給はず。「[三]尋《(たづね)》んとおぼす心あらば、そのわたりとは聞《(きこ)》えつべけれど、くはしくしもえ知《し》らずや。[四]又あまり言《い》はば、心を《(お)》とりもしぬべき事になん」との給へば、「[五]世《よ》を海中《うみなか》にも、魂《たま》のありか尋ねには、心のかぎり進《すゝ》みぬべきを、[六]いとさまで思ふべきにはあらざなれど、いとかく慰《なぐさ》めんかたなきよりはと思ひ寄《よ》り侍《(はべる)》[七]人形《ひとかた》の願《ねが》ひばかりには、[八]などかは山里《ざと》の本尊《ぞん》にも思《(おもひ)》はべらざらん。なを《(ほ)》たしかにの給はせよ」と、[九]うちつけに責《せ》めきこえ給《(たまふ)》。「[一〇]いさや、いにしへの御ゆるしもなかりしことを、かくまで漏《も》らしきこゆるも、いと口軽《くちかる》けれど、[一一]変化《(ぐゑ)》の匠《たくみ》求《もと》め給《(たまふ)》いとお《(ほ)》しさにこそ、かくも」とて、「[一二]いととを《(ほ)》き所に年比《とし(ごろ)》経《へ》にけるを、母《はゝ》なる人のうれはしきことに思ひて、あながちに尋《(たづね)》寄《よ》りしを、はしたなくもえいらへではべりしに、ものしたりし也《(なり)》。[一三]ほのかなりしかばにや、何《なに》事も思《(おもひ)》し程よりは見《み》ぐるしからずなん見《み》えし。[一四]これをいかさまにもてなさむと嘆《なげ》くめりしに、[一五]仏《ほとけ》にならんは、いとこよなきことにこそはあらめ、[一六]さまではい

一 (大君に)似ていると(中君の)おっしゃった(浮舟の)血縁のことが気になって。
二 薫の言。ここまで伺った以上、同じ事なら残らずお話しなさいませ。
三 中君の言。(浮舟を)お捜しになろうというおつもりなら、その所在は申し上げることはできるが。
四 あまり詳しく言うと、幻滅なさりかねない事なので。
五 薫の言。海上の蓬萊宮にまでも、(大君の)霊魂のすみかを探すためには、全力を尽くして出かけようが。「しるべする雲の舟だになかりせば世を海中に誰か知らまし」(伊勢集)により(源氏物語引歌索引)、玄宗皇帝が楊貴妃の霊魂を道士に探させた故事をふまえる。「世を海中」に「世を憂」をひびかす。「世をうみ山に」(〔三〕澪標一〇六頁四行)。
六 (浮舟のことは)とてもそこまで熱心に考える必要はないようだが。
七 大君の絵、像を作ろうと願ったからには。
八 (浮舟を)宇治の本尊として大切に思わないことがあろうか。
九 性急に。
一〇 中君の言。さあ(どうしたものか)、亡き八宮が認知なさらなかった人のことを、ここまでこっそり教えて差し上げたのも。
一一 →八二頁注一三。
一二 中君の言。(浮舟は)大層辺鄙な所で長年過ごしてきたが、(それを)母親が嘆かわしいことに思って、強引に(私に)接触を求めてきたので、無愛想にも返事が出来ないでいた内に、面会にやってきたのです。
一三 ちらりと見ただけのせいか(浮舟は)。
一四 (母親は)浮舟の扱いをどうしたものかと悩んでいたようであったが。

かでかは」など聞《き》こえ給《(たまふ)》。

[一七]さりげなくて、かくうるさき心を、いかで言《い》ひ放《はな》つわざもがなと思ひ給へると見《み》るはつらけれど、さすがにあはれ[一八]也《(なり)》。[一九]あるまじき事とは深《ふか》く思ひ給へるものから、顕《け》証《せう》にはしたなきさまにはえもてなし給はぬも、見《み》知《し》り給へるにこそはと思ふ心ときめきに、夜《よ》もいたくふけゆくを、[二〇]うちには人目《め》いとかたはらいたくおぼえ給《(たまひ)》て、うちたゆめて入《い》り給ぬれば、[二一]お《(を)》とこ君、ことは《(わ)》りとは返《(かへす)》〴〵思《おも》へど、なを《(ほ)》いとうらめしくくちお《(を)》しきに、思ひしづめん方《かた》もなき心地して、涙のこぼるゝも人わろければ、よろづに思ひ乱《みだ》るれど、[二二]ひたふるに浅《あさ》はかならむもてなし、はたなを《(ほ)》いとうたて、我《(わが)》ためもあいなかるべければ、念《ねん》じ返して、常《つね》よりも嘆《なげ》きがちにて出《い》で給《(たまひ)》ぬ。

かくのみ思ひては、[二三]いかゞすべからむ、苦《くる》しくもあるべきかな、[二四]いかにしてかは、大方《おほかた》の世《よ》にはもどきあるまじきさまにて、さすがに思ふ心のかなふわざをすべからむなど、[二五]下《お》り立《た》ちて練《れむ》じたる心ならねばにや、[二六]我《(わが)》ため人のためも心やすかるまじき事を、わりなくおぼし明《あ》かすに、[二七]似たりとの給《(たまひ)》つる人も、いかでかはまことかとは見《み》るべき、[二八]さばかりの際《きは》なれば、思ひ寄《よ》らんに難《かた》くはあら

一五 宇治の本尊になるというのなら、それはこの上ない幸いであろう。 一六 (しかし)そこまでお考えになるのはどうか(その必要はあるまい)。

40 なお中君を思う薫

一七 薫の心内。(中君が)あからさまにではなく、薫の中君への執着を、何とか諦めるように説得できないものかとお考えなのだと分かるのは恨めしいが。
一八 「浮舟を見たく思也」(孟津抄)、「中君の心を察し給也」(万水一露)の二説あり。
一九 (中君が薫の執心を)けしからぬ事とは心底お思いなのに、露骨に突き放しては(薫を)お扱いなされないのも、(中君が)自分の真情をお分かりくださっていればこそだと思うと胸がときめいて。 二〇 簾の内側では(中君が)。
二一 薫。たんなる訪問者ではなく、中君への懸想人としての呼称。→六六頁注一二。
二二 一途に短気な振舞いに走るのは、それはそれで味気なく、(中君にとってはもとより)自分のためにも感心できることではないので。
二三 「わざをすべからむ」まで、薫の心内。
二四 どのようにして、世の中一般からは非難されない形で、しかし中君への思いを叶えることができるのであろうか。
二五 (薫は)身を入れて恋の修練を積まれた人ではないせいか。「練 レンス」(色葉字類抄)。
二六 (薫は中君への思いが)自分にとっても相手にとっても苦しいものであろうと、どうしようもなく寝ずにお悩みになるが。 二七 大君に似ていると(中君が)おっしゃった人。浮舟。
二八 (八宮の御落胤とおぼしき)その程度の身分の女であれば、その気になれば自分の思い者にするのはむつかしくはなくとも。

ずとも、一人の本意《ほい》にもあらずは、うるさくこそあるべけれなど、なを《(ほ)》二そなたざまには心も立《た》ゝず。

三宇治《うぢ》の宮を久《ひさ》しく見《み》給はぬ時は、いとゞむかしとを《(ほ)》くなる心《(ここ)》ちして、すゞろに心ぼそければ、九月廿よ日ばかりにおはしたり。いとゞしく風のみ吹《ふ》き払《はら》ひて、心すごく四荒《あら》ましげなる水のを《(お)》とのみ宿守《やどもり》にて、人影《かげ》もことに見《み》えず。見《み》るにはまづかきくらし、かなしき事ぞ限《かぎ》りなき。五弁の尼《あま》召《め》し出《い》でたれば、六障子《さうじ》口《ぐち》に、七青鈍《あをにび》のき丁《(ちやう)》さしいでてまい《(ゐ)》れり。八「いとかしこけれど、ましていとおそろしげに侍れば、つゝましくてなむ」と、九まほには出《い》でこず。一〇「いかにながめ給《(たまふ)》らんと思《おも》ひやるに、おなじ心なる人もなきもの語《がた》りも聞《き》こえんとてなん。はかなくも積《つ》もる年《とし》月かな」とて、一一涙をひと目《め》浮《う》けておはするに、老人《(おい)びと》はいとゞさらにせきあへず。

一二「人の上《うへ》にて、あいなくものをおぼすめりしころの空ぞかしと思給《(おもう)》へ出《い》づるに、一三いつと侍らぬなるにも、一四秋の風は身にしみてつらくおぼえ侍《(はべり)》て、一五げにかの嘆《なげ》かせ給《(たまふ)》めりしもしるき世の中の御ありさまを、ほのかにうけたまはるも、さまぐ\になん」と聞《き》こゆれば、一六「とある事もかゝることも、ながらふればな

一 相手（浮舟）が自分の意に満たない場合は、わずらわしいことになろう、の意か。「我思ふにかなはぬやうにありてはとなり」（明星抄）。または「先方の望まないことであるならば」（集成）の意とも。 二 浮舟に対しては気持も動かない。

41 薫、宇治を訪う

三 宇治の八宮邸。 四 荒々しい（宇治川の）水音だけが邸の番人で。「いと荒ましき水のおと、波の響き」（四橋姫三〇九頁注二三）。 五 八宮家の老女房。中君の上洛に従わず、出家して宇治邸に留まる。→早蕨一一三頁注二〇以下。 六 部屋を襖で仕切った、その出入口。 七 尼の調度の色。 八 弁の言。はなはだ恐れ多いことですが、人前に出られるような姿ではございませんので、ご遠慮いたしまして。 九 （尼姿を恥じて）完全には姿を見せない。 一〇 薫の言。（宇治に留まって）どんなに物思いに沈んでおられるかと推察していましたので、（あなた以外には）同情してくれる人もないお話でも申し上げようと思いまして。 一一 涙を目一杯に浮かべて。 一二 弁の言。（亡き大君が）中君の身の上を案じて、必要以上にお悩みのように見えたのも今頃だったと。→四総角四三七頁・四四六頁。旧年立では一昨年、新年立では昨年のこと。→二九頁注一四。 一三 「いつとても恋しからずはあらねども秋の夕べはあやしかりけり」（古今集・恋一・読人しらず）。 一四 河海抄は「秋吹くはいかなる色の風なれば身にしむばかりあはれなるらん」（和泉式部集）を挙げる。 一五 まったく大君が危惧しておられた通りになった中君ご夫妻の消息を。大君は匂宮と六の君の縁談を知った時、「いまは限りにこそあなれ、やむごとなき方に定まり給はぬなほざりの御すさびに、かくまでおぼしけむを」（四総角四四六頁）と思った。「中

ほるやうもあるを、[一七]あぢきなくおぼししみけんこそ、我《(わが)》あやまちのやうになを《(ほ)》かなしけれ。[一八]この比《(ごろ)》の御ありさまは、何《なに》か、それこそ世《よ》の常《つね》なれ。されど、[一九]うしろめたげには見《み》え聞《き》こえざめり。[二〇]言《い》ひても〳〵、[二一]むなしき空にのぼりぬる煙《けぶり》のみこそ、誰《たれ》ものがれぬ事ながら、[二二]を《(お)》くれ先《さき》だつほどは、猶《(なほ)》いと言《い》ふかひなかりけり」とても、又泣《な》き給《(たまひ)》ぬ。

[二三]阿闍梨《あざり》召《め》して、例《れい》の、[二四]かの忌《き》日《(にち)》の経仏《(きやうほとけ)》などの事の給《(たまふ)》。さて[二五]「こゝに時〳〵ものするにつけても、[二六]かい《(ひ)》なきことのやすからずおぼゆるがいと益《やく》なきを、[二七]この寝《しん》殿こほちて、かの山寺《でら》のかたはらに堂建《だうた》てむとなん思ふを、おなじくはとくはじめてん」との給《(たまひ)》て、堂《だう》いくつ、廊《らう》ども、僧房《そうばう》などあるべき事ども書《か》き出《い》で、の給《(たまひ)》、せさせ給ふを、[二八]「いとたう《(ふ)》ときこと」と聞《(きこ)》え知《し》らす。[二九]「むかしの人の、ゆへ《(ゑ)》ある御住《す》まゐ《(ひ)》に占《し》め造《つく》り給《(たまひ)》けん所をひきこほたん、なさけなきやうなれど、[三〇]その御心ざしも功徳《くどく》の方《かた》には進《すゝ》みぬべくおぼしけんを、とまり給《(たまは)》ん人《ひと》〳〵おぼしやりて、えさはを《(お)》きて給はざりけるにや。いまは[三一]兵部卿《(ひやうぶきやう)》の宮の北《きた》の方《かた》こそはしり給《(たまふ)》べければ、[三二]かの宮の御料《りやう》とも言《い》ひつべくなりにたり。されば、[三三]こゝながら寺《てら》になさんことは便《びん》なかるべし。心にまかせてさもえせじ。[三四]所のさまもあま

君たゞいま六君ゆへ物思ひし給へるよしをきゝ侍れば、ことはりと思ひあはせたると也」(細流抄)。一六 薫の言。何事も長生きをしているうちには好転することもあるものなのに。一七 (大君が中君と匂宮の仲について)深く悲観しておられたというのは、私に責任があるように思えて今だに悲しい。一八 匂宮が夕霧の婿になったのは、親王としては当たり前のことだ、の意。一九「六君おはすとて中君のおぼえおとる事はなしとなり」(岷江入楚)。「見え聞こえ」は、様子が見えたり噂が聞こえたりする、の意。

42 宇治の阿闍梨

二〇 繰り返し言ってみたところで。二一 火葬の煙となって虚空に登ってしまうこと、すなわち死というもの。二二 誰かが先に死に、誰かが後に残される死別というものは。「末の露本の雫や世の中の後れ先立つためしなるらん」(古今六帖一・つゆ)。二三 宇治山に住む、八宮の仏道の師。二四 旧年立では大君の二回目の命日、新年立では一周忌。→二九頁注一四。二五 薫の言。二六 思っても仕方のない大君のことが思い出されて心乱れるのが無益なので。二七 八宮旧邸の寝殿を解体して、阿闍梨の山寺の傍らに。二八 阿闍梨の言。二九 薫の言。故人(八宮)が趣のある住居をと用意してお建てになった邸を取り壊すのは、非情のようだが。三〇 八宮のご意向も(死後は邸を寺にして)功徳を積みたいとお望みのようだったが、残された姫君たちのことをお考えになって、そうはお決めになれなかったのであろうか。三一 中君。三二 匂宮家のご所有。三三 この場所にあるままで寺にすることは差し支えがあろう。三四 (寺にするには)場所柄も宇治川に近すぎ、人目も多いので。

り川《かは》づら近《ちか》く、顕証《けせう》にもあれば、なを《(ほ)》[一]寝《しん》殿を失《うしな》ひて、ことざまにも造《つく》りかへんの心にてなん」との給へば、[二]「とさまからざまに、いともかしこくたう《(ふ)》とき御心なり。[三]むかし、別《わか》れを悲《かな》しびて、骨《かばね》をつゝみてあまたの年頸《としくび》にかけて侍《(はべり)》ける人も、仏の御方便《はうべん》にてなん、かの骨《かばね》の嚢《ふくろ》を捨《す》てて、つゐ《(ひ)》に聖《ひじり》の道《みち》にも入《い》り侍《(はべり)》にける。[四]この寝《しん》殿を御覧ずるにつけて、御心動《うご》きおはしますらん、[五]ひとつにはたいぐしき事なり。又、[六]後の世のすゝめともなるべきことに侍《(はべり)》けり。急《いそ》ぎ仕《つか》うまつるべし。[七]暦《こよみ》の博士《はかせ》[八]はからひ申《(まうし)》て侍らむ日をうけ給《(たまは)》りて、もののゆへ《(ゑ)》知《し》りたらん[九]匠《たくみ》二三人をたまはりて、こまかなる事どもは、[一〇]仏の御教《をし》へのまゝに仕《つか》うまつらせ侍らむ」と申《(まうす)》。とかくの給《(たまひ)》さだめて、[一一]御荘《みさう》の人ども召《め》して、このほどのことども、阿闍梨《あざり》の言《い》はんまゝにすべきよしなど仰《おほ》せ給《(たまふ)》。[一二]はかなく暮《(くれ)》ぬれば、[一三]その夜はとまり給《(たまひ)》ぬ。

[一四]このたびばかりこそ見《み》めとおぼして、立《た》ちめぐりつゝ見《み》給へば、[一五]仏もみな彼《(かの)》寺《てら》に移《うつ》してければ、[一六]尼《あま》君のを《(お)》こなひの具のみあり。いとはかなげに住《す》まひたるを、あはれに、いかにして過《す》ぐすらんと見《み》給《(たまふ)》。[一七]「この寝殿《しんでん》は、変《か》へて造《つく》るべきやうあり。[一八]造《つく》り出《い》でん程は、かの廊《らう》にものし給へ。[一九]京の宮にとり渡《わた》さるべ

一 寝殿を処分して、他の場所に建て替えようというつもりだ。
二 阿闍梨の言。
三 大日経疏第十八巻(大正新修大蔵経三十九巻所収)に引く、僧伽吒《そうぎやた》経の、美人の妻の死を悲しむあまり、その亡骸を枯れ朽ちるまで棄てないでいた男が、菩薩の方便により悟りを得たという話によるか(高木宗監)。
四 八宮邸の寝殿をご覧になると、(大君の追憶で)心が動揺なさるのは。
五 「ひとつには」、三条西本・承応板本・首書本・湖月抄本・河内本「ひとへに」。
六 (寝殿を仏堂にするのは)後世に対する善根ともなることなのでした。
七 陰陽寮の職員。「暦博士一人。掌らむこと、暦造らむこと、及び暦生等に教へむこと」(職員令)。→[一]葵二九七頁注三八。
八 勘え申して吉日と定めました日取りをお聞きして。 九 大工。
一〇 「寺をたつる様も悉(ことごとく)仏説などの法令有べし」(岷江入楚)。
一一 (宇治近郊の)薫の荘園の者ども。
一二 (晩秋ゆえ)あっという間に日が暮れたので。
一三 薫、八宮邸に宿泊。
一四 薫の心内。今回が八宮邸の見納めになろう。

43 弁の尼と語る

一五 八宮の仏像もすべて阿闍梨の山寺に。
一六 弁尼の勤行の仏具。
一七 薫の言。
一八 (改築が)完成するまでは、あちらの廊に住みなされ。 一九 京(にお住まい)の中君に。
二〇 実務的なことあれこれ。
二一 八宮邸以外では、これほどの老人を、何やかや相手になさることなどありえないが。

きものなどあらば、荘《さう》の人召《め》して、あるべからむやうにものし給へ」など、二〇まめやかなる事どもを語《かた》らひ給《(たまふ)》。二一ほかにては、かばかりにさだ過《(すぎ)》なん人を、何かと見入《みい》れ給《(たまふ)》べきにもあらねど、夜《よる》も近《ちか》く臥《ふ》せて、昔物語《むかしものがたり》などせさせ給《(たまふ)》。二二故権大納言の君の御ありさまも、聞《き》く人なきに心やすくて、いとこまやかに聞《き》こゆ。

二三「いまはとなり給《(たまひ)》しほどに、めづらしくおはしますらん御ありさまを、いぶかしきものに思《(おもひ)》きこえさせ給《(たまふ)》めりし御けしきなどの、思《おも》ひ給へ出《(いで)》らるゝに、二四かく思《おも》ひかけ侍らぬ世《よ》の末《すゑ》に、かくて見《み》たてまつり侍《(はべる)》なん、二五かの御世《よ》にむつましく仕《つか》うまつりを《(お)》きししるしのを《(お)》のづから侍《(はべり)》けると、うれしくもかなしくも思ひ給へられはべる。二六心うき命の程にて、さま〴〵の事を見《み》給へ過《す》ぐし、思ひ給へ知《し》り侍るなん、いとはづかしく心《こゝろ》うくはべる。二七宮よりも、時〴〵はまい《(ゐ)》りて見《み》たてまつれ、おぼつかなく絶《た》え籠《こも》りはてぬるは、こよなく思《おも》ひ隔《へだ》てけるなめりなどの給はするお《(を)》り〳〵侍れど、二八ゆゝしき身にてなん、阿弥陀《あみだ》仏《(ほとけ)》よりほかには、見《み》たてまつらまほしき人もなくなりて侍《(はべる)》」など聞《き》こゆ。

二九故姫君《こひめ》の御事ども、はた尽《つ》きせず、年比《とし(ごろ)》の御ありさまなど語《かた》りて、何《なに》のお《(を)》り何《なに》との給《(たまひ)》し、三〇花紅葉の色を見《み》ても、はかなくよみ給《(たまひ)》ける歌語《うたがた》りなどを、三一つき

二二 薫の実父、柏木。弁は柏木の乳母子。→四椎本三六三頁注二三。
二三 弁の言。ご臨終間際に、初めてのことであるお子様(薫)を、(柏木が)見たいとお思い申しておられたらしいご様子などが。
二四 こうして思いも寄らなかった我が生涯の終わりに、このように(柏木の子薫に)お目にかかれましたのは。
二五 柏木ご在世中に身近にお仕え申しておいたご利益がおのずから現れましたものと。
二六 情けなくも長生きをして。
二七 中君からも、時々は京へ参って顔を見せよ、無沙汰のまま宇治に籠もりっぱなしとは、すっかり私に愛想を尽かしたように見えるなどと。
二八 人前に出るのが憚られる尼姿なので。
二九 大君。 三〇 (大君が)ちょっとした折りにお詠みになった歌にまつわる思い出話。「歌語り」→一賢木三七二頁注二、三常夏二二頁注二。
三一 (弁は)いかにもそれらしく、(老人ゆえ)声を震わせてではあるが(語るのを)。「うちわなゝきたれと」、三条西本・書陵部本「うちわなゝきたれとかたるに」、承応板本・首書本「うちわなゝきたれどかたるも」。

一 (薫は大君が)おっとりとして口数少なくはあったものの、風流な心の持ち主であったことよとひたすら、感銘深くいろいろお聞きになる。大君については東屋巻でも「いといたう子めいたるものから、ようい(の)浅からずものし給しはや」(一八〇頁)と回想されるが、総角巻では、中君に「子めき」の語が用いられていた。「この君は、けざやかなる方に、いますこし子めき、けたかくおはするものから、なつかしくにほひある心ざまぞ劣り給へりける」(四四六二頁)。

なからず、うちわなゝきたれど、[一]こめかしく言少《ことずく》なるものから、お《(を)》かしかりける人の御心ばえ《(へ)》かなとのみ、いとゞ聞《き》きそへ給《(たまふ)》。[二]宮の御方は、いますこしいまめかしきものから、心ゆるさざらん人のためには、はしたなくもてなし給ひつべくこそものし給《(たまふ)》めるを、[三]われにはいと心《こゝろ》ふかくなさけ〳〵しとは見《み》えて、いかで過《す》ごしてんとこそ思ひ給へれなど、[四]心のうちに思ひくらべ給《(たまふ)》。

さて、もののついでに、[五]かの形代《かたしろ》のことを言《い》ひ出《い》で給へり。[六]「京に、このごろ侍らんとはえ知《し》り侍らず。人づてにうけ給《(たまは)》りし事の筋《すぢ》なり。[七]故《こ》宮の、まだかゝる山里住《ざとず》みもし給はず、故北《きた》の方《かた》の亡《う》せ給へりける程近《ちかゝ》かりける比《(ころ)》、[八]中将の君とてさぶらひける上らう《(ふ)》の、心ばせなどもけしうはあらざりけるを、いと忍びてはかなき程に物の給はせける、知《し》る人も侍らざりけるに、女子《ご》をなん生《う》みて侍《(はべり)》けるを、[九]さもやあらんとおぼす事のありけるからに、あいなくわづらはしくものしきやうにおぼしなりて、又とも御覧じ入《い》るゝこともなかりけり。[一〇]あいなくそのことにおぼし懲《こ》りて、やがておほかた聖《ひじり》にならせ給ひにけるを、[一一]はしたなく思ひてえさぶらはずなりにけるが、陸奥《みち》の国の守《かみ》の妻《め》になりたりけるを、[一二]一年上《ひとゝせのぼ》りて、その君《きみ》たい《(ひ)》らかにものし給ふよし、このわたりにもほのめか

二 中君。三 自分(薫)に対してはあくまで思慮深く親切な態度を示して、何とか(それ以上の関係にならずに)やり過ごそうと。四 心中で大君、中君を較べてご覧になる。五 (薫は)浮舟の件を(弁に)。「人形　ヒトカタチ　一云カタシロ」(名義抄)、「人形　カタシロ〈祭祀具也〉」(色葉字類抄)。六 弁の言。(浮舟が)近頃京におりますかどうかは存じません。(その話は)人づてに以前お聞きした事柄のようです。七 故八宮が、まだ宇治にお移りにならず、故北の方がお亡くなりになっていくらも経たない頃。北の方の死→四橋姫二九九頁。

44 浮舟の母、中将の君

八 中将君とよばれてお仕えしていた上臈女房で。九 (八宮は)ご自分の子かと身に覚えがおありであった、そのことだけでもう、わけもなく面倒でおもしろくないことにお思いになって、二度と(中将君を)お近付けになることもなかったのでした。一〇 すっかりその件で懲り懲りなさって、そのまま何事も求道者になられてしまわれたので。一一 (中将君は)いたたまれなくなってお勤めもできなくなった。「が」は格助詞から接続助詞への過渡的な用法を示すか。一二 先年上洛して、そのお子(浮舟)が無事でご成長とのことを、八宮家にもそれとなくお知らせ申したのを。一三 (八宮が)お聞き及びになり、決してこのようなことを知らせてきてはならぬと、きっぱりとおっしゃったので。一四 (中将君は)上洛の甲斐もなくて。一五 その後(中将君の夫は)今度は、常陸国の役人になって。一六 ここ数年音沙汰がなかったが。一七 中君のいる二条院。一八 浮舟。一九 「浮舟のうつくしくおひ出給ひながら、かく常陸の守がもとに埋れておはす事のかなしきと也」(湖月抄)。「うつくしく」、書陵部本・承応板

し申《(まうし)》たりけるを、[一三]聞《き》こしめしつけて、さらにかゝる消息《せうそこ》あるべきことにもあらずとのたまはせ放《はな》ちければ、[一四]かひなくてなん嘆《なげ》き侍りける。[一五]さて又、常陸《ひたち》になりて下《くだ》りはべりにけるが、[一六]この年《とし》比《(ごろ)》を《(お)》とにも聞《(きこ)》え給はざりつるが、此《(この)》春のぼりて、[一七]かの宮には尋ねまい《(ゐ)》りたりけるとなん、ほのかに聞《き》き侍《(はべり)》し。[一八]かの君の年《とし》は、二十《はたち》ばかりになり給《(たまひ)》ぬらんかし。[一九]いとうつくしく生《お》い《(ひ)》出で給ふがかなしきなどと[二〇]ぞ、[二一]中比《なか(ごろ)》は、文《ふみ》にさへ書《か》きつゞけてはべめりしか」と聞《き》こゆ。

[二二]くはしく聞《き》きあきらめ給《(たまひ)》て、さらば、まことにてもあらんかし、見《み》ばやと思ふ心《こゝろい》出で来《き》ぬ。[二三]「むかしの御けはひに、かけてもふれたらん人は、知《し》らぬ国までも尋《(たづね)》知《し》らまほしき心あるを。[二四]数《かず》まへ給はざりけれど、近《ちか》き人にこそはあなれ。わざとはなくとも、[二五]この渡りにを《(お)》となふお《(を)》りあらむついでに、かくなん言《い》ひしと伝《つた》へ給へ」などばかりの給《(たまひ)》を《(お)》く。[二六]「母君は、故北の方の御めい《(ひ)》なり。[二七]弁も離《はな》れぬ中《(なか)》らひに侍《(はべる)》べきを、[二八]そのかみはほか〳〵に侍りて、くはしくも見《み》給へ馴《な》れざりき。先《さい》つ比《(ころ)》、京より[二九]大輔《たいふ》がもとより申《(まうし)》たりしは、[三〇]かの君《きみ》なん、いかでかの御墓《はか》にだにまい《(ゐ)》らん、との給ふなる、さる心せよなど侍《(はべり)》しかど、[三一]まだこゝにさしはへてはを《(お)》となはずはべめり。[三二]いまさらば、さやのついでに、かゝ

本「を(お)かしげに」。 二〇 諸本「こそ」。「ゝそ」は「こ」の連綿体と「ゝ」の字形の類似によって生じた異文。 二一 昔と今の中間。ひところ。「中古 ナカコロ」(黒川本色葉字類抄)、「中代 ナカコロ」(名義抄)。 二二 (薫は)くわしく聞いて事情がよくお分かりになって、そういうことなら、(浮舟の件は)事実であるのだろう、(浮舟に)会いたいという気持になる。 二三 薫の言。亡き大君のご様子に、少しでも似ているような人がいたら。「ふれたらん人は」、底本「ふれたらんは人は」。諸本により改める。 二四 (八宮は浮舟を)子として認知なさらなかったということだが、(浮舟は大君の)近親といっていいようだ。 二五 (浮舟側から)このあたりに音沙汰があるような機会に、私がこう申していたとお伝え願いたい。 二六 弁の言。浮舟の母中将君は八宮の亡き北の方の姪御さんだ。 二七 私、弁も(中将君とは)血の繋がった間柄であるはずですが。弁は故北の方の母方の従姉妹。→四椎本三六三頁注二四。 二八 (中将君が八宮家に仕えていた)その頃は、離ればなれに暮らしておりまして、深いお付き合いはしなかった。当時、弁は九州にいた。→四橋姫三三一頁。 二九 中君の女房。→七五頁注三〇。 三〇 浮舟が、せめて何とか父八宮のお墓にお詣りだけでもしたいとおっしゃっておられるとのこと、その心づもりをしておくようにと申してきましたが。「心せよ」、底本「心よせ」。諸本により改める。 三一 今のところこちらにはこれといって連絡もないようです。 三二 そのうちに連絡がありましたら、その折に(薫が)こう仰せられたとお伝えいたしましょう。「さやの」は諸本多く「さやうの」。「さや 如此書て此巻にはさやうとよむ也」(紹巴抄)。→五一頁注一九。

る仰《おほ》せなど伝《つた》へ侍らむ」と聞《き》こゆ。

明《あ》けぬれば、帰《かへ》り給はんとて、よべ[一]を《(お)》くれて持《も》てまい《(ゐ)》れる絹《きぬ》、綿《わた》などやうのもの、阿闍梨《あざり》にを《(お)》くらせ給《(たまふ)》。尼《あま》君にもたまふ。[二]ほう《(ふ)》しばら、尼《あま》君の下種《げす》どもの料《れう》にとて、布《ぬの》[三]などいふものをさへ召《め》して賜《た》ぶ。[四]心ぼそき住《す》まゐ《(ひ)》なれど、かゝる御とぶらひたゆまざりければ、身のほどにはめやすく、しめやかにてなんを《(お)》こなひける。木枯《こがら》しの耐《た》へがたきまで吹《ふ》きとを《(ほ)》したるに、残る梢《こずゑ》もなく散《ち》り敷《し》きたる紅葉《もみぢ》を踏《ふ》[五]み分《わ》けける跡も見《み》えぬを見《み》わたして、とみにもえ出《い》で給はず。いとけしきある[六]深山木《み(やま)ぎ》にやどりたる蔦《つた》の色ぞまだ残《のこ》りたる、「こだに[七]」などすこし引《ひ》き取《と》らせ給《(たまひ)》て、宮[八]へとおぼしくて、持《も》たせ給《(たまふ)》。

[九]やどりきと思ひ出《い》でずは木《こ》のもとの旅寝《たびね》もいかにさびしからまし

とひとりごち給《(たまふ)》を聞《き》きて、尼君《あまぎみ》、

[一〇]荒《あ》れはつる朽木《くちき》のもとをやどりきと思ひを《(お)》きける程のかなしさ

あくまで古《ふる》[一一]めきたれど、ゆへ《(ゑ)》なくはあらぬをぞいさゝかの慰《なぐさ》めにはおぼしける。

宮に紅葉《もみぢ》たてまつれたまへれば、お《(を)》[一二]とこ宮《みや》おはしましけるほどなりけり。「南《みなみ》[一三]の宮より」とて、何心もなくもてまい《(ゐ)》りたるを、女君[一四]、例《れい》のむつかしきこ

一 昨夜、薫に遅れて届けられた贈り物。 二 (阿闍梨の寺の)下っ端の僧侶や弁尼の使用人たちの用に。 三 麻で織った白布。「布 織麻及紵為帛也」(和名抄)。「紵」は麻の一種。「御ず行の布四千反…絹四百疋」(㊂若菜上二六四頁一五行)。 四 弁の暮らしぶりを述べる。 五 踏み分けて訪れた人の足跡。「秋は来ぬもみぢは宿に降り敷きぬ道踏み分けて訪ふ人はなし」(古今集・秋下・読人しらず)によるか。 六 立派な大木に絡まり付いている蔦の紅葉がまだ残っている(それを)。 七 せめてこれだけでも(京への土産に)、の意か(源註余滴所引一説、全書)。古注では「こだに」を虫の名(花鳥余情)、蔦の異名(細流抄)等に解する。 八 中君へ(の土産に)と思って。

45 宿り木

九 薫の歌。(ここにかつて姫君たちがおられて)自分も泊まったのだという思い出がなければ、宇治の旅寝もどんなにかさびしいことであろう。「宿りき」に蔦をさす「宿り木」を掛ける。 一〇 弁の歌。(大君も亡く)老耄した私しか残っていないこの邸を、かつての宿りとして今も思ってくださるとは悲しいことよ。「かたちこそみ山がくれの朽木なれ心は花になさばなりなむ」(古今集・雑上・兼芸)。 一一 弁の歌に対する評。尼の身を「朽木」にたとえることや、第五句についていうか。「ほどの…さ」は、八代集、歌合には見えない言いまわし。 一二 匂宮がご在宅。 一三 薫の住む三条宮。↓早蕨一八頁二行。三条宮からは二条院を「北の院」と呼ぶ。↓四〇頁注九。

46 中君に宇治の報告

一四 中君は、いつものようにわずらわしい懸想文ではあるまいかと困惑なさるが、どうして(手紙を匂宮の目から)隠す

ともこそと苦《くる》しくおぼせど、とり隠《かく》さんやは。宮、「[一五]お《(を)》かしき蔦《つた》かな」と、たゞならずの給《(たまひ)》て、召《め》し寄《よ》せて見《み》給ふ。御文《ふみ》には、

[一六]日《ひ》ごろ、何《なに》事かおはしますらむ。[一七]山里《ざと》にものし侍りて、いとゞ[一八]峰《みね》の朝霧《あさぎり》にまどひ侍《(はべり)》つる御もの語《がた》りも身《(み)》づからなん。かしこの寝《しん》殿、堂《だう》になすべき事、阿闍梨《あざり》に言《い》ひつけ侍《(はべり)》にき。[一九]御ゆるし侍りてこそは、ほかに移《うつ》すことももものしはべらめ。弁の尼《あま》にさるべきおほせ事はつかはせ。

などぞある。「[二〇]よくもつれなく書《か》き給へる文《ふみ》かな。まろありとぞ聞《き》き《ゝ》つらむ」との給《(たまふ)》も、[二一]すこしは、げにさやありつらん。女君は、[二二]事なきをうれしと思《(おもひ)》給ふに、あながちにかくの給ふをわりなしとおぼして、うち怨《ゑん》じてゐ給へる御さま、よろづの罪《つみ》ゆるしつべくお《(を)》かし。「[二三]返《かへ》り事《こと》書《か》き給へ。見《み》じや」とて、ほかざまに向《む》き給へり。[二四]あまえて書《か》か《ゝ》ざらむもあやしければ、

[二五]山ざとの御ありきのうらやましくも侍るかな。かしこは、げに[二六]さやにてこそよくと思ひ給へしを、[二七]ことさらに、又、巌《いはほ》の中《なか》もとめんよりは、荒《あ》らしはつまじく思ひ侍《(はべる)》を、いかにもさるべきさまになさせ給はば《ゝ》、おろかならずなん。

一五 薫は宇治の蔦に付けて手紙を届けた。 一六 薫の手紙。この頃、いかがお過ごしですか。「何事かおはしますらむ」は手紙の決まり文句。↓早蕨四頁一一行、浮舟一九四頁一〇行。 一七 宇治の八宮邸。 一八「雁の来る峰の朝霧晴れずのみ思ひつきせぬ世の中のうさ」(古今集・雑下・読人しらず)による。 一九 中君の許可を頂いてから、移築のこともいたしましょう。 二〇 匂宮の言。よくも素知らぬ顔をしてお書きになった手紙よ。私が在宅だと聞いたのであろう。 二一 多少は、匂宮の言葉通りそうでもあったのだろう。 二二 (薫の手紙が)不都合な内容ではなかったことでほっとなさるにつけても、(匂宮が)このように邪推なさるのに辟易して、不満そうな顔をしておられる(中君の)ご様子は。 二三 匂宮の言。(薫への)返事をお書きなさい。私は見ないよ。 二四 いつまでも拗ねた態度をして。 二五 中君の手紙。宇治の山里へお出かけとはうらやましいかぎりです。 二六 そうした方がよいと思っておりましたが。寝殿を移築して寺にすることをさす。「さや」は「さやう」の転。↓九一頁注三二。 二七 (京に住みわびた時に)わざわざ、改めて、山奥の住処を探すよりも、(宇治の邸を)荒廃させないで(そういう時に備えて)おこうと思っていましたが。「いかならむ巌(いはほ)の中に住まばかは世の憂きことの聞こえこざらむ」(古今集・雑下・読人しらず)による。

一 (匂宮は、中君と薫とが)このようにけしからぬ点もない仲らしいとご覧になりながらも、ご自分の心の癖で、普通の仲ではあるまいとお思いになるので不安なのであろう。
二 薄の穂が、他の草から抜き出て手を挙げて招

と聞《き》こえ給《たまふ》。一かくにくきけしきもなき御むつびなめりと見《み》給《たまひ》ながら、我《わが》御心ならひに、たゞならじとおぼすがやすからぬなるべし。

枯《か》れ〴〵なる前栽《せんざい》の中《なか》に、二おばな《を》の、物《もの》よりことにて手《て》をさし出《い》で招《まね》くがお《を》かしく見《み》ゆるに、まだ三穂《ほ》に出《い》でさしたるも、露をつらぬきとむる玉の緒《を》、はかなげにうち四なびきたるなど、例《れい》のことなれど、夕風《ゆふかぜ》猶《なほ》あはれなる比《ころ》なりかし。

五穂《ほ》に出《い》でぬもの思ふらししのすゝき招《まね》くたもとの露しげくして

六なつかしきほどの御衣《ぞ》どもに、なお《ほ》しばかり着《き》給《たまひ》て、びわ《は》を弾《ひ》きゐ給へり。七黄鐘調《わうしきでう》の掻《か》き合《あ》はせを、いとあはれに弾《ひ》きなし給へば、八女君も心に入《い》り給へることにて、ものえ《ゑ》んじもえしはてたまはず、ちい《ひ》さき御《み》き丁《ちやう》のつまより、脇息《けうそく》によりかゝりて、ほのかにさし出《い》で給へる、いと見《み》まほしくらうたげなり。

「九秋はつる野辺のけしきもしのすゝきほのめく風につけてこそ知《し》れ

一〇わが身ひとつの」とて涙《なみだ》ぐまるゝが、さすがにはづかしければ、扇《あふぎ》を紛《まぎら》はしておはする御心のうちも、らうたくを《お》しはからるれど、一一かゝるにこそ人もえ思ひ放《はな》たざらめと、疑《うたが》はしきがたゞならで、うらめしきなめり。

菊のまだよく移《うつ》ろひはてゞ、わざとつくろひたてさせ給へるは、なか〳〵を《お》一二

く格好をしているのが。「秋の野の草の袂か花薄穂に出でて招く袖と見ゆらむ」(古今集・秋上・在原棟梁)。「この家の垣穂より、いとめでたく色清らなる尾花、折れ返り招く」(うつほ物語・俊蔭)。三 穂の出きっていない薄が、露を置いて、今にも露がこぼれそうに風に靡いているさま。「おきもあへずはかなき露をいかにしてつらぬき留めん玉の緒もがな」(小大君集)。「草むらの露の玉の緒乱るゝまゝに」(㊂野分三六頁注二二)。四 承応板本・湖月抄本「なびきなど」。五 匂宮の歌。あなたは心中ひそかに物思いをしているらしい、(薫からの)誘いの手紙が頻繁なので。「しのすゝき まだほにいでぬをいふ」(綺語抄)。「わぎもこに逢坂山のしのすゝき穂には出ずも恋ひわたるかな」(古今集・墨滅歌)。六 (匂宮は)着馴れて柔らかくなった単衣の上に、直衣だけをお召しになって。「白き御衣どものなよゝかなるに、なほしばかりをしどけなく着なし給《たま》(ひ)て」(㊀帚木三八頁注四)。七 調子の一つ。→㊃橋姫三二二頁注一八。「弾く物は琵琶、調べは風香調《ふかうでう》、黄鐘調」(枕草子)。八 (琵琶は)中君もお好きなことなので、いつまでも不満気な顔をなさるわけにもいかず。九 中君の歌。私に愛想を尽かしたあなたの様子も、風の便りにそれとなく分かる。「秋」に「飽き」を掛ける。一〇 古注以来「大かたの我が身ひとつの憂きからになべての世をもうらみつるかな」(拾遺集・恋五・紀貫之)を引歌とするが、「月見れば千々に物こそかなしけれ我が身一つの秋にはあらねど」(古今集・秋上・大江千里)の下句により「秋は我が身にだけ訪れるものではないが」の意とも

47 匂宮、琵琶を弾く

そきに、いかなる一本《ひともと》にかあらむ、いと見所ありて移《うつ》ろひたるを、とりわきてお《(を)》らせ給《(たまひ)》て、「[一三]花の中《なか》にひとへに」と誦《ず》じ給《(たまひ)》て、「[一四]なにがしの親王《みこ》の、花めでたる夕《ゆふ》べぞかし。いにしへ天人の翔《かけ》りて、びわ《(は)》の手教《をし》へけるは。何事も浅《あさ》く成《(なり)》にたる世はものうしや」とて、[一五]御琴《こと》さしをき《(お)》給ふを、くちおし《(を)》とおぼして、「[一六]心こそ浅《あさ》くもあらめ、むかしを伝《つた》へたらむことさへは、などてかさしも」とて、[一七]おぼつかなき手《て》などをゆかしげにおぼしたれば、「[一八]さらば、ひとりごとはさうぐ〳〵しきに、さしいらへし給へかし」とて、人召《め》して、箏《さう》の御琴《こと》とり寄《よ》せさせて、弾《ひ》かせたてまつり給へど、「[一九]むかしこそまねぶ人ものし給《(たまひ)》しか、はかぐ〳〵しく弾《ひ》きもとめずなりにしものを」と、つゝましげにて手もふれ給はねば、「[二〇]かばかりの事も、隔《へだ》て給へるこそ心うけれ。[二一]この比《(ごろ)》見《み》るわたり、まだいと心とくべきほどにもあらねど、片《かた》なりなるうゐ《(ひ)》ごとをも隠《かく》さずこそあれ。すべて、[二二]女はやはらかに心うつくしきなんよきことゝこそ、[二三]其《(その)》中納言も定《さだ》むめりしか。[二四]かの君《きみ》にはた、かくもつゝみ給はじ。こよなき御中なめれば」など、[二五]まめやかにうらみられてぞ、打《(うち)》嘆《なげ》きてすこし調《しら》べ給ふ。

[二六]ゆるひたりければ、盤渉調《ばんしきでう》に合《あ》はせ給《(たまふ)》。[二七]搔《か》き合《あ》はせなど、爪《つま(お)》をとけ[二八]お《(を)》かし

解せるか。一二 こういう中君だからこそ薫も諦められないのだろうと、(匂宮は中君を)恨めしく思うのであろう。(薫に対する)疑念が募って、(匂宮は中君を)恨めしく思うのであろう。一三 色が変わるのが遅い。一三 匂宮の言。「是(れこ)花の中に偏(ひと)へに菊を愛するにはあらず此の花開けて後更に花の無ければなり」(和漢朗詠集・上・元稹)。一四 江談抄に、嵯峨天皇皇子隠君子が琴を弾いて前注の元稹詩を詠じていると、元稹の霊が人に乗り移って出現したという話がある。紫明抄、河海抄は西宮左大臣源高明について、類似の故事、および秘曲伝授の記事を載せる。一五 琵琶の琴、の意。「無名といふ琵琶の御琴を」(枕草子)。一六 中君の言。(今の世は)心は浅はかであるかもしれないが、昔を伝える技法までが浅はかであるはずはなかろう。一七 (中君が)まだ会得していない曲などを聞きたそうなご様子なので。一八 匂宮の言。では、一人で弾くのはつまらないから、相手をして下さい。一九 中君の言。昔なら手本として習う人もいらしたが。父八宮に手ほどきをうけたことをいう。→四橋姫三〇三頁。二〇 匂宮の言。この程度のことでも、(私に)打ち解けてくださらないのが情けない。二一 近頃通う所(六の君)は、まだそれほど打ち解けた仲ではないが、未熟な習いたての琴でも隠したりはしない。「うひごと」→二初音三八二頁注一三。二二 →一夕顔一四一頁注一五。二三 薫。二四 薫に対しては、こうも恥ずかしがりはなさるまい。二五 (匂宮から)本気で恨み言をいわれて、(中君は)溜息まじりに少しお弾きになる。二六 絃が緩んでいたので。中君が弾く前に匂宮が調絃する。二七 →前頁注六。二八 三条西本・首書本など「お(を)かしげに」。書陵部本・承応板本・湖月抄本など「を(お)かしう」。

げに聞《き》こゆ。伊勢《いせ》[一]の海《うみ》うたひ給ふ御声のあてにお《(を)》かしきを、女房《ばう》もののうしろに近《ちか》づきまい《(ゐ)》りて、笑《ゑ》[二]みひろごりてゐたり。「二《ふた》[三]心おはしますはつらけれど、それもことは《(わ)》りなれば、なを《(ほ)》わが御前《おまへ》をば幸《さいは》ひ人とこそは申さめ。か[四]ゝる御ありさまにまじらひ給《(たまふ)》べくもあらざりし所[五]の御住《す》まゐ《(ひ)》を、又かへりなまほしげにおぼして、の給はするこそいと心うけれ」など、たゞ[六]言《い》ひに言《い》へば、若《わか》き人〳〵は、「あ[七]なかまや」など制《せい》す。

御琴《ことゝ》ども教《をし》へたてまつりなどして、三四日籠《こも》[八]りおはして、御物忌《ものいみ》などことつけ給《(たまふ)》を、か[九]の殿《との》にはうらめしくおぼして、おと[一〇]ゞ、内《うち》より出《い》で給《(たまひ)》けるまゝに、こ[一一]ゝにまい《(ゐ)》り給へれば、宮、「こと[一二]〳〵しげなるさまして、何《なに》しにいましつるぞとよ」とむつかり給へど、あ[一三]なたに渡《わた》り給《(たまひ)》て対面《たいめん》し給ふ。「こ[一四]となる事なきほどは、この院《ゐん》を見《み》で久しくなり侍るもあはれにこそ」など、むかしの御もの語《がた》りどもすこし聞《き》こえ給《(たまひ)》て、やがて引《ひ》[一五]き連《つ》れきこえ給《(たまひ)》て出《い》で給《(たまひ)》ぬ。御子《こ》どもの殿《との》ばら、さらぬ上達部《かんだちめ》、殿上人などもいと多《おほ》くひきつゞき給へる、勢《いきほ》[一六]ひこちたきを見《み》るに、並《なら》ぶべくもあらぬぞ屈《く》しいたかりける。

人《ひと》[一七]〳〵のぞきて見《み》たてまつりて、「さ[一八]も、きよらにおはしけるおとゞかな。

一 催馬楽・伊勢の海。→㈡明石六七頁注三三。うたうのは匂宮。 二 笑みを満面に浮かべて。こういう場合、他の箇所では「ゑみさかえ」を用いる。「女ばら、日ごろうちつぶやきつるなごりなくゑみさかえつゝ」(㈣総角四二九頁九行)。→㈠末摘花二二四頁注二。 三 女房の言。(匂宮が)他の通い所をお持ちなのは困るけれども、(匂宮ほどの方なら)それも当然のことなので、やはり我々のご主人(中君)は幸い人と申し上げてよいだろう。 四 このような匂宮とご一緒になれようとは思いもよらなかった宇治でのお暮らしであったのに、再び(宇治へ)戻りたいとお思いで、そのことを口になさるのは困ったものだ。 五 三条西本・書陵部本・承応板本・首書本・湖月抄本「としころの」。 六 遠慮せずに言うので。

48 夕霧、匂宮を拉致

七 お静かに。 八 (匂宮は)二条院に滞在して、(六の君方には)物忌みなどと言い訳なさるのを。 九 右大臣家。 一〇 六の君の父、右大臣夕霧。 一一 二条院。 一二 匂宮の言。おおげさな格好をして、一体何のためにいらしたというのだ。「いまし」は「おはしまし」に較べて敬意の劣る、ぞんざいな感じを持つ語。参考「あなかしこや…いかでからうおはしましつらむ」(㈠若紫一五三頁)。 一三 (中君の住む対の屋から)寝殿に出て行かれて夕霧と面会なさる。 一四 夕霧の言。これといった用事もなかったので、二条院に長らくご無沙汰いたしておりましたのも感無量で。 一五 「夕霧の匂宮をひきつれて六条院へおはす也」(湖月抄)。「やがて」は、その足で、の意。 一六 (夕霧の)威風堂々たる姿を見るにつけ、(中君方は)到底太刀打ち出来そうもないのがはなはだ胸塞がる思いであった。「いきほひ」、承応板本・首書本・湖月抄本「御いきほひ」。

さばかり、いづれとなく若《わか》く盛《さか》りにて、[一九]きよげにおはさうずる御子《こ》どもの、似給ふべきもなかりけり。あなめでたや」と言《い》ふもあり。又、「[二〇]さばかりやむごとなげなる御さまにて、わざと迎《むか》へにまい《(ゐ)》り給へるこそにくけれ。[二一]やすげなの世の中や」などうち嘆《なげ》くもあるべし。[二二]御みづからも、来《き》し方を思ひ出《い》づるよりはじめ、[二三]かの花やかなる御仲《なか》らひに、たちまじるべくもあらず、かすかなる身のおぼえをといよ〳〵心ぼそければ、[二四]なを《(ほ)》心《こゝろ》やすく籠《こも》りゐなんのみこそ目《め》やすからめなど、いとゞおぼえ給《(たまふ)》。はかなくて年《とし》も暮《く》れぬ。

正月つごもり方《がた》より、[二五]例《れい》ならぬさまになやみ給《(たまふ)》を、宮まだ御覧じ知《し》らぬことにて、いかならむとおぼし嘆《なげ》きて、[二六]御《み》すほう《(ふ)》など、所〳〵にてあまたせさせ給《(たまふ)》に、又〳〵はじめそへさせ給《(たまふ)》。いといたくわづらひ給へば、[二七]后《きさい》の宮よりも御とぶらひあり。かくて[二八]三年《みとせ》になりぬれど、[二九]一所《ひと》の御心ざしこそを《(お)》ろかならね、大方《おほかた》の世《よ》にはもの〳〵しくもてなしきこえ給はざりつるを、[三〇]このお《(を)》りぞ、いづこにも〳〵《(いづこにも)》[三一]聞《き》こしめし驚《おどろ》きて御とぶらひども」聞《(きこ)》え給《(たまひ)》ける。

[三二]中納言君《(ちゆうなごんのきみ)》は、宮のおぼしさは《(わ)》ぐにを《(お)》とらず、いかにを《(お)》はせんと嘆《なげ》きて、心ぐるしくうしろめたくおぼさるれど、[三三]限《かぎ》りある御とぶらひばかりこそあれ、あ

一七 中君の女房たち。 一八 女房の言。まったく、お美しくていらっしゃる右大臣さまだ。 一九 「きよげ」は「きよら」より劣る普通の美しさを表す。「おはさうず」は複数主語に用いる尊敬語。→四竹河二六四頁注一七。 二〇 女房の言。あれほどご大層なご身分で、これ見よがしにお迎えに参上なさるとは意地が悪い。 二一 中君と匂宮の夫婦仲も安心していられない。 二二 中君ご自身も。 二三 あの華麗な右大臣一家と同等に。 二四 気楽に(宇治に)引き籠って暮らすのが無難であろうなどと、以前にもましてお思いになる。宇治に籠ること→六二頁注八。 二五 出産間近の苦しみ。 二六 御修法など、(すでに)あちこちの寺で数多くおさせになっているのに(加えて)。 二七 匂宮の母、明石中宮。 二八 旧年立によれば、中君が二条院へ迎えられてからの年数になるが、新年立ではまだ二年目なので、この「三年」を匂宮との結婚以来の年数と解する。→二九頁注一四。 二九 匂宮お一人の(内々の)愛情は並々ではないが、周囲の方々は(中君を匂宮北の方としてこれまで)重々しくもお扱い申し上げなさっていなかったので。 三〇 (いよいよご出産という)この機会に、どなたも皆。 三一 「御とぶらひども」まで、他本により補う。底本の脱文か。 三二 薫は匂宮が心配なさるのに劣らず、(中君は)どうなられることかと。 三三 型どおりのお見舞いだけはなさるものの、あまり(頻繁に二条院に)参上するわけにもいかなくて。「まうで」、底本「まかて」を改める。古写本おおく「まて」、承応板本・首書本・湖月抄本「まうで」に作る。

49 薫、権大納言右大将に

まりもえまうでたまはで、忍《しの》びてぞ御祈《いの》りなどもせさせ給《(たまひ)》ける。さるは、[一]女二の宮の御裳着《もぎ》、只《(ただ)》このころになりて、世中《(よのなか)》ひゞき営《いとな》みのゝしる。よろづのこと、みかどの御心ひとつなるやうにおぼし急《いそ》げば、[二]御後見《うしろみ》なきしもぞ、中〱めでたげに見《み》えける。[三]女御のしを《(お)》き給へることをばさるものにて、作物《つくも》所、さるべき受領《ずらう》どもなど、とり〴〵に仕《つか》うまつることどもいと限《かぎ》りなしや。[四]やがて、その程にまい《(ゐ)》りそめ給《(たまふ)》べきやうにありければ、お《(を)》とこ方《がた》も心づかひし給比《(たまふころ)》なれど、[五]例《れい》のことなれば、そなたざまには心も入《い》らで、[六]この御事のみいとお《(ほ)》しく嘆《なげ》かる。

きさらぎのついたちごろに、[七]なお《(ほ)》しものとかいふことに、[八]権大納言《(ごんだいなごん)》になり給《(たまひ)》て、右大将かけ給《(たまひ)》つ。[九]右の大殿《おほいとの》、左《ひだり》にておはしけるが、辞《じ》し給へる所なりけり。[一〇]よろこびに所〱ありき給《(たまひ)》て、この宮にもまい《(ゐ)》りたまへり。[一一]いと苦《くる》しくし給へば、こなたにおはします程なりければ、やがてまい《(ゐ)》り給へり。[一二]僧《そう》などさぶらひて、便《びん》なき方《かた》にとおどろき給《(たまひ)》て、[一三]あざやかなる御なを《(ほ)》し、御下襲《したがさね》などたてまつり、ひきつくろひ給《(たまひ)》て、下《お》りてたう《(ふ)》の拝《はい》し給《(たまふ)》。御さまどもも[一四]とり〴〵にいとめでたく、[一五]「やがて、[一六]つかさの禄《ろく》給ふあるじの所に」と請《さう》じたてまつりたまふを、[一七]なやみ給《(たまふ)》人によりてぞおぼしたゆたひ給《(たまふ)》める。[一八]右大臣殿のし給ひける

一 薫との縁組みが決まっている、今上帝の皇女。→二九頁二行。 二 (母女御亡く)母方の後見もない(それゆえ万事父帝がお世話をなさる)のが、かえってすばらしく思えた。 三 亡き母女御が用意して置かれた支度はいうまでもなく、(帝の仰せで)宮中の作物所の者たちや、しかるべき諸国の受領たちが。 四 (裳着に)引き続き、その頃に(女二宮の婿として)初めて参内すべしとの帝の仰せがあったので、薫の方でも心の用意をなさる頃であるが。 五 「薫の好色にすゝみ給はぬ事常の事なれば例といへり。されば女二宮の事にも心を入ぬと也」(万水一露)。 六 中君のこと。 七 直物。除目(じもく)の後に、その失錯を訂すこと、またその議(江家次第)。 八 薫、権大納言に昇進、右大将を兼任。 九 右大臣夕霧が兼任の左大将を辞め、それまでの右大将が左大将に転じた、そのあとに薫が任ぜられたということか。 一〇 (昇進の)お礼言上に方々お回りになって、二条院にも参上なさった。 一一 中君が大変お苦しみなので、(匂宮は)中君の住む西の対にいらしていた折りだったので、(薫は)そのまま(西の対に)参上なさった。 一二 匂宮の心内。安産祈願の僧たちが伺候していてむさ苦しい所にと。 一三 (匂宮は)身だしなみを整えて、階から下りて(薫の拝舞に対する)答礼の拝舞(「答の拝」)をする。「(薫は)束帯たるべし。しかるに匂兵部卿宮は直衣下襲にて答拝あり。めづらしき事なるべし」(孟津抄)。 一四 薫、匂宮それぞれに。 一五 薫の言。三条西本・陽明本・板本「やかてこよひ(今夜)」。 一六 大将初任の時、饗宴を催して中将以下を招き禄を給すこと。「あるじの所に」は、その饗宴にご列席賜りたい、の意。「饗 アルシ」(名義抄)。 一七 (匂宮は)体調のお悪い中

まゝにとて、六条の院にてなんありける。[一九]垣下《ゑんが》の親王《みこ》たち、上達部《かんだちめ》、[二〇]大饗《だいきやう》にを《(お)》とらず、あまりさは《(わ)》がしきまでなんつどひ給《(たまひ)》ける。[二一]この宮も渡《わた》り給《(たまひ)》て、[二二]静心《しづ》なければ、まだ事はてぬに急《いそ》ぎ帰《かへ》り給《(たまひ)》ぬるを、[二三]大殿の御方《かた》には、「いと飽《あ》かずめざまし」との給《(たまふ)》。[二四]を《(お)》とるべくもあらぬ御程《(ほど)》なるを、たゞいまのおぼえの花やかさにおぼしおごりて、を《(お)》したちもてなし給へるなめりかし。

からうして、そのあか月《(つき)》、を《(を)》とこにて生《む》まれ給へるを、宮もいとかひありてうれしくおぼしたり。[二五]大将殿も、よろこびに添《そ》へてうれしくおぼす。[二六]よべおはしましたりしかしこまりに、やがてこの御よろこびも打《(うち)》そへて、[二七]立《た》ちながらまゐ《(ゐ)》り給へり。かく籠《こも》りおはしませば、まゐ《(ゐ)》り給はぬ人なし。[二八]御産養《うぶやしなひ》、三日は例《れい》のたゞ[二九]宮の御私事《わたくしごと》にて、五日の夜《よ》、大将殿より[三〇]屯食《とんじき》五十具《ぐ》、[三一]五手《(ご)て》の銭《ぜに》、[三二]椀飯《わうばん》などは世《よ》の常《つね》のやうにて、[三三]子持《こも》ちの御前《まへ》の[三四]衝重《ついがさね》三十、児《ちご》の御衣《ぞ》五重襲《いつへがさね》にて、[三五]御襁褓《むつき》などぞ、こと〳〵しからず忍《しの》びやかにしなし給へれど、こまかに見《み》れば、[三六]わざと目馴《めな》れぬ心ばえ《(へ)》など見《み》えける。[三七]宮の御前《おまへ》にも[三八]浅香《せんかう》のを《(を)》しき、高杯《たかつき》どもにて、[三九]粉熟《ふずく》まゐ《(ゐ)》らせ給へり。女房《ばう》の御前《まへ》には、衝重《ついがさね》をばさるものにて、[四〇]檜破子《ひわりご》三十、さま〴〵し尽《つ》くしたることどもあり。人目《め》にこと〳〵しくは、ことさらに

君ゆえに列席を躊躇なさるようだ。一八（薫の大将初任の饗は）夕霧の右大臣大饗（注二〇）の例に倣って、の意か。一九 饗宴に相伴すること、またその者。「ゑんが」とも（[四]匂宮二二四頁注九）。「垣下〈饗撰分〉ヱンカ〈飲食部〉」（色葉字類抄）。二〇 大臣が新任に際して催す饗宴。二一 匂宮。二二 中君のことが気がかりなので、まだ宴が終わらないうちに。二三（宴の後は匂宮が六条院にお泊まりと思っていた）六の君方では。二四（中君とて六の君に）劣るはずのないご身分なのに、現在の（右大臣家の）華やかなご威勢にうぬぼれて、嵩《(さか)》にかかった態度をお取りになるのであろうよ。

50 中君に男子誕生

二五 薫も（自分の昇進の）よろこびに加えて。二六 昨夜（匂宮が）ご列席下さったお礼言上に、同時に御子誕生のお祝いも兼ねて。二七 死や出産の穢れを避けるため、訪問の際着座しないこと。→[一]夕顔一二九頁注三〇。二八 出産祝いの宴。生後三、五、七、九夜に催す。二九 匂宮家の内々の祝儀。三〇 強飯《(こわいい)》の握り飯。「下﨟に賜ふ飯也」（河海抄・桐壺）。「具」は笥に盛った屯食（盛屯食）の数をいうか。参照、玉函叢説・屯食の事。→[四]柏木一一二頁注七。三一「碁手の銭」。「如此之時、碁をうたせてあそばする、其かけ物に銭をいだす事也」（弄花抄）。「碁手に銭三十貫」（うつほ物語・あて宮）。「五」は濁音「ご」の表音の宛て字。→[一]空蟬八八頁注七。三二 椀に盛った飯、転じて饗宴の料理をいう。三三 産婦の中君（が召し上がるため）の。三四 台付きの折敷（角盆）。三五 赤子をくるむ衾《(ふすま)》。「小児被也」（和名抄）。「襁褓に包みて御乳参り給ふ」（うつほ物語・蔵開・上）。三六 匂宮。三七 特別に珍しい趣向が凝らしてある。三八 沈香の一種で

しなし給はず。

七日の夜は、[一]后《きさい》の宮の御産養《うぶやしなひ》なれば、まい《(ゐ)》り給《(たまふ)》人〳〵いと多《おほ》かり。[二]宮の大《だい》夫《ぶ》をはじめて、殿上人、上達部《かむだちめ》数知《し》らずまい《(ゐ)》り給へり。[三]内《うち》にも聞《き》こしめして、「[四]宮のはじめてを《(お)》となび給《(たまふ)》なるには、いかでか」との給はせて、[五]御佩刀《はかし》たてまつらせ給へり。九日も、[六]大殿《おほい》より仕《つか》うまつらせたまへり。[七]よろしからずおぼすあたりなれど、宮のおぼさん所あれば、御子《こ》の君《きん》だちなどまい《(ゐ)》り給《(たまひ)》て、[八]すべていと思《(おもふ)》事なげにめでたければ、御身《(み)》づからも、月比《(ごろ)》もの思《おも》はしく心《(ここ)》ちのなやましきにつけても、心ぼそくおぼしたりつるに、かく面立《おもだ》たしくいまめかしき事どもの多《おほ》かれば、すこし慰《なぐさ》みもやし給《(たまふ)》らむ。[九]大将殿は、かくさへを《(お)》となびはてたまふめれば、いとゞわが方《かた》ざまはけどを《(ほ)》くやならむ、又、宮の御心ざしもいとを《(お)》ろかならじ、と思ふはくちお《(を)》しけれど、[一〇]又はじめよりの心を《(お)》きてを思《(おもふ)》には、いとうれしくもあり。

かくて、[一一]その月の廿日あまりにぞ、[一二]藤壺《ふぢつぼ》の宮の御裳着《もぎ》のことありて、[一三]又の日なん大将まい《(ゐ)》り給ひける。[一四]夜《よ》のことは忍《しの》びたるさまなり。[一五]天《あめ》の下響《したひゞ》きて、いつくしう見《み》えつる御かしづきに、[一六]たゞ人の具《ぐ》したてまつり給《(たまふ)》ぞ、猶《(なほ)》飽《あ》かず心ぐ

作った角盆。三九 米粉等の餅に甘葛(あまづら)をかけて作るという。花鳥余情に詳しい。「粉熟 フスク〈以米粉為之〉」(黒川本色葉字類抄)。四〇 檜の薄板で作った破子(折り箱)。食物を入れる。

一 明石中宮。 二 中宮大夫。中宮職の長官。

三 帝。匂宮の父。

四 帝の言。匂宮がはじめて人の親になられたというのだから、どうして(何もせずにいられようか)。

五 太刀。→㈡澪標一〇三頁注三一。

六 右大臣夕霧。 七 (夕霧としては中君は)快からずお思いのお方であるが、匂宮への義理で。

八 何事も思い煩うことなく立派な産養なので、中君ご自身も。

九 薫は(中君が)一児の母になるまでに重々しくなられたご様子なので、一層自分との仲は疎くなるのであろうか、また匂宮のご愛情も並大抵ではあるまいと。 一〇 (中君を匂宮と結婚させ、その後見役を務めようという)当初からの心づもり。

一一 二月。 一二 女二宮。母藤壺女御ゆかりの藤壺に住む。 一三 翌日、薫は婿として参内。「女二宮の御もぎの次日、薫の祝言有し事をいへる也」(万水一露)。 一四 薫がはじめて女二宮のもとへ通う夜。河内本・高松宮本・承応板本・首書本・湖月抄本「そのよのことは」。 一五 世間が大騒ぎするほど、帝が仰々しくお世話なさった女二宮に対して、の意。

一六 臣下の者(薫)が婿になるのは、の意。

51 女二宮裳着、薫に降嫁

一七 女二宮を薫にお許しなさったとはいえ、今すぐ、(帝は)こんなにお急ぎあそばす必要はなかろうに。 一八 (帝は)ご決心なさったことは、

るしく見《み》ゆる。「[一七]さる御ゆるしはありながらも、たゞいま、かく急《いそ》がせ給《(たまふ)》まじきことぞかし」と、そしらはしげに思《おも》ひの給ふ人もありけれど、[一八]おぼし立《た》ちぬる事、すが〳〵しくおはします御心にて、来《き》し方《かた》ためしなきまで、おなじくはもてなさんとおぼしを《(お)》きつるなめり。[一九]みかどの御婿《むこ》になる人は、むかしもいまも多《おほ》かれど、[二〇]かく盛《さか》りの御世《よ》に、たゞ人のやうに婿《むこ》とり急《いそ》がせ給へるたぐひは少《すく》なくやありけん。右のおとゞも、「[二一]めづらしかりける人の御おぼえ宿世《すくせ》なり。[二二]故《こ》院だに、朱雀院の御末《すゑ》にならせ給《(たまひ)》て、いまはとやつし給《(たまひ)》し際《きは》にこそ、かの母《はゝ》宮を得《え》たてまつり給《(たまひ)》しか。[二三]われはまして、人もゆるさぬものを、拾《ひろ》ひたりしや」との給《(たまひ)い》出づれば、[二四]宮はげにとおぼすに、はづかしくて御いらへもえし給はず。

[二五]三日の夜《よ》は、[二六]大蔵卿よりはじめて、[二七]かの御方の心寄《よ》せになさせ給へる人〳〵、[二八]家司《けいし》に仰《おほ》[二九]せ事給《(たまひ)》て、しのびやかなれど、[三〇]かの御前《ごぜん》、随身《ずいじん》、車副《くるまぞひ》、舎人《とねり》まで禄《ろく》給はす。その程のことどもは、[三一]私事《わたくしごと》のやうにぞありける。

かくて後《のち》は、忍《しの》び〳〵にまい《(ゐ)》り給ふ。[三二]心のうちには、なを忘《(ほ)わす》れがたきいにしへざまのみおぼえて、[三三]昼《ひる》は里《さと》に起《お》き臥《ふ》しながめ暮《く》らして、[三四]暮《く》るれば心よりほか

とどこおりなく実行なさるご性格で。
一九 藤原良房、忠平、師輔、師氏、兼家など。上代以来、内親王は独身もしくは皇族との結婚が原則で、良房以前に降嫁の例はない。書陵部本・承応板本「みかどの御むすめえ給へる人」。
二〇 帝在位のさなかに、(帝が)臣下のように急いで婿取りあそばした例は少ないのではなかったか。良房に降嫁した嵯峨天皇皇女潔姫以外は、帝の譲位もしくは崩御の後の降嫁(花鳥余情)。
二一 夕霧の言。世にも希な薫(に対する帝)の思し召しであり、(薫の)ご運のすばらしさである。
二二 亡き六条院(光源氏)でさえ、朱雀院が晩年におなりあそばして、いよいよご出家なさるという時になってやっと、薫の母女三宮をお貰いなさったのだった。
二三 夕霧が周囲の反対を押して柏木未亡人落葉宮(朱雀院の女二宮)と結婚したことをさす。→四夕霧巻。
二四 落葉宮。
二五 結婚第三夜。結婚披露の「ところあらはし(露顕)」の宴が催される。
二六 女二宮の母方のおじ。→三〇頁二行。
二七 女二宮方の後見役に(帝が)おさせになった人たち。
二八 女二宮の家政を取り仕切る執事。
二九 帝がお言葉をお下しになって。
三〇 薫の従者一行にまで禄を下さる。「御前」は行列の前駆を務める者。
三一 帝のなさったことであるが、まるで「凡人の聟君あつかひのごとしと也」(孟津抄)。
三二 (薫は)心中では、依然として忘れられない昔(の大君)の事ばかりが思われて。
三三 (薫は)昼は自邸(三条宮)で。
三四 日が暮れると気も進まぬままに(女二宮のもとへ)急ぎ参上なさるのも、(婿としての通いなどは)経験のないことゆえとても億劫でつらいので。

に急《いそ》ぎまい《(ゐ)》り給《(たまふ)》をも、ならはぬ心《(こゝ)》ちにいとものうく苦《くる》しくて、[一]まかでさせたてまつらむとぞおぼしを《(お)》きてける。[二]母《はゝ》宮は、いとうれしき事におぼしたり。[三]おはします寝《しん》殿譲《ゆづ》りきこゆべくの給へど、[四]「いとかたじけなからむ」とて、[五]御念誦《ねんず》堂《だう》のあはひに、廊《らう》をつゞけて造《つく》らせ給《(たまふ)》。[六]西面《にしおもて》に移《うつ》ろひ給《(たまふ)》べきなめり。東《ひんがし》の対《たい》どもなども、[七]焼《や》けてのちうるはしく新《あたら》しくあらまほしきを、[八]いよ〳〵磨《みが》きそへつゝ、こまかにしつらはせ給《(たまふ)》。

かゝる御心づかひを、[九]内《うち》にも聞《き》かせ給《(たまひ)》て、[一〇]ほどなくうちとけ移《うつ》ろひ給はんを、いかゞとおぼしたり。[一一]御門《(みかど)》と聞《き》こゆれど、心の闇《やみ》はおなじごとなんおはしましける。[一二]母《はゝ》宮の御もとに御使《つかひ》ありける御文《ふみ》にも、たゞこのことをなむ聞《き》こえさせ給《(たまひ)》ける。[一三]故朱雀院の、とりわきてこの尼《あま》宮の御事をば聞《き》こえを《(お)》かせ給《(たまひ)》しかば、[一四]かく世を背《そむ》き給へれど、衰《おとろ》へず、何《なに》事ももとのまゝにて、奏《そう》せさせ給《(たまふ)》事などは、かならず聞《き》こしめし入《い》れ、御用意《ようい》深《ふか》かりけり。[一五]かくやむごとなき御心どもに、かたみに限《かぎ》りもなくもてかしづきさは《(わ)》がれ給《(たまふ)》面立《おもだ》た《ゝ》しさも、いかなるにかあらむ、心のうちにはことにうれしくもおぼえず、猶《(なほ)》ともすればうちながめつゝ、[一六]宇治《うぢ》の寺造《てらつく》ることを急《いそ》がせ給ふ。

一（女二宮を自邸に）退出させ申そうと。 二 薫の母女三宮。 三（女三宮は）お住まいの寝殿を（女二宮に）お譲り申す旨おっしゃるが。 四 薫の言。それはあまりに恐れ多いであろう。 五 →四鈴虫七〇頁注四。位置は寝殿の西北か。 六（女三宮は）寝殿の西面にお移りの予定らしい。 七 椎本巻に三条宮の火事のこと（四三七三頁）、早蕨巻に再建の記事が見える（一一頁注三〇）。 八 東の対も薫、女二宮夫婦が使用する。 九 帝。 一〇（女二宮が）結婚早々気を許して夫（薫）のもとへお移りになるのを。 一一 帝と申し上げても、子を思う親の心は普通の親と同様でいらっしゃるのであった。「人の親の心は闇にあらねども子を思ふ道にまどひぬるかな」（後撰集・雑一・藤原兼輔）による。 一二 女三宮の所に勅使がお届けしたお手紙でも、（帝は）もっぱら女二宮のことをお願い申し上げなさったのであった。 一三 亡き朱雀院が、とりわけ女三宮のお世話を（帝に）ご依頼申し上げて置かれたので。→三若菜上二〇八頁六行以下。帝と女三宮は朱雀院を父とする腹違いの兄妹。当時、帝は東宮。朱雀院死去の記事の初出。 一四 こうして（女三宮は）出家なさったが、ご威勢は衰えず、万事在俗のころと同様、帝にお願いなさることなどは、（帝も）必ずお聞き入れになり、十分ご配慮下さるのであった。 一五（帝、女三宮という）尊貴なお二人に、どちらからもこの上なく仰々しくお世話をされなさる光栄も、（薫は）どういうわけであろうか、内心では格別嬉しくも思えず。 一六 宇治の八宮邸の寝殿を移築して寺にすること。→八七頁注二七。 一七 中君の生んだ匂宮の御子。 一八「子誕生ののち五十日をばいかといふ。百日をばもゝかといふ。その日儀式ありて

宮[一七]の若君《わかぎみ》の五十日《いか》になり給《(たまふ)》日数《かず》へとりて、[一八]そのもちゐ《(ひ)》のいそぎを心に入《い》れて籠物《こもの》、檜破子《ひわりご》などまで見入《みい》[一九]れ給《(たまひ)》つゝ、世《よ》の常《つね》のなべてにはあらずとおぼし心ざして、沈《ちん》、紫檀《したん》、銀《しろかね》、黄金《こがね》など、道[二〇]〳〵の細工《さいく》どもいと多《おほ》く召《め》しさぶらはせ給へば、[二一]われを《(お)》とらじとさま〴〵のことゞもをし出《い》づめり。

身《(み)》[二二]づからも、例《れい》の、宮のおはしまさぬひまにおはしたり。[二三]心のなしにやあらむ、いますこしを《(お)》も〳〵しくやむごとなげなるけしきさへ添《そ》ひにけりと見《み》ゆ。[二四]いまは、さりともむつかしかりしすゞろ事などは、紛《まぎ》れ給《(たまひ)》にたらんと思《(おもふ)》に、心やすくて対面《たいめん》し給へり。[二五]されど、ありしながらのけしきに、まづ涙《なみだ》ぐみて、「[二六]心にもあらぬまじらひ、いと思ひのほかなるものにこそと、世《よ》を思給《(おもう)》へ乱《みだ》るゝ事なんまさりにたる」と、[二七]あいだちなくぞ愁《うれ》へ給《(たまふ)》。「[二八]いとあさましき御ことかな。人もこそを《(お)》のづからほのかにも漏《も》り聞《き》ゝ侍れ」などはの給へど、[二九]かばかりめでたげなる事どもにも慰《なぐさ》まず、忘《わす》れがたく思ひ給覧《(たまふらん)》心ふかさよと、あはれに思《(おもひ)》きこえ給《(たまふ)》に、[三〇]を《(お)》ろかにもあらず思知《(おもひ)し》られ給《(たまふ)》。[三一]おはせましかばと、くちお《(を)》しく思《おも》ひいできこえ給へど、[三二]それもわがありさまの[三三]やうに、うらやみなく身をうらむべかりけるかし。[三四]何《なに》事も、数ならでは、世《よ》の人めかしき事もあるま

52 中君の御子の五十日

餅をそなふるなり」(花鳥余情)。 一九 (薫は)自分で指図なさって。 二〇 それぞれの工芸の職人たちを大勢召集なさったので。「細工 サイク」(色葉字類抄)。 二一 職人たちは他に負けまいと。 二二 薫ご自身も、いつものように、匂宮のお留守の間に(二条院へ)。 二三 気のせいか、(権大納言兼右大将に昇進した薫は)これまでよりも幾分貫録が加わって尊貴な風格までが備わったように見える。 二四 女二宮と結婚なさった今は、いくら何でも聞くのもわずらわしいくだらない話(中君への懸想)などは、忘れておしまいになっただろうと思うので、(中君は)安心して(薫に)お会いになった。 二五 ところが(薫は)これまでとかわらない態度で。 二六 薫の言。気乗りがしない結婚をして、まったくままならぬ世の中だと、以前にもまして思い悩んでおります。 二七 身も蓋もなく愚痴をこぼされる。「あいだちなし」→㊂蛍四三七頁注一五。 二八 中君の言。何ということをおっしゃるのです。人が何かの拍子にかすかにでも耳にしたら大変です。 二九 中君の心内。これほど立派に見える(女二宮との)結婚にも気が晴れず、(亡き大君を)忘れられずに思っておられるという(薫の)お気持の真面目さよと。 三〇 (中君は薫の大君への思いが)いい加減なものではなかったのだと。 三一 大君が生きていらしたらと、残念に。 三二 そうであっても今の自分同様、お互いに我が身のつたなさを嘆くはめになっているのだろう。「うらやみなき 我と人とのうへを、くらべ見るに、人のまされる事もなく、我と同じき事をいふ詞也」(玉の小櫛・紅葉賀)。 三三 三条西本・首書本など「やうにぞ」。 三四 何事も、人数に入らなければ、世間並みのことも出来ないの

じかりけりとおぼゆるにぞ、いとゞ一かのうちとけはてでやみなんと思《(おもひ)》給へりし心おきては、猶《(なほ)》いとを《(お)》も〳〵しく思出《(おもひいで)》られ給《(たまふ)》。

二若《わか》君を切《せち》にゆかしがりきこえ給へば、三はづかしけれど、何《なに》かは隔《へだ》て顔《がほ》にもあらむ、四わりなき事ひとつにつけて、うらみらるゝよりほかには、いかでこの人の御心にたがはじと思へば、身《(み)》づからはともかくもいらへきこえたまはで、乳母《めのと》してさし出《い》でさせ給へり。五さらなる事なれば、にくげならんやは。ゆゝしきまで白《しろ》くうつくしくて、六たかやかにもの語《がた》りし、うち笑《わら》ひなどし給《(たまふ)》顔《かほ》を見《み》るに、七わがものにて見《み》まほしくうらやましきも、世《よ》の思《(おもひ)》離《はな》れがたくなりぬるにやあらむ。されど、八言《い》ふかひなくなり給《(たまひ)》にし人の、世《よ》の常《つね》のありさまにて、かやうならむ人をもとゞめを《(お)》き給へらましかばとのみおぼえて、九この比《(ごろ)》面立《おもだ》たしげなる御あたりに、いつしかなどは思《(おもひ)》寄《よ》られぬこそ、あまりすべなき君の御心なめれ。一〇かくめゝしくねぢけて、まねびなすこそいとお《(ほ)》しけれ。一一しかわろびかたほならん人を、みかどのとりわき切《せち》に近《ちか》づけて、むつび給《(たまふ)》べきにもあらじ物を、一二まことしき方《かた》ざまの御心を《(お)》きてなどこそは、めやすくものし給《(たまひ)》けめとぞを《(お)》しはかるべき。

であったと。

一 大君が薫と結婚しないままで過ごそうとお考えになった心構えは、やはり冷静な判断であったと(中君は)改めてお思いになる。

53 薫、若君を見る

二 (薫が)若君をしきりに拝見したいとお望みなので。 三 (中君は)恥ずかしいけれども、何の、他人行儀な顔をする必要もあるまい。 四 (自分への懸想という)無茶な一事のせいで、恨まれる事を別にすれば、何としても薫のご機嫌を損なうまいと思うので、ご自分では何とも返事を申し上げないで。 五 「匂宮の御子、中君の御はらなれば、いふもことさらなる事なればと也」(湖月抄)。語り手の評。 六 大声で言葉にならない声を発し。 七 (この若君を)自分の子として見たく、うらやましくお思いになるのも、この世を背きづらくなったからであろうか。 八 お亡くなりになった大君が、(自分と結婚するという)世間一般の生き方をして、このような若君を後に残しておいて下さったならばと、それればかりが思われて。 九 最近名誉な縁組みをした女二宮に、はやく(御子を)といった気持にならないのは、あまりに取り付く島のない薫のお心であろう。 一〇 このように(薫のことを)思い切りが悪くひねくれたように、伝えるのはお気の毒というものだ。語り手の評。 一一 そのようにみっともなく未熟な人物を、帝が格別熱心にご贔屓になり、親しくなさるはずもあるまいものを。 一二 (薫は)仕事の方のお心構えに関しては、心配なくていらっしゃるのだろうと。

一三 (薫は中君が)こんなにも生まれたての赤ん坊をお見せ下さったのも嬉しかったので。

一四 (薫は女二宮訪問のため)気楽に夜更けまで

げに、[一三]いとかく幼《をさな》き程を見《み》せ給へるもあはれなれば、例《れい》よりはもの語《がた》りなどこまやかに聞《き》こえ給ふ程に、暮《く》れぬれば、[一四]心やすく夜《よ》をだにふかすまじきを、苦《くる》しうおぼゆれば、嘆《なげ》く〳〵出《い》で給《(たまひ)》ぬ。「[一五]お《(を)》かしの人の御匂《にほ》ひや。[一六]お《(を)》りつれば、とかや言《い》ふやうに、鶯《うぐひす》も尋ね来《き》ぬべかめり」など、[一七]わづらはしがる若《わか》き人もあり。

夏《なつ》にならば、[一八]三条の宮ふたがる方《かた》になりぬべしと定《さだ》めて、四月ついたちごろ、[一九]節分《せちぶん》とかいふ事まだしき先《さき》に[二〇]渡《わた》したてまつり給《(たまふ)》。あすとての日、[二一]藤壺《ふぢつぼ》に上渡《うへわた》らせ給《(たまひ)》て、[二二]藤《ふぢ》の花の宴《えん》せさせ給ふ。南《みなみ》の廂《ひさし》の御簾《みす》上《あ》げて、[二三]倚子《いし》立《た》てたり。[二四]公《おほやけ》わざにて、あるじの宮の仕《つか》うまつり給《(たまふ)》にはあらず、上達部《かんだちめ》、殿《てん》上人の[二五]饗《きやう》など内蔵《くら》寮《づかさ》より仕《つか》うまつれり。[二六]右《みぎ》のおとゞ、[二七]按察使《あぜち》の大納言、[二八]藤《とう》中納言、[二九]左兵衛の督《かみ》、親王《みこ》たちは[三〇]三宮《(さんのみや)》、[三一]常陸《ひたち》の宮などさぶらひ給《(たまふ)》。南《みなみ》の庭の藤《ふぢ》の花のもとに、殿上人の座《ざ》はしたり。[三二]後涼殿《こうらう》の東《ひんがし》に、[三三]楽所《がくそ》の人〳〵召《め》して、暮《く》れ行《(ゆく)》程に、[三四]そ《(さ)》うでうに吹《ふ》きて。[三五]上《うへ》の御遊《あそ》びに、[三六]宮の御方より御琴《こと》ども、笛など出《い》ださせ給へば、[三七]おとゞをはじめたてまつりて、御前《おまへ》にとりつゝまい《(ゐ)》り給《(たまふ)》。[三八]故六条の院の御手《て》づから書《か》き給《(たまひ)》て、入道の宮にたてまつらせ給い《(ひ)》し琴《きん》の譜《ふ》二巻、五葉《ごえふ》の枝につけたる

(一条院に)いることすら叶わないのを。一五 女房の言。すばらしい薫の匂いだ。一六「折りつれば袖こそ匂へ梅の花ありとやここに鶯の鳴く」(古今集・春上・読人しらず)の歌のように、の意。一七（あまりの芳香ゆえ薫の訪問が歴然であるのを)困ったことのように言う若い女房。一八 季節ごとに塞がる方角が変わるのは、王相方の方忌。「王相方〈三月めぐりといふ〉…夏三月、南ふたがる」(簾中抄)。女二宮の住む宮中から三条宮の方角は南。一九 四季の変わり目の夜。「せちぶ」とも(東屋一七八頁注一五)。ここは四月に入ってからの立夏の前夜をいう。

54 藤花の宴

二〇（薫は女二宮を三条宮に)お移し申し上げなさる。二一 女二宮の住む藤壺(飛香舎)に帝がお越しあそばして。二二 以下の叙述、西宮記・藤花宴所引の天暦三年四月十二日飛香舎藤花宴の記録に拠るかという(花鳥余情)。参考、古今著聞集六「天暦三年四月藤花宴の御遊の事」。二三 いわゆる「椅子」で、帝の御座。「いす」は中世以降の唐音《(とういん)》による読み。→㊀桐壺二四頁注一一。二四（この藤の宴は)帝が催される宴であって、藤壺の主女二宮が帝にして差し上げなさる宴ではなく。二五 酒食でもてなすこと、またその料理。「所々の饗なども、内蔵寮、穀倉院より仕うまつらせ給へり」(㊂若菜上二六六頁注一二)。二六 夕霧。→付録四二一頁。二七 故柏木の弟。→㊃紅梅二三二頁一行。二八 故鬚黒の長男。→㊃竹河二五六頁注一六。二九 藤中納言の異母弟(玉鬘腹)で、竹河巻末で右兵衛督になる左近中将かという。→㊃二五八頁注五。三〇 匂宮。三一 匂宮の異母弟、四宮。「四の親王、常陸の宮と聞こゆる更衣腹」(㊃匂宮二二三頁一一行)。三二 藤壺(飛香舎)の南、清涼殿の西隣に位置する建物。

を、[一]おとゞ取《と》り給《(たまひ)》て奏《そう》し給《(たまふ)》。次《つぎ》〳〵に、箏《さう》の御琴《こと》、びわ《(は)》、和琴《ごん》など、[二]朱雀院《すざくゐん》の物《もの》どもなりけり。笛はかの[三]夢《ゆめ》に伝《つた》へし、いにしへの形見《かたみ》のを、又なきものゝ音なりとめでさせ給《(たまひ)》ければ、[四]このおり《(を)》のきよらより、又は、いつかははえ〴〵しきついでのあらむとおぼして、取《と》う出《で》給へるなめり。おとゞ和琴《わごん》、三宮《(さんのみや)》びわ《(は)》など、とり〴〵に給《(たまふ)》。[五]大将の御笛《ふえ》は、けふぞ世《よ》になき音《ね》のかぎりは吹《(ふき)》たて給《(たまひ)》ける。殿上人の中《なか》にも、[六]唱歌《しやうが》につきなからぬどもは召《め》し出《い》でゝ、おもしろく遊《あそ》ぶ。

[七]宮の御方より、[八]粉熟《ふずく》まいら《(ゐ)》せ給へり。沈《ちん》の折《を》敷《しき》四《よ》つ、紫《し》檀《たん》の高杯《たかつき》、[九]藤《ふぢ》の村濃《むらご》の打敷《うちしき》におり《(を)》えだ縫《ぬ》ひたり。[一〇]銀《しろかね》の様器《やうき》、[一一]瑠璃《るり》の御盃《さかづき》、[一二]瓶子《へいじ》は紺瑠璃《こんるり》也《(なり)》。[一三]兵衛の督《かみ》、御まかなひ仕《つか》うまつり給《(たまふ)》。[一四]御盃《さかづき》まいり《(ゐ)》給《(たまふ)》に、おとゞ、しきりては便《びん》なかるべし、[一五]宮たちの御中にはわたさるべきもおはせねば、[一六]大将に譲《ゆづ》りきこえ給《(たまふ)》を、憚《はゞか》り申《(まうし)》給へど、[一七]御気色もいかゞありけん、御さか月《(づき)》さゝげて、[一八]「をし」との給へるこは《(わ)》づかひもてなしさへ、[一九]例《れい》の公事《おほやけごと》なれど、人に似ず見《み》ゆるも、けふはいとゞ[二〇]見《み》なしさへそふにやあらむ、[二一]さし返《かへ》し給はりて、[二二]下《お》りてぶたう《(ふ)》し給へる程いとたぐひなし。[二三]上らう《(ふ)》の親王《みこ》たち大臣などの給はり給《(たまふ)》だにめでたきことなるを、これはまして、御婿《むこ》にてもてはやされたてまつり給へる御おぼえ、

三三 楽所(〔三〕藤裏葉一九七頁注三一)の楽人。 三四 雅楽の六調子の一、双調。春の調子。→〔三〕胡蝶四〇二頁注一七、〔四〕紅梅二三八頁注一。 三五 楽人は地下(げじ)で演奏、それに対する貴人による殿上での演奏。 三六 女二宮。 三七 右大臣夕霧。 三八 亡き源氏がご自分でお書きになって、女三宮に差し上げなさった琴の譜本。

一 「九条右大臣、於藤壺、藤花宴次、捧譜匣被奏云、延喜御時箏御琴譜」(西宮記)。→前頁注二二。 二 朱雀院旧蔵の楽器。「女三の宮につたはりて又薫に伝給を只今取出給なるべし」(万水一露)。 三 柏木が夕霧の夢に現れて伝領者(薫)を暗示した、柏木の形見の横笛。→〔四〕横笛五八頁以下。 四 今日の晴れの舞台以外に。 五 薫が柏木遺愛の横笛を吹く。 六 演奏に合わせて譜を口ずさむこと。 七 女二宮方から。 八 →九九頁注三八。 九 藤色(薄紫)のまだら染めの敷物。それに藤壺にちなむ藤の折り枝の刺繡を施したもの(湖月抄)。 一〇 未詳。西宮記所引の天暦三年記中にいう「銀作土器」か。「行器 ヤウキ」(色葉字類抄)。「浅香の机、白銀のやうき、黄金のかはらけ」(うつほ物語・蔵開・中)。 一一 ガラス。 一二 徳利に類した酒器。 一三 前頁注二九の左兵衛督。「まかなひ」は陪膳(給仕)役。 一四 「夕霧の毎度天盃を給り玉ふこと辞したる心也」(孟津抄)。 一五 列席の親王が今上の御子ばかりであることをいうか(孟津抄)。 一六 薫。 一七 帝のご意向。 一八 盃を拝受した薫の返事。「をし」は警蹕(けいひつ)の声と同種のものか。「警蹕など、をし、と言ふ声聞こゆるも」(枕草子・清涼殿の丑寅のすみの)。 一九 公宴でのお決まりの作法であるが。 二〇 (薫が帝の婿だという)思いなしが加わるからであろうか。 二一 「さし返

を《(お)》ろかならずめづらしきに、二四限《かぎ》りあれば、下《くだ》りたる座《ざ》に帰《かへ》り着《つ》き給へる程、心ぐるしきまでぞ見《み》えける。

二五按察使《あぜち》の大納言は、二六我こそかゝる目《め》も見《み》んと思《(おもひ)》しか、ねたのわざやと思《(おもひ)》給へり。二七この宮の御母《はゝ》女御をぞ、むかし心かけきこえ給へりけるを、二八まい《(ゐ)》り給《(たまひ)》てのちも、猶《(なほ)》思《(おもひ)》離《はな》れぬさまに聞《き》こえ通《かよ》ひ給《(たまひ)》て、はては宮を得たてまつらむの心つきたりければ、二九御後見《うしろみ》のぞむけしきも漏《も》らし申《(まうし)》けれど、三〇聞《き》こし召《め》しだに伝《つた》へずなりにければ、いと心やましと思《(おもひ)》て、「三一人がらは、げに契《(ちぎり)》ことなめれど、なぞ時のみかどのこと〳〵しきまで婿《むこ》かしづき給《(たまふ)》べき。また、あらじかし、三二九《とゝの》重《へ》のうちに、おはします殿近《とのちか》き程にて、たゞ人のうちとけとぶらひて、はては宴《えん》や何《なに》やともてさは《(わ)》がるゝことは」など、いみじく譏《そし》りつぶやき申給《(まうしたまひ)》けれど、三三さすがゆかしければ、まい《(ゐ)》りて心のうちにぞ腹立《はらだ》ちゐ給へりける。

三四紙燭《しそく》さして歌《うた》どもたてまつる。三五文台《ぶんだい》のもとに寄《よ》りつゝを《(お)》く程のけしきは、を《(お)》の〳〵したり顔《がほ》なりけれど、三六例《れい》のいかにあやしげに古《ふる》めきたりけんと思《(おもひ)》やれば、三七あながちにみなも尋《たづ》ね書《か》ゝず。三八上《かみ》の町《まち》も、上らう《(ふ)》とて、御口《くち》つきどもは、ことなること見《み》えざめれど、三九しるしばかりとて、一《ひと》つ二《ふた》つぞ問《と》ひ聞《き》ゝたりし。これ

し」は「行酒人。把二空盞一授二貫首者一。跪受レ盞再拝〈謂二之謝酒一〉」(延喜式・雑式)に当たる儀礼か。 二二 階(はし)から庭前に下りて謝酒の舞踏(拝舞)をなさる。「凡授位任官及別有二恩命一者舞踏」(延喜式・雑式)。 二三 「上臈」で、高位の意。

55 按察使の大納言の妬み

二四 (帝のご贔屓にもかかわらず薫が)決まりで、下座に戻って着座なさる姿は。 二五 →一〇五頁注二七。 二六 自分こそが薫のように帝の婿になってもてはやされたかった、の意。 二七 (按察使大納言は)女二宮の母藤壺女御(一〇八頁注一)を、むかし懸想なさっていたのであるが。ただし、この事、前に記事なし。 二八 (女御が)入内なさってからも、相変わらず未練がましく意中を申し上げなさって、(それが叶わないとなると)ついには(娘の)女二宮をいただこうという気になって。 二九 女二宮のお世話役、つまりは夫になりたいとそれとなく(母女御に)お伝えしたが。 三〇 帝のお耳に入ることすら叶わなかったので。 三一 按察使大納言の言。薫は、なるほど別格の人物のようだが、どうして今上陛下が仰々しいまでに婿として大切にお世話なさったりする必要があろうか。 三二 宮中の奥深く、帝のお住まいの清涼殿の近くに、臣下の者が気兼ねなく出入りし。「薫の女二宮へ通ひ給ふ事を云」(岷江入楚)。「とぶらひて」、諸本「さぶらひて」に作る。 三三 (大納言は)そうは言うものの藤の宴は関心があったので。 三四 照明具。「…召二庭燎一、次々献歌、伊尹取二文台一…左少将朝成、蔵人頭雅信朝臣秉燭」(西宮記)。 三五 ここでは詠歌の懐紙を置く。「立二文台南庭一」(同前)。「殿上人ら、博士、ひとむらにて韻字賜へる、作りて詩奉る。楽所、遊びす。文台立てたり」(うつほ物語・菊の宴)。

は、一大将の君《きみ》の、下《お》りて御かざしお《(を)》りてまい《(ゐ)》り給へりけるとか。

二すべらきのかざしにお《(を)》ると藤の花《はな》を《(お)》よばぬ枝《えだ》に袖かけてけり

三うけばりたるぞにくきや。

四よろづ世《よ》をかけてにほはん花なればけふをもあかぬ色とこそみれ

五君《きみ》がためお《(を)》れるかざしは紫《むらさき》の雲《くも》を《(お)》とらぬ花のけしきか

六世《よ》のつねの色ともみえず雲居《ゐ》までたちのぼりたる藤浪《ふぢなみ》の花

これやこの七腹立《はらだ》つ大納言のなりけんと見《み》ゆれ。八かたへはひが言《こと》にもやありけん。かやうに、ことなるお《(を)》かしきふしもなくのみぞあなりし。

夜《よ》ふくるまゝに、九御遊《あそ》びいとおもしろし。大将の君《きみ》、一〇あなたう《(ふ)》とうたひ給へる声ぞ、限《かぎ》りなくめでたかりける。一一按察使《あぜち》も、むかしすぐれ給へりし御声のなごりなれば、いまもいとものく〳〵しくて、一二うち合《あ》はせたまへり。一三右《みぎ》の大殿の御七郎《らう》、童《わらは》にて笙《さう》の笛《ふえふ》吹く、いとうつくしかりければ、一四御衣《ぞ》たまはす。一五おとゞ下《お》りてぶたう《(ふ)》し給《(たまふ)》。あか月《(つき)》近《ちか》うなりてぞ帰《かへ》らせ給《(たまひ)》ける。禄《ろく》ども、上達部《かんだちめ》、親王《みこ》たちには、一六上《うへ》より給はす。殿上人、楽所《がくそ》の人〳〵には、一七宮の御方《かた》より一八品《しな》〴〵に給ひけり。

三六 めいめいの歌は陳腐であっただろう、の意。三七 無理に全部の歌を聞き出して書くことはしない。省筆の技法。三八 一流の部(の歌)。→「二の町」([一]帚木三四頁注三)。三九 見本程度に、一、二首。

一 薫が庭に下りて帝の挿頭(に藤花)を折って献上なさったとか。二 薫の歌。帝のために挿頭を折るとて、触れることの許されなかった藤壺の藤花に袖をかけたことだ。下句に女二宮との結婚を詠み込む。三 (薫の)自信満々なのが小憎らしい。四 帝の歌。末長く美しく咲く花ゆえ、今日も見事な色だと思う。「飛香舎にて藤花宴侍りけるに　延喜御歌／かくてこそ見まくほしけれ万代をかけてにほへる藤浪の花」(新古今集・春下)による。五 夕霧の歌か(細流抄)。帝のために折った挿頭の藤花はめでたい紫雲にも劣らず見事だ。「延喜御時、藤壺の藤の花宴せさせ給ひけるに、殿上の男ども歌つかうまつりけるに　皇太后宮権大夫国章／藤の花宮の内には紫の雲かとのみぞあやまたれける」(拾遺集・雑春)によるか(孟津抄)。六 按察使大納言の歌。普通の色とは見えない、宮中で咲いている藤の花は。「雲ゐまでたちのぼるとよめるは、薫の事を思へるに似たり」(孟津抄)。七 →一〇七頁一一行。八 部分的には聞き違いであったかもしれない。語り手の言。九 管絃の遊び。一〇 催馬楽の曲名「あな尊《(たふと)》」。→[三]少女三一九頁注三三。一一 賢木巻で催馬楽・高砂をうたった頭中将の二男([一]三八四頁)が按察使大納言。→[四]紅梅二三二頁注五。一二 大層おごそかに、声をお合わせになる。一三 夕霧の七男が、童殿上(→[一]賢木三八四頁注一七)で。一四 帝が褒美としてお召しの御衣を下さる。一五 父の夕霧が

[一九]そのよふ《う》さりなん、[二〇]宮まかでさせたてまつり給《たまひ》ける、儀式《ぎしき》いと心こと也《なり》。[二一]上《うへ》の女房、さながら御《お》をくり仕《つか》うまつらせ給《たまひ》ける。[二二]廂《ひさし》の御車にて、廂《ひさし》なき[二三]糸毛《いとげ》三《み》つ、[二四]黄金造《こがねづく》り六《む》つ、[二五]たゞの檳榔毛《びらうげ》廿、[二六]網代《あじろ》二《ふたつ》、童《わらは》、下仕《しもづか》へ八人づゝさぶらふに、又、[二七]御迎《むか》への出《いだ》し車どもに、[二八]本所《ほんぞ》の人〳〵乗《の》せてなんありける。御《お》をくりの上達部《かむだちめ》、殿上人、[二九]六位《ろくゐ》など、言《い》ふ限《かぎ》りなききよらを尽《つ》くさせ給へり。

かくて、[三〇]心やすくうちとけて見《み》たてまつり給《たまふ》に、いとお《を》かしげにおはす。さゝやかにしめやかにて、[三一]こゝはと見《み》ゆる所なくおはすれば、[三二]宿世《すくせ》の程くちお《を》しからざりけりと、心おごりせらるゝ物から、[三三]過《す》ぎにし方《かた》の忘《わす》られればこそはあらめ、猶《なほ》まぎるゝお《を》りなく、もののみ恋しくおぼゆれば、この世《よ》にては慰《なぐさ》めかねつべきわざなめり、[三四]仏になりてこそは、あやしくつらかりける契りの程を、何《なに》の報《むく(い)》ひとあきらめて思《おもひ》離《はな》れめと思《おもひ》つゝ、[三五]寺《てら》のいそぎにのみ心を入《い》れ給へり。

[三六]賀茂《かも》の祭《まつり》などさはが《わ》しき程過《す》ぐして、二十日《はつか》あまりのほどに、例《れい》の宇治《うぢ》へおはしたり。造《つく》らせ給《たまふ》御堂《みだう》見《み》給《たまひ》て、すべきことどもを《お》きての給《たまひ》、さて例《れい》の[三七]朽《くち》木のもとを見《み》給へ過《すぎ》んが猶《なほ》あはれなれば、[三八]そなたざまにおはするに、女車《ぐるま》のこと〳〵しきさまにはあらぬ一《ひと》つ、荒《あら》ましき東《あづま》お《を》とこの[三九]腰《こし》に物負《ものお》へるあまた具《ぐ》し

56 女二宮、三条宮へ

庭に下りてお礼の舞踏(一〇六頁注二〇)をなさる。 一六 帝。 一七 女二宮。 一八 身分に応じて。 一九 その日(藤の宴の翌日)の夜に入って。「よふさり」、諸本「よさり」。→[三]絵合一七〇頁注五。 二〇 薫は女二宮を宮中から退出させ(て三条宮に迎え)なさるのであった。 二一 (帝は)帝付きの女房をそっくり三条宮までお供させなさる。「此さながらとは、そのよさり藤宴にしこう(伺候)の女房衆たるべし」(孟津抄)。 二二 廂のある(糸毛の)車。女二宮が乗る。内親王に聴許されるのは糸毛の廂車(延喜式・弾正台)。 二三 糸毛車。糸葺きともいう。 二四 金装檳榔毛の車。「黄金造りの檳榔毛」(うつほ物語・菊の宴)。「糸毛の御車に殿の上…宰相の君、黄金造りに、次の車に小少将」(紫式部日記)。 二五 普通の(黄金造りでない)檳榔毛の車。 二六 網代車。 二七 薫からの迎えの女房の車。「出し車」は簾の下から女房装束の裾や袖口を出した車。「(出し車)ともに」、三条西本・首書本「とも十二」、承応板本・湖月抄本「十二」、河内本「とも十二りやう」、陽明本「十に」。 二八 本邸(薫の三条宮)の女房たち。 二九 河内本・首書本「(殿上人)のろく(禄)など」。 三〇 (薫は)気を張らずにくつろいで(女二宮を)。 三一 取り立てて気になる難点がなく。

57 薫、宇治で浮舟に遭遇

三二 (薫は)自分の前世からの運勢は大したものだったと、得意な気分になられるものの。 三三 (それで)亡き大君の事が忘れられたらいいのだけれども。 三四 まず自分が成仏して、不思議にもままならなかった大君との因縁を、前世におけるいかなる罪の報いかとはっきり知って未練を断とう。 三五 八宮邸の寝殿を移築して御堂にすることの準備。→八七頁注二七。

て、下人《しも》も数多《おほ》く頼《たの》もしげなるけしきにて、[一]橋《はし》よりいま渡《わた》り来《く》る見《み》ゆ。ゐ中《(なか)》びたる物かなと見《み》給《(たまひ)》つゝ、[二]殿はまづ入《い》り給《(たまひ)》て、御前《ぜん》どもはまだたちさは《(わ)》ぎたる程に、この車《くるま》も、この宮をさして来《く》る也《(なり)》けりと見《み》ゆ。御《み》随身《ずいじん》どもも[三]かや／＼と言《い》ふを制《せい》し給《(たまひ)》て、「何《なに》人ぞ」と問はせ給へば、[四]声うちゆがみたる者《もの》、「[五]常陸《ひたち》の前《せん》司《じ》殿の姫《ひめ》君の初瀬《はつせ》の御《み》寺《てら》にもう《(ま)》でてもどり給へるなり。[六]はじめもこゝになん宿《やど》り給へ〔り〕し」と申すに、[七]おいや、聞《き》きし人なりとおぼし出《い》でて、人／＼を異方《ことかた》に隠《かく》し給《(たまひ)》て、「[八]はや御車入《い》れよ。こゝに又、人宿《やど》り給へど、[九]北面《きたおもて》になん」と言《い》はせ給《(たまふ)》。

御供《とも》の人もみな狩衣姿《かりぎぬすがた》にて、こと／＼しからぬ姿《すがた》どもなれど、[一〇]猶《(なほ)》けはひやしるからん、わづらはしげに思《(おもひ)》て、馬《むま》どもひき避《さ》けなどしつゝ、[一一]かしこまりつゝぞお《(を)》る。車《くるま》は入《い》れて、[一二]廊《らう》の西《にし》のつまにぞ寄《よ》する。[一三]この寝《しん》殿はまだあらはにて、簾《すだれ》もかけず、[一四]下《お》ろしこめたる中《なか》の二間《ふたま》に立《た》て隔《へだ》てたる障子《さうじ》の穴《あな》よりのぞき給《(たまふ)》。[一五]御衣《ぞ》の鳴《な》れば、脱《ぬ》ぎをき《(お)》て、なを《(ほ)》し、指貫《さしぬき》のかぎりを着《き》てぞおはする。[一六]とみにも下《お》りで、尼君《あまぎみ》に消息《せうそこ》して、[一七]かくやむごとなげなる人のおはするを、誰《たれ》ぞなど案《あ》内《ない》するなるべし。[一八]君は、車をそれと聞《き》き給《(たまひ)》つるより、「[一九]ゆめ、其《(その)》人にまろあ

三六 四月の中の酉の日。 三七（宇治へ来て）弁尼の所を素通りなさるのはやはりかわいそうなので。「朽木のもと」は九二頁一二行の歌による命名。ただし「見給へ過ぎ」の「給へ」は不審。承応板本・湖月抄本「給ひ」、陽明本・穂久邇本「給」。書陵部本「みたまひなむか」。→㊂須磨三七頁注二二。 三八（御堂を建てる阿闍梨の山寺から）八宮邸へ。 三九 腰に箙（えびら）を着けた者多勢をつれて。「箙」は矢を入れる武具。

一（奈良方面から）宇治橋を。八宮邸は宇治川の京都側。→㊃橋姫三一一頁注三二。 二 薫は（八宮邸に）先に。 三「彼や彼や」で、「そこな奴ども」の意か（大系）。承応板本・首書本は濁音、湖月抄本は清濁両説併記。「かしかましきなり」（河海抄）。「この御供の随身など、見つけて、かやかやと追ひとどむるに」（狭衣物語一）、「「弓□シテ搔臥シテ候ヘ、カヤ／＼」ト云ケレバ」（大系・今昔物語集二十九ノ二十一）。 四 田舎者の声の訛をいう（岷江入楚）。 五 浮舟が長谷寺に参詣、その帰途。 六 往きにもここにお泊まりになった。底本「給へし」を諸本により改める。 七 薫の心内。おやおや、先日中君から話を聞いた人らしいと。 八 薫の供人の言。 九（薫一行は）北側に居るから（正客用の南面に入れ）。北面には身内や遠慮のいらない者を通す。→㊂藤袴一〇〇頁注七。 一〇 やはり（薫のような貴人の供人だという）雰囲気がはっきり伝わったのだろうか、（浮舟の一行は）困惑して。 一一（貴人のいる気配に）皆恐縮の体で控えている。「をる」は見下すべき対象の動作を卑しめていう語。→㊁少女二八七頁六行。 一二 廊の西端。寝殿の東南の端につながる。 一三 山寺に移築した旧寝殿のかわりに建てた新しい寝殿（細流抄）。

りとの給《たまふ》な」と、まづ口《くち》がためさせ給《たまひ》てければ、みなさ心得て、「二〇はやう下《お》りさせ給へ。客人《まらうと》はものし給へど、異方《ことかた》になん」と言《い》ひ出《い》だしたり。

二一若《わか》き人のある、まづ下《お》りて簾《すだれ》うちあぐめり。二二御前《ごぜん》のさまよりは、このおもと馴《な》れてめやすし。又、を《(お)》となびたる人いま一人《ひとり》下《お》りて、「早《はや》う」と言《い》ふに、「二三あやしくあらはなる心《(ここ)》ちこそすれ」といふ声、ほのかなれど、あてやかに聞《き》こゆ。「二四例《れい》の御事《こと》。こなたは、さき〴〵もおろしこめてのみこそはべれ。二五さては又、いづこのあらはなるべきぞ」と、二六心をやりて言《い》ふ。二七つゝましげに下《お》るゝを見《み》れば、まづ頭《かしら》つき様体《やうだい》細《ほそ》やかにあてなる程は、二八いとよくもの思《(おもひ)》出《い》でられぬべし。二九扇《あふぎ》をつとさし隠《かく》したれば、顔《かほ》は見《み》えぬほど心もとなくて、胸《むね》うちつぶれつゝ見《み》給《(たまふ)》。

車は高《たか》く、三〇下《お》るゝ所はくだりたるを、三一この人〴〵はやすらかに下《お》りなしつれど、いと苦《くる》しげにやゝみて、ひさしく下《お》りてゐざり入《い》る。三二濃《こ》き袿《うちき》に、撫子《なでしこ》とおぼしき細長《ほそなが》、三三若苗《わかなへ》色の小袿《こうちき》着たり。四尺の屏風《びやうぶ》を、三四この障子《さうじ》にそへて立《た》てたるが上《かみ》より見《み》ゆる穴《あな》なれば、三五残《のこ》る所なし。三六こなたをばうしろめたげに思《(おもひ)》て、あなたざまに向《む》きてぞ添《そ》ひ臥《ふ》しぬる。「三七さも苦《くる》しげにおぼしたりつるかな。三八泉《いづみ》川の

一四 格子を全部下ろした母屋と簀子との間(廂)の二部屋の仕切りに置いてある襖障子の穴から(部屋に入ってくる浮舟一行を)。「のぞく」のは薫。 一五 「下がさねはぬぎ給へるなるべし」(細流抄)。 一六 浮舟はなかなか車から下りない。

58 薫、浮舟を垣間見

一七 このように身分の高そうな人(薫)がいらっしゃるのを、どなただなど(弁尼に)尋ねている様子だ。 一八 薫は、やってきた車が浮舟一行だとお聞きになってからは。 一九 薫の言。決して浮舟に私がこの邸にいるとおっしゃるなと。 二〇 八宮邸の女房の返事。 二一 浮舟と同乗していた若い女房が、最初に下りて、(浮舟を下ろすために)車の簾を掲げているらしい。 二二 一行の前駆を務める無骨な「東男」(一〇九頁一五行)の態度に較べて、この女房は。 二三 浮舟の言。 二四 女房の言。何となく人目があるような気がする。 二五 ここ以外に、どこから人がのぞくことができようか。 二六 ご機嫌な調子でいう。 二七 浮舟の下車の様子。 二八 さぞかし亡き大君のことがありありと思い出されることであろう。 二九 扇で顔を隠す浮舟、それを胸つぶれる思いで見守る薫。 三〇 牛車から下りる際は、榻(しじ)を踏み台に用いる。 三一 同乗の二人の女房は苦もなく下りおおせたが、浮舟は大層苦しそうにもたもたして、長い時間をかけて下りて膝行して部屋に入る。 三二 浮舟の装束。濃い紅の袿に、撫子襲(ねがさ)と思われる細長(表着)。 三三 「うすあをのすこしすぎたる色なり」(花鳥余情)。小袿は細長の上に着る。夏のきぬの色なの略式礼服。 三四 →前頁一二行の「障子」。 三五 丸見えだ。 三六 薫がのぞいている障子の側。 三七 浮舟の女房の言。(浮舟は)いかにも苦しそ

舟渡《ふなわた》りも、まことにけふは、いとおそろしくこそありつれ。[一]このきさらぎには、水《みづ》の少《すく》なかりしかば、よかりしなりけり。[二]いでや、ありくは東路《あづまち》思《おも》へば、いづこかおそろしからん」など、二人《ふたり》して苦《くる》しとも思《(おもひ)》たらず言《い》ひゐたるに、主《しう》[三]はを《(お)》ともせでひれ臥《ふ》したり。腕《かひな》をさし出《い》でたるが、まろらかにお《(を)》かしげなる程も、[四]常陸《ひたち》殿などいふべくは見《み》えず、まことにあてなり。

[五]やう〳〵腰《こし》いたきまで立《た》ちすくみ給へど、人のけはひせじとて、猶《(なほ)》動《うご》かで見《み》給《(たまふ)》に、[六]若《わか》き人《ひと》、「あなかうばしや。いみじき香《かう》の香《(か)》こそすれ。[七]尼《あま》君のたき給《(たまふ)》にやあらむ」。[八]老《お》い人、「まことにあなめでたの物《もの》ゝ香や。京人《(きやうひと)》は猶《(なほ)》、いとこそみやびかにいまめかしけれ。[九]天下にいみじきことゝおぼしたりしかど、東《あづま》にてかゝる薫物《たきもの》ゝ香《か》は、[一〇]え合《あ》はせ出《い》で給はざりきかし。この尼《あま》君は、住《す》[一一]まゐ《(ひ)》かくかすかにおはすれど、装束《さうぞく》のあらまほしく、[一二]鈍《にび》色、青色《あをいろ》といへど、いときよらにぞあるや」などほめゐたり。[一三]あなたの簀子《すのこ》より童来《わらはき》て、「[一四]御湯《ゆ》などまい《(ゐ)》らせ給へ」とて、[一五]お《(を)》しきどももとりつゞきてさし入《い》る。くだもの取《と》り寄《よ》せなどして、「[一六]ものけ給はる。これ」など[一七]起《お》こせど起《お》きねば、[一八]二人《ふたり》して、栗《くり》やなどやうのものにや、[一九]ほろ〳〵と食《く》ふも、[二〇]聞《き》ゝ知《し》らぬこゝちには、かたはらいたくて退《しぞ》

うにお感じのようだった。 二八 木津川。京と大和の往来に渡る川。

一 今年の二月にも初瀬詣でをしたという設定。
二 いやもう、旅は東国の道中を思えば、(他に)恐ろしい所はない。
三 主人の浮舟は一言もいわずに。
四 「常陸の前司殿の姫君」(一一〇頁四行)といった風には見えず。
五 (薫は)だんだん腰が痛くなるまでじっと立ち続けていらしたが、気配をさとられまいとして。
六 →前頁注二一。
七 弁尼が香を焚いておられるのであろう。実は薫の芳香。
八 前頁三行の「おとなびたる人」。
九 (常陸殿は自家の焚き物を)途方もなくすばらしいものとお思いであったが、東国ではこのような焚き物の香は。 一〇 とても調合して作り出すことはお出来にならなかった。
一一 暮らしぶりはこのようにさびしくていらっしゃるが。
一二 尼の着る色。「青色」は青鈍色(八六頁注七)。
一三 寝殿の東側の簀子。 一四 白湯(ゆさ)でもお召し上がり下さい。 一五 折敷。食物を載せる角盆。
一六 「物うけたまはる」の転で、申し上げます、もしもし、の意。→□帚木六五頁注二九。
一七 浮舟を起こしても起きないので。
一八 「若き人」と「老い人」の二人の女房。
一九 ぼりぼりと音を立てて食べる。「ほろほろと」は多く涙のこぼれる形容に用いられる。食事に関しての使用は源氏物語中この一例のみ。
二〇 (薫は)聞いたこともない気持がするので、見ていられなくて(障子のもとを)お去りになるが、また見たい気持が募って。

き給へど、又ゆかしくなりつゝ、猶《（なほ）》立《た》ち寄《よ》り〳〵《（たちより）》見《み》給《（たまふ）》。[二一]これよりまさる際《きは》の人〳〵を、后《きさい》の宮をはじめて、こゝかしこにかたちよきも心あてなるも、[二二]こゝら飽《あ》くまで見《み》あつめ給へど、おぼろけならでは目《め》も心もとまらず、[二三]あまり人にもどかるゝまでものし給心《（ここ）》ちに、たゞいまは何《なに》ばかりすぐれて見《み》ゆることもなき人なれど、[二四]かく立《た》ち去《さ》りがたく、あながちにゆかしきも、いとあやしき心なり。

尼《あま》君は、[二五]この殿《との》ゝ御方《かた》にも、御消息《せうそこ》聞こえ出《い》だしたりけれど、「[二六]御心《（ここ）》ちなやましとて、いまの程うち休《やす》ませ給へるなり」と、御供《とも》の人〳〵[二七]心しらひて言《い》ひたりければ、[二八]この君を尋《（たづね）》まほしげにの給《（たまひ）》しかば、かゝるついでにもの言《い》ひふれんと思《おも》ほすによりて、日暮《ひく》らし給《（たまふ）》にやと思《（おもひ）》て、[二九]かくのぞき給覧《（たまふらん）》とは知《し》らず、例《れい》[三〇]の御荘《みさう》の預《あづか》りどものまい《（ゐ）》れる[三一]破子《わりご》や何《なに》やと、[三二]こなたにも入《い》れたるを、東人《あづま》どもにも食《く》はせなど、事《ことゝ》どもを《（お）》こなひを《（お）》きて、うち化粧《けさう》じて、[三三]客人《まらうと》の方《かた》に来《き》たり。[三四]ほめつる装束《さうぞく》、げにいと[三五]かはらかにて、みめも猶《（なほ）》よし〳〵しくきよげにぞある。

「[三六]きのふおはし着《つ》きなんと待《ま》ちきこえさせしを、などかけふも日たけては」と言《い》ふめれば、[三七]この老《お》い人、「[三八]いとあやしく苦《くる》しげにのみせさせ給へば、昨日

二一 浮舟よりも身分の高い女性たちを。
二二 （薫は）大勢飽きるほどいろいろな方をご覧になっておられるが。
二三 はなはだしく、人からけなされるほど（生真面目）でいらっしゃる性格なのに。 二四 浮舟。
二五 薫の方にも。薫は寝殿の北面に居ることになっている。→一一〇頁注九。
二六 薫の供人の言。（薫は）ご気分がすぐれず、只今ご休憩中。薫の垣間見を隠すための嘘。
二七 気を利かせて返事をしたところ。
二八 弁の心内。（薫は）浮舟に逢いたそうにおっしゃっていらしたので、この機会に言葉をかけようとのおつもりで、暗くなるのを待っておられるのであろう。

59 浮舟、弁の尼と対面

二九 （弁は）薫が垣間見しておられるとは気付かず。
三〇 いつものように、薫の荘園の管理人たちが持って参上した。
三一 折箱様の木製の容器。食物を入れる。
三二 （薫にだけでなく）弁にも差し入れしたのを、（弁は浮舟の供人の）東男たちにも食べさせたりして、あれこれ段取りをしてから。
三三 客である浮舟。
三四 浮舟の女房が褒めた弁の服装は。→前頁一一行。
三五 さっぱりと小綺麗で、顔かたちも（尼姿ではあるが）依然上品で。「尼姿いとかはらかに、あてなるさまして」（三若菜上二七一頁八行）。
三六 弁の言。昨日ご到着とお待ち申していたが、どうして今日もこのような日中になって。
三七 浮舟の年輩の女房。→注七。
三八 （浮舟が）どういうわけか苦しそうにしてばかりおられたので。

はこの泉川《いづみ》のわたり[一]にて、[二]けさも無期《むご》に御心《(こゝ)》ちためらひてなん」といらへて、[三]起《お》こせば、いまぞ起《お》きゐたる。[四]尼君《あま》をはぢらひて、そばみたるかたはらめ、これよりはいとよく見《み》ゆ。まことにいとよしあるまみのほど、髪《かん》ざしのわたり、[五]かれをもくはしくつく〴〵としも見《み》給はざりし御顔《かほ》なれど、これを見《み》るにつけて、たゞそれと思ひ出《い》でらるゝに、例《れい》の涙落《お》ちぬ。[六]尼君《あま》のいらへ打《(うち)》する声けはひ、[七]宮の御方にもいとよく似たりと聞《き》こゆ。

[八]あはれなりける人かな、かゝりけるものを、今まで尋《(たづね)》も知《し》らで過《す》ぐしけることよ、[九]これよりくちおし《(を)》からん際《きは》の品《しな》な覧《(らん)》ゆかりなどにてだに、かばかり通《かよ》ひきこえたらん人を得ては、をろ《(お)》かに思ふまじき心《(こゝ)》ちするに、まして[一〇]これは知《し》られたてまつらざりけれど、まことに故《こ》宮の御子《こ》にこそはありけれと見《み》なし給《(たまひ)》ては、限《かぎ》りなくあはれにうれしくおぼえ給《(たまふ)》。[一一]たゞいまもはひ寄《よ》りて、世《よ》の中におはしけるものを、と言《い》ひ慰《なぐさ》めまほし。[一二]蓬莱《ほうらい》まで尋《(たづね)》て、髪《かん》ざしのかぎりを伝《つた》へて見《み》給《(たまひ)》けんみかどは、猶《(なほ)》いぶせかりけん。[一三]これは異人《こと》なれど、慰《なぐさ》め所ありぬべきさまなりとおぼゆるは、[一四]この人に契りのおはしけるにやあらむ。尼君《あま》は、もの語《がた》り少《すこ》ししてとく入《い》りぬ。[一五]人の咎《とが》めつるかほり《(を)》を、[一六]近《ちか》くのぞき給なめりと心

一 書陵部本「わたりにとまりて」、承応板本・首書本・湖月抄本「わたりにとゞまりて」。 二 今朝も長いことご気分の回復を待って(出発したのです)。 三「老い人」が浮舟を起こす。 四 弁尼と顔を合わすのを恥ずかしがって、顔を背けている(浮舟の)横顔が、薫のいる所からはとてもよく見える。 五 亡き大君のお顔をもこまかにしげしげとご覧にはならなかったけれど、浮舟を見ると、大君そっくりだと思い出されて。 六 弁に対する返事をする浮舟の声や雰囲気は。「けはひ」、書陵部本・承応板本・湖月抄本「けはひ(の)ほのかなれど」。 七 匂宮の奥方、中君。 八 薫の心内。すばらしい人だ、このように大君にそっくりな人であったのに、これまで捜そうともしないで過ごしてきたことだ。 九 浮舟よりも取るに足りない身分の者の縁者であってさえ、これほどまでに(大君に)似通い申した人を手に入れたら、粗略にはすまいという気持がするのに。 一〇 浮舟はお認めいただけなかったけれど、れっきとした故八宮のお子様であったのだと、そう思ってご覧になると。 一一 (薫は)今すぐにもそばに寄って行って、この世に生きていらしたのに、と(浮舟を大君に見立てて)慰めの言葉をかけてやりたい、の意か。一説に薫が自分の気持を慰めたい、の意かという(全集)。 一二 楊貴妃の魂のありかを蓬莱まで捜しに行って、(幻術士が)その釵《(かんざし)》だけを証拠に持ち帰ったのをご覧になったという(玄宗)皇帝は、やはり物足りなかったことだろう。長恨歌をふまえる。→八四頁注五。「亡き人の住みか尋ね出でたりけむしるしの髪ざしならましかば、と思ほすも」(㈠桐壺一六頁注九)。 一三 浮舟は(楊貴妃の場合と違って大君とは)別人であるが、(生身の

得《え》てければ、うちとけごとも語《かた》らはずなりぬるなるべし。

日暮《く》れもていけば、一七君もやをら出《い》でゝ、御衣《ぞ》など着《き》給《(たまひ)》てぞ、一八例召《れいめし》出《(いづ)》る障子《さうじ》の口《くち》に尼君《あま》呼《よ》びて、ありさまなど問《と》ひ給《(たまふ)》。「一九お《(を)》りしも、うれしくまであひたるを、いかにぞ、かの聞《(きこ)》えしことは」との給へば、「二〇しか仰《おほ》せ言《こと》侍《(はべり)》し後は、さるべきついで侍らばと待侍《(まちはべり)》しに、こぞは過《す》ぎて、二一この二月になん初瀬詣《はつせまう》でのたよりに対面《たいめん》して侍《(はべり)》し。二二かの母君《はゝ》に、おぼし召《め》したるさまはほのめかし侍《(はべり)》しかば、二三いとかたはらいたく、かたじけなき御よそへにこそは侍《(はべる)》なれなどなん侍《(はべり)》しかど、その比《(ころ)》ほひは、二四のどやかにもおはしまさずとうけ給はりし、お《(を)》り便《びん》なく思ひ給へつゝみて、かくなんとも聞《き》こえさせ侍らざりしを、またこの月にも詣《まう》でゝ、けふ帰《かへ》り給《(たまふ)》なめり。二五行《ゆ》き帰《かへ》りの中宿《なかやど》りには、かくむつびらるゝも、たゞ過《す》ぎにし御けはひを尋《(たづね)》きこゆるゆへ《(ゑ)》になんはべめる。かの母君《はゝ》も、さはる事ありて、このたびは二六一人《ひとり》ものし給《(たまふ)》めれば、かくおはしますとも、何《なに》かはものし侍らんとて」と聞《き》こゆ。「二七ゐ中《(なか)》びたる人どもに、忍《しの》びやつれたるありきも見《み》えじとて、口《くち》がためつれど、いかゞあらむ、二八下種《げす》どもは隠《かく》れあらじかし。さていかゞすべき。二九一人《ひとり》ものすらんこそなか〳〵心やすかなれ。かく契《(ちぎり)》深《ふか》くてなん

人間だから)慰められることもきっとありそうだと思われるのは。一四 (薫には)浮舟との前世からの縁がおありであったのだろうか。一五 女房たちが気にしていた香り。→一一二頁七行。

60 かほ鳥

一六 (薫が)近くで(浮舟を)のぞいておられるようだと察したので、(弁は浮舟と)立ち入った話もしないでおいたのであろう。一七 薫も垣間見の場所からそっと抜け出して。一八 →八六頁注五。一九 薫の言。うまい具合に、うれしくも(浮舟と)こちらで出会えたが、どんな具合ですか、先日お願いした件は。「まてあひ」、三条西本・尾州本・各筆本など「まてきあひ」、承応板本・首書本・湖月抄本・陽明本など「まうできあひ」。二〇 弁の言。さようお言葉を承りましてからは、適当な機会がありましたらと待っておりましたが、昨年は何事もなく過ぎ。二一 →一一二頁注一。二二 浮舟の母上には、薫のお考えはそれとなく伝えましたところ。二三 (浮舟の母は、娘を大君の身代わりにというのは)きまりわるく、恐れ多いお考えでございましょうなどと申しておりましたが。二四 (薫が)ご多忙とお聞きしまして、時期が悪く思って遠慮いたしまして、こうこうともご報告いたしませんでしたが。二五 初瀬詣での往復の休息所として、(浮舟が)このように懇意にお立ち寄りなさるのも、ひとえに亡き八宮の面影を求め申してのことでございます。二六 浮舟一人の旅なので、こうして薫がお越しだとも、(浮舟方に)知らせる必要はあるまいと存じまして。二七 薫の言。(浮舟の供人の)田舎者たちに、みすぼらしい微行を見られまいと思って、(自分のいることは)口止めしておいたが。→一一〇頁注一九。二八 (薫本人はともかく供人の)下っ端どもの身元は隠すことはできまい。二九 (浮

まい《(ゐ)》り来《き》あひたる、と伝《つた》へ給へかし」との給へば、「一うちつけに、いつの程なる御契《ちぎ》りにかは」とうち笑《わら》ひて、「二さらば、しか伝《つた》へ侍らん」とて入《い》るに、

三かほ鳥《どり》の声も聞《(きき)》しにかよふやとしげみを分《わ》けてけふぞ尋《たづ》ぬる

四たゞ口《くち》ずさみのやうにの給ふを、入《い》りて語《かた》五りけり。

舟が)一人でいるというのはかえって気楽というものだ。こうして深いご縁で出逢えたのだとお伝え下さい。

一 弁の言。いきなり、いつの間にそのようなご縁がお出来になったというのか。
二 弁の言。では、さようお伝えいたしましょう。
三 薫の歌。顔かたちだけでなく声もかつて聞いた亡き大君の声に似ているかと、草木の繁った宇治への山道をかき分けて、やっと今日あなたを捜し当てることができた。「かほ鳥」は万葉集の歌語であるが、実体は未詳。「親行、俊成女にたづねければ、その姿はしらねども、たゞうつくしき鳥と心うべし…」(仙源抄)。「夕されば野辺に鳴くてふかほ鳥のかほにみえつつ忘られなくに」(古今六帖六)。「かほ鳥をよみ給へるは、顔の姉君に似たる意にとりてなるべし。さてこゑもとよめる也」(玉の小櫛)。なお、この歌にもとづき、宿木巻は一名「かほ鳥」と呼ばれていたという(紫明抄、河海抄、為氏本源氏古系図)。
四 (浮舟への贈歌ではなくて)単に口ずさみのように薫が口になさるのを、弁は浮舟のいる部屋へ入って。
五 書陵部本・承応板本・湖月抄本「かたりきこえけり」、河内本「かたりけりとや」。

[六]銷日不如暮
[七]文選歎逝賦
　譬日及之在條恒雖尽心不悟
[八]なにゝかゝれるといとしのひても事もつゝかす
[九]あくるまさきてと
[一〇]松蘿契夫妻事也
古詩与君結新婚　免総附如首臨
[一一]さしくみは
[一二]いなせともいひはなたれすうき物は　伊勢
　[一三]李夫人
[一四]こかねもとむ
　王昭君事也　たくみは木工也
[一五]仏の方便にてなむかはねのふくろ　経の文也
むかし観音勢至の子にておはしましけるまゝ
はゝのためにころされてけれはそのおやかはねを
くひにかけてたまひてつゐに仏道えたまへる事也
　[一六]長恨歌伝
方士乃竭其術以索之不至又能遊神馭気
出天界没地府求之又不見旁求四虚上下

六　↓三一頁注二六。
七　↓四〇頁注六。「日及はあさがほの名也」(河海抄)。
八　↓四三頁注二八。
九　↓四〇頁注六。
一〇　↓四三頁注二八。「松蘿ノ契リハ夫妻といふ事也」(河海抄)。
一一　↓五四頁注一一。
一二　↓五四頁注二一。
一三　↓三五頁注二四、八二頁注七。
一四　↓八二頁注一〇。
一五　↓八八頁注三。
一六　↓一一四頁注一二。

東遊地天海跨蓬壺見最高仙山上多
楼閣西廟下有洞戸東〻其門暑曰玉妃太真院
方士抽簪町扉有双鬟音如出応門于時雲海阮
洞天日晩瓊戸重　悄然無声
[一]於御前奏人〻名事
親王　其官の御子　無官ハ　其名御子
大臣　おほきおほいまうちきみ　ひたりのおほいまうち君
みきのおほいまうち君
大納言以下三位以上　其官姓朝臣
有兼官人其兼官姓朝臣四位参議名朝臣
四位朝臣　五位ハ名
殿上六位ハ同五位地下六位加姓
太上天皇　東宮同之
親王以下三位以上ニ申詞親王　其官のみこ
無官ヲハ郎のみこ
大臣ヲハ其大殿　大納以下　其官或加姓
四位ヲハ其官朝臣　不云姓　五位ヲハ名朝臣六位ヲハ名　有官加申
左右大将ヲハひたりみきとは申さす
さ大将う大将と申

一↓三一頁注一三。

東屋あづまや

〔巻名〕**薫**は亡き大君の面影を求め、彼女に生き写しだという浮舟に行きつく。三条の隠れ家に浮舟を訪ねた**薫**が簀子で待つ間に詠んだ歌「さしとむるむぐらやしげき東屋のあまりほどふる雨そゝきかな」(一七七頁)をもって巻名とする。

1 **薫**は浮舟をこの目で見たいと求めつつもなおためらう。母中将君も遠慮して消極的である。

2 常陸介には数多の子供があり、母君はその子たちの世話をしつつも、浮舟の良縁を願うことしきりであった。

3 常陸介の家柄も卑しくはないが、生活はやはり田舎じみている。浮舟に言い寄る男は多いが、中でも**二十二、三歳になる**左近少将が熱心であった。

4 母君は身分や人柄を考え合わせ、少将を婿に選ぶ。常陸介は妻が浮舟だけを特別扱いすると恨む。

5 少将は浮舟が常陸介の継子だと知り、それを隠して娶らせようとしたと仲人に対して立腹する。

6 仲人の勧めで少将は常陸介の実の娘をあらためて所望する。

7 実の娘を欲しいという少将の意向を知り、常陸介は満足する。

8 仲人は少将を絶賛し、常陸介との縁談を取りまとめようとする。常陸介も満更ではなく仲人の話に耳を傾ける。

9 常陸介は求婚に応じ、少将は妹にのりかえる。少将は抜け目のない男で結婚の日取りも変えずに妹の婿となることにする。

10 何も知らぬ母は浮舟の結婚の準備を進めるが、常陸介が破談を告知する。母は情けなさでやりきれない。

11 常陸介と左近少将のしうちに中将君と乳母は嘆きあい、浮舟の処遇を語りあう。

12 常陸介は娘の結婚準備に奔走する。妹娘は**十五、六歳**になり、常陸介はその娘をたいそう素晴らしいと思っている。少将もこの縁組に満足し、予定の日に**婿入り**する。

13 浮舟の不運を嘆く中将君は浮舟の身を依頼すべく、二条院に住む、匂宮の北の方中君へ手紙を送る。

14 中君は女房大輔君を介して、浮舟を預ることを承諾する返事を送る。浮舟も姉君に会えることを喜ぶ。

15 常陸介は婿君となった少将を歓待する。中将君は不快感を募らせ、中君のもとへ浮舟を移すことをいよいよ思う。

16 中将君は浮舟を二条院へ連れ出す。浮舟は**西の対の西廂**に住むことになった。中君の境遇を見、浮舟の身を比べて悔しく思う。中将君は物忌と称して、二、三日滞在する。

17 中将君は匂宮夫妻をかいま見、浮舟も高貴な人に添わせたいものと思い乱れる。

18 翌日、左近少将をかいま見た中将君は匂宮の比ではない少将に落胆、少将が妹娘にのりかえた一件が、女房たちの噂になっていると知って、少将を婿にと思ったことを後悔し彼を侮蔑する。

19 中将君は中君と語り、亡き大君を追懐する。話題は自然と大君を限りなく愛した**薫**へと及んでゆく。

20 少将との破談のいきさつを語り、中将君は中君に浮舟の不運を訴える。中君は浮舟の容姿が見苦しくないものであってほしいと思う。

21 浮舟と対面した中君は、大君に生き写しなのを見て、**薫**に見せたいと思う。**宮中**から二条院に**薫**が来訪。中将君は彼の姿をかいま見て感嘆する。

22 中君と対座し、大君追慕から中君への懸想を見せる**薫**に、中君は浮舟がひそかに二条院に滞在していることを語り彼女を勧める。

23 薫の容姿に驚嘆した中将君は浮舟に貴人の婿をと願う。女房達は薫を称賛する。

24 中君は薫の意向を中将君に伝える。中将君は浮舟の身を中君に託し、二条院を辞去する。

25 宮中から匂宮帰邸。中将君の車を見咎め、中君と薫との仲に疑いの目を向ける。中君は匂宮の疑いを心苦しく思う。

26 夕方、中君のもとへ渡った匂宮は偶然に浮舟を見つける。好色心から宮は浮舟に言い寄る。

27 浮舟に馴れ馴れしく寄り添う匂宮に乳母は困惑する。大輔君の娘の右近が中君へ急報し、中君も驚き呆れる。

28 女房達が困惑する折、宮中から中宮発病との知らせが届く。匂宮は名残を惜しみながら立去り、危機を脱する。

29 乳母は匂宮の所行を嘆き、泣き臥している浮舟を慰める。中君も浮舟を居間へ招くが、浮舟は気分が悪いとして応えない。

30 乳母は右近に、匂宮のしうちで浮舟には落度がないことを陳情する。

31 浮舟は中君と対面し、優しく慰められる。大君によく似た妹を中君はいとおしく見守る。

32 姉妹は亡き父宮のことなど語りあう。匂宮の一件を知る女房たちは真相を推測する。

33 乳母は常陸介邸の母君に事件を報告した。母君は動転し夕方二条院を訪ねる。物忌を口実に浮舟を連れ帰ることにする。

34 浮舟を三条の小家に移す。長年側を離れず暮らしてきたために、別れて暮らすことをお互い心細く思う。

35 中将君は常陸介邸に帰り、二条院で見下した左近少将をのぞき見、歌を交わす。少将は中将君を気の毒に感じる。

36 浮舟を貴人に添わせたいとの思いが募る中将君は、浮舟の相手として薫を思う。

37 三条のわび住まいでは、二条院での時が思い起こされる。浮舟のつれづれを思いやる中将君と歌を贈答する。

38 薫は亡き大君のことを忘れられず、晩秋近く宇治の御堂完成の知らせを受けて自ら赴く。

39 弁尼と対面した薫は浮舟との仲を仲介してくれるよう依頼する。

40 薫帰京。あまり親しむというわけでもないが、今上帝の心寄せもある正妻女二宮を厚遇している。

41 弁尼は上京し、浮舟の隠れ家を訪う。薫の意向を浮舟方に伝える。

42 宵過ぎ、薫は隠れ家を来訪、浮舟と逢う。浮舟は大君に見劣りする女ではなかったことを知る。

43 翌朝、九月は結婚には不吉と女たちが嘆くのに、弁尼は今日は十三日で節分は明日となぐさめる。薫は侍従だけを伴って浮舟を隠れ家から連れ出す。

44 宇治への道中賀茂の河原をすぎ、法性寺のあたりで夜が明ける。弁尼は亡き大君を思い、涙する。侍従は事始めの涙を不吉として弁尼を疎んじる。

45 道中の景色にも触発され、薫も大君のことを思い出す。恋しさが募り、悲しさを紛らわすことができない。

46 宇治に到着。浮舟はわが身の将来を思い、不安にかられる。

47 薫は京に手紙を書き、二日間宇治へ滞在することを母宮と女二宮に伝える。

48 薫、浮舟の今後の扱いを思案する。物足りなくも感じられる頼りなさを、大君の形代として適すると思い直す。

49 薫は、琴を取りよせて調べ、浮舟と語らう。浮舟に大君の面影を見出し、感慨にふける。

50 弁尼からの贈歌に薫は独詠歌を詠む。

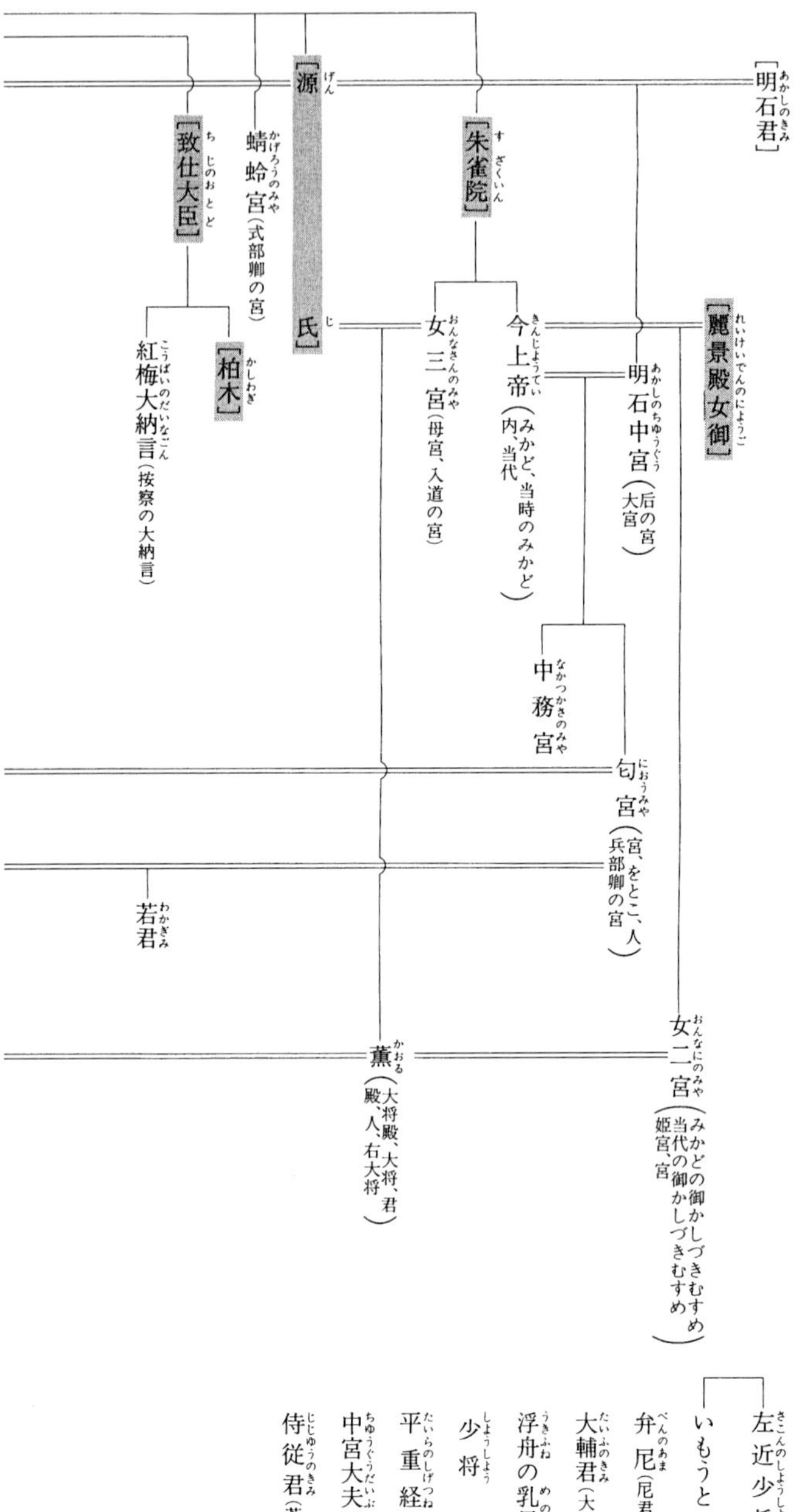

左近少将《さこんのしょうしょう》の媒《なかだち》(中だち、中人)

いもうと

弁尼《べんのあま》(尼君、弁、弁の尼君)

大輔君《たいふのきみ》(大輔)—右近《うこん》(右近の君)

浮舟《うきふね》の乳母《めのと》(乳母、御方の乳母、御乳母)

少将《しょうしょう》

平重経《たいらのしげつね》

中宮大夫《ちゅうぐうだいぶ》(大夫)

侍従君《じじゅうのきみ》(若人、若き人)

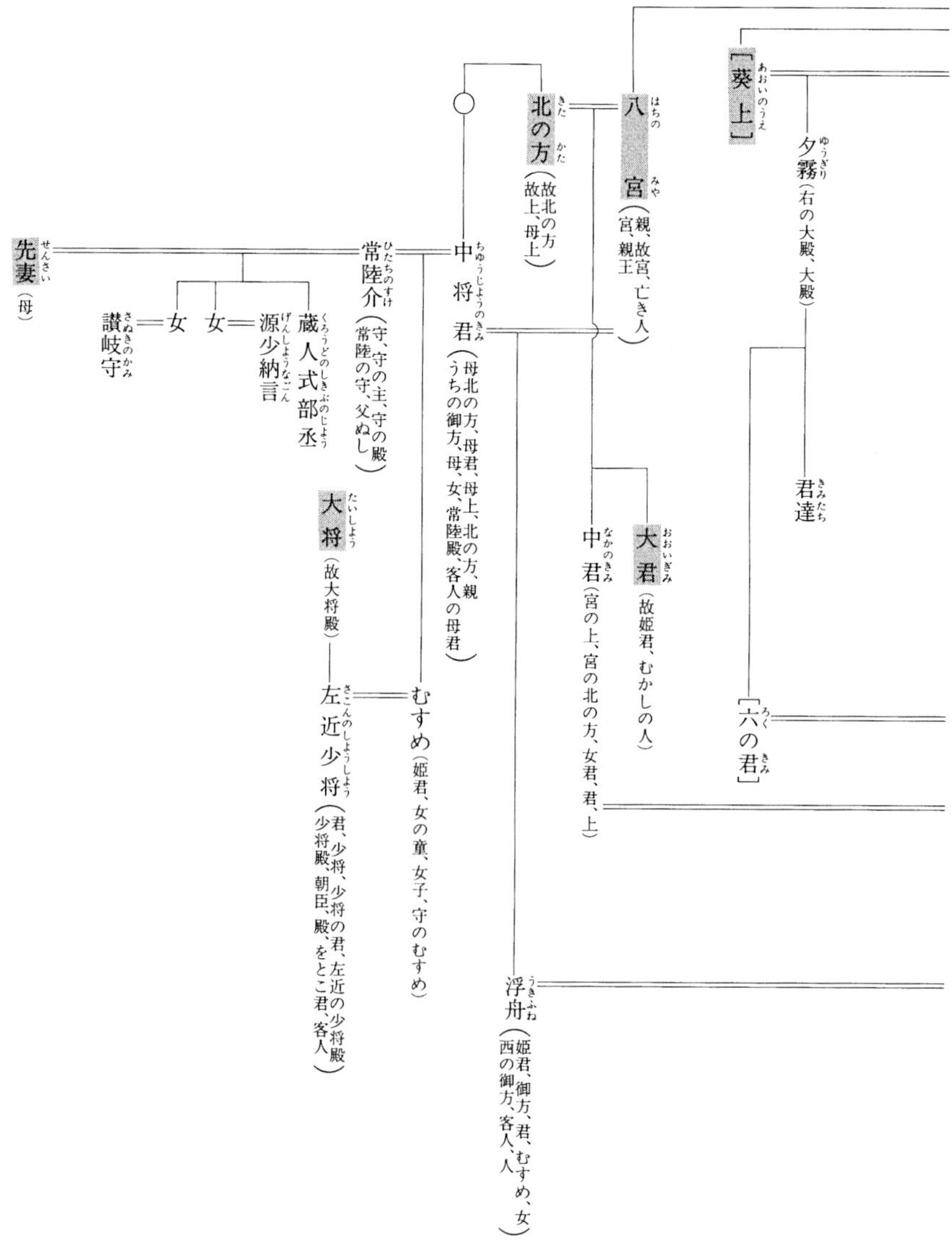

［葵上《あおいのうえ》］
夕霧《ゆうぎり》（右の大殿、大殿）
君達《きみたち》
［六の君《ろくのきみ》］
八《はちの》宮《みや》（親、故宮、亡き人、宮、親王）
北《きた》の方《かた》（故北の方、故上、母上）
大君《おおいぎみ》（故姫君、むかしの人）
中君《なかのきみ》（宮の上、宮の北の方、女君、君、上）
中将君《ちゅうじょうのきみ》（母北の方、母君、母上、北の方、親、うちの御方、母、女、常陸殿、客人の母君）
常陸介《ひたちのすけ》（守、守の主、守の殿、常陸の守、父ぬし）
先妻《せんさい》（母）
蔵人式部丞《くろうどのしきぶのじょう》
源少納言《げんしょうなごん》
女
女
讃岐守《さぬきのかみ》
大将《たいしょう》（故大将殿）
左近少将《さこんのしょうしょう》（君、少将、少将の君、左近の少将殿、少将殿、朝臣、殿、をとこ君、客人）
むすめ（姫君、女の童、女子、守のむすめ）
浮舟《うきふね》（姫君、御方、君、むすめ、女、西の御方、客人、人）

[一]筑波山《つくばやま》を分《わ》け見《み》まほしき御心はありながら、端《は》山の繁《しげ》りまであながちに思《（おもひ）》入《い》らむも、[二]いと人聞《ぎゝ》きかろ〴〵しうかたはらいたかるべきほどなれば、おぼし憚《はゞか》りて、御消息《せうそこ》をだにえ伝《つた》へさせ給はず、[三]かの尼《あま》君のもとよりぞ、母北《はゝきた》の方《かた》に、の給《（たまひ）》しさまなどたび〳〵ほのめかしを《（お）》こせけれど、[四]まめやかに御心とまるべき事とも思はねば、たゞさまでも[五]尋《たづ》ね知《し》り給《（たまふ）》らん事とばかりお《（を）》かしう思《おも》ひて、[六]人の御ほどのたゞ今世にありがたげなるをも、[七]数《かず》ならましかばなどぞよろづに思《（おもひ）》ける。

[八]守《かみ》の子《こ》どもは、[九]母亡《はゝな》くなりにけるなどあまた、[一〇]この腹《はら》にも姫《ひめ》君とつけてかしづくあり、まだ幼《をさな》きなど、すぎ〳〵に五六人ありければ、さま〴〵にこのあつかひをしつゝ、[一一]こと人と思《おも》ひ隔《へだ》てたる心のありければ、常《つね》にいとつらき物に守《かみ》をもうらみつゝ、[一二]いかでひきすぐれて面立《おもだゝ》たしきほどにしなしても見《み》えにしかなと、明暮《（あけくれ）》この母《はゝ》君は思《おも》ひあつかひける。[一三]さまかたちのなのめにとりまぜてもありぬべくは、[一四]いとかうしも、何《なに》かは、苦《くる》しきまでももて悩《なや》まじ、[一五]おなじごと

一 筑波山に分け入って、よく見たいお気持はありながら、そんな端くれの繁みにまで、むやみに熱中するのも。「筑波山」は常陸国(茨城県)の歌枕。「端山」は端の方の山。常陸介の継娘の浮舟を暗示。前巻末に、

1 薫、浮舟をためらう

薫は宇治で浮舟をかいま見て感動し、やっと尋ねあてた思いを「繁みを分けてけふぞ尋ぬる」と詠んだのに、ここでは一転して世間体を憚る心を記す。「筑波山端山繁山繁けれど思ひ入るにはさはらざりけり」(新古今集・恋一・源重之)の歌意を含んで、逆に薫のためらう気持を表す。 二 薫の身分にふさわしくない相手という世評へのこだわりが、浮舟への求愛をさまたげる。 三 弁尼。かねて浮舟への仲介を薫は弁に依頼していた(宿木九一頁一〇行)。 四 母中将君は、薫が真実娘を愛するとは思ってもいないが。 五 かなり詮索される薫の様子を、それなりに興味深く思う。 六 薫のご身分お人柄が当今めったになさそうなのも。 七 こちらが人並みであったら。淡い期待も空しく恨みがましい。 八 常陸介。

2 浮舟の母、良縁を願う

浮舟母娘を伴って陸奥守となり、のち常陸介となったが、浮舟二十歳のころ、任果てて上京した(宿木九〇頁一五行以下)。常陸は太守の親王が遥任のため、介を守とも称した。 九 亡くなった先妻腹の子ら。 一〇 後妻の中将君腹の子ら。「姫君」は貴人の娘の敬称。ここは常陸の前司の娘ごときに、称にも用いる。物語のヒロインの呼称にも用いる。 一一 連れ子の浮舟を他人《（ことびと）》だといった用法。 一二 何とかと思って差別扱いする夫を恨む。 一二 何とかと思って晴らびきり晴れがましい縁組をさせてみたいものだ。夫への恨みは、浮舟に立派な結婚をさせて晴らしたいと思う。 一三 浮舟の容姿が並々で、他の

思《おも》はせてもありぬべき世《よ》を、ものにもまじらず、一六あはれにかたじけなく生《お》ひ出《い》で給へば、あたらしく心ぐるしきものに思へり。

むすめ多《おほ》かりと聞《き》ゝて、一七なま君達《きむだち》めく人ゝもを《(お)》となひ言《い》ふ、いとあまたありけり。一八はじめの腹《はら》の二三人は、一九みなさま〴〵にくばりて、を《(お)》となびさせたり。今は、二〇わが姫《ひめ》君を思《おも》ふやうにて見《み》たてまつらばやと、明《あ》け暮《く》れまもりて、撫《な》でかしづく事限《かぎ》りなし。

二一守《かみ》もいやしき人にはあらざりけり。上達部《かむだちめ》の筋《すぢ》にて、二二仲《なか》らひも物きたなき人ならず、二三徳《とく》いかめしうなどあれば、ほど〳〵につけては思ひあがりて、いゐ《(へ)》のうちもきら〴〵しくものきよげに住《す》みなし、二四事好《この》みしたるほどよりは、あやしう荒《あら》ゝかにゐ中《(なか)》びたる心ぞつきたりける。若《わか》うよりさる二五あづま方の遥《はる》かなる世《せ》界《かい》にうづもれて年経《へ》ければにや、二六声《こゑ》などほと〳〵うちゆがみぬべく、物うち言《い》ふすこしたみたるやうにて、二七豪家《かうけ》のあたりおそろしくわづらはしき物に憚《はゞか》りおぢ、すべていとまたく二八すきまなき心もあり。

二九お《(を)》かしきさまに、琴笛《ことふえ》の道《みち》はとを《(ほ)》う弓《ゆみ》をなんいとよくひける。三〇なを《(ほ)》〳〵しきあたりとも言《い》はず、いきお《(ほ)》ひにひかされて、三一よき若《わか》人ども、装束《さうぞく》ありさまはえ

娘と同等の扱いでよいなら。後文の「もて悩まじ」にかかる。一四 これほどまでに。後文の「なやまゝし」のため従来は改定して反実仮想の構文で訳されたが、大島本は「(なやま)し」に濁符があるので打消推量、思い悩むまいの意。「何かは」は、なんの。いやなに。一五 他の娘と同様に世間に思わせてもよかった身の上を。次行「心ぐるしきものに思へり」にかかる。青表紙他本多く「ありぬへきを」。一六 何とまあ勿体ないほど美しく成人なさったので。高貴な血筋を強調して尊敬語を用い、現在の境遇がそれに不適で残念、という母の心境。一七「なま」は不十分の意。二流の貴公子然とした人々。一八 先妻腹の娘たち。源少納言、讃岐守を婿にした二人など。一九 皆それぞれ縁づけて、一人前にしている。

3 常陸介と左近少将

二〇 浮舟。常陸介の愛娘の「姫君」に対して、母中将君が大切に思う自分だけの愛娘の意。理想的な婿をとらせてお世話したい母の願い。二一 常陸介もいやしからぬ素姓。上達部の家筋の人だと。二二 一門の人々も卑しい感じの者ではなく。二三 財産も仰山あって。二四 風流なことを好むわりには、変に粗野で田舎じみた気風が染みついている。二五 東国の辺鄙な地方に埋れて長年過ごしたせいか。↓注八。青表紙他本「あつまの方」。二六 東国訛りをいう。「あづまにて養はれたる人の子は舌だみてこそ物は言ひけれ」(拾遺集・物名・読人しらず)。二七 豪家を恐ろしく、また厄介なものと気兼ねしてこわがり。「豪家」は、身分・家格の高い家。また、権勢のある家。「豪」は漢音カウで清音。二八 抜け目なく油断のない気持を併せ持つ。成功した地方官の一面。二九 琴笛という風雅な道には疎く、みごとな様子で弓を上手に引いている。同じひ

ならずとゝのへつゝ、[一]腰《こし》お《(を)》れたる歌合《うたあ》はせ、物語《がた》り、[二]庚申《かうしん》をし、[三]まばゆく見《み》ぐるしく遊《あそ》びがちに好《この》めるを、[四]このけさうの君達《きむだち》、[五]「らう〳〵じくこそあるべけれ、かたちなんいみじかなる」などお《(を)》かしき方に言《い》ひなして心を尽《つ》くしあへる中に、左近の少将とて、年《とし》廿二三ばかりの程にて、心ばせしめやかに、才《ざえ》ありといふ方《かた》は人に[六]ゆるされたれど、[七]きら〳〵しういまめいてなどはえあらぬにや、[八]通《かよ》ひし所なども絶《た》えて、いとねんごろに言《い》ひわたりけり。

この母《はゝ》君、あまたかゝる事言《い》ふ人ゝのなかに、[九]この君《きみ》は人がらもめやすかなり、心定《さだ》まりても[一〇]物思《おも》ひ知《し》りぬべかなるを、[一一]人もあてなりや、[一二]これよりまさりてこと〳〵しき際《きは》の人、はた[一三]かゝるあたりを、[一四]さいへど尋《たづ》ね寄《よ》らじと思《(おもひ)》て、[一五]この御方に取《と》りつぎて、さるべきお《(を)》り〳〵はお《(を)》かしきさまに返事《(かへりこと)》などせさせたてまつる。

[一六]心ひとつに思《(おもひ)》まうく。守《かみ》こそを《(お)》ろかに思《(おもひ)》なすとも、我《(われ)》は命《いのち》を譲《ゆづ》りてかしづきて、[一七]さまかたちのめでたきを見《み》つきなば、さりとも[一八]を《(お)》ろかになどはよも思ふ人あらじと思《(おもひ)》たち、[一九]八月ばかりと契《ちぎ》りて、調度《てうど》をまうけ、[二〇]はかなき遊《あそ》びものをせさせても、さまことにやうお《(を)》かしう、[二一]蒔絵《まきゑ》、[二二]螺鈿《らでん》のこまやかなる心ばへまさり

くにも琴は弾けない、の意を響かす。青表紙他本多く「ひきける」。二〇 品位に欠ける家柄についてはとやかく言わず。二一 身分教養のある若女房たち。

一 「腰」は和歌の第三句。その前後がうまく続かないことから、下手な歌の意。その勝負を競い合う。
二 庚申待ち。庚申《(かのとさる)》の日の夜に寝ると、体内に棲む三匹の尸虫《(しちゆう)》が昇天し、その人の悪事を天帝に密告するので命が奪われるという道教の説により、徹夜で物語をし、詩歌を詠み、管絃の遊びを行った。貴族社会の習俗。
三 成り上がり者の悪趣味をいう。 四 求婚者の若者たち。

4 母、少将を婿に選ぶ

五 (ここの娘は)きっと才たけているに違いないが、器量がね大したものとか。 六 認められているが。
七 きらびやかに当世風の派手な生活はできかねるためか。 八 今まで通っていた女などとも縁が切れて。女の家が裕福でなかったため、目当てを変えた趣。
九 左近少将。人柄も無難そう。
一〇 (理性に加え)人情もよくわきまえているようだし。 一一 人品も高い。品がいい。
一二 これ以上の、格別に身分の高い人は。
一三 地方官風情の家を。 一四 「わが姫君を思ふやうにて見たてまつらばや」(前頁五行)とはいっても。一説に、裕福とはいっても。
一五 浮舟に、少将の手紙を。
一六 (中将君は)わが胸ひとつに心づもりする。
一七 (浮舟の)姿や顔立ちのすばらしさを好ましく思ったならば。 一八 いいかげんになんてまさか思う人はあるまい。母中将君の自負心。

て見《み》ゆる物をば、[二二]この御方にと取《と》り隠《かく》して、劣《おと》りのを、「これなむよき」とて見《み》すれば、[二四]守《かみ》はよくしも見知《みし》らず、[二五]そこはかとない物どもの、人の調度《てうど》といふかぎりはたゞとり集《あつ》めて並《なら》べ据《す》へ《(ゑ)》つゝ、[二六]目《め》をはつかにさし出《(いづ)》るばかりにて、琴《こと》、びわ《(は)》の師《し》とて、[二七]内教坊《ないけうばう》のわたりより迎《むか》へとりつゝ習《なら》はす。手《て》ひとつ弾《ひ》きとれば、師《し》を[二八]立《た》ち居《ゐ》お《(を)》がみてよろこび、禄《ろく》をとらする事うづむばかりにてもてさは《(わ)》ぐ。[二九]はやりかなる曲物《ごくもの》など教《をし》へて、師《し》とお《(を)》かしき夕暮《ぐ》れなどに弾《ひ》き合《あ》はせて遊《あそ》ぶ時は、涙もつゝまず、[三〇]お《(を)》こがましきまでさすがに物めでしたり。かゝる事どもを、母《はゝ》君はすこし物のゆへ《(ゑ)》知《し》りていと見苦《みぐる》しと思《おも》へば、[三一]ことにあへしらはぬを、「[三二]あこをば思《おも》ひおとし給へり」と常《つね》にうらみけり。

5 浮舟が継子だと知る

かくて、この少将、[三三]契《ちぎ》りしほどを待《ま》ちつけで、「おなじくはとく」と責《せ》めければ、[三四]わが心ひとつにかう思《おも》ひいそぐもいとつゝましう、[三五]人の心の知《し》りがたさを思《(おもひ)》て、はじめより[三六]伝《つた》へそめける人の来《き》たるに、近《ちか》う呼《よ》び寄《よ》せて語《かた》らふ。「[三七]よろづ多《おほ》く思《(おもひ)》はゞかる事の多《おほ》かるを、[三八]月ごろかうの給《(たまひ)》てほど経《へ》ぬるを、[三九]並《な》み〳〵の人にもものし給はねば、かたじけなう心ぐるしうて、かう思《(おもひ)》たちにたるを、[四〇]親《おや》など物し給はぬ人なれば、心ひとつなるやうにて、[四一]かたはらいたう、うちあ

一九 結婚は八月ごろと約束して。 二〇 ちょっとした遊戯の道具を作らせても、細工は格別で趣向を凝らし。 二一 漆(うるし)の上に金銀の粉や色粉をはきつけて磨き、器物の表面に絵模様をあらわしたもの。 二二 →[三]若菜上二三四頁八行。 二三 浮舟。 二四 常陸介は良否の判別もできずに。 二五 どことといって価値のない物で、誰かが道具だと言えばそれらを全部、ただ集めてきては部屋いっぱいに並べて置く。 二六 目をやっとのぞかせるくらい。部屋中、道具にあふれているようす。 二七 →[一]末摘花二二二頁注一六。姫君の教養に相応の侍女がいない証拠。 二八 立っては拝み、座っては拝みして礼を言う。 二九 調子の早い楽曲。 三〇 ばかばかしいほど(無骨者とはいえ)感じ入っている。 三一 格別相手にしないので。 三二 常陸介の言。わが実の娘を軽蔑しておいでだ。 三三 約束した時期(八月ばかり)を待ちきれずに。 三四 一存での準備もはばかられる。夫の出かたも気になる。 三五 相手(少将)の気持も測りがたい。 三六 (この縁談を)取り次いできた人。仲人。 三七 中将君の言。 三八 何か月も熱心に(少将が)おっしゃって下さって。 三九 (少将が)並々のご身分ではいらっしゃいませんので。 四〇 父親などおいでにならない女君ですから。浮舟が常陸介の継子であることを仲人に始めて明かす。 四一 はた目にも気がひけて、行き届かぬようだとご覧いただくこともあるかと、今から案じています。

はぬさまに見《み》えたてまつる事もやと、かねてなん思《おも》ふ。若《わか》き人ゝあまた侍れど、[一]思ふ人具《ぐ》したるは、を《(お)》のづからと思《おも》ひ譲《ゆづ》られて、[二]この君の御事をのみなむ、はかなき世の中を見《み》るにも、うしろめたくいみじきを、[三]物思《おも》ひ知《し》りぬべき御心ざまと聞《き》き《ゝ》て、かうよろづの[四]つゝましさを忘《わす》れぬべかめるをしも、もし[五]思はずなる御心ばえ《(へ)》も見《み》えば、[六]人笑《わら》へにかなしうなん」と言《い》ひけるを、少将の君にまうでて《ゝ》、「しか〳〵なん」と[七]申《(まうし)》けるに、けしきあしくなりぬ。

「[八]はじめより、さらに守《かみ》の御《み》むすめにあらずといふ事をなむ聞《き》かざりつる。[九]おなじことなれど、[一〇]人聞《ぎ》き《ゝ》もけ劣《おと》りたる心《(ここ)》ちして、[一一]出《い》で入《い》りせむにもよからずなん有《(ある)》べき。[一二]ようも案内《あない》せで、浮《う》かびたることを伝《つた》へける」との給ふに、[一三]いとお《(ほ)》しくなりて、「[一四]くはしくも知《し》り給へず。[一五]女どもの知《し》るたよりにて、[一六]仰《おほ》せ言《こと》を伝《つた》へはじめ侍《(はべり)》しに、[一七]中《なか》にかしづくむすめとのみ聞《き》き《ゝ》侍れば、守《かみ》のにこそはとこそ思《(おもひ)》給へつれ。[一八]こと人の子持《こも》たまへらむとも、問《と》ひ聞《き》き《ゝ》侍らざりつる也《(なり)》。[一九]かたち、心もすぐれてものし給《(たまふ)》事、母上《はゝうへ》のかなしうし給《(たまひ)》て、[二〇]面立《おもだ》た《ゝ》しうけたかきことをせんと、あがめかしづかると聞《き》き《ゝ》侍《(はべり)》しかば、[二一]いかでかの辺《へん》の事伝《つた》へつべからん人もがなとの給はせしかば、[二二]さるたより知《し》り給へりと執《と》り申《(まうし)》しな

一 大事に思う人が付き添っている娘は、自然その人に任せてという気になりますが。 二 浮舟。
三 (少将は)情けのわかるはずのお方と聞いて。
四 遠慮も忘れてしまいそうですが、それがことさら。浮舟の不利な条件への気兼ねを忘れて縁組を望む。
五 思いのほかのお気持でも見られるなら。少将の心変りをおそれていう。
六 世間の物笑いになって悲しいでしょう。青表紙他本多く「かなしうなむあるべき」。
七 (仲人が少将に)申したところ、(少将の)機嫌が悪くなった。
八 少将の言。
九 (常陸介の子という点では)実子も継子も同じだが。一説に、中将君の子という点では。
一〇 世間の聞えも一段低く見られる気がして。
一一 (婿として)出入りするとしたら見劣りするに違いない。他の婿と比較していう。
一二 よく調べもせずに、いいかげんな話を持ってきたな。
一三 (引込みがつかず)困ってしまって。
一四 仲人の言。 一五 実は、私の妹が知っている縁故で。 一六 (少将からの)お言いつけを。
一七 娘たちの中でも、特に大事にしている娘とだけ聞いておりますので。 一八 父親の異なる娘をお持ちであろうとは。 一九 浮舟の。
二〇 世間に面目が立つような、身分の高い人と縁組みをさせようと、下にも置かず大切にしておいでと。
二一 (少将が)何とかして常陸介方との縁組を取りもってくれる人がいないものか、と。
二二 常陸介の家庭の内情は、(少将が)ご存じだと思ってお取次ぎ申したのです。
二三 前頁九行「浮かびたること」に反発し、その

り。さらに、[二三]浮《う》かびたる罪《つみ》侍《（はべる）》まじきことなり」と、[二四]腹《はら》あしく言《こと》葉多《おほ》かる物《（もの）》にて申すに、[二五]君いとあてやかならぬさまにて、「[二六]かやうのあたりに行《い》き通《かよ》はむ、人のおさ《（を）》〳〵ゆるさぬ事なれど、[二七]今様《いまやう》の事にて咎《とが》あるまじう、[二八]もてあがめて後《うしろ》見《み》だつに、罪隠《つみかく》してなむあるたぐひもあめるを、[二九]おなじこととうち〳〵には思ふとも、よそのおぼえなむ、へつらひて人言《い》ひなすべき。[三〇]源少納言、讃岐《さぬき》の守《かみ》などの[三一]うけばりたるけしきにて出《い》で入《い》らむに、守《かみ》にもおさ《（を）》〳〵受《う》けられぬさまにてまじらはんなむ、いと人げなかるべき」との給《（たまふ）》。

[三二]この人追従《ついそう》ある、うたてある人の心にて、[三三]これをいとくちおし《（を）》うこなたかなたに思《おも》ひければ、「[三四]まことに守《かみ》のむすめとおぼさば、まだ若《わか》うなどおはすとも、しか伝《つた》へ侍らんかし。[三五]中《なか》に当《あ》たるなん、姫《ひめ》君とて、守《かみ》いとかなしうしたまふなる」と聞《き》こゆ。「[三六]いさや。はじめよりしか言《い》ひ寄《よ》れることを[三七]を《（お）》きて、又言《い》はんこそうたてあれ。されど、[三八]我《（わが）》本《ほ》意《い》は、かの守《かむ》の主《ぬし》の人がらも[三九]もの〳〵しくおとなしき人なれば、後見《うしろみ》にもせまほしう、見《み》る所ありて思《（おもひ）》はじめしことなり。[四〇]もはら顔《かほ》かたちのすぐれたらん女の願《ねが》ひもなし。品《しな》あてに艶《えむ》ならん女を願《ねが》はば、やすく得《え》つべし。されど、[四一]さびしう事うちあはぬみやび好《この》める人のはて〳〵は、

罪を負うべき筋ではない、とする。
二四 狡猾で多弁な男なので、その調子で申すので。「物にて」の「て」は状態を示す。
二五 少将はひどく下卑た態度で。
二六 少将の言。あんな受領風情の家に(私が婿として)通ってゆくとしたら、世間の人がほとんど認めぬことではあるが。二七 当節よくあることで非難されるものでもあるまいし。
二八 婿を大切にし世話してくれることで(身分低い者と縁組した)不体裁をとりつくろう連中もいるようだが。
二九 (浮舟を実子と)同様に内々では扱っていようとも、世間の思惑ではね、こちらが追従しているように言いふらすものだ。
三〇 二人とも常陸介の実子(先妻腹)の婿。少将と同じく従五位下相当。浮舟が継子のため、介の取扱いに差が生じてはと懸念。

6 少将、実の娘を所望

三一 得意気に出入りするだろうに(この私は)常陸介にもいっこうに認められない有様で仲間入りするとしたら、とても肩身が狭いに違いない。
三二 この仲人は人に媚びへつらう、いやな性格の持主で。三三 破談になるのをとても残念に、どちらの家に対しても思ったので。
三四 仲人の言。真実、常陸介の実の娘をとお望みなら。三五 (中将君腹の)二番目に当る方を。
三六 少将の言。さあどうかね。勿体ぶった応答。
三七 さしおいて、今度は別口に声をかけるとしたら、それこそいやなものよ。三八 わたしの本心は。常陸介の財力に期待。
三九 いかにも重厚で、老成した人なのだ。
四〇 美人かどうかは結婚の条件ではないとする。
四一 家勢が衰えて万事不如意な、風雅を好んだ人のあげくの果ては。

[一]ものきよくもなく、人にも人ともおぼえたらぬを見《み》れば、すこし人に譏《そし》らるとも、[二]なだらかにて世の中を過《す》ぐさむことを願《ねが》ふなり。守《かみ》に、[三]かくなんと語《かた》らひて、さもとゆるすけしきあらば、何《なに》かは、さも」との給《(たまふ)》。

[四]この人は、[五]いもうとのこの西《にし》の御方にあるたよりに、かゝる御文《ふみ》などもとり伝《つた》へはじめけれど、守《かみ》にはくはしくも見《み》え知《し》られぬ者《もの》なりけり。[六]たゞ行《い》きに守《かみ》のゐたりける前《まへ》に行《い》きて、「[七]執《と》り申《(まうす)》べきことありて」など言《い》はす。守《かみ》、「此《(この)》わたりに時〲出《(いで)》入《い》りはすと聞《き》けど、[八]前《まへ》には呼《よ》び出《い》でぬ人の、何《なに》ごと言《い》ひにかあらん」と、[九]なま荒《あら》〲しきけしきなれど、「[一〇]左近の少将殿《どの》の御消息《せうそこ》にてなむさぶらふ」と言《い》はせたれば、会《あ》ひたり。[一一]語《かた》らひがたげなる顔《かほ》して、近《ちか》うゐ寄《よ》りて、「[一二]月ごろうちの御方に消息《せうそこ》聞こえさせ給《(たまふ)》を、[一三]御ゆるしありて、この月のほどにと契《ちぎ》りきこえさせ給《(たまふ)》事侍《(はべる)》を、[一四]日をはからひて、いつしかとおぼすほどに、[一五]ある人の申《(まうし)》けるやう、まことに北の方《かた》の御[一六]はからひにものし給へど、守《かむ》の殿《との》の御むすめにはおはせず、[一七]君達《きむだち》のおはし通《かよ》はむに、世の聞《き》こえなんへつらひたるやうならむ、受領《ずらう》の御婿《むこ》になり給《(たまふ)》かやうの君《きみ》たちは、[一八]たゞ私《わたくし》の君のごとく思《(おもひ)》かしづきたてまつり、[一九]手《て》に捧《さゝ》げたるごと思ひあつかひ[二〇]後見《うしろみ》たてまつるにかゝりて

一 何となくみすぼらしい暮しで、世間からも人並みに思われていないところを見ると。
二 生活に困らず平穏無事に過ごせるなら、それを願うのだ。
三 (少将が)こう考えているとよく話して、それでも結構と承諾するようすがあれば、何の、それで構わぬ。

7 常陸介、少将に満足

四 仲人。 五 仲人の妹が、浮舟づきの女房。「西の御方」は浮舟が西の対に住むことを示す、ここだけの呼称。
六 「たゞ行きに…行きて」は、すかさず行く、そう思ったらすぐ行く、の意。 七 仲人の言。取次ぎ申さねばならぬことがありまして。「言はす」は、その取次ぎを介して、の意。 八 (常陸介の)面前に呼び出した(目通りさせた)ことのない者。 九 少し無愛想な態度だが。 一〇 仲人の言。少将殿の御口上を承り参上仕った。
一一 (仲人は)話を持ちかけにくそうな表情で。 一二 仲人の言。ここ何か月か、(少将殿から)こちらの北の方(中将君)に。
一三 (北の方の)御承諾があって、この月(八月)のうちにと(縁組を)お約束申されましたことが。
一四 (少将が)吉日を選んで、早くと。
一五 「ある人」が述べたとかいう(ける)内容は、次頁二行「便なかりぬべきよし」までだが、実際は母中将君と少将が仲人に直接語ったものを「ある人」を仮設して責任転嫁し、さらに浮舟との縁組を非難する人が大勢いるらしいと偽証して、そのためにこの縁談を再考中だと述べて、少将が結婚相手を変えたいという話に結びつけようとする巧妙な話術。
一六 御計画。中将君の一存で事が運んでいることをいう。ただし「はからひ」は諸本すべて「はら(腹)」。 一七 良家の子息が婿としてお通いに

なむ、さるふるまひし給《(たまふ)》人〻ものし給《(たまふ)》めるを、[二一]さすがにその御願《ねが》ひはあながちなるやうにて、おさ《(を)》〳〵受《う》けられ給はで、け劣《おと》りておはし通《かよ》はん事、便《びん》なかりぬべきよしをなむ、[二二]切《せち》に譏《そし》り申す人〻あまた侍《(はべ)》なれば、たゞ今おぼしわづらひてなむ、[二三]はじめよりたゞきら〴〵しう、人の後見《うしろみ》と頼《たの》みきこえんに、たへ給へる御おぼえを選《えら》ひ申《(まうし)》て聞《き》こえはじめ申《(まうし)》し也《(なり)》、[二四]さらに、こと人ものし給《(たまふ)》らんといふ事知《し》らざりければ、もとの心ざしのまゝに、また[二五]幼《をさな》きものあまたおはすなるをゆるい給はゞ、いとゞうれしくなむ、御けしき見《み》てまうで来《こ》と仰《おほ》せられつれば」と言《い》ふに、守《かみ》、[二六]「さらに、かゝる御消息《せうそこ》侍《(はべる)》よし、くはしくうけ給はらず。まことに[二七]おなじことに思ふ《(う)》給《(たまふ)》べき人なれど、[二八]よからぬ童《わらは》べあまた侍《(はべり)》て、[二九]はか〴〵しからぬ身に、さま〴〵思《(おもう)》給へあつかふほどに、母《はゝ》なるものも、[三〇]これをこと人と思《(おもひ)》分《わ》けたることとくねり言《い》ふこと侍《(はべり)》て、[三一]ともかくも口入《くちい》れさせぬ人の事に侍れば、ほのかにしかなむ仰《おほ》せらるゝこと侍《(はべり)》とは聞《き》き侍《(はべり)》しかど、[三二]なにがしを取《と》り所におぼしける御心は知《し》り侍らざりけり。[三三]さるは、いとうれしく思《(おもう)》給へらるゝ御ことにこそ侍《(はべ)》なれ。[三四]いとらうたしと思《おも》ふ女《め》の童《わらはゝ》は、あまたの中に、これをなん命《いのち》にもかへむと思《(おもひ)》侍る。[三五]の給ふ人〻あれど、今の世の人

なるとしたら、世間の聞こえもね、物欲しげに取り入っているように思われましょう。一八 (妻の親が)ひたすら婿を内々のご主君のように大切に思ってお世話申し上げ。一九 手に捧げ持った珠《(また)》のように。二〇 お世話申し上げるのに寄りかかって、そんな縁組をなさる方々がおられるようだが。
二一 とはいえ、そのお望みは無理なようで、(常陸介には)ほとんど(婿とは)認められなさらずに、(他の婿たちより)何となく劣った扱いで通われるのでは、具合が悪かろうとの理由づけを。
二二 しきりに悪く申す人々が大勢いるようなので。挿入句。
二三 三行後の「…まうで来」まで、少将の言い訳を伝える言葉。初めからただもう堂々として、後見と頼み申すには十分な御声望を選び申して。
二四 全然、常陸介の実子でない方(浮舟)がおられようということは知らなかったのだから。
二五 年若の方も大勢おられるとのことだから、もしお許し下さるならば。二六 常陸介の言。
二七 (浮舟は)実子と同様に大事にさせていただくべき人ですが。「給ふ」(下二段活用)終止形は、㊀夕顔一三八頁一二行と二例のみ。二八 不出来な(実の)娘どもが大勢おりまして。浮舟にまで手が回らぬ、という言い訳。二九 大したこともない(私の)分際で。三〇 浮舟を(私が)実の姉娘と分け隔てをしていると、ひねくれて言うことが。三一 (私に)口出しさせぬ人のことですから。
三二 私を取柄とおぼしめしての御意向とは、存じませんでした。三三 とはいえ(知った今は)まことにうれしく存じられますお言葉で。
三四「中に当たるなん、姫君とて、守いとかなしうしたまふなる」(一一九頁一〇行)とあった娘。
三五 御所望の人々。

の御《み》心さだめなく聞《き》こえ侍《(はべる)》に、[一]中〳〵胸《むね》いたき目《め》をや見《み》むの憚《はゞか》りに、思ひ定《さだ》むる事もなくてなん。[二]いかでうしろやすくも見《み》給へを《(お)》かんと明暮《(あけくれ)》かなしくおもふ《(う)》給《(たまふ)》るを、少将殿にを《(お)》きたてまつりては、[三]故《こ》大将殿にも若《わか》くよりまいり《(ゐ)》仕《つか》うまつりき、[四]いゑ《(へ)》の子《こ》にて見《み》たてまつりしに、いと[五]経《(きやう)》さくに、[六]仕《つか(う)》ふまつらまほしと心つきて思《おも》ひきこえしかど、[七]遥《はる》かなる所にうちつゞきて過《す》ぐし侍《(はべる)》年《とし》ごろの程に、[八]うゐ《(ひ)》〳〵しくおぼえ侍《(はべり)》てなんまいり《(ゐ)》も仕《つか》まつらぬを、かゝる御心ざしの侍《(はべり)》けるを、[九]返ゝ《(かへすかへす)》仰《おほ》せのごと奉《たてまつ》らむはやすき事なれど、[一〇]月ごろの御心違《たが》へたるやうに、この人思《(おもう)》給へんことをなん思《おも(う)》ふ給へ憚《はゞか》り侍《(はべる)》」と、いとこまやかに言《い》ふ。

[一一]よろしげなめりとうれしく思ふ。「何《なに》かとおぼし憚《はゞか》るべきことにも侍らず。[一二]かの御心ざしは、[一三]たゞひと所の御ゆるし侍らむを願《ねが》ひおぼして、[一四]いはけなく年《とし》足《た》らぬほどにおはすとも、[一五]真実《しんじち》のやむごとなく思ひを《(お)》きて給へらんをこそ[一六]本意《ほい》かなふにはせめ、[一七]もはらさやうのほとりばみたらむふるまひすべきにもあらず、となむの給《(たまひ)》つる。[一八]人がらはいとやむごとなく、おぼえ心にくゝおはする君なりけり。[一九]若《わか》き君たちとて、すき〴〵しくあてびてもおはしまさず、世のありさま

一 かえって心が痛む目に会うかも知れないという遠慮から、(縁組を)決めることもなくて。底本「みむのはゝかりに」は青表紙他本「み侍らんと」。 二 何とか安心できるように前以て(よい婿を)見定めておきたいと存じまして、明けても暮れても切ない気持でおりますが。

三 今は亡き大将殿に(私は)若い時分から参上して仕えました(が)。補足説明の挿入句。左近少将の父が大将であったことが判明。大将は近衛の長官で従三位相当、上達部の家柄。

四 (故大将殿の)家来として(少年時代の少将を)拝見していましたが。

五 「経さく」は「警策」で、人柄などのすぐれていること。 六 主君としてお仕えしたいと。

七 陸奥、常陸などの受領を歴任したこと。

八 面はゆく思われまして、お伺いしてお仕えもいたしませんが。

九 「返ゝ」は「やすき…」にかかる。何度考えてみても、たやすい、の意。前の「かゝる御心ざしの侍けるを」を条件とした決断。

一〇 これまでの間の(少将の)お気持に背いたように この人(浮舟の母)が存じますかも知れませんが、そのことを気に致しましてためらわれるのです。仲人の判断を待つ姿勢。

8 仲人、少将を絶賛

一一 (話を持ちかけた結果は)わるくなさそうだ。仲人は内心ほくそえむ。以下、仲人の言。

一二 少将の。 一三 ただもうあなた様(常陸介)お一人のお許しがございますなら、それを。

一四 (姫君が)幼く。以下「…すべきにもあらず」まで少将の言。 一五 実子で、大切にと思い定めておられるなら、その娘をこそ。

一六 「本意」は本来の意向。念願が叶う相手だときめていただきたいが。「め」は勧誘の意。

もいとよく知《し》り給へり。[二〇]両《(りやう)》じ給《(たまふ)》所ゝもいと多《おほ》く侍り。[二一]まだころの御徳《とく》なきやうなれど、を《(お)》のづからやむごとなき人[二二]の御けはひのありげなるやう、[二三]なを《(ほ)》人の限《かぎ》りなき富《とみ》といふめるいきお《(ほ)》ひにはまさり給へり。[二四]来《らい》年四位になり給《(たまひ)》なむ。こたみの[二五]頭《とう》は疑《うたが》ひなく、みかどの御口《くち》づからこて[二六]給へるなり。[二七]よろづの事足《た》らひてめやすき朝臣の、妻《め》をなん定《さだ》めざなる、はやさるべき人選《え》りて後見《うしろみ》をまうけよ、上達部《かむだちめ》には、[二八]われしあれば、けふあすといふばかりになしあげてん、とこそ仰《おほ》せらるなれ。何《なに》ごともたゞこの君ぞ、みかどにも親《した》しく仕《つか(う)》ふまつり給《(たまふ)》なる。御心はた、いみじう[二九]かうさくに、重《おも》〳〵しくなんおはしますめる。[三〇]あたら人の御婿《むこ》を。かう聞《きゝ》給《(たまふ)》ほどに思《おも》ほし立《た》ちなむこそよからめ。[三一]かの殿には、われもわれもと婿《むこ》にとりたてまつらんと、所ゝに侍《(はべ)》なれば、こゝにしぶ〳〵なる御けはひあらば、外《ほか》ざまにもおぼしなりなん。これ、[三二]たゞうしろやすきことを執《と》り申すなり」と、いと多《おほ》くよげに言《い》ひつゞくるに、いとあさましく鄙《ひな》びたる守《かみ》にて、うちえ《(ゑ)》みつゝ聞《きゝ》ゐたり。

[三三]「このごろの御徳《とく》などの心もとなからむことはなの給《(たまひ)》そ。なにがし命《いのち》侍らむほどは、[三四]頂《いたゞき》に捧《さゝ》げたてまつりてん。心もとなく何を飽《あ》かぬとかおぼすべき。た

二七「もはら」は下に打消を伴い、決しての意。「ほとりばむ」は、周りの意向に従う、母親の勧める話に乗ること。その手に乗るな、という。
二八 少将の性格と評判。
二九 若いからといって好き心や気取りはない、とする。常陸介の「今の世の人の…」(一三一頁一五行)の心配を打ち消す。
二〇「両じ」は「領じ」の宛て字。所有する荘園も沢山ある、の意。 二一 まだ現状では。「御徳」はお金まわり。不十分だとする。
二二「人の御けはひ」で一語。ご風格が備わっていそうな様子(は)。 二三「なほ(直)人」は四位以下の諸大夫層。普通の身分の者が莫大な財産を持っているというような威勢などより。
二四 少将は現在、正五位下相当。
二五 蔵人頭への昇進。 二六「こと(言)」を動詞化した語か。他に例がない。
二七 以下「なしあげてん」まで、帝の言葉を装う仲人の発言。万事備わって申し分ないそなたが、妻をまだ持っていないと聞くが、早く適当な人を選んで後楯をつくれ。
二八 自分(帝)がいるかぎりは、今日明日にでも昇進させよう。よい事尽めの内容を「なれ」の伝聞で偽装する。
二九「かうさく」は呉音「きやうしやく(警策)」の直音表記。
三〇 もったいない婿君ですよ。「を」は間投助詞。「人の御婿」で一語。 三一 左近少将。
三二 ただもう安心のいくご縁談をと。
三三 常陸介の言。いま現在の(少将の)財力などの心細さは心配ご無用、と身を乗り出す。

9 少将、妹にのりかえる

三四 仲人の「手に捧げたるごと」(一三〇頁一五行)を受け、「手」どころか「頂」にもと応じた。

とひ[一]あへずして仕《つか》うまつりさしつとも、残《のこ》りの宝《たから》物、[二]両《(りやう)》じ侍《(はべる)》所ゝ、一《ひと》つにてもまた取《と》り争《あらそ》ふべき人なし。子《こ》ども多《おほ》く侍れど、[三]これはさまことに思《(おもひ)》そめたる物《(もの)》に侍り。たゞ真《ま》[四]心におぼし返《(かへり)》みさせ給はば《ゝ》、[五]大臣の位《くらゐ》を求《もと》めむとおぼし願《ねが》ひて、世になき宝《たから》物をも尽《つ》くさむとし給はんに、なき物侍《(はべる)》まじ。[六]当時《たうじ》のみかど、しか恵《めぐ》み申給《(まうしたまふ)》なれば、御後見《うしろみ》は心もとなかるまじ。これ、[七]かの御ためにも、なにがしが女《め》の童《わらは》のためにも、幸《さいは》ひとあるべき事にやとも知《し》らず」と、よろしげに言《い》ふ時に、いとうれしくなりて、[八]いもうとにもかゝる事ありとも語《かた》らず、[九]あなたにも寄《よ》りつかで、守《かみ》の言《い》ひつることを、いとも〳〵よげにめでたしと思《(おもひ)》て聞《き》こゆれば、[一〇]君すこし鄙《ひな》びてぞあるとは聞《き》き《ゝ》給へど、にくからずうち笑《ゑ》みて聞《き》き《ゝ》ゐ給へり。[一一]大臣にならむ贖労《そくらう》を取《と》らんなどぞ、あまりおどろ〳〵しきことと《ゝ》耳《みゝ》とゞまりける。

さて、かの北の方には[一二]かくとものしつや、[一三]心ざしことに思《(おもひ)》はじめ給《(たまふ)》らんに、[一四]ひき違《たが》へたらむ、[一五]ひが〳〵しくねぢけたるやうにとりなす人もあらん、[一六]いさや、とおぼしたゆたひたるを、「[一七]何《なに》か。北の方も、[一八]かの姫君をばいとやむごとなき物《(もの)》に思ひかしづきたてまつり給《(たまふ)》なりけり。[一九]たゞ中《なか》のこのかみにて、年《とし》もおと

一「いのち堪ずしての意也」(玉の小櫛)。
二 所領の数々は、一つとして取り合う者もなく、すべてこの娘のもの、と含みを示す。
三 この娘には初めから格別の思いがある。
四 少将が誠意をもって娘を心にかけて下されば。少将にむやみに重い敬語を連ねる。
五 大臣の地位の取得に必要な資金は提供しよう、と胸を張る。
六 当代の帝が、少将の昇進をお考えというなら。
七 少将のためにも、私の娘のためにも。双方にとって幸いか分らぬ、と言いつつ自信を示す。
八 仲人の妹。浮舟づきの女房。↓一三〇頁四行。
九 母中将君のいる西の対。
一〇 少将は、(介を)少し田舎者だと(見下して)聞くがわるい気はしない。
一一 大臣になるための資金を調達する。「贖労」は買位買官の財貨。
一二 少将の心内。縁談の変更を伝えたか。
一三 (中将君は)浮舟の縁談に格別熱心に思い立たれたようだから。底本「給らんに」は青表紙他本「給つらんに」。
一四 約束を違えたとなれば。
一五 まともでなく変にゆがめて取り沙汰する人も。
一六 どうしたものか、と思いためらう。世間の非難を恐れる少将。
一七 仲人の言。何の。心配ない、の意。
一八 中将君腹の二番目の娘。格別大切にかわいがっているという。「なり」は伝聞。
一九 (浮舟は)姉妹の中では最年長。当時「二十ばかり」(宿木九一頁)。
二〇 かわいそうに思って、そちら(少将)にと振り向けて。
二一 ここ何か月かの間、誰よりも並はずれて大

なび給《たまふ》を、[二〇]心ぐるしきことに思《おもひ》て、そなたにとおもむけて申されけるなりけり」と聞《き》こゆ。[二一]月ごろは、またなく世《よ》の常《つね》ならずかしづくと言《い》ひつるものの、[二二]うちつけにかく言《い》ふもいかならむと思へども、[二三]猶《なほ》ひとわたりはつらしと思はれ、人にはすこし譏《そし》らるとも、ながらへて頼《たの》もしき事をこそと、[二四]いとまたく賢《かしこ》き君にて、思《おもひ》とりてければ、[二五]日をだにとりかへで、契《ちぎ》りし暮にぞおはしはじめける。

北の方は[二六]人知《し》れずいそぎたちて、人ゝの装束《さうぞく》せさせ、[二七]しつらひなどよし〳〵しうし給《たまふ》。[二八]御方《かた》をも頭洗《かしらあら》はせ、とりつくろひて見《み》るに、[二九]少将などいふ程の人に見《み》せんもおし《を》くあたらしきさまを、あはれや、[三〇]親《おや》に知《し》られたてまつりて生《お》い立《(ひ)た》ち給はましかば、おはせずなりにたれども、[三一]大将殿の給ふらんさまに、おほけなくともなどかは思《おもひ》立《た》たざらまし、されどうち〳〵にこそかく思《おも》へ、[三二]外《ほか》のを《(お)》とぎきは、守《かみ》の子《こ》とも思ひ分《わ》かず、又、実《じち》を尋《たづ》ね知《し》らむ人も中〳〵おとしめ思ひぬべきこそかなしけれ、など思《おもひ》つゞく。いかゞはせむ、[三三]盛《さか》り過《す》ぎ給はんもあいなし、[三四]いやしからずめやすきほどの人のかくねんごろに給《たまふ》めるを、など心ひとつに思ひ定《さだ》むるも、[三五]中だちのかく言《こと》よくいみじきに、女はましてすかされたるにやあらん。

切にしていると言っていたのに。仲人の話に不審をいだく。

二二 たちまちうって変ってこういうのもおかしい。

二三 一度は中将君から薄情だと思われ、世間からは非難されても。実利を選ぶ少将の決意。

二四 まったく抜け目のない、しっかりしたお方で。語り手の批評。挿入句。

二五 (浮舟との結婚の)日取りまで変えもせずに、中将君と約束した日の夕暮れに。

二六 誰にも知れずに支度して。「あすあさて」(次頁一行)とあり、結婚の数日前に遡って書く。

10 破談の告知

二七 婿を迎える部屋の飾りつけなど。

二八 浮舟。

二九 五行後「かなしけれ」まで、中将君の心内。少将などという分際の人にめあわせるのも、惜しくてもったいない(浮舟の)姿。高貴な血筋を思う。

三〇 父親の八宮に認知されて育っていたら。むなしい現実に立った高貴さへのこだわりを示す。

三一 大将(薫)のご所望のままに、分不相応でも結婚させたい。

三二 世間の噂では、常陸介の実子と区別されず、真相を知った人なら、かえってそのために見下すはず、と悲観は果てしない。

三三 娘盛りが過ぎたら感心しないし。

三四 (少将が)家柄も悪くなく、無難な身分で、あれほど熱心に求婚なさるようだから。

三五 仲人の言葉上手に乗せられて女は(常陸介にも)まして欺かれたのであろう。語り手の評言。

[一]あすあさてと思《おも》へば、心あは《(わ)》たゝしくいそがしきに、[二]こなたにも心のどかにゐられたらず、そそめきありくに、守《かみ》[三]、外《と》より入《い》り来《き》て、長《なが》〲ととゞこほる所もなく言《い》ひつゞけて、「[四]我を思《(おもひ)》へだてゝ、あこの御懸想人《けさう》を奪《うばゝ》はむとし給ける、おほけなく心をさなきこと。[五]めでたからむ御むすめをば、よう《(え)》ぜさせ給《(たまふ)》君たちあらじ。[六]いやしくことやうならむなにがしらが女子《ご》をぞ、いやしうも尋《たづ》ねの給《(たまふ)》めれ。[七]かしこく思ひくはだてられけれど、[八]もはら本意《ほい》なしとて外《ほか》ざまへ思《おも》ひなり給《(たまふ)》べかなれば、[九]おなじくはと思《(おもひ)》てなん、さらば御心とゆるし申《(まうし)》つる」など、[一〇]あやしくあふなく、人の思はむ所も知《し》らぬ人にて、言《い》ひ散《ち》らしゐたり。北の方あきれて、物も言《い》はれでとばかり思ふに、心うさをかきつらね、涙も落《お》ちぬばかり思《おも》ひつゞけられて、やをら立《た》ちぬ。

[一一]こなたに渡《わた》りて見《み》るに、いとらうたげにお《(を)》かしげにてゐ給へるに、[一二]さりとも人にはを《(お)》とり給はじとは思ひ慰《なぐさ》む。乳母《めのとゝ》とふたり、「心うきものは人の心也《(なり)》けり。[一三]を《(お)》のれはおなじごと思《(おもひ)》あつかふとも、[一四]此《(この)》君のゆかりと思はむ人のためには、[一五]命《いのち》をも譲《ゆづ》りつべくこそ思《おも》へ、親《おや》なしと聞《きゝ》あなづりて、まだ幼《をさな》くなりあはぬ人[一六]を、さし越《こ》えて[一七]かくは言《い》ひなるべしや。かく心うく、[一八]近《ちか》きあたりに見《み》じ聞《き》かじ

一 明日か明後日。一両日の間に結婚が迫っている、と思う母、中将君の心内。 二 浮舟の部屋。「西の御方」(一三〇頁注五)とあった。 三 常陸介が外から入って来て。中将君はいま介の部屋に来ていたところ。 四 常陸介の言。私を分け隔てして、わが娘を愛してくれる人を奪おうとされたとか、身の程知らずで愚かしい。 五 さぞかし立派なあなたのお嬢様を、お望みの若君はおるまい。仮名づかいは、「要(うえ)ず(求める意)」が正しい。 六 身分も低くみっともない私の娘を、かりそめにもご所望のようだ。「いやしうも」は漢文訓読語「いやしく(苟)も」の音便。 七 うまく計画を立てられたが。 八 (少将が)全く本意に反するとして、他家の婿にと考え直そうとしておいでだというので。「なれ」は伝聞。底本「給へかなれは」は青表紙他本多く「給ぬへかむなれは」。 九 同じことなら(わが家の婿に)と思って、ではご希望どおりにと承諾申した。仲人の口車に便乗したのを正当化した物言い。 一〇 おかしいほど浅はかで。相手の気持も省みない常陸介の短慮な性格。

11 中将君と乳母の嘆き

一一 (中将君が)浮舟の部屋に。 一二 不縁になっても(娘は)誰にも後れはおとりになるまい、と(中将君は)自らを慰める。 一三 中将君の言。私は(どの娘も)同じように世話をするとしても。 一四 浮舟の婿君と思うような人のためには。 一五 「我は命を譲りてかしづきて」(一一六頁一二行)と類似の表現。 一六 浮舟の妹で、常陸介の実子。 一七 親しく言い寄ってよいものか。 一八 身近に見たり聞いた

と思ひぬれど、守《かみ》のかく面立《おもだ》た《ゝ》しきことに思《おも》ひて、受《う》けとりさは《(わ)》ぐめれば、あ[一九]ひ〳〵にたる世の人のありさまを、すべてかゝる事に口入《くちい》れじと思《おも》ふ。いかで[二〇]こゝならぬ所に、しばしありにしかな」とうち[二一]嘆《なげ》きつゝ言《い》ふ。

乳母《めのと》もいと腹立《はらだ》た《ゝ》しく、我君《(わが)》をかくおとしむることと《ゝ》思《おも》ふに、「何《なに》[二二]か。これも御幸《さいは》[二三]ひにて違《たが》ふことと《ゝ》も知《し》らず。かく心[二四]くちお《(を)》しくいましける君なれば、あ[二五]たら御さまをも見知《みし》らざらまし。わが君《きみ》をば、心[二六]ばせあり物思ひ知《し》りたらん人にこそ見《み》せたてまつらまほしけれ。[二七]大将殿の御さまかたちの、ほのかに見《み》たてまつりしに、さも命延《いのちの》ぶる心《(ここ)》ちのし侍《(はべり)》しかな。[二八]あはれに、はた聞《き》こえ給《(たまふ)》なり。[二九]御宿世《すくせ》にまかせて、おぼし寄《よ》りねかし」と言《い》へば、「[三〇]あなおそろしや。人の言《い》ふを聞《き》けば、年《とし》ごろおぼろけ[三一]ならん人をば見《み》じとのたまひて、右[三二]の大殿《との》、按察《(あぜち)》[三三]の大納言、式部卿《(しきぶきやう)》[三四]の宮などのいとねんごろにほのめかし給《(たまひ)》けれど、聞《き》き《ゝ》過《す》ぐして、[三五]みかどの御かしづきむすめを得《え》給へる君は、[三六]いかばかりの人かまめやかにはおぼさん。かの母《はゝ》[三七]宮などの御方《かた》にあらせて、時〳〵も見《み》むとはおぼしもしなん、[三八]それはた、げにめでたき御あたりなれども、[三九]いと胸《むね》いたかるべきことなり。[四〇]宮の上《うへ》の、かく幸《さいは》ひ人と申すなれど、物思はしげにおぼしたるを見《み》れば、いか

りしたくない。一九「あひ〳〵」は相合う、釣合う意。唯一例。常陸介も少将もすっかりよく似た同士のやり口を。利にさといやり方をいう。
二〇 どこか他所にしばらく移っていたい。
二一 青表紙他本多く「うちなきつゝ」。
二二 乳母の言。いやなに。
二三 幸運ゆえの破談かも知れない。
二四 情ないお気持でいらした君(少将)だから。
二五 もったいない浮舟のお美しさも分るまい。
二六 気立てがやさしく情愛が分るような人にこそお引き合せ申したい。「世のかしこき人なりとも、深き心ざしを知らでは婚(あ)ひがたし」(竹取物語)の考えにつながる。
二七 薫。かつて侍女右近が源氏・紫上の姿を見て「命延ぶる」と評した(三玉鬘三五二頁一一行)。
二八 すばらしいことにまあ、薫大将からお心寄せとか。「なり」は伝聞。
二九「これも御幸ひにて」(四行)を承けて、その御運に任せてみては、と提案。
三〇 中将君の言。とんでもない、と反発。
三一 (薫は)並々の人とは結婚する気はない、と。
三二 夕霧。六の君を薫へと思っていた(宿木三三頁一行)。三三 紅梅大納言。薫を婿にと思っていた(四竹河二九一頁一行)。
三四 初出。薫の叔父であることが後にわかる(蜻蛉二七六頁四行)。三五 今上帝の女二宮と結婚した(宿木一〇〇頁一三行)。
三六 内親王を得た薫が他の女性をまともにお考えのはずはない、理想は高いのだ。三七 女三宮の女房として召人扱いがせいいっぱい。
三八 それはそれで結構なお勤め先だが。三九 とても心が痛むことだろう。四〇 中君。匂宮の夫人。世間では果報者とされるが、悩ましげなど様子を見れば。六の君のことで苦しむ。

にも〳〵[一]二《ふた》心なからん人のみこそめやすく頼《たの》もしき事にはあらめ、吾《(わが)》身にても知《し》りにき。[二]故《こ》宮の御有《(あり)》さまは、いとなさけ〳〵しくめでたくお《(を)》かしくおはせしかど、[三]人数《かず》にもおぼさざりしかば、いかばかりかは心うくつらかりし。[四]この、いと言《い》ふかひなくなさけなくさまあしき人なれど、[五]ひたおもむきに二《ふた》心なきを見《み》れば、心やすくて年ごろをも過《す》ぐしつる也《(なり)》。お《(を)》りふしの心ばえ《(へ)》の、かやうにあい行《(ぎやう)》なくようゐ《(い)》なき事こそにくけれ、嘆《なげ》かしくうらめしきこともなく、かたみに[六]うちいさかひても、心にあはぬことをばあきらめつ。上達部《かむだちめ》、親王《みこ》たちにて、宮《(みや)》びかに心はづかしき人の御あたりといふとも、[七]我《(わが)》数《かず》ならではかひあらじ。[八]よろづの事、我《(わが)》身からなりけりと思へば、よろづにかなしうこそ見《み》たてまつれ。いかにして、[九]人笑《わら》へならずしたてたてまつらむ」と語《かた》らふ。

[一〇]守《かみ》は急《いそ》ぎたちて、「女房など、[一一]こなたにめやすきあまたあなるを、この程はあらせ給へ。[一二]やがて、帳なども新《あたら》しく仕立《した》てられためる方を、[一三]事にはかになりにためれば、[一四]取《と》り渡《わた》し、とかくあらたむまじ」とて、[一五]西《にし》の方《かた》に来《き》て、[一六]立《た》ち居《ゐ》とかくしつらひさは《(わ)》ぐ。めやすきさまに[一七]さはらかに、[一八]あたり〳〵有《(ある)》べきかぎりしたる所を、さかしらに屏風《(びやうぶ)》ども持《も》て来《き》て、[一九]いぶせきまで立《た》てあつめて、厨子《づし》、

一 浮気心のない男こそ無難で頼り甲斐もあるというもの、自分の体験で十分知った。
二 亡き八宮のお人柄は、とても情深くご立派で優雅でしたが。
三 私を人並みにも思って下さらなかったので。八宮の後妻ではなく、召人として辛酸をなめたことをいう。
四 いまの夫(常陸介)は、お話にもならぬ、風情のない、不体裁な人だが。
五 ただ一途に、妻一人を愛してくれるので。八宮と対比して、夫の短所を逆転評価する。以下の「嘆かしくうらめしきこともなく」に続く。
六 口論しても、納得できないことはきちんと解決した。
七 こちらが人数でない身分ではどうにもなるまい。 八 万事わが身の程によると思うと、浮舟の身の上も何かにつけ悲しい。
九 物笑いになることを極度に恐れる意識が強調される。
一〇 常陸介。準備に奔走する。
一一 こちら(浮舟方)に格好よい人が大勢いるようだから、当座は私の方で使わせて下さい。
一二 そのまま、帳台なども新調されたらしい部屋を。次行の「取り渡し」につづく。

12 常陸介、娘の結婚準備

一三 事態が急変したようだから。少将の結婚相手が自分の実の娘に変ったことを遠回しに言う。
一四 こちらに引き渡し、あれこれ模様替えすまい。浮舟の部屋をそっくり実の娘のために使う考え。 一五 西の対の屋。浮舟の部屋がある。
一六 立ったり座ったり、あれやこれや大騒ぎして飾りつける。 一七 こざっぱりとしたようす。
一八 あちらこちらと精一杯手を尽くしてある部屋を。次行の「いぶせきまで」につづく。

[二〇]二《に》階《かい》などあやしきまでし加《くは》へて、[二一]心をやりていそげば、北の方見《かたみ》ぐるしく見《み》れど、[二二]口入《くちい》れじと言《い》ひてしかば、たゞに見聞《みき》く。[二三]御方《かた》は、北面《おもて》にゐたり。「[二四]人の御心は見知《みし》りはてぬ。[二五]たゞおなじ子《こ》なれば、[二六]さりとも[二七]いとかくは思《(おもひ)》放《はな》ち給はじとこそ思《(おもひ)》つれ。[二八]さはれ、世に母《はゝ》なき子はなくやはある」とて、むすめを昼《ひる》より乳母《めのとゝ》と二人《ふたり》、[二九]撫《な》でつくろひたてたれば、にくげにもあらず、十五六のほどにて、いとちい《(ひ)》さやかにふくらかなる人の、[三〇]髪《かみ》うつくしげにて小袿《こうちき》の程なり。[三一]裾《すそ》いとふさやかなり。これをいとめでたしと思ひて撫《な》でつくろふ。「[三二]何《なに》か。人の異《こと》ざまに思《(おもひ)》かまへられける人をしもと思《おも》へど、人がらのあたらしく、[三三]かうさくに物し給ふ君なれば、我も〳〵と婿《むこ》に取《と》らまほしくする人の多《おほ》かなるに、取《と》られなんもくちお《(を)》しくてなん」と、[三四]かの中人にはかられて言《い》ふもいとお《(を)》こなり。

お《(を)》とこ君も、[三五]この程のいかめしく思《おも》ふやうなることと《ゝ》、[三六]よろづの罪《つみ》あるまじう思《(おもひ)》て、[三七]その夜もかへず来《き》そめぬ。

母《はゝ》君、[三八]御方の乳母《めのと》、いとあさましく思《おも》ふ。[三九]ひが〳〵しきやうなれば、[四〇]とかく見《み》あつかふも心づきなければ、[四一]宮の北の方《かた》の御もとに御文《ふみ》たてまつる。

[四二]その事と侍らでは、[四三]馴《な》れ〳〵しくやとかしこまりて、え[四四]思《(おもう)》給ふるまゝに

一九 うっとうしいまで立て並べて。物が沢山あればよいという価値観。
二〇 二段の棚のある調度。
二一 いい気になって準備するので。
二二 →一三七頁二行。
二三 浮舟。西の対の北側の部屋にいる。婚礼は南側の部屋で行われるらしい。
二四 常陸介の言。中将君のご本心はよく分った。
二五 二人とも全く同じ自分の娘なのだから。
二六 こうなったからといって。 二七 これほどまで疎略になさるまいと思っていたが。
二八 まあよい、世間では母のない子だっているのだ。 二九 念入りに身仕度させてみると。
三〇 かわいらしい感じで小袿の丈ほどの長さ。
三一 髪の末端。 三二 常陸介の言。なんでまた、あの人(中将君)が、ほかの人(浮舟)にと心積りしていた婿をよりによってわが実の娘にと。
三三 もったいなく、格別にすぐれたお方だから。
三四 あの仲人にだまされて(いるのも知らずにその通り)言うのも、まことに馬鹿げている。語り手の評言。
三五 この度の婚儀が豪勢で申し分ないと思って。
三六 どんな支障もあるまいと。
三七 「日をだにとりかへで…」(一三五頁五行)。
三八 浮舟。 三九 少将の行為は思い違いも甚だしいようだから。
四〇 何かと面倒を見るのは気に入らないので。
四一 匂宮の北の方、浮舟の異母姉、中君。 四二 これといったご用もございませんでは。

13 中将君、中君に消息

以下、中将君の手紙。
四三 失礼かとご遠慮申しまして。
四四 存じますままにもお便りを差し上げられずにおりますが。

も聞《き》こえさせぬを、[一]つゝしむべきこと侍《(はべり)》て、しばし所かへさせんと思《おも》ふ《(う)》給《(たまふ)》るに、[二]いと忍《しの》びてさぶらひぬべき隠《かく》れの方さぶらはば、いとも〳〵うれしくなむ。[三]数《かず》ならぬ身一《(ひとつ)》の陰《かげ》に隠《かく》れもあへず、[四]あはれなる事のみ多《おほ》く

侍る世なれば、[五]頼《たの》もしき方にはまづなん。

と、うち泣《な》きつゝ書《か》きたる文《ふみ》を、[六]あはれとは見《み》給《(たまひ)》けれど、[七]故宮《こ》のさばかりゆるし給はでやみにし人を、われひとり残《のこ》りて知《し》り語《かた》らはんもいとつゝましく、又、[八]見《み》ぐるしきさまにて世にあぶれんも知《し》らず顔《がほ》にて聞《き》かんこそ心ぐるしかるべけれ、[九]ことなる事なくてかたみに散《ち》りぼはんも、亡《な》き人の御ために見《み》ぐるしかるべきわざを、おぼしわづらふ。

[一〇]大輔《たいふ》がもとにも、いと心ぐるしげに言《い》ひやりたりければ、「[一一]さるやうこそは侍らめ。人にくゝはしたなくも、なの給はせそ。[一二]かゝるを《(お)》とりの物の、人の御中にまじり給《(たまふ)》も、世《よ》の常《つね》の事なり」など聞《き》こえて、「[一三]さらば、かの西《にし》の方《かた》に隠《かく》ろへたる所し出《い》でて、いと[一四]むつかしげなめれど、さても過《す》ぐい給《(たまひ)》つべくは、しばしのほど」と[一五]言《い》ひつかはしつ。[一六]いとうれしと思《おも》ほして、人知《し》れず出《い》で立《た》つ。[一七]御方もかの御あたりをばむつびきこえまほしと思ふ心なれば、中〳〵かゝる事

一 物忌《(ものいみ)》などで浮舟に方違《(かたたがえ)》させたい、と偽って滞在を願い出る。
二 邸内で人目につかない部屋に預ってもらえまいか、の意図。
三 人数でもない私一人の力ではかばいきれず。
四 情けないことばかり多くございます世の中ですから。
五 頼みになる方としてはまず(あなたさまを)。哀訴の情がこもる。
六 主語は中君。
七 中君の心内。故八宮が認知なさらずに終った娘を。→宿木九〇頁。
八 見苦しい様子で落ちぶれているとしたら、それを知らぬ顔で聞きすごすのも心苦しいことだろうが。
九 格別のこともなくて互いに離れ離れになるのも、なき父君の御ために見苦しいに違いないことだし。
一〇 中君づきの上席の女房。かつては中将君と同僚だった。
一一 大輔の言。何かわけがあるのでしょう。

14 大輔を介し承諾の返事

一二 こうした劣り腹が御姉妹の中にまじっていらっしゃるのも世間によくあることです。
一三 大輔の言。西の対の、西廂に浮舟を迎えることを進言。
一四 むさくるしいようだが、そうしてでもお過ごしになられるようなら、しばらくの間は。下に「過ぐさせ給へ」など補う。
一五 中将君へ。
一六 中将君は。
一七 浮舟。中君との親交を望む気持から、かえって少将との破談がうれしい。
一八 新婚のもてなしを、どれくらい立派にしよ

どもの出《い》で来《き》たるをうれしと思《おも》ふ。

守《かみ》、少将のあつかひを、[一八]いかばかりめでたき事をせんと思《おも》ふに、[一九]そのきら〳〵しかるべきことも知《し》らぬ心には、[二〇]たゞ荒《あら》らかなる東絹《あづまぎぬ》どもを、押《お》しまろがして投《な》げ出《い》でつ。食《く》い《(ひ)》物も所せきまでなん運《はこ》び出《い》でて、のゝしりける。下種《げす》などは、それを[二一]いとかしこきなさけに思ひければ、[二二]君もいとあらまほしく、心かしこくとり寄《よ》りにけりと思《(おもひ)》けり。[二三]北方《(きたのかた)》このほどを見捨《みす》てて知《し》らざらんも、ひがみたらむと思《おも》ひ念《ねん》じて、たゞするまゝにまかせて見《み》ゐたり。[二四]客人《まらうと》の御出《で》い《(ゐ)》、[二五]さぶらひとしつらひさは《(わ)》げば、家は広《ひろ》けれど、[二六]源少納言、東《ひむがし》の対《たい》には住《す》む、[二七]男《をのこ》子《ご》などの多《おほ》かるに、所もなし、[二八]此《(この)》御方に客人住《まらうとす》みつきぬれば、[二九]廊《らう》などほとりばみたらむに住《す》ませたてまつらむも、飽《あ》かずいとおし《(ほ)》くおぼえて、とかく思ひめぐらすほど、[三〇]宮にとは思《おも》ふ成《(なり)》けり。

[三一]この御方ざまに、数《かず》まへ給ふ人のなきを、侮《あなづ》るなめりと思へば、[三二]ことにゆるい給はざりしあたりを、あながちにまい《(ゐ)》らす。乳母《めのと》、若《わか》き人ゝ二三人ばかりして、[三三]西の廂《ひさし》の、北に寄《よ》りて人《ひと》げとをき《(ほ)》方《かた》に、局《つぼね》したり。[三四]年ごろかくはかなかりつれど、[三五]疎《うと》くおぼすまじき人なれば、まい《(ゐ)》る時ははぢ給はず、いとあらまほし

一八 (常陸介は)思案するが。
一九 どうすれば華麗になるかも分らない心では。
二〇 ただもう生地の粗い東国産の絹などを、供人などへの引出物として与える。

15 常陸介、婿君を歓待

無造作にまるめて簾の中から投げ出す。少将の
二一 たいそうな心遣いだと思う。
二二 少将も、全く期待どおりで、よくも賢い縁組をしたものだと喜ぶ。
二三 中将君は、この騒ぎを無視して知らぬ顔をすれば、それもひねくれているようだと我慢して。
二四 婿の少将を接待する部屋。「でゐ」は出居(でい)とも。 二五 供人の控え所。
二六 先妻腹の娘婿。→二一九頁注三〇。
二七 巻頭に「守の子どもは、母亡くなりにけるなどあまた…」(二二四頁)とあった。
二八 今まで浮舟が住んでいた西の対。
二九 (浮舟を)廊などといった隅の方にお住まわせするのも不満でいたわしく思われて。
三〇 匂宮邸。
三一 浮舟の身内に、(浮舟を)人並みに扱って下さる人がないのを、ばかにしているようだと。
三二 とくにお許しのなかった所だが。八宮から娘と認知されなかったことをいう。

16 中将君、浮舟を連出す

三三 二条院の西の対の西廂で北寄りの場所。→注一三。
三四 長い年月このように頼りなく過ごしてきたが。底本「はかなかり」は諸本「はるかなり」。
三五 (中将君を中君は)疎遠にお思いになるはずはない人なので。中将君は故八宮の北の方の姪、中君とは従姉妹に当るので気兼ねしない。→宿木九一頁。

くけはひことにて、[一]若《わか》君の御あつかひをしておはする御有《(あり)》さま、うらやましくおぼゆるも[二]あはれなり。[三]我も、故《こ》北の方《かた》には離《はな》れたてまつるべき人かは、[四]仕《つか(う)》ふまつるといひしばかりに、数《かず》まへられたてまつらず、くちお《(を)》しくてかく人には侮《あなづ》らるゝと思《おも》ふには、[五]かくしひてむつびきこゆるもあぢきなし。こゝには、[六]御物忌《いみ》と言《い》ひてければ、人も通《かよ》はず。二三日ばかり母《はゝ》君もゐたり。[七]こたみは、心のどかに此《(この)》御《み》ありさまを見《み》る。

[八]宮渡《わた》り給《(たまふ)》。ゆかしくてものの《ゝ》間《はさま》より見《み》れば、いときよらに[九]桜《さくら》をお《(を)》りたるさまし給ひて、[一〇]わが頼《たの》もし人に思《(おもひ)》て、[一一]うらめしけれど心には違《たが》はじと思《おも》ふ常陸《ひたち》の守《かみ》より、[一二]さまかたちも人の程もこよなく見《み》ゆる五位、四位ども、[一三]あひひざまづきさぶらひて、この事かのことと《ゝ》、[一四]あたり〳〵のことど《ゝ》も、[一五]家司《けいし》どもなど申《(まうす)》。又、若《わか》やかなる五位ども、顔《かほ》も知《し》らぬどもも《ゝ》多《おほ》かり。[一六]わが継子《まゝこ》の式部の丞《ぞう》にて蔵人《くら》なる、[一七]内の御使《つかひ》にてまい《(ゐ)》れり。[一八]御あたりにもえ近《ちか》くまい《(ゐ)》らず。[一九]こよなき人の御けはひを、[二〇]あはれ、こは何《なに》人ぞ、かゝる御あたりにおはする[二一]めでたさよ、[二二]よそ《ゝ》に思ふ時はめでたき人ゝと聞《き》こゆとも、つらき目《め》見《み》せ給はば《ゝ》と、[二三]物うく推《お》しはかりきこえさせつらん、あさましさよ、この御有《(あり)》さまかたちを見《み》れば、[二四]七夕《たなばた》ば

一 中君が生んだ匂宮の第一子。この若君を得て中君の地位は安定した。→宿木九九頁。 二 語り手が中将君の気持に同化して胸に迫る表現。 三 私だって、亡き北の方につながりのない者か。 四 侍女としてお仕えしたというくらいで、人並みに扱っていただけず、情けない有様でこうして世間から見下げられるのだ。「ばかり」は底本「ひかり」、諸本で正す。 五 こうして強引にお近づき願うのも、やりきれない思いだがどうしようもない。 六 さきの手紙に記した、物忌という触れこみのため誰もやって来ない。 七 今回は、ゆったりとした気分で、お邸の様子を観察する。

八 匂宮が西の対に現れる。以下、中将君の目と心をたどって対象が活写される。 九 容姿の美しさの形容。「花を折る」「花桜折る」ともいう。 一〇 自分が頼りにする夫。 一一 ひどいと恨むことはあっても、心の中では背くまいと思っている常陸介よりも。 一二 姿も顔も品位も、ずっと立派に見える五位や四位連中が。常陸介も五位。 一三 (匂宮の前に)揃って膝まずいたまま控えて。 一四 あれこれの事務的な報告を。

17 匂宮夫妻をかいま見る

一五 貴族の家で家政を行う人。 一六 自分の継子で式部省の三等官兼蔵人の者。 一七 宮中からの御使者。 一八 匂宮のおそばにさえ近寄れない。 一九 匂宮の、この上ない高貴なさま。 二〇 次頁一行「わざかな」まで、中将君の心内。 二一 中君の幸運をいう。 二二 遠くで考える時は、いくら立派な身分の方々と申しても。中将君は先に中君を不幸だと考え、高貴でなくても二心《(ふたごころ)》ない夫を持つべきだと言っていた。→一三八頁一行。 二三 (匂宮を)何となくいやなお方だと推量申し

かりにても、かやうに見《み》たてまつり通《かよ》はむは、いといみじかるべきわざかな、と思《おも》ふに、[二五]若君《わかぎみ》抱《いだ》きてうつくしみおはす。女君、[二六]短《みじか》き木丁《(きちやう)》を隔《へだ》てておはするを、押《お》しやりてものなど聞《き》こえ給ふ、御かたちどもいときよらに似《ゝ》あひたり。[二七]故《こ》宮のさびしくおはせし御有《(あり)》さまを思ひくらぶるに、[二八]宮《みや》たちと聞《き》こゆれど、いとこよなきわざにこそありけれとおぼゆ。

[二九]木丁《(きちやう)》のうちに入《い》り給《(たまひ)》ぬれば、[三〇]若君《わか》は、若《わか》き人、乳母《めのと》などもてあそびきこゆ。人ゝまいり《(ゐ)》集《あつ》まれど、[三一]なやましとて大殿籠《おほとのごも》り暮《(くら)》しつ。[三二]御台《だい》こなたにまいる《(ゐ)》。よろづのこと け高《たか》く、心ことに見《み》ゆれば、[三三]わがいみじきことを尽《つ》くすと見思《みおも》へど、なお《(ほ)》〳〵しき人のあたりはくちおし《(を)》かりけりと思ひなりぬれば、[三四]わがむすめも、かやうにてさし並《なら》べたらむにはかたはならじかし、[三五]いきお《(ほ)》ひを頼《たの》みて、父《ちゝ》ぬしの、后《きさき》にもなしてんと思《おも》ひたる人ゝ、[三六]おなじわが子《こ》ながら、けはひこよなきを思ふも、[三七]猶《(なほ)》今よりのちも心は高《たか》くつかふべかりけりと、[三八]夜一夜《よ》あらまし語《がた》り思《おも》ひつゞけらる。

宮、[三九]日たけて起《お》き給《(たまひ)》て、「[四〇]后《きさい》の宮、例のなやましくし給へば、まいる《(ゐ)》べし」とて、[四一]御装束《さうぞく》などし給《(たまひ)》ておはす。[四二]ゆかしうおぼえてのぞけば、うるはしくひき

上げたとするなら、とんでもないことだ。

二四　七夕のように年一度の逢瀬でも。→四総角四三四頁。　二五　匂宮が。　二六　低い几帳を。　二七　亡き八宮。　二八　同じ宮様と申しても、全く格段の差があるものだ。

二九　(匂宮が)寝所の出入り口に立てた四尺の几帳の中に。参考、源氏物語絵巻・柏木第二段の図。「木丁」は諸本「丁」。

三〇　若君は、若い女房や乳母などがお相手申し上げる。中君も御帳台の中にいるため。

三一　(匂宮は)気分が悪い、と日が暮れるまでお休みになった。　三二　お食膳はこちら(西の対)でさしあげる。　三三　中将君の心内。わが家では善美を尽くしていると、見もし思いもしていたが、身分の低い者がすることは情けないものよ。

三四　以下も二行後「つかふべかりけり」まで、中将君の心内。自分の娘も、こうして高貴な方のおそばに置いても、おかしくあるまい。

三五　財力を頼んで、父の介が、后にもさせようと思っている娘たちは。「ぬし」は軽い敬称。

三六　(浮舟と)同じわが子ながらも、人品がまるで違う。高貴な血を引く浮舟のすばらしさを思う。　三七　やはりこれから後も理想は高くもつべきなのだ。　三八　一晩中、(浮舟)の将来のことを思い続けずにはいられない。「あらまし語り」は唯一の例。

三九　日が高くなってから。　四〇　匂宮の言。后の宮(明石中宮)が、いつものようにお加減が悪いので。　四一　参内のため、衣冠姿に装束を改める。衣冠は布袴(ほうこ)の略式で、非常の際の参内に着用。　四二　(中将君は)その姿が見たくてのぞくと、きちんと正装なさっている(匂宮の)ご様子は。

18　少将をかいま見、落胆

つくろひ給へる、はた似《に》る物なく[一]け高《たか》く愛敬《あいぎやう》づききよらにて、若《わか》君をえ[二]見捨《みす》て給はで遊《あそ》びおはす。[三]御粥《かゆ》、強《こは》い《(ひ)》ゐなどまい《(ゐ)》りてぞ、[四]こなたより出《い》でたまふ。けさよりまい《(ゐ)》りて、[五]さぶらひの方《かた》にやすらひける人ゝ、いまぞまい《(ゐ)》りて物など聞《き》こゆるなかに、[六]きよげだちて、なでう《(ふ)》ことなき人のすさまじき顔《かほ》したる、なを《(ほ)》し着《き》て太刀《たち》佩《は》きたるあり。[七]御前《おまへ》にて何《なに》とも見《み》えぬを、「[八]かれぞこの常陸《ひたち》の守《かみ》の婿《むこ》の少将な[九]。はじめは[一〇]御方《かた》にと定《さだ》めけるを、[一一]守《かみ》のむすめを得《え》てこそいたはられめなど言《い》ひて、[一二]かしけたる女《め》の童《わらは》を持《も》たるなゝり」「[一三]いさ、この御あたりの人はかけても言《い》はず」「[一四]かの君の方より、よく聞《き》くたよりのあるぞ」など、[一五]を《(お)》のがどち言《い》ふ。聞《き》くらむとも知《し》らで人のかく言《い》ふにつけても、[一六]胸《むね》つぶれて、少将をめやすき程と思《おも》ひける心もくちお《(を)》しく、[一七]げにことなる事なかるべかりけりと思《(おもひ)》て、[一八]いとゞしくあなづらはしく思《(おもひ)》なりぬ。

若《わか》君の這《は》ひ出《い》でゝ、御簾《みす》の褄《つま》よりのぞき給へるを、[一九]うち見《み》給《(たまひ)》て、たち返《かへ》り寄《よ》りおはしたり。「[二〇]御心《(こゝ)》ちよろしく見《み》え給はゞ、やがてまかでなん。猶《(なほ)》、苦《くる》しくし給はゞ、こよひは宿直《とのゐ》にぞ。今は[二一]一夜を隔《へだ》つるもおぼつかなきこそ苦《くる》しけれ」とて、しばし[二二]慰《なぐさ》めあそばして、出《い》で給《(たまひ)》ぬるさまの、返《(かへすかへす)》ゝ見《み》るとも〳〵飽《あ》

一　気品高く魅力があって美しく。
二　お放しになれないであやしていらっしゃる。
三　「粥」は堅粥(かたかゆ)で、今の御飯。「強飯(こはいひ)」は、蒸した御飯。
四　寝殿に帰ってからではなく、中君の部屋のある西の対から。
五　供人の詰所。侍所(さぶらいどころ)。
六　こぎれいにしているが、どこといって取柄のない男で魅力に欠けた顔をしたのが。　七　匂宮のお前なので、さっぱり目立たないが。　八　以下、御簾の中から男たちを見る女房たちの会話。
九　文末や体言に付いて、確認や軽い詠嘆の気持を表す。…だね。
一〇　浮舟。
一一　守の実の娘を貰ったのだから、それこそ大事にされるだろうが。寝返りを正当化した言い分。
一二　やせっぽちの女の子を貰ったそうだ。
一三　さあ、どうでしょう。このお邸の人はそんな噂はまるでしません。
一四　左近少将。　一五　朋輩同士が。
一六　どきっとして。以下、中将君の心内。かつて少将を「人がらもめやすかなり」(一二六頁七行)と思っていたことが情けない。
一七　なるほど、大したこともなさそうな人だったよ。
一八　ますます見下げてやりたい気持になってしまう。
一九　匂宮が。若君の可憐さに執着。
二〇　匂宮の言。后の宮(明石中宮)の。
二一　一晩逢わないでも、気がかりなのがつらい。
二二　(若君の)御機嫌をおとりになって。
二三　(匂宮が)お出かけになった後、(中将君は)飽きたりずさびしい思いでぼんやりしている。

くまじくにほひやかにお《(を)》かしければ、[二三]出給《(いでたまひ)》ぬるなごりさう〴〵しくぞながめらるゝ。

[二四]女君の御前《まへ》に出《い》で来《き》て、いみじくめでたてまつれば、ゐ中《(なか)》びたるとおぼして笑《わら》ひ給《(たまふ)》。「[二五]故上《こうへ》の亡《う》せ給《(たまひ)》し程は、言《い》ふかひなく幼《をさな》き御ほどにて、いかにならせたまはんと、見《み》たてまつる人も故《こ》宮もおぼし嘆《なげ》きしを、[二六]こよなき御宿世《すくせ》のほどなりければ、[二七]さる山ふところの中《なか》にも、生《お》ひ出《い》でさせ給《(たまひ)》しにこそありけれ、くちお《(を)》しく[二八]故《こ》姫《ひめ》君のおはしまさずなりにたるこそ飽《あ》かぬ事なれ」など、うち泣《な》きつゝ聞《き》こゆ。[二九]君もうち泣《な》き給《(たまひ)》て、「[三〇]世の中のうらめしく心ぼそきおり《(を)》〳〵も、又かくながら経《ふ》れば、すこしも[三一]思《(おもひ)》なぐさめつべきおり《(を)》もあるを、[三二]いにしへ頼《たの》みきこえける陰《かげ》どもにを《(お)》くれたてまつりけるは、[三三]中〳〵に世《よ》の常《つね》に思ひなされて、[三四]見《み》たてまつり知《し》らずなりにければ[三五]あるを、猶《(なほ)》[三六]この御事は尽《つ》きせずいみじくこそ。[三七]大将の、よろづのことに心の移《うつ》らぬよしを愁《うれ》へつゝ、[三八]浅《あさ》からぬ御心のさまを見《み》るにつけても、いとこそくちお《(を)》しけれ」との給へば、「[三九]大将殿《どの》は、さばかり世にためしなきまで[四〇]みかどのかしづきおぼしたなるに、[四一]心おごりし給《(たまふ)》らむかし。[四二]おはしまさましかば、猶《(なほ)》[四三]この事せかれしもし給はざらましや」など聞《き》こ

二四 中君のお前に(中将君が)出てきて、匂宮を絶賛する。
二五 中将君の言。八宮の北の方が。中君を出産後、程なく死去。→四橋姫二九九頁二行。
二六 (中君は)この上なく恵まれた御運勢でいらしたので。

19 大君追懐、薫に及ぶ

二七 あんな山深い里の中にでも、(立派に)御成長なされたのでしたが。
二八 亡き大君。
二九 中君。
三〇 中君の言。匂宮との仲が(六の君との結婚などで)情けなく心細い折にも。
三一 若君誕生の喜びなど。
三二 昔、お頼り申し上げた両親に先立たれました時は。
三三 かえって世間によくあることと諦めもついて。
三四 (母君の顔は)存じ上げずじまいになってしまったので。挿入句。
三五 (前行の「思ひなされて」を承けて)諦めもついていたが、の意。
三六 姉君(大君)のことは、いつまでも悲しみが尽きない。
三七 薫は、何事にも心が移らないと嘆いては。官位昇進や内親王降嫁などをさす。
三八 深いお気持の様子を見るにつけても。
三九 中将君の言。
四〇 帝が大切になさっているということだから。
四一 得意でいらっしゃるでしょう。
四二 (大君が)御存命なら。
四三 降嫁は、お取りやめにならなかったでしょうか。女二宮との縁組は取りやめになったはず、の意。

ゆ。「[一]いさや。やう[二]のものと、人笑《わら》はれなる心《(ここ)》ちせましも、中〳〵にやあらまし。見《み》[三]はてぬにつけて、心にくゝもある世にこそと思《おも》へど、[四]かの君はいかなるにかあらむ、あやしきまで物忘《わす》れせず、故《こ》[五]宮の御後《のち》の世をさへ思ひやり深《ふか》く後《うしろ》見《み》ありき給《(たまふ)》める」など、[六]心うつくしう語《かた》り給《(たまふ)》。「[七]かの過《す》[八]ぎにし御代《か》はりに尋《たづ》ねて見《み》んと、この数《かず》ならぬ人[九]をさへなん、かの弁[一〇]の尼《あま》君にはの給ひける。[一一]さもや、と[一二]思《おも》ふ《(う)》給へ寄《よ》るべき事には侍らねど、[一三]一本《もと》ゆへ《(ゑ)》にこそはとかたじけなけれど、あはれになむ思ふ《(う)》給へらるゝ御心ふかさなる」など言《い》ふついでに、[一四]この君をもてわづらふこと、泣《な》く〳〵語《かた》る。

こまかにはあらねど、[一五]人も聞《き》きけりと思ふに、少将のおもひ侮《あなづ》りけるさまなどほのめかして、「[一六]命《いのち》侍らむかぎりは、何《なに》か、[一七]朝夕《ゆふ》の慰《なぐさ》めぐさにて見《み》過《す》ぐしつべし。[一八]うち捨《す》て侍《(はべり)》なんのちは、[一九]思《おも》はずなるさまに散《ち》りぼひ侍らむがかなしさに、尼《あま》になして深《ふか》き山にやし据《す》へ《(ゑ)》て、[二〇]さる方《かた》に世の中《なか》を思《(おもひ)》絶《た》えて侍らましなどなん、[二一]思ふ《(う)》給へわびては、思《(おもひ)》寄《よ》りはべる」など言《い》ふ。「[二二]げに心ぐるしき御有《(あり)》さまにこそはあなれど、何《なに》か、[二三]人に侮《あなづ》らるゝ御有《(あり)》さまは、かやうになりぬる人のさがにこそ。さりとても耐《た》[二四]え《(へ)》ぬわざなりければ、[二五]むげにその方《かた》に思《(おもひ)》を《(お)》きて給へ

一 中君の言。さあ、どうか。中将君の意見に反発。 二 (大君とは)同じような身の上だと、世間の笑いものになるような気持が起ったら、かえってみじめ。匂宮が六の君を、薫が女二宮をそれぞれ正室に迎えて、姉妹は同じ嘆きを味わう、の意。 三 途中で亡くなられたからこそ、ゆかしくもある仲なのだ。 四 薫。 五 八宮の追善供養。 六 素直でかわいらしく。 七 中将君の言。 八 亡き大君のお身代りに引き取って世話したい。 九 浮舟。 一〇 →一二四頁三行。 一一 大君の「御代はり」にも。 一二 その気になるべきことではございませんが。 一三 「紫の一本ゆゑに武蔵野の草はみながらあはれとぞ見る」(古今集・雑上・読人しらず)による。浮舟が大君のゆかりなればこそお声をかけて下さるのだ、の意。 一四 浮舟の身の振り方を思い悩んでいること。

20 浮舟の不運を訴える

一五 女房たちも知っていた(→一四四頁八行)と思うので。挿入句。 一六 中将君の言。 一七 中将君が浮舟を。 一八 浮舟を一人残して先立つようなことがあれば。 一九 思いがけない不幸な身の上になってしまう、それが悲しいので。 二〇 遁世して結婚のことはあきらめましょうかと。 二一 思案に暮れた末には、そんな考えにもなります。 二二 中君の言。 二三 人に見下されるのは、自分を含めて父親の庇護のない者の常だという。 二四 (山住みは)耐えられない。 二五 (八宮が)山里で一途に暮らすようにと決め置かれた私でさえ。宇治を離れるなという父の遺言をいう。→四椎本三五一頁九行。

りし身だに、かく心[二六]より外にながらふれば、まいていとあるまじき御事也《なり》。[二七]やつい給はんも、いとお《ほ》しげなる御さまにこそ」など、[二八]いとおとなびての給へば、母君《はゝ》、いとうれしと思《おもひ》たり。[二九]ねびにたるさまなれど、よしなからぬさましてきよげなり。[三〇]いたく肥《こ》え過《す》ぎにたるなむ常陸《ひたち》殿とは見《み》えける。

「故《こ》[三一]宮の、[三二]つらうなさけなくおぼし放《はな》ちたりしに、いとゞ人げなく人にも侮《あなづ》られ給《たまふ》と見《み》給《たまふ》れど、[三三]かう聞《き》こえさせ御覧ぜらるゝにつけてなん、いにしへのうさも慰《なぐさ》み侍《はべる》」など、年ごろの物語《がた》り、[三四]浮島《うきしま》のあはれなりし事も聞《き》こえ出《い》づ。

「[三五]わが身ひとつの、とのみ言《い》ひあはする人もなき[三六]筑波《つくば》山の有《あり》さまもかく[三七]あきらめきこえさせて、[三八]いつもいとかくてさぶらはまほしく思《おもう》給へなり侍《はべり》ぬれど、[三九]かしこには[四〇]よからぬあやしの物《もの》ども、いかにたちさは《わ》ぎ求《もと》め侍らん。さすがに心あは《わ》たゝしく思《おもう》給へらるゝ。[四一]かゝる程の有《あり》さまに身をやつすは口お《を》しき物になん侍《はべり》けると、身にも思《おも》ひ知《し》らるゝを、[四二]この君はたゞまかせきこえさせて、知《し》り侍らじ」など、[四三]かこちきこえかくれば、[四四]げに見《み》ぐるしからでもあらなんと見《み》給《たまふ》。

[四五]かたちも心ざまも、えにくむまじうらうたげなり。[四六]ものはぢもおどろ〳〵し

二六 思いがけない生活をしているのだから、まして浮舟は。 二七 「やつし」の音便。出家姿となるには、いたわしいほどの美しさ、とほめあげる。 二八 いかにも分別ありげに。 二九 (中将君の)すっかり年はとった様子だが、風情がなくはないといった感じ。 三〇 でっぷり太った体格は、いかにも豊かな常陸殿、とからかう語り手の評言。

三一 中将君の言。 三二 八宮に冷淡に扱われた恨み。→一三八頁三行。

三三 みずからも言上し、中君にお目通り頂くことで、これまでの辛さも慰められたとする。

三四 「浮島」は陸奥国の歌枕。現、宮城県。「憂き」を掛けて夫が陸奥守時代に結婚した(宿木九〇頁)頃の、辛い思い出を語った。「塩釜の前に浮きたる浮島の浮きて思ひのある世なりけり」(古今六帖三)。 三五 中将君の言。自分だけがこんなに辛いのか。「世の中は昔よりやは憂かりけむわが身一つのためになれるか」(古今集・雑下・読人しらず)による。 三六 常陸国(茨城県)の歌枕。→一二四頁注一。 三七 (田舎暮らしの様子も)すっかりお話し申したので。 三八 常にお傍にいさせていただきたいと思うようになりましたが。 三九 常陸介邸。

四〇 つまらぬ者どもが、自分の帰邸を心待ちしていよう。 四一 受領風情に。

四二 浮舟の身柄は、中君に一任。

四三 中君の扱いしだいのようにお願いするので。

四四 なるほど(浮舟には)見苦しくない生活をしてほしい、と。

四五 (浮舟の)顔立ちも性質も。以下、中君の見た浮舟の印象。

21 薫をかいま見て感嘆

四六 はにかみも度が過ぎない。

からず、[一]さまよう子《こ》めいたる物からかどなからず、[二]近《ちか》くさぶらふ人ゝにも、いとよく隠《かく》れてゐたまへり。物など言《い》ひたるも、[三]むかしの人の御さまにあやしきまでおぼえたてまつりてぞあるや、[四]かの人形《かたもと》求め給《(たまふ)》人に見《み》せたてまつらばやと、[五]うち思《(おもひ)》出《い》で給《(たまふ)》お《(を)》りしも、「[六]大将殿まい《(ゐ)》り給《(たまふ)》」と人聞《き》こゆれば、[七]例の御き丁《(ちやう)》ひきつくろひて心づかひす。この[八]客人《まらうと》の母君《はゝ》、「[九]いで見《み》たてまつらん。[一〇]ほのかに見《み》たてまつりける人のいみじき物に聞《き》こゆれど、[一一]宮の御有《(あり)》さまにはえ並《なら》び給はじ」と言《い》へば、御前にさぶらふ人ゝ、「[一二]いさや、えこそ聞《き》こえ定《さだ》めね」と聞《き》こえあへり。「[一三]いか計《(ばかり)》ならん人か、宮をば消《け》ちたてまつらむ」など言《い》ふほどに、[一四]今ぞ車よりおり給《(たまふ)》なると聞《き》く程、かしかましきまでを《(お)》ひのゝしりて、とみにも見《み》え給はず。

[一五]待《ま》たれ給《(たまふ)》ほどに、歩《あゆ》み入《い》り給《(たまふ)》さまを見《み》れば、[一六]げにあなめでた、お《(を)》かしげとも見《み》えずながらぞ、なまめかしうあてにきよげなるや。すゞろに[一七]見《み》えぐるしうはづかしくて、[一八]ひたい《(ひ)》髪《がみ》などもひきつくろはれて、[一九]心恥《(はづか)》しげにようゐ《(い)》多《おほ》く[二〇]際《きは》もなきさまぞし給へる。[二一]内よりまい《(ゐ)》り給へるなるべし。[二二]御前《ぜん》どものけはひあまたして、「[二三]よべ、后《きさい》の宮の悩《なや》み給《(たまふ)》よしうけ給《(たまは)》りてまい《(ゐ)》りたりしかば、[二四]宮たちのさ

一 上品でおっとりしているが、気も利くらしく。
二 近侍の女房たちにも姿を見せない。姫君としてのたしなみ。
三 亡き大君に不思議なほど生写し。→宿木一一四頁五行。
四 あの人形を捜し求める薫。「人形」→宿木八二頁七行。
五 中君が。 六 薫。
七 薫と対面するときの用意。いつも几帳越し。→宿木六四頁。
八 「賓 マラフト」(名義抄)とも。よそから訪れて来た人、の意。中将君を中君側から捉えた扱い。
九 中将君の言。薫を。
一〇 浮舟の乳母が前に語っていた。→一三七頁七行。 一一 (薫は)匂宮には及ぶまいと予測。
一二 薫と匂宮は優劣つけがたい意。
一三 中将君の言。どれほどの人が匂宮をお負かし申すか、と疑う。
一四 (薫が)下車するようすが気配や先払いの声だけで描かれ、早く見たい心をかき立てる。
一五 (薫が)人々に心待ちさされなさるうちに。青表紙他本「待たれたる」。その場合主語は中将君。
一六 表面的な美観よりも、内面的な優雅さを強調。同様な描写は既出(四匂宮二一八頁)。
一七 (薫に)見られるのがつらく気がひける思い。
一八 思わず額髪などもそっと直してしまうほど。
一九 気恥ずかしくたしなみ深い態度。
二〇 この上もなくすてき。匂宮にもまさる感じ。
二一 宮中から(直接)こちらへ。
二二 前駆の者が大勢いるようす。
二三 薫の言。明石中宮が御病気のよし。
二四 中宮腹の皇子たち。
二五 匂宮。 二六 匂宮の遅参。

ぶらひ給はざりしかば、いとお《(ほ)》しく見《み》たてまつりて、[二五]宮の御代《か》はりにいままでさぶらひ侍《(はべり)》つる。[二六]けさもいと懈怠《けだい》してまい《(ゐ)》らせ給へるを、[二七]あいなう御あやまちに推《お》しはかりきこえさせてなむ」と聞《き》こえ給へば、「[二八]げにを《(お)》ろかならず、思《(おもひ)》やり深《ふか》き御用意《ようい》になん」とばかりいらへきこえ給ふ。[二九]宮は内にとまり給《(たまひ)》ぬるを見《み》を《(お)》きて、[三〇]たゞならずおはしたるなめり。

例の、物語《がた》りいとなつかしげに聞《き》こえ給ふ。[三一]ことに触《ふ》れて、たゞ[三二]いにしへの忘《わす》れがたく、世の中の物うくなりまさるよしを、[三三]あらはには言《い》ひなさで、かすめうれへ給《(たまふ)》。[三四]さしも、いかでか世《よ》を経《へ》て心に離《はな》れずのみはあらむ、猶《(なほ)》、[三五]浅《あさ》からず言《い》ひそめてし事の筋《すぢ》なれば、なごりなからじとにや、など見《み》なし給へど、[三六]人の御けしきはしるき物なれば、見《み》もてゆくまゝに、あはれなる御心ざまを、[三七]岩《いは》木ならねば思《おも》ほし知る。うらみきこえ給ふ事も多《おほ》かれば、[三八]いとわりなくうち嘆《なげ》きて、[三九]かゝる御心をやむる禊《みそぎ》をせさせたてまつらまほしく思《おも》ほすにやあらん、[四〇]かの人形《かた》の給《(たまひ)》出《い》でて、「[四一]いと忍《しの》びてこのわたりになん」とほのめかしきこえたまふを、[四二]かれもなべての心《(ここ)》ちはせずゆかしくなりにたれど、[四三]うちつけにふと移《うつ》らむ心地、はたせず。「[四四]いでや、その[四五]本尊《ぞん》、[四六]願《ねが》ひ満《み》てたまふべくはこそたう《(ふ)》

二七 失礼ながら(中君がお引き留めゆえの)御失態かと。きわどい冗談。
二八 中君の言。それはまあ、並々でない、思いやり深いお心づかいで。冗談をさらりとかわす。
二九 匂宮が宮中にお泊りになったのを見届けて。
三〇 下心があってお越しになったようだ。宮の不在時をねらうのが通例化。「例の、宮のおはしまさぬひまに」(宿木一〇三頁五行)など。
三一 何かにつけて。
三二 亡き大君のことが。結婚や昇進をいうか。
三三 あからさまにではなく、それとなく訴えなさる。

22 中君、薫に浮舟を推す

三四 以下、中君の心内。(薫は)それほどまで、どうしていつまでも(大君が)忘れずにいられるのか。
三五 初めから深く思いよられた筋なので、亡き後も忘れてしまいたくない。
三六 薫の真剣な面持ち。
三七 「人は木石に非ず、皆情有り」(白氏文集四・李夫人)。
三八 (中君は)途方にくれため息をつく。
三九 恋慕の気持をなくす禊でも。「恋せじと御手洗川《(みたらしがは)》にせしみそぎ神はうけずもなりにけるかな」(伊勢物語六十五段)。
四〇 浮舟のこと。「人形」は禊の縁語。→注四。
四一 中君の言。ごく内々に(浮舟が)こちらに来ております。
四二 その人のことも(薫は)いいかげんな気持では聞き流されず。
四三 急に心を移す気には、とてもなれない。
四四 薫の言。
四五 以前、浮舟のことを中君から聞いて「山里の本尊にも」と言った(宿木八四頁八行)。
四六 (その本尊が)私の願いを叶えて下さるようなら。

とからめ、時〻[一]心やましくは、中〳〵[二]山水も濁《にご》りぬべく」との給へば、はて〳〵は、「[三]うたての御聖《ひじり》心や」と、ほのかに笑《わら》ひ給ふもお《(を)》かしう聞《き》こゆ。「[四]いでさらば、伝《つた》へはてさせ給へかし。[五]この御のがれ言《こと》葉こそ、思《おも》ひ出《い》づればゆゝしく」との給《(たまひ)》ても、[六]また涙《なみだ》ぐみぬ。

[七]見《み》し人の形代《かたしろ》ならば身にそへて恋しき瀬《せ》ゝ《(ぜ)》のなで物にせむ

と、例のたはぶれに言《い》ひなして、[八]紛《まぎら》はしたまふ。

「[九]みそぎ川瀬《せ》ゝ《(ぜ)》にいださんなで物を身にそふ影とたれか頼《たの》まん

[一〇]引手《ひくて》あまたに、とかや。いとお《(ほ)》しくぞ侍《(はべる)》や」とのたまへば、「[一一]つゐ《(ひ)》に寄《よ》る瀬《せ》はさらなりや。[一二]いとうれたきやうなる、水の泡《あわ》にも争《あらそ》ひ侍《(はべる)》かな。[一三]かき流《なが》さるゝなで物は、いでまことぞかし。[一四]いかで慰《なぐさ》むべきことぞ」など言《い》ひつゝ、[一五]暗《くら》うなるもうるさければ、[一六]かりそめにものしたる人も、あやしくと思《(おもふ)》らむもつゝましきを、「[一七]こよひはなを《(ほ)》とく返給《(かへりたまひ)》ね」と[一八]こしらへやり給《(たまふ)》。

「[一九]さらば、その客人《まらうと》に、かゝる心の願《ねが》ひ年経《へ》ぬるを、[二〇]うちつけになど浅《あさ》う思《(おもひ)》なすまじうのたまはせ知《し》らせ給《(たまひ)》て、[二一]はしたなげなるまじうはこそ。[二二]いとうゐ《(ひ)》〳〵しうならひにて侍る身は、何事《なに》もお《(を)》こがましきまでなん」と語《かた》らひきこ

一 中君ゆえに悩むようなら。それも濁りそう。二「山水」は清浄な気持。三 中君の言。困った道心。仏道修行に因んだ冗談。四 薫の言。五 ただ今の言い逃れのお言葉は、それこそ想い出すと不吉で。大君が自分の身代りに中君を譲って、やがて死んだことを想起。六 敬語がないことに注意。薫の気持で捉える。七 薫の歌。大君の身代りならば、いつも傍において、恋しく思う折々は、その思いを移して流すなで物にしよう。「なで物」は祓えに用いる紙の人形。これで身をなでて罪穢れなどを移し水に流す具。「瀬ゝ」と縁語。八 涙を。九 中君の歌。みそぎ河の瀬ごとに流すなで物ならば、生涯連れ添うものだと誰が頼みにしよう、と切り返す。一〇 ほかに大勢女がいては(とても頼りにはできません)。それでは浮舟がかわいそう。「大幣(おほぬさ)の引く手あまたになりぬれば思へどえこそ頼まざりけれ」(古今集・恋四・読人しらず、伊勢物語四十七段)。一一 薫の言。最後の拠り所は、言うまでもない(それはあなたなのだ)。前注の引歌「大幣の…」の返歌「大幣と名にこそ立てれ流れてもつひに寄る瀬はありてふものを」(古今集・恋四・読人しらず、伊勢物語四十七段)。一二 まったくいまいましいような、消えては浮く水の泡にも張り合うつらいわが身です。「水の泡の消えで憂き身といひながら流れてなほも頼まるるかな」(古今集・恋五・紀友則)。一三 捨てられて流されるなで物は、いや本当は私のことですよ。一四 どうしたら心を晴らすことができようぞ。

23 中将君貴人の婿を願う

一五 日が暮れてくるのも煩わしいことになるので。一六 しばらく泊りに来合せている浮舟の母なども変だと思うかも知れないのも憚られるので。一七 中君の言。一八 うま

え《(お)》をきて出《い》で給《(たまひ)》ぬるに、この母君《はゝ》、「[二三]いとめでたく、思《おも》ふやうなるさまかな」とめでて、[二四]乳母《めのと》ゆくりかに思《(おもひ)》寄《よ》りてたび〳〵言《い》ひしことを、あるまじきことに言《い》ひしかど、[二五]この御ありさまを見《み》るには、天《あま》の川《がは》を渡《わた》りても、[二六]かゝる彦星《ひこぼし》の光をこそ待《ま》ちつけさせめ、我《(わが)》むすめは、[二七]なのめならん人に見《み》せんはお《(を)》しげなるさまを、[二八]夷《えびす》めきたる人をのみ見《み》ならひて、少将をかしこき物《(もの)》に思《(おもひ)》けるを、くやしきまで思《(おもひ)》なりにけり。

[二九]寄《よ》りゐ給へりつる真木柱《まきばしら》も褥《しとね》も、[三〇]なごり匂《にほ》へる移《うつ》り香《が》、言《い》へばいとことさらめきたるまでありがたし。時〻見《み》たてまつる人だに、たびごとにめできこゆ。「[三一]経などを読《よ》みて、功徳《くどく》のすぐれたる事あめるにも、香《か》のかうばしきをやんごとなきことに、仏の給《(たまひ)》を《(お)》きけるもことは《(わ)》りなりや。[三二]薬王品《やく(わう)ぼん》などにとりわきてのたまへる五《(ご)》[三三]づ千《(せん)》だんとかや、[三四]おどろ〳〵しき物の名《なゝ》なれど、まづ[三五]かの殿《とのゝ》の近《ちか》くふるまひ給へば、仏は[三六]まことし給《(たまひ)》けりとこそおぼゆれ。[三七]幼《をさな》くおはしけるより、[三八]行《おこな》ひもいみじくし給《(たまひ)》ければよ」など言《い》ふもあり。また、「[三九]先《さき》の世こそゆかしき御有《(あり)》さまなれ」など、口《くち》〳〵めづる事どもを、[四〇]すゞろに笑《ゑ》みて聞《きゝ》きゐたり。

[四一]君は、[四二]忍《しの》びての給《(たまひ)》つることを、ほのめかしの給ふ。「[四三]思《(おもひ)》そめつること、しう《(ふ)》

くなだめてお帰しになる。

一九 薫の言。 二〇 突然の思いつきで。 二一 みっともなくないようならば(取り計らってほしい)。 二二 とても不慣れなままでおります私は、何事にも愚かしいほどで。

二三 中将君の言。 二四 乳母が不意に思いついて。↓一三七頁九行。 二五 薫の。 二六 こういう彦星の光を待ち受けさせたいものだ。たまの逢瀬でもよいから、薫のような人と結婚させたい、の意。「彦星に恋はまさりぬ天の川隔つる関を今はやめてよ」(伊勢物語九十五段)。 二七 並大抵の男にめあわすにはもったいないほどの器量を。「くやしきまで」に続く。 二八 東国の田舎者ばかりを見慣れて。

二九 (薫が)寄りかかっていらした檜の柱も敷物も。 三〇 (薫が帰った)あとまで匂う移り香が。 三一 女房の言。 三二 法華経・薬王菩薩本事品《やくおうぼさつほんじぼん》に「若し人有りて、この薬王菩薩本事品を聞き、能く随喜して善《ろよ》しと讃《ほ》めば、この人、現世に口の中より常に青蓮華《しやうれんげ》の香を出し、身の毛孔《もうく》の中より常に牛頭栴檀《ごづせんだん》の香を出さん。得る所の功徳は上に説ける所の如し」。薫の身から発する芳香を、前世の修行ゆえの徳と讃える。 三三 インドの牛頭《ずご》山に産する香木の栴檀。 三四 大げさな名前だが。 三五 薫が近くで身動きなさると。 三六 真言。真実の言葉。 三七 薫は幼少から。 三八 仏道の勤行(どんぎよう)も。 三九 女房の言。 四〇 (中将君は)思わずにこにこして聞いている。 四一 中君は(中将君に)。 四二 (薫が)内々に依頼なさったことを。 四三 中君の言。(薫は)いったん思い立ったことは、しつこいくらい軽々しく変えたりなさらない。

24 中君に浮舟を託す

ねきまでかろ〴〵しからずものし給《(たまふ)》めるを、げに[一]たゞ今の有《(あり)》さまなどを思《(おもへ)》ば、わづらはしき心地すべけれど、[二]かの世《よ》を背《そむ》きてもなど思《(おもひ)》寄《よ》り給《(たまふ)》らんも、[三]おなじことに思《おも》ひなして、心み給へかし」との給へば、[四]「つらき目《め》見《み》せず、人に侮《あなづ》られじの心にてこそ、[五]鳥の音《ね》聞《き》こえざらん住《す》まゐ《(ひ)》まで思《(おもう)》給へを《(お)》きつれ、[六]げに人の御有《(あり)》さまけはひを見《み》たてまつり思《(おもう)》給ふるは、[七]下仕《しもづか》へのほどなどにても、[八]かゝる人の御あたりに馴《な》れきこえんは、かひありぬべし。まいて若《わか》き人は、[九]心つけたてまつりぬべく侍《(はべ)》めれど、[一〇]数ならぬ身に、物おもふ種《たね》をやいとゞ蒔《ま》かせて見《み》侍らん。[一一]高《たか》きも短《みじか》きも、女といふものはかゝる[一二]筋《すぢ》にてこそ、この世《よ》、後《のち》の世まで苦《くる》しき身になり侍《(はべ)》なれと思《(おもう)》給へはべればなむ、いとお《(ほ)》しく思《(おもう)》給へ侍《(はべる)》。それもたゞ[一三]御心になん。ともかくも、おぼし捨《す》てず物せさせ給へ」と聞《き》こゆれば、いとわづらはしくなりて、[一四]「いさや。[一五]来《き》し方《かた》の心ふかさにうちとけて、行《ゆ》く先《さき》のありさまは知《し》りがたきを」とうち嘆《なげ》きて、ことに物もの給はずなりぬ。

明《あ》けぬれば、[一六]車など率《ゐ》て来《き》て、守《かみ》の消息《せうそこ》など、[一七]いと腹立《はらだ》たしげにを《(お)》びやかしたれば、[一八]「かたじけなくよろづに頼《たの》みきこえさせてなん。[一九]猶《(なほ)》しばし隠《かく》させ給《(たまひ)》て、[二〇]巌《いはほ》の中にともいかにとも、思《(おもう)》給へめぐらし侍《(はべる)》ほど、[二一]数《かず》に侍らずとも、思《おも》ほし

一 女二宮が降嫁したこと。
二 浮舟を尼にしてでも、と思い付かれたこともあるのだから。→一四六頁一二行。
三 同様に捨て身になったつもりで。
四 中将君の言。浮舟につらい思いをさせず、世間から見下されまいと思えばこそ。
五 出家遁世のことまでも考えたが。「飛ぶ鳥の声も聞こえぬ奥山の深き心を人は知らなむ」(古今集・恋一・読人しらず)。
六 なるほどあのお方(薫)のご様子を拝見して考えさせていただくことは。
七 たとえ下女の身分などでもよい。
八 こんな人のお側に親しくお仕え申すなら。
九 お慕い申すに違いございませんでしょうが。
一〇 人並みでもない身に、つらい思いをこれまで以上にさせることになりましょう。「今はとて忘るる草の種をだに人の心に蒔かせずもがな」(伊勢物語二十一段)。
一一 身分の高い人も低い人も。
一二 男女の仲のことで、この世ばかりか後世までも愛執の罪に苦しむ身になるそうだと存じますので(浮舟が)かわいそうに存じます。
一三 中君様のお気持ひとつ。
一四 中君の言。さあ、どうしたものか。
一五 これまでの(薫の)誠実さに心を許しても。
一六 (常陸邸からの)迎えの車。
一七 ひどく腹を立てているようにおどかしてきたので。
一八 中将君の言。恐れながら、万事お頼み申して(私は失礼します)。
一九 もうしばらくおかくまい下さって。
二〇 出家させるかどうするか、思案する間。「いかならむ巌のなかに住まばかは世の憂きことの聞こえこざらむ」(古今集・雑下・読人しらず)。

放《はな》たず、何《なに》ごとをも教《をし》へさせ給へ」など[二二]聞《き》こえを《(お)》きて、[二三]この御方もいと心ぼそくならはぬ心《(ここ)》ちに[二四]立《た》ち離《はな》れんを思へど、[二五]いまめかしくお《(を)》かしく見《み》ゆるあたりに、しばしも見《み》馴《な》れたてまつらむと思《おも》へば、[二六]さすがにうれしくもおぼえけり。

[二七]車引《ひ》き出《い》づるほどの、すこし明《あ》かうなりぬるに、[二八]宮、内よりまかで給《(たまふ)》。若《わか》君おぼつかなくおぼえ給《(たまひ)》ければ、忍《しの》びたるさまにて、[二九]車《くるま》なども例ならでおはしますに、[三〇]さしあひて、[三一]押《お》しとゞめて立《た》てたれば、[三二]廊《らう》に御車寄《よ》せており給ふ。[三三]「なぞの車ぞ。暗《くら》きほどに急《いそ》ぎ出《い》づるは」と目《め》とゞめさせ給《(たまふ)》。[三四]かやうにてぞ、忍《しの》びたる所には出《い》づるかしと、[三五]御心ならひにおぼしよるもむくつけし。[三六]「常陸殿《ひたちどの》のまかでさせ給《(たまふ)》」と申す。[三七]若《わか》やかなる御前《ぜん》ども、[三八]「殿《との》こそあざやかなれ」と笑《わら》ひあへるを聞《(きく)》も、[三九]げにこよなの身のほどやとかなしく思《おも》ふ。たゞ[四〇]この御方《かた》のことを思《(おもふ)》ゆへ《(ゑ)》にぞ、を《(お)》のれも人〻しくならまほしくおぼえける。[四一]まして正身《さうじみ》をなを《(ほ)》〳〵しくやつして見《み》むことは、いみじくあたらしう思《おも》ひなりぬ。

宮入《い》り給《(たまひ)》て、[四二]「常陸《ひたち》殿といふ人や、こゝに通《かよ》はしたまふ。[四三]心ある朝ぼらけに急《いそ》ぎ出《い》でつる[四四]車副《ぞひ》などこそ、ことさらめきて見《み》えつれ」など、[四五]猶《(なほ)》おぼし疑《うたが》ひてのたまふ。聞《き》きにくゝかたはらいたしとおぼして、[四六]「大輔《たいふ》などが若《わか》くてのころ、

二二 七行目にも「数ならぬ身に」とあった。卑下をたてにすがる気持を表明。
二三 (中君に)あとのために申しあげておくので。
二三 浮舟。 二四 母と別れ別れになるかも知れないことを心配。
二五 はなやかで趣深く見える二条院で。
二六 心配する一方で、やはりうれしい。

25 匂宮帰邸

二七 邸から中将君の車を引き出すころで、空も明るんだ時分。 二八 匂宮、宿直を終えて帰邸。
二九 (常用の檳榔毛《びろうげ》の車ではない)目立たぬ(網代《あじろ》などの)車で。 三〇 ばったり出会う。
三一 (中将君の)車は立ち停めて控える。
三二 西の対の中門の廊。 三三 匂宮の言。どういう車か。まだ暗いうちに急いで帰っていくのは。薫の車かと疑う気持。
三四 こんなふうにして、こっそり通う女の所からは帰るものだ。
三五 自分の経験から推察する。気味が悪いほどだ、と語り手の評言。
三六 常陸方の供人の言。これより退出の旨を言上。 三七 匂宮方の若い前駆の供人。
三八 供人の言。殿とはよくも言ったものよ。受領風情を「殿」呼ばわりは滑稽な、の意。
三九 いかにも格段劣るわが分際。屈辱の思いをかみしめる中将君。
四〇 浮舟の将来を思うために、自分も人並みの身分になりたい、の気持。
四一 当の浮舟を、凡俗な身のほどに落としたとしたら、とてもとても残念。 四二 匂宮の言。常陸殿という人を、こちらに通わせておいでか。
四三 風情ある明け方に。 四四 牛車の左右に付き添う供人。 四五 相変らず薫に疑いをもつ。
四六 中君の言。

友《とも》だちにてありける人は、ことにいまめかしうも見《み》えざめるを、[一]ゆへ《(ゑ)》〴〵しげにもの給《(たまひ)》なすかな。[二]人の聞《き》ゝ咎《とが》めつべき事をのみ、常《つね》にとりない給こそ。[三]なき名は立《た》てゞ」とうち背《そむ》き給ふも、らうたげにお《(を)》かし。

[四]明《(あく)》るも知《し》らず大殿籠《おほとのごも》りたるに、人ゝあまたまい《(ゐ)》り給へば、寝《しん》殿に渡《わた》り給《(たまひ)》ぬ。[五]后《きさい》の宮は、こと〴〵しき御なやみにもあらで[六]を《(お)》こたり給《(たまひ)》にければ、心《(ここ)》ちよげにて、[七]右《(みぎの)》大殿《とのゝ》の君たちなど、碁打《ごう》ち[八]韻塞《ゐんふたぎ》などしつゝ遊《あそ》びたまふ。

[九]夕つ方《かた》、宮こなたに渡《わた》らせ給へれば、[一〇]女君は[一一]御泔《ゆする》の程なりけり。人《ひと》〴〵もを《(お)》の〴〵うち寝《やす》みなどして、御前には人もなし。ちい《(ひ)》さき童《わらは》[一二]のあるして、「[一三]お《(を)》りあしき御泔《ゆする》のほどこそ見《み》ぐるしかめれ。[一四]さう〴〵しくてやながめん」と聞《き》[一五]こえ給へば、「[一六]げに、おはしまさぬ隙《ひま》〳〵にこそ例《れい》はすませ、[一七]あやしう、日《ひ》ごろも物うがらせ給《(たまひ)》て、[一八]けふ過《す》ぎば、この月は日もなし。[一九]九十月はいかでかはとて、仕《つか》まつらせつるを」と、大輔《たいふ》[二〇]いとお《(ほ)》しがる。

若《わか》君も寝《ね》たまへりければ、[二一]そなたにこれかれあるほどに、宮はたゝずみありき給《(たまひ)》て、[二二]西《にし》の方に[二三]例ならぬ童《わらは》の見《み》えつるを、[二四]今《いまゝ》まい《(ゐ)》りたるかなどおぼしてさしのぞきたまふ。[二五]中《なか》のほどなる障子《さうじ》の細目《ほそめ》にあきたるより見《み》[二六]給へば、障子《さうじ》のあな

一　いかにもわけありげにも。
二　人が聞けばおかしく思うようなことばかり。
三　濡れ衣は着せないで。「思はむと頼めしこともあるものをなき名を立てでただに忘れね」(後撰集・恋二・読人しらず)。
四　夜の明けるのも知らずお寝み。「玉すだれ明くるも知らで寝しものを夢にも見じとゆめ思ひきや」(伊勢集)。→㊀桐壺一七頁注二四。
五　明石中宮。　六　すっかりご病気がお直りになったので。　七　右大臣夕霧の子息たち。
八　→㊀賢木三八三頁注三一。
九　西の対の中君の部屋。
一〇　中君。　一一　ご洗髪の最中。
一二　女童《(めのわらわ)》のいるのを遣わして。

26　匂宮、浮舟に言い寄る

一三　匂宮の言。あいにくご洗髪の間、対面は見苦しかろうが。
一四　(かといって)何もせずにぼんやりしているのかな。
一五　中君に。
一六　大輔の言。仰せの通り(匂宮の)御不在の折々に、いつもは洗髪しますが。
一七　どうしてか近ごろは(洗髪を)いやがりなさるので。
一八　陰陽道で洗髪入浴には吉日が決めてある。
一九　「九月は忌む月なり。十月はかみなし月にて髪あらふにはばかる月なるべし」(花鳥余情)。
二〇　(匂宮を)気の毒がる。
二一　若君方に女房たちが。
二二　西廂。その北側に浮舟がいる。→一四一頁注三三。
二三　いつもと違った女童。
二四　新参の童かと(匂宮は)お思いになり。
二五　西廂を南北に仕切る襖《(ふすま)》障子。

たに、一尺ばかりひきさけて[二七]屛風立《た》てたり。そのつまに、[二八]木丁《(きちやう)》、簾《す》に添《そ》へて立《た》てたり。[二九]帷子一重《かたびらひとへ》をうちかけて、[三〇]紫苑《しをん》色の花やかなるに、[三一]女郎花《をみなへし》のを《(お)》り物と見《み》ゆる重《かさ》なりて、袖口さし出《い》でたり。[三二]屛風の一《ひと》ひら畳《たゝ》まれたるより、心にもあらで見《み》ゆるなめり。[三三]今《いま》まい《(ゐ)》りのくちお《(を)》しからぬなめりとおぼして、この廂《ひさし》に通《かよ》ふ障子《さうじ》をいとみそかに押《お》しあけ給《(たまひ)》て、やをら歩《あゆ》み寄《よ》り給《(たまふ)》も人[三四]知《し》らず。[三五]こなたの廊《らう》の中の壺前栽《つぼせんざい》のいとお《(を)》かしう色ゝに咲《さ》き乱《みだ》れたるに、遣水《やり》のわたり、[三六]石高《いしたか》きほどいとお《(を)》かしければ、[三七]端近《はしちか》く添《そ》ひ臥《ふ》してながむる成《(なり)》けり。あきたる障子《さうじ》を今すこし押《お》しあけて、屛風のつまよりのぞき給《(たまふ)》に、[三八]宮とは思ひもかけず、[三九]例こなたに来馴《きな》れたる人にやあらんと思《(おもひ)》て、起《お》き上《あ》がりたる様体《やうだい》いとお《(を)》かしう見《み》ゆるに、[四〇]例《れい》の御心は過《す》ぐし給はで、衣《きぬ》の裾《すそ》をとらへ給《(たまひ)》て、[四一]こなたの障子《さうじ》は引《ひ》きたて給《(たまひ)》て、[四二]屛風のはさまにゐたまひぬ。あやしと思《おも》ひて、[四三]扇《あふぎ》をさし隠《かく》して、見《み》返《(かへり)》たるさまいとお《(を)》かし。[四四]扇《あふぎ》を持《も》たせながらとらへたまひて、[四五]「たれぞ。名のりこそゆかしけれ」との給《(たまふ)》に、[四六]むくつけくなりぬ。[四七]さるものゝつらに、顔《かほ》を外《ほか》ざまにもて隠《かく》して、いといたう忍《しの》び給へれば、[四八]このたゞならずほのめかし給ふらん大将にや、[四九]かうばしきけはひなども思《(おもひ)》わたさるゝにいとはづかしくせん方《かた》なし。

二六 匂宮が。以下、宮の目を通して見られた状況。 二七 引き離して。 二八 端。
二九 (几帳の)帷子一枚を(横木に)掛けて。
三〇 表薄紫、裏青の襲《(かさね)》。そのはなやかな袿《(うちき)》に。
三一 表は経《(たて)》青、横《(よこ)》黄の織物(模様を織り出した上等な絹織物)に裏青。すべて浮舟の衣装。
三二 屛風の一折れだけ畳まれている間から、思いもかけず(浮舟のすがたが)見えるようだ。
三三 新参の、かなりの身分の女房のようだ。
三四 相手は気づかない。
三五 こちら(西側)の廊に囲まれた庭の植込みが。
三六 石を高く組んである趣。
三七 (浮舟は)端近に、几帳の陰に物に寄りかかって。
三八 それがまさか匂宮だとは思いもよらず。
三九 いつもこちらに来なれている中君方の女房かと。 四〇 匂宮の、例の好色なお心は見過ごしになれず。
四一 今入って来たこちらの襖はお閉めになって。
四二 一双の屛風と屛風との間に(匂宮は)坐りこまれた。
四三 扇で顔を隠したまま振り向いた(浮舟の)姿。
四四 (浮舟に)扇を持たせたまま手を捉えなさって。 四五 匂宮の言。誰か。名前が知りたい。
四六 気味悪くなった。何者かに襲われる無気味さ。
四七 屛風などの際《(わき)》に顔をあちら向きに隠して。自分が誰か分らぬようにする匂宮の用心深さ。
四八 あの、並々でなく熱心に意向を伝えて来られるという(薫)大将なのか。
四九 よい香りのする様子なども、その人かと連想されるので。浮舟にはまだ薫と匂宮との区別がつかない。

乳母《めのと》[一]、人げ[二]の例ならぬをあやしと思《(おもひ)》て、あなたなる[三]屏風を押《お》しあけて来《き》たり。

「これはいかなることにか侍らん。あやしきわざにも侍る」など聞《き》こゆれど、憚《はゞか》[四]り給《(たまふ)》べきことにもあらず、かくうちつけなる[五]御しわざなれど、言《こと》の葉多《おほ》かる本上《(ほんじやう)》なれば、何《なに》やかやとの給ふに、暮《(くれ)》はてぬれど、「たれと聞《き》[六]かざらむほどはゆるさじ」とて馴《な》[七]れ〳〵しく臥《ふ》し給《(たまふ)》に、宮なりけりと思《おも》ひはつるに、乳母《めのと》、言《い》[八]はん方なくあきれてゐたり。

大殿油《おほとなあぶら》[九]は灯籠《とうろ》にて、「[一〇]いま渡《わた》らせ給《(たまひ)》なん」と人〻言《い》ふなり。御前《おまへ》[一一]ならぬ方《かた》の御格子《みかうし》どもぞ下《お》ろすなる。[一二]こなたは離《はな》れたる方《かた》にしなして、高《たか》[一三]き棚厨子《たなづし》一よろひ立《た》て、[一四]屏風の袋《ふくろ》に入《い》れこめたる、所〻に寄《よ》せかけ、何《なに》[一五]かの荒《あら》ゝかなるさまにし放《はな》ちたり。[一六]かく人のものし給へばとて、通《かよ》[一七]ふ道《みち》の障子《さうじ》一間《ひとま》ばかりぞあけたるを、[一八]右近とて、大輔《たいふ》がむすめのさぶらふ来《き》て、格子《かうし》[一九]おろしてこゝに寄《よ》り来《く》なり。

「[二〇]あな暗《くら》や。まだ大殿油《おほとなぶら》もまい《(ゐ)》らざりけり。御格子《みかうし》を、苦《くる》[二一]しきに、急《いそ》[二二]ぎまい《(ゐ)》りて闇《やみ》にまどふよ」とて引《ひ》[二三]き上《あ》ぐるに、宮もなま[二四]苦《くる》しと聞《き》ゝ給ふ。乳母《めのと》はた、いと苦《くる》しと思ひて、[二五]物づゝみせずはやりかにを《(お)》ぞき人にて、「[二六]もの聞《き》こえ侍らん。[二七]こゝに、いとあやしきことの侍《(はべる)》に、極《ごう》[二八]じてなんえ動《うご》き侍らでなむ」「何《なに》[二九]事ぞ」

27 乳母困惑。右近、急報

一 浮舟の乳母。 二 異常な人のけはいを変だと。 三 (匂宮側からみて)向い(北側)の屏風を。 四 (匂宮は)遠慮なさるはずもない。 五 唐突なおふるまいではあるが、お口じょうずな性分ゆえ。 六 匂宮の言。誰と名前を聞かないうちは放すまい。 七 親しげなようすで横になられるので。 八 何とも言いようもなく呆然として座っている。 九 明かりは灯籠に点《(と)》して。 一〇 女房の言。(洗髪を終えた中君が)まもなく居間にお帰りになる、という声が聞えてくる。 一一 中君の居間の前の格子以外は、みな下ろす気配。 一二 浮舟のいる部屋は、母屋とは離れている所にとくに設けてあるので。 一三 背の高い棚のある厨子一対《(つい)》を立て。 一四 (使わない)屏風で袋にしまいこんであるもの。 一五 あれこれが雑然としたまま放ってある物置のようなさま。 一六 いま浮舟たちがご逗留というので。 一七 「この廂に通ふ障子」(前頁四行)とあった襖障子を、柱間ひとつ開けてあるが。 一八 中君づきの女房。 一九 七行目の「御前ならぬ方の御格子どもぞ下ろすなる」を承ける。 二〇 右近の言。格子を下ろして、室内に明りがついていないのに気づく。 二一 一人で下ろすのは大変なのに。挿入句。 二二 急いで下ろしたらまっ暗でまごつくよ。 二三 再び格子を引き上げる。 二四 「も」は右近の「苦し」を承け、それとは別の立場で、の意。後文の乳母の「いと苦し」と並べ

とて探《さぐ》り寄《よ》るに、三〇袿姿《うちきすがた》なるお《(を)》とこの、いとかうばしくて添《そ》ひ臥《ふ》し給へるを、三一例のけしからぬ御さまと思ひ寄《よ》りにけり。三二女の心あはせたまふまじきことと《ゝ》推《お》しはからるれば、「三三げにいと見《み》ぐるしき事にも侍《(はべる)》かな。三四右近はいかにか聞《き》こえさせん。今《いまゝ》まい《(ゐ)》りて、三五御前《ぜん》にこそは忍《しの》びて聞《き》こえさせめ」とて立《た》つを、三六あさましくかたわ《(は)》にたれも〳〵思《おも》へど、宮はおぢ給はず、三七あさましきまであてにお《(を)》かしき人かな、猶《(なほ)》、何《なに》人ならん、右近が三八言《い》ひつるけしきも、いとおしなべての三九今《いまゝ》まい《(ゐ)》りにはあらざめり、心得《え》がたくおぼされて、と言《い》ひかく言《い》ひ四〇うらみ給ふ。四一心づきなげにけしきばみてもも《ゝ》てなさねど、たゞいみじう四二死《し》ぬばかり思《おも》へるがいとお《(ほ)》しければ、四三なさけありてこしらへ給ふ。

右近、四四上《うへ》に、「四五しか〳〵四六こそおはしませ。いとお《(ほ)》しく、四七いかに思《おも》ふらん」と聞《き》こゆれば、「四八例の、心うき御さまかな。四九かの母《はゝ》も、五〇いかにあは〳〵しくけしからぬさまに思《(おもひ)》給はんとすらむ。五一うしろやすくと返《(かへすかへす)》ゝ言《い》ひを《(お)》きつる物を」と、いとお《(ほ)》しくおぼせど、いかゞ聞《き》こえむ。さぶらふ人ゝもすこし若《わか》やかによろしきは見捨《みす》て給ふなく、あやしき人の御癖《くせ》なれば、いかゞは思《おも》ひ寄《よ》り給《(たまひ)》けんと、あさましきに物も言《い》はれたまはず。

て三者三様の思いを同じ「苦し」で描くおもしろさ。
二五 何も遠慮せず性急で強気な乳母。
二六 乳母の言。近づいてきた右近に呼びかける語。ちょっと申し上げます。
二七 実は、とてもけしからぬことがございますが。
二八 疲れて、身動きもとれずにおります。「極ず」は疲れる意(黒川本色葉字類抄)。青表紙他本「みたまへこうして」。
二九 右近の言。
三〇 直衣を脱ぎ捨てた男の姿。「いとかうばしくて」で匂宮と分る。
三一 いつもの悪いおふるまい。
三二 女(浮舟)が同意されるはずもないと。
三三 右近の言。(乳母の訴えを承けて)なるほど、とても見るにたえないことでございます。
三四 (匂宮には)何とも申しあげようもございません。三五 中君にだけはそっと。
三六 とんでもない不体裁なことに。
三七 あきれるほど上品で美しい人だな。匂宮の浮舟評。
三八 話していた言葉づかい。敬語の用法から推量する。三九 新参の女房。
四〇 浮舟が名告らないのを。
四一 (浮舟は)いやがっているふうな素振りも見せないが。
四二 死ぬほどつらく思っている様子が。
四三 やさしく機嫌をとっていらっしゃる。
四四 中君。四五 右近の言。四六 匂宮は。
四七 浮舟は。四八 中君の言。
四九 浮舟の母、中将君。
五〇 どんなに軽々しく、不届きなことと。
五一 これで安心と何度も言い残していったのに。

「[一]上達部あまたまい《(ゐ)》り給ふ日にて、遊《あそ》びたはぶれては、例《れい》もかゝる時はを《(お)》そくも[二]渡《わた》り給へば、[三]みなうちとけて休《やす》み給《(たまふ)》ぞかし。[四]さても、いかにすべきことぞ。かの乳母《めのと》こそ[五]おぞましかりけれ。[六]つと添《そ》ひゐてまもりたてまつり、[七]引《ひ》きもかなぐりたてまつりつべくこそ思ひたりつれ」と、[八]少将と二人《ふたり》していとお《(ほ)》しがる程に、[九]内より人まい《(ゐ)》りて、[一〇]大宮この夕暮《ぐ》れより御胸《むね》なやませ給ふを、たゞ今いみじく重《おも》くなやませたまふよし[一一]申さす。右近、「[一二]心なきお《(を)》りの御なやみかな。聞《き》こえさせん」とて立《た》つ。少将、「いでや、[一三]今はかひなくもあべい事を。お《(を)》こがましく、あまりな[一四]おびやかしきこえ給《(たまひ)》そ」と言《い》へば、「いな、[一五]まだしかるべし」と忍《しの》びてさゝめきかはすを、[一六]上《うへ》は、[一七]いと聞《き》きにくき人の御本上《(ほんじやう)》にこそあめれ、すこし心あらん人は[一八]我《(わが)》あたりをさへ疎《うと》みぬべかめりとおぼす。

[一九]まい《(ゐ)》りて、御使《つかひ》の申すよりも、[二〇]今すこしあは《(わ)》たゝしげに申《(まうし)》なせば、[二一]動《うご》き給《(たまふ)》べきさまにもあらぬ御けしきに、「[二二]たれかまい《(ゐ)》りたる。例の、おどろ〳〵しくを《(お)》びやかす」と[二三]のたまはすれば、「[二四]宮の侍《さぶらひ》に、たい《(ひ)》らの重経《しげつね》となん名《な》のり侍《(はべり)》つる」と聞《き》こゆ。[二五]出《い》で給はん事のいとわりなくくちお《(を)》しきに、[二六]人目《め》もおぼされぬに、[二七]右近立《た》ち出《い》でて、「[二八]この御使《つかひ》を西面《にしおもて》にて」と[二九]言《い》へば、申《(まうし)》つぎつる人も[三〇]寄《よ》り来《き》て、

28 中宮発病で危機脱す

一 右近の言。「人々あまたまゐり給へば」(一五四頁四行)。 二 中君の住む西の対へ。 三 女房たち。 四 それにしても、どうしたらよいのか。 五 気が強かった。→一五六頁注二五。 六 じっと(浮舟に)付き添って座り、見張り申しあげ。 七 (匂宮を)手荒に引きのけんばかりのけんまくでした。 八 中君づきの女房。 九 宮中から使者が参上して。 一〇 明石中宮。→一五四頁五行。 一一 取次ぎを通して、中君に言上。 一二 (匂宮にとって)思いやりのない折の(母后の)ご病気よ。皮肉なことば。 一三 今からではもう手遅れでしょうよ。情事はすでにあったかも、の意。 一四 おどかしてさしあげなさいますな。 一五 まだそこまでは。実事には及ぶまい、と露骨な女房たちの会話。 一六 中君。 一七 まことに人聞きのわるい(匂宮の)ご性質。「人の御本性」で一語。 一八 (匂宮ばかりか)私のことまでいやがるかも。 一九 (右近は)匂宮のお側に参上して。 二〇 急を要するさまに誇張。 二一 (それでも急に)動じそうもないご様子で。 二二 匂宮の言。誰が参ったか。(母后のご発病が度重なるため)おおげさな、と。 二三 最高敬語。侍女と身分の隔差を強調した表現。 二四 右近の言。中宮職の侍所《(さぶらいどころ)》に詰める者。 二五 このまま出ていかれるのは何としても残念。 二六 人目を憚るご様子もないので。 二七 意を決して簀子に出る。 二八 右近の言。(匂宮のいる西の対の)西廂の庭前に(使者を)呼び出す。 二九 直接言上の手立てをとらせる。

「[三一]中務《つかさ》の宮まい《(ゐ)》らせ給《(たまひ)》ぬ。[三二]大夫《(だいぶ)》はたゞ今なんまい《(ゐ)》りつる。[三三]道《みち》に御車引《ひ》き出《い》づる、見《み》侍《(はべり)》つ」と申せば、げにはかに時ゝなやみたまふおり《(を)》〳〵もあるをとおぼすに、[三四]人のおぼすらん事もはしたなくなりて、[三五]いみじうう《ゝ》らみ契《ちぎ》りをき《(お)》て出《い》で給ひぬ。

おそろしき夢のさめたる心《(ここ)》ちして、[三六]汗《あせ》におし漬《ひた》して臥《ふ》し給へり。乳母《めのと》うちあふぎなどして、「[三七]かゝる御住《す》まゐ《(ひ)》は、よろづにつけてつ[三八]ゝましう便《びん》なかりけり。[三九]かくおはしましそめて、さらによきこと侍らじ。あなおそろしや。[四〇]限《かぎ》りなき人と聞《き》こゆとも、安《(やす)》からぬ御有《(あり)》さまはいとあぢきなかるべし。[四一]よそのさし離《はな》れたらん人にこそ、よしともあしともおぼえられ給はめ、[四二]人聞《ぎ》き《ゝ》もかたはらいたきことと《ゝ》思《(おもう)》給へて、[四三]降魔《がま》の相《さう》を出《い》だして、つと見《み》たてまつりつれば、いとむくつけく[四四]下種《げす》〳〵しき女とおぼして、手《て》をいといたく抓《つ》ませ給《(たまひ)》つるこそ、[四五]なを《(ほ)》人のけさうだちて、いとお《(を)》かしくもおぼえ侍《(はべり)》つれ。[四六]かの殿《との》には、[四七]けふもいみじくいさかひ給《(たまひ)》けり。[四八]たゞ一《ひと》所の御上《うへ》を見《み》あつかひ給ふとて、[四九]わが子《こ》どもをばおぼし捨《す》てたり、[五〇]客人《まらうと》のおはする程の御旅居《たびゐ》見《み》ぐるしと、荒《あら》〳〵しきまでぞ聞《き》こえ給ひける。下《しも》人さへ聞《き》き《ゝ》いとおし《(ほ)》がりけり。すべて、この少将の君ぞいとあい

二九 底本「といへは」、青表紙他本「とへは」。
三〇 使の口上を、女房に取次いだ匂宮の家臣も。
三一 家臣の言。中務宮は匂宮の弟か。→宿木三一頁九行。 三二 中宮職の長官。従四位下相当。
三三 こちらに参上の途次。その邸が内裏から二条院への道筋にある趣。
三四 中務宮などをさすか。「おぼす」に注意。
三五 (名隠しを)たいそう恨み、かつ(今後の)お約束もしっかり取りつけて。

29 乳母、浮舟を慰める

三六 汗にびっしょり濡れて。汗は逢瀬の場に多用。 三七 乳母の言。 三八 気づまりで不都合。今後の見通しを含めていう。 三九 匂宮がご存じになった以上、よいことはあるまい。
四〇 この上ないご身分の方でも、安心できぬお振舞では。
四一 よその何の関係もない方になら、どう思われなさってもよいが。匂宮は姉の中君の夫。それは困る。
四二 世間に噂が漏れても不都合、と存じまして。
四三 釈迦八相の一。「がうま」の「う」無表記形。仏が菩提樹の下で悪魔を降伏《(ごうぶく)》した時の相。一説に、不動明王などが悪魔を降伏する時の忿怒《(ふんぬ)》の相(花鳥余情)。乳母が恐ろしい顔で匂宮をにらみつけた顔にたとえる。
四四 下品な女と思し召して、私の手をつよくおつねりなさったのは。
四五 下々の人間の色事めいて。 四六 常陸介の邸。
四七 はげしく言い争いなされたとか。
四八 浮舟お一人のことばかりお世話なさろうとして。以下、常陸介の憤ることば。 四九 「わが」は底本「我〳〵」、青表紙他本で訂す。「われ〳〵」の例なし。
五〇 客人(婿)がおいでの折の外泊は見苦しい。

行《(ぎやう)》なくおぼえ給《(たまふ)》。[一]この御《み》こと侍らざらましかば、内《うち》[二]〳〵やすからずむつかしきことはお《(を)》りお《(を)》り侍《(はべり)》とも、[三]なだらかに年《とし》ごろのまゝにておはしますべき物を」など、うち嘆《なげ》きつゝ言《い》ふ。

[四]君は、たゞいまはともかくも思ひめぐらされず、[五]たゞいみじくはしたなく見《み》知《し》らぬ目《め》を見《み》つるに添《そ》へても、[六]いかにおぼすらんと思《おも》ふにわびしければ、うつぶし臥《ふ》して泣《な》き給ふ。[七]いと苦《くる》しと見《み》あつかひて、[八]「何《なに》かかくおぼす。母《はゝ(お)》をはせぬ人こそ、たづきなうかなしかるべけれ。[九]よそのおぼえは、父《ちゝ》なき人はいとくちお《(を)》しけれど、[一〇]さがなき継母《まゝはゝ》に憎《にく》まれんよりは、これはいとやすし。[一一]ともかくもしたてまつり給《(たまひ)》てん。[一二]なおぼし屈《くん》ぜそ。さりとも、[一三]初瀬《はつせ》の観音《(くわんおん)》おはしませば、あはれと思《(おもひ)》きこえ給《(たまふ)》らん。[一四]ならはぬ御身に、たび〳〵しきりて詣《ま》で給《(たまふ)》事は、[一五]人のかく侮《あなづ》りざまにのみ思《おも》ひきこえたるを、[一六]かくもありけりと思ふばかりの御幸《さいは》ひおはしませとこそ念《ねん》じ侍れ。[一七]あが君は人笑《わら》はれにてはやみ給《(たまひ)》なむや」と、[一八]世《よ》をやすげに言《い》ひゐたり。

[一九]宮は急《いそ》ぎて出《い》で給《(たまふ)》なり。[二〇]内近《うちゝか》き方にやあらん、[二一]こなたの御門《かど》より出給《(いで)》へば、ものの《ゝ》給《(たまふ)》御声《こゑ》も聞《き》こゆ。いとあてに限《かぎ》りもなく聞《き》こえて、[二二]心ばへある古事《ふる》な

一 今度のご縁談。「この」と限定したので「御」となったか。
二 うちわにおだやかでなくやっかいなことが。
三 平穏に今まで通りにお過ごしになられたはずなのに。
四 浮舟は、目下のところ匂宮に迫られたそのこと以外は考えが回らない。
五 ただひどく恥ずかしく経験したこともない目に会ったことに加えて。
六 (中君が)何とお思いか。
七 (乳母は)とても辛いと心を配って。
八 乳母の言。どうしてそうお悩みか。
九 世間からの目は。
一〇 意地悪な継母に憎まれるよりは。
一一 (中将君は)どのようにでもしておあげになるでしょう。
一二 くよくよなさいますな。「くんず」は「くっす」の撥音表記。
一三 大和国の初瀬の長谷寺。→宿木一一〇頁。
一四 旅なれぬ御身なのに、たびたび続けて参詣なさることは。後の「かくも…」に続く。
一五 左近少将や常陸介、匂宮までも含むか。
一六 こんなにも(幸運が)あったのだと思うほどの幸いがありますようにと祈っているのだ。浮舟を見くだす人々を見返してやりたい気持。
一七 あなた様は、人から笑われっ放しでよいはずはありません。
一八 何の気がかりもなさそうに。
一九 匂宮は急いで御出立のご様子。
二〇 内裏近い方面か。 二一 二条院の西門。
二二 (匂宮の)意向をこめた古歌。後文に「すゞろにわづらはしく」とあることから、浮舟を無念にも手放したことを「いみじううらみ契りおきて」(前頁三行)とあった気持を古歌に託して口

どうち誦《ず》じ給《(たまひ)》て過《す》ぎ給ふほど、[二三]すゞろにわづらはしくおぼゆ。[二四]移《うつ》し馬《むま》ども引《ひ》き出《い》だして、宿直《とのゐ》にさぶらふ人、十人ばかりしてまい《(ゐ)》り給ふ。

[二五]上《うへ》、いとお《(ほ)》しく、うたて思ふらんとて、知《し》らず顔《がほ》にて、「[二六]大宮なやみ給ふとてまい《(ゐ)》り給《(たまひ)》ぬれば、こよひは[二七]出《い》で給はじ。[二八]泔《ゆする》のなごりにや、心《(ここ)》ちもなやましくて起《お》きゐ侍るを、渡《わた》り給へ。[二九]つれ〴〵にもおぼさるらん」と聞こえたまへり。[三〇]「乱《みだ》り心《(ごこ)》ちのいと苦《くる》しう侍《(はべる)》を、ためらひて」と乳母《めのと》して聞《き》こえ給《(たまふ)》。「[三一]いかなる御心《(ここ)》ちぞ」と返《(かへり)》とぶらひきこえ給へば、「[三二]何《なに》心《(ごこ)》ちともおぼえ侍らず。たゞいと苦《くる》しく侍《(はべり)》」と聞《き》こえ給へば、少将、右近、[三三]目《め》まじろきをして、「[三四]かたはらぞいたくおはすらむ」と言《い》ふも、[三五]たゞなるよりはいとお《(ほ)》し。

[三六]いとくちお《(を)》しう、心ぐるしきわざかな、[三七]大将の心とゞめたるさまにのたまふめりしを、[三八]いかにあは〳〵しく思ひおとさむ、[三九]かく乱《みだ》りがはしくおはする人は、[四〇]聞《き》きにくゝ実《じち》ならぬことをもくねり言《い》ひ、またまことにすこし[四一]思はずならむことをも、さすがに見《み》ゆるしつべうこそおはすめれ、[四二]この君は言《い》はでうしと思はんこと、いとはづかしげに心ふかきを、[四三]あいなく思ふ事添《そ》ひぬる人の上《うへ》なめり、年《とし》ごろ見《み》ず知《し》らざりつる人の上《うへ》なれど、心ばえ《(へ)》、かたちを見《み》れば、[四四]え思《(おもひ)》離《はな》る

ずさむ。
二三 (執念深い匂宮の気持を察して)心外でいとわしく思われる。
二四 馬寮(めりょう)所管の官馬。行幸や上卿の外出に、馬寮からさしまわした乗替えの引馬の称。
二五 中君。(浮舟が)かわいそうで、不快でいるだろうと、匂宮の件はそしらぬ顔で。
二六 中君の言。明石中宮がご病気というので。
二七 宮中から退出なさるまい。
二八 洗髪のせいか、気分がすぐれず。
二九 落ちつかずいらいらしておいででしょう。
三〇 浮舟の言。気分が大変わるいので、落ちついてから。すぐには姉君にとても会えない思い。
三一 中君の言。どんなご気分か。
三二 浮舟の言。どこが悪いともわかりませんが。
三三 目くばせをして。
三四 右近たちの言。(浮舟は)きまり悪くお思いでしょう。
三五 語り手の言。一件を周囲の人が知ってしまったのは気の毒。
三六 以下、次頁五行「思入れずなりなん」まで中君の心内。
三七 薫が浮舟に好意をもたれたようなご様子だったが。
三八 どんなに軽薄な女とさげすむだろう。
三九 好色癖の匂宮。 四〇 聞くに堪えない、ありもしないことにも文句を言い。
四一 心外なことがあっても、それでも大目に見てしまうこともおありだが。
四二 薫は、口には出さずいやだと思うような点は、ひどく気がひけるほど考え深いが。
四三 不本意にも困ったことが加わった浮舟の身の上。
四四 とても放ってはおけず。

まじらう、ららたく心ぐるしきに、[一]世の中はありがたく、むつかしげなる物かな、我身《（わが）》の有《（あり）》さまは、[二]飽《あ》かぬ事多《おほ》かる心地すれど、[三]かく物はかなき目《め》も見《み》つべかりける身の、[四]さはは ふれずなりにけるにこそ、[五]げにめやすきなりけれ、今はたゞ[六]このにくき心添《そ》ひ給へる人の、[七]なだらかにて思《おも》ひ離《はな》れなば、さらに何《なに》ごとも思《（おもひ）》入《い》れずなりなん、と思《おも》ほす。いと多《おほ》かる御ぐしなれば、とみにもえ[八]乾《ほ》しやらず、起《お》きゐ給へるも苦《くる》し。[九]白《しろ》き御衣《ぞ》一襲《かさね》ばかりにておはする、細《ほそ》やかにておかしげ《（を）》なり。

[一〇]この君は、まことに心《（ここ）》ちもあしくなりにたれど、乳母《めのと》、「[一一]いとかたはらいたし。[一二]事《こと》しもあり顔《がほ》におぼすらむを、[一三]たゞおほどかにて見《み》えたてまつり給へ。右近の君などには、[一四]ことの有《（あり）》さまはじめより語《かた》り侍らん」と[一五]せめてそゝのかしたてゝ、[一六]こなたの障子《さうじ》のもとにて、「[一七]右近の君に物聞《き》こえさせん」と言《い》へば、[一八]立《た》ちて出《い》でたれば、「[一九]いとあやしく侍《（はべり）》つる事のなごりに、[二〇]身もあつうなり給《（たまひ）》て、まめやかに苦《くる》しげに見《み》えさせ給ふを、いとおしく《（ほ）》見《み》侍《（はべる）》。[二一]御前にて慰《なぐさ》めきこえさせ給へとてなん。過《あやま》ちもおはせぬ身を、[二二]いとつゝましげに思《おも》ほしわびためるも、[二三]いさゝかにても世を知《し》り給へる人こそあれ、[二四]いかでかはと、ことはり《（わ）》にい

一 男女の関係はむずかしく煩わしいものだ。
二 心に満たぬことが多い気持がするが。
三 この浮舟のように悲しい目に会うかも知れなかったわが身が。
四 そうは落ちぶれずに過ごしてきたのでそれで。
五 たしかに世間から幸い人と評されたのだ。↓宿木九六頁三行。
六 困った心の加わった薫。中君への懸想。
七 おだやかにあきらめて下さるなら、もう何もくよくよせずにすむ。
八 乾かしきれず。
九 髪が濡れているので、表着ではない袿《（うちき）》姿。
一〇 浮舟。
一一 ほんにぐあいのわるいことです。
一二 (浮舟に)何かあったかと中君がお思いになるでしょうが。

30 乳母、右近に陳情

一三 ただおっとりと構えてお目にかかりなさいませ。
一四 実情を初めから(私の口で)。
一五 無理やり勧めて。
一六 中君のいる母屋と廂の間を仕切る襖障子。
一七 乳母の言。
一八 右近が。
一九 乳母の言。ほんにおかしなことがございましたそのせいで。
二〇 発熱なさって。
二一 中君の御前で。中君から慰めていただきたい、の意。
二二 たいそう肩身が狭く思い悩んでおいでのようで。
二三 ほんの少しでも男女のことをご存じの人ならともかく。
二四 何もご存じないから、ご無理もないと存じ

とお《(ほ)》しく見《み》たてまつる」とて、ひき起《お》こしてまい《(ゐ)》らせたてまつる。[二五]我にもあらず、[二六]人の思ふらむこともはづかしけれど、[二七]いとやはらかにおほどき過《す》ぎ給へる君にて、押《お》し出《い》でられてゐたまへり。[二八]ひたい《(ひ)》髪《がみ》などのいたう濡《ぬ》れたる、もて隠《かく》して、[二九]火の方《かた》に背《そむ》き給へるさま、[三〇]上《うへ》をたぐひなく見《み》たてまつるに、けを《(お)》とるとも見《み》えず、あてにお《(を)》かし。[三一]これにおぼしつきなば、めざましげなることはありなんかし、[三二]いとかゝらぬをだに、めづらしき人をかしうしたまふ御心を、と[三三]二人《ふたり》ばかりぞ、[三四]を《(お)》まへにてえはぢ給はねば、見《み》ゐたりける。

[三五]物語《がた》りいとなつかしくし給《(たまひ)》て、「[三六]例ならずつゝましき所など、な思《(おもひ)》なし給そ。[三七]故《こ》姫《ひめ》君のおはせずなりにし後《(のち)》、忘《わす》るゝ世《よ》なくいみじく身もうらめしく、たぐひなきこゝちして過《す》ぐすに、[三八]いとよく思《(おもひ)》よそへられ給ふ御さまを見《み》れば、慰《なぐさ》む心《(ここ)》ちしてあはれになむ。[三九]思《(おもふ)》人もなき身に、[四〇]むかしの御心ざしのやうに思《おも》ほさば、いとうれしくなん」など語《かた》らひたまへど、[四一]いと物つゝましくて、また[四二]鄙《ひな》びたる心にいらへきこえん事もなくて、「[四三]年《とし》ごろ、いとはるかにのみ思《(おもひ)》きこえさせしに、かう見《み》たてまつり侍《(はべる)》は、[四四]何《なに》ごとも慰《なぐさ》む心《(ここ)》ちし侍《(はべり)》てなん」とばかり、いと若《わか》びたる声《こゑ》にて言《い》ふ。

ます。

二五 (浮舟は)正体もなく。 二六 女房たち。 二七 たいへん素直でおっとりし過ぎておいでの方。

31 中君、浮舟を慰める

二八 額髪が(涙に)濡れているのを、扇でそっと隠す。
二九 灯火の方に背を向けておいでの様子。
三〇 中君を無類に美しいとお見上げしているが、浮舟も姉君に劣らず上品で美しい。
三一 浮舟に(匂宮が)執心なさったら、目に余ることがきっと起るだろう。妹が姉の夫を奪うといったことを女房らは予感。
三二 これほどの美人でなくても、すてきな女性は愛でなさるご性分を。
三三 右近と少将の二人ほどが。「見ゐたりける」にかかる。
三四 中君のお前で、(浮舟は)顔をそむけてばかりはいられないので。
三五 お話をとても親しくなさって。
三六 中君の言。住み慣れない気づまりな所だなどと。
三七 亡き大君。
三八 姉君にそっくりの浮舟。
三九 大切に思ってくれる人もない私なので。次行の「いとうれしく」につづく。
四〇 亡き大君のお気持同様に、私を思って下されば。
四一 (浮舟は)とても気がひけて。姉の好意に応え切れない。
四二 田舎暮らしに慣れた身では。
四三 浮舟の言。長年ただ遠くからお慕い申しておりましたが。
四四 何もかも慰められる気持がして。

絵《ゑ》[一]など取《と》り出《い》でさせて、右近に言葉《こと(ば)》読《よ》[二]ませて見《み》[三]給ふに、向《む》[四]かひてものはぢもえしあへ給はず、心[五]に入《い》れて見《み》給へる火影《ほかげ》、さらにこゝ[六]と見《み》ゆる所なく、こま[七]かにお《(を)》かしげなり。ひ[八]たい《(ひ)》つき、まみのかほ《(を)》りたる心《(こゝ)》ちして、い[九]とおほどかなるあてさは、た[一〇]ゞそれとのみ思《(おもひ)》出《い》でらるれば、絵《ゑ》はことに目《め》もとゞめ給はで、[一一]いとあはれなる人のかたちかな、いかでかうしもありけるにかあらん、故《こ》[一二]宮にいとよく似《に》たてまつりたるなめりかし、故《こ》[一三]姫《ひめ》君は宮《みや》の御方ざまに、我《(われ)》は母上《はゝうへ》に似《に》たてまつりたるとこそは、古《ふる》[一四]人ども言《い》ふなりしか、げに似《に》たる人はいみじき物なりけり、とお[一五]ぼしくらぶるに、涙ぐみて見《み》給《(たまふ)》。

か[一六]れは限《かぎ》りなくあてにけ高《たか》きものから、な[一七]つかしうなよゝかに、かたはなるまでなよ〳〵とた[一八]は《(わ)》みたるさまのし給へりしにこそ、こ[一九]れはまたもてなしのうい《(ひ)》〳〵しげに、よろづのことをつゝましうのみ思ひたるけにや、見所《(みどころ)》[二〇]多《おほ》かるなまめかしさぞを《(お)》とりたる、ゆ[二一]へ《(ゑ)》ゆへ《(ゑ)》しきけはひだにもてつけたらば、大[二二]将の見《み》給はんにも、さらにかたはなるまじ、な[二三]どこのかみ心に思《おも》ひあつかはれ給ふ。

もの語《がた》りなどし給《(たまひ)》て、あか月方《(つき)がた》になりてぞ寝《ね》たまふ。か[二四]たはらに臥《ふ》せ給《(たまひ)》て、故《こ》[二五]宮の御事ども、年比《とし(ごろ)》[二六]おはせし御有《(あり)》さまなど、まほならねど語《かた》り給《(たまふ)》。い[二七]とゆ

一 当時の物語鑑賞の様子が分る場面。女房が物語を音読し、姫君は絵を見ながら聞く。源氏物語絵巻・東屋巻第一段にこの場面が描かれている。 二 物語の本文。 三 浮舟が。
四 中君と真向いではにかみもなされず。
五 熱心に(絵を)御覧になっている灯下の姿。
六 これという欠点もなく。
七 繊細で美しい風情だ。 八 額のあたりや目もとが、ほんのり匂うように美しく。
九 たいそうおっとりとした上品な感じは。
一〇 亡き大君にそっくりだと。
一一 まことにしみじみとなつかしい顔立ちだ。以下、二行後「いみじき物なりけり」まで中君の心内。 一二 亡き父八宮。
一三 故大君は父宮に、中君が母上に似ていると。初めて語られる事実。 一四 昔を知る老女房たち。
一五 大君の面影と浮舟の容貌と。
一六 亡き大君は。以下四行後「さらにかたはなるまじ」まで中君の心内。
一七 親しみ深く柔らかで、危なっかしいほど。
一八 重みに耐えかねてしなう感じ。
一九 浮舟は、まだ物腰が幼なげで、何事も恥ずかしそうに思っているせいか。
二〇 人目を引く優雅さという点では劣っている。
二一 重々しい感じさえ身につけたら。 二二 薫がお世話なさっても、決して見苦しくはあるまい。
二三 姉らしい心づかいで浮舟の世話をあれこれお考えになる。
二四 中君は浮舟を側にお寝かせになって。
二五 亡き父宮。 二六 ご在世中のご様子など、断片的ながら。 二七 とても慕わしく、お目にかからずじまいだったことを(浮舟は)。

32 姉妹の語らい

二八 昨夜のいきさつを知っている女房たちは。

かしう、見《み》たてまつらずなりにけるを、いとくちお《(を)》しうかなしと思《(おもひ)》たり。二八よべの心知《し》りの人〻は、「二九いかなりつらんな、いとらうたげなる御さまを。」三〇いみじうおぼすとも、かひ有《(ある)》べきことかは。いとお《(ほ)》し」と言《い》へば、右近ぞ、「三一さもあらじ。かの御乳母《めのと》の、三二ひき据《す》へ《(ゑ)》てすゞろに語《かた》り愁《うれ》へしけしき、もて離《はな》れてぞ言《い》ひし。宮も三三あひてもあはぬやうなる心ばえ《(へ)》にこそ、三四うちうそぶき、口《くち》ずさび給《(たまひ)》しか」「三五いさや、ことさらにもやあらん、そは知《し》らずかし」「三六よべの火影《ほかげ》のいとおほどかなりしも、ことあり顔《がほ》には見《み》えたまはざりしを」など、うちさゝめきていとお《(ほ)》しがる。

三七乳母《めのと》、車請《こ》ひて、常陸殿《ひたちどの》へ往《い》ぬ。三八北の方にかう〳〵と言《い》へば、胸《むね》つぶれさは《(わ)》ぎて、三九人もけしからぬさまに言《い》ひ思《(おもふ)》らむ、正身《さうじみ》もいかゞおぼすべき、四〇かゝる筋《すぢ》の物にくみは、あて人もなきものなりと、四一を《(お)》のが心ならひに、あは《(わ)》たゝしく思ひなりて、夕つ方《かた》まい《(ゐ)》りぬ。四二宮おはしまさねば心やすくて、「四三あやしく心をさなげなる人をまい《(ゐ)》らせお《(を)》きて、うしろやすくは頼《たの》みきこえさせながら、四四鼬《いたち》の侍らむやうなる心《(ここ)》ちのし侍れば、四五よからぬものどもに、にくみうらみられ侍《(はべり)》」と聞《き》こゆ。「四六いとさ言《い》ふばかりの幼《をさな》さにはあらざめるを。四七うしろめたげにけし

二九 女房の言。どうだったのでしょうね。
三〇 (中君が)どんなに浮舟を大事になさろうとしても、その甲斐もありません。お気の毒。
三一 右近の言。そうでもないでしょう。
三二 私をつかまえて泣き言を言ったようすでは、何もないような口ぶりでした。
三三 源氏釈は、「臥すほどもなくて明けぬる夏の夜は逢ひても逢はぬ心地こそすれ」を引くが出典未詳。
三四 (そんな歌詞を)吟じ口ずさみなされた。
三五 女房の言。さあどうか。わざとそんなふうに言われたかも。
三六 女房の言。灯下で、物語絵に熱中していた浮舟のおっとりとした様子も。
三七 乳母は中将君に報告のため、常陸邸から車を呼んで帰る。
三八 中将君。
三九 次行「なきものなり」まで、中将君の心内。女房たちもけしからぬ事のように取沙汰するだろう。それで浮舟自身が傷つくのがこわい。

33 乳母の急報に母君動転

四〇 男女関係での嫉妬は、貴い身分も何もないものだ。
四一 自分の経験から推して、じっとしていられなくなり。
四二 匂宮。
四三 中将君の言。妙に子供じみた人(浮舟)を置いていただいて。
四四 「いたちのまかげと云事歟。たとへばおぼつかなき心にや」(河海抄)。やはり心配になって、の意か。諸説ある。
四五 私共のろくでもない子供たちに。
四六 中君の言。中将君の言う「心をさなげ」を打ち消す。
四七 心配そうに疑っておられるのでは、こちらも迷惑。「いたちのまかげ(人を怪しんで目の上に手をかざす)」は不要、の意。→手習三六〇頁七行。

きばみたる御まかげこそわづらはしけれ」とて笑《わら》ひ給へるが、[一]心はづかしげなる御まみを見《み》るも、[二]心の鬼《おに》にはづかしくぞおぼゆる。[三]いかにおぼすらんと思《おも》へば、[四]えもうち出《い》できこえず。[五]「かくてさぶらひ給はば、[六]年《とし》ごろの願《ねが》ひの満《み》つ心《(ここ)》ちして、[七]人の漏《も》り聞《き》き侍らむもめやすく、面立《おもだ》たしき事になん思給《(おもう)》ふるを、[八]さすがにつゝましき事になん侍《(はべり)》ける。[九]深《ふか》き山の本意《ほい》は、[一〇]みさほ《(を)》になん侍《(はべ)》べきを」とてうち泣《な》くもいと〳〵お《(ほ)》しくて、[一一]「こゝには、何《なに》事かうしろめたくおぼえ給ふべき。[一二]とてもかくても、うと〳〵しく思《(おもひ)》はなちきこえばこそあらめ、け[一三]しからずだちてよからぬ人の時〻ものし給《(たまふ)》めれど、[一四]その心をみな人見知《みし》りためれば、心づかひして、[一五]便《びん》ならはもてなしきこえじと思ふを、[一六]いかに推《お》しはかり給ふにか」とのたまふ。[一七]「さらに御心をば隔《へだ》てありても思《(おもひ)》きこえさせ侍らず。[一八]かたはらいたうゆるしなかりし筋《すぢ》は、[一九]何《なに》にかかけても聞《き》こえさせ侍らん。[二〇]その方《かた》ならで、[二一]思《おも》ほし放《はな》つまじき綱《つな》も侍《(はべる)》をなん、[二二]とらへ所に頼《たの》みきこえさする」など、[二三]を《(お)》ろかならず聞《き》こえて、[二四]「あすあさて、かたき物忌《ものいみ》に侍《(はべる)》を、[二五]おほぞうならぬ所にて過《す》ぐして、又もまい《(ゐ)》らせ侍らむ」と聞《き》こえて[二六]いざなふ。いとお《(ほ)》しく本《ほ》意《い》なきわざかなと[二七]おぼせど、えとゞめたまはず。

一　こちらが恥ずかしくなるような中君の目もとを。「御まかげ」に照応。
二　内心気が咎めてまともに目を合わせにくい思いがする。
三　中君が。　四（中将君は昨夜の一件について）とても申し出せない。
五　中将君の言。（浮舟が）こうしてお側におかせていただいておいでなら。
六　浮舟は中君との親交を望んでいた。→一四〇頁一五行。　七　誰が噂に聞いても感じがよく、光栄に存じますが。
八　でもやはりご遠慮申すべきことでございました。　九　出家の本願。→一四六頁一二行。
一〇　固く守って変らぬはず。　一一　中君の言。この邸ではどんなことが気がかりか。
一二　いずれにしても、冷淡にお構いしないつもりならともかく。
一三　不都合なことをしがちの人が時々おいでのようですが。匂宮のことを遠回しにいう。
一四　その辺の事情を皆も承知しているようなので。　一五　不都合にはお扱い申すまいと思うが。
一六　どんなふうに推量なさっておいでか。
一七　中将君の言。決してご厚意を分け隔てあるようには存じておりません。
一八　恥ずかしいことに（故宮が浮舟を実子と）お認め下さらなかったことは。
一九　どうしてかりそめにも（とやかく）申しあげましょうか。　二〇　その筋とは別に。
二一　お見捨てになるはずもない絆《(きずな)》もございますが、それを。　二二　すがり所にお頼み申しあげます。　二三　ねんごろに（中君に）申しあげて。
二四　中将君の言。二日間のきびしい物忌を口実に退出を計る。　二五　普通の所ではない、物忌を厳重に行える特定の所。　二六（浮舟を）連れ出す。

二八あさましうかたはなることにおどろきさは《(わ)》ぎたれば、二九お《(を)》さ〳〵物も聞《き》こえで出《い》でぬ。三〇かやうの方違《かたゝが》へ所と思《(おもひ)》て、小《ち》さきいゑ《(へ)》まうけたりけり。三条わたりに、三一されば見たるが、まだ造《つく》りさしたる所なれば、三二はか〴〵しきしつらひもせでなんありける。「三三あはれ、この御身ひとつをよろづにもてなやみきこゆるかな。三四心にかなはぬ世には、あり経《ふ》まじき物にこそありけれ。三五みづからばかりは、たゞひたふるにしな〴〵しからず人げなう、たゞさる方《かた》にはひ籠《こも》りて過《す》ぐしつべし。三六このゆかりは、三七心うしと思ひきこえしあたりをむつびきこゆるに、三八便《びん》なきことも出《い》で来《き》なば、いと人笑《わら》へなるべし、あぢきなし。四〇ことやうなりとも、こゝを人にも知《し》らせず、忍《しの》びておはせよ。四一お《(お)》のづからともかくも仕《つか(う)》ふまつりてん」と言《い》ひを《(お)》きて、みづからは帰《かへ》りなんとす。四二君はうち泣《な》きて、四三世にあらんことと所せげなる身と思《(おもひ)》屈《く》し給へるさま、いとあはれなり。四四親《おや》はた、ましてあたらしくお《(を)》しければ、四五つゝがなくて思《おも》ふごと見《み》なさむと思《(おもひ)》、四六さるかたはらいたきことにつけて、四七人にもあは〳〵しく思はれ言《い》はれんがやすからぬなりけり。四八心《(ここ)》ちなくなどはあらぬ人の、なま腹立《はらだ》ちやすく、思《(おもひ)》のまゝにぞすこしありける。四九かのいゑ《(へ)》にも隠《かく》ろへては据《す》へ《(ゑ)》たりぬべけれど、五〇しか隠《かく》ろへたらむをいとお《(ほ)》

34 浮舟を隠れ家に移す

二七 中君が。
二八 あきれるほど見苦しいこと(昨夜の一件)に中将君は気も動転しあわてふためいたので。
二九 ろくに挨拶もせずに。
三〇 こういう時の方違えの場所にと。
三一 しゃれた家で、まだ造りかけの。
三二 十分な設備もしないまま。
三三 中将君の言。ああ、あなたの御身ひとつを万事につけどう扱ったらよいのか困惑します。
三四 思うにまかせぬ世の中には、生きていくのも容易ではなかったのです。
三五 自分一人なら、低い身分に埋もれてもよい。
三六 この(高貴な)血のつながりのある浮舟は。「ゆかり」は青表紙他本「御ゆかり」。
三七 (私が)つらいとお恨み申した宮家を。
三八 浮舟は中君に親近感を抱いた。
三九 もし不都合なこと(匂宮との関係)が生じたなら世の笑いもの、それは道理に合わぬ。
四〇 粗末な家でも、誰にも知らせず、人目をさけて。
四一 いずれそのうち何とかしてあげましょう。
四二 浮舟。 四三 生きていても肩身の狭いわが身よとしょんぼりなさる様子。
四四 親は親で今まで以上に(娘が)もったいなく惜しい。
四五 無事のままで望み通り縁づけてやりたい。
四六 匂宮に迫られた件。
四七 世間からも軽々しいと思われたり言われたりするなら、それが気にかかるのだった。
四八 中将君の性格。思慮に欠ける人ではないが、少し怒りっぽく感情をそのまま出すところが少々ある。 四九 常陸介邸。(浮舟を)隠し据えることはできるが。 五〇 そんな日陰の身は気の毒。

しと思《おも》ひて、かくあつかふに、年《とし》[一]ごろかたはらさらず、明暮《(あけ)く》れ見《み》ならひて、[二]かたみに心ぼそくわりなしと思へり。「[三]こゝは、又かくあばれて[四]、あやう《(ふ)》げなる所なめり。さる心し給へ。曹司《ざうし》[五]〳〵にあるものども召《め》し出《い》でて使《つか》ひたまへ。[六]宿直人《とのゐ》のことなど言《い》ひを《(お)》きて侍《(はべる)》も、いとうしろめたけれど、[七]かしこに腹立《はらだ》ちうらみらるゝがいと苦《くる》しければ」と、うち泣《な》きて帰《かへ》る。

少将のあつかひを、守《かみ》は又なきものに思《おも》ひ急《いそ》ぎて、[八]もろ心にさまあしくいとなまず、と怨《えん》ずる也《(なり)》けり。[九]いと心うくこの人によりかゝる紛《まぎ》れどももあるぞかしと、[一〇]又なく思ふ方《かた》の事のかゝれば、つらく心うくて、おさ《(を)》[一一]〳〵見入《みい》れず。[一二]かの宮の御前《まへ》にていと人気なく見《み》えしに、多《おほ》く思《おも》ひおとしてければ、[一三]私《わたくし》物に思《(おもひ)》かしづかましを、など思《おも》ひし事はやみにたり。[一四]こゝにてはいかゞ見《み》ゆらむ、またうちとけたるさま見《み》ぬにと思《(おもひ)》て、[一五]のどかにゐ給へる昼《ひる》つ方《かた》、[一六]こなたに渡《わた》りて物よりのぞく。白《しろ》き綾《あや》[一七]のなつかしげなるに、今様《いまやう》色の擣目《うちめ》などもきよらなるを着《き》て、[一八]端《はし》の方《かた》に前栽《せんざい》見《み》るとてい《(ゐ)》たるは、[一九]いづこかは劣《おと》る、いときよげなめるはと見《み》ゆ。[二〇]むすめ、[二一]まだ片《かた》なりに何心《なにごゝろ》もなきさまにて添《そ》ひ臥《ふ》したり。[二二]宮の上《うへ》の並《なら》びておはせし御さまどもの思《(おもひ)》出《い》づれば、[二三]くちおし《(を)》のさまどもやと見《み》ゆ。前《まへ》な

一　長い間ずっと一緒に、朝晩顔を見なれていたから。
二　親子が離れ離れに住むことを。
三　中将君の言。「ここ」は「小さき家」(前頁二行)。
四　粗造りのままで、無用心な状態。
五　各部屋にある道具などを取り寄せて。
六　夜番の者。
七　常陸介邸。「らるる」は受身。
八　(中将君が介と)一緒になっては、不体裁なことに、世話をやかない。
九　以下、中将君の心内。少将のせいでこんな間違いも起ったのだ。

35 中将君、少将と歌贈答

一〇　この上なく大切に思う浮舟のことが、こんな有様なので。
一一　ろくに婿(少将)の世話もしない。
一二　匂宮の御前では(少将が)全くみすぼらしく見えたので。→一四四頁。
一三　自分の大事な婿としてお世話できたら、などと思ったことは消えた。
一四　常陸介邸。
一五　(少将が)のんびりとくつろいでいる昼頃。
一六　西の対。もと浮舟のいた居間。
一七　着なれて柔かい感じの下着に、今様色(平安中期に流行した紅花染めの薄色)の美しい艶を出した桂を着て。
一八　(廂の間の)端近な所に。
一九　結構見栄えがする様子。
二〇　少将の妻。介と中将君の実の娘。
二一　幼なげで、いかにも無邪気そうに。
二二　中君が(匂宮と)並んでいらしたお姿。
二三　期待はずれ、比較にもならぬ。
二四　年輩の女房。
二五　以前(二条院で)見た時のように、見映えしない不細工にも見えないので。

る御達《ご たち》[二四]に物など言《い》ひ戯《たはぶ》れて、うちとけたるは、いと見《み》[二五]しやうににほひなく人わろげにて見《み》えぬを、かの[二六]宮なりしは異《こと》少将なりけりと思《(おもふ)》お《(を)》りしも、言《い》[二七]ふことよ。「兵[二八]部卿の宮の萩のなを《(ほ)》ことにおもしろくもあるかな。いかでさる種《たね》ありけん。お[二九]なじ枝さしなどのいと艶《えん》なるこそ。一[三〇]日まい《(ゐ)》りて、出《い》で給《(たまふ)》ほどなりしかば、えお《(を)》らずなりにき。こ[三一]とだにお《(を)》しき、と宮のうち誦《ず》じ給へりしを、若《わか》[三二]き人たちに見《み》せたらましかば」とて、我《(われ)》[三三]も歌詠《うたよ》みゐたり。「[三四]いでや、心ばせの程を思《おも》へば、人ともおぼえず、出《い》[三五]で消《ぎ》えはいとこよなかりけるに、何事《なに》言《い》ひたるぞ」とつぶやかるれど、[三六]いと心《(ここ)》ちなげなるさまは、さすがにしたらねば、いかゞ言《い》ふとて、心みに、

[三七]しめ結《ゆ》ひし小萩《こ》がうへもまよはぬにいかなる露にうつる下葉ぞ

とあるに、お《(を)》[三八]しくおぼえて、

「[三九]宮城《ぎ》野の小萩《こ はぎ》がもとと《ゝ》知《し》らませば露も心をわかずぞあらまし

[四〇]いかでみづから聞《き》こえさせあきらめむ」と言《い》ひたり。

故《こ》宮の御こと聞《き》き《ゝ》たるなめりと思ふに、[四一]いとゞいかで人とひとしくとのみ思《おも》ひあつかはる。[四二]あいなう、大将殿《どの》の《ゝ》御さまかたちぞ、恋しう面影《かげ》に見《み》ゆる。お[四三]

二六 匂宮邸にいたのは別の少将だったか。二七 よくも言ったことだ。二八 少将の言。二九 同じ萩でも枝ぶりなどが格別風情があるのは。三〇 先日(宮邸に)参上して、ちょうどお出ましの時だったので。三一 「移ろはむことだに惜しき秋萩を折れぬばかりも置ける露かな」(拾遺集・秋・伊勢)。三二 若い女房たちに見せてあげられたら。三三 少将自身も。三四 中将君の言。いやもう、少将の根性の卑しさを思うと。三五 匂宮の前でのみすぼらしさ。三六 風情のない態度は、さすがにしていないので。三七 中将君の歌。標《(めし)》を結った小萩は乱れてもいないのに、どんな露で色が変った下葉なのか。婚約した浮舟は心変りしないのに、あなたはなぜ妹に心が移ったのか、の意。「露」「萩」は縁語。三八 (少将は)捨て難く思われて。青表紙他本「いとほしく」。三九 少将の歌。浮舟が八宮の姫君だと知っていたら、かりそめにも心を他に分けはしなかったろうに。「宮城野」は陸奥国(現、宮城県)の歌枕、萩の名所。「宮」に宮家の意を掛ける。「露」「萩」は縁語。四〇 どうかして直接お目にかかって申し開きがしたい。四一 (中将君は)何とか中君と同じように良縁を、と。四二 筋ちがいにも、大将殿(薫)の御様子やお顔が恋しく、目の前にちらつく。

36 中将君、薫に思い及ぶ

四三 (薫と)同様にすばらしいとあの時は拝見したけれど、(匂宮は)お心が離れなさったので気にもかけず。

なじうめでたしと見《み》たてまつりしかど、宮は思ひ離《はな》れ給《(たまひ)》て、心もとまらず。[一]侮《あなつ》りて押《お》し入《い》りたまへりけるを思ふもねたし。[二]この君はさすがに尋《たづ》ねおぼす心ばへのありながら、うちつけにも言《い》ひかけ給はず、[三]つれなし顔《がほ》なるしもこそいたけれ、[四]よろづにつけて思《(おもひ)》はてらるれば、[五]若《わか》き人はまして、かくや思《(おもひ)》はてきこえ給ふらん、[六]我《(わが)》ものにせんと、かくにくき人を思《(おもひ)》けむこそ見《み》ぐるしきことなべかりけれ、など、たゞ心にかゝりて、ながめのみせられて、[七]とてやかくてやと、[八]よろづによからむあらましごとを思《(おもひ)》つゞくるに、いとかたし。

[九]やむごとなき御身のほど、御もてなし、見《み》たてまつり給へらむ人は、今すこしなのめならず、[一〇]いかばかりにてかは心をとゞめ給はん、世の人の有《(あり)》さまを見《み》聞《(きく)》に、[一一]を《(お)》とりまさり、いやしうあてなる品《しな》に従《したが》ひて、かたちも心もあるべきものなりけり、我《(わが)》子《こ》どもを見《み》るに、[一二]この君に似るべきやはある、[一三]少将をこのいゑ《(へ)》のうちに又なきものに思《おも》へども、[一四]宮に見《み》くらべたてまつりしは、いともくちお《(を)》しかりしに、推《お》しはからる。[一五]当《たう》代の御かしづきむすめを得《え》たてまつり給へらむ人の御目《め》移《うつ》しには、[一六]いとも〳〵はづかしく、つゝましかるべきものかな、と思ふに、[一七]すゞろに心《(ここ)》ちもあくがれにけり。

一 軽蔑して(浮舟の部屋に)押し入ってこられたことを思うと残念でならない。
二 三行後「なべかりけれ」まで中将君の心内。薫は、(浮舟を)尋ね求めるお気持はありながら、とは言えだしぬけにも言いかけたりなさらず。
三 素知らぬふりをなさるのも、実にご立派。
四 万事につけて考えた末にそう思われるので。「思はて」は、青表紙他本「思いて」。
五 若い浮舟は私以上に、それ以外にないと(薫を)思い申しなさるだろう。娘は母と同じ考えという自信と誤解。
六 自分の婿にしようと、このように憎らしい人を考えていたとしたら、それこそ見苦しいことに違いない。見込みちがいを悔やむ気持。「なべかりけれ」は「なん(る)べかりけれ」の撥音無表記。
七 ああしたらこうしたらと。
八 万事都合のよい将来の夢を思い描き続けるが、(実現は)とても困難だ。
九 中将君の心内。(薫は)尊いご身分、風姿、(その上)妻としてお迎え申されている方は、(薫より)一段とすぐれたお方。今上帝の女二宮をいう。
一〇 (薫は)どの程度に(浮舟に)関心を持たれるだろう。 一一 優劣は、身分の貴賤によって、容貌でも気立てでも定まるものであったよ。
一二 浮舟に比べられる者がいようか。
一三 常陸介邸では又とない者と思っているが。
一四 匂宮にお比べ申したところ、実に情けなかったことでもよくわかる。
一五 今上帝の御秘蔵娘を頂戴申しなされたような方のお目からすれば。
一六 何ともはや気がひけて。
一七 わけもなく気分までぼうっとなるのだった。

一八旅《たび》の宿《やど》りはつれ〴〵にて、庭の草もいぶせき心《(ここ)》ちするに、いやしき一九あづま声《ごゑ》したる者《もの》どもばかりのみ出《い》で入《い》り、慰《なぐさ》めに見《み》るべき前栽《せんざい》の花もなし。二〇うちあばれて、はれ〴〵しからで明《(あか)》し暮《く》らすに、二一宮の上《うへ》の御有《(あり)》さま思《(おもひ)》出《い》づるに、若《わか》い心《(ここ)》ちに恋しかりけり。二二あやにくだち給へりし人の御けはひも、さすがに思《(おもひ)》出《い》でられて、二三何事《なに》にかありけむ、いと多《おほ》くあはれげにの給《(たまひ)》しかな、などりお《(を)》かしかりし御移《うつ》り香もまだ残《のこ》りたる心《(ここ)》ちして、おそろしかりしも思《(おもひ)》出《い》でらる。

母君《はゝ》、二四たつやと、いとあはれなる文《ふみ》を書《か》きて二五おこせ給《(たまふ)》。二六を《(お)》ろかならず心ぐるしう思《(おもひ)》あつかひ給ふめるに、かひなうもてあつかはれたてまつること、とうち泣《な》かれて、

二七いかにつれ〴〵に見《み》ならはぬ心《(ここ)》ちし給ふらん。二八しばし忍《しの》び過《す》ぐしたまへ。

とある返《(かへり)》ことに、

二九つれ〴〵は何《なに》か。心やすくてなむ。

三〇ひたふるにうれしからまし世の中にあらぬ所と思はましかば

とお《(を)》三一さなげに言《い》ひたるを見《み》るまゝに、ほろ〴〵とうち泣《な》きて、かう三二まどはしはふるゝやうにもてなすこと、といみじければ、

一八 三条の隠れ家。浮舟の仮住まい。

37 三条のわび住まい

一九 東国訛り。 二〇 設備も不十分で。↓一六七頁三行、一六八頁二行。

二一 中君。仮住まいの殺風景な現実が反転して優雅な二条院の人たちの想い出を呼び起す。

二二 憎らしい振舞をなさった人(匂宮)のお姿を、そうはいってもやはり思い出されて。不快の意識はない。

二三 あれは何だったのか、いろいろやさしそうにおっしゃったこと、立ち去られた後までもいい匂いが残っていた、まだ匂う気がして、そして恐かったことも。

二四 便りが遅いと心待ちしているでしょう。「花散るといとひしものを夏衣たつや遅きと風を待つかな」(拾遺集・夏・盛明親王)。

二五 浮舟の母に対する篤い思いが、以下、中将君に敬意表現を与え続ける。 二六 並々でなく母君がふびんに労わってくださるようだのに、お世話して頂くかいもないことだ。

二七 中将君の手紙。どんなにかいらだたしく、見慣れない不安な気持が。「つれづれ」は心の苛立ち、じっとしていられぬ心のすがたを表す。「つれづれの心を御覧ぜよ」(紫式部日記)。

二八 しばらく辛抱してお過ごし下さい。

二九 浮舟の返信。いらだちなんかありません。この方が気楽です。 三〇 浮舟の歌。もしここが憂き世を離れた別世界と思うことができれば、ひたすらうれしいと思うばかりです。「世の中にあらぬ所も得てしかな年ふりにたる形かくさむ」(拾遺集・雑上・読人しらず)。 三一 子供っぽく詠んだ歌を(母君が)見るや。 三二 あてどもなくさすらうような目にあわせていることよ。

[一]浮世《(うきよ)》にはあらぬ所をもとめても君がさかりを見《み》るよしもがなと、[二]なを《(ほ)》〳〵しき事どもを言《い》ひかはしてなん、心のべける。

[三]かの大将殿は、例の秋深《ふか》くなりゆく比《(ころ)》、[四]ならひにしことなれば、寝覚《ねさめ》〳〵に[五]もの忘《わす》れせず、あはれにのみおぼえ給《(たまひ)》ければ、[六]宇治《うぢ》の御堂造《みだうつく》りはてつと聞《き》ゝ給ふに、身《(み)》づからおはしましたり。[七]久《ひさ》しう見《み》給はざりつるに、山の紅葉《もみぢ》もめづらしうおぼゆ。[八]こほちし心殿《(しんでん)》、[九]こたみはいとはれ〴〵しう造《つく》りなしたり。[一〇]むかし、いとことそぎて聖《ひじり》だち給へりし住《す》まゐ《(ひ)》を思ひ出《(いづ)》るに、[一一]この宮も恋しうおぼえ給《(たまひ)》て、[一二]さまかへてけるもくちおを《(を)》しきまで常《つね》よりもながめ給ふ。[一三]もとありし御[一四]しつらひは、いとたう《(ふ)》とげにて、[一五]いま片《かた》つ方《かた》を女しくこまやかになど、一方《かた》ならざりしを、[一六]網代《あじろ》屏風《(びやうぶ)》、何《なに》かの荒《あら》[一七]〳〵しきなどは、[一八]かの御堂の僧坊の具《ぐ》にことさらになさせ給へり。[一九]山里めきたる具《ぐ》どもをことさらにせさせ給《(たまひ)》て、[二〇]いたうも事《こと》そがず、いときよげにゆへ《(ゑ)》[二一]〳〵しくしつらはれたり。

遣水《やり》のほとりなる岩《いは》にゐたまひて、[二二]
　[二三]絶《た》えはてぬ清水《し》になどかなき人の面影《おも》をだにとゞめざりけん

涙をのごひて、弁の尼君《あま》の方《かた》に立《た》ち寄《よ》り給へれば、いとかなしと見《み》[二四]たてまつる

一 中将君の歌。憂き世とは別の世界を捜し求めてもよい、あなたの栄華のすがたを見たいものです。二 率直な気持を詠んだ歌を言い交わして、心を慰めた。三 薫。

38 薫、宇治の御堂を見る

四 習慣になってしまったことだから。五 亡き大君のことを。六 八宮邸の寝殿を解体して阿闍梨の山寺に寄進し、その跡に新しく寝殿を建てた。→宿木一一〇頁一一行。七 四月以降、薫は宇治へ出かけていない。八 解体した寝殿。九 今度の寝殿は明るくはなやいだ感じ。一〇 昔は簡素で、聖僧らしく暮らしていらした住まいを。一一 聖僧八宮も。「この」は前の「聖だち」をさす。青表紙他本「こ宮」。一二 当時とはすっかり様変りしたのも残念。一三 (薫は)物思いにふけりなさる。一四 部屋の飾りつけ。一五 もう一方を姫君たちの部屋らしくこまごまとした道具など揃えて、一様でなかった。一六 →四椎本三四三頁注三〇。一七 粗末な調度類。一八 新築の御堂の僧房の用具に。一九 山荘ふうの調度類を特別に作らせる。二〇 それほどは簡略にせず。六行の「むかし、いとことそぎて」に照応。二一 由緒ありげに奥ゆかしく。二二 薫がお座りになって。青表紙他本は下に「とみにもたたれず」と続く。二三 薫の歌。すっかり涸(か)れてしまわずに流れるこの清水に、亡き人々はどうして面影だけでも映しとどめて下さらなかったのか。「清水」は遣水の水源、澄んだ涌き水。

39 弁の尼に仲介を依頼

二四 弁尼が薫を。二五 ただもう泣き顔をするばかり。

に、[二五]たゞひそみにひそむ。[二六]長押《なげし》にかりそめにゐたまひて、[二七]簾《すだれ》のつま引《ひ》き上《あ》げて物語《がた》りし給ふ。[二八]木丁《(きちやう)》に隠《かく》ろへてゐたり。ことのついでに、「[二九]かの人は、先《さい》つころ、宮にと聞《き》き《ゝ》しを、[三〇]さすがにうゐ《(ひ)》〳〵しくおぼえてこそ、を《(お)》とづれ寄《よ》らね。[三一]猶《(なほ)》これより伝《つた》へはて給へ」とのたまへば、「[三二]一日《ひとひ》、かの母《はゝ》君の文《ふみ》侍りき。[三三]忌《い》み違《たが》ふとて、こゝかしこになんあくがれ給《(たまふ)》める。このごろもあやしき小家《こいへ》に隠《かく》ろへものし給《(たまふ)》めるも心ぐるしく、[三四]すこし近《ちか》き程ならましかば、そこにも渡《わた》して心やすかるべきを、[三五]荒《あら》ましき山道《みち》に[三六]たはやすくもえ思《(おもひ)》立《た》た《ゝ》でなん、と侍《(はべり)》し」と聞《き》こゆ。「[三七]人ゝのかくおそろしくすめる道《みち》に、[三八]まろこそ古《ふ》りがたく分《わ》け来《く》れ。[三九]何《なに》ばかりの契りにかと思《(おもふ)》は、あはれになん」とて、例《れい》の涙《なみだ》ぐみ給へり。「[四〇]さらば、その[四一]心やすからん所に消息《せうそこ》したまへ。[四二]身《(み)》づからやはかしこに出《い》で給はぬ」との給へば、「[四三]仰《おほ》せ言《こと》を伝《つた》へ侍らんことは安《(やす)》し。今さらに京を見《み》侍らんことは物うくて、[四四]宮にだにえまい《(ゐ)》らぬを」と聞《き》こゆ。

「[四五]などてか。[四六]ともかくも人の聞《き》き《ゝ》つたへばこそあらめ、[四七]愛宕《あたご》の聖《ひじり》だに、[四八]時に従《したが》ひては出《い》でずやはありける。[四九]深《ふか》き契《ちぎ》りを破《やぶ》りて、人の願《ねが》ひを[五〇]満《み》て給はむこそたう《(ふ)》とからめ」との給へば、「[五一]人済《わた》すことも侍らぬに、聞《き》き《ゝ》にくき事もこそ出《い》で

二六 「長押」は簀子《(すの)》《(こ)》と一段高い廂の間の境に渡してある横木。そこにちょっと腰かけて。
二七 薫の優雅なすがた。「殿の三位の君(頼通)、簾《(す)》《(だ)》《(れ)》のつま引き上げてゐたまふ…世の物がたりしめ〴〵として」(紫式部日記)。
二八 弁は。 二九 薫の言。あの人(浮舟)は先ごろ匂宮邸にいると。 三〇 どうもやはり私にはきまりがわるくて、便りもしません。
三一 やはりあなたから。これまでも薫は弁尼を通して意向を伝えていた。→一二四頁注三。
三二 弁尼の言。先日、浮舟の母君から便りが。
三三 物忌の方違えをするといって、あちこち住居を変えておられる様子。「このごろも」から「思立たでなん」まで中将君の手紙の内容。
三四 (宇治が)もう少し近い所なら、そちらにも連れていけば安心するはず。 三五 険しい山道。
三六 気軽には決心もつきかねていると。
三七 薫の言。
三八 私だけが昔を忘れられず山道を踏み分けて。
三九 どれほどの因縁なのかと思うと。
四〇 薫の言。
四一 遠慮もいらない所。浮舟の隠れ家に。
四二 尼自身そこに出向かれるおつもりはないか。
四三 弁尼の言。 四四 中君の邸(二条院)にもお伺いできません。
四五 薫の言。何の遠慮もいるまい。
四六 あれこれと人が噂するならともかく。
四七 愛宕山に籠る聖でも。
四八 時によっては山を下りることもあったとか。
四九 山籠りの深い誓いを破って。
五〇 叶えて下さるとしたら、それこそ尊いもの。
五一 衆生済度も致しませんのに、聞き苦しい噂でも立ったら困ります。「人済す」は衆生を彼岸に渡すこと。

でまうで来《く》れ」と苦《くる》しげに思《おも》ひたれど、「[一]なを《(ほ)》よきお《(を)》りなるを」と[二]例ならずしいて《(ひ)》、「[三]あさてばかり車たてまつらん。[四]その旅の所、尋《たづ》ねを《(お)》き給へ。[五]ゆめ、お《(を)》こがましうひがわざすまじきを」とほゝ笑《ゑ》みての給へば、わづらはしく、いかにおぼす事ならんと思へど、[六]あふなくあは〳〵しからぬ御心ざまなれば、を《(お)》のづから[七]わがためにも、人聞《ぎ》きなどはつゝみ給ふらむと思《(おもひ)》て、「[八]さらばうけ給はりぬ。[九]近《ちか》き程にこそ。[一〇]御文《ふみ》などを見《み》せさせ給へかし。[一一]ふりはへ、さかしらめきて、心しらひのやうに思はれ侍らんも、今さらに[一二]伊賀《いが》専女《たうめ》にやとつゝましくてなん」と聞《き》こゆ。「[一三]文はやすかるべきを、[一四]人のもの言《い》ひいとうたてある物なれば、[一五]右大将は、常陸《ひたち》の守のむすめをなんよばふなるなどもとりなしてんをや。その守《かむ》の主《ぬし》、いと[一六]荒《あら》〳〵しげなめり」との給へば、うち笑《わら》ひて、[一七]いとお《(ほ)》しと思《おも》ふ。

暗《くら》うなれば出給《(いでたまふ)》。下《した》草のお《(を)》かしき花ども、紅葉などお《(を)》らせ給《(たまひ)》て、[一八]宮に御覧《らむ》ぜさせ給ふ。[一九]かひなからずおはしぬべけれど、[二〇]かしこまりを《(お)》きたるさまにて、いたうも馴《な》れきこえ給はずぞあめる。[二一]内《うち》より、たゞの親《おや》めきて、[二二]入道の宮にも聞《き》こえ給へば、[二三]いとやむごとなき方は限《かぎ》りなく思《(おもひ)》きこえ給へり。[二四]こなたかなたと

一　薫の言。でもよい機会だから。
二　例になく無理押しなさって。
三　薫の言。明後日ごろ。
四　その隠れ家を確かめておくように。
五　決して馬鹿げた間違いはしないはず。
六　浅薄で軽々しくない御性格ゆえ。
七　ご自分の名誉のためにも、外聞などははばかりなさるだろう。
八　弁尼の言。
九　浮舟の小家は薫の三条邸に近い。
一〇　薫から前もって手紙を浮舟に遣わして下さい。
一一　私がわざわざさしでがましく、取り持ちをかって出たように思われるとしたら。
一二　仲人。「…たうめとは狐の名なりと云々諸抄に見えたり。こゝの心はなかだちをいふ也。なかだちの物をいふはきつねの人をばかすがごとし」(内閣文庫本細流抄)。いまさら仲媒でもあるまいに、と気がひけて。
一三　薫の言。手紙をやるのは簡単だが。
一四　世間の口はうるさい。
一五　薫は常陸守の娘に求婚しているそうだ、などきっと取沙汰するだろうからね。
一六　武骨者。
一七　常陸介の継娘程度に執心する薫をあわれむ。
一八　女二宮(薫の妻)に御覧に入れる。
一九　降嫁したかいがあったように薫から厚遇されているようだ。
二〇　うやうやしく遇するといったふうで、あまりうちとけて親しみ申されない様子。

40 薫、女二宮を厚遇

二一　女二宮の父帝から、世間一般の親のように。
二二　薫の母女三宮。帝とはきょうだいの間柄。
二三　重々しい正室としてはこの上なく大事に。
二四　帝からも女三宮からも大切に後見申される女二宮へのご奉公に加えて。

かしづききこえ給ふ宮仕《みやづか》ひに添《そ》へて、[二五]むつかしき私《わたくし》の心の添《そ》ひたるも苦《くる》しかりけり。

[二六]のたまひしまだつとめて、むつましくおぼすげら[二七]う《(ふ)》さぶらひ一人《ひとり》、顔知《かほし》らぬ[二八]牛飼《うしかひ》つくり出《い》でて遣《つか》はす。「[二九]荘《さう》の者《もの》どものゐ中《(なか)》びたる召《め》し出《い》でつゝ、つけよ」との給ふ。[三〇]かならず出《い》づべくの給へりければ、いとつゝましく苦《ゝる》しけれど、うちけさうじ[三一]つくろひて乗《の》りぬ。野山のけしきを見《み》るにつけても、いにしへよりの古事《ふることゝ》ども思《(おもひ)》出《い》でられて、ながめ暮《(くら)》してなん来着《きつ》きける。[三二]いとつれ〴〵に人目《め》も見《み》えぬ所なれば、[三三]引《ひ》き入《い》れて、「[三四]かくなんまい《(ゐ)》り来《き》つる」と、[三五]しるべのお《(を)》とこして言《い》はせたれば、[三六]初瀬《はつせ》の供《とも》にありし若人《わか》出《い》で来《き》て下《お》ろす。[三七]あやしき所をながめ暮《く》らし明《あ》かすに、[三八]むかし語《(がたり)》もしつべき人のきたれば、うれしくて呼《よ》び入《(いれ)》給《(たまひ)》て、[三九]親《おや》と聞《(きこ)》えける人の御あたりの人と思《(おもふ)》に、[四〇]むつましきなるべし。「[四一]あはれに、人知《し》れず見《み》たてまつりし後《(のち)》よりは、思ひ出《い》できこえぬお《(を)》りなけれど、[四二]世《(よの》中《なか)》かばかり思《おも》ひ給へ捨《す》てたる身にて、[四三]かの宮にだにまい《(ゐ)》り侍らぬを、[四四]この大将殿《どのゝ》のあやしきまでの給はせしかば、思《おも(う)》ふ給へおこしてなん」と聞《き》こゆ。[四五]君も乳母《めのと》も、めでたしと[四六]見《み》を《(お)》きこえてし人の御さまなれば、[四七]忘《わす》れぬさまにの給ふ

二五 わずらわしい(浮舟に対する)執心。「宮仕ひ」と「私の心」が対比される。青表紙他本多く「宮仕へ」、「私心」。
二六 (薫が)約束された日の早朝。→前頁二行。　二七 下﨟侍。下級の家来。

41 弁の尼、隠れ家を訪う

二八 牛飼童。牛車(ぎつしゃ)の牛を扱う従者。童の髪型により年齢にかかわらず童という。
二九 薫の言。荘園の連中で田舎じみたのを。人目を避ける配慮。
三〇 (薫は弁に)必ず京に出るようにおっしゃったので。　三一 身支度して車に。
三二 三条の浮舟の隠れ家の様子。→一七一頁一行。　三三 車を門の中へ。
三四 弁尼の言。薫の命で宇治から弁尼が。
三五 案内の男。宇治から同伴した。
三六 初瀬参詣に供をしていた若い女房。→宿木一一一頁三行。
三七 (浮舟は)むさくるしい隠れ家で終日物思いにふける。
三八 昔の話もしてくれそうな人(弁)。
三九 父親とお思い申した方のお身近の人。
四〇 親近感を覚えるのだろう。語り手の評言。
四一 弁尼の言。なつかしいお方と、ひそかに心の内に拝しましてからは。
四二 俗世を見捨てた尼の身の上。
四三 中君のいる二条院にさえ。
四四 大将殿(薫)が不思議なほど熱心にお頼みになりましたので、勇気を奮って(参上しました)。
四五 浮舟。
四六 二条院滞在中に、薫を見て以来思っていた。→一四八頁一一行。
四七 (薫が浮舟を)忘れていないふうにおっしゃるというのもありがたいが。

らむもあはれなれど、[一]にはかにかくおぼしたばかるらんと思ひも寄《よ》らず。

よひうち過《す》ぐるほどに、[二]宇治《うぢ》より人まい《(ゐ)》れりとて、門忍《しの》びやかにうち叩《たゝ》く。さにやあらん、と思《おも》へど、弁の開《あ》けさせたれば、[三]車をぞ引《ひ》き入《い》るなる。あやしと思ふに、「[四]尼《あま》君に対面《たいめん》たまはらむ」とて、[五]この近《ちか》き御荘《みさう》の預《あづか》りの名《な》のりをせさせ給へれば、戸口《とぐち》にゐざり出《い》でたり。雨すこしうちそゝくに、風はいと冷《ひや》ゝかに吹《ふ》き入《い》りて、[六]言《い》ひ知《し》らずかほ《(を)》りくれば、[七]かうなりけりと、たれも〳〵[八]心ときめきしぬべき御けはひお《(を)》かしければ、[九]用意《ようい》もなくあやしきに、[一〇]まだ思《おも》ひあへぬほどなれば、心さは《(わ)》ぎて、「[一一]いかなる事にかあらん」と言《い》ひあへり。「[一二]心やすき所にて、月ごろの思《おも》ひあまることも聞《き》こえさせんとてなむ」と言《い》[一三]はせ給へり。いかに聞《き》こゆべきことにかと、[一四]君は苦《くる》しげに思《(おもひ)》てゐ給へれば、[一五]乳母《めのと》見《み》ぐるしがりて、「[一六]しかおはしましたらむを、立《た》ちながらや返したてまつり給はん。[一七]かの殿にこそ、かくなむと忍《しの》びて聞《き》こえめ。近《ちか》きほどなれば」と言《い》ふ。「[一八]うひ〳〵しく、などてかさはあらん。[一九]若《わか》き御どち物聞《き》こえ給はんは、ふとしもしみつくべくもあらぬを。[二〇]あやしきまで心のどかに、もの深《ふか》うおはする君なれば、よも[二一]人のゆるしなくて、うちとけ給はじ」など言《い》ふほど、雨《あめ》やゝ降《ふ》り来《く》れば、空は

一 急にこう計画をめぐらされようとは思いも寄らない。

42 薫、浮舟と逢う

二 宇治から使者が弁尼のもとに来たように装う。
三 車を(門内に)引き入れる音がする。家の中にいる弁がその物音を聞いている体。それで、変だ、と思う。使者なら馬なのに。
四 供人の言。尼君にお目にかかりたい。
五 宇治近くの(薫の)荘園の管理人の名を(供人に)言わせなさったので。
六 えも言われぬ芳香がただようので。薫の来訪を悟る。 七 こういうことだったのだ。
八 胸をときめかすに相違ない(薫の)ご様子。
九 その準備もなくむさ苦しい上に。
一〇 (薫の来訪など)まだ予想もしていなかった時なので。
一一 女房の言。どういうことでしょう。 一二 薫の言。気の置けない所で、いく月もの間の抑えきれない思いを申し上げようと。 一三 弁を取次ぎとして。 一四 浮舟。 一五 見かねて。
一六 乳母の言。こうして(薫が)おいでになったというのに、お上げせぬままお帰し申すことはおできになれまい。 一七 常陸介邸の母君に。
一八 弁尼の言。小娘みたいに、なんで(母に)相談することがありましょう。
一九 お若い同士でお話しになっても、急に深い仲になるはずはないし。
二〇 (薫は)不思議なほど気長で、思慮深いお方。
二一 相手(浮舟)の承諾なしに。
二二 宿直人。夜番。↓一六八頁四行。 二三 東国訛りの声。↓一七一頁一行。 二四 夜回り。夜警。
二五 宿直人の言。邸の東南の隅の(土塀や垣の)破損。 二六 ここにある、お車を門内に入れるなら入れて早く戸締まりを。「人の御車」で一語。

いと暗《くら》し。[二二]殿《(との)》ゐ人のあや[二三]しき声《こゑ》したる、[二四]夜行《(やぎやう)》うちして、「[二五]家《やか》の辰巳《たつみ》の隅《すみ》の崩《くづ》れいとあやう《(ふ)》し。[二六]この、人の御車入《みくるまい》るべくは引《ひ》き入《い》れて御門《みかど》鎖《さ》してよ。かゝる、[二七]人の御供《みとも》人こそ、心はうたてあれ」など言《い》ひあへるも、[二八]むく〳〵しく聞《き》きならはぬ心《(ここ)》ち給ふ。「[二九]佐野《さの》のわたりにいゑ《(へ)》もあらなくに」など口《くち》ずさびて、[三〇]里《さと》びたる簀子《すのこ》の端《はし》つ方《かた》にゐ給へり。

[三一]さしとむるむぐらやしげき東屋《あづまや》のあまりほどふる雨《(あま)》そゝきかな

[三二]とうち払《はら》ひ給へる、を《(お)》ひ風いとかたはなるまで、[三三]あづまの里《さと》人もおどろきぬべし。

[三四]とさまかうざまに聞《き》こえのがれん方《かた》なければ、[三五]南《みなみ》の廂《ひさし》に御座《おまし》ひきつくろひて、入《い》れたてまつる。[三六]心やすくしも対面《たいめ》したまはぬを、[三七]これかれ押《お》し出《い》でたり。[三八]遣《やり》戸《ど》といふもの鎖《さ》[三九]して、いさゝか開《あ》けたれば、「[四〇]飛騨《ひだ》の工匠《たくみ》もうらめしき隔《へだ》てかな。[四一]かゝるものの外《と》には、まだゐならはず」と愁《うれ》へ給《(たまひ)》て、[四二]いかゞし給《(たまひ)》けん、入《い》り給《(たまひ)》ぬ。[四三]かの人形《かた》の願《ねが》ひものたまはで、たゞ、「[四四]おぼえなきもののはさまより見《み》しより、すゞろに恋しきこと。[四五]さるべきにやあらむ、あやしきまでぞ思《おも》ひきこゆる」とぞ語《かた》らひ給ふべき。[四六]人のさまいとらうたげにおほどきたれば、見《み》を《(お)》

二七 お供は気がきかない。「人の御供人」で一語。
二八 (薫は)気味悪く耳なれない気持が。
二九 薫の言。「苦しくも降り来る雨か三輪の崎佐野のわたりに家もあらなくに」(万葉集三・二六五・長忌寸奥麿)の上句の意を利かせて口ずさんだ。
三〇 ひなびた縁側の端の方。
三一 薫の歌。戸口を閉ざす葎(むぐら)が茂っているのか、あまりに長い間待たされて軒の雨だれに濡れることだ。「あまり」は軒、「あまりほどふる」に掛ける。「経る」「降る」も掛詞。催馬楽・東屋による。→㊀紅葉賀二六一頁注二六。巻名もこれによる。
三二 降りかかる雨をさっと払いのけなさる、その香を吹き送る風は極端なまでに(芳しく)。
三三 宿直人たちをさす。
三四 あれやこれやと言いのがれようもないので。
三五 南の廂の間にお席を用意して。
三六 (浮舟が)気軽にもお会いにならないので。
三七 女房たちが強引に押し出した。
三八 引き戸。廂と母屋との境の隔て。民家の建具。
三九 まず錠をかけて、それから少し戸を開ける。
四〇 薫の言。飛騨の工匠までも恨めしい仕切りですね。飛騨国は工匠を毎年都に献じ、公役に奉仕した。飛騨の工匠が、一間四面のどの戸から中に入ろうとしても閉じてしまう小堂を建て、絵師百済川成(くだらのかわなり)を困らせた話(今昔物語集二十四ノ五)に拠るか。
四一 こんな板戸の外側には、まだ坐ったことはない、とお恨みなさって。
四二 どうなさったのか。語り手の推測。
四三 →一四九頁一三行。
四四 薫の言。(宇治での)思いがけぬかいま見をいう。→宿木一一一頁。
四五 何かの因縁でしょうか。
四六 浮舟のようす。とてもかわいらしくおっとりしている。

とりもせず、いとあはれとおぼしけり。

ほどもなう明《あ》けぬる心《(こゝ)》ちするに、[一]鳥などは鳴《な》かで、[二]大路《おほち》近《ちか》きところに、[三]おぼとれたる声《こゑ》して、[四]いかにとか聞《き》きも知《し》らぬ名《な》のりをして、[五]うち群《む》れてゆくなどぞ聞《き》こゆる。かやうの朝ぼらけに見《み》れば、[六]物《もの》いたゞきたる者《もの》の鬼《おに》のやうなるぞかしと聞《き》き給ふも、かゝる[七]蓬《よもぎ》のまろ寝《ね》にならひ給はぬ心《(こゝ)》ちもお《(を)》かしくもありけり。[八]宿直人《とのゐ》も門《かど》あけて出《(いづ)》るを《(お)》とする、[九]を《(お)》の〳〵入《い》りて臥《ふ》しなどするを聞給《(ききたまひ)》て、人召《め》して、車、[一〇]妻戸《つまど》に寄《よ》せさせ給ふ。[一一]かき抱《いだ》きて乗《の》せたまひつ。たれも〳〵、[一二]あやしうあえ《(へ)》なきことを思《おも》ひさは《(わ)》ぎて、「[一三]九月にもありけるを、心《こゝろ》うのわざや。いかにしつることぞ」と嘆《なげ》けば、尼君《あま》もいと〳〵お《(ほ)》しく、思《(おもひ)》の外《(ほか)》なることどもなれど、「[一四]を《(お)》のづからおぼすやうあらん。うしろめたうな思《おも》ひ給《(たまひ)》そ。[一五]長《なが》月はあすこそ節分《せちぶ》と聞《き》きしか」と言《い》ひ慰《なぐさ》む。けふは十三日なりけり。尼君《あま》、「こたみはえまい《(ゐ)》らじ。宮の上《うへ》聞《き》こしめさむこともあるに、忍《(しのび)》て行《(ゆき)》かへり侍らんも、いとうたてなん」と聞《き》こゆれど、[一六]まだきこのことを聞《き》かせたてまつらんも心はづかしくおぼえ給《(たまひ)》て、「[一七]それは後にも罪《つみ》さり申《(まうし)》たまひてん。[一八]かしこもしるべなくては、たづきなき所を」と責《せ》めての給ふ。「[一九]人一人《ひとり》や侍《(はべる)》べき」との給へば、[二〇]こ

一 後朝《(きぬぎぬ)》らしい暁の風情もない。
二 三条大路も近い小家なので。
三 乱雑な声で。
四 何と言っているのか聞いたこともない物売りの掛け声がして。

43 翌朝、薫は浮舟と出発

五 一団となって通りすぎる物音が。
六 朝方に見ると、頭上に物を乗せている者が鬼のすがたに見えるのだと思って(外の)物音を。
七 蓬生《(よもぎう)》の宿の仮り寝にはご経験のない気持もかえっておもしろい。源氏と夕顔との逢瀬に似る。
八 夜番も門をあけて出て行く音がするが。夜警の仕事を終えて朝帰る。「する」は青表紙他本「す」。
九 侍女たちそれぞれが寝床に入って休むようすを物音で確かめなさってから。
一〇 南廂の隅にある両開きの戸。
一一 源氏が夕顔を(㈠夕顔一一八頁一〇行)、紫上を(㈠若紫一九三頁一行)抱いて連れ出す例に類似。
一二 不思議なほどあっけないことだと胸騒ぎして。
一三 侍女たちの言。(この月は)九月でもあったのに、いやなことだ。九月は季の果ての月なので、結婚は不吉だ、の意か。→㈡玉鬘三三九頁注三六。
一四 弁尼の言。ひょっとすると何かお考えがあるのでしょう。
一五 (その)九月も明日(十四日)が節分、立冬の前日だと。季節変りも寸前だから構わない、の意か。一説に、明日が節分でそれからが九月、今は八月だから構わない、の意とも。
一六 早々とこの件を弁が中君のお耳に入れるとしたら気恥ずかしい。

の君に添《そ》ひたる侍従《(じじゆう)》と乗《の》りぬ。乳母《めのと》、尼君《あまぎみ》の供《とも》なりし童《わらは》などもを《(お)》[二一]くれて、いとあやしき心《(ここ)》ちしてゐたり。

44 宇治への道中

[二二]近《ちか》きほどにや と思《おも》へば、宇《う》治へおはするなりけり。[二三]牛《うし》などひきかふべき心《こゝろ》まうけし給へりけり。[二四]河原過《かはらす》ぎ、[二五]ほう《(ふ)》さうじのわたりおはしますに、夜は明《(あけ)》はてぬ。[二六]若《わか》き人はいとほのかに見《み》たてまつりて、めできこえて、すゞろに恋《こ》ひたてまつるに、世の中のつゝましさもおぼえず。[二七]君ぞいとあさましきに物もおぼえで、うつぶし臥したるを、「[二八]石高《いしたか》きわたりは苦《くる》しきものを」とて、抱《いだ》きたまへり。[二九]薄物《うすもの》ゝ細長《ほそなが》を車《くるま》の中《なか》に引《ひ》き隔《へだ》てたれば、はなやかにさし出《い》でたる[三〇]朝《あさ》日かげに尼《あま》君はいとはしたなくおぼゆるにつけて、[三一]故《こ》姫《ひめ》君の御供《とも》にこそ、かやうにても見《み》たてまつりつべかりしか、ありふれば思《おも》ひかけぬことをも見《み》るかなとかなしうおぼえて、[三二]つゝむとすれどうちひそみつゝ泣《な》くを、侍従はいとにくゝ、[三三]もののはじめにかたち異《こと》にて乗《の》り添《そ》ひたるをだに思ふに、なぞかくいや目《め》なると、にくゝお《(を)》[三四]こにも思ふ。老《(おい)》たる者《もの》は、すゞろに涙《なみだ》もろにあるものぞと、[三五]おろそかにうち思《おも》ふなりけり。

45 悲しみの涙

[三六]君も見《み》る人はにくからねど、空のけしきにつけても、来《き》しかたの恋しさまさ

一七 薫の言。その件は後日にお詫び申された方がよいのでは。

一八 宇治でも案内がなくては、頼りもない所だし。 一九 薫の言。誰か一人お供に参るよう。

二〇 浮舟にいつも付き添っている侍従と(弁尼は)一緒に乗った。

二一 あとに残されたので、何のことか分らぬ変な気分で控えている。

二二 近い所なのか、と思っていると(実は)。

二三 (薫は)牛なども引き替えられる準備を。宇治までの遠路に用意周到。 二四 賀茂河原。

二五 法性寺。藤原忠平が九条河原に創建(九二五)した寺。今の東福寺の地にあった。ここから大和大路を南下して宇治に到る。

二六 侍従。身近に接した薫をほの見て浮き立つ気分。ほめて慕う、世間への配慮もない。

二七 浮舟。新婚早々の驚きで何も分らず臥せたまま。 二八 薫の言。大きな石のある道はつらいもの。車が揺れて、浮舟をしっかり抱く。

二九 薄絹の細長(貴婦人の上着。身幅が狭く、衽をつけず身頃の裾先が分れたもの)を前後の席の間切りに掛け垂らした。

三〇 朝日の光。源氏物語に一例。

三一 弁尼の心内。亡き大君のお供でこそ、このようにも拝見したかったのに。

三二 こらえようとしてもつい顔をしかめて泣く。

三三 新婚早々に尼姿で同乗するだけでも不吉なのに、さらに涙までも。

三四 愚かしいとも。

三五 (事情を知らず反発する侍従に対して)深く考えない、粗略だという語り手の評言。

三六 薫も、目の前の人(浮舟)は憎からず思うが。

りて、山深《ふか》く入《(いる)》まゝにも、霧たちわたる心《(ここ)》ちし給ふ。うちながめて寄《よ》りゐ給へる袖の、[一]重《かさ》なりながら長《なが》やかに出《い》でたりけるが、川霧《ぎり》に濡《ぬ》れて、[二]御衣《ぞ》の紅《くれなゐ》なるに、御なを《(ほ)》しの花のおどろ〳〵しう移《うつ》りたるを、[三]おとしがけの高《たか》き所に見《み》つけて引《ひ》き入《い》れたまふ。

[四]かたみぞと見《み》るにつけては朝露の所せきまでぬるゝ袖哉《(かな)》

と、[五]心にもあらずひとりごち給ふを聞き《きゝ》て、いとゞしぼるばかり尼《あま》君の袖も泣《な》き濡《ぬ》らすを、[六]若《わか》き人、あやしう見《み》ぐるしき世《よ》かな、[七]こゝろ行《(ゆく)》道《みち》にいとむつかしきこと添《そ》ひたる心《(ここ)》ちす。[八]忍《しの》びがたげなる鼻《はな》すゝりを聞き《きゝ》給《(たまひ)》て、[九]我《(われ)》も忍《しの》びやかにうちかみて、[一〇]いかゞ思ふらんといとおし《(ほ)》ければ、「[一一]あまたの年比《とし(ごろ)》、[一二]この道《みち》を行《ゆ》きかふたび重《かさ》なるを思《おも》ふに、そこはかとなく物あはれなるかな。すこし起《お》き上《あ》がりて、この山の色も見《み》たまへ。[一三]いと埋《むも》れたりや」と、強《し》ひてかき起《お》こし給へば、[一四]おか《(を)》しきほどにさし隠《かく》して、つゝましげに見《み》いだしたるまみなどは、[一五]いとよく思《(おもひ)》出《い》でらるれど、おいらかにあまりおほどき過《す》ぎたるぞ、心もとなかめる。[一六]いといたう子《こ》めいたるものから、ようゐ《(い)》の浅《あさ》からずものし給《(たまひ)》しはや、と猶《(なほ)》、[一七]行方《(ゆくかた)》なきかなしさは、むなしき空にも満《み》ちぬべかめり。

一 重なり合ったまま長々と外に出ていたのが。
二 御衣(桂＝うちき)が紅(くれない)なので、御直衣の花色(薄藍(うすあい)色、はなだ色)が(重なって)二藍まがいの喪服のように)大げさに色変りして見えるのを。
三 切り落としたような急な坂道を車が登りつめた高い所で(垂れた袖を)見つけて。
四 薫の歌。亡き大君の形見の人と(浮舟を)見るにつけて、朝露があふれるほど(悲しみの涙で)袖が濡れることだ。
五 思わず独り言のようにおっしゃるのを。
六 侍従。
七 うれしいはずの道中に。
八 弁尼がこらえきれそうもなく鼻をするのを。
九 薫も。
一〇 浮舟が。
一一 薫の言。
一二 この山道を何度も行き来したことを思うと。
一三 たいそうふさぎこんでいらっしゃるね。
一四 ほどよく顔を隠して、恥ずかしそうに外を眺めている目もとなどは。
一五 (浮舟が)亡き大君にとてもよく似ているが、おとなしくておっとりしすぎているところが頼りなさそう。
一六 (亡き大君は)たいそう子供っぽいものの、心づかいは深くていらっしゃったよ。
一七 やり場のない悲しさは、虚空に満ちあふれそう。「わが恋はむなしき空に満ちぬらし思ひやれどもゆくかたもなし」(古今集・恋一・読人しらず)。
一八 宇治に。
一九 薫の心内。ああ、亡き大君の魂はここに宿って御覧か。こんなにむやみとあちこちさまよ

[一八]おはし着《つ》きて、[一九]あはれ亡《な》き魂《たま》や宿《やど》りて見《み》給ふらん、たれによりてかくすゞろにまどひありくものにもあらなくに、と思《おも》ひつゞけ給ひて、[二〇]下《お》りてはすこし心[二一]しらひて立《(たち)》さり給へり。[二二]女は、母《はゝ》君の思《おも》ひ給はむことなどいと嘆《なげ》かしけれど、[二三]艶《えん》なるさまに心ふかくあはれに語《かた》らひ給ふに、思《おも》ひ慰《なぐさ》めて[二四]下《お》りぬ。[二五]尼《あま》君はことさらに下《お》りで、廊《らう》にぞ寄《よ》するを、[二六]わざと思《おも》ふべき住《す》まひにもあらぬを、ようゐ《(い)》こそあまりなれと見《み》給ふ。[二七]御荘《みさう》より、例の人ゝさは《(わ)》がしきまでまい《(ゐ)》り集《あつ》まる。[二八]女《をんな》の御台《だい》は、尼《あま》君の方よりまい《(ゐ)》る。道《みち》はしげかりつれど、[二九]この有《(あり)》さまはいとはれ〴〵し。河のけしきも山の色も、[三〇]もてはやしたる造《つく》りざまを見《み》いだして、[三一]日ごろのいぶせさ慰《なぐさ》みぬる心《(ここ)》ちすれど、[三二]いかにもてない給はんとするにかと、浮《う》きてあやしうおぼゆ。

[三三]殿は京に御文書《か》き給ふ。

[三四]也《(なり)》あはぬ仏の御飾《かざ》りなど見《み》給へを《(お)》きて、[三五]けふよろしき日なりければ、[三六]いそぎものし侍《(はべり)》て、乱《みだ》り心《(ごこ)》ちのなやましきに、[三七]物忌《いみ》なりけるを思《(おもひ)》給へ出《い》でてなん、けふあすこゝにてつゝしみ侍《(はべる)》べき。

など、母《はゝ》宮にも[三八]姫《ひめ》宮にも聞《き》こえ給ふ。

うのは誰のせいでもないのに(身代りを求めてさまようのはあなたのせいです)。

46 宇治に到着

二〇 車から。
二一 心づかいして。浮舟を休ませるため。
二二 浮舟は、母(中将君)がどうお思いかなど心を痛めるが。
二三 (薫が)優美な姿で思いやり深くしみじみと話しかけて下さるので。
二四 車から。
二五 わざとそこには下りずに(車を)渡殿につけるのを。
二六 とくに(弁が)満足してよい住いでもないのに、心遣いが過ぎる、と。
二七 ご領地の荘園から、いつものように、人々が騒々しいほど参集する。
二八 女君のお食事。
二九 宇治邸。
三〇 見栄えのするように建てられた邸を部屋の中から眺めやって。
三一 (浮舟は)日ごろの晴れやらぬ心も。
三二 (薫が)自分をどうなさるお積りかと、不安でいぶかしい。

47 薫、京に手紙を書く

三三 薫。邸の主人格の扱い。
三四 薫の手紙。まだ完成しない仏殿のお飾りなどを(先日)見て置きまして。実はすでに完成。→一七二頁四行。
三五 吉日。日柄もよい。
三六 急いでこちらに来ましたが、気分がすぐれず。
三七 宇治滞在の口実にする。
三八 正室の女二宮。

一うちとけたる御有《(あり)》さま、今少《(すこし)》を《(を)》かしくて入《い》りおはしたるもはづかしけれど、二もて隠《かく》すべくもあらでゐ給へり。女の御装束《さうぞく》など、色〻にきよくと思《おも》ひてし重《かさ》ねたれど、少《(すこし)》ゐ中《(なか)》びたることもうちまじりてぞ、四むかしのいと萎《な》えばみたりし御姿《すがた》の、五あてになまめかしかりしのみ思《(おもひ)》出《い》でられて、六髪《かみ》の裾《すそ》のを《(を)》かしげさなどは、こま〴〵とあてなり、七宮の御髪《ぐし》のいみじくめでたきにもを《(お)》とるまじかりけり、と見《み》給ふ。

八かつは、九この人をいかにもてなしてあらせむとすらん、たゞ今、一〇もの〳〵しげにてかの宮に迎《むか》へ据《す》へ《(ゑ)》んも一一を《(お)》とぎき《ゝ》便《びん》なかるべし、さりとて一二これかれある列《つら》にて、おほぞ《(う)》ふにまじらはせんは本意《ほい》なからむ、しばしこゝに一三隠《かく》してあらん、と思ふも、一四見《み》ずはさう〴〵しかるべくあはれにおぼえ給へば、を《(お)》ろかならず語《かた》らひ暮《く》らし給ふ。一五故《こ》宮の御事《こと》ものたまひ出《い》でゝ、むかし物語《がた》りを《(を)》かしうこまやかに言《い》ひ戯《たはぶ》れ給へど、一六たゞいとつゝましげにて、ひたみちにはぢたるを、一七さう〴〵しうおぼす。一八あやまりても、かう心もとなきはいとよし、教《をし》へつゝも見《み》てん、一九ゐ中《(なか)》びたるされ心《ごゝろ》もてつけて、品《しな》〴〵しからずはやりかならましかば、形代《かたしろ》不用《ふよう》ならまし、と思ひなを《(ほ)》し給ふ。

48 浮舟の今後を思案

一（薫の）くつろいだご様子は、一段とすばらしい感じで（浮舟の部屋に）お入りになったのも。二（浮舟は）身を隠しようもなく坐っていらっしゃる。尊敬語扱いは宇治での女主人格か。三配色も美しくと考えて仕立て、何枚も重ねて着ているが。「きよく」は青表紙他本「よく」。四亡き大君の着馴れたお姿が。五上品で優雅な風情。浮舟の「ゐ中（田舎）びたる」に対比。六（浮舟の）髪の裾の（扇のように広がる）美しさなどは、精巧で気品がある。大君は「髪さはらかなるほどに…末すこし細りて」（四椎本三七六頁二行）。七女二宮の御髪のすばらしさにも劣るまい。八その一方で。九浮舟をどのように扱っていけばよいのか。処遇の思案に及ぶ。一〇重々しい夫人として三条宮（薫の自邸）に迎え取るとしたら。対の御方扱いか。一一世間への聞えもよくないだろう。正室は今上帝の皇女、権大納言兼右大将の薫の立場として。一二大勢いる女房と同列で、通常の宮仕えをさせるのも。召人（めしうど）の扱い。一三宇治の邸。一四逢わないでは満たされない思いがするはず。一五亡き八宮。浮舟の実父。一六（浮舟は）ただもう気おくれするばかり。一七（薫は）物足りなく思う。いつも応対が感動的だった大君と比べて。一八たとえ間違っても頼りないのは見込みがある。教えがいもあろうというもの。一九（だが）田舎くさいしゃれ気を身につけて、下品で先走っているようなら、大君の身代りも役立たずだろう。「ましかば」は底本「ましはしも」の「はしも」を見セ消チにし「かはイ」と傍記。文意から傍記を採る。

二〇こゝにありける琴《きむ》、箏《さう》の琴《こと》召《め》し出《い》でて、かゝること、二一はたましてえせじかしとくちお《(を)》しければ、ひとり調《しら》べて、宮亡《う》せ給《(たまひ)》て後《(のち)》、こゝにてかゝるものにいと久しう手《て》触《ふ》れざりつかしと、めづらしく我《(われ)》ながらおぼえて、二二いとなつかしくまさぐりつゝながめ給ふに、二三月さし出《(いで)》ぬ。二四宮の御琴の音《ね》のおどろ〳〵しくはあらでいとお《(を)》かしくあはれにひき給《(たまひ)》しはや、とおぼし出《い》でて、二五「むかし、たれも〳〵おはせし世《よ》に、こゝに生《お》ひ出《い》でたまへらましかば、二六今すこしあはれはまさりなまし。親王《みこ》の御有《(あり)》さまは、二七よその人だにあはれに恋しくこそ思ひ出《い》でられ給へ。二八などて、さる所には年比《(としごろ)》経《へ》たまひしぞ」との給へば、二九いとはづかしくて、三〇白《しろ》き扇《あふぎ》をまさぐりつゝ添《そ》ひ臥《ふ》したる三一かたはらめ、三二いと隈《くま》なう白《しろ》うて、なまめいたるひたい《(ひ)》がみの隙《ひま》など、三三いとよく思ひ出《い》でられてあはれなり。

まいて、三四かやうのことも三五つきなからず教《をし》へなさばやとおぼして、三六「これはすこしほのめかい給《(たまひ)》たりや。あはれ、三七我《(わが)》つまといふ琴《こと》は、三八さりとも手《て》ならし給《(たまひ)》けん」など問ひ給ふ。三九「その大和言葉《やまとことば》だに、つきなくならひにければ、ましてこれは」と言《い》ふ。四〇いとかたはに心を《(お)》くれたりとは見《み》えず。四一こゝにを《(お)》きて、四二え思ふまゝにも来《こ》ざらむことをおぼすが、今より苦《くる》しきは、四三なのめにはおぼさぬなる

49 琴を調べ浮舟と語らう

二〇 宇治の邸にあった故人の遺愛の楽器。七絃の「琴」と十三絃の「箏」。中国伝来の楽器。
二一 (浮舟は)手も出すまいな。
二二 親しくすさび弾きしては物思いにふける。
二三 九月十三夜の月。
二四 亡き八宮の琴の音は仰々しくなく、とても風情があってしみじみとお弾きだった、と。
二五 薫の言。昔、八宮や大君が御在世中。
二六 もっと昔を偲ぶ気持は深まりましょう。
二七 他人の私でさえ。
二八 どうして、あのような田舎に。 二九 浮舟は。
三〇 骨に白い紙を張った夏の扇。「かはぼり」とも。 三一 横顔。
三二 どこまでも色白で、額髪の隙間から見える優美な額のあたり。
三三 大君にそっくり。→一四八頁二行。
三四 音楽のたしなみ。
三五 姫君にふさわしく仕込んでやりたい。
三六 薫の言。これ(和琴)は少し手をお触れになりましたか。東国育ちの浮舟なので話題にした。
三七 「わがつま」「あがつま」「あづま」で「あづま琴」すなわち和琴(わごん)。大和琴(やまとごと)とも。日本古来の六絃の琴。
三八 琴はたしなまずといっても。
三九 浮舟の言。その和歌でさえ、不似合に育ちましたから。和琴を大和琴ということからの言葉のあや。
四〇 ひどく見苦しく機知に乏しいとは思われない。当意即妙の応酬を評価した。
四一 浮舟を。
四二 とても思い通りには通って来られないだろうと思うと、それが今から辛いのは。
四三 並々の御執心ではない。語り手の推測。

べし。琴《こと》は押《お》しやりて、一「楚王《（そわう）》の台《たい》の上《うへ》の夜《（よる）》の琴《（きん）》の声」と誦《ずん》じ給へるも、かの二弓《ゆみ》をのみ引《ひ》くあたりにならひて、いとめでたく思ふやうなりと、侍従も聞《き》きゐたりけり。三さるは、扇《あふぎ》の色も心を《（お）》きつべき閨《ねや》のいにしへをば知《し》らねば、ひとへにめできこゆるぞ、を《（お）》くれたるなめるかし。四事《こと》こそあれ、あやしくも言《い》ひつるかなとおぼす。

尼《あま》君の方よりくだ物まい《（ゐ）》れり。箱の蓋《ふた》に、紅葉、蔦《つた》などお《（を）》りしきて、五ゆへ《（ゑ）》〳〵しからず取《と》りまぜて、敷《し》きたる紙《かみ》に、六ふつゝかに書《か》きたるもの、七隈《くま》なき月にふと見《み》ゆれば、目《め》とゞめ給ふほどに、八くだもの急《いそ》ぎにぞ見《み》えける。

九やどり木は色かはりぬる秋なれどむかしおぼえてすめる月かな

と一〇古《ふる》めかしく書《か》きたるを、一一はづかしくもあはれにもおぼされて、

一二里の名もむかしながらに見《み》し人のおもがはりせるねやの月影

一三わざと返りこととはなくてのたまふ、一四侍従なむ伝《つた》へけるとぞ。

一 薫の吟誦。「班女が閨《（ねや）》の中の秋の扇の色　楚王が台《（たい）》の上の夜の琴の声」（和漢朗詠集・上・雪・尊敬）。第一句は、漢の成帝の愛妃の班婕妤《（はんしようよ）》が趙飛燕のために帝寵を奪われ、その身を夏の白扇が秋に捨てられるのに喩えて嘆いた故事（文選・怨歌行）による。第二句は楚の襄王《（じようおう）》が蘭台《（らんだい）》のほとりで夜琴を弾じた（文選・風賦）故事による。 二 武技を事とする常陸介の家庭に育った浮舟には、詩句の意味は分らぬが、朗詠の美声には感激。 三 とはいえ、扇の色も関心を払うべき閨の故事を侍従は知らないので、ひたすら感心しているのは教養に欠けた証拠。語り手の評言。 四 事もあろうに、おかしな詩句を吟じたものよ、と薫は反省。 五 重々しくなく。底本「ゆへ〳〵なからす」。「那」と「斯」の草体の紛れと見て訂す。青表紙他本「ゆゑなからす」。 六 筆太に書いてある字。老人らしい。 七 十三夜の明るい月光にちらっと見えるので。 八 くだ物を早くほしがっているように見えた。語り手のたわむれの言。 九 弁尼の歌。宿木はすっかり紅葉して色が変ってしまった秋ですが、昔通りの月は澄みわたっています。上句は、大君から浮舟に替ったことを暗示。「澄める」「住める」を掛ける。→宿木九二頁の贈答歌をふまえる。 一〇 老人らしく。 一一 きまり悪くも悲しくも。浮舟・大君に対する複雑な思い。 一二 薫の歌。宇治という里の名も、世を憂しと嘆く私も昔のままだが、昔の人が面変りしたかと思われる閨の月影です。閨に浮舟との仲をこめ、併せて宿世の恋を嘆く。 一三 独詠めいて言う。 一四 語り手を登場人物の侍従に仮託して結ぶ。

50 弁の尼の贈歌に薫独詠

浮《うき》舟《ふね》

〔巻名〕匂宮に伴われて宇治川対岸の隠れ家へ向かう途上、橘の小島を見て浮舟が詠んだ歌「たち花の小島の色はかはらじをこのうき舟ぞゆくへ知られぬ」(二二三頁)をもって巻名とする。

1　ほのかに見た浮舟を忘れられない匂宮は、浮舟の素性を問い、ひた隠す中君を恨む。

2　悠長に構える薫は宇治の山里に浮舟を置いたまま、京に浮舟の住まいをひそかに造らせる。

3　薫は変わらず中君に心を寄せ、世話をする。若君かわいさに匂宮も中君を大切に扱い、中君のもの思いは少し慰められる。

4　**正月上旬過ぎ**、**宇治**の浮舟から中君へ、卯槌などを添えた便りがある。匂宮の居る前で手紙を開けざるを得なくなり、中君は困惑する。

5　その手紙の内容から、匂宮は浮舟が宇治にいることを察知する。

6　匂宮は、学問のことで召し使う大内記を呼んで、薫の宇治行きの内実を尋ね、薫が**この十二月ごろ**からひそかに女を住まわせていることを知る。

7　匂宮は浮舟らしき女の噂を聞き、大内記が薫の家司の婿なので確かだと思い、喜ぶ。

8　匂宮は女をこの目で確かめたいとの思いを募らせる。**賭弓**、**内宴**などの行事が過ぎると、司召で得たい官職のある大内記に宇治行きの相談をもちかける。

9　匂宮は、乳母子(時方)など親しい供の者数人だけを連れ、大内記の案内で宇治へ赴く。**法性寺**までは車で、その先は馬で行く途中、かの地の山深さに、女をこの目でしかと確かめようと決意を新たにする。

10　宵過ぎに宇治に着いた匂宮は葦垣を壊して邸内に入り、格子の隙間から浮舟たちをのぞき見る。ほの見た浮舟の顔は中君によく似ていた。見られているとも知らず、人びとは薫や中君の噂話をする。

11　中君によく似ながら彼女よりも頼りなげでかわいらしいこの女は一体何者なのか。匂宮の心ははやる。

12　堪えかねる匂宮は薫を装って浮舟の寝所へ忍び入る。来る途中恐ろしいことがあったと偽って、自分の姿を見咎められぬよう右近を欺く匂宮。

13　浮舟は入ってきた男が匂宮だと知る。中君の思惑を思い、浮舟は泣き出す。

14　翌朝、一度京へ戻ってからの宇治への再訪の難しさを思い、匂宮は帰らない。そのことに起因する問題も考えられぬほど浮舟に執心する。

15　匂宮が去らないことに困惑した右近は連れ去ってくれない大内記や時方などの供人をなじる。

16　右近は、薫ではないことを知られないようにするため、昨夜の匂宮の嘘を利用して物忌みと偽り、**石山詣**でも中止する。

17　京にいる浮舟の母が、予定通り迎えの車をよこすが、右近は物忌みを口実に車を返す。

18　いつもはもてあますだけの**春の日**も浮舟と一緒にいると日暮れがはやい。浮舟も、薫より気品高い美しさの匂宮に惹かれてゆく。匂宮は絵をかいて与える。

19　夜、京へ遣った使いが明石中宮や夕霧の様子を伝える。翌朝、名残を惜しみつつ浮舟と歌を詠み交わして、匂宮は暁の寒景のなかを京に帰る。

20　**二条院**へ帰邸した匂宮は浮舟のことを悟られまいと、薫にことよせて中君を責める。

21　宇治行きを病気と言い紛らわしていた匂宮に、**宮中**の明石中宮から見舞の手紙が来る。

22　夕方には薫も見舞にやって来る。浮舟を山里へ一人置き平然としている薫を見て匂宮のもの思いはまさる。

23　匂宮は浮舟に手紙を送る。**翌月になって**思いは募るが宇治に行くことはできない。

24　公事も一段落した頃、薫は宇治に行く。秘密を持った浮舟は思い乱れる。

25　京の**三条の宮**にも近いところへ迎えとる計画を話す薫と、匂宮のことを思う浮舟。**二月上旬**の月をながめて二人の思いはすれ違う。

26　川の景色を見て、薫と浮舟は宇治橋の歌を交わす。匂宮を知って女らしさを添えた浮舟を薫は大人びたと喜ぶ。

27　**二月十日頃**、**宮中の詩会**は雪のために**管絃の遊び**もすぐに中止になる。宿直して「衣かたしき」と誦じる薫に、匂宮は焦りを覚える。翌日の披講では、匂宮とならび称される薫は二、三歳年上に見える。

28　匂宮は雪道をおかし、夜更けて再び宇治へ行く。右近は若い侍女の侍従を味方につけて、匂宮を薫と言い紛らわす。

29 匂宮は時方に用意させていた宇治川**対岸の隠れ家**へ浮舟を伴う。川を渡る途上、**橘の小島**に舟を止め、唱和する。

30 隠れ家で二人の時を過ごす匂宮と浮舟。宮は「君にぞまどふ」と詠み、浮舟は自らの境遇を「中空」と歌う。

31 浮舟に女房の真似をさせて戯れる匂宮。飽き足らぬ思いで別れの日を迎える。

32 帰京後、**二条院**でもの思いに沈む匂宮はついに病臥する。浮舟も匂宮の姿を夢に見るまでに思いこがれる。

33 **長雨が降り続く**なか、尽きせぬ思いをつづる匂宮の手紙に、浮舟は悩む。母や中君の思惑も彼女を苦しませるものとなる。侍従や右近の目には心変りと映るのだった。

34 時を同じくして届いた薫の手紙は、匂宮のものとは全く異なり、浮舟は二人の男を決めかねていよいよ思い迷う。

35 浮舟は翌日になってようやく二人に返歌。薫も匂宮もそれぞれに浮舟を恋い、彼女の面影を胸に描く。

36 薫は浮舟を京へ迎え取りたい旨を正妻女二宮に語る。宮はおうように承諾。

37 大内記を通して、薫の計画は匂宮の知るところとなる。宮も浮舟を隠しおく家を**下京**に手配する。

38 薫は浮舟の京への引き取りを**四月十日**に定めた。二人の男の間で悩む浮舟は母のもとで考えたいと思うが、異父妹の出産が近くて叶わず、母が宇治にやって来る。

39 母は弁尼を呼び、浮舟の身の上を語りあう。薫に引き取られることを喜ぶ母の言葉を、浮舟は臥したまま聞いている。

40 薫との仲を浮舟が壊すようなことがあれば親子の縁を切るという母の言葉に、宇治川の流れを耳にして浮舟は入水を思う。

41 悩みやつれた浮舟の体を案じつつ、母は帰京する。

42 ふたたび、**薫・匂宮**双方から手紙。匂宮の使いを薫の随身が見とがめ、不審に思う。

43 随身は匂宮の使いに尾行をつけ、**匂宮邸**で大内記に手紙を渡したのを確認。薫に浮舟の手紙を届けると、薫は**六条の院**に退出中の明石中宮を見舞に行くところであった。

44 匂宮も母中宮を見舞い、六条院の**台盤所**で浮舟からの手紙を見る。手紙に心を入れている様子を薫は目撃。

45 随身は、宇治の邸で見かけた使いが匂宮のところへ手紙を持ち帰ったことを薫に報告する。

46 邸に帰る道すがら、薫は匂宮の裏切りを怒り、浮舟の様子が変わったのも匂宮のゆえかと、うとましく思う。

47 思い乱れる薫は浮舟へ詰問の手紙を送る。浮舟は、思い当たるが機転をきかせて手紙をそのまま送り返し、その場を逃れる。

48 手紙を送り返したことを不審がる右近と侍従。右近は薫の手紙を無断で開け、薫が秘密を知ったことを了解する。

49 思い悩んで臥す浮舟の傍らで右近は姉の悲話を語る。右近はどちらか一人に定めることを得策とし、一方侍従は匂宮を勧める。

50 右近は邸を警護する薫の**荘園**の者について語り、匂宮に危害が及ぶかもしれぬ見通しを述べる。それを聞く浮舟の苦悩はいよいよまさる。

51 浮舟は死を願う。浮舟たちの心配をよそに、乳母は上京の準備に精を出す。

52 数日後、右近の話に出た内舎人が警備を厳重にする薫の命を伝えに来る。

53 **薫・匂宮**のどちらを選んでも不都合が起ることを思案する浮舟は、自らの死を決意する。

54 浮舟は少しずつ匂宮の手紙を処分する。決意はしたものの、死を目前にしてやはり心は揺れる。

55 **三月二十日過ぎ**、匂宮から浮舟を迎えとる日取りが予告される。浮舟は匂宮からの手紙に顔を押し当て泣くばかりで、返事も書かない。

56 浮舟の態度の変化を案じる匂宮は宇治へ赴くが、邸は前とは違って薫の命で強固に警備されている。

57 匂宮は浮舟と逢うことを果たせず、かろうじて時方が侍従を連れ出すが、事情を尋ねただけでむなしく帰京する。

58 浮舟の今生の思い。この世を去ると決心すると、親しい人びとのことが胸に思い浮かぶ。

59 浮舟は匂宮の手紙に返歌のみ返す。夢見が悪かったからと心配して、宇治山の寺に誦経を手配した母には、使いが持って来た巻数に告別の歌を書きつける。

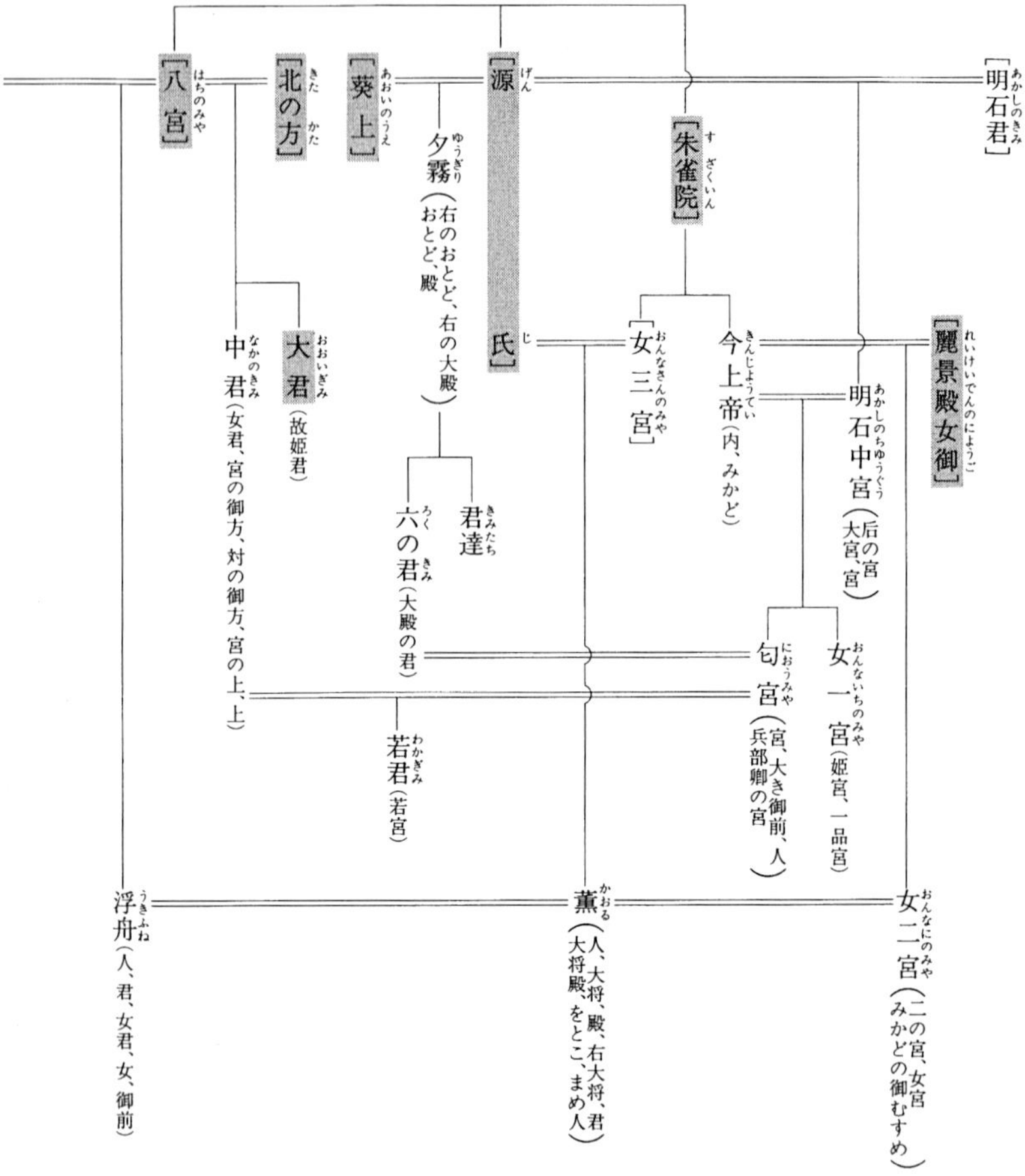

[明石君《あかしのきみ》]
[麗景殿女御《れいけいでんのにょうご》]
[朱雀院《すざくいん》]
[源《げん》氏《じ》]
[葵上《あおいのうえ》]
[北の方《きたのかた》]
[八宮《はちのみや》]
明石中宮《あかしのちゅうぐう》（后の宮 大宮、宮）
今上帝《きんじょうてい》（内、みかど）
[女三宮《おんなさんのみや》]
夕霧《ゆうぎり》（右のおとど、右の大殿 おとど、殿）
大君《おおいぎみ》（故姫君）
中君《なかのきみ》（女君、宮の御方、対の御方、宮の上、上）
君達《きみたち》
六《ろく》の君《きみ》（大殿の君）
女一宮《おんないちのみや》（姫宮、一品宮）
匂宮《におうみや》（宮、大き御前、人 兵部卿の宮）
若君《わかぎみ》（若宮）
女二宮《おんなにのみや》（二の宮、女宮 みかどの御むすめ）
薫《かおる》（人、大将、殿、右大将、君 大将殿、をとこ、まめ人）
浮舟《うきふね》（人、君、女君、女、御前）

中将君《ちゅうじょうのきみ》（親、母君　母）
［常陸介《ひたちのすけ》］
女（少将の方）＝左近少将《さこんのしょうしょう》（少将）

大蔵大輔《おおくらのたいふ》（家司　仲信、親）―［女］＝大内記《だいないき》（内記、式部の少輔　少輔、道定の朝臣、道定）

因幡守《いなばのかみ》―○―時方《ときかた》（御乳母子、大夫、客人の主、守の君　左衛門の大夫、出雲の権の守、時方の朝臣）
匂宮《におうみや》の乳母《めのと》（御乳母）

受領《じゅりょう》（いへあるじ）＝
内舎人《うどねり》（翁）―［女］＝右近大夫《うこんのたいふ》

浮舟《うきふね》の乳母《めのと》（おとど　まま、乳母）
―右近姉《うこんがあね》（女）
―右近《うこん》
―むすめ＝［男］―子

大輔君《たいふのきみ》（大輔のおとど、大輔）―右近《うこん》（大輔がむすめ）

童《わらわ》
少将《しょうしょう》
薫《かおる》の随身《ずいじん》（御随身、舎人）
童《わらわ》（下人）
匂宮《におうみや》の御使《つかい》（男）
大夫《たいふ》の従者《じゅうしゃ》
従者《じゅうしゃ》（男）
宿守《やどもり》
侍従君《じじゅうのきみ》（若き人、侍従、人）
山《やま》の座主《ざす》
弁尼《べんのあま》（尼、尼君）

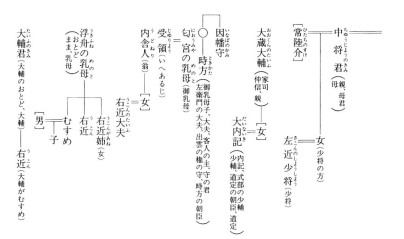

宮、なを《(ほ)》かのほのかなりし夕《ゆふ》べをおぼし忘《わす》るゝ世なし。こと〴〵しきほどにはあるまじげなりしを、人がらのまめやかにをかしうもありしかなと、いとあだなる御心はくちをしくてやみにしことゝねたうおぼさるゝまゝに、女君《ぎみ》をも、「かうはかなきことゆへ《(ゑ)》、あながちにかゝる筋《すぢ》のものにくみし給《(たまひ)》けり。思《おも》はずに心うし」とはづかしめうらみきこえ給《(たまふ)》をり〳〵はいと苦《くる》しうて、ありのまゝにや聞《き》こえてましとおぼせど、やむごとなきさまにはもてなしたまはざなれど、あさはかならぬ方《かた》に心とゞめて人の隠《かく》しをき《(お)》給へる人を、物言《い》ひさがなく聞《き》こえ出《い》でたらんにも、さて聞《き》き過《す》ぐし給《(たまふ)》べき御心ざまにもあらざめり、さぶらふ人の中《なか》にも、はかなうものをものたまひ触《ふ》れんとおぼしたちぬるかぎりは、あるまじき里《さと》まで尋《たづ》ねさせ給《(たまふ)》御さまよからぬ御本正《(ほんじやう)》なるに、さばかり月日を経《へ》ておぼししむるあたりは、ましてかならず見《み》ぐるしきこと取り出《い》で給《(たまひ)》てむ、ほかより伝《つた》へ聞《き》き給はんはいかゞはせん、いづ方《かた》ざまにもいとを《(ほ)》しくこそはありとも、防《ふせ》ぐべき人の御心ありさまならねば、よその人よりは聞《き》きにくゝなど

一 匂宮。
二 二条院で浮舟を見つけ、はかなく別れた夕暮のこと。
三 たいした身分ではなさそうだったが。　四 匂宮の浮気などご性分。　五 心残りのまま終ってしまったことよ。　六 中君。

1 匂宮、中君を恨む

七 匂宮の言。こんなに些細なことなのに。浮舟を侍女程度と見ての発言。
八 中君がむやみに嫉妬なさる。心外で残念だ。
九 (それはとんだ筋違いだと中君に)恥かしい思いをさせ、また恨み言を何度も。
一〇 いっそのことありのままに申してしまおうか。　一一 以下、中君の心内(次頁一行まで)。薫は浮舟を重々しい扱いはなさらぬようだが。
一二 浅い気持からでなく心をとめて薫が隠しておかれる浮舟を。
一三 余計な口出しをして匂宮にお話しするなら。
一四 そのまま聞き過ごされるような宮のご性分でもないようだ。
一五 侍女たちの中でも、ちょっと手をつけてみようと思い立たれた者はすべて。
一六 親王としてあってはならぬ、侍女の実家まで。　一七 お行儀のよくないご性分だから。
一八 そんなに(四か月)経っても深く思い込まれているらしいお相手は。
一九 侍女の場合にもまして、きっと見苦しい事件を引き起こされるにちがいない。
二〇 よそから(浮舟のことを)伝え聞かれたらどうしようもない。
二一 (薫、浮舟の)どちらにとっても気の毒ではあっても。
二二 とどめられるような匂宮のご性分ではないから。

ばかりぞおぼゆべき、[二四]とてもかくても、わがを《(お)》こたりにてはもてそこなはじ、と思ひ返《かへ》し給《(たまひ)》つゝ、[二五]いとを《(ほ)》しながらえ聞《き》こえ出《い》で給はず、[二六]ことざまにつき〴〵しくは、え言《い》ひなし給はねば、[二七]を《(お)》しこめてもの怨《ゑん》じしたる世の常《つね》の人になりてぞおはしける。

[二八]かの人は、たとしへなく[二九]のどかにおぼしを《(お)》きてて、[三〇]待《ま》ちどを《(ほ)》なりと思《(おもふ)》らむと心ぐるしうのみ思《(おもひ)》やりたまひながら、[三一]所せき身のほどを、さるべきついでなくて、[三二]かやしく通《かよ》ひ給《(たまふ)》べき道《みち》ならねば、[三三]神のいさむるよりもわりなし。されどい[三四]まいとよくもてなさんとす、[三五]山里《さと》の慰《なぐさ》めと思《(おもひ)》を《(お)》きてし心あるを、[三六]すこし日数《ひかず》も経《へ》ぬべきことどもつくり出《い》でて、のどやかに行《ゆ》きても見《み》む、さてしばしは人の知《し》るまじき住《す》み所《(どころ)》して、[三七]やう〳〵さる方《かた》にかの心をものどめを《(お)》き、わがためにも、[三八]人のもどきあるまじく、なのめにてこそよからめ、にはかに、何人《なに》ぞ、いつよりなど聞《き》きとがめられんもものさは《(わ)》がしく、[三九]はじめの心に違《たが》ふべし、又、[四〇]宮の御方の聞《き》きおぼさむことも、[四一]もとの所をきは〴〵しう率《ゐ》てはなれ、むかしを忘《わす》れ顔《がほ》ならん、いと本意《ほい》なしなど[四二]おぼししづむるも、[四三]例《れい》ののどけさ過《す》ぎたる心からなるべし。[四四]渡《わた》すべき所おぼしまうけて、忍《しの》びてぞ造《つく》らせ給《(たまひ)》ける。

二三 (浮舟は自分の妹ゆえ)赤の他人より外聞悪くなどくらいは覚悟せねばなるまい。
二四 ともかくも、自分の不注意では失敗を招くようなことはすまい。
二五 心を痛めながらも(匂宮に)打ち明けなさらない。
二六 事実と違っていかにもそれらしく、言いつくろったりはおできにならないので。
二七 おし黙ったまま嫉妬している世間一般の女のように。

2 薫、浮舟を放置

二八 薫。
二九 のんびりと構えて。
三〇 浮舟が。
三一 窮屈な身分なので。薫は権大納言兼右大将(宿木九八頁注八)、また妻は内親王(女二宮)。
三二 気軽に。源氏物語中に唯一の例。底本「し」の右傍「スィ」。青表紙他本多く「かやすく」。
三三 神が禁じて逢えなくなる道より困難。「恋しくは来ても見よかしちはやぶる神のいさむる道ならなくに」(伊勢物語七十一段)。
三四 薫の心内。いまにきっと十分に厚遇するつもりだ。
三五 宇治へ行ったときの慰めにと決めてのことだから。 三六 少し日数のかかりそうな用件でも拵えて。 三七 次第にそういう方向で浮舟の気持も落ちつかせておき。
三八 世間の非難を負わないよう、ほどほどにしておくのがよかろうが。
三九 大君の身代りとして求めた心。 四〇 中君。
四一 大君ゆかりの地をきっぱり捨てたように(浮舟を)連れ出して。
四二 はやる気持を抑えなさるのも。
四三 のんびりしすぎたご性質のせいだろう。
四四 (浮舟を)京に移す予定の場所を。

すこし暇《いとま》なきやうにもなり給《（たまひ）》にたれど、[一]宮の御方には猶《（なほ）》たゆみなく心よせ仕《つか》うまつり給《（たまふ）》事おなじやう也《（なり）》。[二]見《み》たてまつる人もあやしきまで思《おも》へれど、[三]世中《（よのなか）》をやう〳〵おぼし知《ゝ》り、人のありさまを見《み》聞《き》き《ゝ》給《（たまふ）》まゝに、[四]これこそはまことに、むかしを忘《わす》れぬ心ながさのなごりさへ浅《あさ》からぬためしなめれと、[五]あはれも少《すく》なからず。[六]ねびまさり給《（たまふ）》まゝに、人がらもおぼえもさまことにものし給へば、[七]宮の御心のあまり頼《たの》もしげなき時〳〵は、[八]思《おも》はずなりける宿世《すくせ》かな、故《こ》姫《ひめ》君《（ぎみ）》のおぼしを《（お）》きてしまゝにもあらで、かく物思《おも》はしかるべき方にしもかゝりそめけんよ、とおぼすお《（を）》り〳〵多《おほ》くなん。

されど、[九]対面《たいめ》し給《（たまふ）》事はかたし。年月もあまりむかしを隔《へだ》てゆき、うち〳〵の御心を深《ふか》う知《し》らぬ[一〇]人は、なお《（ほ）》〳〵しきたゞ人こそさばかりのゆかり尋《たづ》ねたるむつびをも忘《わす》れぬにつき〴〵しけれ、[一一]中〳〵から限《かぎ》りあるほどに、例《れい》に違《たが》ひたるありさまもつゝましければ、[一二]宮の絶《た》えずおぼし疑《うたが》ひたるもいよ〳〵苦《くる》しうおぼし憚《はゞか》りたまひつゝ、[一三]を《（お）》のづから疎《うと》きさまになりゆくを、[一四]さりとても絶《た》えずおなじ心の変《か》はりたまはぬなりけり。[一五]宮もあだなる御本上《（ほんじやう）》こそ見《み》まうきふしもまじれ、若君《わかぎみ》のいとうつくしうおよすげ給《（たまふ）》まゝに、[一六]ほかにはかゝる人も出《い》で来《く》

3 薫と中君の仲

一 中君に対する薫の篤い思いは変らないとする。
二 侍女たちは薫の態度に不審を抱く。
三 (中君は)次第に人情を解され、薫の態度を見聞きなさるにつれ。
四 以下、中君の心内。これこそは真実、昔を忘れぬ誠実さの、大君亡き後までも深い情けをもち続ける好例とみえる。
五 感慨も一入《（ひとしお）》。
六 (薫は)お年を召されるにつれ。
七 匂宮。
八 中君の心内。思いがけず不運だったわが身よ。亡き大君のお決めになった通りにもならず、こうして気苦労の多い匂宮と関わり始めたことよ。
九 中君が薫と。
一〇 侍女は。以下、その心内。身分も並々の者こそ、その程度の縁故を求めた親しさを忘れないのが相応しいが。
一一 なまじこんなに高い身分で、常識に外れた交際ぶりも遠慮されるので。
一二 匂宮が絶えず(薫と中君の仲を)疑惑の目で見ておいでなのも。
一三 (中君と薫との仲は)いつしか疎遠に。
一四 にも拘わらず、薫は。
一五 匂宮も浮気など性分は嫌な気もするが。
一六 匂宮の心内。中君以外にこんな若君も生まれて来ないのでは。
一七 中君を大切な人に思われて、気を許して親しめる点では六の君以上に。
一八 匂宮が六の君に通い始めたころよりは。
一九 正月上旬も過ぎた頃(宮中行事が多い中を)。
二〇 (匂宮が)中君のいる二条院へ。
二一 数え年で二歳になられた。生後十一か月。
二二 女童《（めのわらわ）》。

まじきにやと、[一七]やむごとなき物におぼして、うちとけなつかしき方《かた》には人にまさりてもてなし給へば、[一八]ありしよりはすこし物思《おも》ひしづまりて過《す》ぐし給《(たまふ)》。

[一九]む月のついたち過《す》ぎたるころ[二〇]渡《わた》り給《(たまひ)》て、[二一]若君《わかぎみ》の年《とし》まさり給へるを、もてあそびうつくしみ給ふ、昼《ひる》つ方《かた》、小《ちひ》さき[二二]童《わらは》、緑《みどり》の[二三]薄様《うすやう》なる包文《つゝみぶみ》のおほきやかなるに、小《ちひ》さき[二四]鬚籠《ひげこ》を小松《こまつ》につけたる、又、[二五]すく〳〵しき立文《たてぶみ》とり添《そ》へて、[二六]あふなく走《はし》りまい《(ゐ)》る。[二七]女君《ぎみ》にたてまつれば、宮、[二八]「それはいづくよりぞ」とのたまふ。「[二九]宇治より[三〇]大輔《たいふ》のおとゞにとて、[三一]もてわづらひ侍《(はべり)》つるを、[三二]例《れい》の御前《おまへ》にてぞ御覧《らむ》ぜんとて取《と》り侍《(はべり)》ぬる」と言《い》ふも、いとあは《(わ)》たゝしきけしきにて、「[三三]この籠《こ》は、[三四]金《かね》をつくりて、色《いろ》どりたる籠《こ》なりけり。松もいとよう[三五]似《に》てつくりたる枝《えだ》ぞとよ」と笑《ゑ》みて言《い》ひつゞくれば、宮も笑《わら》ひ給《(たまひ)》て、「[三六]いで、われもてはやしてむ」と[三七]召《め》すを、女君《ぎみ》、いとかたはらいたくおぼして、「[三八]文《ふみ》は大輔《たいふ》がりやれ」とのたまふ、御顔《かほ》の赤《あか》みたれば、[三九]宮、大将のさりげなくしなしたる文《ふみ》にや、[四〇]宇治《うぢ》の名《な》のりもつき〴〵しとおぼし寄《よ》りて、この文《ふみ》を取《と》り給ひつ。[四一]さすがにそれならん時にとおぼすに、いとまばゆければ、「[四二]開《あ》けて見《み》むよ。怨《ゑん》じやし給はんとする」とのたまへば、「[四三]見《み》ぐるしう、何《なに》かは、その女どちの中に書《か》き通《かよ》はしたらむうちと

二三 薄様などで包んだ結び文。浮舟から中君に宛てた手紙。
二四 竹籠の編み残した端を鬚のように出して飾りとしたもの。
二五 改まった書状。後文で右近から大輔に宛てた手紙とわかる。

4 宇治からの便り

二六 軽率で危なっかしく。
二七 中君。
二八 匂宮の言。それはどこから来た手紙か。
二九 童の言。
三〇 宇治以来、中君側近の侍女。「おとゞ」はここでは侍女の敬称。
三一 (使が誰に渡そうかと)まごまごしておりましたので。
三二 いつものように、中君様が御覧になるだろうと思って、受け取りました。
三三 童の言。
三四 銅《(あかがね)》を細工して、色を塗った籠でした。
三五 実物そっくりに造った枝。
三六 匂宮の言。さあ、私も丁重に拝見してしまおうか。
三七 取り寄せなさるのを。
三八 中君の言。手紙は大輔の所へ持っておゆき。
三九 匂宮は、薫大将が何くわぬ顔をしてよこした手紙では。
四〇 宇治からと名乗ったのもぴったりだし。
四一 とはいえ、もし薫の手紙だったらとお思いになると、ひどくきまりが悪いので。
四二 匂宮の言。開けて見ますよ。お怨みになるかな。
四三 中君の言。みっともない。どうして、その侍女同士の間でやりとりする内輪の手紙を御覧になるのか。

け文《ふみ》をば御覧ぜむ」とのたまふが、さは《(わ)》がぬけしきなれば、「一さは見《み》むよ。女の文書《ふみがき》はいかゞある」とて開《あ》けたまへれば、いと若《わか》やかなる手《て》にて、

二おぼつかなくて年《とし》も暮《く》れ侍《(はべり)》にける。三山里《ざと》のいぶせさこそ、峰《みね》の霞《かすみ》も絶《た》え間《ま》なくて。

とて、四端《はし》に、

五これも若宮《わか》の御前《(ごぜん)》に。あやしう侍《(はべ)》めれど。

と書《か》きたり。

六ことにらう〳〵じきふしも見《み》えねど、七おぼえなき、八御目《め》たててこの立文《たてぶみ》を見《み》給へば、九げに女の手《て》にて、

一〇年あらたまりて何《なに》ごとかさぶらふ。一一御わたくしにも、一二いかにたのしき御よろこび多《おほ》くはべらん。一三こゝには、いとめでたき御住《す》まひの心ふかさを、猶《(なほ)》ふさはしからず見《み》たてまつる。一四かくてのみ、つく〴〵とながめさせ給《(たまふ)》よりは、時〳〵は一五渡《わた》りまいら《(ゐ)》せ給《(たまひ)》て、御心もなぐさめさせ給へと思侍《(おもひはべる)》に、一六つゝましくおそろしき物におぼしとりてなん、一七ものうきことに嘆《なげ》かせ給《(たまふ)》める。若宮《わか》の御前《おまへ》にとて、一八卯槌《うづち》まいら《(ゐ)》せ給《(たまふ)》。一九大《おほ》き御前《おまへ》の御覧《らん》ぜざらんほどに、

一 匂宮の言。
二 浮舟の手紙。お目にかかれない不安の中に年も暮れ（新年を迎え）てしまいました。
三 新春なので宇治の霧を「霞」に換え、その中に閉じ込められた自己を訴える。四 手紙の端に書き添える文章。端書き。追って書き。
五 後文にある卯槌（うづち）。
六 格別に洗練された点も見られないが。
七 心当りがない、と。「なき」は「なしと」の意。
八 特に御注目なさって。青表紙他本「おほえなきを」。
九 たしかに女の筆蹟で。中君が女同士の内輪の手紙だというのに合致する、男からの手紙ではなかった、の意。一〇 中君に宛てた右近の年賀状。新年になりましてお変りございませんか。「何ごとかさぶらふ」は手紙の挨拶の常套句。
一一 （中君）ご自身におかれましても。

5 匂宮、浮舟を察知

一二 どんなにかゆたかなお慶びも多くございましょう。「たのし」は新撰字鏡で「ゆたけし」と併記され、物質的な充足感を表す。源氏物語中ではこの一例のみか。池田本「たのもしき」。
一三 こちらでは、まことに立派なお住いの思慮深さを、やはり不相応だと。
一四 こうしてばかり、じっと物思いに沈んでおられるよりは。浮舟に二重敬語を用いる。
一五 二条院に。一六 きまりが悪く恐ろしいものとお悟りになりましてね。
一七 気が進まないことだと。
一八 正月初の卯の日に、宮中の糸所から悪鬼払いのために作って内裏に奉った槌。桃の木などを直方体に切り、縦に穴をあけ、五色の糸を垂らしたもの。民間でも行われた。
一九 ご主人様。匂宮。「大き御前」は唯一例。

御覧《らん》ぜさせ給へとてなん。

と、こま〴〵と[二〇]言忌《こといみ》もえしあへず、[二一]もの嘆《なげ》かしげなるさまのかたくなしげなるも、うち返《かへ》し〳〵あやしと御覧じて、「[二二]いまはのたまへかし。たがぞ」とのたまへば、「[二三]むかし、かの[二四]山里《ざと》にありける人のむすめの、さるやうありて、このごろかしこにあるとなむ聞《き》ゝ侍《(はべり)》し」と聞《き》こえ給へば、[二五]を《(お)》しなべて仕《つか》うまつるとは見《み》えぬ文書《ふみが》きを心得《え》給《(たまふ)》に、[二六]かのわづらはしきことあるにおぼしあはせつ。[二七]卯槌《うづち》お《(を)》かしう、つれ〴〵なりける人のしわざと見《み》えたり。[二八]またぶりに、[二九]山橘《たちばな》つくりて貫《つらぬ》き添《そ》へたる枝《えだ》に、

[三〇]まだふりぬ物にはあれど君《きみ》がため深《ふか》き心にまつと知《し》らなん

と、[三一]ことなることなきを、かの思《(おもひ)》わたる人のにやとおぼし寄《よ》りぬるに、御目《め》とまりて、「[三二]返事《(かへりこと)》したまへ。[三三]なさけなし。隠《かく》いたまふべき文《ふみ》にもあらざめるを」など、[三四]御けしきのあしきに、「まかりなんよ」とて立《た》ち給《(たまひ)》ぬ。女君《ぎみ》、[三五]少将などして、「[三六]いとお《(ほ)》しくもありつるかな。お《(を)》さなき人の取《と》りつらむを、人はいかで見《み》ざりつるぞ」など、忍《しの》びての給《(たまふ)》。[三七]「見《み》たまへましかば、いかでかはまい《(ゐ)》らせまし。すべて、この子《こ》は[三八]心《(ここ)》ちならうさし過《す》ぐして侍り。[三九]生《お》ひ先見《さきみ》えて人はおほど

二〇 （正月なのに）忌み言葉を慎むことも忘れて。
二一 愚痴っぽい書きざまの見苦しそうなのも。
二二 匂宮の言。もう（隠さずに）おっしゃいな。誰の手紙ですか。 二三 中君の言。
二四 浮舟の手紙に「山里のいぶせさ」とあった。宇治の地。
二五 普通お仕え申す侍女とは思えぬ書きぶりを、それと悟られるにつけ。
二六 右近の文中に、恐ろしいことがあって参上できないと書いてあった、それに思い合わせて浮舟だと察知。
二七 卯槌が趣深く作られていて（それは）苛立たしい心の持ち主の細工と思われた。
二八 ふた股になった木の枝。次の歌で松の枝とわかる。前出の作り物の小松。
二九 藪柑子（やぶこうじ）。正月の祝儀の作り物。松に刺しぬいて取りつけてある、その枝に。
三〇 浮舟の歌。まだ老松ではないが、若君のために深い心で長久をまず待ち望むと知って下さい。「またぶり」「まだ古りぬ」、「松」「待つ」「先づ」の掛詞。予祝の賀歌だが、「またぶり」は源氏物語中でここのみ。ふた股に分断される浮舟の運命を表すか。
三一 格別の趣向もないが。 三二 匂宮の言。
三三 （さもないと）思いやりに欠ける。
三四 （中君の）御機嫌が悪いので。底本「に」は補入。青表紙他本「御けしきのあしき」。
三五 中君づきの侍女。→宿木七九頁一三行他。
三六 中君の言。浮舟への同情。
三七 少将の言。知っておりましたら、どうしてお届けなどさせましょう。
三八 考えなしででしゃばり。
三九 将来がさぞやと思われるように、子供はおっとりしているのがかわいい気があってよいのに。

かなるこそお《(を)》かしけれ」などにくめば、「[一]あなかま。お《(を)》さなき人な腹立《はらた》てそ」との給《(たまふ)》。[二]こぞの冬、人のまい《(ゐ)》らせたる童《わらは》の、顔《かほ》はいとうつくしかりければ、宮もいとらうたくしたまふなりけり。

[三]わが御方《かた》におはしまして、[四]あやしうもあるかな、宇治に[五]大将の通《かよ》ひ給《(たまふ)》ことは、年《とし》ごろ絶《た》えずと聞《き》くなかにも、忍《しの》びて夜《よる》とまり給《(たまふ)》時もありと人の言《い》ひしを、[六]いとあまりなる人のかたみとて、[七]さるまじきところに旅寝《たびね》し給《(たまふ)》らむことと思《おも》ひつるは、[八]かやうの人隠《かく》しを《(お)》きたまへるなるべしとおぼし得《う》ることもありて、[九]御書《ふみ》の事につけて使《つか》ひ給《(たまふ)》[一〇]大内記《き》なる人の、[一一]かの殿に親《した》しきたよりあるをおぼし出《い》でて、御前《おまへ》に召《め》す。[一二]まい《(ゐ)》れり。[一三]院《(ゐん)》ふたぎすべきに、[一四]集《しふ》ども選《え》り出《い》でて、こなたなる厨子《づし》に積《つ》むべきことなどのたまはせて、「[一五]右大将の宇治へいますること、[一六]猶《(なほ)》絶《た》えはてずや。寺《てら》をこそ、[一七]いとかしこく造《つく》りたなれ。いかでか見《み》るべき」とのたまへば、「[一八]いといかめしく造《つく》られて、[一九]不断《ふだん》の三昧堂《まいだう》などいとたう《(ふ)》とくを《(お)》きてられたりとなむ聞《き》きたまふる。[二〇]通《かよ》ひ給《(たまふ)》ことは、[二一]こぞの秋ごろよりは、ありしよりもしば〳〵ものし給《(たまふ)》なり。下《しも》の人〳〵の忍《しの》びて申《(まうし)》しは、[二二]女をなむ隠《かく》し据《す》へ《(ゑ)》させ給へる、[二三]けしうはあらずおぼす人なるべし、[二四]あのわたりに領《らう》じ給《(たまふ)》所

一 中君の言。静かに。小さい者を叱らないで。

二 去年の冬、ある人が奉公にさしあげた女童《めのわらは》で。

三 匂宮は寝殿の自室に。

四 以下、匂宮の心内。

五 薫。

六 いくら亡き人の形見だからといって。

七 とんでもない所に外泊なさるだろうかと思ったのは。

6 薫の密事を知る

八 あの手紙の主のような人(浮舟)を。

九 ご学問のことに関して。

一〇 中務省の役人。詔勅宣命や記録を司る。正六位上。後文に「式部の少輔道定」(二四〇頁一行)。

一一 薫に親交。後文で、薫の家司の婿とある(次頁一五行)。

一二 大内記が。

一三 韻塞。→㈠賢木三八三頁注三一。

一四 漢詩集。

一五 匂宮の言。

一六 相変らず続いているのか。

一七 立派に造ったと聞いているが、何とかして見たいものだ。

一八 大内記の言。

一九 不断の念仏三昧を行う堂。「不断の御念仏」(㈢薄雲二四五頁一〇行)。「三昧」→㈢明石六〇頁注一一。

二〇 薫が宇治に。

二一 昨年の晩秋、寺の完成後、薫は浮舟を宇治に隠し住まわせた。

二二 以下、下々の者の噂。

二三 憎からず思っておいでの人なのだろう。

二四 宇治近辺に所有なさるあちこちの荘園の者が。

〱の人、みな[二五]仰《おほ》せにてまい《(ゐ)》り仕《つか》うまつる、[二六]宿直《とのゐ》にさし当《あ》てなどしつゝ、京よりもいと忍《しの》びて、[二七]さるべきことなど問《ゝ》はせ給《(たまふ)》、いかなる幸《さいは》ひ人の、[二八]さすがに心ぼそくてゐたまへるならむ、となむ、[二九]たゞこのしはすのころほひ申すと[三〇]聞《き》き《ゝ》給へし」と聞《き》こゆ。

いとうれしくも聞《き》き《ゝ》つるかなと思《おも》ほして、「[三一]たしかにその人とは言《い》はずや。かしこにもとよりある[三二]尼《あま》ぞとぶらひ給《(たまふ)》と聞《き》き《ゝ》し」、「[三三]尼《あま》は廊《らう》になむ住《す》み侍《(はべる)》なる。[三四]この人は、いま建《た》てられたるになむ、[三五]きたなげなき女房《ばう》などもあまたして、くちお《(を)》しからぬけはひにてゐて侍《(はべる)》」と聞《き》こゆ。「[三六]お《(を)》かしきことかな。[三七]何《ゝに》心ありて、いかなる人をかは、さて据《す》へ《(ゑ)》給《(たまひ)》つらん。[三八]猶《(なほ)》いとけしきありて、なべての人に似《ゝ》ぬ御《み》心なりや。[三九]右のおとゞなど、[四〇]この人のあまりに道心《だうしん》にすゝみて、山寺《でら》に夜《(よ)》るさへともすればとまり給《(たまふ)》なる、かろ〴〵しくもどき給《(たまふ)》と聞《き》き《ゝ》しを、[四一]げに、などかさしも仏の道《みち》には忍《しの》びありくらむ。[四二]猶《(なほ)》かの古里《ふるさと》に心をとゞめたると聞《き》き《ゝ》し、[四三]かゝることこそはありけれ。[四四]いづら、人よりはまめなるとさかしがる人しも、ことに人《ひと》の思《おも》ひいたるまじき隈《くま》ある構《かま》へよ」とのたまひて、いとお《(を)》かしとおぼいたり。[四五]この人はかの殿にいとむつましく仕《つか》うまつる[四六]家司《けいし》の婿《むこ》になむあり

二五 薫の。
二六 山荘の。
二七 (女への)必要な援助などお見舞なさる。
二八 幸いとはいえ山里に不安な気持で住んでおられるのだろう。
二九 つい先頃の十二月頃お噂申していると。
三〇 大内記が「下の人〱」の噂を伝え聞いた体。
三一 匂宮の言。はっきり誰と名は言わないのか。
三二 弁尼を、(薫が)訪ねておいでと聞いたが。

7 匂宮、噂を聞き喜ぶ

三三 大内記の言。寝殿再建中、弁は廊に住んでいたが、以後も廊に住むか。→宿木八八頁一五行。
三四 浮舟は、今度建てられた寝殿に。薫の庇護によると分る。
三五 こぎれいな女房を大勢従え、見苦しからぬ生活ぶり。薫の手厚い配慮を示す。
三六 匂宮の言。
三七 (薫は)どういうつもりで、どんな(素性の)女を、そうして囲われたのだろう。
三八 やはり一癖あって、普通の人とは違ったご性分だな。謹厳さに隠れた好色性を指摘。
三九 夕霧。
四〇 薫があまりに仏道修行の願いがつよくて、山寺に夜まで、ともすると泊るそうだが、軽率だ。夕霧の薫に対する非難。
四一 夕霧の言う通り。
四二 やはり思い出の宇治に未練を残していると聞いたが。
四三 (実は)こういうことがあったのだ。
四四 どうだ、他人よりは堅いと賢ぶる人ほどかえって、ことさら誰もが思いつかないような隠し事を考え出すものだ。
四五 大内記は薫に。 四六 家政を預る事務官。

ければ、[一]隠《かく》し給《(たまふ)》ことも聞《き》くなるべし。[二]御心のうちには、[三]いかにしてこの人を見《み》し人かとも見定《みさだ》めむ、[四]かの君《きみ》の、さばかりにて据《す》へ《(ゑ)》たるは、[五]なべてのよろし人にはあらじ、[六]このわたりには、いかで疎《うと》からぬにかはあらむ、[七]心をかはして隠《かく》したまへりけるも、いとねたうおぼゆ。

たゞそのことを、このごろは[八]おぼししみたり。[九]賭弓《のりゆみ》、[一〇]内宴《ないえん》など過《す》ぐして心のどかなるに、[一一]司召《つかさめし》などいひて[一二]人の心尽《つ》くすめる方《かた》は何《なに》ともおぼさねば、宇治へ忍《しの》びておはしまさんことをのみおぼしめぐらす。この内記《き》は、[一三]望《のぞ》むことありて、夜昼《よるひる》いかで御心に入《い》らむと思《おも》ふころ、[一四]例《れい》よりはなつかしう召《め》し使《つか》ひて、「[一五]いとかたきことなりとも、わが言《い》はんことは[一六]たばかりてむや」などの給《(たまふ)》。[一九]かしこまりてさぶらふ。「[一七]いと便《びん》なきことなれど、[一八]かの宇治に住《す》むらむ人は、はやうほのかに見《み》し人の行《ゆ》くゑ《(へ)》も知《し》らずなりにしが、[二〇]大将に尋《たづ》ねとられにけると聞《き》きあはすることこそあれ、[二一]たしかには知《し》るべきやうもなきを、[二二]たゞものよりのぞきなどして、それかあらぬかと見定《みさだ》めむとなむ思《(おもふ)》。いさゝか[二三]人に知《し》[ら]るまじき構《かま》へは、いかゞすべき」との給へば、あなわづらはしと思《おも》へど、「[二四]おはしまさんことは、いと[二五]荒《あら》き山越《ご》えになむ侍れど、ことにほどとを《(ほ)》くはさぶらはずなむ。

一 薫が。 二 匂宮の。
三 どのようにしてこの人を以前逢った人かと見定めることができようか。
四 薫が、それほどまでして囲っておくのは。
五 並大抵のありふれた女ではあるまい。
六 中君とは、どうして親しくしているのだろう。
七 中君と薫とが共謀して。
八 (そのことばかりを)深く思い込んでおいでだ。
九 正月十八日、帝が弓場殿《(ゆばどの)》で舎人《(とねり)》の競射を御覧になる儀。
一〇 正月二十一日ごろ、仁寿殿《(じじゅうでん)》で催される帝の私宴。漢詩文を作る。

8 宇治行きを相談

一一 春の任官の公事。
一二 匂宮は人々の任官昇進など関心外。
一三 希望する官職があるので、匂宮に取り入ろうとする。
一四 匂宮は大内記の下心につけ入る。
一五 匂宮の言。
一六 計らってくれるだろうな。
一七 匂宮の言。まことに不都合なことだが。
一八 宇治の女を昔の自分の恋人のように偽って語る。
一九 以前少し関わった人で。
二〇 薫に見つかり引き取られてしまったとか、そなたの話で思い当ったのだが。
二一 しかと確かめられる手だてもないので。
二二 物陰から隙見などして、その人かどうか。
二三 人に知られないようにする工夫は。
二四 大内記の言。お出かけになるとしたらそれは。
二五 木幡《(こわた)》の山越え。→早蕨一七頁。
二六 日暮れに京を出発、亥(午後九―十一時)か子(同十一―午前一時)の刻、約四時間の到着時刻の幅を予告。実際は車と馬を用いて「夜ひ過

[二六]夕《ゆふ》つ方《かた》出《い》でさせおはしまして、亥《ゐ》子《ね》の時にはおはしましつきなむ。[二七]さてあか月《(つき)》にこそは帰《かへ》らせたまはめ。[二八]人の知《し》り侍らむことは、たゞ御供《とも》にさぶらひ侍らむこそは。[二九]それも深《ふか》き心はいかでか知《し》りはべらむ」と申す。「[三〇]さかし、[三一]むかしも一《ひと》たび二《ふたゝ》たび通《かよ》ひし道《みち》なり。[三二]かろ〴〵しきもどき負《お》ひぬべきが、ものの《ゝ》聞《き》こえのつゝましきなり」とて、[三三]かへす〴〵あるまじきことにわが御心にもおぼせど、[三四]からまでうち出《い》でたまへれば、え思《おも》ひとゞめたまはず。

御供《とも》に、むかしも[三五]かしこの案《あ》内《ない》知《し》れりし物《(もの)》二三人、この内記《き》、[三六]さては御乳母《めのと》子《ご》の蔵《くら》人よりかうぶり得《え》たる若《わか》き人、[三七]むつましきかぎりを選《え》りたまひて、[三八]大将けふあすはよもおはせじなど、内記《ないき》によく案《あ》内《ない》聞《き》き《ゝ》給《(たまひ)》て、出《い》で立《た》ち給《(たまふ)》につけても、[三九]いにしへをおぼし出《い》づ。[四〇]あやしきまで心をあはせつゝ率《ゐ》てありきし人のために、[四一]うしろめたきわざにもあるかなと、おぼし出《い》づることもさま〴〵なるに、京のうちだに[四二]むげに人知《し》らぬ御ありきは、[四三]さは言《い》へどえしたまはぬ御身《み》にしも、[四四]あやしきさまのやつれ姿《すがた》して、[四五]御馬《むま》にておはする心《(こゝ)》ちも[四六]も《ゝ》のおそろしくやゝましけれど、[四七]ものの《ゝ》ゆかしき方《かた》はすゝみたる御心なれば、山深《ふか》うなるまゝに、[四八]いつしか、いかならん、見《み》あはすることもなくて帰《かへ》らむこそ、さう〴〵し

ぐるほど」(二〇〇頁三行)と早目に到着。
二七 それで暁にお帰りあそばしてはいかが。
二八 匂宮の「人に知るまじき」を受けて、従者以外には誰にも知られないと説く。
二九 その上、従者とて深いわけを知るはずもない。三〇 匂宮の言。その通り。大内記の説明で昔を想起。三一 中君を迎える前、何度か通った道だ。三二 軽率だとの非難をきっと受けるだろう、そのことが外聞上憚られるのだ。大内記に細心の注意を要請。三三 二度とあってはならぬことだとご自身も反省されるが。三四 口外された以上、とどめがたい。匂宮の情念の激しさ。
三五 宇治の事情をよく知っている者。往時の供人。三六 その他、匂宮の乳母子で蔵人(六位)から叙爵して従五位下に叙せられた若い男。

9 匂宮、宇治へ赴く

三七 親しい者だけを選定。
三八 薫が近々宇治へは赴かれまい。大内記から情報を得て出発。
三九 匂宮の心は回想の世界へ。
四〇 不思議なほど心を合せて宇治に連れていってくれた薫。
四一 その薫を裏切る自責の念。匂宮の心は乱れる。
四二 まるで誰も(匂宮とは)知らないお忍び歩きは。
四三 誰も知らないとはいえ、おできにならないご自分であるのに。
四四 見苦しい様子の粗末な出で立ちで。
四五 貴人ゆえ普通なら牛車。
四六 何となく恐ろしく気が咎めるが。
四七 女への好奇心は人一倍強いご性分ゆえ。
四八 以下、匂宮の心内。早く逢いたい、首尾はどうだろう、目も見かわさず帰るとしたら。

くあやしかるべけれとおぼすに、心もさは《(わ)》ぎ給《(たまふ)》。[一]ほう《(ふ)》さうじのほどまでは御車《くるま》にて、それよりぞ御馬《むま》にはたてまつりける。

急《いそ》ぎて、[二]夜《(よ)》ひ過《す》ぐるほどにおはしましぬ。[三]内記《ないき》、案内《あない》よく知《し》れるかの殿の人に問《と》ひ聞《き》きたりければ、[四]殿《(との)》ゐ人ある方《かた》には寄《よ》らで、葦垣《あしがき》しこめたる西《にし》を《(お)》もてをやをらすこしこほちて入《い》りぬ。[五]われもさすがにまだ見《み》ぬ御住《す》まひなれば、[六]たど〳〵しけれど、人しげうなどしあらねば、[七]寝殿《しむ》の南面《みなみおもて》にぞ火ほの暗《くら》う見《み》えてそよ〳〵とするを《(お)》とする、[八]まい《(ゐ)》りて、「[九]まだ人は起《お》きて侍るべし。[一〇]たゞこれよりおはしまさむ」としるべして、入《い》れたてまつる。

[一一]やをらのぼりて、[一二]格子《かうし》の隙《ひま》あるを見《み》つけて寄《よ》り給《(たまふ)》に、[一三]伊予簾《いよす》はさら〳〵と鳴《な》るもつゝまし。[一四]新《あたら》しうきよげに造《つく》りたれど、さすがにあら〳〵しくて隙《ひま》ありけるを、[一五]誰《たれ》かは来《き》て見《み》むともうちとけて穴《あな》も塞《ふた》がず、[一六]き丁《(ちやう)》のかたびらうちかけてを《(お)》しやりたり。[一七]火明《あ》かうともして、もの縫《ぬ》ふ人三四人ゐたり。童《わらは》のお《(を)》かしげなる、糸《いと》をぞよる。[一八]これが顔《かほ》、まづかの火影《ほかげ》に見《み》給《(たまひ)》しそれなり。[一九]うちつけ目《め》かとなを《(ほ)》疑《うたが》はしきに、[二〇]右近と名《な》のりし若《わか》き人もあり。[二一]君《きみ》は腕《かひな》を枕《まくら》にて、火をながめたるまみ、髪《かみ》のこぼれかゝりたる額《ひたひ》つき、[二二]いとあてやかになまめきて、対《たい》[二三]

一 法性寺。→東屋一七九頁注二五。
二 前に「亥子の時には」とあったので、少し早い到着(午後八時過ぎ)。
三 大内記は事情をよく知っている薫邸の人から山荘の様子を聞き込んでおいた。
四 夜番のいる方には近寄らずに、葦を結って作った垣根で囲ってある西側を、そっと少し壊して。 五 大内記自身も、案内はしたものの。
六 様子はよく分らないが、邸内は人数が少ないので。二行後の「まゐりて」に続く。
七 寝殿の南側に、灯台の明かりがほの暗く見え、さらさらと衣ずれの音がする(以上、挿入句)。
八 (大内記は、邸外に待つ匂宮のもとに引き返し)参上して。 九 大内記の言。
一〇 この葦垣の崩れた所からお入り下さい。
一一 匂宮はそっと寝殿の南に回って、その簀子に上がる。
一二 蔀(しとみ)格子の、板にすき間のある所を見つけて近寄りなさると。 一三 篠竹で編んだ粗末な簾。

10 浮舟たちをのぞき見る

一四 新しく清げでも、粗末ですき間があったが。
一五 誰も来て見まいと気を許して。
一六 几帳の帷子(かたびら)をまくり上げて腕木にかけ、隅に押しやってある。
一七 以下、隙見する匂宮の目と心を通して室内が描かれる。
一八 この女童の顔が、まずあの時火影でご覧になった、まさにその顔だ。→東屋一五四頁一四行。 一九 とっさの見まちがえかと。
二〇 あの時、右近と名のったのは、中君づきの侍女。ここは浮舟づき。同名の別人か、匂宮の思い違い。
二一 浮舟。ひじ枕で灯火をじっと見つめた目つ

の御方《かた》にいとようおぼえたり。

この右近、[二四]物《もの》お《(を)》るとて、「[二五]かくて渡《わた》らせ給《(たまひ)》なば、とみにしもえ帰《かへ》り渡《わた》らせたまはじを、[二六]殿はこの司召《つかさめし》のほど過《す》ぎて、[二七]ついたちごろにはかならずおはしましなむと、[二八]昨日の御使《つかひ》も申《(まうし)》けり。[二九]御文《ふみ》にはいかゞ聞《き》こえさせたまへりけむ」と言《い》へど、[三〇]いらへもせず、いと物思《おも》ひたるけしきなり。「[三一]お《(を)》りしもはひ隠《かく》れさせ給へるやうならむが見苦《みぐる》しさ」と言《い》へば、[三三]向《む》かひたる人、「[三二]それは、かくなむ渡《わた》りぬると御消息《せうそこ》聞こえさせたまへらむこそよからめ、[三四]軽《かる》〲しういかでかはを《(お)》となくてははひ隠《かく》れさせ給はむ。[三五]御物詣《まう》でののちは、やがて渡《わた》りおはしましねかし。[三六]かくて心ぼそきやうなれど、心にまかせてやすらかなる御住《す》まひにならひて、[三七]中〱旅《たび》心《(ごこ)》ちすべしや」など言《い》ふ。

[三八]又あるは、「猶《(なほ)》しばし、[三九]かくて待《ま》ちきこえさせ給はむぞ、のどやかにさまよかるべき。[四〇]京へなど迎《むか》へたてまつらせ給へらむのち、[四一]おだしくて親《おや》にも見《み》えたてまつらせ給へかし。[四二]このおとゞのいときう《(ふ)》に物し給《(たまひ)》て、[四三]にはかにから聞《き》こえなし給《(たまふ)》なめりかし。むかしもいまも、[四四]もの念《ねむ》じしてのどかなる人こそ、幸《さいは》ひは見《み》はて給《(たまふ)》なれ」など[四五]言《い》ふなり。右近、「などて、このま[四六]ゝをとゞめたてまつら

き。三三 とても上品でみずみずしい美しさで。
二四 縫い物に折り目をつける。
二五 右近の言。こうして(浮舟が)お出かけになったなら、急にはとてもお帰りにはなれまいに。
二六 薫。 二七 二月初めにはきっと宇治にお出でになろうと。
二八 昨日、京から薫の使者が来た趣。記事にはない。
二九 薫へのご返事には何とお書き申されたのか。
三〇 浮舟は。 三一 右近の言。薫来訪の折も折、そっと身を隠すようであるなら。すねたと思われたら不都合。 三二 右近に対座している侍女。
三三 不在については、これこれで出かけたとお便り申されるとしたらそれがよいが。
三四 軽率にどうして無断で隠れておしまいになれよう。
三五 御参詣のあとは、すぐ宇治へお帰りなさいませ。後に、石山寺参詣であることがわかる。
三六 こちらはこうして心細いようだが、気ままで安心できるお屋敷生活に慣れているから。
三七 かえって(京のお邸は)他人の家のような気持がするに違いない。「旅」は外泊の意。
三八 別の侍女は。 三九 このままで(薫の来訪を)お待ち申されるほうが、おだやかで感じがよいでしょう。 四〇 薫が浮舟を。
四一 落着いて母君にもお会いなさいませ。
四二 あのおとど(乳母)がとてもせっかちで。
四三 急に石山寺参詣などを母君に勧めなさったようだ。 四四 辛抱づよくて気長の人こそ最後の幸運を手に。
四五 言ふ声が(匂宮に)聞こえる。
四六 乳母を親しんで呼ぶ語。この老女の不在を語る。

ずなりにけむ。[一]老《お》いぬる人はむつかしき心のあるにこそ」とにくむは、[二]乳母《めのと》やうの人を譏《そし》るなめり、[三]げににくきものありきかしとおぼし出《い》づるも、[四]夢《ゆめ》の心《こゝ》ちぞする。

[五]かたはらいたきまでうちとけたることゞもを言《い》ひて、「[六]宮の上《うへ》こそ、いとめでたき御幸《さいは》ひなれ。[七]右《みぎの》大殿の、さばかりめでたき御勢《いきほ》ひにて、いかめしうのゝしり給《たまふ》なれど、[八]若君《わかぎみ》生まれ給《たまひ》てのちは、こよなくぞおはしますなる。かゝる[九]さかしら人どものおはせで、御心のどかにかしこうもてなしておはしますにこそはあめれ」と言《い》ふ。「[一〇]殿だにまめやかに思《おもひ》きこえ給《たまふ》ことかはらずは、[一一]劣《おと》りきこえ給《たまふ》べきことかは」と言《い》ふを、[一二]君《きみ》すこし起《お》き上《あ》がりて、「[一三]いと聞《き》きにくきこと。[一四]よその人にこそ劣《おと》らじともいかにとも思《おも》はめ、かの御事《こと》なかけても言《い》ひそ。[一五]漏《も》りきこゆるやうもあらば、かたはらいたからむ」など言《い》ふ。

[一六]何《なに》ばかりの親族《しぞく》にかはあらむ、いとよくも似通《にかよ》ひたるけはひかな、と思《おも》ひくらぶるに、[一七]心はづかしげにてあてなる所はかれはいとこよなし、[一八]これはたゞらうたげにこまかなる所ぞいとお《を》かしき。[一九]よろしうなりあはぬところを見《み》つけたらむにてだに、[二〇]さばかりゆかしとおぼししめたる人を、[二一]それと見《み》てさてやみた

一 年とった人は厄介な気持があるのだ。
二 以下、右近の話を聞いた匂宮の心内。
三 たしかに(あの時、二条院で)憎らしい女がいたよ。底本、「ありき」の「き」は傍記。補入の印はないが、底本補入の同例に従う。解説参照。青表紙他本多く「き」なし。その場合は下の「おぼし出づる」に応じて、あの憎い女が今ここにいるのだ、の意となる。
四 まさか、これは夢ではないか、の思い。
五 聞いていてきまりの悪いほど。
六 右近の言。中君こそ。
七 右大臣夕霧。大したご威勢で(匂宮の)婿扱いをなさる。
八 若君ご誕生後は待遇が一変。明石中宮(匂宮の母)からの見舞や産養(うぶやしない)を受け、公認された。
九 差し出がましい乳母。中君にはそうした者がいないのがかえって幸いだ。
一〇 侍女の言。せめて殿(薫)だけでも誠実に浮舟を愛されることが変らなければ。
一一 (中君の幸運に)劣り申されるはずもない。
一二 浮舟。 一三 浮舟の言。
一四 他人に対して劣るまいの何のと思おうが勝手だが、中君のことは言わないでほしい。
一五 中君に聞かれたら困る。姉の心証を害して唯一の拠り所が失われるのを恐れる。

11 匂宮のはやる心

一六 匂宮の心内。(中君と浮舟とは)どの程度の親戚なのだろう。
一七 こちらが気が引けるほど立派で上品な点では中君は抜群。
一八 浮舟はただもう可愛らしく目鼻立ちの一つ一つ美しいところが何とも言えない。
一九 並で不十分なところをかりに見つけたとこ

まふべき御心ならねば、まして隈《くま》もなく見《み》給《(たまふ)》に、[二二]いかでかこれをわが物には
なすべきと、心もそらになり給《(たまひ)》て、なを《(ほ)》[二三]まもりたまへば、右近、「いとねぶた
し。[二四]よべもすゞろに起《お》き明《あ》かしてき。[二五]つとめてのほどにも、これは縫《ぬ》ひてむ。
急《いそ》がせ給《(たまふ)》とも、[二六]御車《くるま》は日《ひ》たけてぞあらむ」と言《い》ひて、[二七]しさしたるものどもとり
具《ぐ》して、き丁《(ちやう)》にうちかけなどしつゝ、[二八]うたゝ寝《ね》のさまにより臥《ふ》しぬ。[二九]君《きみ》もすこ
し奥《おく》に入《い》りて臥《ふ》す。右近は[三〇]北《きた》を《(お)》もてに行《い》きて、しばしありてぞ来《き》たる。君《きみ》のあ
と近《ちか》く臥《ふ》しぬ。

[三一]ねぶたしと思《おも》ひければ、いととう寝入《ねい》りぬるけしきを[三二]見《み》給《(たまひ)》て、[三三]又せむやう
もなければ、しのびやかにこの[三四]格子《かうし》をたゝき給《(たまふ)》。右近聞《き》きつけて、「たぞ」と
言《い》ふ。[三五]声《こわ》づくり給へば、[三六]あてなるしはぶきと聞《き》き知《し》りて、[三七]殿のおはしたるにや
と思《(おもひ)》て起《お》きて出《い》でたり。「[三八]まづこれ[三九]あけよ」とのたまへば、「[四〇]あやしう、[四一]おぼえ
なきほどにもはべるかな。夜はいたうふけ侍りぬらんものを」と言《い》ふ。「[四二]もの
へ渡《わた》り給《(たまふ)》べかなりと仲信《なかのぶ》が言《い》ひつれば、[四三]おどろかれつるまゝに出《い》で立《た》ちて、い
とこそわりなかりつれ。まづあけよ」との給《(たまふ)》声《こゑ》、[四四]いとようまねび似《に》せたまひ
て忍《しの》びたれば、[四五]思《おも》ひも寄《よ》らずかい放《はな》つ。「[四六]道《みち》にていとわりなくおそろしきこと

ろで。
二〇 あれほど逢いたいと深く思っていた浮舟を。
二一 そのまま済ませられるご気性ではないから。
二二 何とかこれを自分のものにできないか。
二三 じっと見つめる。
二四 昨夜も何となく夜明かしした。
二五 明朝早くにでも。
二六 お迎えの車は日が高くなってから。
二七 縫いかけの物などを取り揃えて。
二八 仮眠する状態で。 二九 浮舟。
三〇 寝殿の北廂。
三一 右近は。
三二 匂宮は(右近が寝入った様子を)見届けて。
三三 他に方法もないので。これしかないと。
三四 これは、不意の訪問や緊急の場合。予定された時は、咳払いや扇子を鳴らして合図。

12 浮舟の寝所に入る

三五 咳払いをする。
三六 上品な咳払いだと(薫かと)判断して。
三七 薫。 三八 匂宮の言。
三九 格子。 四〇 右近の言。
四一 思いがけない時刻。
四二 匂宮の言。浮舟が外出なさる予定だと仲信が言ったので。先刻、立ち聞きした話を利用して薫を装う。仲信は薫の家司。→二二一頁注三一。
四三 仰天してそのまま出立したから、いやはや大変だった。
四四 薫の声にそっくり似せて。元来、匂宮と薫は声が似ていた。→次頁三行。
四五 匂宮とは。
四六 匂宮の言。途中でひどく恐ろしいことがあったので。盗賊などに襲われた口ぶり。

のありつれば、[一]あやしき姿《すがた》になりてなむ。火暗《ひくら》うなせ」とのたまへば、「[二]あないみじ」とあは《(わ)》てまどひて、火は取《と》りやりつ。「[三]われ人に見《み》すなよ。来《き》たりとて、[四]人おどろかすな」と、いと[五]らう〳〵じき御心にて、もとよりもほのかに似《ゝ》たる御声《こゑ》を、たゞ[六]かの御けはひにまねびて入《い》りたまふ。

[七]ゆゝしきことのさまとのたまひつる、いかなる御姿《すがた》ならんといとお《(ほ)》しくて、われも隠《かく》ろへて見《み》たてまつる。いと[八]細《ほそ》やかになよ〳〵と装束《さうぞ》きて、[九]香《か》のかうばしきことも劣《おと》らず。[一〇]近《ちか》う寄《よ》りて、[一一]御衣《ぞ》ども脱《ぬ》ぎ、馴《な》れ顔《がほ》にうち臥《ふ》したまへれば、[一二]「例《れい》の御座《おまし》にこそ」など言《い》へど、もののたまはず。[一三]御衾《ふすま》まい《(ゐ)》りて、寝《ね》つる人〳〵起《お》こして、すこし[一四]し《ゝ》ぞきてみな寝《ね》ぬ。御供《とも》の人など、[一五]例《れい》のこゝには知《し》らぬならひにて、「[一六]あはれなる夜《よ》のおはしましざまかな。かゝる御ありさまを御《ご》覧《らむ》じ知《ゝ》らぬよ」などさ[一七]かしらがる人もあれど、「[一八]あなかま、給へ。夜声《よごゑ》はさゝめくしもぞかしかましき」など言《い》ひつゝ寝《ね》ぬ。

[一九]女君《ぎみ》は、[二〇]あらぬ人なりけりと思《おも》ふに、あさましういみじけれど、[二一]声《こゑ》をだにせさせたまはず、いとつ[二二]ゝましかりし所にてだに、わりなかりし御心なれば、ひたふるにあさまし。はじめよりあらぬ人と知《し》りたらば、い[二三]かゞ言《い》ふかひもある

一 見苦しい姿を見せたくないからと灯を暗くさせ顔を隠す。相手を欺く策略。
二 右近の言。まあ、大変。
三 匂宮の言。 四 人を起こすでないぞ。
五 機転のきくご性格。偽りを皮肉る語り手の評言。 六 薫の。
七 匂宮の「わりなくおそろしきこと」(前頁一五行)を右近の気持を含めて表す。
八 ほっそりとしなやかなお召し物で。
九 芳香も(薫に)劣らない。右近には香で両者を見分ける力がない。
一〇 (匂宮は)浮舟のそばに近寄って。
一一 「ども」は重ね着を表す。色は白。
一二 右近の言。いつものご寝所で。平常は御帳台。 一三 夜具を(右近が匂宮に)さしあげ。
一四 侍女たちは浮舟から少し離れて。 一五 いつものように、こちらでは構わない習慣なので。従者の顔で人違いを見破られない設定か。
一六 侍女の言。情愛深い、夜中のお越しよ。こんな深いお気持を(浮舟は)ご存じないのね。
一七 わかったような口を利く侍女もいるが。
一八 右近の言。まあうるさい、お静かに。夜の声はひそひそ声が却ってやかましい。
一九 浮舟。 二〇 薫ではない人だったよと。「けり」は気づきの意。
二一 匂宮は浮舟に。
二二 気がねの多かった二条院でさえ、無分別であった匂宮のご料簡だから。

13 浮舟、匂宮と知る

二三 どのようにか言うかいもあるはずなのに。
二四 とても現実のこととは思われない気持。
二五 しだいに。次行の「知りぬ」に続く。
二六 二条院で浮舟に言い寄った時の(匂宮が浮舟に対して)薄情だと思ったこと。浮舟は名を明

べきを、[二四]夢《ゆめ》の心《(ここ)》ちするに、[二五]やう〳〵[二六]そのお《(を)》りのつらかりし、[二七]年《とし》月ごろ思《おも》ひわたるさまのたまふに、[二八]この宮と知《し》りぬ。いよ〳〵はづかしく、[二九]かの上《うへ》の御ことなど思《おも》ふに、又[三〇]たけきことなければ、限《かぎ》りなう泣《な》く。[三一]宮も中〳〵にて、たはやすくあひ見《み》ざらむことなどをおぼすに泣《な》き給《(たまふ)》。

[三二]夜《よ》はたゞ明《あ》けに明《あ》く。御供《とも》の人来《き》て[三三]声《こわ》づくる。右近聞《き》きて[三四]まい《(ゐ)》れり。出《い》で給はん心《(ここ)》ちもなく、[三五]飽《あ》かずあはれなるに、又おはしまさむこともかたければ、[三六]京には求《もと》めさは《(わ)》がるとも、けふばかりはかくてあらん、[三七]何《なに》ごとも生《い》けるかぎりのためこそあれ、[三八]たゞいま出《い》でおはしまさむはまことに死《し》ぬべくおぼさるれば、この右近を召《め》し寄《よ》せて、「[三九]いと心《(ここ)》ちなしと思《おも》はれぬべけれど、けふはえ出《い》づまじうなむある。[四〇]男《をのこ》どもは、このわたり近《ちか》からむ所に、[四一]よく隠《かく》ろへてさぶらへ。[四二]時方《かた》は京へものして、[四三]山寺《でら》に忍《しの》びてなむと、つき〴〵しからむさまにいらへなどせよ」との給《(たまふ)》に、[四四]いとあさましくあきれて、[四五]心もなかりける夜《よ》のあやまちをおもふに、心《(ここ)》ちもまどひぬべきを思《(おもひ)》しづめて、[四六]いまはよろづにを《(お)》ぼほれさは《(わ)》ぐともかひあらじ物から、[四七]なめげなり、[四八]あやしかりしお《(を)》りにいと深《ふか》うおぼし入《い》れたりしも、[四九]からのがれざりける御宿世《すくせ》にこそありけれ、人のしたるわざかは、

かさなかった。→東屋一五五頁。
二七 (その後)長い間思い続けてきたことをおっしゃるので。実際は五か月ぶりの再会。「年月ごろ」は誇張表現。
二八 匂宮。 二九 中君。
三〇 「外にすべきやうなければ」(玉の小櫛)。
三一 匂宮もなまじ逢ったのがかえってつらく。
三二 別れが近づく時間の早さ。
三三 出立を促す咳払い。 三四 匂宮のもとに。
三五 いつまで見ていても

14 翌朝、匂宮帰らず

浮舟がいとしくてたまらない上に。
三六 以下、匂宮の心内。京では自分の行方を探して騒がれようとも。
三七 万事は生きている間だけのためにある。死んで花実は…の心。「恋ひ死なむ後は何せむ生ける日のためこそ人の見まくほしけれ」(拾遺集・恋一・大伴百世)。
三八 匂宮の心内をうけて地の文へ移る。
三九 匂宮の言。まことに無分別と思われようが。
四〇 従者。 四一 目立たぬように控えておれ。
四二 匂宮の家司で乳母子。→一九九頁注三六。
四三 匂宮は山寺にひそかに参籠中と、まことしやかに答えておけ。
四四 驚き呆れて。右近は初めて事実を知り、事の重大さに呆然。
四五 よくも注意しなかった昨夜のあやまちを思うと。
四六 あれこれあわてふためいてもかいはあるまいが。次頁一行の「思ひなぐさめて」に続く。
四七 右近の心内。(匂宮に対しても)失礼になるし。 四八 あの二条院での一件。
四九 のがれられなかった(浮舟の)ご宿縁であったのだ。誰のしでかした過失でもない。

と思《おも》ひなぐさめて、「[一]けふ御迎《むか》へにと侍《(はべり)》しを、いかにせさせ給はむとする御事にか。かう[二]のがれきこえさせたまふまじかりける御宿世《すくせ》は、いと聞《き》こえさせはべらむ方《かた》なし。[三]お《(を)》りこそいとわりなく侍れ、猶《(なほ)》けふは出《い》でおはしまして、御心ざし侍らばのどかにも」と聞《き》こゆ。[四]およすげても言《い》ふかなとおぼして、「[五]われは月ごろ思《(おもひ)》つるに[六]ほれはてにければ、人《ひと》の[七]もどかむも言《い》はんも知《し》られず、ひたふるに思《おも》ひなりにたり。すこしも[八]身《み》のことを思《おも》ひ憚《はゞか》らむ人の、かゝるありきは思《おも》ひ立《た》ちなむや。[九]御返《(かへり)》には、けふは[一〇]物忌《ものいみ》など言《い》へかし。[一一]異事《こと》はかひなし」とのたまひて、[一三]この人の、世《よ》に知《し》らずあはれにおぼさるゝまゝに、よろづの譏《そし》りもわすれたまひぬべし。

右近[一四]出《い》でて、[一五]このを《(お)》となふ人に、「[一六]かくなむ[一七]のたまはするを、[一八]なを《(ほ)》いとかたはならむとを申させ給へ。[一九]あさましうめづらかなる御ありさまは、さおぼしめすとも、かゝる御供《とも》人どもの御心にこそあらめ。いかでかう心[二〇]お《(を)》さなうは率《ゐ》てたてまつり給《(たまふ)》こそ。[二一]なめげなることを聞《き》こえさする山がつなども侍らましかば、いかならまし」と言《い》ふ。内記《き》は、げにいとわづらはしくもあるかなと思《(おもひ)》立《た》てり。「[二二]時方《かた》と仰《おほ》せらるゝは、たれにか。[二三]さなむ」と伝《つた》ふ。笑《わら》ひて、「[二四]勘《かうが》へたまふ

一 右近の言。(石山詣でのため母君から)今日お迎えに来るとの事でございましたが、どうなさろうというおつもりですか。
二 のがれ申すすべもおありでなかったご宿縁は、何とも申し上げようもございません。
三 母親が迎えにくる時機のわるさを理由に、帰京を促す。
四 一人前の口をきくものよ。
五 匂宮の言。
六 すっかり呆けてしまったから。
七 非難しようが何と言おうが。
八 保身の術にたけた人が。
九 母君へのご返事には。
一〇 陰陽道で、凶事を避けるために身を慎んで家に籠ること。
一一 人に知られないような手だてを、二人のためにも考えてくれ。
一二 他のことは(私には)無駄だ。
一三 浮舟。
一四 廂から簀子に。
一五 先ほど咳払いして出立を促したお供の人。
一六 右近の言。
一七 匂宮が。

15 右近、供人らをなじる

一八 それでは余り見苦しいと(あなたから匂宮へ)申し上げて下さい。「を」は強意。
一九 呆れるほど変ったお振舞いは。宮がそうお望みでも、あなたがた御家来衆のお考えしだいでしょう。
二〇 無分別にお連れ申されるのだ。「こそ」は強意。青表紙他本の一部は「そ」。
二一 無礼な振舞いをしでかす山賊などが。
二二 右近の言。(匂宮が)時方とお呼びの人は。
→前頁一一行。
二三 (匂宮が)さように仰せです。京への報告の

ことどものおそろしければ、[二五]さらずとも逃《に》げてまかでぬべし。[二六]まめやかには、を《(お)》ろかならぬ御けしきを見《み》たてまつれば、たれも〳〵身《み》を捨《す》ててなむ。よし〳〵、宿直《とのゐ》人もみな[二七]起《お》きぬなり」とて急《いそ》ぎ出《い》でぬ。

右近、[二八]人に知《し》らすまじうはいかゞはたばかるべきと、[二九]わりなうおぼゆ。人〳〵起《お》きぬるに、「[三〇]殿はさるやうありて、いみじう忍《しの》びさせ給《(たまふ)》けしき見《み》たてまつれば、[三一]道《みち》にていみじきことのありけるなめり。[三二]御衣《ぞ》どもなど、夜《よ》さり忍《しの》びてもてまい《(ゐ)》るべくなむ仰《おほ》せられつる」など言《い》ふ。[三三]御達《ごたち》、「[三四]あな、むくつけや。[三五]木《こ》幡《はた》山はいと[三六]おそろしかなる山《やま》ぞかし。例《れい》の御前駆《さき》もを《(お)》はせ給はず、[三七]やつれておはしましけむに、あないみじや」と言《い》へば、「[三八]あなかま、〳〵。下種《す》などの[三九]塵《ちり》ばかりも聞《き》きたらむに、いといみじからむ」と言《い》ひゐたる、心《(ここ)》ちおそろし。[四〇]あやにくに殿の御使《つかひ》のあらむ時いかに言《い》はむと、「[四一]初瀬《はつせ》のくわんを《(お)》ん、[四二]けふことなくて暮《く》らしたまへ」と、大願《ぐわん》をぞ立《た》てける。[四三]石山《いし》にけふ詣《まう》でさせむとて、母《はゝ》君《ぎみ》の迎《むか》ふるなりけり。[四四]この人〳〵もみな精進《さうじ》し、きよまはりてあるに、「[四五]さらば、けふはえ渡《わた》らせたまふまじきなめり。いとくちお《(を)》しきこと」と言《い》ふ。

日《ひ》高《たか》くなれば、格子《かうし》など上《あ》げて、右近ぞ近《ちか》くて仕《つか》うまつりける。母屋《もや》の簾《すだれ》は

件。
二四 時方の言。(右近の)お叱りが恐ろしいので。
二五 宮の仰せがなくても。
二六 冗談はさておき、並々でない(匂宮の)ご執心を拝見しますと。
二七 起きたようだ(ぐずぐずできぬ)。
二八 人に知らせまいとするならば、どう手を打ったらよいかと。
二九 困惑の体。

16 とりつくろう右近

三〇 右近の言。殿(薫)はちょっとわけがあって。
三一 道中でひどいことがあったもよう。先の匂宮の口実を利用。→二〇三頁一五行。
三二 お召物など、夜分にこっそり持参するよう京へ指図なされた。今日逗留する言いわけ。
三三 年輩の侍女。
三四 まあ、気味が悪いこと。
三五 →四椎本三五八頁注八。
三六 恐ろしいと聞いている山。
三七 お忍び姿でおいでだとか、まあお気の毒に。
三八 右近の言。
三九 ちょっとでも耳にしようものなら、とんだことになります。
四〇 こんな時あいにく薫のお使が来たら何と弁解を。
四一 右近の言。「初瀬の観音」は、長谷寺(現奈良県桜井市)の本尊十一面観音。→四椎本三四〇頁注三。
四二 無事に時を過ごさせて下さい。「て」は状態、「暮らす」は「暮る」の他動詞形。
四三 石山寺。滋賀県大津市にある。本尊は如意輪観音。
四四 宇治邸の侍女たち。参詣前には酒肉を断ち、身を清めた。四五 侍女の言。薫が逗留ならば、今日出発はできまいようだ。

みな下《お》ろしわたして、「[一]物忌《ものいみ》」など書《かゝ》かせてつけたり。[二]母《はゝ》君も身《(み)》づからおはするとて、「[三]夢見《ゆめみ》さは《(わ)》がしかりつ」と言《い》ひなすなりけり。[四]御手水《てうづ》などまい《(ゐ)》りたるさまは、例《れい》のやうなれど、[五]まかない《(ひ)》めざましうおぼされて、「[六]そこに洗《あら》はせ給はば《ゝ》」とのたまふ。[七]女、[八]いとさまよう心にくき人を見《み》ならひたるに、[九]時の間《ま》も見《み》ざらむは死《し》ぬべしとおぼしこがるゝ人を、[一〇]心ざし深《ふか》しとはかゝるをいふにやあらむと思《(おもひ)し》知らるゝにも、[一一]あやしかりける身《み》かな、たれものの《ゝ》聞《き》こえあらば、いかにおぼさむと、まづ[一二]かの上《うへ》の御心を思《(おもひ)い》出できこゆれど、「[一三]知《し》らぬを、かへす〳〵いと心うし、[一四]猶《(なほ)》あらむまゝにのたまへ。[一五]いみじき下種《す》といふとも、いよ〳〵なむあはれなるべき」と、わりなう問《と》ひたまへど、その御いらへは絶《た》えてせず。[一六]異事《ことごと》はいとお《(を)》かしくけ近《ちか》きさまにいらへきこえなどして[一七]なびきたるを、いと限《かぎ》りなうらうたしとのみ見《み》たまふ。

日《ひ》高《たか》くなるほどに、[一八]迎《むか》への人来《き》たり。[一九]車《くるま》二《(ふたつ)》、馬《むま》なる人〳〵の、例《れい》の荒《あら》ら《ゝ》かなる七八人、男《をのこ》ども多《おほ》く、例《れい》の[二〇]品《しな》〴〵しからぬけはひ、さへづりつゝ入《い》り来《き》たれば、人〳〵かたわ《(は)》らいたがりつゝ、「[二一]あなたに隠《かく》れよ」と[二二]言《い》はせなどす。右近、[二三]いかにせむ、殿なむおはすると言《い》ひたらむに、京にさばかりの人のおはし

一 木札や紙に書いて貼りつける。面会を断る用意。 二 浮舟の母君(中将君)も自身でお出でになるかも、そうしたら大変、そこで。

三 右近の言。夢見が悪かった、と周囲の人々に言い触らす。災厄を避けるため、厳重に物忌して外来者を入れない口実。 四 洗面の道具や水を、匂宮に供する様子は薫の時と同様だが。

五 その介添を浮舟にもさせるのを、匂宮は失礼だと思われて。

六 あなたが(先に)お洗いになれば(そのあと私が)。最高敬語を用い、先を譲る匂宮の態度に浮舟は感動。

七 浮舟。匂宮の恋人という扱いの呼称。

八 体裁がよく奥ゆかしい人(薫)。

九 片時も逢えないなら死んでしまいそうと、(浮舟を)恋い焦がれておいでの人(匂宮)を。

一〇 愛情が深いとはこうした人を言うのだろうか。 一一 浮舟の心内。不思議なめぐり合せのわが身よ、どなたもこの事が洩れたら何とお思いになるか。 一二 中君。

一三 匂宮の言。(あなたが誰か)知らないので、何といってもとてもつらい。

一四 二条院の時にも「たれぞ。名のりこそゆかしけれ」(東屋一五五頁一二行)と迫った。

一五 ひどく身分が低くても、ますます可愛くなるだろうよ。 一六 それ以外のことは。

17 右近、迎えの車を返す

一七 匂宮に従っているので。

一八 中将君から浮舟を迎える使が。

一九 浮舟や侍女たちの乗る車が二両、乗馬の人々でいつもの荒々しい(東国武士)七、八人。

二〇 上品でない感じで、東国訛りでしゃべりながら。 二一 侍女の言。あちらに隠れておれ。

二二 侍女たちが宿直人などの男に命じて。

おはせずを《(お)》のづから聞《き》通《かよ》ひて、隠《かく》れなきことこそあれと思《(おもひ)》て、[二四]この人〳〵にもことに言《い》ひあはせず、返《かへ》り事書《か》く。

[二五]よべより穢《けが》れさせたまひて、いとくちお《(を)》しきことをおぼし嘆《なげ》くめりしに、[二六]こよひ夢見《ゆめみ》さは《(わ)》がしく見《み》えさせ給《(たまひ)》つれば、[二七]けふばかりつゝしませたまへとてなむ、物忌《ものいみ》にて侍《(はべる)》。かへす〳〵くちお《(を)》しく、[二八]もののさまたげのやうに見《み》たてまつり侍《(はべる)》。

と書《か》きて、人〳〵に物など食《く》はせてやりつ。[二九]尼君《あまぎみ》にも、「[三〇]けふは物忌《ものいみ》にて[三一]渡《わた》り給はぬ」と言《い》はせたり。

例《れい》は暮《く》らしがたくのみ、霞《かす》める山際《ぎは》をながめわび給《(たまふ)》に、[三二]暮《く》れゆくはわびしくのみおぼしいらるゝ人にひかれたてまつりて、いとはかなう暮《く》れぬ。まぎるゝ事なくのどけき春の日《ひ》に、[三三]見《み》れども〳〵飽《あ》かず、[三四]そのことぞとおぼゆる隈《くま》なく、あい行《(ぎやう)》づき、なつかしくお《(を)》かしげなり。[三五]さるは、かの対《たい》の御方《かた》には似《に》を《(お)》とりなり。[三六]大殿の君《きみ》の盛《さか》りににほひ給へるあたりにては、[三七]こよなかるべきほどの人を、[三八]たぐひなうおぼさるゝほどなれば、[三九]また知《し》らずお《(を)》かしとのみ見給《(たまふ)》。[四〇]女は又、大将殿をいときよげに、またかゝる人あらむやと見《み》しかど、[四一]こまやかににほひ

二三 右近の心内。どうしたものか、殿(薫)が(こちらに)おいでだと言った場合、京に薫ほどの人の在不在は母君も自然に伝え聞いて、誰知らぬ人もないとなれば心配だ。
二四 侍女たちにも特に相談せずに。手紙だけを持たせて迎えを返す算段。
二五 右近の手紙。昨夜から(浮舟は)月の障りにならられ、(参詣できないことを)大変残念がってお嘆きのご様子。
二六 昨晩、いやな夢をご覧になりましたので。
二七 今日くらいはお慎み下さいと。
二八 魔物が妨害しているように。
二九 弁尼。寝殿から離れた廊に住む。三〇 右近の言。三一 (浮舟は)お出かけにならない。
三二 日が暮れてゆくのは(帰京の時が迫るので)わびしい思いにいらだっておいでの匂宮に(浮舟は)心がひかれ申して。
三三 匂宮は浮舟に耽溺。「春霞たなびく山の桜花 見れども飽かぬ君にもあるかな」(古今集・恋四・紀友則)。

18 匂宮と浮舟、惹かれ合う

三四 どこがどうという欠点もなく。
三五 とはいえ、あの中君には似ているが見劣りがする。底本「にをとりなり」、青表紙他本「をとりたり」「をとりなり」。
三六 夕霧右大臣の姫君、六の君。匂宮の正室。
三七 この上なく見劣りしそうな浮舟を。
三八 (匂宮は)比類なしとお思いの最中なので。
三九 ほかに見たことがなく美しいと。
四〇 浮舟の方ではまた、大将殿(薫)を。以下、匂宮と比べ匂宮の美質を確認する。
四一 (匂宮の)顔立ちが整い輝くような美しさでは抜群。薫の「きよげ」、匂宮の「きよら」が対比される。

きよらなることはこよなくおはしけりと見《み》る。

[一]硯引《すゞりひ》き寄《よ》せて、手習《てならひ》などし給《(たまふ)》。いと[二]お《(を)》かしげに書《か》きすさび、絵《ゑ》などを見所多《みどころおほ》くかき給へれば、[三]若《わか》き心《(こゝ)》ちには、思《おも》ひも移《うつ》りぬべし。[四]「心よりほかに、え見《み》ざらむほどは、これを見《み》たまへよ」とて、[五]いとお《(を)》かしげなるお《(を)》とこ女もろともに添《そ》ひ臥《ふ》したるかたをかき給《(たまひ)》て、[六]「常《つね》にかくてあらばや」などの給《(たまふ)》も、涙落《なみだお》ちぬ。

[七]「長《なが》き世《よ》を頼《たの》めても猶《(なほ)》かなしきはたゞあす知《し》らぬ命《いのち》なりけり

いとかう思《おも》ふこそゆゝしけれ。[八]心に身《み》をもさらにえまかせず、よろづにたばからむほど、まことに死《し》ぬべくなむおぼゆる。[九]つらかりし御ありさまを中〳〵何《なに》に尋《たづ》ね出《い》でけむ」などの給《(たまふ)》。[一〇]女、濡《ぬ》らしたまへる筆《ふで》をとりて、

[一一]心をば嘆《なげ》かざらまし命《いのち》のみさだめなき世《よ》と思《おも》はましかば

とあるを、[一二]変《か》はらむをばうらめしう思《おも》ふべかりけりと見《み》給《(たまふ)》にも、いとらうたし。[一三]「いかなる人の心変《か》はりを見《み》ならひて」などほゝ笑《ゑ》みて、[一四]大将のこゝに渡《わた》しはじめ給《(たまひ)》けむほどを、かへす〳〵ゆかしがり給《(たまひ)》て問《と》ひ給《(たまふ)》を、苦《くる》しがりて、[一五]「え言《い》はぬことを、からの給《(たまふ)》こそ」と、[一六]うち怨《ゑ》じたるさまも若《わか》びたり。[一七]を《(お)》のづからそれは聞《き》き出《い》でてむとおぼす物から、[一八]言《い》はせまほしきぞわりなきや。

一　匂宮は。
二　面白そうに慰み書きして。
三　浮舟の若い気持では、情愛も薫から匂宮へ移るに違いない。語り手の言。
四　匂宮の言。心ならずも自分が来られそうもない時は。
五　美しい男女が一緒に添い寝している絵を。
六　匂宮の言。いつもこうしていたい。
七　匂宮の歌。未来永劫変ることはないと約束してもやはり悲しいのは、ただもう明日どうなるか分らない、このはかない命なのです。
八　自分自身をまったく思うままにできず、あれこれ策をめぐらそうと思うと。
九　二条院で私にとってつらかったあなたを、なまじどうして探し出しなどしたのか。
一〇　浮舟は、(匂宮が)墨を含ませなさった筆を。
一一　浮舟の歌。命だけが定めないこの世の中だと思ってよいなら、男心の定めなさなど嘆かずにすむでしょう。今から来られそうもない言い訳をする匂宮を恨む心。
一二　(匂宮は)自分が心変りしたら、浮舟は怨めしく思うのだなと。
一三　匂宮の言。どんな人の心変りを経験して(こんな歌を詠むのか)。
一四　薫が宇治に浮舟を移された時のことを。
一五　浮舟の言。私の言えないことを、こんなにおっしゃるのが(とてもつらくて)。
一六　怨めしそうな様子も子供っぽい。
一七　いずれその隠し事はしっかり聞き出そう。
一八　浮舟の口から言わせたいとは、困ったものよ。匂宮の性癖を評する語り手の言。

夜《よ》さり、京へ遣《つか》はしつる[一九]大夫《たいふ》まい《(ゐ)》りて、右近にあひたり。「[二〇]后《きさい》の宮よりも御使《つかひ》まい《(ゐ)》りて、[二一]右の大殿もむつかりきこえさせ給《(たまひ)》て、[二二]人に知《し》られさせ給はぬ御ありきは、いとかる〴〵しく[二三]なめげなることもあるを、すべて[二四]内《うち》などに聞《き》こしめさむことも身《み》のためなむいとからき、と[二五]いみじく申させ給《(たまひ)》けり。[二六]東《ひむがし》山に聖《ひじり》御覧《らむ》じにとなむ、人には物し侍《(はべり)》つる」など語《かた》りて、「[二七]女こそ罪深《つみふか》うおはするものにはあれ。[二八]すゞろなる眷属《けぞう》の人をさへまどはし給《(たまひ)》て、そらごとをさへせさせ給《(たまふ)》よ」と言《い》へば、「[二九]聖《ひじり》の名《な》をさへつけきこえさせたまひてければ、いとよし。[三〇]わたくしの罪《つみ》も、それにて滅《ほろ》ぼし給《(たまふ)》らむ。まことに[三一]いとあやしき御心の、げにいかでならはせ給《(たまひ)》けむ。[三二]かねて、かうおはしますべしとうけ給はらましにも、[三三]いとかたじけなければ、[三四]たばかりきこえさせてましものを、[三五]あふなき御ありきにこそは」とあつかひきこゆ。

[三六]まい《(ゐ)》りて、[三七]さなむとまねびきこゆれば、[三八]げにいかならむとおぼしやるに、「[三九]所せき身こそわびしけれ。[四〇]かろらかなるほどの殿上人などにてしばしあらばや。いかゞすべき。かう[四一]つゝむべき人目《め》も、え憚《はゞか》りあふまじくなむ。大将もいかに思《おも》はんとすらん。[四二]さるべきほどとは言《い》ひながら、あやしきまでむかしより

19 翌朝、匂宮京に帰る

一九 左衛門大夫時方。→一九九頁注三六、二〇五頁一一行。

二〇 時方の言。明石中宮からも(二条院に)使者が参って。

二一 夕霧右大臣も不満を申されて。

二二 以下「いとからき」まで夕霧の発言。お忍びのお出歩きは。

二三 無礼を致す者があるやも知れぬから。

二四 帝などが耳になさるなら、自分にとっても大変つらい。

二五 きびしく申された。

二六 匂宮は。

二七 時方の言。女人は罪業が深くおありですな。

二八 何ということもない家来の者まで当惑させ、嘘までもつかせなさるよ。

二九 右近の言。(浮舟に)聖の名までおつけ申されたということだから、(それは)上出来だ。

三〇 時方個人の嘘つきの罪も、浮舟を聖扱いした功徳で消滅なさろう。

三一 おかしなお気持が、ほんにどうして癖になられたのか。

三二 前もってこのようにお越しと承っていれば。

三三 たいへん恐れ多いから。挿入句。

三四 うまくお取計らい致しましたのに。

三五 無鉄砲なお出歩き。

三六 右近が匂宮のお前に。

三七 時方の報告をそっくり復唱する。

三八 匂宮の心内。京の情況を心配。

三九 匂宮の言。窮屈な身の上がいやになる。

四〇 気軽に動ける身分の。

四一 慎むべき世間の目も、とても憚りきれなくてね。

四二 (薫と自分とが)親しいのは当然ながら。

むつましき中に、[一]かゝる心の隔《へだ》ての知《し》られたらむ時、はづかしう又いかにぞや、[二]世《よ》のたとひにいふこともあれば、[三]待《ま》ちどを《(ほ)》なるわがを《(お)》こたりをも知《し》らず、[四]うらみられ給はむをさへなむ思《おも》ふ。夢《ゆめ》にも[五]人に知《し》られたまふまじきさまにて、こゝならぬところに率《ゐ》て離《はな》れたてまつらむ」とぞの給《(たまふ)》。[六]けふさへかくて籠《こも》りゐたまふべきならねば、出《い》で給《(たまひ)》なむとするにも、[七]袖《そで》の中にぞとゞめたまひつらむかし。明《あ》けはてぬさきにと、人〴〵[八]しはぶきおどろかしきこゆ。妻戸《つまど》にもろともに[九]率《ゐ》ておはして、え出《い》でやり給はず。

[一〇]よに知《し》らずまどふべきかなさきに立《た》つ涙《なみだ》も道《みち》をかきくらしつゝ

女も、限《かぎ》りなくあはれと思《(おもひ)》けり。

[一一]涙《なみだ》をもほどなき袖《そで》にせきかねていかに別《わか》れをとゞむべき身《み》ぞ

風《かぜ》のを《(お)》ともいと荒《あら》ましく霜深《しもふか》きあか月《(つき)》に、[一二]を《(お)》のがきぬ〴〵も冷《ひや》ゝかになりたる心《(ここ)》ちして、御馬《むま》に乗《の》り給《(たまふ)》ほど、[一三]引《ひ》き返《かへ》すやうにあさましけれど、御供《とも》の人〴〵、[一四]いとたはぶれにくしと思《(おもひ)》て、たゞ急《いそ》がしに急《いそ》がし出《い》づれば、[一五]われにもあらで出《い》で給《(たまひ)》ぬ。[一六]この五位《ゐ》二人なむ、御馬《むま》の口《くち》にはさぶらひける。[一七]さがしき山越《こ》えはてゝぞ、を《(お)》の〳〵馬《むま》には乗《の》る。汀《みぎは》の氷《こほり》を踏《ふ》みならす馬《むま》の足音《あしおと》さへ、心ぼそ

一 こうした裏切り行為がもし知られたら。
二 世間の譬えにいうこともあるから。自分を棚上げにして他を非難すること。
三 浮舟を待遠に思わせた薫自身の怠慢を棚に上げて。
四 浮舟が薫に恨まれなさったら(可哀そうだ)。
五 薫に知られなさらないようにして、別の所に連れて、ここを離れ申そう。
六 今日で三日目。
七 浮舟の袖の中に匂宮は魂を留め置かれたであろうよ。語り手の批評。「飽かざりし袖の中にや入りにけむわが魂のなき心地する」(古今集・雑下・陸奥《(みちのく)》)。
八 咳払いして出立を促す。
九 匂宮は浮舟を。
一〇 匂宮の歌。またとなく踏み迷わねばならないのか、別れに先立つ涙も道を見えなくさせるから。「世」「夜」の掛詞。「まどふ」「立つ」「道」が縁語。
一一 浮舟の歌。涙すら私のこの狭い袖ではせき止められないのに、どうして宮との別れを引き止められよう。「涙」「せき」「とゞむ」が縁語。
一二 各自の衣も冷たくなった気がして。「きぬ〴〵」には「後朝」の意も含む。「しののめのほがらほがらと明けゆけばおのがきぬぎぬなるぞ悲しき」(古今集・恋三・読人しらず)。
一三 (心はあとに)引き返すようにあきれるほどつらい気持だが。
一四 まったく冗談ではない。「ありぬやとこころみがてらあひ見ねば戯れにくきまでぞ恋しき」(古今集・雑体・読人しらず)の下句に匂宮の心を重ねて、供人の覚悟を表す。
一五 正気も失せて。
一六 大内記と時方。五位の官人が私行の馬の口

くものがなし。[一八]むかしも、[一九]この道《みち》にのみこそはかゝる山踏《ぶ》みはし給《(たまひ)》しかば、[二〇]あやしかりける里《さと》の契《ちぎ》りかなとおぼす。

二条の院におはしまし着《つ》きて、[二一]女君《ぎみ》のいと心うかりし御もの隠《かく》しもつらければ、心やすき方《かた》に大殿《おほ》籠《ごも》りぬるに、寝《ね》られ給はず、いとさびしきにもの思《(おもひ)》まさるれば、心よは《(わ)》く[二二]対《たい》に渡《わた》り給《(たまひ)》ぬ。[二三]何《なに》心もなくいときよげにておはす。[二四]めづらしくお《(を)》かしと見《み》給《(たまひ)》し人よりも、[二五]又これは猶《(なほ)》ありがたきさまはしたまへりかしと見《み》給《(たまふ)》ものから、[二六]いとよく似《に》たるを思《おも》ひ出《い》でたまふも、胸《むね》ふたがれば、いたくものおぼしたるさまにて、[二七]御《み》丁《(ちやう)》に入《い》りて大殿籠《おほとのごも》る。[二八]女君《ぎみ》をも率《ゐ》て入《い》りきこえ給《(たまひ)》て、[二九]「心《(ここ)》ちこそいとあしけれ、[三〇]いかならむとするにかと心ぼそくなむある。[三一]まろは、いみじくあはれと見《み》を《(お)》いたてまつるとも、[三二]御ありさまは、いと《ゝ》く変《か》はりなむかし。[三三]人の本意《ほい》はかならずかなふなれば」との給《(たまふ)》。けしからぬことをも、まめやかにさへのたまふかなと思《(おもひ)》て、[三四]「から聞《き》き《ゝ》にくきことの漏《も》りて聞《き》こえたらば、[三五]いかやうに聞《き》こえなしたるにかと、[三六]人も思《(おもひ)》寄《よ》り給はんこそあさましけれ。[三七]心うき身《み》には、すゞろなることもいと苦《くる》しく」とて、[三八]そむき給へり。宮も[三九]まめだち給《(たまひ)》て、[四〇]「まことにつらしとおもひきこゆることもあらむは、い

をとるのは異例。放心の宮の落馬をおそれての配慮。

一七 険しい木幡の山路を越えきって。やっと安心と二人は馬の口取りを手放す。

一八 匂宮が中君に通ったころ。

20 匂宮、中君を責める

一九 宇治への恋路。

二〇 宇治の里との不思議な宿縁。

二一 中君が心外にも浮舟のことで隠し事をされたのが恨めしいので。

二二 中君の住む西の対の屋。

二三 中君は無心に。

二四 (匂宮が)すばらしく美しいとご覧になった人(浮舟)。

二五 中君はたぐいまれな容姿。

二六 浮舟が中君に。

二七 御帳台に入ってお寝みになる。

二八 中君。

二九 匂宮の言。

三〇 いったいどうなるのかと心細いことだ。

三一 自分が、どんなにあなたを深く愛しても私が先立ったら。

三二 あなたのお身の上は、すぐさま変ってしまうでしょうね(薫と結ばれるかも、と)。

三三 人の初一念はかならず叶うというから。自分が思いを遂げたことから、薫と中君を疑う。

三四 中君の言。自分と薫とのあらぬ噂。

三五 中君が匂宮に。 三六 薫。

三七 不運なわが身には、つまらぬ冗談もとてもつらくて。

三八 背をおむけになる。

三九 まじめな口調になられて。

四〇 あなたを恨めしいと思い申すことがもしあったら。薫との関係をいう。

かゞおぼさるべき。[一]まろは、御ためにを《(お)》ろかなる人かは。[二]人もありがたしなどとがむるまでこそあれ、[三]人にはこよなう思《(おもひ)》おとし給《(たまふ)》べかめり。[四]たれもさべきにこそはとことわらるゝを、[五]隔《へだ》て給《(たまふ)》御心の深《ふか》きなむいと心うき」とのたまふにも、[六]宿世《すくせ》のを《(お)》ろかならで尋《たづ》ね寄《よ》りたるぞかしとおぼし出《い》づるに、涙《なみだ》ぐまれぬ。[七]まめやかなるを、いとおし《(ほ)》う、いかやうなることを聞《き》きたまへるならむとを《(お)》どろかるゝに、いらへきこえ給はむこともなし。[八]ものはかなきさまにて見《み》そめ給《(たまひ)》しに、[九]何事《なにごと》をもかろらかにを《(お)》しはかりたまふにこそはあらめ、[一〇]すゞろなる人をしるべにて、その心寄《よ》せを思《おも》ひ知《し》りはじめなどしたるあやまちばかりに、[一一]おぼえを《(お)》とる身《み》にこそとおぼしつゞくるも、よろづかなしくて、[一二]いとゞらうたげなる御けはひなり。[一三]かの人見《み》つけたることは、しばし知らせたてまつらじとおぼせば、[一四]異《こと》ざまに思《おも》はせてうらみ給《(たまふ)》を、たゞこの大将の御ことをまめ〳〵しくのたまふとおぼすに、[一五]人やそらごとをたしかなるやうに聞《き》こえたらむなどおぼす。[一六]ありやなしやを聞《き》かぬ間《ま》は、見《み》えたてまつらむもはづかし。

[一七]内《うち》より大宮の御文《ふみ》あるにおどろき給《(たまひ)》て、[一八]猶《(なほ)》、心とけぬ御けしきにて、[一九]あなたに渡《わた》りたまひぬ。

一 私はあなたにとっていいかげんな夫ではない。
二 世間でもめったにない情愛深さだなどと怪しむほどだが。
三 薫に比べて(私を)ひどく見くびっておいでのようだ。
四 誰にせよそれなりの運命なのだと判断されるが。
五 隠しだてなさるお気持の深いのがとてもつらい。
六 匂宮の心内。浮舟との宿縁が並々でなかったから探しあてたのだ。
七 (匂宮が)本気で言われるので、困ったことだ、どんな噂をお聞きおよびかと。
八 (匂宮は)正式な手続きではなく私を妻にされたので。
九 (私を)万事につけ軽々しいものと。
一〇 ゆかりもない人(薫)を頼りにして、その好意を受け入れなどした間違いくらいで。
一一 匂宮からも軽く扱われるわが身なのだと。
一二 一段と可憐な感じ。語り手の評。
一三 (匂宮が中君に)浮舟を見つけたことを。
一四 別のことのように思わせて(中君を)恨みなさるので。真相をくらます手段。
一五 誰かが嘘を事実のように匂宮に申し上げたのだろう。
一六 噂の実否を確かめぬうちは、匂宮にお目にかかるのも気がひける。

21 中宮から見舞

一七 宮中から明石中宮のお便りが。
一八 まだ釈然としない(匂宮の)ご様子。
一九 寝殿の自室へ。

二〇きのふのおぼつかなさを。二一なやましくおぼされたなる、よろしくはまい《(ゐ)》り給へ。ひさしうもなりにけるを。

などやうに聞《き》こえ給へれば、二二さは《(わ)》がれたてまつらむも苦《くる》しけれど、まことに御心《(ここ)》ちもた二三がひたるやうにて、その日《ひ》はまい《(ゐ)》り給はず。上達部《かむだちめ》などあまた二四まい《(ゐ)》りたまへど、二五御簾《みす》のうちにて暮《く》らし給《(たまふ)》。

夕《ゆふ》つ方《かた》、二六右大将まい《(ゐ)》り給へり。二七「こなたにを」とて、うちとけながら対面《たいめん》し給へり。二八「なやましげにおはしますと侍《(はべり)》つれば、二九宮にもいとおぼつかなくおぼしめしてなむ。いかやうなる御なやみにか」と聞《き》こえ給《(たまふ)》。三〇見《み》るからに御心さは《(わ)》ぎのいとゞまされば、三一言少《ことずく》なにて、三二聖《ひじり》だつといひながら、こよなかりける山臥《ぶし》心かな、三三さばかりあはれなる人をさてをき《(お)》て、心のどかに月日《ひ》を待《ま》ちわびさすらむよ、とおぼす。例《れい》は、三四さしもあらぬことのついでにだに、われはまめ人ともてなし名《な》のりたまふをねたがり給《(たまひ)》て、三五よろづにのたまひ破《やぶ》るを、三六かゝること見《み》あらはいたるをいかにのたまはまし、三七されど、三八さやうの戯《たはぶ》れ言《ごと》もかけ給はず、三九いと苦《くる》しげに見《み》えたまへば、四〇「不便《ふびん》なるわざかな。おどろ〳〵しからぬ御心《(ここ)》ちのさすがに日《ひ》数《かず》経《ふ》るは、いとあしきわざに侍《(はべり)》。四一御風邪《かぜ》よくつくろはせ給へ」な

二〇 中宮の手紙。きのふはどんなにそなたを気づかったか。
二一 気分がお悪かったとか。「なる」は伝聞。東山へ加持祈禱に出かけたと思った。
二二 大げさに心配していただくのもつらいが。
二三 平素と異なる（やはりよくない）ようなので。
二四 匂宮邸に。
二五 面会謝絶の体。
二六 薫。

22 薫の見舞

二七 匂宮の言。こちらにどうぞ。「を」は強意。
二八 薫の言。お加減がわるいと。
二九 明石中宮。ご心配のご様子と、意向を体して。
三〇（匂宮は薫を）見るなり、胸騒ぎが一段と高まるので。浮舟に逢ったうしろめたさ。
三一 だまりがち。
三二 匂宮の心内。（薫が）聖僧ぶってはいても、おそれいった山臥の本性よ。
三三 あれほどかわいい人（浮舟）を、そのまま残して。
三四 ちょっとした話のついでにも。
三五 何かと文句をおつけになるが。
三六 こんな秘密を見破ったので。「あらはい」は「あらはし」のイ音便。三七 どうおっしゃろうか。「まし」はそれができない予想を示す。
三八 辛辣な冗談。皮肉。
三九（匂宮が）苦しそうに（薫には）見えなさるので。
四〇 薫の言。それは困ったことですね。大した病気でもなく、それでいて幾日も直らないのは。
四一 風病（ふびやう）とも。神経性疾患なども含む。

ど、まめやかに聞《き》こえを《(お)》きて出《い》で給《(たまひ)》ぬ。[一]はづかしげなる人なりかし、わがありさまをいかに思《(おもひ)》くらべけむなど、さま〳〵なることにつけつゝも、たゞこの人[二]を時の間《ま》忘《わす》れずおぼし出《い》づ。

[三]かしこには、石《いし》山もとまりて、いとつれ〳〵なり。[四]御文《ふみ》には、いといみじきことをかきあつめ給《(たまひ)》て遣《つか》はす。それだに心やすからず、時方《かた》と召《め》[五]しゝ大夫《たいふ》の従《ず》者《さ》の心も知《し》らぬしてなむやりける。「[六]右近が古《ふる》く知《し》れりける人の殿の御供《とも》にて尋《たづ》ね出《い》でたる、[七]さらがへりてねむごろがる」と、友《ゝも》だちには言《い》ひ聞《き》かせたり。[八]よろづ右近ぞ、そ《ゝ》らごとしならひける。月も立《た》ちぬ。かうおぼし知《ゝ》らるれど、おはしますことはいとわりなし。かうのみものを思《ゝも》はば《ゝ》、さらにえながらふまじき身《み》なめりと、心ぼそさを添《そ》へて嘆《なげ》き給《(たまふ)》。

[九]大将殿、すこしのどかになりぬるころ、例《れい》の忍《しの》びて[一〇]おはしたり。寺《てら》に仏など拝《おが》み給《(たまふ)》。御《み》ず行《(ぎやう)》せさせ給《(たまふ)》僧《そう》に物《もの》たまひなどして、夕《ゆふ》つ方《かた》、[一一]こゝには忍《しの》びたれど、これはわりなくもやつし給はず、烏帽子《えぼうし》、なを《(ほ)》しの姿《すがた》いとあらまほしくきよげにて、歩《あゆ》み入《い》り給《(たまふ)》より、[一二]はづかしげに用意《ようい》ことなり。

[一三]女、いかで見《み》えたてまつらむとすらんと、[一四]空《そら》さへはづかしくおそろしきに、

一 匂宮の心内。気のひける立派な人だよ。それと比べて浮舟は自分をどう思ったろう。
二 浮舟。
三 宇治では、石山詣でも中止。
四 匂宮から浮舟への。

23 匂宮、浮舟に文送る

五 お呼び寄せなさった大夫(五位)の家来で、事情を知らぬ者を使者に。秘密を守るため。
六 右近の言。昔懇意だった人で薫のお供で来ているうち私を見つけ出した人が。
七 昔に返って親しくしたがるのです。同僚の目をごまかす右近の口実。
八 一つの嘘が万事に及んだ右近。
九 薫。
一〇 まず宇治山の寺へ。
一一 宇治邸。
一二 気はずかしいほど立派で心遣いも格別。
一三 浮舟。男女関係を示す呼称。どうして薫に顔をお合せできよう。匂宮に逢った後ろめたさ。

24 薫、宇治に行く

一四 大空までが(自分を見ているようで)はずかしく恐ろしいが。→三若菜下三六七頁二行。
一五 無理じいに激しく私を求めた匂宮。
一六 再び薫にお逢い申すことになれば、それを思いやるのは、何としても気が重い。
一七 以下、浮舟の心内。ただし「われは…する」は、かつての匂宮の言。自分(匂宮)が今まで愛した女も、すっかり忘れるほど(浮舟に)心が移ってしまう気持だと。

[一五]あながちなりし人の御ありさまうち思出《(おもひ)い》でらるゝに、又[一六]この人に見《み》えたてまつらむを思《(おもひ)》やるなんいみじう心うき。われ[一七]は年《とし》ごろ見《み》る人をも、みな思《(おもひ)》かはりぬべき心《(ここ)》ちなむする、とのたまひしを、げ[一八]にそののち、御心《(ここ)》ちくるしとて、いづくにも〳〵例《れい》の御ありさまならで、御《み》[一九]すほう《(ふ)》などさは《(わ)》ぐなるを聞《き》くに、又[二〇]いかに聞《き》きておぼさんと思《(おもふ)》もいと苦《くる》し。[二一]この人、はたいとけはひことに、心ふかくなまめかしきさまして、久《ひさ》[二二]しかりつるほどのを《(お)》こたりなどの給《(たまふ)》も言多《ことおほ》からず、恋《こひ》しかなしと下《お》[二三]り立《た》たねど常《つね》にあひ見《み》ぬ恋《こひ》の苦《くる》しさを、[二四]さまよきほどにうちのたまへる、いみじく言《い》[二五]ふにはまさりて、いとあはれと人の思《(おもひ)》ぬべきさまをしめ[二六]たまへる人《ひと》がらなり。艶《えむ》[二七]なる方《かた》はさる物にて、行《ゆ》[二八]く末長《すゑなが》く人の頼《たの》みぬべき心ばへなどこよなくまさり給へり。思《おも》[二九]はずなるさまの心ばへなど漏《も》り聞《き》かせたらむ時も、[三〇]なのめならずいみじくこそあべけれ、[三一]あやしううつし心もなうおぼしいらるゝ人をあはれと思《(おもふ)》も、それはいとあるまじくかろきことぞかし。[三二]この人にうしと思《おも》はれて、忘《わす》[三三]れ給《(たまひ)》なむ心ぼそさは、いと深《ふか》うしみにければ、思《おも》[三四]ひ乱《みだ》れたるけしきを、月[三五]ごろに、こよなうものの心知《し》りねびまさりにけり、つれ〳〵なる住《す》みかのほどに、思残《(おもひ)のこ》[三六]すことはあらじかしと見《み》たまふも、心ぐるしければ、

一八 なるほど(その言葉通り)帰京後、ご気分が悪いというのでどの女性がたにもお逢いにならず。竹取物語で、かぐや姫に逢った後の帝を連想させる。
一九 御修法(病気平癒の祈り)などと大騒ぎ。「なる」は伝聞で、噂が宇治まで届いた様子。
二〇 今夜薫が来て逢ったことを匂宮が。
二一 薫。
二二 昨秋、浮舟を宇治に連れて来て以来訪れなし。
二三 一途にではないが。
二四 見苦しくないほどに。品を保って。
二五 言葉を尽して言うよりもずっと。「心には下行く水のわきかへり言はで思ふぞ言ふにまされる」(古今六帖五)。
二六 身に備えて。
二七 やさしく美しい点は勿論。
二八 将来長く頼みにできそうな性質。
二九 以下、浮舟の心内。(薫が)心外に思う自分の心得違いなどを噂でお聞きになられたら。
三〇 ひと通りでなく、それこそ大変なことになるに違いないが。
三一 不思議なほど正気を失って(私を)恋い焦がれなさる匂宮をいとしく思うのも。
三二 薫。
三三 (私を)お忘れになるかも知れない心細さは、(これまでの途絶えで)骨身にしみて分っているから。
三四 (浮舟の)思い悩んでいる様子を。二行後の「見たまふ」に続く。
三五 以下、薫の心内。しばらく来ない間に、以前とは較べものにならないほど人情を解し、大人らしくなったものだ。
三六 物思いの限りを尽していようと。

常《つね》よりも心とゞめて語《かた》らひ給《(たまふ)》。

25 すれ違いの思い

「[一]造《つく》らする所、やう〳〵よろしうしなしてけり。一日なむ見《み》しかば、こゝよりはけ[二]近《ちか》き水《みづ》に、花も見《み》たまひつべし。[三]三条の宮も近《ちか》きほどなり。[四]明《あ》け暮《く》れおぼつかなき隔《へだ》ても、を《(お)》のづからあるまじきを、この春のほどに、[五]さりぬべくは渡《わた》してむ」と思《(おもひ)》ての給《(たまふ)》も、[六]かの人の、のどかなるべき所思《おも》ひまうけたりと、きのふものたまへりしを、[七]かゝることも知《し》らで、さおぼすらむよと、[八]あはれながらも、そなたになびくべきにはあらずかしと思《(おもふ)》からに、[九]ありし御さまの面影《おもかげ》におぼゆれば、われながらも、うたて心うの身《み》やと思《(おもひ)》つゞけて泣《な》きぬ。[一〇]御心ばへの、かゝらでおひ《(い)》らかなりしこそのどかにうれしかりしか、[二]人のいかに聞《き》こえ知《し》らせたることかある、[一二]すこしもを《(お)》ろかならむ心ざしにては、かうまでまい《(ゐ)》り来《く》べき身《み》のほど、道《みち》のありさまにもあらぬをなど、[一三]ついたちごろの夕月夜《ゆふづくよ》に、すこし端近《はしちか》く臥《ふ》してながめ出《い》だしたまへり。[一四]お《(を)》とこは、[一五]過《す》ぎにし方《かた》のあはれをもおぼし出《い》で、女は、[一六]いまより添《そ》ひたる身《み》のうさを嘆《なげ》き加《くは》へて、[一七]かたみにものおもはし。

26 宇治橋の歌、交わす

[一八]山の方《かた》は霞《かす》み隔《へだ》てて、寒《さむ》き洲崎《すさき》に立《た》てるかさゝぎの姿《すがた》も、所からはいとお《(を)》か

一 薫の言。浮舟を引き取る新築の京の邸が完成間近になる。↓一九一頁一五行。
二 親しみやすい川で。荒々しい宇治川に対して賀茂川をいうか。
三 薫の本邸。母女三宮が住むので「宮」という。
四 朝夕気がかりな隔たりも、自然と解消しよう。
五 差支えなければ移してしまおう。
六 匂宮。 七 浮舟の心内。こんな薫の計画も(匂宮は)知らずに。
八 身にしみながらも、匂宮に従うべきではないのだと思うにつけても。
九 先日逢った匂宮の姿が幻影となって思い浮ぶので。
一〇 以下、薫の心内。浮舟のお気持が、今まではこんなに感情的ではなくおっとりしていたのがうれしかったのに。
一一 誰かがどのようにか告げ口をしたことでもあるのか。
一二 いささかでも浮舟をおろそかに思う気持でいるなら、こうまでして通ってくる身分や道中でもないのに。
一三 「月の始めの夕月夜なるべし。尤も幽玄也」(弄花抄)。
一四 以下、男と女を対照させ、一対の男女関係を作りながら心のすれ違いを描く。
一五 亡き大君を追慕する。
一六 今からわが身に加わる身の辛さを嘆く。
一七 互いに物思いはつきない。
一八 以下、宇治河畔の叙景。「蒼茫たる霧雨(ぶ)の霽(は)れの初めに　寒汀に鷺立てり　重畳せる煙嵐の断(た)えたる処に　晩寺に僧帰る」(和漢朗詠集・下・僧)。「かさゝぎ」はサギ科の鳥、

しう見《み》ゆるに、[一九]宇治橋《うぢはし》のはる〴〵と見《み》わたさるゝに、[二〇]柴積舟《しばつみぶね》の所〴〵に行《ゆ》きちがひたるなど、ほかにて目馴《めな》れぬことど《ゝ》ものみ取《と》り[二一]集《あつ》めたる所なれば、見《み》たまふたびごとに猶《(なほ)》そのかみのことのたゞいまの心《(ここ)》ちして、[二二]いとかゝらぬ人を見《み》かはしたらむだに、めづらしき中《なか》のあはれ多《おほ》かるべきほどなり。まいて、[二三]恋《こひ》しき人によそへられたるもこよなからず、[二四]やう〳〵ものの《ゝ》心知《し》り、宮《(みや)》こなれゆくありさまのお《(を)》かしきも、こよなく見《み》まさりしたる心《(ここ)》ちし給《(たまふ)》に、[二五]女はかき集《あつ》めたる心のうちにもよを《(ほ)》さるゝ涙《なみだ》、ともすれば出《い》で立《た》つを[二六]慰《なぐさ》めかね給《(たまひ)》つゝ、

「[二七]宇治橋《うぢはし》の長《なが》きちぎりは朽《く》ちせじをあやぶむかたに心さは《(わ)》ぐな

[二八]いま見《み》給《(たまひ)》てん」とのたまふ。

[二九]絶《た》え間《ま》のみ世《よ》にはあやう《(ふ)》き宇治橋《うぢはし》を朽《く》ちせぬものと猶《(なほ)》たのめとや

[三〇]さき〴〵よりもいと見捨《みす》てがたく、しばしも立《た》ちとまらまほしくおぼさるれど、[三一]人のもの言《い》ひのやすからぬに、[三二]いまさらなり、心やすきさまにてこそなどおぼしなして、あか月《(つき)》に帰《かへ》り給《(たまひ)》ぬ。[三三]いとようも大人《おとな》びたりつるかな、と心ぐるしくおぼし出《い》づること、ありしにまさりけり。

きさらぎの十日のほどに、[三四]内に文作《ふみつく》らせたまふとて、[三五]この宮も大将もまい《(ゐ)》り

七夕伝説の「鵲(かささぎ)の橋」で「宇治橋」を喚起する。ただし「鵲」はカラス科で別。

一九 前出の中君の歌では「はるけき」にかかる修辞で用いた。→四総角四二七頁注二九。

二〇 宇治川の景物。→四総角四二六頁六行。

二一 心を打つさまざまのものが一つになる。

二二 全く大君に関係ない女と向い合った場合でさえそうなのに、まして。

二三 (浮舟が)恋しい大君に似ていると思うと格別で。

二四 (浮舟が)次第に人情を理解し、都の女らしくなっていく様子がかわいいのも。

二五 浮舟は、あれこれ物思いの積った胸のうちにせきあげる涙が、ややもするとまずあふれ出るのを。 二六 薫は。

二七 薫の歌。宇治橋のように末長い契りは絶えることはあるまいから、不安に思って心配するな。宇治橋は眼前の景で「長き」を引き出す言葉。「あやぶむ」に「踏む」を掛け、「朽ち」「踏む」は、橋の縁語。

二八 いずれ(私の真心は)お分りになるはず。

二九 浮舟の歌。宇治橋の板の絶え間のように途絶えがちで安心できないあなたを、永久の契りとしてなおも信頼せよとおっしゃるのか。「絶え間」に橋板の隙間と訪問の途絶えの意をこめる。

三〇 以前よりは。 三一 世間の噂がうるさいので。

三二 いまさら長居は無用、京へ移してから気楽に。

三三 薫の心内。浮舟の心の陰りに気づかず、女らしい成長に満足。

三四 宮中で漢詩を作り合う作文会(さくもんえ)が催される。「文」は漢詩。

三五 匂宮も薫も。

27 宮中の詩会

あひたまへり。一お《(を)》りにあひたる物の調《しら》べどもに、宮の御声《こゑ》はいとめでたくて、二梅枝《むめがえ》などうたひ給《(たまふ)》。何《なに》ごとも人よりはこよなうまさりたまへる御さまにて、三すゞろなることおぼしいらるゝのみなむ罪深《つみふか》かりける。

雪《ゆき》にはかに降《ふ》り乱《みだ》れ、風《かぜ》などはげしければ、御遊《あそ》びとくやみぬ。四この宮の御殿《(との)》ゐ所に人〳〵まい《(ゐ)》り給《(たまふ)》。五物《もの》まい《(ゐ)》りなどしてうちやすみ給へり。六大将、人に物のたまはむとて、すこし七端近《はしちか》く出《い》でたまへるに、雪《ゆき》のやう〳〵積《つも》るが星《ほし》の光《ひかり》に八おぼ〳〵しきを、九闇《やみ》はあやなしとおぼゆる匂《にほ》ひありさまにて、「一〇衣《ころも》かたしきこよひもや」とうち誦《ず》じ給へるも、はかなきことを口《くち》ずさびにのたまへるも、あやしくあはれなるけしき添《そ》へる人ざまにて、一一いともの深《ふか》げなり。一二言《こと》しもこそあれ、宮は寝《ね》たるやうにて御心さは《(わ)》ぐ。一三お《(を)》ろかには思《おも》はぬなめりかし、かたしく袖《そで》をわれのみ思《(おもひ)》やる心《(ここ)》ちしつるを、一四おなじ心なるもあはれなり、わびしくもあるかな、一五かばかりなる本《もと》つ人をおきて、我《(わが)》方《かた》にまさる思《(おもひ)》はいかでつくべきぞ、とねたうおぼさる。

一六つとめて、雪《ゆき》のいと高《たか》う積《つも》りたるに、一七文《ふみ》たてまつり給はむとて、御前《おまへ》にまい《(ゐ)》り給へる御かたち、このごろいみじく盛《さか》りにきよげなり。一八かの君《きみ》もおなじほど

一 時節にふさわしい楽器の演奏。
二 催馬楽の曲名。→〔三〕梅枝一五七頁注四〇。
三 心のおもむくままにする事に焦慮されるのだけは罪が深い。浮舟との関係を暗に非難する語り手の評。
四 匂宮。 五 お食事などして。
六 薫。 七 匂宮の部屋の端近。
八 ぼんやりしているが。
九 「春の夜の闇はあやなし梅の花色こそ見えね香やは隠るる」(古今集・春上・凡河内躬恒)。闇の中でも香りは紛れない。薫の芳香をいう。
一〇 薫の言。「さむしろに衣かたしきこよひもやわれを待つらむ宇治の橋姫」(古今集・恋四・読人しらず)。今夜も浮舟は私を待っていよう、の意。
一一 薫の人柄が意味深長さを感じさせる。
一二 他に歌はいくらでもあろうに。語り手の評言。
一三 以下、匂宮の心内。薫は浮舟をいいかげんには思っていないようだな。
一四 薫も自分と同じ思いだとは情けない、がっかりだ。
一五 これほど愛情の深い最初の男(薫)をさしおいて。
一六 明くる朝。
一七 昨夜作った詩を献上なさろうと、帝の御前に参上された(匂宮の)御容姿は。
一八 薫も同じ年頃で、もう二、三歳年上のせいか。匂宮誕生(〔三〕若菜下三九九頁七行)の翌年に薫誕生(〔四〕柏木一一頁七行)。薫の老成した印象を描くための作為か。→宿木二一九頁注一四。
一九 匂宮より少し年長の容姿や態度などは、わざわざ作り出したような高貴な男性の手本にしたいほどで。

にて、いま二《ふた》つ三《み》つまさるけぢめにや、[一九]すこしねびまさるけしき、ようゐ《(い)》などぞ、ことさらにもつくり出《い》でたらむあてなるお《(を)》とこの本《(ほん)》にしつべく物し給《(たまふ)》。[二〇]みかどの御婿《むこ》にて、飽《あ》[二一]かぬことなしとぞ世《よ》人もことは《(わ)》りける。才《ざえ》[二二]なども、おほやけ〳〵しき方《かた》も、を《(お)》くれずぞおはすべき。[二三]文講《ふみかう》じはて《ゝ》て、みな人まかで給《(たまふ)》。宮[二四]の御文《ふみ》を、すぐれたりと誦《ず》じのゝしれど、何《なに》とも聞《き》き《ゝ》入《い》れたまはず、[二五]いかなる心《(ここ)》ちにてかゝることをもし出《い》づらむと、[二六]そらにのみ思《おも》ほしほれたり。

28 匂宮、宇治へ行く

[二七]かの人の御けしきにも、いとゞおどろかれ給《(たまひ)》ければ、[二八]あさましうたばかりておはしましたり。京には、[二九]友待《ともま》つばかり消《き》え残《のこ》りたる雪《ゆき》、山深《ふか》く入《い》るまゝに[三〇]やゝ降《ふ》り埋《うづ》みたり。[三一]常《つね》よりもわりなきまれの細道《ほそみち》を分《わ》け給《(たまふ)》ほど、御供《とも》の人も泣《な》きぬばかり[三二]おそろしうわづらはしきことをさへ思《(おもふ)》。[三三]しるべの内記《き》は、式部《しきぶ》の少輔なむかけたりける、[三四]いづ方《かた》も〳〵こと〳〵しかるべき官《つかさ》ながら、いとつき〴〵しく引《ひ》き上《あ》げなどしたる姿《すがた》もお《(を)》かしかりけり。

[三五]かしこには、[三六]おはせむとありつれど、かゝる雪《ゆき》にはとうちとけたるに、夜ふけて右近に消息《せうそこ》したり。[三七]あさましうあはれと君《きみ》も思《おも》へり。右近は、[三八]いかになりはて給《(たまふ)》べき御ありさまにかと、かつは苦《くる》しけれど、こよひはつゝ[三九]ましさも忘《わす》れ

二〇 今上帝の女二宮が薫の正夫人。
二一 何一つ不足はないと。
二二 詩文の才も公務の面も、誰にもひけをおとりになるはずはない。
二三 詩の披講がすべて終了して。詩会では、献じられた詩を講師(こうじ)が朗誦して披露する。
二四 匂宮の詩を。
二五 人々はどんな気持でこんな詩作などやってのけるのか。
二六 心もうつろで。
二七 (匂宮は)あの薫の表情からも。
二八 あきれるほどの手段を講じて。
二九 あとから降る雪を待ち受け顔に消え残っている雪が。「白雪の色分きがたき梅が枝に友待つ雪ぞ消え残りたる」(家持集)。前頁二行「梅枝」とも呼応する。
三〇 しだいに。 三一 雪のためにいつもより通いにくい、人跡も稀な細道を分けて行かれる間。「冬ごもり人も通はぬ山里のまれの細道ふたぐ雪かも」(賀茂保憲女集)。
三二 厄介なことが起らねばよいがと恐れ迷惑がる。
三三 案内役の大内記道定は、式部少輔を兼任。
三四 本官も兼官もどちらも当然重々しいはずの官職でありながら、いかにもお供にふさわしく指貫の括りを引き上げなどしている、その不釣合な姿が滑稽だと皮肉る語り手の評。
三五 宇治の八宮。
三六 御来訪の知らせを前以てしておいたが。
三七 何という情愛の深さよ、と浮舟も。
三八 末はどのようになってしまわれる(浮舟の)お身の上かと。破局は避けがたいと予感。
三九 周囲への気兼ねも。

ぬべし、[一]言《い》ひ返《かへ》さむ方《かた》もなければ、[二]おなじやうにむつましくおぼいたる若《わか》き人の、心ざまもあふなからぬを語《かた》らひて、[三]「いみじくわりなきこと。おなじ心にもて隠《かく》したまへ」と[四]言《い》ひてけり。[五]もろともに入《い》れたてまつる。道《みち》のほどに濡《ぬ》れたまへる香《か》の[六]ところせう匂《にほ》ふも、もてわづらひぬべけれど、[七]かの人の御けはひに似せてなむ、もてまぎらはしける。

夜のほどにてたち帰《かへ》り給はんも[八]中〳〵なべければ、[九]こゝの人目《め》もいとつゝましさに、時方《かた》にたばからせたまひて、[一〇]川《かは》よりをちなる人のいゑ《(へ)》に率《ゐ》ておはせむと[一一]構《かま》へたりければ、先立《さきだ》てて遣《つか》はしたりける、夜ふくる程《ほど》にまい《(ゐ)》れり。[一二]「いとよくようゐ《(い)》してさぶらふ」と申さす。こはいかにし給《(たまふ)》ことにかと、右近もいと心あは《(わ)》たゝしければ、[一三]寝《ね》おびれて起《お》きたる心《(ここ)》ちもわなゝかれて、あやし。[一四]童《わらは》べの雪遊《ゆきあそ》びしたるけはひのやうにぞ、震《ふる》ひあがりにける。[一五]「いかでか」なども言《い》ひあへさせ給はず、[一六]かき抱《いだ》きて出《い》で給《(たまひ)》ぬ。右近は[一七]この後見《うしろみ》にとまりて、侍従《じじう》をぞたてまつる。

いとはかなげなるものと、明《あ》け暮《く》れ見出《みい》だすちゐ《(ひ)》さき舟《ふね》に乗《の》り給《(たまひ)》て、[一八]さし渡《わた》り給《(たまふ)》ほど、[一九]遥《はる》かならむ岸《きし》にしも漕《こ》ぎ離《はな》れたらむやうに心ぼそくおぼえて、つと

一　断って帰そうにも帰しようもないので。
二　自分同様に浮舟が親しくお思いの若い侍女で、思慮も浅くない者を。朋輩に打ち明けて加勢を頼む。
三　右近の言。とても困ったことができた。私と同じ気持で秘密にして下さい。
四　ついに打ち明けてしまった。その効果が次の「もろともに…」の表現に直結。
五　右近と侍従と二人で匂宮を。
六　あたり狭しと匂うのも、面倒なことになりそうだが。

29 橘の小島

七　薫の雰囲気に似せてごまかす。両者の薫香の差を他の侍女たちが弁別できないことを暗に示す。
八　(それならば)かえって来ない方がましというもので。
九　邸内の人目も気がねなので。
一〇　宇治川の対岸にある他人の家に連れて。
一一　計画してあったので、予め遣わしておかれた時方が。
一二　時方の言。用意万端整いました。
一三　寝ぼけて起きた気持も震えずにはいられなくて見苦しい。
一四　右近の驚きあわてるさまを戯画的に表現。
一五　(右近に)そんなことはとてもできない、など言うすきもお与えにならず。
一六　浮舟を。以下、浮舟の移動は匂宮の「抱く」行為で一貫する。女を奪う物語に特有の表現。→[一]若紫一九二頁、[三]若菜下三六二頁。
一七　留守番役にとどまって、侍従をお供に。「侍従」は「若き人」(一行)の名。
一八　棹さして向う岸へ。
一九　遥か遠い岸に漕ぎ離れでもしたかのように

つきて抱《いだ》かれたるもいとらうたしとおぼす。二〇有明《ありあけ》の月澄《す》みのぼりて、水《みづ》の面《おもて》もくもりなきに、「二一これなむたち花の小島《こじま》」と申《(まうし)》て、御舟《ふね》しばしさしとゞめたるを見《み》たまへば、大《おほ》きやかなる岩《いは》のさまして、されたる常磐《ときは》木の影《かげ》しげれり。「二二かれ見《み》たまへ。いとはかなけれど、千年《ちとせ》も経《ふ》べき緑《みどり》の深《ふか》さを」とのたまひて、

二三年経《としふ》ともかはらむものか橘《たちばな》の小島《こじま》のさきにちぎる心は

二四女もめづらしからむ道《みち》のやうにおぼえて、

二五たち花の小島《こじま》の色《いろ》はかはらじをこのうき舟《ふね》ぞゆくゑ《(へ)》知《し》られぬ

二六おり《(を)》から人のさまに、お《(を)》かしくのみ何《なに》ごともおぼしなす。

かの岸《きし》にさし着《つ》きて下《お》り給《(たまふ)》に、人に抱《いだ》かせ給はむはいと心ぐるしければ、抱《いだ》きたまひて二七助《たす》けられつゝ入《い》り給《(たまふ)》を、いと見《み》ぐるしく何《なに》人をかくもてさは《(わ)》ぎ給《(たまふ)》らむと二八見《み》たてまつる。時方《かた》がをぢの因幡《いなば》の守《かみ》なるが二九領《らう》ずる荘《さう》にはかなう造《つく》りたるいゑ《(へ)》なりけり。三〇まだいとあら〳〵しきに、三一網代《あじろ》屏風など御覧《らむ》じも知《し》らぬしつらひにて、風《かぜ》もことに三二さはらず、垣《かき》のもとに雪《ゆき》むら消《ぎ》えつゝ、いまもかきくもりて降《ふ》る。

日《ひ》さし出《い》でて軒《のき》の三三垂氷《たるひ》の光《ひか》りあひたるに、三四人の御かたちもまさる心《(ここ)》ちす。宮

心が狭まる感じがして。彼岸浄土への幻想を仮想「む」で、また「心細し」は死の予感を表示。

二〇 明け方西の空にかかる月。陰暦二十日以後の月。夜半に出る。宮中詩会から十日ほど後。

二一 船頭の言。伊勢物語九段の「これなむ都鳥」をふまえた表現。「今もかも咲きにほふらむ橘の小島の崎の山吹の花」(古今集・春下・読人しらず)。

二二 匂宮の言。あれをご覧。なりははかないが、千年も保ちそうな緑の深さですよ。

二三 匂宮の歌。年を経ても変るはずはない、橘の小島の崎で約束する私の心は。橘の緑の深さに永久に変らぬ心の深さをたとえた。

二四 浮舟も、もしすばらしい旅路があるなら、そんな旅路の思いがして。浄土への連想。

二五 浮舟の歌。橘の小島の緑の色は宮のお心として変らないでしょうが、この波に浮ぶ小舟のようにはかない私の身は、行く末を知ることができません。「浮き」「憂き」の掛詞。

二六 折も折、浮舟の様子にも。すべて興趣で理解され、浮舟の不安に宮は気づかない。

二七 供の者に介添えされて対岸の隠れ家へ。

二八 供人たちは。

二九 領有する荘園に手軽に建てた家。

三〇 未完成でひどく粗末な造りだが。

三一 檜の網代で張った屏風。→四椎本三四三頁六行。

三二 防ぎきれず。

三三 つららがどれもきらきら光っているのに映えて。

三四 浮舟の見る匂宮のお顔も。

30 君にぞまどふ

[一]もところせき道《みち》のほどに、軽《かる》らかなるべきほどの御衣《ぞ》どもなり。[二]女も脱《ぬ》ぎすべさせ給《(たまひ)》てしかば、細《ほそ》やかなる姿《すがた》つきいとお《(を)》かしげなり。[三]ひきつくろふこともなくうちとけたるさまを[四]いとはづかしく、まばゆきまできよらなる人にさしむかひたるよと思《おも》へど、[五]紛《まぎ》れむ方《かた》もなし。[六]なつかしきほどなる白《しろ》きかぎりを五つ《いつゝ》ばかり、袖口《そでぐち》、裾《すそ》のほどまでなまめかしく、[七]いろ〳〵にあまた重《かさ》ねたらんよりもお《(を)》かしう着《き》なしたり。[八]常《つね》に見給《み(たまふ)》人とても、かくまでうちとけたる姿《すがた》などは見《み》ならひ給はぬを、[九]かゝるさへぞ、猶《(なほ)》めづらかにお《(を)》かしうおぼされける。

侍従《じじゅう》も、[一〇]いとめやすき若《わか》人なりけり。[一一]これさへかゝるを残《のこ》りなう見《み》るよと、[一二]女君《ぎみ》はいみじと思《(おもふ)》。宮も、「[一三]これは又誰《た》ぞ。[一四]わが名《な》もらすなよ」と口《くち》かため給《(たまふ)》を、いとめでたしと[一五]思《おも》ひきこえたり。こゝの[一六]宿守《やどもり》にて住《す》みける者《もの》、[一七]時方《かた》を主《しう》と思《おも》ひてかしづきありければ、[一八]このおはします遣戸《やりど》を隔《へだ》てゝ、所得顔《ところえがほ》にゐたり。[一九]声《こゑ》ひきしゞめ、かしこまりてもの語《がた》りしをるを、いらへもえせずお《(を)》かしと思《(おもひ)》けり。[二〇]「いとおそろしく占《うらな》ひたる物忌《ものいみ》により、京のうちをさへ避《さ》りてつゝしむなり。ほかの人寄《よ》すな」と言《い》ひたり。

人目《め》も絶《た》えて、心やすく語《かた》らひ暮《く》らし給《(たまふ)》。[二一]かの人《ひと》のものし給へりけむに、か

一 人目を憚る道中だから微行らしい略装。
二 浮舟も(匂宮が)上衣をお脱がせになったので。
三 身なりを整えることもせず気を許している様子を。 四 気恥しいほど美しい匂宮にむき合っているのだと(浮舟は)思うが。
五 身を隠すすべもない。 六 着馴れた白い衣だけを五枚ほど。 七 さまざまな色の袿を何枚も重ねて着るのよりもすてきに着こなしている。
八 (匂宮が)いつもお逢いになる中君や六の君といっても、これほど気を許した装いは見馴れていらっしゃらないが。
九 こんな姿までも、やはり普通と違って魅惑的だと。
一〇 感じのよい若女房。 一一 (右近ばかりか)この侍従までがこんな姿を。
一二 浮舟はつらいと思う。「女君」は侍従と対比した称。 一三 匂宮の言。この女はまた誰か。「又」は右近とは別に、の意。
一四 私の名をうっかり人に言うなよ。「犬上やとこの山なるいさら川いさと答へてわが名漏らすな」(古今六帖五)。
一五 侍従は。 一六 家の番人。
一七 家の持主因幡守の甥である時方を、宿守は一行の主人と思って立ち働く。
一八 匂宮がおいでの部屋の引戸を隔てた隣室で(時方は)得意気な様子で控えている。
一九 (宿守が)声を低くして、恐縮して話しかけるのを。「をる」は、卑下の意をこめてする意。
二〇 時方の言。大変恐ろしいと(陰陽師が)占った物忌によって、京の中までも避けて(こちらで)謹慎しているのだ。
二一 薫が来られた時にも(浮舟が)きっとこのようにうちとけて逢ったのだろうと推察なさって、はげしく恨み言を言われる。

くて見《み》えてむかしとおぼしやりて、いみじくうらみ給《(たまふ)》。[二二]二の宮をいとやむごとなくて持《も》ちたてまつり給へるありさまなども、語《かた》り給《(たまふ)》。[二三]かの耳《みゝ》とゞめたまひし一事《ひと》はのたまひ出《い》でぬぞにくきや。時方《かた》、[二四]御手水《てうづ》、御くだ物など取りつぎてまい《(ゐ)》るを御覧《らむ》じて、[二五]「いみじくかしづかるめる客人《まうらと》の主《ぬし》、[二六]さてな見《み》えそや」と戒《いま》しめ給《(たまふ)》。侍従《じゞう》、色《いろ》めかしき若人《わかうど》の心《(ここ)》ちに、いとおかし《(を)》と思《(おもひ)》て、この[二七]大夫《たいふ》とぞもの語《がた》りして暮《くら》しける。

雪《ゆき》の降《ふ》り積《つも》れるに、[二八]かのわが住《す》む方《かた》を見《み》やりたまへれば、霞《かすみ》の絶《た》え〳〵に梢《こずゑ》ばかり見《み》ゆ。[二九]山は鏡《かゞみ》をかけたるやうにきら〳〵と夕《ゆふ》日にかゝやきたるに、よべ分《わ》け来《こ》し道《みち》のわりなさなど、あはれ多《おほ》う添《そ》へて語《かた》り給《(たまふ)》。

[三〇]「峰《みね》の雪《ゆき》みぎはの氷《こほり》ふみわけて君《きみ》にぞまどふ道《みち》はまどはず

[三一]木《こ》幡《はた》の里《さと》に馬《むま》はあれど」など、[三二]あやしき硯《すゞり》召《め》し出《い》でて、手《て》習《なら》ひ給《(たまふ)》。

[三三]降《ふ》りみだれみぎはにこほる雪《ゆき》よりも中空《なかぞら》にてぞわれは消《け》ぬべき

と書《か》き消《け》ちたり。[三四]この「中空《ぞら》」をとがめ給《(たまふ)》。[三五]げにくゝも書《か》きてけるかなと、はづかしくて引《ひ》き破《や》りつ。さらでだに見《み》るかひある御ありさまを、いよ〳〵あはれにいみじと人[三六]の心にしめられんと尽《つ》くし給《(たまふ)》言《こと》の葉《は》、けしき言《い》はむ方《かた》なし。

二二 (薫が)女二宮を正室として大切にされている様子なども。浮舟に離反の気持を促す。
二三 あの詩会の夜、匂宮の耳に止った薫の一言(「衣かたしき」の歌句)はお話しにならないのが憎らしいよ。自分に都合の悪いことは隠すずるさを非難した語り手の評。
二四 角盥《(つのだらい)》に入れた洗面の水や、果実などの軽食。 二五 匂宮の言。ひどく大事にされているらしい客人のお主よ。「ぬし」は軽い敬称で、時方を冷やかした言い方。
二六 そんな(下種めいた)仕事をして正体を見破られるなよ。 二七 時方。主人と従者とがそれぞれ恋人を見つけて楽しむ趣向。㊀夕顔巻の源氏と夕顔、惟光と侍女の類。
二八 (匂宮は)あの自分が住む京の方角をはるか眺めなさると。
二九 「雪深き山を月の明きに見渡したる心地しつつ、きらきらとそこはかと見わたされず、鏡をかけたるやうなり」(紫式部日記)。→㊃総角四六二頁七行。
三〇 匂宮の歌。峰の雪や汀《(みぎわ)》の氷を踏み分けて道は迷わずに来たのにあなたにすっかり迷ってしまった。
三一 「山科の木幡の里に馬はあれどかちよりぞ来る君を思へば」(拾遺集・雑恋・柿本人麿)。下句の意を生かした。 三二 粗末な。
三三 浮舟の歌。降り乱れて汀に氷る雪よりもはかなく、私は空の中途できっと消えてしまうでしょう。→㊀夕顔一一九頁二行。
三四 浮舟の書いた歌の「中空」とあるのを見咎めなさる。匂宮と薫との間で、と理解したため。
三五 なるほど憎い歌を書いてしまったよと。
三六 浮舟の心に思いこまれようと尽力なさる言葉や態度は。

[一]御物忌《ものいみ》、二日《ふつか》とたばかり給へれば、心のどかなるまゝに、かたみにあはれとのみ深《ふか》くおぼしまさる。右近は、よろづに例《れい》の言《い》ひ紛《まぎら》はして、[二]御衣《ぞ》などたてまつりたり。けふは乱《みだ》れたる髪《かみ》すこし梳《けづ》らせて、[三]濃《こ》き衣《ゝぬ》に紅梅《こうばい》のを《(お)》り物など、[四]あはひお《(を)》かしく着《き》かへてゐたまへり。侍従《じじゆう》もあやしき[五]褶《しびらき》着たりしを、[六]あざやぎたれば、その裳をとり給て、君に着せ給て、御手水まゐらせ給。姫宮にこれをたてまつりたらば、いみじきものにし給《(たまひ)》てむかし、[九]いとやむごとなき際《ゝは》の人多《おほ》かれど、かばかりのさましたるはかたくやと見《み》給《(たまふ)》。[一〇]かたはなるまで遊《あそ》びたはぶれつゝ暮《くら》したまふ。[一一]忍《しの》びて率《ゐ》て隠《かく》してむことをかへすがへすの給《(たまふ)》。[一二]そのほど、かの人に見《み》えたらばと、いみじきことどもを誓《ちか》はせたまへば、[一三]いとわりなきことと思《ゝ(おもひ)》ていらへもやらず、涙《なみだ》さへ落《お》つるけしき、[一四]さらに目《め》の前《まへ》にだに思《(おもひ)》移《うつ》らぬなめり、と胸《むね》いたうおぼさる。[一五]うらみても泣《な》きても、よろづの給《(たまひ)》明《あ》かして、夜深《ふか》く率《ゐ》て帰《かへ》り給《(たまふ)》。[一六]例《れい》の、抱《いだ》き給《(たまふ)》。[一七]「いみじくおぼすめる人は、かうはよもあらじよ。見知《みし》り給《(たまひ)》たりや」との給へば、[一八]げにと思《(おもひ)》てうなづきてゐたる、いとらうたげなり。右近、妻戸《つまど》放《はな》ちて入《い》れたてまつる。[一九]やがて、これより別《わか》れて出《い》で給《(たまふ)》も、飽《あ》かずいみじとおぼさる。

31 別れの日

一 (匂宮の)御物忌は二日間と(京へも)とりつくろっておいでなので。 二 浮舟に着換えの衣装などを。
三 濃い紫の袿(うちき)に、紅梅の織物の表着。
四 色の調和を趣あるように美しく。
五 女子の日常着の腰の周囲にまとった短い裳。上裳(うわも)とも(女官飾抄)。次行「その裳を」とある。→[一]夕顔一〇六頁注六。
六 目立ったので。印象鮮明なさま。
七 浮舟に(その褶を)お着せになり、宮のご洗面のお世話をおさせになる。侍女としての扱い。
八 匂宮の心内。女一宮に浮舟を差上げたなら、大事な侍女として取扱われるに違いない。
九 (女一宮の側には)大層身分の高い人の娘は多いが。→[四]総角四四三頁二行。 一〇 見苦しいほど。 一一 →二一二頁三行、二一八頁五行。
一二 その間、薫に逢っていたら(許さない)と、種々ひどいことを(浮舟に)お誓わせになるので。
一三 それは無理なことだと思って。
一四 匂宮の心内。いくら目の前に自分がいても(薫から)まったく心を移そうとしないようだ。
一五 「恨みても泣きても言はむかたぞなき鏡に見ゆる影ならずして」(古今集・恋五・藤原興風)。
一六 →二一二頁注一六。
一七 匂宮の言。あなたが大事に思われるらしい人は、まさかこれほど愛してはいまいよ。薫への嫉妬から出たいやみ。
一八 なるほどと思ってうなずいている浮舟。夕顔の性格に似る。→[一]夕顔一一五頁四行。
一九 (匂宮は)そのまま、ここから浮舟に別れて。
二〇 (匂宮は)こうした忍び歩きの帰りは、やはり二条院に。気楽な自邸を選ぶ。
二一 食事などは全く召上らず。
二二 帝をはじめどちらでも。

二〇かやうの帰《かへ》さは、猶《(なほ)》二条にぞおはします。いとなやましうし給《(たまひ)》て、二一ものなど絶《た》えてきこしめさず、日《ひ》を経《へ》て青《あを》み痩《や》せ給《(たまふ)》。御けしきも変《か》はるを、二二内《うち》にもいづくにも思《おも》ほし嘆《なげ》くに、いとゞ二三ものさは《(わ)》がしくて、二四御文《ふみ》だにこまかには書《か》きたまはず。

二五かしこにも、かのさかしき乳母《めのと》、むすめの子生《う》む所に出《い》でたりける、帰《かへ》り来《き》にければ、二六心やすくもえ見《み》ず。かくあやしき住《す》まひを、たゞかの二七殿のもてなし給はむさまをゆかしく待《ま》つことにて、母君《はゝぎみ》も思《おも》ひ慰《なぐさ》めたるに、二八忍《しの》びたるさまながらも、近《ちか》く渡《わた》してんことをおぼしなりにければ、二九いとめやすくうれしかるべきことに思《(おもひ)》て、やう〳〵三〇人もとめ、童《わらは》のめやすきなど迎《むか》へてを《(お)》こせ給《(たまふ)》。三一わが心にも三二それこそはあるべきことにはじめより待《ま》ちわたれとは思《おも》ひながら、三三あながちなる人の御《おほむ》ことを思《(おもひ)》出《い》づるに、うらみたまひしさま、のたまひしことどもも三四面影《おもかげ》につと添《そ》ひて、三五いさゝかまどろめば、夢《ゆめ》に見《み》え給《(たまひ)》つゝ、いとうたてあるまでおぼゆ。

三六雨降《あめふ》りやまで日《ひ》ごろ多《おほ》くなるころ、三七いとゞ山地《(やまぢ)》おぼし絶《た》えてわりなくおぼされければ、三八親《おや》のかふこは所せきものにこそ、とおぼすも三九かたじけなし。尽《つ》きせ

32 帰京後、匂宮病臥

二二 見舞客や加持祈禱などで。

二四 浮舟への。

二五 宇治。　二六 浮舟は、匂宮の手紙を。

二七 薫がどう待遇なさるのかそれを心待ちにして。　二八 表だった扱いではないものの、薫は浮舟を自邸近くに移してしまおうと。↓一九一頁一五行、二一八頁二行。

二九 (母君は)それなら大変世間体もよいし歓迎すべきことだと。

三〇 次々と侍女をさがし、小ぎれいな童女などを雇い入れて(宇治へ)寄こされる。

三一 以下、浮舟の心内。自分の気持としても。

三二 それこそそうあってほしいと最初から待ち続けていたのに。

三三 無理強いする匂宮。

三四 幻影となってじっと(浮舟に)つき添い。

三五 少しうとうとすると(匂宮が)何度も夢に現れなさって。「思ひつつぬればや人の見えつらむ夢と知りせばさめざらましを」(古今集・恋二・小野小町)。

三六 長雨の降る晩春三月の頃。

三七 ますます山路を越えて宇治へ行くのも断念されて(匂宮は)たまらなく切ない思いになられて。「衾路(ふすまぢ)を引手の山に妹を置きて山路を行けば生けりともなし」(万葉集二・二一二・柿本人麿)。古今六帖四では、第四句「山辺を見れば」。

三八 親に大事にされる子は窮屈なものだ。「たらちねの親のかふ蚕(こ)の繭ごもりいぶせくもあるか妹に逢はずして」(拾遺集・恋四・柿本人麿)。「かふこ」の「子」と「蚕」の掛詞。　三九 匂宮の両親、帝・中宮に対して畏れ多い。語り手の評。

33 匂宮の文に浮舟悩む

ぬことども書《か》き給《(たまひ)》て、

[一]ながめやるそなたの雲《くも》も見《み》えぬまで空《そら》さへくるゝころのわびしさ

[二]筆《ふで》にまかせて書《か》き乱《みだ》り給へるしも、見所《み》ありおかしげなり。[三]ことにいとを《(お)》もくなどはあらぬ若《わか》き心《(ここ)》ちに、[四]いとかゝる心を思《おも》ひもまさりぬべけれど、[五]はじめより契《ちぎ》り給《(たまひ)》しさまも、さすがにかれは猶《(なほ)》いとものの深《ふか》う人がらのめでたきなども、[六]世中《(よのなか)》を知《し》りにしはじめなればにや、[七]かゝるうきこと聞《き》きつけて思《(おもひ)》うとみ給《(たまひ)》なむ世《よ》にはいかでかあらむ、[八]いつしかと思《おも》ひまどふ親《おや》にも、[九]思《おも》はずに心づきなしとこそはもてわづらはれめ、[一〇]かく心焦《い》られし給《(たまふ)》人はた、いとあだなる御心本《(ほん)》上《(じやう)》とのみ聞《き》きしかば、[一一]かゝるほどこそあらめ、[一二]又かうながらも京にも隠《かく》し据《す》へ《(ゑ)》給ひ、ながらへてもおぼし数《かず》まへむにつけては、[一三]かの上《うへ》のおぼさむこと、[一四]よろづ隠《かく》れなき世《よ》なりければ、[一五]あやしかりし夕暮《ゆふぐ》れのしるべばかりにだに、かう尋《たづ》ね出《い》で給《(たまふ)》めり、ましてわがありさまのともかくもあらむを[一六]聞《き》き給はぬやうはありなんやと[一七]思《(おもひ)》たどるに、[一八]わが心もきずありてかの人にうとまれたてまつらむ、猶《(なほ)》いみじかるべし、と思《おも》ひ乱《みだ》るゝお《(を)》りしも、[一九]かの殿より御使《つかひ》あり。

[二〇]これかれと見《み》るもいとうたてあれば、なを《(ほ)》[二一]言多《ことおほ》かりつるを見《み》つゝ臥《ふ》したまへ

一 匂宮の歌。あなたを思って眺めやる宇治の方の雲も見えないまでに、わが心ばかりか空までも暗くなる頃の心細さよ。「眺め」と「長雨」の掛詞。
二 奔放な散らし書きが、かえってすてき。
三 格別に思慮深いというのでもない若い浮舟の心には。
四 以下、浮舟の心内。匂宮にひかれる気持はますます思いも深まるだろうが。
五 薫と。
六 初めて知った男性であるせいか。挿入句。
七 こういういやな事を聞きつけて、私をお嫌いになられたら、その時にはどう生きていけよう。
八 早く薫に迎えられてほしいと。
九 期待はずれで気にくわないと。
一〇 こんなに恋い焦がれておいでの方(匂宮)は。
一一 熱中しているうちはともかく。
一二 このままで私を京にかくまっておかれて、末長く人並に愛して下さるなら、それにつけても。
一三 中君が何とお思いか。
一四 万事は隠し通せぬ世の中なのだから。
一五 不思議だったあの夕暮の出会い(東屋一五五頁)程度のことでも、こうして捜し出されるようだ。
一六 薫が。
一七 それからそれへと考えてくると。
一八 われながら過失があるので、あの薫に嫌われ申したら、やはり辛いことだろう。
一九 薫。
二〇 匂宮と薫の手紙を。
二一 言葉が多く綴られた匂宮の手紙を。
二二 やはり(浮舟の心は匂宮に)移ったのだとい

れば、侍従《じじゆう》、右近見合《みあ》はせて、猶《(なほ)》[二二]移《うつ》りにけりなど、言《い》はぬやうにて言《い》ふ。「こ[二三]とわりぞかし。殿[二四]の御かたちをたぐひおはしまさじと見《み》しかど、この[二五]御ありさまはいみじかりけり。[二六]うち乱《みだ》れたまへるあい行《(ぎやう)》よ。[二七]まろならば、かばかりの御思《(おもひ)》を見《み》る〳〵、えかくてあらじ。后《きさい》[二八]の宮にもまい《(ゐ)》りて、常《つね》に見《み》たてまつりてむ」と言《い》ふ。右近、「[二九]うしろめたの御心のほどや。[三〇]殿の御ありさまにまさり給《(たまふ)》人は誰《たれ》かあらむ。[三一]かたちなどは知《し》らず、御心ばへけはひなどよ。猶《(なほ)》[三二]この御ことはいと見《み》ぐるしきわざかな。いかゞならせ給はむとすらむ」と、二人《ふたり》して語《かた》らふ。[三三]心ひとつに思《(おもひ)》しよりは、そらごともたより出《い》で来《き》にけり。

[三四]後《のち》の御文《ふみ》には、

思《(おもひ)》ながら日《ひ》ごろになること。時〳〵は[三五]それよりもおどろかい給はんこそ思《(おもふ)》さまならめ、を《(お)》[三六]ろかなるにやは。

など、[三七]端書《はしがき》に、

[三八]水《みづ》まさるをちの里《さと》人いかならむ晴《は》れぬながめにかきくらすころ

常《つね》よりも、思《おも》ひやりきこゆることまさりてなん。

と、[三九]白《しろ》き色紙《しきし》にて立文《たてぶみ》なり。御手《て》もこまかにお《(を)》かしげならねど、[四〇]書《か》きざまゆへ《(ゑ)》

う気持を目顔でうなずきあう。

二三 侍従の言。それは当然なことですよ。

二四 薫のご容貌を。

二五 匂宮の。

二六 うち解けて冗談をおっしゃる魅力よ。

二七 私ならこれほどのお気持を知りながら、このままじっとしてはいられまい。

二八 明石中宮にお仕えして、いつも匂宮にお逢いしていたい。

二九 油断もできないお気持の方ね。底本「うしろめてたの」、他本で訂す。

三〇 薫。右近は薫を絶賛。

三一 容貌はともかく、(薫の)ご気性や雰囲気よ。

三二 匂宮との関係。

三三 右近一人で苦慮していた時よりは、嘘をつくにも(侍従という)仲間ができたのであった。

三四 後から来た薫の手紙。

三五 そちらからもお便り下されば申し分ないのですが。

三六 (あなたを)粗略に思ってはおりません。

34 薫の文を見る

三七 一般に文書や手紙の本文の始まる前の位置に書きつけた記事。末尾に記す奥書《(おくがき)》に対していうが、末尾に記すこともある。

三八 薫の歌。長雨で晴れ晴れしない物思いに心も暗いこの頃、川水も増す遠い宇治の里のあなたは、いったいどうお過ごしですか。「長雨」と「眺め」、「をち」に遠方と宇治にある地名を掛ける。→四椎本三四二頁注二〇。

三九 白い料紙も立文(書状を包み紙に縦長に包んだもの)も儀礼的な書状に用い、恋文らしくない。

四〇 書風は由緒ありげに見える。

くしく見《み》ゆ。[一]宮はいと多《おほ》かるを、ちゐ《（ひ）》さく結《むす》びなしたまへる、さま〴〵お《（を）》かし。「[二]まづかれを、人見《み》ぬほどに」と聞《き》こゆ。「[三]けふはえ聞《き》こゆまじ」と、はぢらひて手習《ならひ》に、

[四]里《さと》の名《な》をわが身《み》に知《し》れば山城《しろ》の宇治《うぢ》のわたりぞいとゞ住《す》みうき

宮のかき給へりし絵《ゑ》を、時〴〵見《み》て泣《な》かれけり。[五]ながらへてあるまじきことぞと、とさまかうざまに思《おも》ひなせど、[六]ほかに絶《た》えこもりてやみなむは[七]いとあはれにおぼゆべし。

「[八]かきくらし晴《は》れせぬ峰《みね》のあま雲《ぐも》に浮《う》きて世《よ》をふる身《み》ともなさばや

[九]まじりなば」と聞《き》こえたるを、宮はよゝと泣《な》かれ給《（たまふ）》。[一〇]さりとも、恋《こひ》しと思《（おもふ）》らむかしとおぼしやるにも、[一一]もの思《（おもひ）》てゐたらむさまのみ面影《おもかげ》に見《み》え給《（たまふ）》。

[一二]まめ人はのどかに見《み》給《（たまひ）》つゝ、あはれ、いかにながむらむと思《（おもひ）》やりて、いと恋《こひ》し。

[一三]つれ〴〵と身《み》をしる雨《あめ》のをやまねば袖《そで》さへいとゞみかさまさりて

とあるを、うちもお《（お）》かず見《み》給《（たまふ）》。

[一四]女宮にもの語《がた》りなど聞《き》こえ給《（たまひ）》てのついでに、「[一五]なめしともやおぼさんとつゝ

一 匂宮は大層多くの言葉を書き連ねた書面を、小さく結び文に仕立てておいでだが。結び文は恋文の体。 二 右近(または侍従)の言。まず匂宮へのお返事を、人目につかぬうちに。 三 浮舟の言。今日はとてもご返事できません。

四 浮舟の歌。宇治という里の名の「う(憂)」に、わが身の上を深く感じているので、このあたりはこれまで以上に住みづらいのです。

五 匂宮との仲は長く続くはずはないと、あれやこれや思案するが。 六 他所に引き籠って匂宮との仲を絶つとしたら。 七 浮舟の執心を評する語り手の言。

35 二人に返歌

八 浮舟の歌。真暗になって晴れもしない峰に漂う雨雲に、どちらとも定めなく世を過ごすこの身をなしたいものよ。「雨雲」に「尼」を掛け、出家願望をいうという説、また火葬の煙を寓するという説もある。 九 雨雲の中に分け入ってしまったなら(生き長らえても逢うことはできません)。「ほととぎす峰の雲にやまじりにしありとは聞けど見るよしもなき」(古今集・物名・平篤行)。 一〇 匂宮の心内。たとえ雨雲に分け入っても。一一 (浮舟が)物思いに沈んでいるらしい姿だけが幻影として。

一二 律義者の薫。

一三 浮舟の歌。憂き身を知る雨がつれづれと止むことなく降るので、川の水かさが増すばかりか、袖までもがますます涙でぬれてしまうのです。「つれづれのながめにまさる涙川袖のみ濡れて逢ふよしもなし」(古今集・恋三・藤原敏行)。「かずかずに思ひ思はず問ひがたみ身を知る雨は降りぞまされる」(古今集・恋四・在原業平)。両歌は共に伊勢物語一〇七段にもある。

36 薫、女二宮に語る

一四 薫の正室女二宮。 一五 薫の言。失礼なとお

ましながら、[一六]さすがに年経《としへ》ぬる人の侍《(はべる)》を、[一七]あやしき所に捨《す》てをき《(お)》て、[一八]いみじくもの思《(おもふ)》なるが心ぐるしさに、近《ちか》う呼《よ》び寄《よ》せてと思《(おもひ)》はべる。むかしより[一九]異《こと》やうなる心ばへ侍りし身にて、世中《(よのなか)》をすべて[二〇]例《れい》の人ならで過《す》ぐしてんとおもひはべりしを、かく[二一]見《み》たてまつるにつけてひたふるにも捨《す》てがたければ、[二二]ありと人にも知《し》らせざりし人の上《うへ》さへ、心ぐるしう罪得《つみえ》ぬべき心《(ここ)》ちしてなむ」と聞《き》こえたまへば、[二三]「いかなることに心をく《(お)》ものとも知《し》らぬを」といらへ給《(たまふ)》。[二四]「内になど、あしざまに聞《き》こしめさする人や侍らむ。世《よ》の人のもの言《い》ひぞ、[二五]いとあぢきなくけしからずはべるや。されど、[二六]それはさばかりの数《かず》にだに侍《(はべる)》まじ」など聞《き》こえ給《(たまふ)》。

[二七]造《つく》りたる所に渡《わた》してむとおぼし立《た》つに、[二八]「かゝる料《れう》なりけり」など、はなやかに言《い》ひなす人やあらむなど苦《くる》しければ、いと忍《しの》びて[二九]障子《さうじ》張《は》らすべきことなど、[三〇]人しもこそあれ、[三一]この内記《ないき》が知《し》る人の親《おや》、大蔵大輔《おほくらのたいふ》なる者《もの》に、むつましく心やすきまゝに[三二]のたまひつけたりければ、[三三]聞《き》きつぎて、宮には隠《かく》れなく聞《き》こえけり。[三四]「絵師《ゑし》どもなども、[三五]御随身《ずいじん》どもの中にあるむつましき殿人《(とのびと)》などを選《え》りて、[三六]さすがにわざとなむせさせ給《(たまふ)》」と申すに、[三七]いとゞおぼしさはぎ《(わ)》て、わが御乳母《めのと》の

思いかと恐縮なのですが。
一六 とはいえ(私にも)長年関わりのある者がおりまして。女二宮との結婚は一年以上前、浮舟を宇治に置いたのは半年前。逆転させて言い繕う。 一七 宇治をぼかして言う。 一八 ひどく嘆いていると聞くのが気の毒で。「なる」は伝聞、他人事のような口ぶり。 一九 普通と違う考えがございました身なので。 二〇 人並みでなく過ごしたいと。独身の世捨人で。 二一 ご一緒申し上げるにつけて一途にも世を捨てがたいので。
二二 (その上に隠した女が)いると誰にも知らせなかった人のことまでが、いたわしく罪を得てしまいそうな気持がして。身分の低い女を放置した罪を償いたい、が浮舟を引取る理由。
二三 女二宮の言。どんなことに心遣いしたらよいのか分らないので(どうぞよいように)。
二四 薫の言。帝になど、(私のことを)悪しざまにお聞かせ申す人が。 二五 実につまらぬけしからんものですよ。 二六 その女(浮舟)はそれほどの大した存在でもございますまい。
二七 薫が新築した邸。 二八 さては女を迎えるための家だったのか。 二九 今の襖《(ふすま)》。

37 薫の計画、匂宮知る

三〇 他に人もあろうに。
三一 この大内記の妻の父で、大蔵大輔である者(仲信)。大蔵省の次官、正五位下相当。
三二 薫が仰せつけたので。
三三 聞き伝えて。大蔵大輔→娘→大内記→匂宮と話が伝わる。 三四 内記の言。
三五 近衛府の官人で、上皇・摂関・大臣・大将などの警護に当る。絵師や楽師も特技をもって配属され、権門の用を勧めた。
三六 「いと忍びて」とはいえ念入りに。
三七 (匂宮は)いよいよあわてられて。

とを《(ほ)》き受領《ずらう》の妻《め》にて下《くだ》るいゑ《(へ)》、[一]下《しも》つ方《かた》にあるを、「[二]いと忍《しの》びたる人、しばし隠《かく》いたらむ」と語《かた》らひ給《(たまひ)》ければ、いかなる人にかはと思《おも》へど、[三]大事《だいじ》とおぼしたるにかたじけなければ、「[四]さらば」と聞《き》こえけり。[五]これをまうけ給《(たまひ)》て、すこし御心のどめ給《(たまふ)》。[六]この月のつごもり方《がた》に下《くだ》るべければ、[七]やがてその日《ひ》渡《わた》さむとおぼし構《かま》ふ。「[八]かくなむ思《おも》ふ。ゆめ〳〵」と言《い》ひやり給《(たまひ)》つゝ、[九]おはしまさんことはいとわりなくあるうちにも、[一〇]こゝにも乳母《めのと》のいとさがしければ、かたかるべきよしを聞《き》こゆ。

[一一]大将殿は、四《う》月の十日となん定《さだ》めたまへりける。[一二]さそふ水《みづ》あらばとは思《おも》はず、いとあやしくいかにしなすべき身《み》にかあらむと浮《う》きたる心《(ここ)》ちのみすれば、[一三]母《はゝ》の御もとにしばし渡《わた》りて思《おも》ひめぐらすほどあらんとおぼせど、[一四]少将の妻《め》、[一五]子生《こう》むべきほど近《ちか》くなりぬとて、[一六]すほう《(ふ)》、読《ど》経などひまなく騒《さわ》げば、石山《いし》にもえ[一七]出《い》で立《た》つまじ、[一八]母《はゝ》ぞこち渡《わた》りたまへる。乳母《めのと》出《い》で来《き》て、「[一九]殿より、人〳〵の装束《さうぞく》などもこまかにおぼしやりてなん。いかできよげに何《なに》ごともとおもふ《(う)》たまふれど、[二〇]まゝが心ひとつには、あやしくのみぞし出《い》で侍らむかし」など言《い》ひさは《(わ)》ぐが、心《(ここ)》ちよげなるを見《み》給《(たまふ)》にも、[二一]君《きみ》は、けしからぬことど《ゝ》もの出《い》で来《き》て、人笑《わら》へな

一 下京。 二 匂宮の言。ごく内密の女を、暫時かくまいたい。
三 (匂宮が)重大事とお思いなので(お断りしては)恐れ多いから。
四 受領の言。
五 (匂宮は)この隠れ家をご用意なさって一安心。
六 三月末ごろ下向の予定。
七 すぐにその日に(浮舟をその家に)移そうとご計画なさる。
八 匂宮の言。こうしようと思っている。決して人に気づかれぬように。
九 ご自身が宇治へ行かれるのはとても無理な中でも。
一〇 宇治でも乳母がとてもやかましいので(浮舟の上京は)きっとむつかしいに違いない旨を。

38 母君、宇治に来る

一一 薫は、浮舟を京に迎える日取りを。
一二 (浮舟は)誘う人がいればどこへでもという気になれず。「わびぬれば身をうき草の根を絶えて誘ふ水あらばいなむとぞ思ふ」(古今集・雑下・小野小町)。
一三 母(中将君)の許に暫く出かけて、思案する間そこにいたいと。
一四 左近少将の妻で浮舟の異父妹。↓東屋一三四頁。 一五 出産間近。昨年八月に結婚。↓東屋一三九頁。
一六 修法(祈禱)や読経など、休む暇なく大騒ぎなので。
一七 出かけることもできまい、それで。
一八 浮舟のもとに。
一九 乳母の言。殿(薫)から、侍女達の着る物など、こまごまとお心遣い下さってね。
二〇 乳母の考え一つだけでは、みすぼらしい事しかできませんでしょうね。

らば、誰《たれ》も〳〵いかに思《おも》はん、[二二]あやにくにのたまふ人はた、[二三]八重《やへ》たつ山にこもるともかならず尋《たづ》ねて、[二四]われも人もいたづらになりぬべし、なを《(ほ)》心やすく隠《かく》れなむことを思《おも》へと、[二五]けふもの給へるをいかにせむ、と心《(ここ)》ちあしくて臥《ふ》し給へり。「[二六]などかか《ゝ》く例《れい》ならずいたく青《あを》み瘦《や》せたまへる」と驚《おどろ》き給《(たまふ)》。「[二七]日《ひ》ごろあやしくのみなむ。はかなき物もきこしめさず、なやましげにせさせ給《(たまふ)》」と言《い》へば、あやしきことかな、物のけなどにやあらむと、「[二八]いかなる御心《(ここ)》ちぞと思《おも》へど、石《いし》山とまりたまひにきかし」と言《い》ふも、[二九]かたわ《(は)》らいたければ、伏目《ふしめ》なり。

暮《く》れて月いと明《あ》かし。[三〇]有明《ありあけ》の空《そら》を思《おも》ひ出《い》づる涙《なみだ》のいととめがたきは、いとけしからぬ心かなと思《おも》ふ。母《はゝ》君、昔《むかし》物語《がた》りなどして、[三一]あなたの尼君《あまぎみ》呼《よ》び出《い》でて《ゝ》、[三二]故《こ》姫《ひめ》君の御ありさま、心ふかくおはして、[三三]さるべきこともおぼし入《い》れたりしほどに、目《め》に見《み》す〳〵消《き》え入《い》り給《(たまひ)》にしことなど語《かた》る。「[三四]おはしまさましかば、宮の上《うへ》などのやうに聞《き》こえ通《かよ》ひ給《(たまひ)》て、心ぼそかりし御ありさまどもの、いとこよなき御幸《さいは(ひ)》ゐにぞ侍らましかし」と言《い》ふにも、[三五]わがむすめは異人《こと》かは、[三六]思《おも》ふやうなる宿世《すくせ》のおはしはてば劣《おと》らじを、など思《おも》ひつゞけて、「[三七]世《よ》とと《ゝ》もに、この君につけては、物をのみ思《おも》ひ乱《みだ》れしけしきのすこしうちゆるひて、[三八]かくて渡《わた》り

二二 浮舟は。以下、心内。
二三 無理なことをおっしゃる匂宮はやはり。
二三 浮舟がたとえ奥山に隠れようとも。「ここやいづこあなおぼつかな白雲の八重立つ山を越えて来にけり」(古今六帖一・雲)。
二四 私(浮舟)も匂宮も。
二五 匂宮から今日も手紙が届いた趣。
二六 母君の言。
二七 乳母の言。近ごろは具合がいつもおかしくて。
二八 母君の言。どんなご気分かと思うが、石山寺参詣も取止められてしまったのですよ。
二九 (浮舟は)いたたまれない思い。
三〇 匂宮に抱かれて川を渡った夜(二二三頁)を回想。

39 母君、弁の尼と語る

三一 廊に離れて住む弁尼。
三二 亡き大君。
三三 姉として匂宮と中君の結婚問題に苦慮したこと。
三四 尼君の言。大君がもし生きておられたら、中君同様、ご姉妹で文通なさって、心細かったご生活もこの上ないしあわせとなられましたでしょうに。
三五 わが娘(浮舟)はご姉妹と他人なものか。浮舟が疎外された印象を受けたために反発。
三六 思い通りの幸運が最後まで続けば、大君や中君に劣るまいに。
三七 母君の言。何かにつけて常々、浮舟のことでは心配ばかりしてきたが、少し気楽になって。
三八 こうして浮舟が京にお移りになられるようなので、この宇治に参上することは、今後はとくに思い立つこともございますまい。弁尼への反感の気合を含んだ言い方。

たまひぬべかめれば、こゝにまい《(ゐ)》り来《く》ること、かならずしもことさらにはえ思《おも》ひたち侍らじ。かゝる対面《たいめん》のおり《(を)》〳〵に、[一]むかしのことも心のどかに聞《き》こえうけ給はらまほしけれ」など語《かた》らふ。「[二]ゆゝしき身《み》とのみ思《おも(う)》ふ給へしみにしかば、[三]こまやかに見《み》えたてまつりきこえさせむも何《なに》かはと、つゝましくて過《す》ぐし侍りつるを、[四]うち捨《す》てて渡《わた》らせ給《(たまひ)》なば、いと心ぼそくなむ侍るべけれど、かゝる御住《す》まひは心もとなくのみ見たてまつるを、[五]うれしくも侍るべかなるかな。世《よ》に知《し》らず重《おも》〳〵しくおはしますべかめる[六]殿の御ありさまにて、[七]かく尋《たづ》ねきこえさせ給《(たまひ)》しもおぼろけならじときこえを《(お)》き侍りにし、[八]浮《う》きたることにやははべりける」など言《い》ふ。「[九]後《のち》は知《し》らねど、たゞいまはかく[一〇]おぼし離《はな》れぬさまにの給《(たまふ)》につけても、[一一]たゞ御しるべをなむ思《おも》ひ出《い》できこゆる。[一二]宮の上《うへ》のかたじけなくあはれにおぼしたりしも、[一三]つゝましきことなどのを《(お)》のづから侍りしかば、[一四]中空《なかぞら》に、ところせき御身《み》なりと思《おも》ひ嘆《なげ》き侍りて」と言《い》ふ。尼《あま》君うち笑《わら》ひて、「[一五]この宮のいとさわがしきまで色《いろ》におはしますなれば、[一六]心ばせあらん若《わか》き人さぶらひにくげになむ。[一七]大方《おほかた》はいとめでたき御ありさまなれど、[一八]さる筋《すぢ》のことにて、[一九]上《うへ》のなめしとおぼさむなむわりなきと、[二〇]大輔《たいふ》がむすめの語《かた》り侍りし」と言《い》ふにも、[二一]さり

一　今日聞いた昔の大君・中君のこともその折にゆっくりと。
二　尼君の言。私はもう忌わしい尼の身とばかり思いこんでいたので。
三　ねんごろに(浮舟に)お目にかかってお話申すのもいかがと、遠慮して過ごしておりましたが。
四　(浮舟が)私を宇治に残して京に。
五　(ご上京となれば)こんなうれしいことはございません。
六　薫。
七　こうして(浮舟を)お尋ねなされたことも、並々のお気持ではあるまいと、以前申し上げておきましたが。
八　根も葉もないことではございませんでした。浮舟を京に迎えるという事実が何よりの証拠と胸を張る。
九　母君の言。
一〇　薫が浮舟を見捨てない態度で。
一一　ただもうあなた様のお引合せのお陰と。弁の仲介に感謝する。
一二　中君が勿体なくも(浮舟を)かわいくお思い下さったのも。
一三　他言を憚ることなどがつい起りましたので。
一四　どっちつかずの、身の置き所もない御身の上だと。
一五　尼君の言。匂宮はうるさいほど女好きで。
一六　分別のある若い侍女は。
一七　一般のことでは。
一八　好色の面について。
一九　中君が無礼だとお思いになったら、それは困ったこと。
二〇　中君の侍女。その娘が右近。浮舟づきの右近とは別人。
二一　浮舟の心内。侍女でさえその通り、まして

や、まして君《きみ》は聞《きゝ》き臥《ふ》し給へり。

「[二二]あなむくつけや。[二三]みかどの御むすめを持《も》ちたてまつりたまへる人なれど、[二四]よそ〳〵にてあしくもよくもあらむはいかゞはせむと、[二五]おほけなく思《おも》ひなし侍る。[二六]よからぬことを引《ひ》き出《い》でたまへらましかば、すべて身《み》にはかなしく、いみじと思《おも》ひきこゆとも、又見《み》たてまつらざらまし」など言《い》ひかはすことどもに、[二七]いとゞ心肝《ぎもゝ》もつぶれぬ。[二八]猶《(なほ)》わが身《み》を失《うしな》ひてばや、つゐ《(ひ)》に聞《きゝ》きにくきことは出《い》で来《き》なむと思《おも》ひつゞくるに、[二九]この水《みづ》のを《(お)》とのおそろしげに響《ひゞ》きてゆくを、「[三〇]かゝらぬ流《なが》れもありかし。世《よ》に似《ゝ》ず荒《あら》ましきところに、年《とし》月を過《す》ぐしたまふを、[三一]あはれとおぼしぬべきわざになむ」など母君《はゝぎみ》[三二]したり顔《がほ》に言《い》ひゐたり。むかしよりこの川《かは》のはやくおそろしきことを言《い》ひて、「[三三]さいつころ、渡《わた》し守《もり》が孫《むまご》の童《わらは》、[三四]棹《さを》さしはづしてを《(お)》ち入《い》り侍りにける。すべて[三五]いたづらになる人多《おほ》かる水にはべり」と、人々《ひと》〴〵も言《い》ひあへり。[三六]君《きみ》は、さてもわが身《み》行《ゆ》くゑ《(へ)》も知《し》らずなりなば、誰《たれ》も〳〵あえ《(へ)》なくいみじとしばし[三七]こそ思《おも(う)》ふたまはめ、[三八]ながらへて人笑《わら》へにうきこともあらむは、[三九]いつかその物思《おも》ひの絶《た》えむとする、と[四〇]思《おも》ひかくるには、さはりどころもあるまじく、[四一]さはやかによろづ思《おも》ひなさるれど、うち返《かへ》しいとかな

私は。
二二 母君の言。まあぞっとするわ。

40 浮舟、入水を思う

二三 一方の薫は。
二四 浮舟とは他人で縁故もないから(薫と結ばれた結果が)悪かろうがよかろうがそれは仕方のないことだと。
二五 身の程知らずにもそう思っておりますよ。
二六 (匂宮との間に浮舟が)もし不都合なことをひき起していらしたら、まったく母の身には悲しく辛いと思い申しても、二度と浮舟にお目にかかることはないでしょう。「浮舟を母の勘当せんと也」(湖月抄)。
二七 浮舟は。
二八 以下、浮舟の心内。やはりこの身を亡くしてしまいたい、(そうしないと)最後にはきっと醜聞が起ってこよう。
二九 宇治川の。
三〇 母君の言。こんな(恐ろしげ)でない流れも。
三一 (薫は)きっと不憫に思われるのも当然です。
三二 得意顔に。
三三 侍女たちの言。
三四 棹を差し損ねて。
三五 命を失う。
三六 浮舟は、(自分も)そのように入水してわが身が行くえ知れずになったなら。
三七 当座はお思いなさろうが。
三八 このまま生き長らえて世間の物笑いになる情けないことでも起ったら。
三九 いつその物思いがなくなるようになるだろうか(生きている限りなくなるまい)。
四〇 死を思い立つのに、何の障りもなさそうで。
四一 万事さっぱりした気持になるが。

し。親《おや》のよろづに思《おも》ひ言《い》ふありさまを、寝《ね》たるやうにてつく〴〵と思乱《(おもひ)みだ》る。一なやましげにて痩《や》せ給へるを、乳母《めのと》二にも言《い》ひて、三さるべき御祈《いの》りなどせさせ給へ、祭《まつり》、祓《はらへ》などもすべきやうなど言《い》ふ。御手洗川《みたらしがは》四に御禊《みそぎ》せまほしげなるを、かくも知《し》らでよろづに言《い》ひさは《(わ)》ぐ。「人少《ずく》五なな《ゝ》めり。よくさるべからむあたりを尋《たづ》ねて、いまま《ゝ》い《(ゐ)》りはとゞめ給へ。六やむごとなき御仲《なか》らひは、正身《さうじみ》こそ何《なに》ごともおひ《(い)》らかにおぼさめ、よからぬ中となりぬるあたりは、わづらはしきこともありぬべし。隠《かく》七しひそめて、さる心したまへ」など、思《おも》ひいたらぬことなく言《い》ひを《(お)》きて、八「かしこにわづらひ侍る人もおぼつかなし」とて帰《かへ》るを、いと物おもはしくよろづ心ぼそければ、九又あひ見《み》でもこそともかくもなれと思《おも》へば、一〇「心《(ここ)》ちのあしく侍るにも、見《み》たてまつらぬがいとを《(お)》ぼつかなくおぼえ侍るを、一一しばしもまい《(ゐ)》りこまほしくこそ」と慕《した》一二ふ。一三「さなむ思《おも》ひ侍れど、かしこもいと物さは《(わ)》がしく侍り。一四この人〳〵もはかなきことなどえしやるまじく、せばくなど侍ればなむ。武生《たけふ》一五のこう《(ふ)》に移《うつ》ろひ給《(たまふ)》とも、忍《しの》びてはまい《(ゐ)》り来《き》なむを、一六なを《(ほ)》〳〵しき身《み》のほどは、かゝる御ためこそいとお《(ほ)》しく侍れ」など、うち泣《な》きつゝの給《(たまふ)》。

一 浮舟が。 二 母君が。 三「給へ」までの直接話法が、以下地の文に転じる。

41 母君、帰京

四 御手洗川に御禊をしてほしそうなのに。本当は恋の悩みだから、の意を含む。「恋せじと御手洗川にせしみそぎ神は受けずぞなりにけらしも」(古今集・恋一・読人しらず)。伊勢物語六十五段では、下の句「神はうけずもなりにけるかな」。 五 母君の言。侍女が少ないようだ。しかるべき所があればその辺りをよく探して、新参者は(宇治に)残して置きなさい。 六 身分が高い方々のご交際は、ご当人は万事大らかにお思いでしょうが、よくない間柄となってしまう周辺では。 七 表立たず控え目にして十分注意なさいませ。 八 母君の言。常陸介邸でわずらっている人も心配です。左近少将の妻のお産が近い。 九 もう一度母と会うことがないかも知れないまま(生か死か)どちらかになるのだが。自らの死を予感した心内。 一〇 浮舟の言。 一一 暫くでも母のお側に参っていたいのです。最後の救いを母に求める気持。 一二 人に隠した心の中であとを追う意。浮舟の心内に同化した表現。 一三 母君の言。浮舟の申し出に理解は示すが、常陸介邸も取込み中で受け入れ難いという。 一四 浮舟づきの侍女たちもちょっとしたこと(上京の準備)などとてもあちらで出来そうもないし、家も狭いから。 一五 越前の国府。福井県武生市にあった国司の役所。紫式部も父に伴われ二年ほど滞在した。たとえ浮舟が遠い所へ移られても、こっそりお訪ねしましょうに。「道の口 武生の国府に我はありと 親に申したべ 心あひの風や さきむだちや」(催馬楽・道の口)。

殿《とのゝ》[一七]の御文《ふみ》は、けふもあり。[一八]なやましと聞《き》こえたりしを、[一九]いかゞとと《ゝ》ぶらひ給へり。

[二〇]身《(み)》づからと思《おも》ひ侍るを、わりなき障《さは》り多《おほ》くてなむ。[二一]このほどの暮《く》らしがたさこそ、中〱苦《くる》しく。

などあり。宮は、[二二]きのふの御返《かへ》りもなかりしを、

[二三]いかにおぼしたゞよふぞ。[二四]風《かぜ》のなびかむ方《かた》もうしろめたくなむ、[二五]いとゞほれまさりてながめ侍る。

など、これは多《おほ》く書《か》き給へり。[二六]雨降《あめふ》りし日《ひ》、来《き》あひたりし御使《つかひ》[二七]どもぞ、けふも来《き》たりける。[二八]殿の御随身《みずいじん》、かの少輔《せふ》がいゑ《(へ)》にて時〱見《み》る男《をのこ》なれば、「[二九]まうとは、何《なに》しにこゝにはたび〱はまいる《(ゐ)》ぞ」と問《ゝ》ふ。「[三〇]私《わたくし》にとぶらふべき人のもとにまうで来《く》るなり」と言《い》ふ。「[三一]私《わたくし》の人にや艶《えん》なる文《ふみ》はさし取《と》らする。[三二]けしきあるまうとかな。[三三]物隠《かく》しはなぞ」と言《い》ふ。「[三四]まことは、この守《かう》の君の、御文《ふみ》女房《ばう》にたてまつり給《(たまふ)》」と言《い》へば、[三五]言違《ことたが》ひつゝあやしと思《おも》へど、[三六]こゝにて定《さだ》め言《い》はむも異《こと》やうなべければ、を《(お)》[三七]の〱まいり《(ゐ)》ぬ。

42 薫・匂宮からの文

一六 私のようなつまらない身分では、こうした時のお役に立たずお気の毒です。
一七 薫。一八 気分がすぐれないと(薫に)申し上げておいたが。
一九 薫は。二〇 薫の手紙。直接お見舞を。
二一 あなたが上京されるまでの待ち遠しさは、待てばこそかえってつらくて。
二二 匂宮が昨日よこした手紙(二二八頁二行)の返事が浮舟からなかったので。母君の滞在で返事が書けなかった。
二三 匂宮の手紙。何を思い迷っておいでか。
二四 もしや薫の方に靡くのではないかと心配でね。「須磨の海人(あま)の塩焼く煙風をいたみ思はぬかたにたなびきにけり」(古今集・恋四・読人しらず)。
二五 ますますぼうっと物思いにふけっています。
二六 この前、雨の降った日。→二二七頁。
二七 薫の使者と匂宮の使者とが鉢合せしたらしい。その双方の使者らが。
二八 薫の家来の随身は、(匂宮の使が)あの少輔(大内記道定)の家で時々見る男なので。
二九 随身の言。お主は。目下の者を呼ぶ二人称。
三〇 匂宮の使の言。私用で訪ねねばならぬ人。
三一 随身の言。私用の相手に色めかしい手紙を手渡すのか。
三二 いわくありげなお主よな。
三三 隠しだてするのはどうして。
三四 匂宮の使の言。実は、この守殿が、お手紙を女房に差上げなさるのだ。二三九頁一二行に「出雲の権の守時方の朝臣」とある。
三五 言うことが前後矛盾して怪しい。
三六 ここで詮議するのも変だろうから。
三七 それぞれ京へ帰参した。

一かど〱しき物にて、供《とも》にある童《わらは》を、「二この男《をのこ》にさりげなくて目《め》つけよ。三左《さ》衛《い》門《も》の大夫《たいふ》のいゑ《(へ)》にや入《い》る」と見《み》せければ、「四宮にまい《(ゐ)》りて、式部《しきぶ》の少輔《せふ》になむ御文《ふみ》はとらせ侍りつる」と言《い》ふ。五さまで尋《たづ》ねむものとも劣《おと》りの下種《げす》は思《おも》はず、六ことの心をも深《ふか》う知《し》らざりければ、七舎人《とねり》の人《ひと》に見《み》あらはされにけんぞくちお《(を)》しきや。八殿にまい《(ゐ)》りて、九いま出《い》で給はんとするほどに、御文《ふみ》たてまつらす。一〇なを《(ほ)》しにて、一一六条の院、后《きさい》の宮の出《い》でさせ給へるころなれば、まい《(ゐ)》り給《(たまふ)》なりければ、一二こと〱しく御前《ごぜん》などあまたもなし。一三御文《ふみ》まい《(ゐ)》らする人に、「一四あやしきことの侍りつる、見《み》たまへ定《さだ》めむとて、いまま《ゝ》でさぶらひつる」と言《い》ふを一五ほの聞《き》き《ゝ》給《(たまひ)》て、歩《あゆ》み出《い》で給《(たまふ)》まゝに、「一六何《なに》ごとぞ」と問《ゝ》ひ給《(たまふ)》。一七この人の聞《き》かむもつゝましと思《おも》ひて、かしこまりてをり。一八殿もしか見《み》知《し》りたまひて出《い》で給ひぬ。

一九宮、例《れい》ならずなやましげにおはすとて、二〇宮《みや》たちもみなまい《(ゐ)》りたまへり。上達《かむだち》部《め》など多《おほ》くまい《(ゐ)》りつどひて、さは《(わ)》がしけれど、二一ことなることもおはしまさず。二二かの内記《ないき》は上《(じやう)》ぐわんなれば、を《(お)》くれてぞまい《(ゐ)》れる。二三この御文《ふみ》もたてまつるを、二四宮、台盤《だいばん》所《(どころ)》におはしまして、戸口《とぐち》に召《め》し寄《よ》せて取《と》り給《(たまふ)》を、二五大将、御前《おまへ》の方《かた》より立《た》ち出《い》で給《(たまふ)》、側目《そばめ》に見《み》とを《(ほ)》し給《(たまひ)》て、二六切《せち》にもおぼすべかめる文《ふみ》のけしきかなと、

43 薫、秘密を知る

一 薫の随身は利発な男で。 二 随身の言。
三 時方のこと。左衛門府の佐(すけ)。従五位上相当。時方は大夫で五位。その家に入るかどうか。
四 童の言。匂宮邸に参上して、大内記(道定)にお手紙は受取らせました。これで事実は判明。
五 薫の随身が文の届け先まで後をつけさせようとは、(匂宮の使は)身分の低い下人の身では思いつかず。
六 事情を十分知らなかった(二一六頁注五)。
七 薫の随身に行先を見つけられてしまったとか、情ない話よ。語り手の評。随身は近衛舎人がなる。 八 随身は薫邸に帰参して。 九 薫が。
一〇 薫は直衣姿で。「まゐり給なりければ」に続く。 一一 六条院に明石中宮が御退出中なので。挿入句。 一二 大げさに御前駆なども多くない。
一三 随身は薫にお手紙をお取次ぎする侍女に。
一四 随身の言。おかしな事がございましたが、見極めたいと存じまして、今までかかってしまいました。 一五 (薫が)ちらっとお聞きになって。
一六 薫の言。どうしたのか。
一七 (随身は)取次ぎの者が聞くのもどうかと憚り。 一八 薫もさようお察しになり。

44 匂宮、浮舟の文見る

一九 明石中宮。しばしばご不例。
二〇 中宮腹の皇子たち。
二一 格別心配されるご容態ではない。
二二 あの大内記は太政官の役人なので遅参。先に「式部の少輔」(二行)と兼官で呼ばれたが、公務多端で遅参の理由づけを「政官(じやうぐわん)」(「上」は宛て字)で示した。 二三 浮舟の御返事。
二四 匂宮は、六条院南の町の女房たちの詰所に。
二五 薫が、中宮のお前から出て来られたが、横目で遠くからご覧になって。

お《(を)》かしさに立《た》ちとまりたまへり。[二七]ひき開《あ》けて見《み》たまふ。[二八]紅《くれなゐ》の薄様《うすやう》にこまやかに書《か》きたるべしと見《み》ゆ。[二九]文《ふみ》に心入《い》れてとみにも向《む》き給はぬに、[三〇]おとゞも立《た》ちて外《と》ざまにおはすれば、[三一]この君《きみ》は障子《さうじ》より出《い》で給《(たまふ)》とて、[三二]おとゞ出《い》で給《(たまふ)》とうちしわぶ《(は)》きて、おどろかいたてまつり給《(たまふ)》。[三三]ひき隠《かく》したまへるにぞ、おとゞさしのぞき給へる。[三四]おどろきて御紐《ひも》さし給《(たまふ)》。[三五]殿《との》ついゐ給《(たまひ)》て、「[三六]まかで侍りぬべし。[三七]御邪気《じやけ》の久《ひさ》しくおこらせたまはざりつるを、おそろしきわざなりや。[三八]山の座主《ざす》、たゞいま請《さう》じに遣《つか》はさん」と、いそがしげにてたち給《(たまひ)》ぬ。

夜ふけて、みな出《い》で給ひぬ。おとゞは、宮《みや》を先《さき》に立《た》てたて〳〵まつりたまひて、[三九]あまたの御子《こ》どもの上達部《かむだちめ》、君《きみ》たちをひきつゞけてあなたに渡《わた》り給《(たまひ)》ぬ。この殿はを《(お)》くれて出《い》でたまふ。[四〇]随身《ずいじん》けしきばみつる、あやしとおぼしければ、[四一]御前《ごぜん》などを《(お)》りて火ともすほどに、随身《ずいじん》召《め》し寄《よ》す。「[四二]申《まう》しつるはなにごとぞ」と問《と》ひ給《(たまふ)》。「[四三]けさ、かの宇治に、[四四]出雲《いづも》の権《ごん》の守《かみ》時方《かた》の朝臣《あそむ》のもとに侍るお《(を)》との、[四五]紫《むらさき》の薄《うす》様《やう》にて桜《さくら》につけたる文《ふみ》を、西《にし》の妻戸《つまど》に寄《よ》りて女房《ばう》にとらせ侍りつる、[四六]見《み》たまへつけて、しか〳〵問《と》ひ侍りつれば、[四七]言違《ことたが》へつゝ、そらごとのやうに申《(まうし)》侍りつるを、[四八]いかに申《(まうす)》ぞとて、童《わらは》べして見《み》せはべりつれば、兵部卿の宮にまい《(ゐ)》り侍り

二六 匂宮が深く心に思っておいでの(女の)手紙らしいな。二七 匂宮はその手紙を。
二八 紅の薄手の鳥の子紙。恋文の用紙。
二九 匂宮は手紙に熱中して(薫の方には)急に見向きもされないが。三〇 夕霧右大臣も席を立って外の方へ出て来られるので。
三一 薫は襖口から。三二 夕霧がお出ましだと咳払いして(匂宮に)注意を促し申される。
三三 匂宮が文を隠されたところに、夕霧が顔を出された。危いところで見つからずにすむ。
三四 匂宮ははっとして直衣の襟元の紐をさし入れ威儀を正される。
三五 夕霧は膝まづかれて。三六 夕霧の言。私も失礼致しましょう。「殿」は六条院の主の意。
三七 中宮のご病気が長い間起られませんでしたのに。「邪気」は物の怪によって起る病気。「ざけ」とも。→四柏木一六頁注一五。

45 随身、薫に報告

三八 比叡山の座主。天台宗の管長。加持祈禱の招請に今すぐ使者を遣わそう。
三九 お供に引き連れて、六条院内の東北の町(匂宮の正室六の君のいる夕霧の住まい)に。
四〇 (薫は)随身が何かわけがありそうだったので、おかしいと。
四一 前駆の侍が引きさがって松明を点す間に。
四二 薫の言。先ほどお前が申したのは何事か。
四三 随身の言。四四 時方の、出雲権守兼任は初出。正確な官職名、実名で報告。
四五 紫色の薄様で、桜の枝につけた手紙を。
四六 (それを)見つけまして、これこれ尋ねましたところ。四七 あと先申し様が違って、嘘のように申しましたので。
四八 どうしてそのように申すのかと疑わしく思って、供の童に跡をつけさせましたところ。

て、[一]式部《しきぶ》の少輔《せう》道定《みちさだ》の朝臣《あそむ》になむ、その返《かへ》り事《こと》はとらせ侍りける」と申す。

君《きみ》あやしとおぼして、「[二]その返《かへ》り事は、いかやうにしてか出《い》だしつる」、「[三]それは見《み》たまへず。[四]異方《ことかた》より出《い》だし侍りにける。[五]下人《しもびと》の申《まうし》侍りつるは、赤《あか》き色《しき》紙《し》のいときよらなるとなむ申《まうし》侍りつる」と聞《き》こゆ。おぼしあはするに、違《たが》ふことなし。[六]さまで見《み》せつらむを、かど〳〵しとおぼせど、人〳〵近《ちか》ければ、くはしくもの給はず。

道《みち》すがら、[七]猶《なほ》いとおそろしく隈《くま》なくおはする宮なりや、いかなりけむついでに、さる人ありと聞《き》き給《たまひ》けむ、いかで言《い》ひ寄《よ》りたまひけむ、ゐ中びたるあたりにて、[八]かうやうの筋《すぢ》の紛《まぎ》れはえしもあらじと思《おも》ひけるこそおさな《を》けれ、[九]さても知《し》らぬあたりにこそさるすきごとをものたまはめ、むかしより隔《へだ》てなくて、あやしきまでしるべして率《ゐ》てありきたてまつりし身《み》にしも、うしろめたく[一〇]おぼし寄《よ》るべしや、と思《おも》ふに、いと心づきなし。

[一一]対《たい》の御方《かた》の御ことを、いみじく思《おもひ》つゝ年《とし》ごろ過《す》ぐすは、わが心のを《お》もさこよなかりけり、[一二]さるは、それはいまはじめてさまあしかるべきほどにもあらず、もとよりのたよりにもよれるを、[一三]たゞ心のうちの隈《くま》あらんがわがためも苦《くる》しか

一 大内記のこと。道定の実名表記は初出。ここも畏まった報告の性格を示す。
二 薫の言。その匂宮への返事は、どのようにして使者に渡したか。
三 随身の言。それは見ておりません。
四 (自分のいた所とは)別の方から渡したということです。「ける」は伝聞。
五 下部(しもべ)(の童)が申しましたことは。「赤き色紙」→「紅の薄様」(前頁一行)。
六 (随身が)そこまで見届けさせたのを、いかにも気転がきくと(薫は)お思いだが。
七 以下、薫の心内。それにしても何と恐ろしく抜け目なくおいでの匂宮なのか。

46 薫、思い乱れる

八 こうした男女の間違いはまさかあるまいと思っていたのはまことに愚かだが。
九 それにしても(匂宮は)私の知らない女にならば、そんな色ごとを仰せられてもよかろうが。
一〇 思いつかれてよいものか。
一一 中君の事を、深く慕いつづけて長年(事もなく)過ごしているのは、自分の慎重さが(匂宮と比べて)格段の違いがあったからだ。
一二 とはいえ、中君への思いは今始まった不体裁なものであるはずもなく、昔からの縁によるものだが。
一三 ただ(自分の)心中のやましさがあるとすれば、それが自分としても当然苦しいはずだから、それでこそ遠慮していたのも、馬鹿げたことだった。
一四 近ごろ(匂宮が)このようにご病気で。
一五 どうして遥々と(遠い宇治へ)お手紙を書いて送られるのか、もしやすでに通いはじめられ

るべきによりこそ思《おも》ひ憚《はゞか》るも、お《(を)》こなるわざなりけれ、[一四]このごろかくなやましくしたまひて、例《れい》よりも人しげき紛《まぎ》れに、[一五]いかではるぐ〵と書《か》きやり給《(たまふ)》らむ、おはしやそめにけむ、いとはるかなる懸想《けさう》の道《みち》なりや、[一六]あやしくておはしどころ尋《たづ》ねられ給《(たまふ)ひ》日もありと聞《き》こえきかし、さやうのことにおぼし乱《みだ》れてそこはかとなくなやみ給《(たまふ)》なるべし、むかしをおぼし[一七]出《い》づるにも、[一八]えおはせざりしほどの嘆《なげ》きいと《く》いとほしげなりきかし、とつくぐ〵と思《おも》ふに、[一九]女のいたく物思《おも》ひたるさまなりしも、[二〇]かたはし心得《え》そめ給《(たまひ)》ては、よろづおぼしあはするに、いとうし。

[二一]ありがたき物は人の心にもあるかな、らうたげにおほどかなりとは見《み》えながら、色《いろ》めきたる方《かた》は添《そ》ひたる人ぞかし、[二二]この宮の御具《ぐ》にてはいとよきあはひなり、と[二三]思《おも》ひも譲《ゆづ》りつべく退《の》く心《(こと)》ちしたまへど、[二四]やむごとなく思《(おもひ)》そめはじめにし人ならばこそあらめ、[二五]なを《(ほ)》さる物《(もの)》にてをき《(お)》たらむ、[二六]いまはとて見《み》ざらむ、はた恋《こひ》しかるべし、と[二七]人《ひと》わろく、いろ〳〵心のうちにおぼす。

[二八]われすさまじく思ひなりて捨《す》てをき《(お)》たらば、かならずかの宮の呼《よ》び取《と》りたまひてむ、[二九]人のため後《のち》のいとお《(ほ)》しさをも、ことにたどりたまふまじ、[三〇]さやうにお

たのでは。憶測はしだいに悪い方向へ。
一六 匂宮の所在が不審で捜されなさる日もあると耳にしたこともあったよ。匂宮不在の騒ぎ(二〇五・二一一頁)も、いま思えばの疑い。
一七 (匂宮が)お思い出しになるにつけても。
一八 (匂宮が中君のもとに)お通いになれなかった時の嘆きはとても見ていてつらいほどだったよ、としみじみ思うと。
一九 浮舟。
二〇 事情の一端がお分りになりはじめると、すべてお思い合せなさるにつけ、実に情けない。
二一 以下、薫の心内。めったにないものは人の心でもあるよ。この場合の「人の心」とは外面と内面とが矛盾なく具足した人間性の意で、特異な用語。「これを人の心ありがたしとはいふにはべるめり」(紫式部日記)。
二二 匂宮のお相手としては大層お似合だ。
二三 (浮舟を匂宮に)譲って身を引きたい気がされるが。
二四 正妻にするつもりで愛しはじめた人ならばともかく。
二五 やはり今まで通りにしておこう。
二六 これきりで逢わないとしたら、それもまた恋しいことだろう。
二七 みっともないほど。
二八 薫の心内。自分が(浮舟に)熱意を失って面倒をみないでおいたら。
二九 浮舟のために将来の気の毒さをも、(匂宮は)格別にいちいち考慮なさるまい。

47 薫、浮舟を詰問

三〇 そのようなかたちで愛される女を、それとそ女一宮方に二、三人は仕えさせておいでだが。

ぼす人こそ、一品宮《(いつぽんのみや)》の御方《かた》に人二三人まい《(ゐ)》らせたまひたなれ、[一]さて出《い》で立《た》ちたらむを見聞《みき》かむいとお《(ほ)》しく、などなを《(ほ)》捨《す》てがたく、けしき見《み》まほしくて、[二]御文《ふみ》つかはす。例《れい》の随身召《ずいじんめ》して、[三]御手《て》づから人《ひと》まに召《め》し寄《よ》せたり。「[四]道定《みちさだ》の朝臣《あそむ》は、猶《(なほ)》、仲信《なかのぶ》がいゑ《(へ)》にや通《かよ》ふ」、「[五]さなむ侍る」と申す。「[六]宇治《うぢ》へは、常《つね》にやこのありけむ男《をのこ》はやるらむ。[七]かすかにてゐたる人なれば、道定《みちさだ》も思《おも》ひかくらむかし」[八]とうちうめきたまひて、「[九]人に見《み》えでをまかれ。お《(を)》こ[一〇]なり」との給《(たまふ)》。かしこまりて、[一一]少輔《せうふ》が常《つね》にこの殿《とのゝ》の御こと案内《あない》し、かしこのこと問ひしも思《おも》ひあはすれど、[一二]物馴《な》れてもえ申《(まうし)》出《い》でず。君も、[一三]下種《げす》にくはしくは知《し》らせじとおぼせば、問《と》はせ給はず。

[一四]かしこには、御使《つかひ》の例《れい》よりしげきにつけても、[一五]物思《おも》ふことさま〴〵なり。

[一六]たゞかくぞの給へる。

[一七]波《なみ》こゆるころとも知《し》らず末《すゑ》の松待《まつま》つらむとのみ思《おも》ひけるかな

[一八]人に笑《わら》はせたまふな。

とあるを、[一九]いとあやしと思《おも》ふに、胸《むね》ふたがりぬ。御返《かへ》り事《こと》を[二〇]心得《え》がほに聞《き》こえむもいとつゝまし、[二一]ひがことにてあらんもあやしければ、御文《ふみ》はもとのやうに

一 (浮舟が)そのように出仕していると見聞きしたらかわいそうで。
二 浮舟に手紙を。
三 ご自身で直接に、人目のない時に。
四 薫の言。道定の朝臣(大内記)は、今でも仲信の家に通っているか。仲信は道定の舅。
五 随身の言。さようでございます。
六 薫の言。宇治へはいつも、あの先日会ったという男を遣わすのだろうか。
七 (浮舟は)ひっそり暮している女だから、道定も思いをかけるのだろうよ。女の相手は道定かと随身に思わせる言い方。
八 ため息をつかれて。
九 薫の言。人に見られずにな、行け。「を」は強意。
一〇 (見つかったら)馬鹿らしいぞ。
一一 少輔(道定)がいつも薫の内情を伺い、宇治の様子を尋ねたのも思い合わせるが。少輔は八省の次官、大輔の次。仮名書きは「せう」「せふ」とも。
一二 馴れ馴れしく(随身が)自分から申すことはできない。分を弁えた態度。
一三 随身のような下々の者に。
一四 宇治では(薫・匂宮双方から)お使が。 一五 薫からの手紙に。
一六 浮舟は。
一七 あなたが心変りする時分とも知らないで、私を待っていてくれるものとばかり思っていましたよ。「君をおきてあだし心を我が持たば末の松山波も越えなむ」(古今集・東歌)。
一八 私を世間の笑い者にして下さるな。
一九 浮舟は。
二〇 歌意が分ったように返事をすれば(匂宮との仲を認めたことになるし)それも憚られる。
二一 間違いであるとするのもおかしいので。

して、

　所違《ところたが》[二二]へのやうに見《み》え侍ればなむ、あやし[二三]くなやましくて何《なに》ごとも。

と書《か》き添《そ》へてたてまつれつ。見給《み（たまひ）》[二四]て、さすがにいた[二五]くもしたるかな、かけて見《み》を《（お）》よばぬ心ばへよ、とほゝ笑《ゑ》まれたまふも、にく[二六]しとはえおぼしはてぬなめり。

[二七]まほならねどほのめかし給へるけしきを、か[二八]しこにはいとゞ思《おも》ひ添《そ》ふ。つゐ[二九]《（ひ）》にわが身《み》はけしからずあやしくなりぬべきなめりと、いとゞ思《おも》ふところに、右近来《き》て、「殿[三〇]の御文《ふみ》は、などて返《かへ》したてまつらせ給《（たまひ）》つるぞ。ゆ[三一]ゝしく忌《い》み侍《（はべる）》なる物を」、「ひ[三二]がことのあるやうに見《み》えつれば、ところ違《たが》へかとて」との給《（たまふ）》。あ[三三]やしと見《み》ければ、道《みち》にてあけて見《み》けるなりけり。よ[三四]からずの右近がさまやな。見《み》つとは言《い》はで、「あ[三五]ないとおし《（ほ）》。苦《く》しき御ことゞもにこそ侍れ、殿[三六]はものゝけしき御覧《らむ》じたるべし」と言《い》ふに、を《（お）》[三七]もてさと赤《あか》みて、物ものたまはず。文見《ふみゝ》つらむと思《おも》はねば、異《こと》[三八]ざまにて、かの御けしき見《み》る人の語《かた》りたるにこそはと思《おも》ふに、誰《たれ》[三九]かさ言《い》ふぞなどもえ問《と》ひたまはず、こ[四〇]の人〳〵の見思《みおも》ふらむこともいみじくはづかし。

三三 宛て先違いのように見えますので(お返し致します)。 三三 なにか変に気分が悪くて何事も(申せません)。 二四 薫は。 二五 うまく言いのがれをしたものよ。今まで見たこともない機転だ。 二六 憎らしいとは思い切っておしまいになれないようだ。 二七 正面切ってではないがそれとなくあてこすられた文面を(見て)。 二八 宇治では一段と悩みが加わる。 二九 結局わが身は常軌を逸して見苦しくなってしまうに違いないようだと。

48 右近と侍従の対応

三〇 右近の言。薫のお手紙は。 三一 (手紙を返すのは)縁起が悪く忌み嫌うとされておりますのに。 三二 間違いがあるように見えたので、宛て先違いかと。 三三 (薫の手紙をそのまま返すのを)変だと思ったので、(右近は)途中で開けて見たのだった。 三四 よくない右近の態度ですよ。語り手の評言。 三五 右近の言。ああお気の毒に。(お二人の)どちらにとっても辛いことでございますが。 三六 薫は何か様子をお気づきになったのでしょう。二人の秘密を察知したかと薫の歌で判断。 三七 浮舟は赤面して沈黙。 三八 別の筋で、薫のご様子を知る人が(右近に)話したのだと思うと。 三九 誰がそんなことをお前に言うのかなどもお尋ねになれず。知らぬは自分だけかもの疑心暗鬼に陥る。 四〇 周りの侍女たちがどう見たり思ったりしているか、そう思うとむやみに恥かしい。

[一]わが心もてありそめしことならねども、心うき宿世《すくせ》かなと思《おも》ひ入《い》りて寝《ね》たるに、侍従《じゞう》と二人《ふたり》して、「[二]右近が姉《あね》の、[三]常陸《ひたち》にて人二人《ふたり》見《み》侍りしを、[四]ほど〳〵につけてはたゞかくぞかし、[五]これもかれも劣《おと》らぬ心ざしにて、思《おも》ひまどひて侍《（はべり）》しほどに、女は[六]いまの方《かた》にいますこし心寄《よ》せまさりてぞ侍りける。[七]それにねたみてつゐ《（ひ）》にいまのをば殺《ころ》してしぞかし。[八]さてわれも住《す》み侍らずなりにき。[九]国《くに》にもいみじきあたらつは物《（もの）》一人《ひとり》失《うしな》ひつ。[一〇]またこのあやまちたるもよき郎等《らうどう》なれど、かゝるあやまちしたる物《（もの）》をいかでかは使《つか》はんとて、[一一]国《くに》のうちをもをい《（おひ）》はらはれ、[一二]すべて女のたい〴〵しきぞとて、[一三]館《たち》のうちにもを《（お）》い給へらざりしかば、[一四]東《あづま》の人になりて、[一五]まゝもいまに恋《こ》ひ泣《な》き侍るは、[一六]罪深《つみふか》くこそ見《み》たまふれ。[一七]ゆゝしきついでのやうに侍れど、[一八]上も下もかゝる筋《すぢ》のことはおぼし乱《みだ》るゝはいとあしきわざなり。御命《いのち》までにはあらずとも、[一九]人の御ほど〳〵につけてはべることなり。[二〇]死《し》ぬるにまさるはぢなることも、よき人の御身《み》には中〳〵侍《（はべ）》なり。[二一]一方《ひとかた》におぼし定《さだ》めてよ。[二二]宮も御心ざしまさりてまめやかにだに聞《き》こえさせたまはば、[二三]そなたざまにもなびかせ給《（たまひ）》て、物ないたく嘆《なげ》かせたまひそ。[二四]痩《や》せおとろへさせ給《（たまふ）》もいと益《やく》なし。[二五]さばかり上《うへ》の思《おも》ひいたつききこえさせたまふ物を、[二六]まゝがこの御

49 右近の姉の悲話

一 (匂宮との関係は)自分から進んで始めたことではないが。 二 右近の言。右近の姉が。常陸介について下った時のことか。
三 常陸の国でも男を二人持ったのですが。青表紙他本多く「ひたちも」。ならば姉の名か。底本「にて」が補入。
四 身分はそれぞれ違っても(恋とは)すべてこんなものですよ。
五 二人の男は。 六 後から言い寄った男。
七 前からの男はそれに嫉妬して。
八 その後、自分も通って来なくなった。
九 常陸の国庁としても立派な惜しい武士を。
一〇 一方この殺人罪を犯した男もすぐれた家来だが。 一一 常陸の国からも追放され。
一二 (こうなったのも)すべて女が軽々しくけしからぬからだと。
一三 官邸にも(女を)とどめ置かれなかったので。
一四 東国に土着。京に帰れなかった、の意。
一五 乳母。右近の母は浮舟の乳母、右近姉妹は浮舟と乳母子の関係にある。
一六 それこそ罪が深いと存じます。「たまふれ」は仏への畏まりの意識。東国に残した娘への妄執は往生の妨げになる罪。
一七 縁起でもない話のついでのようですが。
一八 身分の上下にかかわらず。
一九 ご身分に応じて。 二〇 死ぬ以上に恥かしいことも、貴人の方にかえってあるものです。
二一 (薫か匂宮か)どちらか一方に。
二二 匂宮もご情愛が(薫より)まさって、本気で仰せになるなら。 二三 匂宮の方に従いなさって、くよくよお嘆きなさいますな。
二四 (そのために)痩せ衰えなさるのは全く無駄です。 二五 あれほど母君が浮舟を大事にされて

いそぎに心を入《い》れてまどひゐて侍るにつけても、[二七]それよりこなたにと聞《き》こえさせ給《(たまふ)》御ことこそ、いと苦《くる》しくいとお《(ほ)》しけれ」と言《い》ふに、[二八]いま一人《ひとり》、「[二九]うたて、おそろしきまでな聞《き》こえさせ給《(たまひ)》そ。何《なに》ごとも御宿世《すくせ》にこそあらめ。たゞ御心のうちにすこし[三〇]おぼしなびかむ方《かた》を、さるべきにおぼしならせ給へ。いでや、いとかたじけなくいみじき御けしきなりしかば、[三一]人のかくおぼしいそぐめりし方《かた》にも御心も寄《よ》らず、[三二]しばしは隠《かく》ろへても、御思《おも》ひのまさらせたまはむに寄《よ》らせ給《(たまひ)》ねとぞ思《おも》ひえ侍る」と、[三三]宮をいみじくめできこゆる心なれば、ひたみちに言《い》ふ。

「[三四]いさや。右近は、[三五]とてもかくてもことなく過《す》ぐさせたまへ、と[三六]初瀬《はつせ》、石山《いしやま》などに願《ぐわん》をなむ立《た》てはべる。この[三七]大将殿の御荘《さう》の人《ひと》びとといふものは、いみじき不道《ふだう》の物どもにて、[三八]一類《ひとるい》この里《さと》に満《み》ちて侍るなり。おほかたこの山城《しろ》、大和《やまと》に[三九]殿《との》ゝ両《(りやう)》じたまふ所〳〵の人なむ、みなこの内舎人《うどねり》といふ物のゆかりかけつゝ侍《(はべ)》なる。それが婿《むこ》の[四〇]右近のたいう《(ふ)》といふ物をもととして、[四一]よろづのことをおきておほせられたるななり。よき人の御中どちは、なさけなきことし出《い》でよとおぼさずとも、[四二]物の心得《え》ぬゐ中《(なか)》人どもの、宿直《とのゐ》人にてかはり〴〵さぶらへば、

いるのに。
二六 乳母がお引越しの準備に熱中して戸惑っておりますにつけても。
二七 薫のお迎えより先に匂宮の方へと。
二八 侍従。 二九 侍従の言。いやだ、(そんな)恐ろしいことまで(浮舟に)申し上げなさいますな。
三〇 お気持が靡く方があれば、然るべき宿縁だと。 三一 薫がこんなに(浮舟の迎え入れを)お急ぎなど様子なのにも(浮舟は)お気持が進まず。挿入句。
三二 当分の間は身を隠してでも、ご愛情のまさっておいでの方(匂宮)をお頼りなさいませと。
三三 侍従はひどく匂宮びいきなので、いちずに。
三四 右近の言。さあどうか。
三五 薫・匂宮のどちらでも無事にお暮し下さいと。
三六 長谷寺・石山寺はいずれも浮舟方の信心篤い観音の寺。
三七 薫の荘園の家来という者は、大変な無法者

50 右近の見通し

で。律の八虐に「不道」があり、殺人暴行などの罪を規定。「武道」「無道」とする説、諸本の表記で「ふよう(武勇)」「ふてう(不調)」の解もある。
三八 一族が宇治の里に満ちております。→一九六頁一五行。
三九 薫の領有されている荘園の者は、皆あの内舎人なる者の縁につながっているそうです。
四〇 右近の大夫。右近衛府の将監(従六位上相当)で、特に五位に叙せられた者。右大将である薫の直属の下僚。
四一 このあたりの警護など万端を指図しておられるとか。 四二 何も分らぬ田舎者どもが、宿直の役で交替に仕えるので、自分の当番のときに少しの落度もないようにと思って、過ちも起しましょう。

を《(お)》のが番《ばん》に当《あ》たりていさゝかなることもあらせじなど、あやまちもし侍りなむ。[一]ありし夜《よ》の御ありきは、いとこそむくつけく思《おも(う)》ふたまへられしか。宮はわりな[二]くつゝませたまふとて、御供《とも》の人も率《ゐ》ておはしまさず、やつれてのみおはしますを、[三]さる物の見《み》つけたてまつりたらむは、いといみじくなむ」と言《い》ひつゞくるを、[四]君《きみ》、なを《(ほ)》われを宮に心寄《よ》せたてまつりたると思ひてこの人〳〵の言《い》ふ、いとはづかしく、[五]心《(ここ)》ちにはいづれとも思《おも》はず、[六]たゞ夢《ゆめ》のやうにあきれて、[七]いみじく焦《い》られたまふをば、などかくしもとばかり思《おも》へど、頼《たの》みきこえて年《とし》ごろになりぬる[八]人を、いまはとも離《はな》れむと思《おも》はぬによりこそ、[九]かくいみじと物も思《(おもひ)》乱《みだ》るれ、[一〇]げによからぬことも出《い》できたらむ時、とつく〴〵と思《おも》ひゐたり。

「[一一]まろは、いかで死《し》なばや。[一二]世《よ》づかず心うかりける身《み》かな。かくうきことあるためしは、[一三]下種《げす》などの中にだに多《おほ》くやはあなる」とて、うつぶし臥し給《たま》へば、

「[一四]かくなおぼしめしそ。[一五]やすらかにおぼしなせとてこそ、聞《き》こえさせ侍れ。[一六]おぼしぬべきことをも、さらぬかお《(ほ)》にのみのどかに見《み》えさせたまへるを、[一七]この御ことの後《のち》、いみじく[一八]心焦《い》られをせさせ給へば、いとあやしくなむ見《み》たてまつる」と、[一九]心知《し》りたるかぎりは、みなかく思《おも》ひ乱《みだ》れさわぐに、乳母《めのと》、[二〇]を《(お)》のが心を

一　先夜の匂宮のお出ましは、本当に恐ろしく存じられました。
二　むやみに人目を避けようとなさって。
三　そうした番人がもし(宮の忍び姿を)お見つけ申したら一大事です。
四　浮舟。以下、その心内。侍女たちが、やはり自分を匂宮に心をお寄せしたと解して言うのが。
五　内心では匂宮か薫かどちらとも分らず。
六　(匂宮との契りは)ただもう夢のように途方にくれて。　七　(匂宮が)自分にひどく執着されるのを、なぜそんなにと。
八　薫。「年ごろ」とあるが薫との契りは昨年九月、現在まで半年の経過だが、越年したことより「頼みきこえて」の内実を示す。
九　二者択一できない深い心の悩み。　一〇　なるほど(右近の言う通り)不祥事が起ったら。
一一　浮舟の言。私は、何とかして死にたい。「わが身を失ひてばや」(二三五頁六行)。
一二　世間並に生きられぬ情けないわが身よ。
一三　下々の中にだって多くはあるまい、の意。
一四　右近の言。そんなにご心配なさいますな。
一五　ご安心なさいませと思って申し上げるのです。

51　浮舟、死を願う

一六　(以前は)心配なさるはずのことでも、そしらぬ顔でいつものんびりとお見えでしたのに。
一七　匂宮との関係。
一八　気持がいらだつこと。焦慮。
一九　事情を知っている者はすべて狼狽しているのに。　二〇　自分だけ満足そうに染め物に精を出している。上京の晴れ着の準備。
二一　新参の童女などで見苦しくない者を呼び寄せては。母君の指示による。→二三六頁五行。
二二　乳母の言。こんな童女でも気晴しに。
二三　わけも分らず臥せっておいでなのは。

やりて物染《そ》めいとなみゐたり。二一いままいり《(ゐ)》童《わらは》などのめやすきを呼《よ》び取《と》りつゝ、「二二かゝる人御覧《らむ》ぜよ。二三あやしくてのみ臥《ふ》させ給へるは、二四物のけなどのさまたげきこえさせんとするにこそ」と嘆《なげ》く。

二五殿《との》よりは、かのありし返事《(かへりこと)》をだにのたまはで日《ひ》ごろ経《へ》ぬ。このおどしし二六内舎人《どねり》といふ物ぞ来《き》たる。二七げにいと荒《あら》〳〵しくふつゝかなるさましたる翁《おきな》の、声《こゑ》かれさすがにけしきある、「二八女房に物とり申さん」と言《い》はせたれば、二九右近三〇しもあひたり。「三一殿に召《め》し侍《(はべり)》しかば、けさまいり《(ゐ)》侍《(はべり)》て、たゞいまなんま〔か〕りかへりはんべりつる。三二ざう《(ふ)》じども仰《(おほせ)》られつるついでに、三三かくておはしますほどに、三四夜中、あか月《(つき)》の事も、なにがしらかくて候《(さぶらふ)》と思《おも》ほして、三五とのい《(ゐ)》人わざとさしたてまつらせ給《(たまふ)》事もなきを、三六このごろ聞《き》こしめせば、女房の御もとに知《し》らぬところの人通《かよ》ふやうになんきこしめす事ある、たい〴〵しき事なり、とのい《(ゐ)》に候《(さぶらふ)》物どもは、三七その案内聞《あんないき》きたらん、知《し》らではいかゞさぶらふべきと問《と》はせ給《(たまひ)》つるに、三八うけ給はらぬ事なれば、三九なにがしは身《み》の病重《やまひおも》く侍《(はべり)》て、宿直仕《とのゐつか》うまつる事は月ごろおこたりて侍《(はべれ)》ば、案内《あんない》もえ知《し》りはんべらず、四〇さるべきおのこ《(を)》どもは、懈怠《けだい》なくもよを《(ほ)》し候《(さぶら)》はせ侍《(はべる)》を、四一さのごとき非常《ひじやう》のことの候《(さぶら)》はむをば、い

二四 物の怪のせいかとする。
二五 薫からは、先日(浮舟が間違いではと返した文)の返事さえ下さらずに。→二四三頁二行。
二六 (右近の話で)浮舟を怖がらせた内舎人。→二四五頁一二行。
二七 (右近が語った通り)なるほど荒っぽく不格好に太った年寄りで。
二八 内舎人の言。侍女にお取次ぎ願いたい。
二九 内舎人が従者に案内を請わせた。
三〇 「しも」は強意。他の侍女でなく。

52 内舎人の伝言

三一 内舎人の言。薫がお呼びでしたので、今朝参上致しまして、たった今帰って参りました。「はんべり」は「侍り」の転。畏まった会話や手紙文に多い。この会話中、仮名表記で三例ある。
三二 雑事。雑用をお命じになったついでに。
三三 こうして(浮舟が)お住いの間は。
三四 夜中、早暁の警備も、手前どもがこうして勤めていると(薫は)ご安心なさって。
三五 宿直人をわざわざ京からさし向け申される事もないのに。
三六 近ごろ(薫が)お聞きになると、(浮舟の)侍女の許に素性の分らぬ人が通うとかお聞きなのは、もってのほかだ。
三七 その内情を聞いておろう、知らずにすまされようか、と(薫が)詰問なさったが。
三八 承知しておりませぬ事なので。
三九 手前は病気が重くございまして。以下、薫への答弁を語る。
四〇 然るべき部下どもは怠りなきよう督励して仕えさせておりますが。
四一 さような以ての外のことがございましたら、どうして手前が承知せぬことがございましょう。「雑事」「解怠」「ごとき」「非常」などは男性用語。「非常」→[三]少女二八四注一。

かでかうけ給はらぬやうは侍らんとなん申させ侍《(はべり)》つる。[一]用意《ようい》して候へ、便《びん》なき事もあらば、重《おも》く勘当《かんだう》せしめ給《(たまふ)》べきよしなん仰事《(おほせこと)》侍《(はべり)》つれば、いかなる仰《おほ》せ事にかと恐《おそ》れ申《(まうし)》はんべる」と言《い》ふを聞《き》くに、[二]ふくろう《(ふ)》の鳴《な》かんよりもいと物おそろし。いらへもやらで、「[三]さりや。聞《き》こえさせしに違《たが》はぬ事どもを聞《き》こしめせ。[四]物のけしき御覧《らん》じたるなめり。[五]御消息《せうそこ》も侍らぬよ」と嘆《なげ》く。乳母《めのと》は、ほのうち聞《き》きて、「[六]いとうれしく仰《おほ》せられたり。[七]盗《ぬす》人多《おほ》かんなるわたりに、宿直《とのゐ》人もはじめのやうにもあらず、[八]みな[九]身《み》の代《か》はりにと言《い》ひつゝ、あやしき下種《す》をのみまい《(ゐ)》らすれば、[一〇]夜行《(やぎやう)》お《(を)》だにえせぬに」とよろこぶ。

[一一]君《きみ》は、げにたゞいま、いとあしくなりぬべき身《み》なめりとおぼすに、宮よりはいかに〳〵と[一二]苔《こけ》の乱《みだ》るゝわりなさお《(を)》のたまふ、いとわづらはしくてなん。とてもかくても、[一三]一方一方《ひとかた〳〵》につけて、いとうたてある事は出《い》で来《き》なん、我身《(わが)み》ひとつの亡《な》くなりなんのみこそめやすからめ、むかしは[一四]けさうずる人のありさまのいづれとなきに思《(おもひ)》わづらひてだにこそ、身《み》を投《な》ぐるためしもありけれ、[一五]ながらへばかならずうき事見《み》えぬべき身《み》の、亡《な》くならんは何《なに》かお《(を)》しかるべき、[一六]親《おや》もしばしこそ嘆《なげ》きまどひ給はめ、あまたの子《こ》どもあつかひに、おのづから忘《わす》れ草摘《ぐさつ》

一 気をつけて番を致せ、不都合な事があれば、厳重に処罰なさるであろう旨の仰せ言が。「勘当せしめ…」で、薫の言葉が間接話法に転じる。
二 梟の鳴くような声よりも(内舎人の嗄れ声が)ひどく怖い気がする。→［一］夕顔一二五頁一五行。
三 右近の言。その通りですよ。私が申し上げたのに相違ない事をお聞き下さい。
四 (薫は)何か様子を察知なさったようです。
五 薫からのお便り。
六 乳母の言。警備が厳しくなることを、薫が浮舟の身を案じて用心させたと勘違いして喜ぶ。
七 盗人が多いとかいうこの辺に。
八 浮舟が住みはじめた頃のようではなく。
九 自分の代理だと言っては、つまらぬ下僕ばかりを伺わせるので。
一〇 夜警さえもろくにできないのに(今後は安心)。
一一 浮舟。以下、その心内。なるほど右近の言う通り、今すぐにも破滅しそうな身の上であるようだ。

53 浮舟、死を決意

一二 苔の乱れるように待つ恋の耐えがたさを。「逢ふことをいつかその日と松の木の苔の乱れて恋ふるこのごろ」(古今六帖六)。
一三 薫と匂宮のどちらに従うにしても、最悪の事態が起るに違いない。
一四 懸想する男の熱意が、どちらとも優劣のつけがたいのに思い悩むだけでも、身を投げる例もあったのに(自分は二人の男に通じているのだ)。大和物語一四七段の生田川伝説は宮廷社会にも受容されて名高い。
一五 生き長らえたらきっと辛い目に会うはずの私が、死ぬのならどうして惜しいことがあろう。
一六 母親も暫くは悲嘆なさろうが、大勢の子供の世話に紛れ、自然と私のことなど忘れてしま

みてん、[一七]ありながらもてそこなひ、人笑《わら》へなるさまにてさすらへむは、まさる物思《おも》ひなるべし、など思《おも》ひなる。[一八]子《こ》めきおほどかにたを〳〵と見《み》ゆれど、け[一九]高《たか》う世のありさまをも知《し》る方少《かたすく》なくて生《お》ほし立《た》てたる人にしあれば、[二〇]すこしおずかるべきことを思《(おもひ)》寄《よ》るなりけむかし。

54 浮舟、文を処分

[二一]むつかしき反故《ほぐ》などやりて、[二二]おどろ〳〵しくひとたびにもしたゝめず、[二三]灯台《とうだい》の火に焼《や》き、水に投《な》げ入《い》れさせなど、[二四]やう〳〵失《うしな》ふ。[二五]心知《し》らぬ御達《ごたち》は、[二六]物へ渡《わた》り給《(たまふ)》べければ、つれ〴〵なる月日《ひ》を経《へ》てはかなくし集《あつ》め給《(たまひ)》つる手習《てならひ》などを[二七]やり給《(たまふ)》なめりと思《おも》ふ。侍従《じゞう》などぞ見《み》つくる時に、[二八]「などかくはせさせ給《(たまふ)》。[二九]あはれなる御中に心とゞめて書《か》きかはし給へる文《ふみ》は、人にこそ見《み》せさせたまはざらめ、[三〇]物の底《そこ》に置《お》かせ給《(たまひ)》て御覧《らむ》ずるなん、[三一]ほど〳〵につけてはいとあはれに侍る。[三二]さばかりめでたき御紙《かみ》づかひ、かたじけなき御言《こと》の葉《は》を尽《つ》くさせたまへるを、[三三]かくのみやらせ給《(たまふ)》、なさけなきこと」と言《い》ふ。「[三四]何《なに》か、むつかしく。[三五]長《なが》かるまじき身《み》にこそあめれ。[三六]落《お》ちとゞまりて、人の御ためもいとを《(ほ)》しからむ。[三七]さかしらにこれお取《(を)と》りを《(お)》きけるよ、など漏《も》り聞《き》きたまはんこそはづかしけれ」などの給《(たまふ)》。心ぼそきことを[三八]思《おも》ひもてゆくには、又え思《おも》ひ立《た》つまじきわざなりけり。

うだろう。「忘れ草摘むほどとこそ思ひつれおぼつかなくて程のへつれば」(和泉式部集)。

一七 生きたままで身を持ち崩し、物笑いの有様で流浪するとしたら、ずっと悩みは深いだろう。

一八 (浮舟は)子供っぽくおっとりとしてなよなよと見えるが。

一九 気品高く身の処し方を知ることも少なく成長した人であるから。東国の田舎育ちをいう。

二〇 (入水自殺という)少々恐ろしいに違いないことを思いつくのであったろうよ。語り手の評。

二一 残しておいては面倒な文反故などは破いて。匂宮の手紙を処分する。

二二 人目につくように一度には始末しないで。

二三 室内用の灯火。 二四 少しずつなくしてゆく。

二五 事情を知らない侍女たち。 二六 (浮舟が)薫に引取られて京へ移られるはずなので。

二七 (浮舟が)破いておいでのようだ。

二八 侍従の言。 二九 愛し合う間柄で心をこめて書き交わされた手紙は。

三〇 文箱の底などにしまって置かれてご覧になるのが。 三一 身分身分に応じて。

三二 それくらい(匂宮が)立派なご料紙を使って。

三三 こう惜しげもなく破いておしまいとは。

三四 浮舟の言。何の、煩わしくて。

三五 私はきっと長生きできそうもない身の上らしいの。

三六 (手紙が)あとに残っては、匂宮のためにもお気の毒でしょう。

三七 こざかしくこんな物をとっておいたのか、など噂をお聞きになったらとても恥かしい。

三八 次々に考えていくと、また(自殺など)とても決心しかねることなのであった。決行前の、不安と孤独。

親《おや》[一]をおきて亡《な》くなる人は、いと罪深《つみふか》かなる物をなど、さすがにほの[二]聞《き》きたることをも思《(おもふ)》。

[三]二十日《はつか》あまりにもなりぬ。[四]かのいゑ《(へ)》あるじ、廿八日に下《くだ》るべし。宮は、「その夜《よ》、かならず迎《むか》へむ。[五]下人《しも》などによくけしき見《み》ゆまじき心づかひし給へ。[六]こなたざまよりは、ゆめにも聞《き》こえあるまじ。疑《うたが》ひ給《(たまふ)》な」などの給《(たまふ)》。[七]さてあるまじきさまにておはしたらむに、いまひとたび物をもえ聞《き》こえず、[八]おぼつかなくて帰《かへ》したてまつらむことよ、[九]又時の間《ま》にても、いかでかこゝには寄《よ》せたてまつらむとする、かひなくうらみて帰《かへ》り給はんさまなどを思ひやるに、[一〇]例《れい》の面影《おもかげ》離《はな》れず、[一一]たえ《(へ)》ずかなしくて、この御文《ふみ》お《(を)》顔《かほ》にを《(お)》しあてて、しばしはつゝめども、いといみじく泣《な》き給《(たまふ)》。

右近、「[一二]あが君《きみ》、[一三]かゝる御けしきつゐ《(ひ)》に人見《み》たてまつりつべし。やう〳〵あやしなど思《(おもふ)》人侍《(はべ)》べかめり。[一四]かうかゝづらひ思《おも》ほさで、さるべきさまに聞《き》こえさせ給《(たまひ)》てよ。右近侍らば、[一五]おほけなきこともたばかり出《い》だし侍らば、かばかりちゐ《(ひ)》さき御身《み》ひとつは、空《そら》より率《ゐ》てたてまつらせ給《(たまひ)》なむ」と言《い》ふ。[一六]とばかりためらひて、「[一七]かくのみ言《い》ふこそいと心うけれ。[一八]さもありぬべきことと思《おも》ひかけ

一 親を残して先立つ人は、大層罪が深いというが。逆縁は不孝の罪。 二 (世間知らずとはいえ)さすがに小耳に挟んだことをも考える。

三 三月二十日過ぎ。薫は四月十日に浮舟を引取る予定。→二三二頁八行。

55 匂宮の予告に悩む

四 匂宮に家を貸す約束をした受領。宮の乳母の夫。→二三二頁一行。

五 召使などによく様子を悟られないよう注意しなさい。

六 私の方からは、決して漏れることはあるまい。

七 浮舟の心内。そこでもし匂宮が姿をやつしておいでになっても、もう一度お話申すこともできず。「え聞こえず」の上の「え」は底本「み」。解説参照。

八 気がかりのまま(宮を)お帰し申すに違いないことだ。 九 また暫時でも、何とかここに近寄せ申そうとしても、そのかいもなくて恨んでお帰りになるとしたら、その有様を思いやると。

一〇 いつものように宮の幻影がわが身から離れず。「面影につと添ひて」(二二七頁一二行)。

一一 こらえがたく。諸本全て「たえす」。「不レ堪也、不レ絶にはあらず」(玉の小櫛)。

一二 懇願する気持で呼びかける語。

一三 こんなご関係は、いつかはきっと人が感づくに違いありません。 一四 そうくよくよなさらずに、適当にご返事申し上げなさいませ。

一五 身のほど知らずのことでもうまく取り計いますなら、こんなに小さい御身一つくらいは、(匂宮が)空からでもお連れなさいますよ。「大空より、人雲に乗りて降り来て」(竹取物語)。

一六 ややしばらく気持を静めてから。 一七 浮舟の言。こう(私が匂宮に惹かれている)とばかり思って言うのは情けない。 一八 匂宮になびくのが当然だと私が思い込んでいるならばともかく。

ばこそあらめ、あるまじきこととみな思《おも》ひとるに、[一九]わりなくかくのみ頼《たの》みたるやうにの給へば、いかなることをし出《い》でたまはむとするにかなど思《おも》ふにつけて身《み》のいと心うきなり」とて、返《(かへり)》ことも聞《き》こえ給はずなりぬ。

宮、[二〇]かくのみ猶《(なほ)》うけひくけしきもなくて、返《かへ》り事《こと》さへ絶《た》えぐになるは、[二一]かの人《ひと》のあるべきさまに言《い》ひしたゝめて、すこし心やすかるべき方《かた》に思《おも》ひ定《さだ》まりぬるなめり、[二二]ことは《(わ)》りとおぼす物からいとくちお《(を)》しくねたく、[二三]さりともわれお《(を)》ばあはれと思ひたりし物を、あひ見《み》ぬとだえに人〴〵の言《い》ひ知《し》らする方《かた》に寄《よ》るならむかしなどながめ給《(たまふ)》に、[二四]行《ゆ》く方知《かたし》らず、むなしき空《そら》に満《み》ちぬる心《(ここ)》ちし給へば、[二五]例《れい》のいみじくおぼしたちておはしましぬ。

[二六]葦垣《あしがき》の方《かた》を見《み》るに、[二七]例《れい》ならず、「あれは誰《た》そ」と言《い》ふ声《こゑ》ぐ、[二八]いざとげなり。[二九]立《た》ち退《の》きて、心知《し》りの男《をのこ》を入《い》れたれば、[三〇]それをさへ問《と》ふ。さきぐのけはひにも似《に》ず。わづらはしくて、「[三一]京よりとみの御文《ふみ》あるなり」と言《い》ふ。[三二]右近は従者《ずさ》の名《な》を呼《よ》びてあひたり。[三三]いとわづらはしくいとゞおぼゆ。「[三四]さらにこよひは不《ふ》用《よう》なり。いみじくかたじけなきこと」と[三五]言《い》はせたり。宮、などかくもて離《はな》るらむとおぼすに、わりなくて、「[三六]まづ時方入《かたい》りて、侍従《じじう》にあひて、さるべきさま

一九 匂宮はただもうむやみに、私が頼りきっているようにおっしゃるので。
二〇 (浮舟が)こうしてばかりで一向に承知する様子もなくて。 二一 薫がもっともらしく言い含めたので、少しでも安心できそうな方に(浮舟は)どうやら心が決ったようだ。
二二 それも道理だとお思いになるものの。

56 匂宮、宇治へ行く

二三 匂宮の心内。それにしても(浮舟は)自分を慕わしく思っていたのに。
二四 恋しさは晴らしようもなく、むなしい空にいっぱいになってしまう気持がなさるので。「わが恋はむなしき空に満ちぬらし思ひやれども行く方もなし」(古今集・恋一・読人しらず)。
二五 例の通り一大決心をなさって。
二六 匂宮は以前にもここから邸に入った。→二〇〇頁四行。催馬楽・葦垣に、女を盗み葦垣を越えて逃げようとして失敗する内容の歌謡がある。→㊂藤裏葉一八二頁注一二。
二七 いつもと違って警備が厳重。
二八 夜番がすぐ目をさますようだ。薫の厳命が早速に効を奏した。
二九 (案内役の時方は)いったん退いて、代りに邸の事情を知っている男を。
三〇 その男をさえ咎め立てする。
三一 男の言。浮舟の母からの急報を装う。
三二 右近は邸に入ってきた男(匂宮の従者)を指名。底本「は」の右傍に「カ」と記す。訂正印なし。解説参照。
三三 (男は)ますます厄介なことになったと思う。
三四 右近の言。とても今夜は駄目です。大変恐縮ですが。 三五 (指名した)従者を介して。
三六 匂宮の言。時方と侍従とが親しいと判断して策を立てさせる。→二二五頁五行。

にたばかれ」とて遣《つか》はす。[一]かど〳〵しき人にて、とかく言《い》ひ構《かま(へ)》えて、尋《たづ》ねてあひたり。

「[二]いかなるにかあらむ、[三]かの殿ののたまはすることありとて、宿直《とのゐ》にある物どもの[四]さかしがりだちたるころにて、いとわりなきなり。[五]御前《おまへ》にも、物をのみいみじくおぼしためるは、[六]かゝる御ことのかたじけなきをおぼし乱《みだ》るゝにこそと、心ぐるしくなむ見《み》たてまつる。さらにこよひは、[七]人けしき見《み》侍りなば、中〳〵にいとあしかりなん。[八]やがて、[九]さも御心づかひせさせ給ひつべからむ夜、[一〇]こゝにも人知《し》れず思ひ構《かま》へてなむ聞《き》こえさすべかめる」。乳母《めのと》の[一一]いざとき事なども語《かた》る。[一二]大夫《たいふ》、「[一三]おはします道《みち》のおぼろけならず、あながちなる御けしきに、[一四]あへなく聞《き》こえさせむなむたいぐ〳〵しき。[一五]さらば、いざ給へ。ともにくはしく聞《き》こえさせ給へ」といざなふ。「[一六]いとわりなからむ」と[一七]言《い》ひしろふほどに、夜《よ》もいたくふけゆく。

宮は、御馬《むま》にてすこし[一八]とを(遠)く立《た》ちたまへるに、[一九]里《さと》びたる声《こゑ》したる犬《いぬ》どもの出《い》で来《き》てのゝしるもいとおそろしく、人少《ひとずく》なに、[二〇]いとあやしき御ありきなれば、[二一]すゞろならむ物の走《はし》り出《い》で来《き》たらむもいかさまにと、さぶらふかぎり心をぞま

一 (時方は)才覚のある男なので、うまく言いつくろって。
二 侍従の言。どうしたことでしょう。 三 薫。
四 手柄を立てようとしている最中なので、どうしようもないのです。
五 浮舟が、ひどく心配のご様子なのは。
六 このような匂宮のご誠意の勿体なさを嘆いておいでになればこそと。
七 警備の者が誰かが来た様子に気づきでもしたら、かえってひどく不都合なことになりましょう。 八 すぐに。次行の「聞こえさす」に続く。
九 浮舟を京へお迎えのご配慮がうまくいきそうな夜。 一〇 こちらでもひそかに用意してご連絡申し上げるのが最善のようです。
一一 目をさましやすい。これも油断できない、と注意を促す。 一二 時方。
一三 (匂宮が)ここまでおいでになる道中は並大抵のことではなく、どうしても会いたいというご執心に対して。
一四 そのかいもないご返事を申し上げるとしたらもってのほかです。
一五 それならば、一緒に来て下さい。
一六 侍従の言。とてもできない相談です。
一七 言い合ううちに。
一八 (邸から)遠く離れて。警備の者に見つからぬ用心。
一九 ひなびた声をした犬が何匹か出て来て吠えるのも。「犬」はこの物語で浮舟巻に二例のみ。「家を守る一犬は人を迎へて吠ゆ」(和漢朗詠集・下・田家・都良香)。

57 浮舟に逢えず帰京

二〇 身なりをやつしたお忍び歩き。
二一 思いがけない者がとび出して来たら、どう対処するか。

どはしける。「猶《(なほ)》[二二]とく〳〵まい《(ゐ)》りなむ」と言《い》ひさわがして、この侍従《じゞう》をゐてまい《(ゐ)》る。髪《かみ》[二三]、脇《わき》より掻《か》い越《こ》して、様体《やうだい》いとお《(を)》かしき人なり。馬《むま》に乗《の》せむとすれど、さらに聞《き》かねば、衣《きぬ》[二四]の裾《すそ》をとりて、立《た》ち添《そ》ひて行《ゆ》く。[二五]わが沓《くつ》をはかせて、身《(み)》づからは、供《とも》なる人のあやしき[二六]物をはきたり。まい《(ゐ)》りて、かくなんと聞《き》こゆれば、語《かた》[二七]らひたまふべきやうだになければ、山[二八]がつの垣根《かきね》のおどろ葎《むぐら》の陰《かげ》に、障泥《あふり》[二九]といふ物を敷《し》きて下《お》ろしたてまつる。わが御心《(ここ)》ちにも、[三〇]あやしきありさまかな、[三一]かゝる道《みち》にそこなはれて、はか〴〵しくはえあるまじき身《み》なめりとおぼしつゞくるに、泣《な》き給《(たまふ)》こと限《かぎ》りなし。[三二]心よは《(わ)》き人は、ましていといみじくかなしと見《み》たてまつる。[三三]いみじきあたをおにゝつくりたりとも、を《(お)》[三四]ろかに見《み》捨《す》つまじき人の御ありさまなり。[三五]ためらひ給《(たまひ)》て、「[三六]たゞ一言《ひとこと》もえ聞《き》こえさすまじきか。いかなれば、いまさらにかゝるぞ。なを《(ほ)》[三七]人〳〵の言《い》ひなしたるやうあるべし」との給《(たまふ)》。ありさまくはしく聞《き》こえて、「[三八]やがて、さおぼしめさむ日《ひ》を、かねては散《ち》るまじきさまにたばからせたまへ。[三九]かくかたじけなきことどもを見《み》たてまつり侍れば、身《み》[四〇]を捨《す》てゝもおもふ《(う)》たまへたばかり侍らむ」と聞《き》こゆ。我も人目《め》をいみじくおぼせば、一方《ひとかた》にうらみたまはむやうもなし。

二二 時方の言。もっと早く(匂宮の許に)参ろう。
二三 (侍従は)髪を脇の下から前に回して。歩行のため手に持つ。
二四 侍従の衣の裾を時方が持って。
二五 (時方は)自分の沓を侍従に履かせて。外出用の毛皮の沓か。
二六 粗末な履物。わら沓か。
二七 (馬上では)お話のなさりようもないので。
二八 山家の垣根で藪(おどろ)やつる草の茂る陰で。「藪 也夫、又於土呂」(新撰字鏡)。
二九 馬の両脇に垂らして泥を防ぐ毛皮製の具。大和物語一五四段に、竜田山中で盗み出した女と障泥を敷いて寝る話がある。
三〇 匂宮の心内。
三一 こうした恋路に傷つけられて、しっかりと過ごして行けそうもない身の上のようだ。
三二 気の弱い侍従は、匂宮以上に。
三三 恐ろしい仇敵を鬼の姿に作ったとしても。
三四 (その鬼が)おろそかに見捨てがたいと思われそうな匂宮のご容姿だ。「いみじき武士、あたかたきなりとも、見てはうち笑まれぬべきさまのしたまへれば」(㊀桐壺一九頁八行)。
三五 気持を抑えられて。
三六 匂宮の言。たった一言でもお話申せそうもないのか。
三七 やはり侍女たちが尤もらしく言ったことがあるに違いない。「人〳〵の言ひ知らする方に寄るならむかし」(二五一頁七行)と疑っていた。
三八 侍従の言。早速、浮舟を引取ろうとお思いになる日を、前もって漏れないようにご計画下さい。
三九 こうも勿体ないことを沢山拝見しましたので。危険も顧みぬ匂宮の誠意に感激する。
四〇 命がけでお取計らいさせていただきましょう。

夜《よ》はいたくふけゆくに、この[一]物咎《とが》めする犬《いぬ》の声絶《こゑた》えず、人〳〵[二]を《(お)》ひ避《さ》けなどするに、[三]弓《ゆみ》ひき鳴《な》らし、あやしき男《をのこ》どもの声《こゑ》どもして、「火《ひ》あやうし《(ふ)》」など言《い》ふも、いと心あわたゝしければ、帰《かへ》りたまふほど、[四]言《い》へばさらなり。

「[五]いづくにか身《み》をば捨《す》てむと白雲《しらくも》のかゝらぬ山もなく〳〵ぞゆく

[六]さらばはや」とて、この人を帰《かへ》し給《(たまふ)》。[七]御けしきなまめかしくあはれに、夜深《ふか》き露《つゆ》にしめりたる御香《か》のかうばしさなど、たとへむ方《かた》なし。[八]泣《な》く〳〵ぞ帰《かへ》り来《き》たる。

右近は、[九]言《い》ひ切《き》りつるよし言《い》ひゐたるに、[一〇]君《きみ》はいよ〳〵思《おも》ひ乱《みだ》るゝこと多《おほ》くて、臥《ふ》したまへるに、[一一]入《い》り来《き》てありつるさま語《かた》るに、いらへもせねど、[一二]枕《まくら》のやう〳〵浮《う》きぬるを、[一三]かつはいかに見《み》るらむとつゝまし。[一四]つとめても、あやしからむまみを思《おも》へば、無期《むご》に臥《ふ》したり。物はかなげに[一五]を《(お)》びうちかけなどして経読《よ》む。[一六]親《おや》に先立《さきだ》ちなむ罪失《つみうしな》ひたまへとのみ思《おも》ふ。[一七]ありし絵《ゑ》を取《と》り出《い》でて見《み》て、かき給《(たまひ)》し手《て》つき、顔《かほ》のにほひなどの、[一八]むかひきこえたらむやうにおぼゆれば、よべ[一九]一言《ひとこと》をだに聞《き》こえずなりにしは、猶《(なほ)》[二〇]いまひとへまさりて、いみじと思《おも》ふ。[二一]かの、心のどかなるさまにて見《み》むと、行《ゆ》く末《すゑ》とを《(ほ)》かるべきことをの給ひわたる

一 怪しんで吠える犬。「忍びて来る人見知りて吠ゆる犬」(枕草子・にくきもの)。 二 追って遠ざける。追い払う。 三 弓弦を鳴らし、夜警の下人らの声で。→㊀夕顔一二三頁九行。 四 (悲しさは)今更言うまでもない。 五 匂宮の歌。どこに身を捨てようかと白雲のかからぬ山もない山路を泣く泣く帰ってゆくのです。侍従の「身を捨てても」を承けて、匂宮自身の絶望的な思いに切り返した。「白雲」と「知ら(ず)」、「無く」と「泣く」を掛ける。「いづくとも所定めぬ白雲のかからぬ山はあらじとぞ思ふ」(拾遺集・雑恋・読人しらず)。 六 それでは早く(帰るがよい)。 七 (匂宮の)ご様子は優雅で感動的。侍従の心内。 八 (侍従は)泣きながら(邸に)帰って来た。匂宮の歌の表現による。「なく〳〵も帰りにしかなかりの世はいづこもつひの常世ならぬに」(㊃幻一九七頁五行)も参照。

58 浮舟、今生の思い

九 浮舟との対面をきっぱりお断りした旨を話していたところに。 一〇 浮舟は(それを聞いて)ますます悩んで。 一一 (侍従が)そこへ入って来て先程の話をするが。 一二 枕がだんだん浮いてしまうほど涙が溢れるので。「枕浮く」は恋ゆえの悲しみの表現。→㊁須磨三一頁注二八。 一三 一方では、侍女たちが自分をどう見るか。 一四 翌朝も、泣きはらした醜い目もとを思うと、いつまでも寝ている。 一五 掛け帯を肩にかける。読経の折の作法。→㊃椎本三七五頁注二八。 一六 →二五〇頁注一。 一七 匂宮があの時描いた絵。→二一〇頁注五。 一八 真向いにお目にかかっているように。 一九 前頁注三六と照応。 二〇 もう一段と悲しみがまさって。 二一 あの、ゆったりとした気持で逢いたいと、末長く変ら

人《ひと》も、二二いかゞおぼさむといとを《(ほ)》し。二三うきさまに言《い》ひなす人もあらむこそ、思《おも》ひやりはづかしけれど、二四心あさくけしからず人笑《ひとわら》へならんを聞《き》かれたてまつらむよりは、など思ひつゞけて、

二五嘆《なげ》きわび身《み》をば捨《す》つとも亡《な》き影《かげ》にうき名《な》流《なが》さむことをこそ思《おも》へ

親《おや》もいと恋《こひ》しく、例《れい》はことに思《おも》ひ出《い》でぬ二六はらからの、みにくやかなるも恋《こひ》し。二七宮の上《うへ》を思ひ出《い》できこゆるにも、二八すべていまひとたびゆかしき人多《おほ》かり。二九人はみな、を《(お)》の〳〵物染《そ》めいそぎ、何《なに》やかやと言《い》へど、耳《みゝ》にも入《い》らず。夜《よる》となれば、人《ひと》に見《み》つけられず出《い》三〇でて行《ゆ》くべき方を思《(おもひ)》まうけつゝ、寝《ね》られぬまゝに、心《(ここ)》ちもあしく、三一みな違《たが》ひにたり。三二明《あ》けたてば、川《かは》の方《かた》を見《み》やりつゝ、三三羊《ひつじ》の歩《あゆ》みよりもほどなき心《(ここ)》ちす。

三四宮は、いみじきことどもをの給へり。三五いまさらに人や見《み》むと思《おも》へば、この御返事をだに、思《(おもふ)》まゝにも書《か》かず。

三六からをだにうき世の中にとゞめずはいづこをはかと君《きみ》もうらみむ

とのみ書《か》きて出《い》だしつ。三七かの殿《との》にも、三八いまはのけしき見《み》せたてまつらまほしけれど、三九ところどころに書《か》き置《お》きて、四〇離《はな》れぬ御中なれば、ついに聞《き》きあはせ給は

二二 自分の入水を。 二三 (自分の死後)いやな噂を言いふらす人がいるかも知れないが、それを思うと恥かしいけれど。 二四 思慮が浅く不埒な女よと世間の物笑いになるとしたら(それを薫に)聞かれ申すよりは。

二五 浮舟の歌。嘆き悲しんでわが身を捨てるとしても亡き後に情けない噂が流れるとしたらそれを辛く思います。死んでも汚名は残るという救いのない心境。 二六 異父弟妹たちで、みっともない者も。 二七 中君。 二八 死に臨んで誰彼にとなく執着がつのる。 二九 侍女たちは引越しの準備に大わらわ。 三〇 邸を抜け出していけそうな方途をあれこれ心に描いては。 三一 すっかり正気を失っている。 三二 夜が明けはじめると。

三三 屠所に牽かれる羊よりも、死が近い気がする。「是寿命…因の市に趣きて歩歩死に近づくが如く、牛羊を牽いて屠所に詣(たい)るが如し」(涅槃経三十八)。

三四 匂宮は(帰京後)ひどく切ないことを沢山言ってよこされた。 三五 いまさら人に見られても、と。

59 告別の歌

三六 浮舟の歌。亡骸だけでもこのつらい世の中に残さないならば、どこを目当てにあなたは私をお恨みになれましょう。入水を暗示。「はか(目当て)」に「墓」を掛ける。「空蟬はからを見つつも慰めつ深草の山けぶりだに立て」(古今集・哀傷・勝延)。「今日過ぎば死なましものを夢にてもいづこをはかと君がとはまし」(後撰集・恋二・中将更衣)。

三七 薫にも。以下、浮舟の心内。 三八 自分の最期のもようを。 三九 匂宮と薫。 四〇 二人は親しい間柄だから、いつかは話し合われるような事になれば、とても辛い。

んこと、いとうかるべし。[一]すべていかになりけむと、誰にもおぼつかなくてやみなんと思《おも》ひ返《かへ》す。

京より、母《はゝ》の御文《ふみ》持《も》て来《き》たり。

寝《ね》ぬる夜《よ》の夢《ゆめ》にいとさは《(わ)》[二]がしくて見《み》「え」たまひつれば、ず[三]行《(ぎやう)》[四]ところ〴〵せさせなどし侍るを、やがてその夢《ゆめ》の後《のち》、寝《ね》られざりつるけにや、たゞいま昼寝《ひるね》して侍る夢《ゆめ》に、[五]人の忌《い》むといふことなん見《み》えたまひつれば、[六]おどろきながらたてまつる。よくつゝしませ給へ。人離《ひとはな》れたる御住《す》まゐ《(ひ)》にて、時[七]〳〵立《た》ち寄《よ》らせ給《(たまふ)》人の御ゆかりもいとを《(お)》そろしく、[八]なやましげに物せさせたまふおり《(を)》しも、夢《ゆめ》のかゝるを、よろづになむ思《おも(う)》ふ給ふる。まゐ《(ゐ)》り来《こ》ま[九]ほしきを、少将の方《かた》の、猶《(なほ)》いと心もとなげに物のけだちてなやみ侍れば、[一〇]片時《かた》も立《た》ち去《さ》ること、といみじく言《い》はれ侍りてなむ。その[一一]近《ちか》き寺《てら》にも御《み》ず行《(ぎやう)》せさせたまへ。

とて、[一二]その料《れう》の物、文《ふみ》など書《か》き添《そ》へて持《も》て来《き》たり。限《かぎ》[一三]りと思《おも》ふ命《いのち》のほどを知《し》らで、かく言《い》ひつゞけたまへるも、いとかなしと思《おも》ふ。

寺《てら》へ人やりたるほど、返《かへ》[一四]り事書《ことか》く。言《い》はまほしきこと多《おほ》かれど、[一五]つゝましく

一 万事どうなったのか、誰にもわからないようにして死んでしまおう。
二 おだやかでない様子で(浮舟が)現れなさったので。底本「みたまひつれは」、青表紙他本により訂す。
三 「誦経」。「行」は宛て字。経を、定まった読み方で声に出して読むこと。
四 方々の寺で。
五 世間の人が不吉とするようなことが、あなたの身の上に現れなさったので。「夢を解く書に曰く、夢に病人を見ば、必ず死す」(河海抄)。
六 目をさますなりすぐこの手紙を。
七 時々お立ち寄りになる薫の御縁(の人)もとても恐ろしく。通説は女二宮だが、匂宮か。↓二三五頁三行。
八 (浮舟が)ご病気がちな折も折、こうした悪い夢を見たので。
九 左近少将の妻(浮舟の異父妹)が、まだとても心配で物の怪めいて患っていますので。出産間近か。↓二三六頁八行。
一〇 少しの間も傍を離れること(まかりならぬ)と、夫(常陸介)からきびしく言われておりましてね。
一一 宇治山の阿闍梨の寺。
一二 誦経のお布施や僧への依頼の手紙。
一三 (浮舟が)最期と思っている死の覚悟も知らずに。
一四 (浮舟は)母君へ。
一五 気が咎めて。
一六 浮舟の歌。後の世でまた再会することを祈念して下さい、現世での夢に心が惑わないで。
一七 山寺の誦経が始まる鐘の音が風に乗って。
一八 浮舟の歌。山寺の鐘の音が消えてゆく余韻

て、たゞ、

[一六]のちに又あひ見《み》むことを思《おも》はなむこの世《よ》の夢《ゆめ》に心まどはで

[一七]ず行《(ぎやう)》の鐘《かね》の風《かぜ》につけて聞《き》こえ来《く》るを、つく〴〵と聞《き》ゝ臥《ふ》し給《(たまふ)》。

[一八]鐘《かね》の音《おと》の絶《た》ゆるひゞきに音《ね》をそへてわが世《よ》つきぬと君《きみ》に伝《つた》へよ

[一九]巻数《(くわんず)》持《も》て来《き》たるに書《か》きつけて、「[二〇]こよひはえ帰《かへ》るまじ」と言《い》へば、物[二一]の枝に結《ゆ》ひつけてを《(お)》きつ。乳母《めのと》、「[二二]あやしく心ばしりのするかな。夢《ゆめ》[二三]もさは《(わ)》がしとの給はせたりつ。宿直人《とのゐ》よくさぶらへ」と言《い》はするを、苦《くる》しと聞《き》ゝ臥《ふ》し給へり。「[二四]物きこしめさぬ、いとあやし。御湯漬《ゆづけ》」などよろづに言《い》ふを、[二五]さかしがるめれど、いとみにくゝ老《お》いなりて、われなくはいづくにかあらむ、と思《おも》ひやりたまふもいとあはれなり。世[二六]の中にえありはつまじきさまを、ほのめかして言《い》はむなどおぼすに、[二七]まづおどろかされて先立《さきだ》つ涙《なみだ》をつゝみ給《(たまひ)》て、物も言《い》はれず。右近、ほど近《ちか》く臥《ふ》すとて、「[二八]かくのみ物を思《おも》ほせば、[二九]物思《おも》ふ人のたましゐ《(ひ)》はあくがるなるものなれば、夢《ゆめ》もさは《(わ)》がしきならむかし。[三〇]いづ方《かた》とおぼし定《さだ》まりて、いかにも〳〵おはしまさなむ」とうち嘆《なげ》く。[三一]なへ《(え)》たる衣《きぬ》をかを《(ほ)》にを《(お)》しあてて臥《ふ》したまへりとなむ[三二]。

に私の泣く声を添えて、私の命は終りましたと母君に伝えて下さい。「つき」に「尽き」「(鐘を)撞き」を掛ける。母に贈る辞世の歌。

一九 読誦した経文や陀羅尼の名や度数を記して、僧侶から願主へ贈る文書。「巻数」、底本は傍記補入。青表紙他本多く欠くが、河内本・別本にはある。

二〇 使者の言。今夜は京の母君の所へは帰れまい。

二一 その巻数を木の枝に結びつけたまま差し置いた。

二二 不思議に胸騒ぎのすることよ。

二三 (母君の手紙にも)夢見が悪いとの仰せでした。夜警は十分に見回れ。

二四 乳母の言。何か召し上がらないのは、とてもおかしい。

二五 浮舟の心内。乳母はあれこれ世話をやくようだが、とても醜く年寄って、自分が死んだらどこへゆくのだろう、と。

二六 この世に生き長らえられないわけを(乳母には)それとなく言おうか。

二七 まず胸をつかれて、言葉より先に涙が溢れ出るのを気にされて。

二八 右近の言。こんなにまで物思いをなさるので。

二九 物思いする人の魂は身から離れて浮遊するというから。→[一]葵三〇四頁注一一。「物思へば沢の蛍もわが身よりあくがれ出づる魂かとぞ見る」(後拾遺集・神祇・和泉式部)。

三〇 薫か匂宮か、どちらか一人とお決めになって、結果はどうあろうと後はご運にお任せ下さい。

三一 着なれて糊気のとれた衣の袖を。

三二 語り手の伝聞形式で結ぶ。

道[一]口律

[二]大国には以羊為食物如馬牛飼置天臨食物相具屠所歩行也随歩死期近以之世間人如相待無常喩也経云歩ゝ近死地人命亦如是

けふも又午のかひをそふきつなる
　ひつしのあゆみちかつきぬらむ

[三]けさうする人のありさまのいつれうなき
やまとものかたりに在万葉集
　をとめつかの事也

一 →二三六頁注一五。
二 →二五五頁注三三。
三 →二四八頁注一四。

蜻_{かげ}

蛉_{ろふ}

〔巻名〕**亡き大君**、中君、浮舟の宇治八宮ゆかりの女性とのあやにくな縁を回想して、薫が「かげろふのものはかなげに飛びちがふを」見て詠んだ歌、「ありと見て手にはとられず見れば又ゆくへもしらず消えしかげろふ」(三一七頁)による。「かげろふ」はトンボに似て小さな虫。「蜻蛉　セイレイ　カケロフ」(色葉字類抄)。

1　宇治では浮舟の姿がどこを捜しても見当たらないので大騒ぎである。匂宮と薫の板挟みになった浮舟の内情を知る右近と侍従は、浮舟が宇治川へ身を投げたのではないかと思う。

2　匂宮はいつもとは違った浮舟の返事を見て胸騒ぎをおぼえ、宇治へ使者を遣わす。到着した使者は浮舟失踪で大騒ぎの八宮邸で手紙も差し出せず、京へ戻って浮舟急死を報告。にわかに信じられない匂宮は腹心の時方を派遣。

3　宇治に到着した時方はまず右近に面会を求めるが右近は応じず、侍従と会う。

4　遺骸すらないと嘆く乳母の言葉を耳に挟み不審を抱いた時方は、侍従に真相を問いただす。侍従は隠してもいずれ匂宮方の耳に入ることだろうと観念し、浮舟入水をほのめかす。

5　雨に紛れて浮舟の母も宇治に到着。浮舟の悩みを知らぬ母は、身投げなどは思いもよらず、鬼に喰われたか狐にさらわれたかと嘆く。

6　侍従、右近の両人は、真相が世間に漏れる前にと、悲しみさめやらぬ母に浮舟の入水を明かし、二人で浮舟の火葬を装う。向かいの山の麓での遺骸のない火葬はあっけなく終わった。

7　侍従と右近は匂宮や薫に真相が漏れるのを恐れて、八宮邸の下人たちにも火葬の実際を知る者には口外を禁じ、他の者には知らせないよう策を巡らした。

8　折しも薫は母女三宮の病平癒の祈願のため、参籠の最中であった。**石山**で事態を知った薫は、早々と自分抜きで火葬が執り行われたことに不快を表明。

9　薫は今まで浮舟を宇治に放置したことを後悔、悲しみに沈む。浮舟の死は道心を起こさせようという仏の方便かと観念して、勤行に専念する薫。

10　匂宮も茫然自失の体で、重病と称して籠もりきりである。薫は匂宮の様子を聞き知って、浮舟の死に匂宮が関わりあることを推察。そのころ薫の叔父にあたる式部卿宮が死去、服喪する。

11　薫、匂宮を見舞い、匂宮の涙に浮舟への思いを看破する。宮は今となっては薫を浮舟の形見と思う。薫は宇治に隠し置いた愛人(つまり浮舟)の急死を匂宮に報告する。

12　薫の取り乱した顔つきを見て匂宮は同情するが、素知らぬ体で応対。薫は、匂宮のような貴人に思われた浮舟の宿世の高さを思う。

13　**四月になり**、薫は**北の宮**(二条院)に滞在中の匂宮に歌を贈る。浮舟のことをにおわせた薫の歌を、匂宮は中君の手前、面倒に思うが、中君は浮舟をめぐる事情は先刻承知であった。

14　匂宮は詳しい事情を知りたく、右近を迎えに時方を遣わす。右近は同道をためらったので、時方は匂宮の心痛の様子を語って侍従を連れ帰った。

15　中君には内緒で、匂宮は侍従を迎え入れ、失踪直前の浮舟の様子を聞く。翌朝帰る侍従に匂宮は浮舟のために用意された櫛の箱と衣箱を贈った。

16　薫、宇治を訪問。右近を呼び出して事情を尋ねる。薫の真剣な態度に圧されて、右近は事実を打ち明けた。

17　浮舟の入水を聞いた薫は絶句。さらに詳細を問いただす薫に、右近は浮舟と匂宮二人の仲を泣く泣く認めた。

18　薫のきびしい追及に抗しきれず、右近は浮舟と匂宮との最初からのいきさつを語る。それを聞くにつけ薫は浮舟を宇治に放置したことを悔やむ。

19 今は律師になっている阿闍梨に浮舟の供養を命じた薫は、弁尼との対面も叶わないまま、道中浮舟を偲びながら帰京。

20 浮舟の母を案じて、薫は弔問の手紙を三条の家に遣わし将来の世話を約束する。使者は腹心の大蔵大輔。大輔は返事を持って帰参し、浮舟の母の口上を伝えた。

21 浮舟の母の滞在する三条の家に顔を出した夫の常陸介は、薫の手紙を見て恐懼。母から浮舟と薫との間柄を初めて知らされて、自分の手の届かない上流社会と交渉のあった継娘の死を悼んだ。

22 浮舟の四十九日の法事が薫の援助で宇治の**律師の山寺**において営まれた。薫や匂宮から寄せられた供物の豪華さに、常陸介はあらためて浮舟の宿世の比類なさを思う。

23 薫同様、明石中宮も叔父の**喪に服し**て六条院に滞在。匂宮と睦まじい仲の同じ明石中宮腹の女一宮のもとに、薫が密かに情を交わしていた小宰相君という女房がいた。その小宰相が浮舟を失って傷心の薫に贈歌、薫も返歌をしがてら、小宰相を訪う。

24 夏、**蓮の花盛り**の頃、六条院で**法華八講**が催された。講果てて小宰相君の局を訪れようとした薫は、屋内のいつもと違った様子に、馬道に面した障子の隙間から**西の渡殿**を垣間見をする。

25 薫の目に映ったのは、蓋に載せた氷を割ろうとして騒ぐ女房三人と童、それに白い薄物姿の女一宮であった。

26 女一宮の面影が忘れられぬ薫は、翌日妻女二宮に昨日垣間見た女一宮と同じ装束をさせ、氷を持たせなどして、女一宮への執心を紛らわす。

27 その翌日、六条院に明石中宮を訪ねた薫は、絵が話題になった折に、女一宮から女二宮へ絵を賜りたい旨、中宮に訴える。ついで一昨日垣間見した**渡殿**で女一宮を偲ぶ。

28 女一宮の女房大納言君が、明石中宮に浮舟の身元や、浮舟が薫、匂宮と三角関係にあったことを告げる。驚いた中宮は匂宮を案じ口外を禁じる。

29 その後、女一宮から女二宮へ手紙とともに多くの絵が贈られてきた。その手紙を見るにつけ女一宮への思慕募る薫は、大君存命ならこういうこともあるまいにと恨めしく、さらに中君、亡き浮舟へ思いを馳せる。

30 匂宮も浮舟を忘れられず、浮舟の女房侍従を呼び寄せたが、侍従は中君のいる二条院での宮仕えを避け、明石中宮に出仕することになった。

31 この年の**春**亡くなった式部卿宮の娘で、継母から不本意な結婚を迫られていた姫君が、女一宮のもとに出仕して宮君と呼ばれていた。はやくも宮君に目を付けていた匂宮は、浮舟事件の心痛がやわらいできたこの頃、宮君に夢中である。

32 六条院滞在中の中宮が内裏へ戻る日が近くなった。中宮に仕える侍従は、ある日、そろって中宮に参上した薫と匂宮を物陰からのぞき見る。

33 中宮の御前を退いた薫は、**東の渡殿**の戸口にいた弁のおもとを中心とする中宮女房たちと言葉を交わし、歌を詠み合う。

34 薫は寝殿の東面の高欄にもたれて前栽の花々を眺めながら、美しい女房に取り巻かれてすごす匂宮の境遇をうらやむ。

35 その日もまた、**西の渡殿**にわざわざ立ち寄った薫は、そこで談笑する女房たちに声をかける。折しも聞こえていた箏の琴を、遊仙窟もじりで話題にした薫の言葉に、同じく遊仙窟で応える女房がいる。それは先日歌を詠み交わした中将君であった。

36 薫は**西の対**に渡り、そこに局する宮君を訪問。父親王の死によって宮仕えの分際に身を落とした高貴な姫君宮君の境遇に同情し、また宇治の大君、中君、浮舟との縁に思いを巡らす。

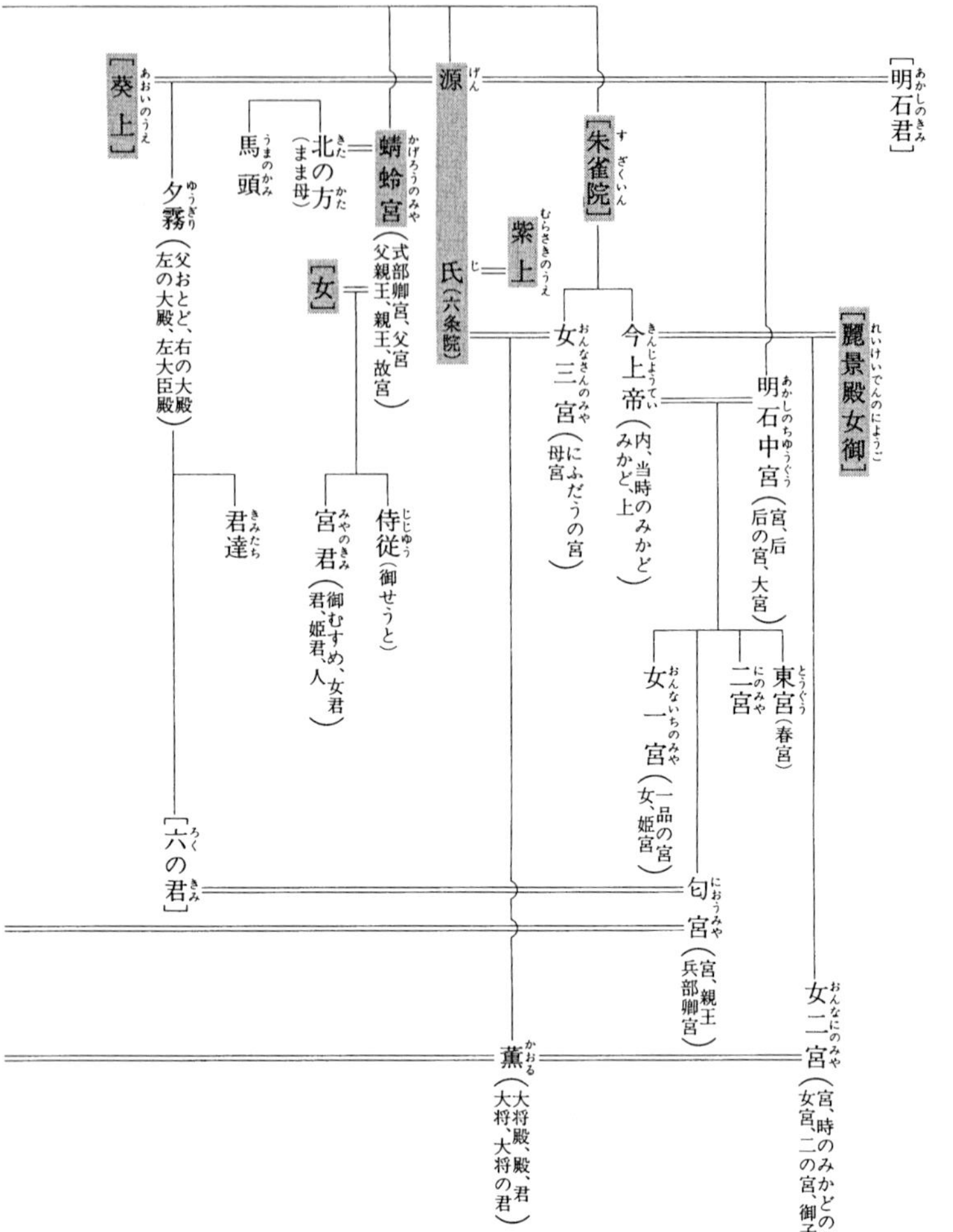
明石君《あかしのきみ》
朱雀院《すざくいん》
源氏《げんじ》（六条院）
蜻蛉宮《かげろうのみや》（式部卿宮、父宮 父親王、親王、故宮）
北の方《きたのかた》（まま母）
馬頭《うまのかみ》
葵上《あおいのうえ》
夕霧《ゆうぎり》（父おとど、右の大殿 左の大殿、左大臣殿）
紫上《むらさきのうえ》
女
女三宮《おんなさんのみや》（にふだうの宮 母宮）
今上帝《きんじょうてい》（内、当時のみかど みかど、上）
明石中宮《あかしのちゅうぐう》（宮、后 后の宮、大宮）
麗景殿女御《れいけいでんのにょうご》
君達《きみたち》
侍従《じじゅう》（御せうと）
宮君《みやのきみ》（御むすめ、女君 君、姫君、人）
東宮《とうぐう》（春宮）
二宮《にのみや》
女一宮《おんないちのみや》（一品の宮 女、姫宮）
六の君《ろくのきみ》
匂宮《におうみや》（宮、親王 兵部卿宮）
女二宮《おんなにのみや》（宮、時のみかどの御むすめ 女宮、二の宮、御子）
薫《かおる》（大将殿、殿、君 大将、大将の君）

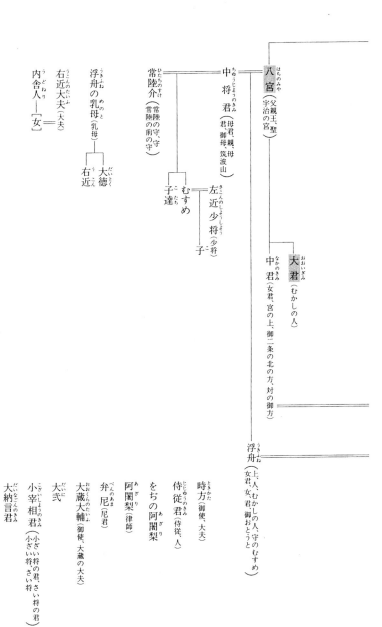

八宮《はちのみや》（父親王、聖
宇治の宮）

中将君《ちゅうじょうのきみ》（母君、親、母
君、御母、筑波山）

常陸介《ひたちのすけ》（常陸の守、守
常陸の前の守）

浮舟《うきふね》の乳母《めのと》（乳母）

右近大夫《うこんのたいふ》（大夫）

内舎人《うどねり》——［女］

大君《おおいぎみ》（むかしの人）

中君《なかのきみ》（女君、宮の上、御二条の北の方、対の御方）

左近少将《さこんのしょうしょう》（少将）

子《こ》

むすめ

子達《こたち》

大徳《だいとく》

右近《うこん》

浮舟《うきふね》（上、人、むかしの人、守のむすめ
女君、女、君、御おとうと）

時方《ときかた》（御使、大夫）

侍従君《じじゅうのきみ》（侍従、人）

をぢの阿闍梨《あざり》

阿闍梨《あざり》（律師）

弁尼《べんのあま》（尼君）

大蔵大輔《おおくらのたいふ》（御使、大蔵の大夫）

大弐《だいに》

小宰相君《こざいしょうのきみ》（小ざい将の君、さい将の君
小さい将、さい将）

大納言君《だいなごんのきみ》

弁《べん》のおもと

中将《ちゅうじょう》のおもと（中将の君）

匂宮《におうみや》の御使《つかい》（男）

1 浮舟失踪

[一]かしこには、人々[二]、おはせぬを求《もと》めさは《(わ)》げどかひなし。[三]物語《がたり》の姫君《ひめ》の人に盗《ぬす》まれたらむあしたの様《(やう)》なれば、くはしくも言《い》ひつゞけず。

[四]京より、ありし使《つかひ》の帰《かへ》らずなりにしかば、おぼつかなしとて、また人おこせたり。「[五]まだ鶏《とり》の鳴《な》くになむ、出《い》だし立《た》てさせ給へる」と使《つかひ》の言《い》ふに、[六]いかに聞《き》こえんと、乳母《めのと》よりはじめて、あは《(わ)》てまどふこと限《かぎ》りなし。思ひやる方《かた》なくてたゞさは《(わ)》ぎあへるを、[七]かの心知《し》れるどちなん、いみじく物を思《おも》ひ給へりしさまを思ひ出《(いづ)》るに、[八]身を投《な》げたまへるかとは思《おも》ひ寄《よ》りける。

泣《な》く〳〵この文《ふみ》をあけたれば、

[九]いとおぼつかなさにまどろまれ侍らぬけにや、こよひは夢にだにうちとけても見《み》えず、物におそはれつゝ心地も例《れい》ならずうたて侍るを、猶《(なほ)》[一〇]いとおそろしく、ものへわたらせ給はん事[一一]は近《ちかゝ》かなれど、[一二]その程こゝに迎《むか》へたてまつりてむ。けふは雨降《あめふ》り侍《(はべり)》ぬべければ。

などあり。

一 (語り手のいる京から見て)あちら、すなわち宇治では、の意。 二 回りの者たち(女房)が、浮舟のいらっしゃらないのを大騒ぎして捜したが(浮舟は)見当たらない。 三 まるで、物語の姫君がさらわれたことがわかった翌朝の騒ぎのような(ありふれた事な)ので、くどくどとは言わない。「いと恐ろしきことをこそ聞き侍りつれ。二の宮の越後の乳母は、宰相の中将に盗ませ奉らむとたばかりて、多くの物賜はりにけるは」(うつほ物語・国譲・下)。 四 京にいる浮舟の母から、前に遣わした使者が戻ってこなかったので、心配だというわけで、再度使者をよこしてきた。前の使者は宇治に泊まった。↓浮舟二五七頁注二〇。 五 後の使者の言。(浮舟の母は)まだ暗いうちに(使者を)出発させなさった。「鶏鳴 アカツキ 晨夜分 ケイメイ」(黒川本色葉字類抄)。 六 浮舟の失踪をどう報告したものかと。 七 (浮舟が薫と匂宮との板挟みになっていたという)内情を知っていた(右近と侍従の)二人。 八 (浮舟は宇治川に)身投げをなさったのかということは、思い当たるのであった。 九 浮舟の母の手紙。(浮舟のことが)心配でうとうとともできぬせいか、今夜は夢の中でさえ落ち着いて逢うこともなく、何度もうなされていやな気分がしますが。 一〇 「本妻方の呪咀などが有りはせぬかと怖ろしく」(対校)。 一一 薫の用意した京の家への転居。四月十日の予定であった。↓浮舟二三二頁。 一二 その前後に(一旦)この家へお越しいただこう。 一三 失踪前夜に浮舟が書いた母への返事。↓浮舟二五七頁。 一四 右近の心内。危惧していた通

[一三]よべの御返《かへ》りをもあけて見《み》て、右近いみじう泣《な》く。[一四]さればよ、心ぼそきことは聞《き》こえ給《(たまひ)》けり、我に、などかいさゝかの給《(たまふ)》ことのなかりけむ、幼《をさな》かりし程より、つゆ心を《(お)》かれたてまつる事なく、塵《ちり》ばかり隔《へだ》てなくてならひたるに、[一五]いまは限《かぎ》りの道《みち》にしも我をおくらかし、けしきをだに見《み》せたまはざりけるがつらき事、と思《おも》ふに、[一六]足摺《あしずり》りといふ事をして泣《な》くさま、若《わか》き子《こ》どものやうなり。[一七]いみじくおぼしたる御けしきは見《み》たてまつりわたれど、かけても、かくなべてならずおどろ〳〵しきこと、おぼし寄《よ》らむものとは見《み》えざりつる人の御心ざまを、猶《(なほ)》いかにしつる事にかとおぼつかなくいみじ。乳母《めのと》は、[一八]中〳〵物もおぼえで、たゞ、「いかさまにせむ、いかさまにせん」とぞ言《い》はれける。

[一九]宮にも、[二〇]いと例《れい》ならぬけしきありし御返《かへ》り、[二一]いかに思《(おもふ)》ならん、我をさすがにあひ思《(おもひ)》たるさまながら、あだなる心なりとのみ深《ふか》く疑《うたが》ひたれば、ほかへ行《い》き隠《かく》れんとにやあらむ、とおぼしさは《(わ)》ぎ、御使《つかひ》あり。あるかぎり泣《な》きまどふ程に来《き》て、[二二]御文《ふみ》もえ奉《たてまつ》らず。「いかなるぞ」と[二三]下種《げす》女に問《と》へば、「[二四]上《うへ》の、こよひにはかに亡《う》せ給《(たまひ)》にければ、物もおぼえ給はず。[二五]頼《たの》もしき人もおはしまさぬお《(を)》りなれば、さぶらひ給《(たまふ)》人〳〵は、たゞ[二六]物《もの》に当《あ》たりてなむまどひ給《(たまふ)》」と言《い》ふ。[二七]心も深《ふか》く知《し》

りだ、(浮舟はこのような)心細い歌を(母に)申し上げておられたのだった。

[一五] よりによってこの世を去る時に私を置き去りにして、そういうそぶりをさえお見せにならなかった薄情さよ、と。 [一六] 身もだえして泣く有様は、幼い子供のようだ。「手ヲ打テ妬ガリ、足摺ヲシテ極気《いみじげ》ナル顔ニ貝ヲ作テ泣ケレバ」(今昔物語集二十四ノ八)。→[四]総角四五九頁注二七。 [一七] (浮舟が)ひどく悩んでおられたご様子はずっと拝見していたが、夢にも、こうして(身投げなどという)常軌を逸した恐ろしいことを、思い立たれようとはお見受けしなかった浮舟のご性格なのに、一体どうしたことなのだろうかと、訳が分からず途方に暮れる。

[一八] (あまりのことに)かえって頭も働かず。

[一九] 匂宮。 [二〇] まったくいつもとは様子の違った(浮舟からの)ご返事(をご覧になって)。浮舟巻二五五頁の「からをだに」の歌をさす。

[二一] 匂宮の心内。(浮舟は)どういう考えなのだろう、私に対しても何だかんだというものの好意を抱いているようだが、私の気持を浮気心だと疑ってばかりいたので、他の場所に姿を隠そうというつもりなのであろうか。匂宮は浮舟の歌を、怨みの歌と見る。

2 匂宮より使者

[二二] 八宮邸は混乱の最中で、匂宮の手紙も渡せない。

[二三] 匂宮の使者が八宮邸の下仕えの女に尋ねる。「下種女」→[二]玉鬘三四五頁注三四。「短くてありぬべき物…下種女の髪」(枕草子)。 [二四] 下種女の言。「上」は浮舟。

[二五] 浮舟の母をさすか。一説に薫のことかという。 [二六] 右往左往するさま。→[一]三一一頁注三三。 [二七] (匂宮の使者は)込み入った事情を知らない者なので。

らぬ男《をのこ》にて、くはしう問《と》はで[一]まい《(ゐ)》りぬ。

[二]かくなんと申させたるに、夢とおぼえて、[三]いとあやし、いたくわづらふとも聞《き》かず、日《ひ》ごろなやましとのみありしかど、[四]きのふの返《かへ》り事《こと》はさりげもなくて、常《つね》よりもお《(を)》かしげなりし物を、[五]とおぼしやる方《かた》なければ、「[六]時方《ときかた》、行《い》きてけしき見《み》、たしかなる事問《と》ひ聞《き》け」との給へば、「[七]かの大将殿、いかなることか聞《き》き給《ゝ(たまふ)》事侍《(はべり)》けん、宿直《とのゐ》する者《もの(お)》をろかなりなど戒《いまし》め仰《おほ》せらるゝとて、下人《(しもびと)》のまかり出《い》づるをも見咎《みとが》め問《と》ひはべるなれば、[八]言《こと》つくることなくて時方《ときかた》まかりたらんを、ものの聞《ゝき》こえ侍らば、おぼしあはすることなどや侍らむ。[九]さてにはかに人の亡《う》せ給へらん所は、論《ろ》なうさは《(わ)》がしう人しげく侍らむを」と聞《き》こゆ。「[一〇]さりとては、いとおぼつかなくてやあらむ。猶《(なほ)》とかくさるべきさまに構《かま》へて、[一一]例《れい》の心知《し》れる侍従《じじゆう》などにあひて、いかなることをかく言《い》ふぞと案内《あない》せよ。[一二]下種《げす》はひがことも言《い》ふなり」との給へば、いとお《(ほ)》しき御けしきもかたじけなくて、夕《ゆふ》つ方行《かたゆ》く。

[一三]かやすき人は、とく行《い》き着《つ》きぬ。雨《あめ》すこし降《ふ》りやみたれど、[一四]わりなき道に、やつれて下種《げす》のさまにて来《き》たれば、人多《おほ》く立《た》ちさは《(わ)》ぎて、「[一五]こよひやがてお《(を)》さ

一 (使者は匂宮のもとへ)帰参した。
二 こうこうと(使者が取り次ぎの女房を通して)ご報告申し上げると、(匂宮は)夢ではないかと思えて。
三 匂宮の心内。まったく変だ、重病とも聞いていないし、ここしばらく気分がすぐれないということだったが。
四 昨日の浮舟の返事(「からをだに」の歌)は、そのような(命にかかわるような)気配も感じられず、普段よりも趣向をこらした返事であったものを。→浮舟二五五頁注三六。
五 (匂宮は)どう考えてよいのかわからなくて。
六 匂宮の言。「時方」は匂宮の腹心の乳母子。→浮舟一九九頁注三六。
七 時方の言。薫が、何か風聞をお聞きになったからでしょうか、八宮邸の宿直警護の者を怠慢だと叱責なさるということで、(八宮邸では)下人がお屋敷から出るのに対してまでも尋問しているとのことですので、の意。
八 口実もなくて私時方が出向いて、それが薫の耳に入ったりしましたら、(薫は)合点なさることがあるかも知れません。
九 そのように人が急死した家は。
一〇 匂宮の言。そうだからといって、まったく事情がわからないままでいられようか。
一一 いつものように事情をわきまえている侍従にでも会って、何の理由でこのように言っているのか尋ねて来い。「侍従」は時方と懇意な浮舟の侍女。→浮舟二五一頁一五行。
一二 下人の言うことはあてにならぬことも多い。

3 時方、宇治へ

一三 (匂宮とは違って時方のような)身軽な者は、たちまちに宇治に着いた。
一四 宇治への道中は大変な悪路ゆえ、粗末な服

めたてまつるなり」など言《い》ふを聞《き》く心《(こゝ)》ちも、あさましくおぼゆ。右近に消息《せうそこ》したれども、えあはず。「[一六]たゞいまものおぼえず、起《お》き上《あ》がらん心地もせでなむ。[一七]さるは、こよひばかりこそかくも立《た》ち寄《よ》り給はめ、え聞《き》こえぬ事」と言《い》はせたり。「[一八]さりとて、かくおぼつかなくてはいかゞ帰《かへ》りまい《(ゐ)》り侍らむ。[一九]いま一所《ひとゝころ》だに」と切《せち》に言《い》ひたれば、侍従《じゞう》ぞあひたりける。「[二〇]いとあさまし。おぼしもあへぬさまにて亡《う》せ給《(たまひ)》にたれば、いみじと言《い》ふにも飽《あ》かず、夢《ゆめ》のやうにて、誰《たれ》も〳〵まどひ侍《(はべる)》よしを申させ給へ。[二一]すこしも心地のどめ侍《(はべり)》てなむ、日《ひ》ごろものおぼしたりつるさま、[二二]一夜《ひとよ》いと心ぐるしと思《おも》ひきこえさせ給へりしありさまなども、聞《き》こえさせ侍《(はべる)》べき。[二三]この穢《けが》らひなど、人の忌《い》みはべるほど過《す》ぐして、いま一《ひと》たび立《た》ち寄《よ》り給へ」と言《い》ひて泣《な》くこといといみじ。

[二四]うちにも泣《な》く声《こゑ》〴〵のみして、乳母《めのと》なるべし、「[二五]あが君《きみ》や、いづ方《かた》にかおはしましぬる。帰《かへ》り給へ。[二六]むなしき骸《から》をだに見《み》たてまつらぬが、かひなくかなしくもあるかな。[二七]明《あ》け暮《く》れ見《み》たてまつりても飽《あ》かずおぼえ給ひ、[二八]いつしかかひある御さまを見《み》たてまつらむと、あした夕《ゆふ》べに頼《たの》みきこえつるにこそ命《いのち》も延《の》び侍《(はべり)》つれ、うち捨《す》て給ひて、かく行《ゆ》くゑ《(へ)》も知《し》らせ給はぬ事。[二九]鬼神《おにがみ》もあが君《きみ》をば

装をして下人の格好で来てみると。一五 八宮邸の人々の言。今夜ただちにご葬送とのこと。「をさむ」は亡骸を始末することをいう。
一六 右近の言。一七 それにつけても、こうして宇治へお立ち寄り下さるのも今夜限りであろうに、お会いできぬとは。
一八 時方の言。一九 せめてもう一人のお方なりと(会っていただきたい)。侍従のこと。
二〇 侍従の言。二一 少し気持を静めてから、(浮舟が)これまで悩んでいらした有様。
二二 先夜(匂宮が浮舟に逢えないで帰ったことを浮舟が)お気の毒にお思い申しておられた様子なども、ご報告申し上げるつもりだ。→浮舟二五四頁注一二。二三 浮舟の死穢。葬送の日より三十日間という(延喜式)。
二四 屋内。二五 乳母の言。我が君よ、どこへ行っておしまいになったのか。お帰り下さい。
二六 亡骸すら拝見できないのが。
二七 四六時中お側にいても見飽きることのないすばらしいお方で。「おぼえ給ひ」は、(他から)思われなさり、の意。→㈠夕顔一三八頁九行、㈢朝顔二五二頁一二行、㈣橋姫三一四頁二行。
二八 はやく立派な縁組みが成就するのを拝見したいと、朝に晩にそれをあてにし申してきたからこそ今日まで命も続いたのだ。二九 漢語「鬼神」の訓読。「神〈鬼―〉カミ オニ」(名義抄)。

4 乳母の悲嘆

一 (浮舟を)奪い申すことはできまい。「領 リヤウス」(色葉字類抄)。二 帝釈天が狩猟中の国王の矢に射られて死んだ孝子施无(むせ)を蘇らせたという、仏説睒子経による説話が、三宝絵上巻に見える(評釈)。三 先に今夜葬送という(二六六頁一五行)一方で、乳母は亡骸すら見ること

[一]え領《りやう》じたてまつらじ。人のいみじくお《(を)》しむ人をば、[二]帝釈《たいしやく》も返《かへ》し給《(たまふ)》なり。あが君を取《と》りたてまつりたらむ、人にまれ鬼《おにゝ》まれ、返《かへ》したてまつれ。亡《な》き御骸《から》をも見《み》たてまつらん」と言《い》ひつゞくるが、[三]心得《え》ぬことどもまじるを、あやしと思ひて、「[四]猶《(なほ)》の給へ。もし人の隠《かく》しきこえ給へるか。[五]たしかに聞《き》こしめさんと、御身の代《か》はりに出《い》だし立《た》てさせ給へる御使《つかひ》なり。いまはとてもかくてもかひなきことなれど、[六]のちにも聞《き》こしめしあはすることの侍らんに、たがふことまじらば、まい《(ゐ)》りたらむ御使《つかひ》の罪《つみ》なるべし。[七]またさりとも頼《たの》ませ給《(たまひ)》て、君たちに対《たい》面《めん》せよと仰《おほ》せられつる御心ばえ《(へ)》もかたじけなしとはおぼされずや。[八]女《をんな》の道《みち》にまどひ給《(たまふ)》ことは、人のみかどにも古《ふる》きためしどもありけれど、またかゝること、この世《よ》にはあらじとなん見《み》たてまつる」と言《い》ふに、[九]げにいとあはれなる御使《つかひ》にこそあれ、隠《かく》すとすとも、かくて例《れい》ならぬことのさま、を《(お)》のづから聞《き》こえなむと思ひて、「[一〇]などか、いさゝかにても、人や隠《かく(い)》ひたてまつり給《(たまふ)》らんと思《(おもひ)》寄《よ》るべきことあらむには、かくしもあるかぎりまどひ侍らむ。[一一]日《ひ》ごろいといみじくものをおぼし入《い》るめりしかば、[一二]かの殿《とのゝ》のわづらはしげにほのめかしきこえ給《(たまふ)》ことなどもありき。御母《はは》にものし給《(たまふ)》人も、かくのゝしる乳母《めのと》なども、[一三]はじめよ

ができ ないと嘆くなど、納得のいかないことしてください。」を、(浮舟を)お隠し申しなさったのか。

ができ ないと嘆くなど、納得のいかないこと(花鳥余情)。 四 時方の言。もっと(詳しく)話してください。もしやどなたかが(浮舟を)お隠し申しなさったのか。暗に薫を疑う言。 五 (私は、匂宮が)事情をはっきりお知りになりたいとて、ご自身の代わりにお遣しになったお使いである。 六 後になって思い当たることが宮のお耳に入った場合、(私の報告に)相違することがあれば。 七 いくらなんでも(浮舟頓死というようなことはあるまい)と望みをお持ちになって、あなたがたに会って来いとお命じになった(匂宮の)ご配慮。「心はえ」、首書本「こゝろざし」。 八 李夫人に対する漢の武帝(〔四〕総角四四七頁注四一)や、楊貴妃に対する唐の玄宗皇帝(〔一〕桐壺四頁注一一)の古い先例。「人のみかど」は、他国の朝廷、の意。「ふるきためし」、三条西本・尾州本・各筆本・湖月抄本など「ふかきためし」。「ふるき、ふかき両説、ふかき面白也」(孟津抄)。 九 侍従の心内。時方のいうとおりまったく身にしみるお使いであることよ。 一〇 侍従の言。どうして、ちょっとでも、(どなたかが浮舟を)お隠し申しなさったのだろうと思い当たる節があったら、このように皆で大騒ぎいたしましょうか。 一一 ここしばらく(浮舟が)たいそう悩み事に沈んでおられたようなので。 一二 薫が浮舟を疑うような口調でそれとなく申し上げなさることなどもあった。薫が浮舟に「波こゆるころとも知らず」の歌(浮舟二四二頁)を送ったことをさす。 一三 (浮舟が)先に縁のあった(薫の)所に転居なさるのだろうと用意をして。 一四 こちら(匂宮)の事はひたすら心ひそかに、もったいなくすばらしいお方だとお思い申し上げていたのが原因で、(浮舟は)どうしていいかわからなくなられたのだろう。 一五 底本

り知《し》りそめたりし方《かた》に渡《わた》り給はんとなん急《いそ》ぎ立《た》ちて、[一四]この御事をば人知《し》れぬさまにのみ、かたじけなくあはれと思ひき[一五]〔こ〕えさせ給へりしに、御心乱《みだ》れけるなるべし。あさましう、[一六]心と身《み》をなくなし給へるやうなれば、[一七]かく心のまどひにひが〳〵しく言《い》ひつゞけらるゝなめり」と、さすがにまほならず[一八]ほのめかす。[一九]心得《え》がたくおぼえて、[二〇]「さらば、のどかにまいら《(ゐ)》む。立《た》[二一]ちながら侍《(はべる)》も、いとことそぎたるやうなり。いま御身《(み)》づからもおはしましなん」と言《い》へば、[二二]「あなかたじけな、[二三]いまさら人の知《し》りきこえさせむも、亡《な》き御ためは、中〳〵めでたき御宿世《すくせ》見《み》ゆべき事なれど、[二四]忍《しの》び給《(たまひ)》しことなれば、また漏《も》らさせ給はでやませ給はむなん、御心ざしに侍《(はべる)》[二五]べき」、[二六]こゝにはかく世《よ》づかず亡《う》せ給へるよしを人に聞《き》かせじとよろづにまぎらはすを、自然《じねん》に事《こと》どものけしきもこそ見《み》ゆれと思《おも》へば、[二七]かくそゝのかしやりつ。

5 母君到着

雨《あめ》のいみじかりつる紛《まぎ》れに、母君《はゝ》も渡《わた》り給へり。さらに言《い》はむ方《かた》もなく、[二八]「目《め》の前《まへ》に亡《な》くなしたらむかなしさは、いみじうとも、世《よ》の常《つね》にてたぐひあることなり。これはいかにしつる事ぞ」とまどふ。[二九]かゝる事どもの紛《まぎ》れありて、いみじうもの思ひ給《(たまふ)》らんとも知《し》らねば、身を投《な》げ給へらんとも思《おも》ひも寄《よ》らず、

「思ひきえ」。諸本により「こ」を補う。 一六 (浮舟は)ご自分から我が身をお捨てなさったようなので。 一七 (乳母は)このように、気も動転しているので、筋の通らぬことをついつい口に出してしまうのだろう。 一八 それとなく浮舟の自殺をほのめかす。「自害などのやうにいひなす也。さすがに入水とはいはぬなるべし」(湖月抄)。 一九 時方は事情がよくのみ込めなくて。 二〇 時方の言。では(日をあらためて)ゆっくりお伺いしよう。 二一 着座せず話を伺うのも、はなはだ怠慢なことだ。近く匂宮ご自身も来訪されるであろう。「立ちながら」は、死穢、産穢などのけがれをさけるため、訪問しても着座しないこと。→〔一〕夕顔一一九頁注三〇、一三一頁五行。 二二 侍従の言。(匂宮みずからお越しとは)ああ、もったいない。 二三 今になって世間の人が(匂宮と浮舟の関係を)知り申すのも、亡き浮舟のためには、かえって立派なご運の持ち主であったと知られる(名誉な)事であるが。 二四 (匂宮との仲は、浮舟が)お隠しになっていたことゆえ、これ以上他言なさらないでいてくださるのが、(浮舟に対する)ご好意でございましょう。 二五 「侍へき」は高松宮本「侍へきといふ」、陽明本「侍へきといひて」。 二六 宇治の邸ではこのように(入水という)普通とは違った形で浮舟がお亡くなりになったことを世間に知らせまいと、あれこれ取り繕っているが。 二七 (侍従は)こう言って(時方に)帰りを促した。 二八 浮舟の母の言。自分の目の前で死なせてしまう悲しさというものは、どんなに耐え難くても、この世のならいでよくあることだ。(それにたいして亡骸も留めない)浮舟の死は一体どうした事なのだ。 二九 薫、匂宮との三角関係のもつれで(浮舟が)。

鬼《おに》や食《く》ひつらん、狐《きつね》めくものや取《と》りもて去《い》ぬらん、いと一昔物語《むかしものがたり》のあやしきもののことのたとひにか、さやうなる事も言《い》ふなりしと思ひ出《い》づ。二さては、かのおそろしと思《(おもひ)》きこゆるあたりに、心などあしき御乳母《めのと》やうの者《もの》や、三かう迎《むか》へ給《(たまふ)》べしと聞《き》きて、めざましがりてたばかりたる人もやあらむと、下種《げす》などを疑《うたが》ひ、「四いままい《(ゐ)》りの心知《し》らぬやある」と問《と》へば、「五いと世離《よばな》れたりとて、ありならはぬ人は、こゝにてはかなきこともえせず、いまとくまい《(ゐ)》らむと言《い》ひてなむ、みなそのいそぐべきものどもなど取《と》り具《ぐ》しつゝ、返《(かへり)》出《い》で侍《(はべり)》にし」とて、六もとよりある人だにかたへはなくて、いと人少《ずく》ななるお《(を)》りになんありける。

6 侍従ら、葬送を装う

七侍従《じじゅう》などこそ、日《ひ》ごろの御けしき思《おも》ひ出《い》で、「八身を失《うしな》ひてばや」など泣《な》き入《い》り給ひしお《(を)》り〳〵のありさま、九書《か》きを《(お)》き給へる文《ふみ》をも見《み》るに、「一〇亡《な》き影《かげ》に」と書《か》きすさび給へるものの、硯《すゞり》の下《した》にありけるを見《み》つけて、一一川《かは》の方《かた》を見《み》やりつゝ、響《ひゞ》きのゝしる水のを《(お)》とを聞《き》くにも、うとましくかなしと思《おも》ひつゝ、「一二さて亡《う》せ給《(たまひ)》けむ人を、とかく言《い》ひさは《(わ)》ぎて、いづくにも〳〵いかなる方《かた》になり給《(たまひ)》にけむとおぼし疑《うたが》はんもいとお《(ほ)》しきこと」と言《い》ひあはせて、「一三忍《しの》びたる事とても、御心より起《お》こりてありし事ならず。親《おや》にて、亡《な》きのちに聞《き》き給へりとも、いと

一 鬼の話は今昔物語集・巻二十七本朝付霊鬼・第十二―十九話に、狐の変化譚は同第三十七―四十一話に見える。 二 その他には、あの恐ろしいとお思い申し上げている方(薫の正室女二宮)の周辺に。 三 (薫が)こうして(浮舟を京に)お迎えになると聞いて、不快に思って(浮舟の失踪を)画策した者がいるのではないかと。 四 浮舟の母の言。気心の知れぬ新参の者はいないか。「新参者 イママイリノモノ」(文明本節用集)。 五 女房の言。ひどい田舎だといって、住み慣れない女房たちは、この宇治では(京への引っ越しのための)ちょっとした支度もよくせず、すぐに帰参しますからと言って、皆各々の支度の品などを持って、(里へ)帰ってしまいました。 六 以前から仕えている女房でさえその一部はいなくて。 七 (普通の女房と違って事情を知っている)侍従などは、このところの浮舟のご様子を思い出して。 八 (浮舟が)死んでしまいたい、と。「猶わが身を失ひてばや」(浮舟二三五頁六行)、「我身ひとつの亡くなりなんのみこそめやすからめ」(同二四八頁一一行)。 九 浮舟が書き置きなさった手紙。 一〇 「嘆きわび身をば捨つとも亡き影にうき名流さむことをこそ思へ」(浮舟二五五頁)の歌。 一一 「身をなげ給へると思ふによりてなり。侍従などがこゝろなり」(岷江入楚)。「川」は宇治川。 一二 侍従、右近などの言。こうしてお亡くなりになったと思われる人のことを、あれこれ取り沙汰して、いろいろな人がいったい浮舟はどうおなりになったのだろうと疑心暗鬼になられるのもお気の毒なことよ、と相談して。 一三 (匂宮との関係は)秘め事であったとはいえ、浮舟が自分から引き起こしたことではない。親として、(浮舟の)死後にお

やさしき程ならぬを、ありのまゝに聞《き》こえて、[一四]かくいみじくおぼつかなきことどもをさへ、かた〴〵思ひまどひ給《たまふ》さまは、すこしあきらめさせたてまつらん。亡《な》くなり給へる人とても、[一五]骸《から》をを《お》きてもてあつかふこそ世《よ》の常《つね》なれ、世《よ》づかぬけしきにて日《ひ》ごろも経《へ》ば、さらに隠《かく》れあらじ。[一六]猶《なほ》、聞《き》こえていまは世《よ》の聞《き》こえをだにつくろはむ」と語《かた》らひて、忍《しの》びてありしさまを聞《き》こゆるに、[一七]言《い》ふ人も消《き》え入《い》り、え言《い》ひやらず、聞《き》く心地もまどひつゝ、[一八]さはこのいと荒《あら》ましと思《おも》ふ川《かは》に流《なが》れうせ給《たまひ》にけりと思ふに、いとゞ我も落《お》ち入《い》りぬべき心地して、[一九]「おはしましにけむ方《かた》を尋《たづ》ねて、骸《から》をだにはか〴〵しくをさめむ」との給へど、[二〇]「さらに何《なに》のかひ侍らじ。行《ゆく》ゑ《へ》も知《し》らぬ大海《おほうみ》の原《はら》にこそおはしましにけめ。[二一]さるものから、人の言《い》ひ伝《つた》へん事はいと聞《き》きにくし」と聞《き》こゆれば、[二二]とさまかくさまに思ふに、胸《むね》のせきのぼる心地して、いかにも〳〵すべき方《かた》もおぼえ給はぬを、[二三]この人ゝ二人《ふたり》して、車寄《よ》せさせて、[二四]御座《おまし》ども、け近《ちか》う使《つか》ひ給《たまひ》し御調度《てうど》ども、みなながら脱《ぬ》ぎを《お》き給へる御衾《ふすま》などやうのものをとり入《い》れて、[二五]乳母子《めのとご》の大徳《だいとく》、それがおぢ《を》の阿闍梨《あざり》、その弟子《でし》のむつましきなど、もとより知《し》りたる老《お》いほう《ふ》しなど、[二六]御忌《いみ》に籠《こも》るべきかぎりして、[二七]人の亡《な》くなりたるけはひにまねびて、出《い》だ

聞きになったとしても、さほどみっともなく思うことでもないのだから、(入水を)ありのままに(浮舟の母に)申し上げて。一四 このように(鬼が食ったか狐が連れ去ったかなどと)想像を超えるようなことまでを、あれこれと思って動転しておられる(母君の)疑いは、多少は晴らしてさしあげよう。一五 亡骸を安置して葬儀をするのが世間の習わしだ。(亡骸がないという)異常な状態のままで何日も経てば、必ずや真相が露顕するであろう。一六 やはり、(母君に真相を)打ち明けて今となってはせめて世間体だけでも取り繕おう。一七 真相を告げる方(侍従、右近など)も正気を失って、最後まで言うことが出来ず、聞く方(母君)の気持も動転して。一八 浮舟の母の心内。それでは(浮舟は)この見るからに荒々しい宇治川に呑み込まれてお亡くなりになったのだったと思うと、いよいよ自分も(この川に)転落してしまいそうな気がして。一九 浮舟の母の言。浮舟が流れて行かれた所を探し求めて、せめて亡骸だけでもきちんと葬りたい。二〇 侍従、右近などの言。もはやそれは無駄な事でしょう。(浮舟の亡骸は)広大無辺の大海に流れて行かれたことだろう。二一 そうであるのに、(捜索をして)浮舟入水の噂が世間に広まったりしては大層みっともない。二二 (浮舟の母は)あれこれ思いをめぐらすにつけ、胸の詰まる思いがして、どうにもこうにも何も手に付かない状態でいらっしゃるのを。「せきのぼる」は五十四帖中にこの一例のみ、普通は「せきあぐる」を用いる。「御胸せきあぐる心ちし給《たま》ふ」」(一夕顔一二九頁八行)。二三 侍従、右近の二人で。二四 浮舟ご使用の敷物、身近にお使いになっていらした調度類、すっかりお脱ぎ捨てになった夜具などの類を(車に)積んで。

し立《た》つるを、乳母《めのと》、母君《はゝ》は、いといみじくゆゝしと臥《ふ》しまろぶ。

一大夫、内舎人《うどねり》など、二おどしきこえし者《もの》どもも《ゝ》まい《(ゐ)》りて、「御葬送《さうそう》の事は、三殿《との》に事のよしも申させ給《(たまひ)》て、日定《さだ》められ、いかめしうこそ仕《つか》うまつらめ」など言《い》ひけれど、「四ことさら、こよひ過《す》ぐすまじ、いと忍《しの》びて、と思《(おもふ)》やうあればなん」とて、この車を五向《む》かひの山の前《まへ》なる原《はら》にやりて、人も近《ちか》うも寄《よ》せず、六この案内《あない》知《し》りたるほうし《(ふ)》のかぎりして焼《や》かす。七いとはかなくて、煙《けぶり》ははてぬ。ゐ中人《(なかびと)》どもは、八中中《(なかなか)》かゝる事をこと〳〵しくしなし、言忌《こといみ》など深《ふか》くするものなりければ、「九いとあやしう、例《れい》のさほう《(ふ)》などあることど《ゝ》も知《し》らず、下種下種《げすげす》しくあへなくてせられぬる事かな」と譏《そし》りければ、「一〇かたへおはする人は、ことさらにかくなむ、京の人はし一一給《(たまふ)》」などぞさまざまになんやすからず言《い》ひける。

一二かゝる人どもの言《い》ひ思ふことだにつゝましきを、ましてものの《ゝ》聞《き》こえ隠《かく》れなき世の中に、一三大将殿わたりに、骸《から》もなく亡《う》せ給《(たまひ)》にけりと聞《き》かせ給はば《ゝ》、かならず思《おも》ほし疑《うたが》ふこともあらむを、一四宮はたおなじ御仲《なか》らひにて、一五さる人のおはしおはせず、しばしこそ忍《しの》ぶともおぼさめ、つゐ《(ひ)》には隠《かく》れあらじ、また、一六さだめて宮をしも疑《うたが》ひきこえ給はじ、いかなる人か率《ゐ》て隠《かく》しけんなどぞ、おぼし寄《よ》せむ

二五 浮舟の乳母の子で僧になっている者。 二六 謹慎する必要のある関係者だけで。→四椎本三五六頁注一八。 二七 浮舟の亡骸もその車に納められているようなふりをして。

一「内舎人」は薫の宇治の荘園の管理人、「大夫」はその婿。→浮舟二四五頁。 二 浮舟を怖がらせ申した(薫の配下の)者たち。→浮舟二四七頁。 三 薫に事の子細をもご報告なさって、日をお選びになり、おごそかに執り行うのがよかろう。 四 侍従、右近などの言。 五 宇治の阿闍梨の寺のある山の麓。「向かひの山にも、時ゝの御念仏に籠り給(たまひ)しゆゑこそ、人もまゐり通ひしか」(四椎本三六五頁一一行)。 六 事情を知っている僧だけで火葬に付す。 七 (亡骸がないので)まことにあっけなく。 八 (京の人よりも)かえってこのような事を大げさに行い、縁起担ぎなども深刻にするものなので。 九 大夫、内舎人などの言。何とも不可解だ、通常の儀式などいつもする事もせず、身分の卑しい者に対してのように(葬儀を)簡略にお済ませになったことよ。「(あることども)しらす」、諸本「し給(たま)はす」。 一〇 大夫、内舎人などの言。兄弟ある人は、の意か(孟津抄、細流抄)。→二七九頁注二八。

7 真相を隠す

一一「し給」、諸本多く「し給(たまふ)なる」。 一二 次頁二行「疑はれ給はん」まで、侍従、右近などの心内。 一三 薫などが、亡骸もないありさまで(浮舟が)お亡くなりになったとお聞きあそばしたら。 一四 匂宮も(薫と)同じ御一族で。→三若菜下四〇四頁二行。 一五 盗み出した女君がおられるのか否か、(そういう事は)当座は隠していようとお思いにもなろうが、結局は隠し通すことはできまい。 一六 (薫は)かならずしも匂

かし、[一七]生《い》き給《(たまひ)》ての御宿世《すくせ》はいとけ高《たか》くおはせし人の、げに亡《な》き影《かげ》にいみじきことをや疑《うたが》はれ給はん、と思《おも》へば、[一八]こゝのうちなる下人《しも》どもにも、[一九]けさのあは《(わ)》たゝしかりつるまどひにけしきも見聞《みき》きつるには口固《くちかた》め、案内《あない》知《し》らぬには聞《き》かせじなどぞたばかりける。[二〇]ながらへては、誰《たれ》にも静《しづ》やかにありしさまをも聞《き》こえてん、たゞいまは[二一]かなしささめぬべきこと、ふと人づてに聞《き》こしめさむは、猶《(なほ)》いと〳〵お《(ほ)》しかるべきことなるべしと、[二二]この人二人《ふたり》ぞ深《ふか》く心の鬼添《おにそ》ひたれば、もて隠《かく》しける。

大将殿は、[二三]にうだう《(ふ)》の宮の悩《なや》み給《(たまひ)》ければ、[二四]石《いし》山に籠《こも》り給《(たまひ)》て、さは《(わ)》ぎ給《(たまふ)》ころなりけり。[二五]さて、いとゞかしこをおぼつかなうおぼしけれど、はか〴〵しう、さなむと言《い》ふ人はなかりければ、かゝるいみじきことにも、まづ御使《つかひ》のなきを、人目《め》も心うしと思《(おもふ)》に、[二六]御荘《みさう》の人なんまい《(ゐ)》りて、しか〳〵と申させければ、[二七]あさましき心《(ここ)》ちし給《(たまひ)》て、御使《つかひ》、そのまたの日まだつとめてまい《(ゐ)》りたり。[二八]「いみじきことは、聞《き》くまゝに身《(み)》づからものすべきに、かくなやみ給《(たまふ)》御事によりつゝしみて、かゝるところに[二九]日を限《かぎ》りて籠《こも》りたればなむ。[三〇]よべのことはなどか、[三一]こゝに消息《せうそこ》して日を延《の》べてもさる事はする物を、[三二]いとかろらかなるさまにて急《いそ》ぎせ

宮をお疑い申すとは限るまい、どのような者が(浮舟を)連れ出して隠したのであろうなどと、思案を巡らしなさるだろうよ。一七 ご存命中は(薫、匂宮の二人に思われるという)高貴なご縁に恵まれたお方だったのに、(「亡き影に憂き名流さむ」の歌の通り)本当に死後にひどいことを疑われなさることになるかもしれぬ。→浮舟二五五頁注二五。一八 宇治の邸の下仕えの者たち。一九 浮舟の姿が消えた今朝のどたばた騒ぎで様子を察知した者に対しては口止めし、事情を知らぬ者には(浮舟失踪を)知らせまいなどと策を巡らすのであった。二〇 時が経てば、(薫、匂宮の)どちらにも落ち着いて浮舟の生前の様子をも残らずご報告申し上げよう。二一 哀傷の悲しみも醒めてしまうに違いない(浮舟失踪の)件を。二二 右近と侍従の二人は内心自分たちに責任があるのではないかと恐れていたので、(浮舟失踪の事実を)ひた隠しにするのであった。

8 薫、石山で報に接す

二三 入道の宮。薫の母、女三宮。二四 女三宮の平癒祈願のために石山寺に参籠なさって、ご多忙の折りであった。二五 そういう状況で、(薫は)ふだんにもまして宇治(にいる浮舟)のことを気がかりに思っておられたが、きちんと、これこれこういうことがありましたと知らせる者はいなかったので(薫は浮舟の失踪を知らず)、このような一大事にも、何はさておき薫からの(弔問の)使者がないのを、(宇治では)世間に顔向けもできないと思っていたのであるが。二六 (薫の)荘園の者が(石山に)参上して。二七 (薫は)寝耳に水の心境で、薫からの使者が、その翌日のまだ朝早くに(宇治に)参上した。二八 使者の伝える薫の言。大変な事ゆえ、聞いてすぐみずからそちらへ伺うべきところである

られにける。[一]とてもかくても、おなじ言《い》ふかひなさなれど、[二]とぢめの事をしも、山《やま》がつの譏《そし》りをさへ負《お》ふなむ、こゝのためもからき」など、[三]かのむつましき大《おほ》蔵《くら》の大輔《(たいふ)》しての給へり。御使《つかひ》の来《き》たるにつけても、いとゞいみじきに、聞《き》こえん方《かた》なきことゞもなれば、[四]たゞ涙《なみだ》におぼほれたるばかりをかことにて、はか〴〵しうもいらへやらずなりぬ。

[五]殿《との》は、猶《(なほ)》いとあへなくいみじと聞《き》き給《(たまふ)》にも、心うかりけるところかな、[六]鬼《おに》などや住《す》むらむ、などていままでさるところに据《す》へ《(ゑ)》たりつらむ、[七]思はずなる筋《すぢ》の紛《まぎ》れあるやうなりしも、かく放《はな》ちをき《(お)》たるに心やすくて、人も言《い》ひをかし給《(たまふ)》なりけむかし、と思《(おもふ)》にも、[八]わがたゆく世《よ》づかぬ心のみくやしく、御胸《むね》いたくおぼえ給《(たまふ)》。[九]悩《なや》ませ給《(たまふ)》あたりに、かゝる事おぼし乱《みだ》るゝもうたてあれば、京におはしぬ。

[一〇]宮の御方《かた》にも渡《わた》り給はず、「[一一]ことごとしきほどにも侍らねど、ゆゝしき事を近《ちか》う聞《き》きつれば、心の乱《みだ》れ侍《(はべる)》ほどもいまいましうて」など聞《き》こえ給《(たまひ)》て、つきせずはかなくいみじき世《よ》を嘆《なげ》き給《(たまふ)》。[一二]ありしさまかたち、いと愛敬《あいぎやう》づき、お《(を)》かしかりしけはひなどのいみじく恋しくかなしければ、[一三]うつゝの世には、などかくし

が。二九 寺社への参籠は、三日、七日など期日を定めて行う。三〇 昨夜の葬送はどうして。次行「急ぎせられにける」に掛かる。三一 私に知らせて日を延ばして(私も行って)そういう事はするものであるのに。三二 質素な形で。

9 薫の後悔

一 どちらにせよ、(浮舟が亡くなったのなら)どうしようもない点では同じであるが。二 (粗略にしたため)よりによって浮舟の最後の作法に対して、田舎人の非難をまで蒙るのは、(浮舟にとってはいうまでもなく)私にとってもつらい。三 腹心の大蔵大輔。→浮舟二三一頁注三一。四 ひたすら泣いてばかりいることを言い訳にして、きちんとした返事もしないでしまった。五 薫。六 宇治の邸には鬼が住んでいるのだろうか。鬼が浮舟を食ったかとの疑い。七 (匂宮との間に)おもしろからぬ男女関係のもつれがあったらしいのも、こうして自分が(浮舟を宇治に)放っておいたので気軽に思って、匂宮も(浮舟に)無理に言い寄られたということなのであろう。八 (薫は)自分の間抜けで世間知らずな心構えが口惜しく、胸が痛くなるのであった。九 女三宮のご病気の折りに、の意か。ただし「あたり」に時間を意味する「折」の意はない。「あたり」には何らかの誤写が潜むか。一〇 女二宮のお部屋。
一一 薫の言。たいしたことではありませんが、身近な者の凶事を耳にしましたので、心乱れております間は(お目にかかるのも)縁起が悪くて。
一二 浮舟の容姿、人柄を回想して悲しむ薫。
一三 薫の心内。浮舟の存命中には、どうしてこれほど熱中する気にもならず、漫然と過ごしていたのだろう。一四 (自分は)こうした方面(女性関係)で、ひどい目に遭う運命なのだった。

も思はれずのどかにて過《す》ぐしけむ、たゞいまはさらに思ひしづめん方《かた》なきまゝに、くやしきことの数知《かずし》らず、一四かゝることの筋《すぢ》につけて、いみじうものすべき宿世《すくせ》なりけり、一五さま異《こと》に心ざしたりし身の、思《(おもひ)》のほかにかく例《れい》の人にてながらふるを、仏《ほとけ》などのにくしと見給《み(たまふ)》にや、一六人の心を起《お》こさせむとて、仏《ほとけ》のし給《(たまふ)》方便《はうべむ》は、慈悲をも隠《かく》して、かやうにこそはあなれ、と思《(おもひ)》つゞけ給《(たまひ)》つゝ、一七を《(お)》こなひをのみし給《(たまふ)》。

10 匂宮、悲しみに籠る

一八かの宮、はたまして、二三日は物もおぼえ給はず、一九うつし心もなきさまにて、いかなる御物のけならんなどさは《(わ)》ぐに、やう〱二〇涙尽《なみだつ》くし給《(たまひ)》て、おぼし静《しづ》まるにしもぞ、ありしさまは恋しういみじく思ひ出《い》でられ給《(たまひ)》ける。二一人には、たゞ御《おほむ》やまい《(ひ)》のを《(お)》もきさまをのみ見《み》せて、二二かくすぞろなるいや目《め》のけしき知《し》らせじと、かしこくもて隠《かく》すとおぼしけれど、を《(お)》のづからいとしるかりければ、二三「いかなることにかくおぼしまどひ、御命《いのち》もあやう《(ふ)》きまで沈《しづ》み給《(たまふ)》らん」と言《い》ふ人もありければ、二四かの殿《との》にも、いとよくこの御けしきを聞《き》き《ゝ》給《(たまふ)》に、二五さればよ、なを《(ほ)》よその文通《ふみかよ》はしのみにはあらぬなりけり、二六見給《み(たまひ)》てはかならずさおぼしぬべかりし人ぞかし、二七ながらへましかば、たゞなるよりぞ、我《(わが)》ためにお《(を)》こなる事も

「ものすへき」、諸本多く「もの思(おもふ)へき」。書陵部本は底本に同じ。一五 世間の人とは違う道(仏道)に進むことを願った自分が、意に反してこのように俗人のままでいるのを、仏などがけしからぬとお考えになったのであろうか。一六 人に道心を起こさせようとして、仏がお使いになる手段は、慈悲を表には出さず、このような(つらい)ものなのであろう。一七 浮舟の冥福を祈る勤行。一八 匂宮。一九 正気も失せた様子で、どのような物の怪(が匂宮にとりついているの)であろうかと(女房たちが)危ぶんでいるうちに。二〇 涙を流し尽くして、お気持が落ち着くとかえって、ありし日の(浮舟の)様子は。二一 周囲の者(女房)に対しては、たんに普通の病気が重いというだけのふりをして。二二 こうしてわけもなく泣いてばかりいる顔を見せまいと、うまく隠しているおつもりであったが、おのずから(匂宮の悲嘆の)有様は目立つので。「すそろなる」、諸本多く「すゝろなる」。陽明本は「そゝろなる」、書陵部本は底本に同じ。なお「すぞろ」の語形の出現は底本では蜻蛉、手習両巻に限られる。二三 女房の言。二四 薫におかれても、こまかにこうした匂宮のご様子をお聞きなさるにつけ。二五 薫の心内。案の定、(匂宮と浮舟は)やはり他人行儀の手紙のやり取りだけではないのだった。二六 (浮舟は匂宮が)お会いなされればきっと気に入られたに違いない女であるよ。二七 (匂宮と恋仲の)浮舟が生き続けていたならば、普通の(三角関係の)場合よりも、自分にとってみっともない事態にもなったことであろうとお思いになることで、亡くなった浮舟に恋い焦がれる胸中も幾分醒める気持がなさるのであった。

出《い》で来《き》なましとおぼすになむ、焦《こ》がるゝ胸《むね》もすこしさむる心ちし給《(たまひ)》ける。

[一]宮の御とぶらひに、日ゝにまい《(ゐ)》り給はぬ人なく、世《よ》のさは《(わ)》ぎとなれるころ、[二]こと〳〵しき際《きは》ならぬ思《(おもひ)》に籠《こも》りゐて、まい《(ゐ)》らざらんもひがみたるべしとおぼしてまい《(ゐ)》り給《(たまふ)》。そのころ、[三]式部卿宮《(しきぶきやうのみや)》と聞《き》こゆるも亡《う》せ給《(たまひ)》にければ、[四]御《おほん》をぢの服《ぶく》にて薄鈍《うすにび》なるも、[五]心のうちにあはれに思ひよそへられて、つきづきしく見《み》ゆ。すこし面瘦《おもや》せて、いとゞなまめかしきことまさり給へり。

[六]人ゝまかり出《い》でて、しめやかなる夕暮《ゆふぐ》れなり。宮、[七]臥《ふ》し沈《しづ》みてはなき御心《(ここ)》ちなれば、うとき人にこそあひ給はね、[八]御簾《みす》のうちにも例入《れいい》り給《(たまふ)》人には、対面《たいめん》し給はずもあらず。[九]見《み》え給はむもあひ《(い)》なくつゝまし、見《み》給《(たまふ)》につけても、いとゞ涙《なみだ》のまづせきがたさをおぼせど、思《おも》ひしづめて、「[一〇]おどろ〳〵しき心《(ここ)》ちにも侍らぬを、[一一]みな人つゝしむべきやまゐ《(ひ)》のさまなりとのみものすれば、[一二]内《うち》にも宮にもおぼしさは《(わ)》ぐがいと苦《くる》しく、げに世《よ》の中の常《つね》なきをも、心ぼそく思《おも》ひ侍《(はべる)》」との給《(たまひ)》て、[一三]おしのごひまぎらはし給《(たまふ)》とおぼす涙の、やがてとゞこほらずふり落《お》つれば、いとはしたなけれど、[一四]かならずしもいかでか心得《え》ん、たゞめゝしく心よは《(わ)》きとや見《み》ゆらんとおぼすも、[一五]さりや、たゞこの事をのみおぼすなり

11 薫、匂宮を訪う

一 匂宮の病気見舞いに。→前頁注二一。 二 薫の心内。 三 以前、自分の娘に薫との縁組みを望んだ親王。→東屋一三七頁注三四。「御をぢ」の語で薫の叔父、つまり源氏の異母弟であることが知られる。 四 叔父の服喪は軽服《きやうぶく》で、期間は三か月。「薄鈍」は軽服の色。 五 (薫は)心中ではその軽服を浮舟のために着ているのだとしみじみ思われて、いかにもそれらしく見える、の意。 六 (薫が訪問したのは匂宮邸から)見舞客が退去して、静かな夕暮れであった。 七 寝込んでいるというのではないご容態なので、の意か。「(臥し沈み)てはなき」、三条西本・河内本・首書本「てのみはあらぬ」、承応板本・湖月抄本「てのみはなき」、陽明本「給へらぬ(御なやみ)」。書陵部本は底本に同じ。 八 御簾の内にまで普段からお入りになる親しいお方。薫をさす。 九 (匂宮は薫に)見られなさるのも何となく気が引け、(また薫を)ご覧になるにつけても、(浮舟を思い出して)いっそう涙を何はさておき押さえることのむつかしさを危惧なさるが、気持を静めて。 一〇 匂宮の言。大した病ではありませんが。 一一 周囲の者が謹慎の必要な病状(物の怪。→前頁注一九)だとしきりに案じるので。 一二 父帝におかれても母(明石)中宮におかれても。 一三 押さえ拭って隠すおつもりの涙が、そのままはらはらとこぼれ落ちて。 一四 匂宮の心内。(涙をこぼしたからとて)かならずしも(浮舟ゆえの涙であるとは)どうして(薫に)わかろうか、たんに涙もろく柔弱に見えるだけだろうとお思いだが。 一五 薫の心内。やはりそうか、(匂宮は)浮舟のことばかりを思っておられるのだった、(二人の関係は)いつからだったのだろう、私のことをどんなに間抜けな奴よと心中あ

けり、いつよりなりけむ、我をいかにお《(を)》かしともの笑《わら》ひし給《(たまふ)》心地に、月ごろおぼしわたりつらむと思《(おもふ)》に、一六この君は、かなしさは忘《わす》れ給へるを、一七こよなくもを《(お)》ろかなるかな、ものの切《せち》におぼゆる時《とき》は、いとかゝらぬ事につけてだに、空飛《と》ぶ鳥《とり》の鳴《な》きわたるにも、もよを《(ほ)》されてこそかなしけれ、一八わがかくすぞろに心よは《(わ)》きにつけても、もし心得《え》たらむに、さ言《い》ふばかりもののあはれも知《し》らぬ人にもあらず、一九世《よ》の中の常《つね》なき事お《(を)》しみて思《おも》へる人しもつれなきと、うらやましくも心にくゝもおぼさるゝ物から、二〇真木柱《まきばしら》はあはれなり。二一これに向《む》かひたらむさまもおぼしやるに、形見《かたみ》ぞかしともうちまもり給《(たまふ)》。

二二やう／＼世《よ》の物語《がた》り聞《き》こえ給《(たまふ)》に、いと籠《こ》めてしもはあらじとおぼして、「二三むかしより心に籠《こ》めて、しばしも聞《き》こえさせぬこと残《のこ》し侍《(はべる)》かぎりは、いといぶせくのみ思ひ給へられしを、二四いまは中／＼上らう《(ふ)》になりにて侍り、まして御暇《いとま》なき御ありさまにて、心のどかにおはしますおり《(を)》も侍らねば、二五宿直《とのゐ》などにその事となくてはえさぶらはず、そこはかとなくて過《す》ぐし侍《(はべる)》をなん。二六むかし御覧《らん》ぜし山里《ざと》に、はかなくて亡《う》せ侍《(はべり)》にし人のおなじゆかりなる人、おぼえぬ所《ところ》に侍りと聞《き》ゝつけ侍りて、時《とき》／″＼さて二七見《み》つべくやと思《(おもひ)》給へしに、あいなく人の譏《そし》りも

ざ笑って、これまで思い続けてこられたことであろう。一六 薫の方は、(興ざめで)悲しさなどお忘れであるのを。一七 匂宮の心内。(薫は)何とも冷淡な人であることよ、物思いの痛切なときは、これほどではない事につけてさえ、空飛ぶ鳥の鳴いて渡る情景にも誘われて悲しくなるものなのに。一八 自分がこうわけもなく悲しがっているにしても、もし(薫が)その事情を知ったなら、(薫は)それほど人情もわからぬ人ではない。「すぞろ」、諸本多く「すゝろ」。高松宮本「そゝろ」、書陵部本は底本に同じ。→二七五頁注二二。一九 (ではあるが)世間の無常を身にしみて分かっている(薫のような)人の方が(悲しみに対しては)平気なのだと、(薫を)うらやましくも立派だともお思いになるものの。二〇「わぎもこが来ても(は)寄り立つ真木柱そもむつましやゆかりと思へば」(源氏釈以下の古注に引く出典未詳歌)により、薫を浮舟が寄り添った、ゆかりの真木柱にたとえる。「物のゆかりなとをも、まきはしらといふ也」(八雲御抄)。二一 (浮舟が)この薫と一緒にいたであろう有様を想像して、(薫こそが浮舟の)忘れ形見なのだと(匂宮は)見つめなさる。二二 (薫は)だんだん打ち解けた世間話を申し上げなさるうちに、そう黙っている必要もあるまいとお思いになって。二三 薫の言。二四 今ではなまじ(私も)高い官位の身となりまして、(あなたも)以前よりお忙しいご様子で。「上らふ」は「上臈」で、身分の高いこと、またその人。二五 貴人の夜の話し相手を勤めること。二六 以前お出かけになった宇治の山荘で、あっけなく亡くなりました人(大君)と同じ血筋の者(浮舟)が、思いがけない所におりましたことを聞き及びまして。二七 宇治で大君の身代わりといった趣の囲い者として、の意。

侍りぬべかりしお《(を)》りなりしかば、[一]このあやしき所にを《(お)》きて侍《(はべり)》しを、お《(を)》さ〳〵まかりて見《み》る事もなく、又[二]かれもなにがし一人《ひとり》をあひ頼《たの》む心もことになくてやありけむとは見《み》給《(たまへ)》つれど、[三]やむごとなくもの〳〵しき筋《すぢ》に思《(おもひ)》給へばこそあらめ、[四]見《み》るにはたことなる咎《とが》も侍らずなどして、心やすくらうたしと思《(おもひ)》給へつる人の、いとはかなくて亡《な》くなり侍《(はべり)》にける。[五]なべて世《よ》のありさまを思《おも》ひ給《(たまへ)》つゞけ侍《(はべる)》に、かなしくなん。[六]聞《き》こしめすやうも侍るらむかし」とて、いまぞ泣《な》き給《(たまふ)》。[七]これも、いとかうは見《み》えたてまつらじ、[八]お《(を)》こなりと思ひつれど、こぼれそめてはいととゞめがたし。

[九]けしきのいさゝか乱《みだ》り顔《がほ》なるを、[一〇]あやしくいとお《(ほ)》しとおぼせど、[一一]つれなくて、「いとあはれなることにこそ。きのふほのかに聞《き》き侍《(はべり)》き。[一二]いかにとも聞《き》こゆべく思侍《(おもひはべり)》ながら、わざと人に聞《き》かせ給はぬ事と聞《き》き侍《(はべり)》しかばなむ」と、つれなくの給へど、いとたへがたければ、言少《ことずく》なにておはします。[一三]「さる方《かた》にても御覧《らむ》ぜさせばやと思《(おもひ)》給へりし人になん。[一四]お《(お)》のづからさもや侍《(はべり)》けむ、宮にもまい《(ゐ)》り通《かよ》ふべきゆへ《(ゑ)》侍《(はべり)》しかば」など、すこしづゝ[一五]けしきばみて、「[一六]御心《(ここ)》ち例《れい》ならぬほどは、すぞろなる世《よ》のこと聞《き》こしめし入《い》れ、御耳《み》おどろくもあいなきこ

一 辺鄙な宇治に住ませておいたのですが、めったに出かけて会う機会もなく。 二 先方(浮舟)も私一人を頼りにするつもりも特になかったのだろうとは思いましたが。 三 大切で重々しく考えねばならない(正妻のような)場合でしたらそうも行きますまいが。 四 (囲い者として)面倒を見る分にはこれといった支障もなくて、気軽でかわいい女と思っておりました者が。 五 (それで)この世の(無常の)有様を身にしみて感じまして。 六 あなた(匂宮)もお聞きになったかもしれませんね。 七 薫も。 八 匂宮が手出しをした浮舟のことを匂宮の前で悲しむのは物笑いだ、の意。 九 薫が幾分取り乱しているようなのを。 一〇 匂宮の心内。いつもの薫と違うが、浮舟の死のせいであろうか、それなら気の毒だと。 一一 匂宮は知らぬふりをして。 一二 匂宮の言。どんなに(お悲しみか)とお見舞いでも申し上げるべきところですが、特別内密になさっておられた事と聞いておりましたので。

12 人、木石にあらざれば

一三 薫の言。(死んだのは、匂宮の)お相手としてでもお目に掛けたいと思っておりました者です。 一四 あるいはもうご覧になられたかもしれません、そちらのお邸にもお伺いしてよい縁故がありましたので。浮舟が二条院に迎えられた中君の異母妹であることをさす。 一五 (薫は)自分が匂宮と浮舟との仲に気付いていることを匂わせながら。 一六 薫の言。ご病気中は、くだらない世間の噂をお聞きになり、動揺なさるのも無用なことです。 一七 以下一〇行「かゝらじ」まで薫の心内。(匂宮は)大変なお悲しみぶりだったなあ、(浮舟は)まことにあっけなく死んでしまったが、そうはいうものの(匂宮のような)高貴なお方とのご縁をもって生まれた者だったの

とになむ。よくつゝしませおはしませ」など聞《き》こえを《(お)》きて出《い》で給《(たまひ)》ぬ。

一七いみじくもおぼしたりつるかな、いとはかなかりけれど、さすがに高《たか》き人の宿世《すくせ》なりけり、一八当時《たうじ》のみかど、后《きさき》のさばかりかしづきたてまつり給《(たまふ)》親王《みこ》、顔《かほ》かたちよりはじめて、たゞいまの世《よ》にはたぐひおはせざめり、一九見《み》給《(たまふ)》人とてもなのめならず、さま〴〵につけて限《かぎ》りなき人をお《ゝ》きて、これに御心をつくし、世《よ》の人立《た》ちさは《(わ)》ぎて、二〇すほう《(ふ)》、読《ど》経、祭《まつり》、祓《はらへ》と道《みち》〳〵にさは《(わ)》ぐは、二一この人をおぼすゆかりの御心地のあやまりにこそはありけれ、二二われもかばかりの身にて、時のみかどの御むすめを持《も》ちたてまつりながら、この人のらうたくおぼゆる方《かた》はを《(お)》とりやはしつる、二三ましていまはとおぼゆるには、心をのどめん方《かた》なくもあるかな、二四さるはお《(を)》こなり、かゝらじ、と思《(おもひ)》忍《しの》ぶれど、さま〴〵に思ひ乱《みだ》れて、「二五人木石《(ぼくせき)》にあらざればみな情《なさけ》あり」と、うち誦《ず》じて臥《ふ》し給へり。

二六後《のち》のしたゝめなどもいとはかなくしてけるを、二七宮にもいかゞ聞《き》き《ゝ》給《(たまふ)》らむと、いとお《(ほ)》しくあへなく、二八母《はは》のなを《(ほ)》〳〵しくて、はらからあるはなど、さやうの人は言《い》ふ事あんなるを思《(おもひ)》て、ことそぐなりけんかしなど心づきなくおぼす。二九おぼつかなさも限《かぎ》りなきを、ありけむさまも身《(み)》づから聞《き》かまほしとおぼせど、三〇長籠《ながごも》

だ。一八 現在の帝と后がご寵愛の親王で。一九 妻になさった方(六の君、中君)も並み一通りではなく、それぞれにつけてこの上ないご夫人をさしおいて、(匂宮が)浮舟に心のかぎりを傾け、(その結果)世間では大騒ぎをして。二〇 修法、読経は仏教、祭、祓は陰陽道、それぞれの方面において。二一 (匂宮が)この浮舟に夢中になられた結果のご病気ゆえなのであった。二二 自分もこれほどの地位で、今上帝の内親王を妻にさせていただきながら、この浮舟をいとしく思う点では(匂宮に)負けたことがあろうか。二三 もう今となっては(浮舟はこの世にいないのだ)と思うと、悲しみの静めようもないことよ。二四 しかし、こんなことでは愚かしい、もうこのように悲しむまい、と。二五 白氏文集四・李夫人中の句。→東屋一四九頁注三七。打消の助動詞の已然形「ざれ」は漢文訓読特有語で、源氏物語中でこの一例のみ。他ではすべて「ね」を用いる(築島裕)。二六 浮舟失踪後の始末、すなわち葬儀。二七 匂宮におかれてもそれを聞いてどうお思いになっただろうと、(薫は浮舟のことが)みじめにもあっけなくも思われて。二八 (浮舟の)母が凡俗で、兄弟のいる者は(葬儀を簡素にするものだ)などと、その階層の者は言うらしいのに従って、(葬儀を)簡素にしたのだろうなどと(薫は)不快にお思いになる。→二七二頁注一〇。「あんなる」は「あるなる」の転。三条西本「あるなる」、承応板本・首書本・湖月抄本「あなる」、河内本・陽明本「ある」。二九 浮舟の死についての不審は一向に晴れず謎だらけなので、(薫は)失踪前の浮舟の様子も自分で聞きたいとお思いになるが。三〇 宇治の邸へ行けば浮舟の死穢に触れ、何日も忌に籠もらなければならないが、それは困る、の意。→二六七頁注二三。

りし給はむも便《びん》なし、行《い》[一]きと行《い》きてたち返《かへ》らむも心ぐるし、などおぼしわづらふ。

月[二]立《た》ちて、[三]けふぞ渡《わた》らましとおぼし出《い》で給《(たまふ)》日の夕暮《(ゆふぐれ)》、いとものあはれなり。御前近《おまへちか》き橘《たちばな》の香《か》のなつかしきに、ほとゝぎすの二声《ふたこゑ》ばかり鳴《な》きてわたる。「宿《やど》[四]に通《かよ》はば」とひとりごち給《(たまふ)》も飽《あ》かねば、北《きた》[五]の宮に、[六]こゝに渡《わた》り給《(たまふ)》日なりければ、立花《(たちばな)》をお《(を)》らせて聞《き》こえ賜《(たまふ)》[七]。

[八]忍《しの》び音《ね》や君もなくらむかひもなき死出《しで》のたお《(を)》さに心かよはば

宮は、[九]女君の御さまのいとよく似《に》たるを、あはれとおぼして、[一〇]二《ふた》ところながめ給《(たまふ)》お《(を)》りなりけり。[一一]けしきある文かなと見《み》給《(たまひ)》て、

[一二]橘《たちばな》のかほ《(を)》るあたりは郭公《(ほととぎす)》心してこそなくべかりけれ

[一三]わづらはし。

と書《か》き給《(たまふ)》。

[一四]女君、このことのけしきは、みな見知《みし》り給《(たまひ)》てけり。[一五]あはれにあさましきはかなさの、さま〴〵につけて[一六]心ふかきなかに、われ一人《ひとり》もの思《(おもひ)》知《し》らねば、いまゝでながらふるにや、それもいつまで、と心ぼそくおぼす。[一七]宮も、隠《かく》れなきも

一 行くだけ行って(着座しない立ちながらの弔問で)すぐ引き返すのも気の毒。訪問先で着座しなければ、穢れない。↓二六九頁注二一。

二 四月になる。

13 薫、匂宮、歌を贈答

三 (生きていたら)今日、宇治から移って来るはずであったものをと。薫は四月十日に浮舟を京に迎える予定であった。↓浮舟二三二頁注一一。

四 「なき人の宿に通はばほととぎすかけて音(ね)にのみなくと告げなむ」(古今集・哀傷・読人しらず)。

五 薫の三条邸から北にあたる、匂宮の二条院。「北の院」とも(宿木四〇頁注九)。

六 匂宮が(本妻六の君のいる六条院から)こちら(二条院)にお越しの日だったので。

七 「たまふ」に「賜」字を宛てるのはきわめて稀。↓[二]少女二九五頁七・一一行。

八 薫の歌。ほととぎす同様あなたも忍び音をもらして泣いていることであろう、嘆いても仕方のない亡き浮舟のことを思っているならば。「忍び音」は四月のほととぎすの鳴き声をいう。「死出のたをさ」はほととぎすの異名、ここでは死んだ(と思われている)浮舟をたとえる。「かひもなき」にほととぎすの縁語「卵(かひ)」をひびかす。河内本・陽明本などでは初句「はかもなき」。

九 中君のご様子が浮舟にそっくりなのを。

一〇 お二人(匂宮と中君)で悲しみに沈んでおられる時だった。

一一 当てこすりの感じられる手紙だな。

一二 匂宮の歌。亡き人を思い出させるという花橘の薫るあたりでは、ほととぎすも注意して鳴く必要があるのだった(さもないと亡き人との仲を疑われるので)。橘の花の香は昔の旧知の人を偲ぶよすが。「五月待つ花橘の香をかげば昔の人の袖の香ぞする」(古今集・夏・読人しらず)。

一三 (浮舟のことで疑われるのは)迷惑だ。

一四 中君は、浮舟をめぐる今回の事件

のから、隔《へだ》て給《(たまふ)》もいと心ぐるしければ、ありしさまなど、すこしはとりなを《(ほ)》しつゝ語《かた》りきこえ給《(たまふ)》。「一八隠《かく》し給《(たまひ)》しがつらかりし」など、泣《な》きみ笑《わら》ひみ聞《き》こえ給《(たまふ)》にも、一九異人《ことひと》よりはむつましくあはれなり。二〇こと〴〵しくうるはしくて、例《れい》ならぬ御事のさまもおどろきまどひ給《(たまふ)》所にては、二一御とぶらひの人しげく、父《ちゝ》おとゞ、せうとの君たち隙《ひま》なきもいとうるさきに、二二こゝはいと心やすくて、なつかしくぞおぼされける。

二三いと夢のやうにのみ、猶《(なほ)》いかでいとにはかなりけることにかはとのみいぶせければ、二四例《れい》の人ゝ召《め》して、二五右近を迎《むか》へに遣《つか》はす。母君《はゝ》も、二六さらにこの水のを《(お)》と、けはひを聞《き》くに、われもまろび入《い》りぬべく、かなしく心うきことのどまるべくもあらねば、いとわびしうて帰《かへ》り給ひにけり。二七念仏の僧《そう》どもを頼《たの》もしきものにて、いとかすかなるに入《い》り来《き》たれば、二八こと〴〵しくにはかに立《た》ちめぐりし宿直《とのゐ》人どもも見咎《みとが》めず。二九あやにくに限《かぎ》りのたびしも入《い》れたてまつらずなりにしよ、と思出《(おもひ)い》づるもいとお《(ほ)》し。三〇さるまじきことを思《おも》ほし焦《こ》がるゝことと見《み》ぐるしく見《み》たてまつれど、三一こゝに来《き》ては、おはしましし夜《よ》な〳〵のありさま、抱《いだ》かれたてまつり給《(たまひ)》て舟《ふね》に乗《の》り給《(たまひ)》しけはひの、あてにうつくしかりしことなどを思出《(おもひいづ)》る

の事情については。一五 何ともあっけなく亡くなった(姉大君と妹浮舟が)。一六「姉君も心ふかくてうせ給ふ、又浮舟も物思ひにかく思ひとり給しに、中君のひとり心あさきゆへのこるといへど、是もいつまでながらへんと也」(湖月抄)。一七 匂宮も、(浮舟の一件が)中君に知られはしたものの。一八 匂宮の言。(中君が浮舟の身元を)隠しておられたのが恨めしい。一九 (浮舟と)血のつながらない他人よりは(浮舟の姉に当たる中君は)。二〇 おおげさに形式張り、(匂宮の)ご病気にも大騒ぎをする(本妻六の君の)右大臣邸では。二一 (匂宮の病気に)お見舞いの人。二二 二条院。二三 (匂宮は浮舟の死が)まったく夢の中のように思われるばかりで。

14 匂宮、右近へ使者

二四 匂宮の腹心の時方や道定。→浮舟二一二頁。二五 浮舟の乳母子。二六 (浮舟の母も)このうえ宇治川の水音や気配に接すると、自分も(川に)落ち込んでしまいそうで。二七 人数といえば念仏の僧くらいで、ひっそりとした宇治の邸に(匂宮からの使者が)入ってくると。「念仏の僧」は、二七一頁の大徳や阿闍梨。二八 (前回の匂宮の訪問の折)ものものしく突如八宮邸を取り囲んで警護していた夜番の者たちも(今回は)尋問しない。→浮舟二五一頁注二七。二九 匂宮の使者の心内。あいにくなことにによって最後の訪問の時に(匂宮を)邸内にお入れ申さなかったことよ、と。→浮舟二五二頁一〇行。三〇 (使者たちは匂宮の浮舟への執心を)あるまじきことに胸を焦がしなさることよと批判的にお思い申しているのであるが。三一 宇治の邸に来てみると、匂宮がご滞在の夜毎の振舞い、浮舟が匂宮に抱かれ申して舟にお乗りになった有様の。→浮舟二二二頁注一六。

に、[一]心づよき人なくあはれなり。

右近あひて、いみじう泣《な》くもことは《(わ)》りなり。「[二]かくの給はせて、御使《つかひ》になむまい《(ゐ)》りつる」と言《い》へば、「[三]いまさらに、人もあやしと言《い》ひ思はむもつゝましく、まい《(ゐ)》りてもはか〴〵しく聞《き》こしめしあきらむばかりもの聞《き》こえさすべき心《(ここ)》ちもし侍らず。[四]この御忌《いみ》はてて、あからさまにもなんと人に言《い》ひなさんも、すこし似《に》つかはしかりぬべき程になしてこそ、[五]心よりほかの命《いのち》侍らば、いさゝか思ひしづまらむお《(を)》りになん、仰《おほ》せ事《(こと)》なくともまい《(ゐ)》りて、げにいと[六]夢のやうなりしことども、語《かた》りきこえまほしき」と言《い》ひて、[七]けふは動《うご》くべくもあらず。

[八]大夫《(たいふ)》も泣《な》きて、「[九]さらに[一〇]この御中のこと、こまかに知《し》りきこえさせ侍らず。[一一]物の心知《し》り侍《(はべら)》ずながら、たぐひなき御心ざしを見《み》たてまつり侍《(はべり)》しかば、[一二]君たちをも、何《なに》かは急《いそ》ぎてしも聞《き》こえうけ給はらむ、つゐ《(ひ)》には仕《つか》うまつるべきあたりにこそと思《(おもひ)》給へしを、[一三]言《い》ふかひなくかなしき御事ののちは、わたくしの御心ざしも中〳〵深《ふか》さまさりてなむ」と[一四]語《かた》らふ。「[一五]わざと御車などおぼしめぐらして、奉《たてまつ》れ給へるを、むなしくてはいといとお《(ほ)》しうなむ。[一六]いま一《ひとゝ》ところにてもまい《(ゐ)》り給へ」と言《い》へば、侍従《じゞう》の君呼《よ》び出《い》でて、「[一七]さは、まい《(ゐ)》り給へ」と言《い》へば、

一 皆強いことは言えずしんみりとなるのであった。 二 使者の言。(匂宮が)こうこう仰せあそばすので、(お迎えの)使者として参上した。「まいりつる」、諸本多く「まいりきつる」。書陵部本は底本に同じ。 三 右近の言。この期に及んで。 四 浮舟の忌が終わって、ちょっと(他所へ)と周囲の者に口実を作っても、おかしくない時期を待った上で。「あからさまにも」、諸本「あからさまにもの(物)に」。 五 (その時まで)思いがけず生きながらえておりましたなら、少し気持も落ち着いた頃に。 六 実際にあった事とは思えないような浮舟の一件のいろいろも、ご報告申し上げたい。「(かたりきこえ)まほしき」、諸本多く「させはべ(侍)らまほしき」。 七 (右近は)今日の迎えには応じる気配を見せない。 八 使者の左衛門大夫時方。 九 時方の言。 一〇 匂宮と中君との関係。 一一 無骨な者ではありますが、比類ない匂宮の(浮舟への)ご愛情を拝見しておりましたので。 一二 (浮舟の侍女である)あなた方に対しても、何でせっかちにお近づきになる必要があろうか、結局はお仕え申すことになるお邸なのだからと。 一三 何とも言いようのないご主人様(浮舟)の悲劇以後、(あなたへの)個人的な気持もかえって深いものになりまして、と心をこめて話す。 一四 三条西本・万水一露本など「かたらひ」。 一五 時方の言。(匂宮が)特別に(迎えの)車のことなどご配慮下さって、差し上げさせなさったのを、空のまま(戻るの)ではまことにお気の毒。 一六 もう一人のお方。侍従をさす。 一七 時方の言。では、あなた(侍従)が参上なされよ。 一八 侍従の言。(私ごとき者が)まして何を(匂宮に)申し上げられようか。それにしてもやはり浮舟の忌中には、とても(出かけるわけにはい

「一八まして何事《なに》をかは聞《き》こえさせむ。さても猶《(なほ)》この御忌《いみ》の程には、いかでか。一九忌《い》ませ給はぬか」と言《い》へば、「二〇悩《なや》ませ給《(たまふ)》御ひゞきに、さま〴〵の御つゝしみどもはべめれど、忌《い》みあへさせ給《(たまふ)》まじき御けしきになん。二一また、かく深《ふか》き御契《ちぎ》りにては、籠《こも》らせ給《(たまひ)》てもこそおはしまさめ、残《のこ》りの日いくばくならず、猶《(なほ)》一《ひと》とところまい《(ゐ)》り給へ」と責《せ》むれば、侍従《じじゅう》ぞ、二二ありし御さまもいと恋しう思《(おもひ)》きこゆるに、いかならむ世《よ》にかは見《み》たてまつらむ、かゝるおり《(を)》に、と思ひなしてまい《(ゐ)》りける。

二三黒《くろ》き衣《きぬ》ども着《き》て、ひきつくろひたるかたちもいときよげなり。二四裳《も》は、たゞいまわれより上《かみ》なる人なきにうちたゆみて、二五色も変《か》へざりければ、薄色《うすいろ》なるを持《も》たせてまい《(ゐ)》る。二六おはせましかば、この道《みち》にぞ忍《しの》びて出《い》で給はまし、人知《し》れず心寄《よ》せきこえしものを、など思《(おもふ)》にもあはれなり。道《みち》すがら泣《な》く〳〵なむ来《き》ける。

二七宮は、この人まい《(ゐ)》れりと聞《き》こしめすもあはれなり。二八女君には、あまりうたてあれば、聞《き》こえ給はず。二九寝殿《しむでん》におはしまして、渡殿《わたどの》におろし給へり。三〇ありけんさまなどくはしう問《と》はせ給《(たまふ)》に、日《ひ》ごろおぼし嘆《なげ》きしさま、その夜泣《よな》き給《(たまひ)》しさま、「三一あやしきまで言少《ことずく》なに、三二おぼおぼとのみものし給《(たまひ)》て、いみじとおぼすことをも人にうち出《い》で給《(たまふ)》事はかたく、ものづゝみをのみし給ひしけにや、三三の給ひを《(お)》

かぬ)。 一九 匂宮は浮舟の忌に籠っておられないのか。 二〇 時方の言。(匂宮は)ご病気騒ぎで、種々の物忌をなさったようですが、とても(浮舟の)忌に籠ることまでは出来かねるご様子で。 二一 あるいは、(浮舟とは)このように深い仲でいらしたので、その忌にお籠りであるかもしれぬが、もう忌中の残りの日数も幾日もない(のだから)、やはりお一人は(今日二条院へ)参られよ。 二二 かつて拝見した(匂宮の)お姿もなつかしく。 二三 喪服。 二四 裳は上位者の前で着る。主人浮舟亡き宇治の邸では着用する必要はないが、匂宮に拝謁の際には必要。 二五 裳を喪服の色に変えてなかったので。「薄色」は薄紫。 二六 侍従の心内。浮舟ご存命なら、この道を通って(匂宮のもとへ)こっそり出発なさったであろうに、

15 侍従、匂宮邸へ

(自分は)ひそかに(浮舟の結婚相手として匂宮に)お味方していたのに。 二七 匂宮。 二八 中君には、(浮舟の侍女を匂宮が召したりするのは)あまりに変なことなので。 二九 (匂宮は)寝殿にお出ましになって、侍従を(寝殿に続く)渡殿にお下ろしになる。「おろし」、諸本多く「おろさせ」。書陵部本・承応板本・湖月抄本は底本に同じ。中君の住居は西の対(四総角四六七頁一五行)、ここの渡殿は中君の目を避けた東の対との間のそれであろう。 三〇 (匂宮が)浮舟生前の様子などを事細かにお尋ねになるのに対し、(侍従は浮舟が)ずっと嘆いておられた様子、失踪当夜泣いておられた姿。 三一 侍従の言。地の文から会話に移行。 三二 (浮舟は)まったく頼りないお方で、切実なことも侍女に打ち明けたりはめったになさらず、いつも内気でいらしたせいか。 三三 (失踪に先立って)言い残しておかれたこともありません。

くことも侍らず。夢[一]にもかく心づよきさまにおぼしかくらむとは思《おも》ひ給へずなむ侍《(はべり)》し」など、くはしう聞《き》こゆれば、ましていといみじう、さる[二]べきにても、ともかくもあらましよりも、いかばかり[三]ものを思ひ立《た》ちて、さる水に溺《おぼ》れけんとおぼしやるに、これ[四]を見《み》つけてせきとめたらましかばと、わき返《かへ》る心地し給へどかひなし。「御[五]文を焼《や》き失《うしな》ひ給《(たまひ)》しなどに、などて目《め》を立《た》て侍らざりけん」など、夜[六]《よ》一夜《よ》語《かた》らひ給《(たまふ)》に、聞《き》こえ明《あ》かす。かの[七]巻数《(くわんじゆ)》に書《か》きつけ給へりし、母[八]《はゝ》君の返《(かへり)》事《こと》などを聞《き》こゆ。

何[九]《なに》ばかりのものとも御覧《らん》ぜざりし人も、むつましくあはれにおぼさるれば、「我[一〇]《(わが)》もとにあれかし。あなたももて離《はな》るべくやは」との給へば、「さてさぶら[一一]はんにつけても、もののみかなしからんを思《(おもひ)》給[一二]へれば、いまこの御果《は》てなど過《す》ぐして」と聞《き》こゆ。「又[一三]もまい《(ゐ)》れ」など、この人をさへ飽《あ》かずおぼす。あか[一四]月《(つき)》帰《かへ》るに、かの[一五]御料《れう》にとてまうけさせ給《(たまひ)》ける櫛《くし》の箱一《はこひと》よろひ、衣箱一《ころもばこひと》よろひ、を《(お)》くり物にせさせ給《(たまふ)》。さま[一六]〴〵にせさせ給《(たまふ)》ことは多《おほ》かりけれど、おどろ〳〵しかりぬべければ、たゞこの[一七]人におほせたる程なりけり。何[一八]《なに》心もなくまい《(ゐ)》りて、かゝることどものあるを、人はいかゞ見《み》ん、すゞろにむつかしきわざかなと思

一 よもやこのような(宇治川に投身といった)大胆なことを思い立たれようとは。 二 逃れることのできぬ理由で、死ぬなり苦しむなりするような場合よりも。 三 (浮舟は)どんなつらい決心をして、あのような(恐ろしい)宇治川の水に。 四 入水する浮舟を見つけて引き止めていたならばと、(匂宮は)口惜しさに胸が沸騰する思いでいらっしゃるがどうにもならない。 五 侍従の言。(浮舟が匂宮からの)お手紙を焼いて処分なさったことなどに、(自分は)どうして気付かなかったのでございましょう。→浮舟二四九頁。 六 (匂宮が)夜通し話の相手をさせなさるので、(侍従も)そのお相手をして夜を明かした。 七 →浮舟二五七頁注一九。 八 母親への浮舟の返事(歌)「鐘の音の絶ゆるひゞきに音をそへてわが世つきぬと君に伝へよ」(浮舟二五七頁)のこと。 九 (これまで)取るに足りぬ一介の侍女としかお思いにならなかった侍従でも、(浮舟の関係者だと思うと匂宮には)なつかしくしみじみと思われなさるので。 一〇 匂宮の言。私に仕えよ。(浮舟に仕えたお前はその姉である)あちら(中君)にも縁がないわけではないのだから。 一一 侍従の言。仰せに従ってお仕えするにしても、(今は)ただ悲しいばかりだと思いますので、いずれ浮舟の一周忌なりとすませてから。 一二 「給へ」は話し手(侍従)の動作に付いているので、謙譲をあらわす下二段活用の「給ふ」。したがってここは三条西本・穂久邇本・首書本のごとく「たま(給)ふれば」とあるべきところ。なお「給ふれば」を「給へれば」に誤る例、㊁須磨六頁一三行、㊃総角四二〇頁一〇行に見える。 一三 匂宮の言。(今日は帰るとしても)また参上せよ。 一四 諸本多く「あかつきに」。書陵部本・承応板本・湖月抄本は底本に同じ。 一五 浮舟が

ひわぶれど、いかゞは聞《き》こえ返《かへ》さむ。[一九]右近《うこん》と二人《ふたり》、忍《しの》びて見《み》つゝ、つれ〴〵なるまゝに、こまかにいまめかしうしあつめたることどもを見《み》ても、いみじう泣《な》く。装束《さうぞく》もいとうるはしうしあつめたる物どもなれば、[二〇]かゝる御服《ぶく》に、これをばいかでか隠《かく》さむなど、もてわづらひける。

16 薫、宇治を訪う

[二一]大将殿も、猶《(なほ)》いとおぼつかなきに、おぼしあまりておはしたり。[二二]道《みち》の程より、むかしのことゞもかき集《あつ》めつゝ、いかなる契《ちぎ》りにて、この父親王《ちゝみこ》の御もとに来《き》そめけむ、[二三]かゝる思ひかけぬはてまで思《(おもひ)》あつかひ、[二四]このゆかりにつけては物をのみ思《(おもふ)》よ、[二五]いとたう《(ふ)》とくおはせしあたりに、仏《ほとけ》をしるべにて、後《のち》の世《よ》をのみ契《ちぎ》りしに、[二六]心ぎたなき末《すゑ》のたがひ目《め》に、思《(おもひ)し》知らするなめり、とぞおぼゆる。

右近召《め》し出《い》でゝ、[二七]「ありけんさまもはか〴〵しう聞《き》かず、猶《(なほ)》つきせずあさましうはかなければ、[二八]忌《いみ》の残《のこ》りも少《すく》なくなりぬ、過《す》ぐしてと思ひつれど、しづめあへずものしつるなり。[二九]いかなる心《(ここ)》ちにてか、はかなくなり給《(たまひ)》にし」と問ひ給《(たまふ)》に、[三〇]尼君《あま》などもけしきは見《み》てければ、つゐ《(ひ)》に聞《き》きあはせ給はんを、[三一]中〳〵隠《かく》しても事《こと》たがひて聞《き》こえんに、そこなはれぬべし、[三二]あやしき事《こと》の筋《すぢ》にこそ、そらごとも思《(おもひ)》めぐらしつゝならひしか、[三三]かくまめやかなる御けしきにさしむか

お使いになるために。 一六 (匂宮が浮舟のために)あれこれ用意させなさったことは。 一七 侍従に贈り物として持たせるに適した範囲内の物であった。「おほせたるは、課の字なり云々。似合たるを云」(岷江入楚)。 一八 侍従の心内。このような戴き物をしたことを、(二条院へ)参上して、深い考えもなく(宇治邸の)他の女房はどう思うであろう、思いがけず面倒なことになったことよと弱ったが。 一九 (宇治に帰った侍従は)右近と二人で(匂宮からの贈り物を)こっそり見て。 二〇 浮舟の喪中に、この(華美な)戴き物をどうして隠しておくことができようかなどと、持て余すのであった。 二一 薫。 二二 (宇治への)道中(八宮在世の)昔のことがいろいろ思い出されて。 二三 浮舟のような思いも寄らない八宮の子の世話までして、の意。 二四 (大君、浮舟など)八宮の縁では物思いの尽きないことよ。 二五 たいそう敬虔でいらした八宮のお側で。 二六 (大君や浮舟への愛執ゆえに)道心を濁らせた不心得に対して、(仏が)それを思い知らせようとするのであろう。 二七 薫の言。(浮舟の最後の)様子もはっきりとは聞かず、いつまでも不審の晴れない(浮舟の死の)あっけなさだったので。 二八 忌の残りの日数も少なくなった(ので)、忌の期間を過ごしてから(訪問しよう)と思っていたが。 二九 (浮舟は)どのような病気で、お亡くなりになったのか。 三〇 弁尼。薫とは橋姫巻以来、懇意な仲である。 三一 なまじ隠し立てをしても、それと違ったことが(薫の)耳に入った場合には、まずいことになるだろう。 三二 けしからぬ(匂宮との)ことの必要上、(やむを得ず)嘘を考え出してはつき続けてきたが。 三三 このように真剣な薫の態度を拝見すると。

17 薫、真相を聞き糺す

ひきこえては、[一]かねてと言《い》はむかく言《い》はむとまうけし言葉《ことば》をも忘《わす》れ、わづらはしうおぼえければ、[二]ありしさまのことどもを聞《き》こえつ。

[三]あさましうおぼしかけぬ筋《すぢ》なるに、物もとばかりの給はず。[四]さらにあらじとおぼゆるかな、[五]なべての人の思《(おもひ)》言《い》ふことをも、こよなく言少《ことずく》なにおほどかなりし人は、いかでかさるおどろ〳〵しきことは思《(おもひ)》立《た》つべきぞ、[六]いかなるさまに、この人ゝもてなして言《い》ふにかと、御心も乱《みだ》れまさり給へど、[七]宮もおぼし嘆《なげ》きたるけしきいとしるし、[八]事《こと》のありさまも、しかつれなしづくりたらむけはひはを《(お)》のづから見《み》えぬべきを、[九]かくおはしましたるにつけてもかなしくいみじきことを、上下《かみしも》の人集《つど》ひて泣《な》きさはぐを《(わ)》と聞《き》き給へば、「[一〇]御供《とも》に具《ぐ》してうせたる人やある。猶《(なほ)》ありけんさまをたしかに言《い》へ。[一一]われをおろかに思《(おもひ)》てそむき給《(たまふ)》ことはよもあらじとなむ思ふ。[一二]いかやうなる、たちまちに言《い》ひ知《し》らぬことありてか、さるわざはし給はむ。われなむえ信《しむ》ずまじき」との給へば、[一三]いとゞしく、されば[一四]よとわづらはしくて、「を《(お)》のづから聞《き》こしめしけむ。[一五]もとよりおぼすさまならで生《お》い《(ひ)》出《い》で給へりし人の、[一六]世離《よばな》れたる御住《す》まい《(ひ)》ののちは、いつとなく物をのみおぼすめりしかど、[一七]たまさかにもかく渡《わた》りおはしますを、待《ま》ちきこえさせ

一 前もってこう言おうああ言おうと用意して置いた(ごまかしの)言葉も忘れて、(嘘をつくのが)やっかいに思えて。 二 実際にあった(浮舟入水の)事を(薫に)申し上げた。 三 (浮舟の入水など)夢想だにしなかったことなので(薫は)。 四 薫の心内。よもやそんなことはあるまいと。 五 誰もが思ったり言ったりすることをも(口に出さず)、この上なく口数の少なくおっとりとしていた浮舟には、どうして(入水などという)そんな大胆なことを決意することが出来ようか。 六 どんな風に、この侍女たちは取り繕ってごまかすつもりであろうかと。侍従、右近などが加担して匂宮が浮舟を隠しているのではないかという疑念。「いふにか」、諸本多く「いふにかあらん」。 七 匂宮も(浮舟の件で)お嘆きの様子は明らかだ。 八 事の成り行きとしても、そのように(嘘をついて)知らぬ顔をしていれば(そのことは)自然に分かってくるはずなのに。「ことのありさま」、青表紙諸本の多くと板本は「こゝのありさま」。その場合は宇治の邸の様子、の意。 九 こうして(薫が)お越しになったにつけても悲しくたまらない浮舟の死去を、身分の上下なく集まって泣き騒いでいるのだからとご覧になるので。 一〇 薫の言。浮舟のお供をして一緒にいなくなった女房はいるか。 一一 私を冷淡な者と思って裏切りなさることなどよもやあるまいと思う。「おろかに」、諸本多く「お(を)ろかなりと」。 一二 どのような、急に予想外の事態が起れば、そのようなことをなさるのであろうか。 一三 右近の心内。一段と、やはり心配していた通りだと困惑して。「いとゞしく」、諸本「いと〳〵お(を)しく」。その場合は、(薫が)お気の毒で、の意。 一四 右近の言。

給《(たまふ)》に、もとよりの御身の嘆《なげ》きをさへ慰《なぐさ》め給《(たまひ)》つゝ、[一八]心のどかなるさまにて時《とき》〲も見《み》たてまつらせ給《(たまふ)》べきやうには、[一九]いつしかとのみ、言《こと》に出《い》でゝはの給はねど、おぼしわたるめりしを、[二〇]その御本意《ほい》かなふべきさまにうけ給はる事ども侍《(はべり)》しに、かくてさぶらふ人どもゝ、うれしきことに思《(おもひ)》たまへ急《いそ》ぎ、[二一]かの筑波《つくば》山もからうして心ゆきたるけしきにて、渡《わた》らせ給はんことをいとなみ思《(おもひ)》給へしに、[二二]心得《え》ぬ御消息《せうそこ》侍《(はべり)》けるに、[二三]この宿直《とのゐ》仕《つか》(う)まつる者《もの》どもゝ、[二四]女房《ばう》たちらうがはしかなりなど、いましめおほせらるゝことなど申《(まうし)》て、[二五]ものゝ心得《え》ず荒《あら》〱しきは、[二六]ゐ中人《(なかびと)》どものあやしきさまにとりなしきこゆることども侍《(はべり)》しを、そのゝち久《ひさ》しう[二七]御消息《せうそこ》なども侍らざりしに、[二八]心うき身なりとのみ、いはけなかりし程より思《おも》ひ知《し》るを、人数《かず》にいかで見《み》なさんとのみよろづに思ひあつかひ給《(たまふ)》母《はゝ》君の、[二九]中〱なることの人笑《わら》はれになりては、いかに思ひ嘆《なげ》かんなどおもむけてなん、常《つね》に嘆《なげ》き給《(たまひ)》し。その筋《すぢ》よりほかに、何《なに》ごとをかと思《(おもひ)》給へ寄《よ》るに、耐《た》へ侍らずなむ。[三〇]鬼《おに》などの隠《かく》しきこゆとも、いさゝか残《のこ》るところも侍《(はべる)》なる物を」とて、泣《な》くさまもいみじければ、[三一]いかなることにかと紛《まぎ》れつる御心もうせて、せきあへ給はず。

一五 (浮舟は)幼い時から不幸な境遇でお育ちになった方で。「八宮の宇治にてこそ生長し給ふべき人の、思ひかけざるあづまのかたへくだり給ひし事など也」(細流抄)。 一六 宇治での暮しをいう。 一七 たまにでもこうして(薫が宇治に)お越しになるのを、お待ち申し上げなさることで、昔からの身の不幸までもお慰めになる一方。 一八 落ち着いて折に触れ(薫に)お目にかかれるようには、早くなりたいとばかり。 一九 諸本「は」なし。 二〇 その(浮舟の)ご念願が叶うようにお聞きすることもありましたので、こうして(浮舟に)お仕えする私どもも、嬉しく存じまして(転居の)準備をし。 二一 浮舟の母もやっと満足した様子で。「筑波山」は、母が常陸介の妻であることにちなむ異名。→東屋一二四頁注一。 二二 理解に苦しむ(薫の)お手紙。「波こゆるころとも知らず…人に笑はせたまふな」(浮舟二四二頁)をさす。 二三 この(宇治の)邸の夜番をお務めする者たち。 二四 (浮舟の)侍女たちが不届きなことをしでかしているようだなど、(薫から)厳重なお達しがあるなどと申して。 二五 わけのわからぬ粗野なことで、田舎者たちが変な風に騒ぎ立て申すことがいろいろありましたが。→浮舟二五一頁。 二六 諸本「は」なし。 二七 薫から浮舟への手紙。「…御消息も侍らぬよ」と嘆く(浮舟二四八頁五行)。 二八 「いかに思ひ嘆かん」まで、浮舟の心内。 二九 なまじ薫とのご縁が世間の物笑いになっては(母君が)どんなに嘆き悲しむであろうなどと気に病んで。 三〇 鬼などが(浮舟を)お隠し申したとしても、少しは遺留品もありましょうものを。 三一 (薫は)浮舟失踪の原因究明に熱中していたお気持も醒めて、の意。

「一われは心《こゝろ》に身をもまかせず、顕証《けむせう》なるさまにもてなされたるありさまなれば、二おぼつかなしと思《おも》ふお《(を)》りも、いま近《ちか》くて人の心をを《(お)》くまじくめやすきさまにもてなして、行《ゆ》く末長《すゑなが》くをと思《(おもひ)》のどめつゝ過《す》ぐしつるを、三を《(お)》ろかに見《み》なし給《(たまひ)》つらんこそ、中〳〵分《わ》くる方《かた》ありけるとおぼゆれ。四いまはかくだに言《い》はじと思《おも》へど、また人の聞《き》かばこそあらめ、宮の御事《こと》よ、いつよりありそめけん。五さやうなるにつけてや、いとかたはに人の心をまどはし給《(たまふ)》宮なれば、六常《つね》にあひ見《み》たてまつらぬ嘆《なげ》きに、身をも失《うしな》ひ給へるとなむ思《おも》ふ。七なを《(ほ)》言《い》へ。われにはさらにな隠《かく》しそ」との給へば、たしかにこそは聞《き》ゝ給《(たまひ)》てけれといと〳〵お《(ほ)》しくて、八「いと心うきことを聞《き》こしめしけるにこそは侍《(はべる)》なれ。右近もさぶらはぬお《(を)》りは侍らぬものを」と九ながめやすらひて、「一〇を《(お)》のづから聞《き》こしめしけん。一一この宮の上《うへ》の御方《かた》に忍《しの》びて渡《わた》らせ給へりしを、あさましく思ひかけぬほどに入《い》りおはしたりしかど、いみじきことを聞《き》こえさせ侍《(はべり)》て、出《い》でさせ給《(たまひ)》にき。一二それにおぢ給《(たまひ)》て、かのあやしく侍《(はべり)》しところには渡《わた》らせ給へりしなり。一三そののち、を《(お)》とにも聞《き》こえじとおぼしてやみにしを、一四いかでか聞《き》かせ給《(たまひ)》けん、たゞこのきさらぎばかりより、を《(お)》とづれきこえ給《(たまふ)》べし。御文《ふみ》はいとたび〳〵一五侍《(はべり)》しかど、御覧《らん》じ

18 匂宮と浮舟の仲

一 薫の言。私は(身分柄)自由な行動が許されず、(何をしても)世間の注目を集めるような身の上なので。 二 (浮舟のことを)気がかりに思う時も、間もなく(京の)近い所に迎えて(浮舟が)あれこれ思い悩むことがなく角が立たぬように世話をして。 三 (浮舟が薫のそのような態度を)いい加減だとお思いになったのは、かえって(浮舟には)心を分けた男が(薫以外に)いたのだったと。 四 この期に及んでこんな事は言うまいとは思うが、あなた以外の人が聞くのならともかく(そうでなければ差し支えなかろう)、匂宮のことだよ、いつから(浮舟との関係は)始まったのか。 五 そのような(色事の)方ではもう、無茶苦茶に女の心を惑わせなさる宮様なので。 六 (浮舟は)たまにしかお目にかかれないのを嘆いて。 七 もっと(詳しく)話せ。 八 右近の言。まったく情けないことをお聞きあそばしたものでございます。私右近も(浮舟の)お側に付ききりでおりましたものを。 九 (右近は)思案にふけって。 一〇 右近の言。 一一 (浮舟が)匂宮の奥様(中君)の所にこっそりお越しになったが、(その時に)あきれたことに突然(匂宮が)押し入ってこられたけれども、(周囲の者が)きついことを申し上げまして、(匂宮は)出て行かれたことがあった。→東屋一五五頁。 一二 (浮舟は)そのことで怖くおなりになって、あのみすぼらしゅうございました(三条の)家にお移りになったのでした。→東屋一六七頁。 一三 それ以後は、噂にも(匂宮の)お耳に入るまいとお思いになって沙汰止みになったのでしたが。 一四 (匂宮は)どうしてお聞きあそばしたのか。 一五 諸本多く「侍(はべ)めりしかど」。「めり」を用いるのは責任を回避した言い方。書陵部本・承応板本・湖月

入《い》るゝことも侍らざりき。一六いとかたじけなく一七うたてあるやうになどぞ、右近など聞《き》こえさせしかば、一《ひと》たび二《ふたゝ》たびや聞《き》こえさせ給《(たまひ)》けむ。一八それよりほかの事は見《み》給へず」と聞《き》こえさす。

一九かうぞ言《い》はむかし、しゐ《(ひ)》て問《と》はむもいとおし《(ほ)》くて、つく〴〵とうちながめつゝ、二〇宮をめづらしくあはれと思《おも》ひきこえても、わが方《かた》をさすがにをろ《(お)》かに思《おも》はざりけるほどに、いとあきらむるところなく、はかなげなりし心にて、二一この水の近《ちか》きをたよりにて、思寄《(おもひ)よ》るなりけんかし、二二わがこゝにさし放《はな》ち据《す》ゑざらましかば、いみじくうき世《よ》に経《ふ》とも、いかでかかならず深《ふか》き谷《たに》をも求《もと》め出《い》でましと、二三いみじううき水の契《ちぎ》りかなと、この川《かは》のうとましうおぼさるゝこといと深《ふか》し。年《とし》ごろ、二四あはれと思《(おもひ)》そめたりし方《かた》にて、荒《あら》き山路を行《ゆ》き帰《かへ》りしも、いまはまた心うくて、二五この里《さと》の名をだにえ聞《き》くまじき心地し給《(たまふ)》。

二六宮の上《うへ》のたまひはじめし、人形《ひとかた》とつけそめたりしさへゆゝしう、たゞわがあやまちに失《うしな》ひつる人なりと思《(おもひ)》もてゆくには、二七母《はゝ》のなを《(ほ)》かろびたるほどにて、後《のち》の後見《うしろみ》もいとあやしくことそぎてしなしけるなめりと心ゆかず思《(おもひ)》つるを、二八くはしう聞《き》き給《ゝ(たまふ)》になむ、二九いかに思《(おもふ)》らむ、さばかりの人の子《こ》にてはいとめでたか

抄本は底本に同じ。一六（匂宮に返事を差し上げないのは）まことに恐れ多く失礼に当たろうなどと。一七 諸本「なか〳〵うたてあるやうに」。書陵部本は底本に同じ。一八 それ以外のことは存じません。右近はあくまで浮舟と匂宮との間に深い関係はなかったと言い張る。一九 薫の心内。（右近が）こう言うのは当然だ。二〇 薫の心内。（浮舟は）匂宮を魅力的で好きだとお思い申しても、私（薫）の方をそうはいうもののいい加減に考えなかった、その板挟みで、まったくはきはきせず、頼りない考えから。二一 身近に宇治川があるのに頼って、（入水を）思い付いたのであろう。二二 私が（浮舟を）宇治に放っておかなかったなら、どんなにつらい目にあっても、どうして必ずしも自分から身投げを考えたりしようか。「深き谷…」は、「世の中の憂きたびごとに身を投げば深き谷こそあさくなりなめ」（古今集・誹諧歌・読人しらず）により、身投げすることをいう。二三 この上なくつらい宇治川との縁であるよと。二四（大君、中君、浮舟を）いとしいと心に深く思って、険しい山道を往来したことも、今となってはもう興ざめで。二五（「憂し」に通じる）「宇治」というこの里の名をさえ聞くまいという気持になられる。二六 中君が初めて（浮舟のことを）おっしゃって、（その時浮舟を）「人形」と名付けなさったことさえ不吉に感じられて。「人形」→宿木八二頁注九。二七 浮舟の母が所詮身分の卑しい者なので、死後の始末もたいそう風変わりに簡単にすませたのであろうと不満に思っていたが。二八（浮舟入水の経緯を）詳しくお聞きになって（はじめて）。二九 薫の心内。（浮舟の母は）どんなに悲しんでいるであろう。

19 宿り木のかげ

りし人を、忍《しの》[一]びたる事はかならずしもえ知《し》らで、わがゆかりにいかなることのありけるならむとぞ思《おも》[二]ふなるらむかしなど、よろづにいとお《(ほ)》しくおぼす。穢《けが》[三]らひといふことはあるまじけれど、御供《とも》[四]の人目《め》もあれば、上《のぼ》[五]り給はで、御車《くるま》の榻《しぢ》を召《め》して、妻戸《つまど》の前《まへ》にぞゐ給ひけるも見《み》ぐるしければ、いとしげき木《こ》の下《した》に、苔《こけ》[六]を御座《おまし》にてとばかりゐ給へり。いまはこゝを来《き》て見《み》むことも心うかるべし、とのみ見《み》めぐらしたまひて、

[七]われも又うきふる里《さと》をあれはてばたれ宿《やど》り木《き》のかげをしのばむ

阿闍梨《あざり》[八]、いまは律師《りし》なりけり。召《め》して、この法事[九]のことをお《(お)》きてさせ給《(たまふ)》。念仏僧《そう》の数添《かずそ》へなどせさせ給《(たまふ)》。罪《つみ》[一〇]いと深《ふかゝ》かなるわざとおぼせば、かろむ[一一]べきことをぞすべき、七日〱《(七日)》[一二]に、経、仏供養《くやう》ずべきよしなどこまかにの給《(たまひ)》て、いと暗《くら》うなりぬるに帰《かへ》り給《(たまふ)》も、あらましかば[一三]こよひ帰《かへ》らましやはとのみなん。

尼君《あま》[一四]に消息《せうそこ》せさせ給へれど、「いとも〱[一五]ゆゝしき身をのみ思《おも》ひ給へ沈《しづ》みて、いとゞものも思《(おもひ)》給へられずほれ侍《(はべり)》てなむ、うつぶし伏《(ふし)》て侍《(はべる)》」と聞《き》こえて出《い》で来《こ》ねば、しゐ《(ひ)》ても立《た》ち寄《よ》り給はず。道《みち》[一六]すがら、とく迎《むか》へとり給はずなりにけることとくやしう、水[一七]のを《(お)》との聞《き》こゆるかぎりは心のみさわ《(わ)》ぎ給《(たまひ)》て、骸《から》[一八]をだに尋《たづ》ね

一 (母親は、匂宮との)秘密はおそらく知り得ないままに、私との関係で(浮舟に)どんなことがあったのだろうと。 二 諸本多く「おもふ(思)らん(む)かしなと」。書陵部本・承応板本・湖月抄本は底本に同じ。 三 (入水ゆえ)浮舟はこの邸で死んだことにはならないから(薫が室内に入って着座しても)穢にふれるということはありえないが。 四 「人めばかりに、けがらひのあるやうにしなし給ふなり」(岷江入楚)。供人は浮舟入水のことは知らず、邸内で亡くなったと思っている。 五 薫は屋内には上がらず榻に腰かける。「榻」は牛車の轅(ながえ)を載せる四足の台。 六 苔を敷物にして。「水のほとりの石に苔を蓆にてながめゐ給へり」(四竹河二七六頁一二行)。 七 薫の歌。私までがこのつらい宇治の邸に立ち寄らなくなってしまったら、誰が馴染み深いこの家を思い出すのであろうか。「あれはてばとは、かれはてば也」(万水一露)。「離(ぁ)れ果て」に「荒れ果て」をひびかす。→早蕨一五頁注二三。 八 八宮の仏道の師、宇治山の阿闍梨。「律師」は僧正、僧都につぐ僧職。「律師 リッシ」(色葉字類抄)。 九 浮舟の法事。 一〇 入水(自殺)は罪深いということ。→早蕨一四頁注一〇。 一一 浮舟の罪障が軽減するような追善を。 一二 (初七日から七七日まで)七日ごとに。 一三 浮舟が生きていたら今晩(京に)帰ったりしようか。 一四 (薫は)弁尼にも挨拶をおさせになったが。 一五 弁の言。生きながらえて、次から次へと悲しい目に遭う、忌まわしい我が身に気が滅入りまして、の意。 一六 (薫は、京への)道中、(浮舟を)さっさと(京に)お引き取りになれなかったことが悔やまれ。 一七 宇治川の水音。 一八 薫の心内。亡骸をさえ見つけることができず、とんでもない結果になってしまった。「う

ず、あさましくてもやみぬるかな、いかなるさまにて、いづれの底《そこ》のうつせにまじりけむなど、やる方《かた》なくおぼす。

一九かの母君《はゝ》は、京に子生《こう》むべきむすめのことによりつゝしみさは《(わ)》げば、二〇例《れい》のいゑ《(へ)》にもえ行《い》かず、二一すゞろなる旅居《たびゐ》のみして、思《(おもひ)》なぐさむおり《(を)》もなきに、二二またこれもいかならむと思《おも》へど、たい《(ひ)》らかに生《う》みてけり。二三ゆゝしければえ寄《よ》らず、残《のこ》りの人ゝの上《うへ》もおぼえずほれまどひて過《す》ぐすに、大将殿より御使《つかひ》忍《しの》びてあり。ものおぼえぬ心《(ここ)》ちにも、いとうれしくあはれなり。

二四あさましきことは、まづ聞《き》こえむと思《(おもひ)》給へしを、心ものどまらず、目《め》も暗《くら》き心地して、二五まいていかなる闇《やみ》にかまどはれ給《(たまふ)》らんと、そのほどを過《す》ぐしつるに、はかなくて日《ひ》ごろも経《へ》にけることをなん。二六世《よ》の常《つね》なさも、いとゞ思《おも》ひのどめむ方《かた》なくのみ侍るを、二七思ひのほかにもながらへば、過《す》ぎにしなごりとは、かならずさるべきことにも尋《たづ》ね給へ。

など、こまかに書《か》き給《(たまひ)》て、御使《つかひ》には、かの二八大蔵《おほくら》の大夫《(たいふ)》をぞ給へりける。二九「心のどかによろづを思《(おもひ)》つゝ、年《とし》ごろにさへなりにけるほど、かならずしも心ざしあるやうには見《み》給はざりけむ。されど、いまよりのち、何《なに》ごとにつけても、かな

つせ」は「うつせ貝」(身のない貝、貝殻)の略で、「今日今日と我が待つ君は石川の貝に交じりてありといはずやも」(万葉集二・二二四・依羅娘子)の影響あるか(弄花抄)。 一九 浮舟の母。「むすめ」は左近少将と結婚した、母と常陸介の間の子。→浮舟二五六頁。 二〇 (浮舟の死穢に触れたので)夫常陸介の家にも帰ることができず。 二一 浮舟をかくまうために用意した三条の小家(→東屋一六七頁)での仮住まいをいうか(湖月抄)。 二二 (浮舟に加えて)この娘もどうなることかと案じたが。 二三 死穢に触れた身ゆえ(産婦の)側にも寄れず、他の子供たち(→東屋一二四頁一一行)のことも念頭から失せて正気もない状態で過ごしているところに。

20 薫、母君に消息

二四 薫の手紙。(浮舟の失踪という)あきれた事件については、何はさておきお見舞いをと思っておりましたが、気持も静まらず、目も涙にくれて。 二五 (浮舟の母であるあなたは)どんなにか子を思って苦しまれたことであろう。「人の親の心は闇にあらねども子を思ふ道にまどひぬるかな」(後撰集・雑一・藤原兼輔)による。 二六 世間の無常も、一段とひしひしと身に感じられるばかりですが。 二七 予想外に(私が)生き長らえることになれば、亡き浮舟との縁だと思って、きっとしかるべき場合には連絡して下さい。 二八 薫の腹心。→二七四頁注三。 二九 薫の言。のんびりと何事をも考えて、(いたずらに)年月を重ねるまでになりましたので。

一「を」は間投助詞。 二 浮舟の母と常陸介との間の子。 三 朝廷に出仕するような場合には、必ず(私が)面倒を見るつもりだ。 四 (書面だけではなく)使者の口上としても。 五 浮舟は宇治

らず忘《わす》れきこえじ。また、さやうにを[一]人知《し》れず思《(おもひ)(お)》をき給へ。[二]幼《をさな》き人どもゝあなるを、[三]おほやけに仕《つか》うまつらむにも、かならず後見《うしろみ》思《(おもふ)》べくなむ」など、[四]言《こと》葉にもの給へり。

[五]いたくしも忌《い》むまじき穢《けが》らひなれば、「深《ふか》うしも触《ふ》れ侍らず」など言《い》ひなして、[六]せめて呼《よ》び据《す》ゑたり。御返《(かへり)》泣《な》く〳〵書《か》く。

[七]いみじきことに死《し》なれ侍らぬ命《いのち》を心うく思《おも(う)》ふ給へ嘆《なげ》き侍《(はべる)》に、[八]かゝる仰《おほ》せ事見《み》侍《(はべる)》べかりけるにやとなん。年《とし》ごろは[九]心《こゝろ》ぼそきありさまを見《み》給へながら、それは数《かず》ならぬ身のを《(お)》こたりに思《(おもう)》給へなしつゝ、かたじけなき御一言《ひとこと》を、行《ゆ》く末長《すゑなが》く頼《たの》みきこえ侍《(はべり)》しに、[一〇]言《い》ふかひなく見《み》給へはてゝは、里《さと》の契《ちぎ》りもいと心うくかなしくなん。[一一]さま〴〵にうれしき仰《おほ》せ言《こと》に命《いのち》延《の》び侍りて、いましばしながらへ侍らば、なを《(ほ)》頼《たの》み[一二]きこえ侍《(はべる)》べきにこそと思《(おもう)》給ふるにつけても、目《め》の前《まへ》の涙《なみだ》に[一三]くれて、え聞《き》こえさせやらずなむ。

など書《か》きたり。御使《つかひ》に、[一四]なべての禄《ろく》などは見《み》ぐるしきほどなり、飽《あ》かぬ心《(ここ)》ちもすべければ、[一五]かの君にたてまつらむと心ざして持《も》たりけるよき[一六]斑犀《はむざい》の帯《おび》、太刀《たち》のお《(を)》かしきなど袋《ふくろ》に入《い》れて、車に乗《の》るほど、[一七]「これはむかしの人の御心ざしな

の邸で死んだのではないので、こう言う。六 無理矢理に使者(大蔵大輔)を(建物内に)招き入れた。七 母の返事。(浮舟の死という)ひどい目にあっても死ねませぬ(自分の)命をつらく思って嘆いておりましたが。八 (死ねないでいたのは)このような(薫の、ありがたい)お言葉を拝見することになっていたからであろうかと。九 (浮舟の)頼りない境遇を目にしながら、それは卑しい我が身の不徳の致すところと常々観念いたして、(京に迎えようという)もったいないあなた様の一言を末長くお頼り申しておりましたのに。「たのみきこえ」、諸本多く「たのみきこえさせ」。書陵部本は底本に同じ。一〇 いまさら言っても始まらない結果(浮舟の死)を目にしましては、(「憂し」に通じる)宇治の里との縁も。一一 いろいろとありがたいお言葉を力に命が延びまして。一二 諸本多く「きこえさせ侍」。一三 諸本多く「くれはべり(侍)て」。一四 普通の禄を与えるのは(喪中につき)不作法な折であり、(さりとて何も与えないのは)物足りぬ気がしそうなので。一五 薫。一六 犀の角を用いた石帯の一種。「斑犀帯四位五位の人、常に用之」(花鳥余情)。「斑犀〈帯分〉ハンザイ」(色葉字類抄)。一七 母の言。これは故人(浮舟)のお気持です。一八 禄ではなく贈り物として使者(大蔵大輔)のもとに届けさせた。一九 (帰参した大蔵大輔が、贈り物を)薫にお見せ申し上げると。二〇 薫の言。まったく余計なことをするものよ。「すぞろ」→二七五頁注二二。二一 使者(大蔵大輔)が述べる浮舟の母の口上。次行以下「幼き者ども…さぶらはせん」をさす。二二 大蔵大輔の言。(浮舟の母は)親しく(私に)お会い下さりまして。「侍りたうび」は重々しく堅苦しい感じを与える敬語。→[三]常夏二二〇頁注七。二三 一方では(私

り」とて、[一八]を《(お)》くらせてけり。
[一九]殿《との》に御覧《らん》ぜさすれば、「[二〇]いとすぞろなるわざかな」との給《(たまふ)》。[二一]言葉《ことば》には、「[二二]身《(み)》づからあひ侍りたうびて、いみじく泣《な》く〳〵よろづの事のたまひて、幼《をさな》き者《もの》どものことまで仰《おほ》せられたるがいともかしこきに、[二三]また数《かず》ならぬほどは、なか〳〵いとはづかしう、[二四]人に何《なに》ゆへ《(ゑ)》などは知《し》らせ侍らで、あやしきさまどもをもみなまいら《(ゐ)》せ侍りて、さぶらはせんとなむものし侍《(はべり)》つる」と聞《き》こゆ。[二五]げにことなることなきゆかりむつびにぞあるべけれど、みかどにもさばかりの人のむすめ奉《たてまつ》らずやはある、それにさるべきにて、時めかしおぼさんは、人の譏《そし》るべきことかは、[二六]たゞ人はた、あやしき女、世《よ》に古《ふ》りにたるなどを持《も》ちゐるたぐひ多《おほ》かり、[二七]かの守《かみ》のむすめなりけりと人の言《い》ひなさんにも、[二八]わがもてなしの、それにけがるべくありそめたらばこそあらめ、一人《ひとり》の子《こ》をいたづらになして思《おも》ふらん親《おや》の心に、猶《(なほ)》[二九]このゆかりこそ面立《おもだ》たしかりけれと思《(おもひ)》知《し》るばかり、用意《ようい》はかならず見《み》すべきこととおぼす。
[三〇]かしこには、常陸《ひたち》の守《かみ》、[三一]立《た》ちながら来《き》て、「[三二]お《(を)》りしもかくてゐ給へることなむ」と腹立《はらだ》つ。年《とし》ごろ、[三三]いづくになむおはするなど、ありのまゝにも知《し》らせざ

どものような)取るに足らぬ身分の者は、(薫の世話になるのも)かえって身の縮む思いで。「はつかしう」、諸本多く「はつかしう(く)なん」。二四 (それゆえ)世間にはその訳は知らせないで、みすぼらしい我が子たちをも皆(薫のもとに)参上させて、お仕えさせよう。ここまで母の口上。二五 薫の心内。まったくみばえのしない縁故付き合いというべきだが、帝にもその程度の身分の者の娘を差し上げないことはないし、その上前世の因縁で、帝が(その娘を)ご寵愛なさるのなら、誰も非難することはできないのだ。二六 (帝でさえそうなのだから)臣下の者はまた、素性いやしき女、すでに結婚経験のある女などを。二七 (浮舟は)あの(常陸)守の娘なのだったと世間が噂しても。常陸介を守と称すること、→東屋一二四頁注八。二八 自分の(浮舟に対する)扱いが、そのことで自分の汚点になるような形で始まったのならば問題であろうが(そうではないのだから気にする必要はない)。浮舟とは正式の結婚ではないから、薫の不名誉にはならないという考え。二九 浮舟の縁で(一族の者が薫に引き立てられるという)名誉なこともあるのだったと思い知るほど、(遺族に対する)配慮はきっとしなければならぬと(薫は)お思いになる。三〇 浮舟の母がいる三条の家。→二九一頁注二一。三一 →二六九頁注二一。三二 常陸介の言。(娘の出産という)大事な折も折こうして家を離れておられることよ。→二九一頁三行。三三 (浮舟が)どこにいらっしゃるなどと、(浮舟の母は常陸介に)本当のことを知らせていなかったので、(介は浮舟が)みじめな有様で暮らしておられるのだろうと。

21 常陸守、浮舟を悼む

りければ、はかなきさまにておはすらむと思ひ言《い》ひけるを、[一]京になど迎《むか》へ給《(たまひ)》てのち、[二]面目《めいぼく》ありてなど知《し》らせむと思《おも》ひけるほどに、かゝれば、いまは隠《かく》さんもあひ《(い)》なくて、ありしさま泣《な》く〳〵語《かた》る。[三]大将殿の御文《ふみ》も取《と》り出《い》でて見《み》すれば、[四]よき人かしこくして、鄙《ひな》びものめでする人にて、おどろきを《(お)》くして、うち返《かへ》し〳〵、「[五]いとめでたき御幸《さいは》い《(ひ)》を捨《す》てて亡《う》せ給《(たまひ)》にける人かな。[六]を《(お)》のれも殿《との》人にてまい《(ゐ)》り仕《つか》うまつれども、近《ちか》く召《め》し使《つか》ふこともなく、いとけ高《たか》く[七]思《おも》はする殿《との》なり。[八]若《わか》き者《もの》どものこと仰《おほ》せられたるは、頼《たの》もしきことになん」などよろこぶを見《み》るにも、まして[九]おはせましかばと思《(おもふ)》に、臥《ふ》しまろびて泣《な》かる。守《かみ》も、いまなんうち泣《な》きける。

[一〇]さるは、おはせし世《よ》には、中〳〵かゝるたぐひの人しも、尋《たづ》ね給《(たまふ)》べきにしもあらずかし。[一一]わがあやまちにて失《うしな》ひつるもいとお《(ほ)》し、慰《なぐさ》めむとおぼすよりなむ、人の譏《そし》りねんごろに尋《たづ》ねじとおぼしける。

四十九日のわざなどせさせ給《(たまふ)》にも、[一二]いかなりけんことにかはとおぼせば、とてもかくても罪得《つみう》まじきことなれば、いと忍《しの》びて、かの[一三]律師《りし》の寺《てら》にてせさせ給《(たまひ)》ける。[一四]六十僧《そう》の布施《ふせ》など、[一五]大《おほ》きにを《(お)》きてられたり。母《はゝ》君も来《き》ゐて、[一六]事《こと》ども

22 浮舟四十九日の法事

一 (母は、薫が浮舟を)京になりとお迎えなさった後で。 二 (浮舟が)立派になってなどと言って(夫常陸介に)知らせようと。 三 薫のお手紙。 四 (常陸介は)貴人をありがたがって、田舎者らしく感動する者なので、驚き神妙になって、(薫の手紙を)繰り返し見て。 五 常陸介の言。何ともすばらしい幸運を捨ててお亡くなりになったお方であるよ。 六 自分も家来として(薫の邸に)参上してお仕えしているが、直接仰せを承ることもなく、まことに近付きがたくていらっしゃる殿だ。 七 諸本「おはする」。↓二九二頁一行。 八 幼い子供のことまでお言葉を賜ったのは。↓二九二頁一行。 九 (母は)浮舟がご存命であったならと。 一〇 実を言えば、浮舟存命のときには、かえってこのような一族の者に対しては、(薫が)気に懸けておやりになるはずもなかった。 一一 自分の過失で(浮舟を)死なせてしまったのもかわいそうだ、(せめて母親を)慰めてやろうというお気持から、(浮舟の身内の面倒を見ることへの)世間の非難はいちいち気にすまいとお思いなのであった。 一二 浮舟の生死は依然明らかでないので、(法事は)生死いずれにせよ悪いことではないゆえ。 一三 宇治の山寺。律師はかつての阿闍梨。↓二九〇頁注八。 一四 「今日故太相府七〻御法事也、七僧外有六十僧」(小右記・永祚元年八月十一日)。 一五 盛大に用意をなさった。 一六 布施の品々。 一七 匂宮。 一八 匂宮の供養は右近の名義でしたので、その事情を知らない者は「どうして(右近風情が)こんなに(豪勢な供養をするのか)」などと。 一九 (薫も)家人たちで、腹心の者ばかりを(法事の奉仕に)大勢お遣わしになった。 二〇 家人の言。不思議なことだ、風の便りにも聞かなかっ

添《そ》へたり。[一七]宮よりは、右近がもとに、銀《しろかね》の壺《つぼ》に黄金《こがね》入《い》れて給へり。人見咎《みとが》むばかり大《おほ》きなるわざはえし給はず、[一八]右近が心ざしにてしたりければ、心知《し》らぬ人は、「いかでかくなむ」など言《い》ひける。[一九]殿《との》ゝ人ども、むつましきかぎりあまた給へり。[二〇]「あやしく、を《(お)》ともせざりつる人のはてを、かくあつかはせ給《(たまふ)》、誰《たれ》ならむ」と、いまおどろく人のみ多《おほ》かるに、[二一]常陸《ひたち》の守来《かみき》て、あるじがりお《(を)》るなん、あやしと人ゝ見《み》ける。[二二]少将の子生《こう》ませて、いかめしきことせさせむとまどひ、いゑ《(へ)》のうちに、なきものは少《すく》なく、唐土《もろこし》、新羅《しらぎ》の飾《かざ》りをもしつべきに、限《かぎ》りあればいとあやしかりけり。[二三]この御ほう《(ふ)》じの、忍《しの》びたるやうにおぼしたれど、けはひこよなきを見《み》るに、[二四]生《い》きたらましかば、わが身を並《なら》ぶべくもあらぬ人の御宿世《すくせ》なりけりと思ふ。[二五]宮の上《うへ》も誦《ず》経し給ひ、[二六]七僧《そう》の前《まへ》の事せさせ給《(たまひ)》けり。[二七]いまなむかゝる人持《も》たまへりけりと、みかどまでも聞《き》こしめして、[二八]を《(お)》ろかにもあらざりける人を、宮にかしこまりきこえて隠《かく》しを《(お)》き給《(たまひ)》たりける、いとお《(ほ)》しとおぼしける。

[二九]二人《ふたり》の人の御心のうち、[三〇]ふりずかなしく、[三一]あやにくなりし御思ひの盛《さか》りにかき絶《た》えては、[三二]いといみじければ、[三三]あだなる御心は、慰《なぐさ》むやなど心み給《(たまふ)》ことも、

た人の四十九日の法事を、このようになさるとは、一体誰なのだろう。 二一 （浮舟の義父の）常陸介がやって来て、主人顔をしているのを、居合わせた者たちは（浮舟の素性を知らないので）変だと思った。「あるしかり」、諸本多く「心もなくあるしかり」。「心もなく」は、不躾に、の意。 二二 （常陸介は娘に）左近少将の子を生ませたところで、豪華な祝儀をさせようと大騒ぎをして、家中をありとあらゆる物、唐土、新羅の舶来品で飾り立てるつもりであったが、所詮は受領の分際とて大したことはなかった。 二三 （それに対して）この（四十九日の）法事は、（薫が）内々に目立たないようにと配慮なさったのであるが、較べ物にならないほど立派な有様であるのを見るにつけ。 二四 常陸介の心内。生きていたならば、（浮舟は）自分とは比較にならぬ運勢の持ち主なのだったと。「（わが身）を」、諸本多く「に」。書陵部本・承応板本は底本に同じ。 二五 中君。「誦経」は、「誦経の料」の意で、布施。→四横笛四八頁注一〇。 二六 講師、読師以下、法事の際の七種の役職につく僧。「七僧百僧せさせ給て、七僧には法服配らせ給ふ」（栄花物語・もとのしづく）。→注一四。「前の事」は食事。 二七 この期に及んで（薫が）このような思い人を持っておられたのだったと。 二八 帝の心内。（浮舟は薫が）いい加減に思っていた人ではないのに、（薫は妻の）女二宮に悪いと思い申して（浮舟のことを）内密にしておかれたのだった、気の毒に、と。 二九 匂宮と薫。 三〇 いつまでも悲しく。 三一 （匂宮は）ままならぬ恋慕の最中に（浮舟との）仲が途切れて。 三二 諸本「いみしけれと」。 三三 多情な匂宮は、（浮舟への恋慕が）紛れるかなどと試しに（他の女に）気持をお向けになることも、徐々になさるのであった。

やう〳〵ありけり。[一]かの殿《との》は、かくとりもちて何《なに》やかやとおぼして、残《のこ》りの人《ひと》をはぐゝませ給《(たまひ)》ても、[二]猶《(なほ)》言《い》ふかひなき事を忘《わす》れがたくおぼす。

[三]后《きさい》の宮の、[四]御軽服《きやうぶく》のほどはなを《(ほ)》[五]かくておはしますに、[六]二の宮なむ式部卿《しきぶきやう》になり給《(たまひ)》にける。[七]をも《(お)》〳〵しうて、常《つね》にしもまい《(ゐ)》り給はず。[八]この宮は、さう〴〵しくものあはれなるまゝに、[九]一品《(いっぽん)》の宮の御方《かた》を慰《なぐさ》めどころにし給《(たまふ)》。[一〇]よき人の、かたちをもえまほに見《み》給はぬ、残《のこ》り多《おほ》かり。[一一]大将殿の、からうしていと忍《しの》びて語《かた》らはせ給《(たまふ)》小《こ》ざい将《(しやう)》の君といふ人の、かたちなどもきよげなり、心ばせある方《かた》の人とおぼされたり。おなじ琴《こと》を掻《か》き鳴《な》らす爪《つま》を《(お)》と、撥《ばち》を《(お)》とも人にはまさり、文《ふみ》を書《か》き、ものうち言《い》ひたるも、[一二]よしあるふしをなむ添《そ》へたりける。[一三]この宮も、年《とし》ごろいといたき物にし給《(たまひ)》て、例《れい》の言《い》ひやぶり給へど、[一四]などかさしもめづらしげなくはあらむと、[一五]心づよくねたきさまなるを、[一六]まめ人はすこし人よりことなりとおぼすになんありける。[一七]かくものおぼしたるも見《み》知《し》りければ、忍《しの》びあまりて聞《き》こえたり。

[一八]あはれ知《し》る心《こゝろ》は人にを《(お)》くれねど数《かず》ならぬ身に消《き》えつゝぞふる

[一九]かへたらば。

一 薫はこうして責任をもってあれこれご配慮なさり、遺族の面倒を見なさるにつけても。 二 浮舟のこと。 三 明石中宮。 四 父母の喪である重服(ちようぶく)に対して、父母以外の親族の喪をいう。中宮も薫同様、叔父式部卿宮の喪に服している。→二七六頁四行。 五 中宮は里の六条院に滞在。 六 明石中宮腹、匂宮(三宮)の兄。 七 「(式部)卿 第一の親王是に任ず…親王も宿老の人。極官にてあるべし」(百寮訓要抄)。 八 匂宮。 九 匂宮と同腹(明石中宮腹)の女一宮。「品(ほん)」は親王の位を示す。一品は最高位。 一〇 (女一宮に仕える)美しい女房で、(匂宮が)まだその美貌を十分にご覧になれない者も、多く残っている。 一一 薫が、やっとのことで極秘に言い寄っておられる小宰相君という女房。「かたらはせ」、諸本多く「かたらひ」。 一二 たしなみを感じさせるのであった。 一三 匂宮も年来(小宰相を)なかなかの者とご覧になって、浮舟の時と同じように薫の悪口をおっしゃっ(て小宰相を我がものにしようとなさっ)たが。「言ひやぶり」→浮舟二一五頁一二行「のたまひ破る」。 一四 小宰相の心内。どうして皆と同じように(匂宮の言いなりに)なれようか。 一五 (小宰相は)気丈夫に(匂宮が)いまいましく思うような態度を取っているのを。 一六 真面目な薫は(小宰相を)少しは他の女より見所があると。薫を「まめ人」と呼ぶこと、浮舟巻二一五頁一一行、二三〇頁一一行に見える。 一七 (小宰相は薫が)浮舟のことでお悲しみなのも見知っていたので。 一八 小宰相の歌。お悲しみを察する心は人に劣らないが、取るにも足らぬ私ゆえ黙って過ごしておりました。 一九 自分が浮舟の替わりになったら(あなたの悲しみも薄らぐであろう)の意。「草枕紅葉むしろ

と、ゆへ《(ゑ)》[二〇]ある紙《かみ》に書《か》きたり。ものあはれなる夕暮《ゆふ(ぐれ)》、[二一]しめやかなるほどを、いとよくを《(お)》しはかりて言《い》ひたるも、にくからず。

「つね[二二]なしとこゝら世《よ》を見《み》るうき身だに人の知《し》るまで嘆《なげ》きやはする

[二三]このよろこび、あはれなりしおり《(を)》からも、いとゞなむ」など言《い》ひに立《た》ち寄《よ》りたまへり。[二四]いとはづかしげにもの〳〵しげにて、なべてかやうになどもならし給はぬ人からもやむごとなきに、[二五]いとものはかなき住《す》まゐ《(ひ)》なりかし、局《つぼね》などいひてせばくほどなき遣戸口《やりどぐち》により居《ゐ》給へる、かたはらいたくおぼゆれど、さすがにあまり卑下《ひげ》してもあらで、いとよきほどにものなども聞《き》こゆ。[二六]見《み》し人よりも、これは心にくきけ添《そ》ひてもあるかな、などてかく出《い》で立《た》ちけん、さるものにて我も置《お》いたらましものを、とおぼす。[二七]人知れぬ筋《すぢ》は、かけても見《み》せ給はず。

[二八]蓮《はちす》の花の盛《さか》りに、[二九]御八講《はかう》せらる。六条院《(ろくでうのゐん)》の御ため、紫《むらさき》の上《うへ》などみなおぼし分《わ》けつゝ、御経、仏など供養《くやう》ぜさせ給《(たまひ)》て、いかめしくたう《(ふ)》とくなんありける。[三〇]五巻の日などはいみじき見物《みもの》なりければ、[三一]こなたかなた、女房《ばう》につきてまいり《(ゐ)》て、もの見《み》る人多《おほ》かりけり。

[三二]五日《いつか》といふ朝座《あさゞ》にはてて《ゝ》、[三三]御堂《みだう》の飾《かざ》り取《と》りさけ、御しつらひ改《あらた》むるに、[三四]北《きた》の

にかへたらば心を砕く物ならましや」(後撰集・羇旅・亭子院御製)の下句によるか(弄花抄)。二〇 歌にふさわしい紙に。鈍色《(にびいろ)》系の紙であろう。→[一]葵三一五頁注二九。二一 人少なの頃合を、巧みに見計らって。二二 薫の歌。「世間の無常はよくしれども、人のしるべき程なげく事はなきを、よくをしはかりてたづねたる、うれしと也」(細流抄)。三条西本・湖月抄本、初句「つれなしと」に作る。「青表紙はみなつれなしとあり」(細流抄)。二三 感謝の気持は、悲しみに沈んでいた折ゆえ、ひとしおだなどと言いに、(薫は小宰相の局に)お立ち寄りになった。二四 (薫は)とても立派で貫禄があり、ふだんはこのような(女房の所に立ち寄る)ことはなさらないお方ゆえ大変なことなのに。二五 まったくささやかな部屋で、局とかいう間口も狭く奥行きもない部屋の引き戸の入口に(薫が)もたれて座っておられるのは。二六 薫の心内。亡き浮舟よりも、小宰相は奥ゆかしいところがあるな、どうして宮仕えなどする気になったのか。「みし人」、底本「みえし人」。諸本により改める。二七 (しかし薫は、そのような)秘かな心中は。二八 「夏ごろ、蓮の花の盛りに」([四]鈴虫七〇頁一行)。二九 法華八講。法華経八巻を朝夕二座四回(計八座)にわたって説経する法会。主催は明石中宮、場所は六条院(の寝殿)。

24 六条院の御八講

三〇 法華経第五巻が講ぜられる日で、華やかな儀式が行われる。→[一]賢木三七六頁。「五巻の日は御遊あるべう、船の楽などよろづその御用意かねてよりあるに」(栄花物語・あさみどり)。三一 あちこちから女房のってをたよって参上し。三二 「第五日の朝座にて、八講の終る也」(玉の小櫛)。三三 (八講のため)北

廂《ひさし》も障子《さうじ》ども放《はな》ちたりしかば、みな入《い》り立《た》ちてつくろふほど、[一]西《にし》の渡《わた》殿に[二]姫《ひめ》宮おはしましけり。[三]もの聞《き》き極《ごう》じて、女房《ばう》もを《(お)》の〳〵局《つぼね》にありつゝ、[四]御前《まへ》はいと人少《ずく》なゝる夕《ゆふ》暮《(ぐれ)》に、[五]大将殿なを《(ほ)》し着《き》かへて、[六]けふまかづる僧《そう》の中に、かならずの給《(たまふ)》べきことあるにより、[七]釣殿《つりどの》の方《かた》におはしたるに、[八]みなまかでぬれば、ゐ《(い)》けの方《かた》に涼《すゞ》み給《(たまひ)》て、人少《ずく》なゝるに、[九]かくいふさい将《(しやう)》の君など、かりそめにき丁《(ちやう)》などばかり立《た》てゝ、うちやすむ上局《うへつぼね》にしたり。[一〇]こゝにやあらむ、人の衣《きぬ》のを《(お)》とすとおぼして、[一一]馬道《めだう》の方《かた》の障子《さうじ》の細《ほそ》くあきたるより、やをら見《み》給へば、例《れい》[一二]さやうの人のゐたるけはひには似《に》ず、はれ〴〵しくしつらひたれば、[一三]中〳〵き丁《(ちやう)》どもの立《た》てちがへたるあはひより見《み》とを《(ほ)》されて、あらはなり。

[一四]氷《ひ》を物《もの》の蓋《ふた》にを《(お)》きて割《わ》るとて、もてさは《(わ)》ぐ人ゝ、大人《おとな》三人ばかり、童《わらは》とい《(ゐ)》たり。[一五]唐衣《からきぬ》も汗衫《かざみ》も着《き》ず、みなうちとけたれば、御前《おまへ》とは見《み》給はぬに、[一六]白《しろ》き薄物《うすもの》の御衣《ぞ》着《き》[一七]かへ給へる人の、[一八]手《て》に氷《ひ》を持《も》ちながら、かくあらそふをすこし笑《ゑ》み給へる御顔《かほ》、言《い》はむ方《かた》なくうつくしげなり。いと暑《あつ》さの耐《た》へがたき日なれば、こちたき御髪《ぐし》の苦《くる》しうおぼさるゝにやあらむ、すこし[一九]こなたになびかして引《ひ》かれたるほど、たとへんものなし。こゝらよき人を見集《みあつ》むれど、似《に》るべくもあらざ

の廂の間も襖障子をはずしてあったので。

一 寝殿と西の対をつなぐ建物。 二 女一宮は移っておられるのだった。 三 (八講の)説経を聞き疲れて、女房たちもめいめい自室に引きこもって。 四 女一宮の御前。 五 薫が(八講の間着用していた束帯を)直衣に着替えて。 六 八講が終わって今日退出する僧。 七 対の屋の南、池に望んで建てられた建物。対の屋とは廊でつながる。 八 (僧たちは)皆退出した後だったので。 九 (西の渡殿は)さきほど話に出た小宰相などが、一時的に几帳程度を立てて、一休みする控え室にしていた。陽明本「このわたとのはかくいふさいしやうの君なと」に作る。「上局」は御前に伺候した際の休息所。 一〇 薫の心内。(小宰相は)ここにいるのだろうか。 一一 西の対の馬道に面した側の、渡殿の襖障子。「馬道」は建物内を貫く通路。 一二 いつも女房が局にして控えているのとは様子が違って、広々と部屋が作られていたので。「はれ〴〵し」は、さえぎる物がなく広々としたさま。 一三 かえって几帳を互い違いに立ててあるその隙間から(室内が)見通せて、丸見えである。

25 薫、女一宮を垣間見

一四 以下、垣間見する薫の目に映った情景。 一五 女房たち皆がくつろいでいるので、(薫はそこが)女一宮の御前とはお思いにもならずにいると。「唐衣」は女房(大人)が、「汗衫」は童が、主人の御前に出る際に着用する。 一六 女一宮の姿。 一七 諸本「き給へる人の」。底本「かへ」を補入。 一八 (大人や童が)手に氷を持ったままで、こうして騒いでいるのをほほえみながらご覧になっておられる(女一宮の)お顔は。 一九 薫のいる側に。 二〇 (美しい)女一宮の御前では、女房たちは皆土のように見えるのを。

りけりとおぼゆ。[二〇]御前《まへ》なる人は、まことに土《つち》などの心《(ここ)》ちぞするを、[二一]思ひしづめて見《み》れば、黄《き》なる[二二]生絹《すずし》の単衣《ひとへ》、薄色《うすいろ》なる裳着《もき》たる人の、扇《あふぎ》うち使《つか》ひたるなど、[二三]用意《ようい》あらむはや、とふと見《み》えて、「[二四]なか〳〵ものあつかひに、いと苦《くる》しげなり。たゞさながら見《み》給へかし」とて、笑《わら》ひたるまみあひ《(い)》行《(ぎやう)》づきたり。声聞《こゑき》くにぞ、[二五]この心ざしの人とは知《し》りぬる。

[二六]心づよく割《わ》りて、手ごとに持《も》たり。頭《かしら》にうちを《(お)》き、胸《むね》にさし当《あ》てなど、[二七]さまあしうする人もあるべし。[二八]こと人は紙《かみ》に包《つゝ》みて、御前《まへ》にもかくてまい《(ゐ)》らせたれど、いとうつくしき御手《て》をさしやり給《(たまひ)》て、のごはせ給《(たまふ)》。「[二九]いな、持《も》たらじ。雫《しづく》むつかし」との給《(たまふ)》御声《こゑ》いとほのかに聞《き》くも、限《かぎ》りもなくうれし。[三〇]まだいとちい《(ひ)》さくおはしまししほどに、われもものゝ心も知《し》らで見《み》たてまつりし時《とき》、めでたの児《ちご》の御さまやと見《み》たてまつりし。そののち、絶《た》えてこの御けはひをだに聞《き》かざりつるものを、[三一]いかなる神仏《(かみほとけ)》のかゝるお《(を)》り見《み》せ給へるならむ、[三二]例《れい》のやすからずもの思《おも》はせむとするにやあらむと、[三三]かつは静《しづ》心なくてまもり立《た》ちたるほどに、[三四]こなたの対《たい》の北面《きたおもて》に住《す》みけるげらう《(ふ)》女房《ばう》の、[三五]この障子《さうじ》はとみのことにてあけながら下《お》りにけるを思《おも》ひ出《い》でゝ、[三六]人もこそ見《み》つけてさはが《(わ)》るれと思《おも》ひければ、

「長恨歌伝、粉色如土とある、貴妃のまへにてはそのほかの宮女は、みなつち(土)のごとくみゆるといへる也」(細流抄)。「同じ所にて見くらべ給はば、土と玉とのごとくこそあらめ」(うつほ物語・国譲・下)。 二一 (薫が)冷静に見ると。 二二 練らない絹布。夏の衣料に用いる。「黄なる生絹の単《(ひとへ)》袴」(㈠夕顔一〇一頁九行)。 二三 たしなみがあるではないか、とすぐに分かるような人で。 二四 小宰相の言。かえって氷の始末で、暑苦しそうだ。そのままでご覧になればいいのにといって、にこにこしている目もと。「あひ行」は愛敬。 二五 (薫は)お目当ての人(小宰相)だとわかった。 二六 氷を割らないでそのまま見よ(→注二四)という小宰相の言に従わず、強引に割って、の意。 二七 みっともないことをする者もいるようだ。 二八 別の女房は(氷を)紙に包んで、女一宮のところにも。「こと人」、河内本・高松宮本・陽明本・板本は「この人」。その場合は小宰相をさす。 二九 女一宮の言。いやだ、(手に)持ちたくない。雫が気持悪い。 三〇 (女一宮が)まだほんの小さくていらした頃に、自分も(幼くて)何もわからずにお目にかかった時。 三一 どんな神仏がこのような機会を与えて下さったのだろう。 三二 例によって(自分に)物思いをさせようというのであろうかと。薫は大君の死に際して「世中をことさらにいとひ離れねとすゝめ給ふ仏などの、いとかくいみじき物は思はせ給《(たまふ)》にやあらむ」(㈣総角四五九頁三行)と思い、浮舟にも同様の思いを抱いた。→二八五頁八・九行。 三三 (うれしい)一方では悪い予感がして見つめ続けていると。 三四 西の対。「げらう」は「下臈」。「すみける」、承応板本・首書本・湖月抄本は「すゞみ(涼)ける」に作る。 三五 「馬道の方の障子」(前頁七行)は急用で開け

まどひ入《い》る。[一]このなを《(ほ)》し姿《すがた》を見《み》つくるに、誰《たれ》ならんと心さは《(わ)》ぎて、[二]を《(お)》のがさま見《み》えんことも知《し》らず、簀子《すのこ》よりたゞ来《き》に来《く》れば、[三]ふと立《た》ち去《さ》りて、誰《たれ》とも見《み》えじ、すき〳〵しきやうなりと思《おも》ひて隠《かく》れ給ひぬ。

[四]このおもとは、[五]いみじきわざかな、御《み》き丁《(ちやう)》をさへあらはに引《ひ》きなしてけるよ、[六]右の大殿の君たちならん、疎《うと》き人、はたこゝまで来《く》べきにもあらず、[七]ものの聞《き》こゑ《(え)》あらば、誰《たれ》か障子《さうじ》あけたりしとかならず出《い》で来《き》なん、[八]単衣《ひとへ》も袴《はかま》も生絹《すゞし》なめりと見《み》えつる人の御姿《すがた》なれば、[九]え人も聞《き》きつけ給はぬならんかし、と[一〇]思《(おもひ)》極《ごう》じてをり。[一一]かの人は、やう〳〵聖《ひじり》になりし心を、ひとふし違《たが》へそめて、さま〳〵なるもの思《(おもふ)》人ともなるかな、[一二]そのかみ世《よ》を背《そむ》きなましかば、いまは深《ふか》き山に住《す》みはてて、かく心乱《みだ》[一三]れましやは、などおぼしつゞくるもやすからず。[一四]などて年《とし》ごろ見《み》たてまつらばやと思《(おもひ)》つらん、なか〳〵苦《くる》しうかひなかるべきは《(わ)》ざにこそ、と思《おも》ふ。

[一五]つとめて、起《お》き給へる女[一六]宮の御かたち、いとお《(を)》かしげなめるは、[一七]これよりかならずまさるべきことかは、と見《み》えながら、さらに似《に》給はずこそありけれ、あ[一八]さましきまであてにえも言《い》はざりし御さまかな、[一九]かたへは思《(おもひ)》なしか、お《(を)》りから

たまま(北面に)下がってしまったのを思い出して。 三六 (開いたままの障子を)誰かが見つけて騒がれては困ると思ったので、あわてて(障子の方へ)やって来る。

一 (北面の女房が)薫の直衣姿を見付けて。 二 自分の姿が人に見られているのも気付かず、簀子を通って。 三 (薫は)ひょいと(襖障子のそばから)立ち退いて。 四 北面の女房。 五 女房の心内。大変だ、(障子だけでなく)几帳まで、奥が覗けるように置いてあるではないか。 六 (さきほどの直衣姿は)右大臣(夕霧)家のご子息の一人であろう、よそ者は、とてもここまで侵入してくるとは思えない。 七 この事が知れたら。 八 障子の所で垣間見をしていた薫の服装。 九 周囲の人も(薫の気配を)お気付きにならなかったのであろう。生絹は軽いので衣擦れの音がしない。 一〇 途方に暮れている。「をり」→宿木一一〇頁注一一。 一一 薫の方は、(八宮を師と仰ぎ)だんだんと仏道に専念していたのに、ちょっとした心得違いをきっかけに、あれこれ悩みの多い人間となることよ。「大君の事よりおこりて浮舟の事、又小宰相まで、今又一品宮をみたてまつりて薫の思ふ心なり」(岷江入楚)。「(もの思)人」、河内本・陽明本「身」。 一二 その当時、すなわち大君と死別した時。 一三 諸本多く「みたらましや(は)」(心を乱そうか)。 一四 どうして長年(女一宮の)お姿を拝見したいなどと思っていたのだろう。 一五 自邸に帰った翌朝の薫。

26 薫と女二宮

一六 薫の妻、女二宮。女一宮とは腹違い。 一七 (女一宮が)この女二宮より必ず優れているとは限るまい。 一八 (女一宮は)びっくりするほど高貴で何とも形容しがたいお姿よ。「あてに」、

かとおぼして、「[二〇]いと暑《あつ》しや。これより薄《うす》き御衣《ぞ》奉《たてまつ》れ。女《をんな》は、例《れい》ならぬもの着《き》たるこそ、時〳〵につけてお《(を)》かしけれ」とて、「[二一]あなたにまい《(ゐ)》りて、[二二]大弐《(だいに)》に薄《うす》物の単衣《ひとへ》の御衣縫《ぞぬ》ひてまい《(ゐ)》れと言《い》へ」との給《(たまふ)》。[二三]御前《まへ》なる人は、この御かたちのいみじき盛《さか》りにおはしますを、もてはやしきこえ給《(たまふ)》、とお《(を)》かしう思《おも》へり。

[二四]例《れい》の、念誦《ねんず》し給《(たまふ)》わが御方《かた》におはしましなどして、昼《ひる》つ方渡《かたわた》り給へれば、[二五]の給《(たまひ)》つる御衣《ぞ》、御《み》き丁《(ちやう)》にうち掛《か》けたり。「[二六]なぞ、こは奉《たてまつ》らぬ。人多《おほ》く見《み》る時《とき》なむ、透《す》きたるもの着《き》るははうぞくにおぼゆる。[二七]たゞいまはあえ《(へ)》侍《(はべり)》なん」とて、手《て》づから着《き》せたてまつり給《(たまふ)》。御袴《はかま》も、[二八]きのふのおなじ紅《くれなゐ》なり。御髪《ぐし》のおゝ《(ほ)》さ、裾《すそ》などはを《(お)》とり給はねど、[二九]なを《(ほ)》さま〴〵なるにや、似《に》るべくもあらず。[三〇]氷召《ひめ》して、人ゝに割《わ》らせ給《(たまふ)》。[三一]取《と》りて一《ひと》つ奉《たてまつ》りなどし給《(たまふ)》心のうちもお《(を)》かし。[三二]絵《ゑ》にかきて、恋《こひ》しき人見《み》る人はなくやはありける、まして[三三]これは、慰《なぐさ》めむに似《に》げなからぬ御《おほむ》ほどぞかしと思《おも》へど、[三四]きのふかやうにて、われまじりゐ、心にまかせて見《み》たてまつらましかばとおぼゆるに、心にもあらずうち嘆《なげ》かれぬ。「[三五]一品宮《(いつぽんのみや)》に御文《ふみ》は奉《たてまつ》り給《(たまふ)》や」と聞《き》こえ給へば、「[三六]内《うち》にありし時、上《うへ》のさの給《(たまひ)》しかば聞《き》こえしかど、久《ひさ》しうさもあらず」との給《(たまふ)》。「[三七]たゞ人にならせ給《(たまひ)》にたりとて、[三八]かれより

諸本多く「あてにかほ(を)り」。承応板本は底本に同じ。 一九 幾分は気のせいか、機会のせいかと(薫は)お思いになって。 二〇 薫の言。とても暑い。もっと薄い着物をお召しなされよ。薫は女二宮に女一宮と同じ薄物を着せようとする。→二九八頁注一六。 二一 薫の母、女三宮。 二二 女二宮方の女房。「大弐」は縁者(父や夫)が大宰大弐であることに因む女房名。 二三 女二宮付きの女房は(女一宮のまねをさせようという薫の意図を知らないので、薫が)女二宮の美しい盛りでいらっしゃるのを、ますます美しくしてさしあげなさる、と。 二四 (その後)日課の仏前の勤行をなさる自室へお入りになり、昼頃(再び女二宮のいる寝殿に)、お越しになると。「…給わが御方…」と続けるのは、承応板本・湖月抄本による。各筆本「たまひてわか御かた」、高松宮本「給に我御かた」。 二五 (朝)お命じになった(薄物の単衣の)お召し物が(仕立てられて)。 二六 薫の言。どうして、これはお召しにならないのか。人目の多い場合は、下の透けて見える薄物を着るのはだらしなく感じられる。「はうぞく」は「凡俗」かという。→〔一〕空蟬八六頁八行。 二七 (人目の少ない)いまは差し支えありますまい。「あへなん」(→〔一〕末摘花二三四頁一一行、〔三〕初音三八七頁八行、手習三三三頁一三行)の丁寧な表現。三条西本・承応板本・湖月抄本・各筆本「あえ(へ)なん(む)」。 二八 昨日女一宮が穿いていたのと同じ紅。ただし女一宮の紅の袴のこと、前に言及なし。 二九 それ以外にそれぞれの違いがあるからだろうか。 三〇 これも昨日の情景の模倣、再現。 三一 氷のかけらを取り寄せて(女二宮に)一つ差し上げたりなさって(薫は)内心おもしろがっておられる。 三二 「むかしおぼゆる人形をもつくり、絵にもかきとりて、お

も聞《き》こえさせ給はぬにこそは、心うかなれ。いま大《おほ》宮の御前《まへ》にて、うらみきこえさせ給《(たまふ)》と啓《けい》せん」との給《(たまふ)》。「[一]いかゞうらみきこえん。うたて」との給へば、「[二]下《げ》種《す》になりにたりとて、おぼしおとすなめりと見《み》れば、おどろかしきこえぬとこそは聞《き》こえめ」との給《(たまふ)》。

その日は暮《く》らして、またのあしたに[三]大《おほ》宮にまい《(ゐ)》り給《(たまふ)》。[四]例《れい》の、宮もおはしけり。[五]丁子《(ちやうじ)》に深《ふか》く染《そ》めたる薄《うす》物の単衣《ひとへ》をこまやかなるなを《(ほ)》しに着《き》給へる、[六]いとこのましげなる女の御身なりのめでたかりしにもを《(お)》とらず、白《しろ》くきよらにて、猶《(なほ)》ありしよりは面痩《おもや》せ給へる、いと見《み》るかひあり。[七]おぼえ給へりと見《み》るにも、まづ恋しきを、いとあるまじきこととしづむるぞ、たゞなりしよりは苦《くる》しき。[八]絵《ゑ》をいと多《おほ》く持《も》たせてまい《(ゐ)》り給へりける、女房《ばう》してあなたにまい《(ゐ)》らせ給《(たまひ)》て、渡《わた》らせ給《(たまひ)》ぬ。

[九]大将も近《ちか》くまい《(ゐ)》りより給《(たまひ)》て、御[一〇]八《は》講《かう》のたう《(ふ)》とく侍《(はべり)》しこと、いにしへの御事《こと》、すこし聞《き》こえつゝ、[一一]残《のこ》りたる絵見《ゑみ》給《(たまふ)》ついでに、「[一二]この里《さと》にものし給《(たまふ)》御子《みこ》の、雲の上離《うへはな》れて思《(おもひ)》屈《く》し給へるこそ、いとお《(ほ)》しう見《み》給ふれ。[一三]姫《ひめ》宮の御方《かた》より御消《せう》息《そこ》も侍らぬを、[一四]かく品定《しなさだ》まり給へるにおぼし捨《す》てさせ給へるやうに思《おも》ひて、心

こなひ侍らむとなん」(宿木八二頁注六)。三三 女二宮は、(薫が女一宮への叶わぬ思いを)慰めるのに格好の。三四 昨日このように、(女一宮の御前に)自分も一緒にいて。三五 薫の言。「一品宮」→二九六頁注九。三六 女二宮の言。宮中で暮らしていた頃、父帝がそうおっしゃったので(お手紙を)差し上げたが。三七 薫の言。「姫君なりしを、薫の北方になり給ふを、たゞ人との給ふ也」(湖月抄)。三八 女一宮の方からも(あなたに)お手紙を差し上げなさらないのであろうが、情けないことだ。

27 薫、明石中宮に対面

一 女二宮の言。どうして恨み申したりしようか。いやなことを。二 薫の言。(降嫁して)身分が卑しくなったというわけで、(女一宮があなたを)見下しなさるように思えるので、こちらからはお便りを差し上げないのだと申し上げよう。三 (薫は)明石中宮のもとへ参上なさる。四 いつものように、匂宮も。五 匂宮の服装。濃い丁子染めの薄物の単衣を濃い色の直衣の下に。「こまやか」は濃い、の意。「こまやかなるなをしとは、なつの直衣」(花鳥余情)。六 とても洗練された女一宮のお姿のすばらしかったのにも劣らず、色が白く美しくて、(浮舟の一件で)やはり以前よりは痩せた顔つきをしておられるのが。「(このましげ)なる」、諸本「なり」。七 (匂宮が女一宮に)似ておられると見るにつけ、(薫は)何はさておき(女一宮を)恋しく思うが、それはならぬことと気持を静めるのは、何もなかった(垣間見をする)以前よりは苦しい。八 (匂宮は)絵をたくさん(供の者に)持たせて参上しておられた、その絵を女房に命じてあちら(の女一宮)に差し上げなさり、

ゆかぬけしきのみ侍るを、[一五]かやうのもの、時《とき》〻ものせさせ〔給〕はなむ。[一六]なにがしがおろして持《も》てまからん、はた見《み》るかひも侍らじかし」との[一七]給へば、「[一八]あやしく。などてか捨《す》てきこえ給はむ。内《うち》にては、近《ちか》ゝりしにつきて、時《とき》〻も聞《き》こえ給《(たまふ)》めりしを、所《ところ》〻になり給《(たまひ)》しお《(を)》りに、とだえ給へるにこそあらめ。[一九]いまそゝのかしきこえん。それよりもなどかは」と聞《き》こえ給《(たまふ)》。「[二〇]かれよりはいかでかは。もとより数《かず》まへさせ給はざらむをも、かくしたしくてさぶらふべきゆかりに寄《よ》せて、おぼしめし数《かず》まへさせ給はんをこそ、うれしくは侍《(はべる)》べけれ。[二一]ましてさも聞《き》こえ馴《な》れ給《(たまひ)》にけむを、いま捨《す》てさせ給はんは、からきことに侍り」と[二二]啓《けい》せさせ給《(たまふ)》を、[二三]すきばみたるけしきあるかとは、おぼしかけざりけり。

[二四]立《た》ち出《い》でて、一夜《ひとよ》の心ざしの人にあはん、ありし渡殿《わたどの》もなぐさめに見《み》むかしとおぼして、[二五]御前《まへ》を歩《あゆ》み渡《わた》りて、西《にし》ざまにおはするを、[二六]御簾《みす》のうちの人は心ことに用意《ようい》す。[二七]げにいとさまよく、限《かぎ》りなきもてなしにて、渡殿《わたどのゝ》の方《かた》は、[二八]左《ひだり》の大《おほ》殿《とのゝ》の君たちなどい《(ゐ)》て、もの言《い》ふけはひすれば、[二九]妻戸《つまど》の前《まへ》にゐ給《(たまひ)》て、「[三〇]大方《おほかた》にはまい《(ゐ)》りながら、この御方《かた》の見参《げざむ》に入《い》ることのかたく侍れば、いとおぼえなく翁《おきな》びはてにたる心《(ここ)》ちし侍《(はべる)》を、いまよりはと思《おも》ひおこし侍《(はべり)》てなん。[三一]ありつかず、若《わか》

(自分もそちらへ)お越しになった。「わたらせ」、諸本「われ(我)もわたらせ」、陽明本「われもわたり」。 九 薫も(中宮の)御前に近侍なさって。 一〇 →二九七頁注二九。 一一 匂宮が女一宮に差し上げた残りの絵。 一二 薫の言。私の家にいらっしゃる女二宮が、宮中を離れて。 一三 女一宮の方から。 一四 このように(私ごとき臣下の妻という)身分が定まりなさったので(女一宮が)お見捨てなさったように感じて(女二宮は)。 一五 このようなもの(絵)を、時々(女二宮に)見せてやっていただきたい。底本「せさせはなむ」。諸本により「給」を補う。 一六 私が頂戴して持って帰るのでは。女一宮から直接戴いてこそ値打ちがある、の意。 一七 諸本多く「きこ(聞)え給へば」。書陵部本・承応板本は底本に同じ。 一八 中宮の言。妙なことを(おっしゃる)。(女一宮が)どうして(妹の女二宮を)お見捨て申したりなさろうか。宮中では、近くにいらした関係で、機会があればお手紙を差し上げておられたようだが、(女二宮の降嫁で)別々になられてから。「きこえ給めりし」、諸本「きこえかよひ給ふめりし」。「とだえ」、諸本「とたへ(え)そめ」。 一九 さっそく(女二宮に手紙を差し上げるように、女一宮に)お進め申そう。 二〇 薫の言。あちらからはとても(お便りはできますまい)。もともと人並みには思っていただけない女二宮ではあるが、こうして私が近侍するご縁に免じて、人並みに扱っていただければ。女二宮は明石中宮には継子、薫は中宮の弟(→次頁注一二)なので、姉弟の仲に免じて継子をよろしく、の意。「給はんをこそ」、諸本多く「を」なし。書陵部本・承応板本・湖月抄本は底本に同じ。 二一 (女一宮と女二宮は以前は)そのようにも仲良くしておられたようなのに。 二二 諸本多く「けいし給ふを」。

き人どもぞ思《おも》ふらんかし」と、[一]お《(を)》ひの君たちの方《かた》を見《み》やり給《(たまふ)》。「[二]いまよりならせ給《(たまふ)》こそ、げに若《わか》くならせ給《(たまふ)》ならめ」など、[三]はかなきことを言《い》ふ人〻のけはひも、あやしうみやびかにお《(を)》かしき御方《かた》のありさまにぞある。[四]その事となけれど、世《よ》の中の物語《がた》りなどしつゝ、しめやかに、例《れい》よりはゐ給へり。

[五]姫宮《ひめ》は、あなたに渡《わた》らせ給《(たまひ)》にけり。大宮、「[六]大将のそなたにまい《(ゐ)》りつるは」と問《と》ひ給《(たまふ)》。[七]御供《とも》にまい《(ゐ)》りたる大納言の君、「[八]小《こ》ざい将《(しやう)》の君に、ものゝ給はんとにこそはべめりつれ」と[九]聞《き》こゆるに、「[一〇]例《れい》、[一一]まめ人のさすがに人に心とゞめて物語《がた》りするこそ、心《(こゝ)》ちを《(お)》くれたらむ人は苦《くる》しけれ。心の程も見《み》ゆらんかし。小《こ》ざい将《(しやう)》などはいとうしろやすし」との給ひて、[一二]御はらからなれど、[一三]この君をば猶《(なほ)》はづかしく、人も用意《ようい》なくて見《み》えざらむかしとおぼいたり。「[一四]人よりは心寄《よ》せ給《(たまひ)》て、局《つぼね》などに立《た》ち寄《よ》り給《(たまふ)》べし。物語《がた》りこまやかにし給《(たまひ)》て、[一五]夜《よ》ふけてゐ《(い)》で給《(たまふ)》お《(を)》り〳〵も侍れど、[一六]例《れい》の目馴《めな》れたる筋《すぢ》には侍らぬにや。[一七]宮をこそ、いとなさけなくおはしますと思ひて、御いらへをだに聞《き》こえず侍《(はべる)》めれ。かたじけなきこと」と言《い》ひて笑《わら》へば、宮も笑《わら》はせ給《(たまひ)》て、「[一八]いと見《み》ぐるしき御さまを、思ひ知《し》るこそお《(を)》かしけれ。いかでかゝる御癖《くせ》やめたてまつらん。はづかしや、[一九]この人

書陵部本・承応板本・湖月抄本は底本に同じ。↓三野分四四頁五行。 二三 （薫に、女一宮に対する）懸想めいた気持があるのかとは、（中宮は）夢にもお思いにならなかった。 二四 （薫は中宮の御前から）退いて、先夜見たお目当ての人（小宰相）に逢おう、先日（女一宮がいらした、西）の渡殿も（恋しさの）慰めに見ようよと。 二五 薫が歩むのは寝殿の南面から西面への簀子、女一宮の居所は西面。 二六 簀子と御簾で仕切られた廂の間にいる女房。 二七 女一宮の女房の様子。「もてなし」は、振舞い方、態度。 二八 夕霧の息子たち。夕霧を左大臣とすること、四竹河二八八頁一行に見えるが、椎本、宿木、東屋巻では踏襲されず、右大臣で登場。総角巻では一転左大臣となって（四総角四三一頁一二行、四四〇頁八行、四四九頁一〇行など）混乱を示す。↓三〇〇頁注六。 二九 寝殿の西面の妻戸。 三〇 薫の言。 三一 （いい年をして）不似合いに、若い者たちは思っていることだろうよ。諸本多く「ありつかずと」。

28 中宮、三角関係を知る

一 甥に当たる夕霧家の君達。薫は夕霧の弟。 二 女房の言。これからいつもそうなさるのなら、本当に若返りなさるであろう。 三 とりとめもない返事。 四 これといった用事があるわけではないが。 五 女一宮はあちらの中宮のお部屋に。 六 中宮の言。 七 女一宮に同行した。「大納言の君」は女房名。 八 （薫は）小宰相君にお話しなさろうというおつもりのようでした。 九 諸本「きこゆれは」。 一〇 諸本「れい」なし。底本は直前の「きこゆるに」の「るに」に付された異本注記「れハ」が、「れい」に誤られ、本文に取り入れられ

こも」との給ふ。

二〇「いとあやしきことをこそ聞《き》き《ゝ》侍《(はべり)》しか。二一この大将の亡《な》くなし給《(たまひ)》てし人は、宮の御二条の北《きた》の方《かた》の御おとうとなりけり。異腹《ことはら》なるべし。常陸《ひたち》の前《さき》の守《かみ》なにがしが妻《め》は、二二をばとも母《はゝ》とも言《い》ひ侍《(はべる)》なるは、いかなるにか。その女君に、二三宮こそいと忍《しの》びておはしましけれ。二四大将殿《どの》や聞《き》き《ゝ》つけ給《(たまひ)》たりけむ、にはかに迎《むか》へ給はんとて、二五守《まも》り目添《めそ》へなど、こと〳〵しくし給《(たまひ)》けるほどに、二六宮もいと忍《しの》びておはしましながら、二七え入《い》らせ給はず、あやしきさまに御馬《むま》ながら立《た》た《ゝ》せ給《(たまひ)》つゝぞ帰《かへ》らせ給《(たまひ)》ける。二八女も宮を思《(おもひ)》きこえさせけるにや、にはかに消《き》えうせにけるを、身投《みな》げたるなめりとてこそ、乳母《めのと》などやうの人どもは、泣《な》きまどひ侍《(はべり)》けれ」と聞《き》こゆ。

二九宮もいとあさましとおぼして、「三〇誰《たれ》か、さることは言《い》ふとよ。いとおしく《(ほ)》心うきことかな。三一さばかりめづらかならむことは、をのづから《(お)》聞《き》こえありぬべきを、三二大将もさやうにはゐ《(い)》はで、世《よ》の中のはかなくいみじきこと、三三かく宇治《うぢ》の宮の族《ぞう》の命《いのち》みじかゝりけることをこそ、いみじうかなしと思《(おもひ)》ての給《(たまひ)》しか」との給《(たまふ)》。「三四いさや、下種《げす》はたしかならぬことをも言《い》ひ侍《(はべる)》ものをと思《おも》ひ侍れど、三五かし

た形か。 一一 中宮の言。まめ人とはいえ、（薫が）やはり女人に関心を持って語り合うのは。 一二 中宮は源氏の娘、薫も表向きは源氏と女三宮の間の子。 一三（中宮は）この薫にいつまでも一目置いて、女房たちも軽率なところを（薫に）見られないようにとお思いであった。「みえさらむかし」、三条西本・尾州本・各筆本・高松宮本・首書本・湖月抄本など「みえさらなむ」、陽明本・承応板本「みえさらん」。 一四 大納言君の言。（薫は）他の女房に対してよりも（小宰相に）好意をお寄せになって、（小宰相の）局などにも。 一五 夜遅くなってお帰りになる時もちょいちょいございますが。 一六 世間によくある月並みな男女の仲ではございませんようで。「心やすく夜などあかす事はなしとにや」（岷江入楚）。 一七（小宰相は）匂宮のことは、心底思いやりのないお方だと思って、ご返事をさえ申し上げないようでございます。何とももったいないことで。 一八 中宮の言。（匂宮の）本当にみっともないご性分を、（小宰相が）よく分かっているのがおもしろい。 一九 私の女房たちの手前も。 二〇 大納言君の言。 二一 薫がお亡くしになった方（浮舟）は、匂宮の二条の奥方様（中君）の妹御なのでした。「御」は「二条の北の方」に付く。「宮の御侍従の乳母」（㊂若菜下三五八頁注七）。 二二（浮舟の）叔母であるとも母であるとも（世間で）噂しているということですが、どういうことなのでしょう。 二三 匂宮。 二四 薫。 二五 監視の者、見張り役。 二六 →浮舟二五一頁一〇行以下。 二七 浮舟のいた宇治の邸にお入りになれず、不格好に馬に乗ったままでお下りになることもできないでお戻りになったという事です。 二八 浮舟も匂宮をお慕い申していたからであろうか。 二九 中宮。 三〇 中宮の言。誰がそんなこ

こに侍《（はべり）》ける下童《しもわらは》の、たゞこのごろ、さい将《（しやう）》が里《さと》に出《い》でまうで来《き》て、たしかなるやうにこそ言《い》ひ侍《（はべり）》けれ。かくあやしうて亡《う》せ給へること、人に聞《き》かせじ、おどろ〳〵しくを《（お）》[一]ぞきやうなりとて、いみじく隠《かく》しける事どもとて[二]、さてくはしくは聞《き》かせたてまつらぬにやありけん」と聞《き》こゆれば、「[三]さらにかゝること、又まねぶなと言《い》はせよ。かゝる筋《すぢ》に、御身をもてそこなひ、人に軽《かる》[四]く心づきなき物に思はれぬ[五]べきなめり」といみじうおぼいたり。

そののち、[六]姫《ひめ》宮の御方《かた》より、二の宮に御消息《せうそこ》ありけり。御手《て》[七]などのいみじううつくしげなるを見《み》るにもいとうれしく、[八]かくてこそとく見《み》るべかりけれとおぼす。あまたお《（を）》かしき絵《ゑ》ども多《おほ》く、大宮[九]も奉《たてまつ》らせ給へり。[一〇]大将殿、うちまさりてお《（を）》かしきども集《あつ》めて、まい《（ゐ）》らせ給《（たまふ）》。芹川《せりかは》[一一]の大将のとを君の、女[一二]一の宮思《（おもひ）》かけたる秋の夕暮《ゆふ（ぐれ）》に、思《（おもひ）》わびて出《い》でて行《い》きたるかた[一三]お《（を）》かしうかきたるを、[一四]いとよく思《（おもひ）》寄《よ》せらるかし。[一五]かばかりおぼしなびく人のあらましかば、と思ふ身ぞくちお《（を）》しき。

[一六]荻の葉に露ふきむすぶ秋風も夕《ゆふ》べぞわきて身にはしみける

[一七]と書《か》きても添《そ》へまほしくおぼせど、さやうなる露ばかりのけしきにても漏《も》りた

とを言っているのか。三一 それほどの大事件なら、自然噂が耳に入って来そうなものだが。三二 宇治の八宮の一族の短命であったこと。「いみじく命短き族なれば」(宿木五六頁注一六)。三三 薫もそのような風には言わないで。三四 大納言君の言。さあ、下々の者はいい加減なことでも申すものだと思いますが。三五 宇治の邸に仕えていました下仕えの童が、つい最近、小宰相の実家に出て参って。

一 向こう見ずなさま。→東屋一五六頁一四行、浮舟二四九頁注二〇。 二 諸本「とや」。書陵部本は底本に同じ。 三 中宮の言。決してこのようなことを、これ以上他言するなと(下童に)伝えさせよ。このような方面で、(匂宮が)だらしなく、人から軽薄でいやらしい者と思われるに違いなかろう。 四 諸本「かろく」。承応板本・湖月抄本なし。 五 諸本「給へきなめり」。底本および書陵部本の本文は「給」の崩し字を「ぬ」に誤読したものか。 六 女一宮から女二宮へ。 七 女一宮の筆跡。 八 こうしてもっと以前から(女一宮の筆跡を)見ていればよかったものを。 九 中宮も(女二宮に)。三〇三頁注一五の薫の言に応じた中宮の贈り物。 一〇 薫はもっとすばらしい絵を集めて、(女一宮に)献上なさる。 一一 「芹川の大将」は散逸物語の名。「とを君(遠君、あるいは十君か)」はその主人公の幼名か。「ざい中将、とをぎみ、せりかは、しらら、あさうづなど云ふ物語ども」(更級日記)。 一二 「芹川の大将」の女主人公か。「とを君」が女一宮を慕っている。 一三 絵。 一四 (薫は)切実に(今の自分の心境に)ぴったりだとお感じなさるのであった。 一五 薫の心内。(「芹川の大将」の女一宮ほどに)自分に思いを寄

29 女一宮の手紙

らば、いとわづらはしげなる世《よ》なれば、はかなきことも、えほのめかし出《い》づまじ、かくよろづに何《なに》やかやとものを思《(おもひ)》のはては、一八 むかしの人のものし給はましかば、いかにも〳〵ほかざまに心分《わ》けましや、一九 時《とき》のみかどの御むすめを給《(たまふ)》とも、得《え》たてまつらざらまし、また、二〇 さ思《(おもふ)》人ありと聞《き》こしめしながらは、かゝることもなからましを、二一 なを《(ほ)》心うく、わが心乱《みだ》り給《(たまひ)》ける橋姫《はしひめ》かなと思ひあまりては、二二 又宮《みや》の上《うへ》にとりかゝりて、恋《こひ》しうもつらくも、わりなきことぞお《(を)》こがましきまでくやしき。

二三 これに思《(おもひ)》わびてさしつぎには、あさましくて亡《う》せにし人の、いと心をさなく、とゞこほるところなかりけるかろ〴〵しさをば思《おも》ひながら、二四 さすがにいみじとものを思《おも》ひ入《い》りけんほど、わがけしき例《れい》ならずと、心の鬼に《おにゝ》嘆《なげ》き沈《しづ》みてゐたりけんありさまを聞《き》き給《(たまひ)》しも、思《おも》ひ出《い》でられつゝ、二五 を《(お)》もりかなる方《かた》ならで、たゞ心やすくらうたき語《かた》らひ人にてあらせむと思ひしには、いとらうたかりし人を、二六 思《おも》ひもて行《い》けば、宮をも思《おも》ひきこえじ、女をもうしと思《おも》はじ、たゞわがありさまの世《よ》づかぬを《(お)》こたりぞ、などながめ入《い》り給《(たまふ)》時《とき》〴〵多《おほ》かり。二七 心のどかにさまよくおはする人だに、かゝる筋《すぢ》には身も苦《くる》しき事を《(お)》のづから

せてくれる女性がいたならと。一六 薫の歌。荻の葉に露の玉を結ばせる秋風も夕暮れは格別に身にしみて感じられることだ。一七 (献上する絵に歌を)書き添えたいともお思いになるが、そのような(懸想じみた)ちょっとした気配でも漏れ出たならば、いろいろ面倒なことになりそうな(女一宮との)仲なので。一八 亡き大君が生きておられたならば、どんな事があろうと他の女性に心を移したりしようか。一九 今上帝が内親王を妻に下さるとしても、お受け申さないであろう。二〇 (自分に)そのように深く思いを寄せる人がいると一方でお聞きあそばしておられたなら、このような(女二宮降嫁の)こともなかったであろうに。二一 いつまでもつらい思いをさせ、私の心をお乱しになる宇治の姫君よと思いを持て余しては。二二 またぞろ中君への思いに取り憑かれて。二三 中君のことを思ってどうにもならないその次には、とんでもない有様で亡くなった浮舟の、まったく子供っぽくて、無防備な考えの浅さを勘定に入れながら。「(思)わひて」、三条西本・河内本・首書本「わひての」。二四 そうはいえ大変なことになったと物思いに沈んでいたという苦しみ、(そして)私の態度がただならぬものであると、内心忸怩たる思いで嘆きふさぎ込んでいたという様子をお聞きになったことも。二五 重々しい扱いではなくて、たんに気楽なかわいい愛人にしておこうという点では、なかなかかわいらしい女であったのに。二六 さまざまに考えてくると、(今さら)匂宮をもお恨み申すまい、浮舟をもいやな女だと思うまい、もっぱら自分の身の処し方が浮き世離れしていたゆえの失敗だ。二七 落ち着いて取り乱したりしない(薫のような)人でさえ。

30 侍従、中宮に出仕

まじるを、[一]宮はましてなぐさめかねつゝ、かの形見《かたみ》に、飽《あ》かぬかなしさをもの給《(たまひ)》出《い》づべき人さへなきを、[二]対《たい》の御方《かた》ばかりこそは、あはれなどの給へど、[三]深《ふか》くも見馴《みな》れ給はざりけるうちつけのむつびなれば、いと深《ふか》くしもいかでかはあらむ、また[四]おぼすまゝに、恋《こひ》しやいみじやなどの給はんには、かたはらいたければ、[五]かしこにありし侍従《じゞう》をぞ、例《れい》の、迎《むか》へさせ給《(たまひ)》ける。

[六]みな人どもは行《い》き散《ち》りて、乳母《めのと》とこの人二人《ふたり》なん、とりわきておぼしたりしも忘《わす》れがたくて、[七]侍従《じゞう》はよそ人なれど、[八]なを《(ほ)》語《かた》らひてあり経《ふ》るに、[九]世《よ》づかぬ川《かは》のを《(お)》とも、うれしき瀬《せ》もやあると頼《たの》みしほどこそ慰《なぐさ》めけれ、心うくいみじくもののおそろしくのみおぼえて、京になん、あやしき所《ところ》に、このごろ来《き》て居《ゐ》たりける、[一〇]尋《たづ》ね給ひて、「[一一]かくてさぶらへ」との給へば、[一二]御心はさるものにて、人ゝの言《い》はむことも、[一三]さる筋《すぢ》の事まじりぬるあたりは聞《き》き《ゝ》にくきこともあらむと思《おも》へば、[一四]うけひきき《ゝ》こえず、后《きさい》の宮にまい《(ゐ)》らむとなんおもむけたれば、「[一五]いとよかなり。さて人知《し》れずおぼし使《つか》はん」との給はせけり。[一六]心ぼそくよるべなきも慰《なぐさ》むやとて、知《し》るたより求《もと》めまい《(ゐ)》りぬ。[一七]きたなげなくてよろしきげらう《(ふ)》なりとゆるして、人も譏《そし》らず。[一八]大将殿《どの》も常《つね》にまい《(ゐ)》り給《(たまふ)》を、見《み》るたびごとに、ものの《ゝ》み

一 (多感な)匂宮はまして(浮舟の死の悲しみを)慰めかねて。 二 中君。二条院の西の対に住む。↓早蕨一九頁注二六。 三 (中君も、浮舟とはこれまで)深い付き合いのなかった、最近始まったばかりの姉妹の仲なので。 四 (匂宮が中君の前で)胸中をありのままに、(浮舟が)恋しいよ、たまらないよなどとおっしゃったりするのは。 五 宇治の邸で(浮舟に)仕えていた侍従を。先に侍従を迎えたこと、↓二八三頁。 六 (浮舟の)女房達も皆散り散りになって、(浮舟の)乳母とこの侍従、右近の二人だけが、(浮舟が生前)特別に目をかけてくださったことも忘れられなくて。 七 侍従は乳母子の右近のように、浮舟と身内同様の女房ではないが、の意。 八 その後も、乳母、右近の話し相手になって。 九 この世のものとも思えぬ宇治川の水音も、(いつの日か)うれしい機会がめぐってくるであろうと期待していた間は、その期待で心を慰めていたが。「祈りつゝたのみぞわたる初瀬川うれしき瀬にも流れあふやと」(古今六帖三)をふまえる。 一〇 (その、京に出て来ていた侍従を、匂宮は)お捜しになって。「たつね」、諸本「たつねいて(尋出)」。 一一 匂宮の言。私に仕えよ。「の給へは」、諸本「のたま(給)へど」。 一二 匂宮のお気持はそれはそれとして、(二条院の)女房達があれこれ言うであろうことも。 一三 (匂宮の浮気相手の浮舟が中君の妹であるなど)事情が複雑に絡み合っている所は。 一四 (侍従は匂宮の誘いを)承知せず、中宮にお仕えしたいと希望を述べたところ。 一五 (使者が伝えた)匂宮の言。結構だ、そうしておいてこっそり召し使おう。使者経由の言ゆえ敬語「おぼし」が用いられる。 一六 (侍従は、京で)心細く頼る者もいない気持も紛れるかと思って、つてを求めて(中宮に)宮

あはれなり。一九いとやむごとなきものの《ゝ》姫君《ひめ》のみまい《(ゐ)》りつどひたる宮《みや》と人も言《い》ふを、やう〳〵目《め》とゞめて見《み》れど、見《み》二〇たてまつりし人に似《ゝ》たるはなかりけりと思《(おもひ)》ありく。

二一この春亡《はるう》せ給《(たまひ)》ぬる式部卿《しきぶきやう》の宮の御むすめを、まゝ二二母《はゝ》の北《きた》の方《かた》ことにあひ思《おも》はで、せうとの馬《むま》の頭《かみ》にて人がらもことなることなき心かけたるを、いとお《(ほ)》しう二三なども思《(おもひ)》たらで、さるべきさまになん契《ちぎ》ると聞《き》二四こしめすたよりありて、「二五いとお《(ほ)》しう、父《ちゝ》宮のいみじくかしづき給《(たまひ)》ける女君を、いたづらなるやうにもてなさんこと」などの給はせければ、いと心ぼそくのみ思《おも》ひ嘆《なげ》き給《(たまふ)》ありさまにて、「二六なつかしう、かく尋《たづ》ねの給はするを」など御二七せうとの侍《じ》従《ゞう》も言《い》ひて、このご二八ろ迎《むか》へとらせ給《(たまひ)》てけり。二九姫《ひめ》宮の御具《ぐ》にて、いとこよなからぬ御ほどの人なれば、やむ事なく心ことにてさぶらひ給《(たまふ)》。三〇限《かぎ》りあれば、宮の君などうち言《い》ひて、裳《も》三一ばかりひき掛《か》け給《(たまふ)》ぞ、いとあはれなりける。

兵部卿宮《(ひやうぶきやうのみや)》、三二この君ばかりや、恋《こひ》しき人に思《(おもひ)》よそへつべきさましたらむ、父《ちゝ》三三親王《みこ》ははらからぞかしなど、例《れい》の御心は、人を恋《こ》ひ給《(たまふ)》につけても、人ゆかしき御癖《くせ》やまで、いつしかと御心かけ給《(たまひ)》てけり。大将、三四もどかしきまでもあるわざ

仕えに上がった。一七 見た目もほどほどで適当な下級女房だと認められて、同僚も悪口を言わない。一八 薫も(中宮のもと〈へ〉)いつも参上なさるのを(侍従は)。一九 とても立派な家柄の姫君ばかりが集まって女房として出仕している御所と世間でも評判だが。「(姫君)のみ」、諸本多く「のみおほく」。二〇 前にお仕えしていた浮舟に匹敵するような(美しい)人はいないのだったと(侍従は)思って過ごしている。

31 宮の君

二一 →二七六頁注三。二二 継母である故式部卿の北の方はとくに親身になって世話もせず、自分の兄弟で馬の頭をつとめていて人品もどうということのない者が(継子の姫君に)懸想しているのを。二三 (姫君のために)かわいそうだなどとも考えないで、適当に結婚の許しを与えた。馬の頭は馬寮《うまづかさ・めりよう》の長官で、従五位上相当の中級官。二四 中宮がある筋からお聞きあそばして。二五 中宮の言。お気の毒に、父式部卿宮が手塩に掛けてお育てになったお嬢様を、そのかいもないように扱うことよ。二六 姫君のせうと侍従の言。(中宮が)ご親切に、このようにわざわざおっしゃって下さるのだから。二七 式部卿宮の息子ゆえ、北の方の「せうと」にはなかった「御」が付く。二八 最近(中宮が女房として姫君を)お召し抱えになった。二九 女一宮のお相手として、うまく釣り合いのとれた家柄の出なので、重々しい特別待遇でお仕えなさる。三〇 (とはいえ女房としての)けじめがあるので、「宮の君」という女房名を名乗り。三一 裳、唐衣を着用するのが女房としての服装。宮君は身分が高いので唐衣を略して裳だけを着ける。三二 匂宮の心内。この宮君ぐらいが、恋しい亡き浮舟の身代わりに思うことができそうな容姿の持ち主であろうか。三三 (宮君の)父式部卿宮

かな、[一]きのふけふといふばかり、春宮《(とうぐう)》にやなどおぼし、我にもけしきばませ給《(たまひ)》きかし、[二]かくはかなき世《よ》の衰《おとろ》へを見《み》るには、水の底《そこ》に身を沈《しづ》めても、もどかしからぬわざにこそ、など思《おも》ひつゝ、人よりは心寄《よ》せきこえ給へり。

[三]この院におはしますをば、内《うち》よりも広《ひろ》くおもしろく住《す》みよきものにして、常《つね》にしもさぶらはぬどもも、みなうちとけ住《す》みつゝ、[四]はる〴〵と多《おほ》かる対《たい》ども、廊《らう》、渡殿《わたどの》に満《み》ちたり。[五]左大臣殿《どの》、[六]むかしの御けはひにも劣《おと》らず、すべて限《かぎ》りもなくいとなみ仕《つか》うまつり給《(たまふ)》。[七]いかめしうなりたる御族《ぞう》なれば、なか〳〵いにしへよりもいまめかしきことはまさりてさへなむありける。[八]この宮、例《れい》の御心《こゝろ》ならば、月ごろのほどにいかなるすきごとどもをし出《い》で給はまし、[九]こよなくしづまり給《(たまひ)》て、人目《め》にすこしおい《(ひ)》なを《(ほ)》り給《(たまふ)》かなと見《み》ゆるを、[一〇]このごろぞ又、宮の君に本上《(ほんじやう)》あらはれてかゝづらひありき給《(たまひ)》ける。

涼《すゞ》しくなりぬとて、[一一]宮、内《うち》にまい《(ゐ)》らせ給《(たまひ)》なんとすれば、秋《あき》の盛《さか》り、紅葉のころを見《み》ざらんこそなど、[一二]若《わか》き人ゝはくちお《(を)》しがりて、みなまい《(ゐ)》りつどひたるころなり。[一三]水に馴《な》れ月をめでて御遊《あそ》び絶《た》えず、常《つね》よりもいまめかしければ、[一四]この宮ぞ、かゝる筋《すぢ》はいとこよなくもてはやし給《(たまふ)》。朝夕目《あさゆふめ》馴《な》れても、なを《(ほ)》[一五]いま見《み》む

は(浮舟の父、宇治の八宮とは)兄弟であるよ。　二四 薫(大将)の心内。(親王家の姫君である宮君の出仕は)非難に値することだ。

一 (亡くなった式部卿宮は)つい先日まで(宮君を)東宮に差し上げようかなどお考えになり、自分(薫)にも(宮君との縁組みを)それとなくおっしゃったことだった。→東屋一三七頁注三四。　二 このようなあっけない自家の没落を目の当りにしては、(浮舟のように)水の底に身を投げても、非難はされないだろう。　三 (中宮が叔父式部卿宮の喪に服して)六条院に里下がりしておられる(二一九六頁注五)のを、宮中よりも広々と景色もよく快適な御殿として。　四 遠くまで続く対の屋、廊、渡殿に満ちあふれている。廊、渡殿は女房の局に当てられる。　五 夕霧。現在の六条院の主。他本多く「右大臣殿」。→三〇三頁注二八。　六 源氏在世中の(六条院の)有様。　七 夕霧一族の繁栄をいう。　八 匂宮は、いつもの調子なら、(中宮里下がりの)この数か月間に。　九 (ところが浮舟の一件で)めずらしい程おとなしくおなりになって、よそ目には幾分改心なさったなあと見えるのであったが。「おいなをり」、諸本「おひなをりし」。　一〇 最近はまた、宮君に対して(多情な)本性を発揮なさり言い寄っておられるのであった。「本上」は「本性」の宛て字。

32 侍従、薫と匂宮を覗く

一一 中宮。　一二 中宮の若い女房達は残念がって、(六条院の名残を惜しんで)誰も彼も(中宮の御前に)参り集まっている時分。　一三 池水のほとりで月を賞美する秋の遊宴のさま。「歌の題…水の上の秋の月」(三条左大臣殿前栽歌合)。「御遊び」は管絃の遊び。　一四 匂宮は、このような方面は。　一五 「只今秋になりて草花

一六初花《はつ》のさまし給へるに、一七大将の君は、いとさしも入《い》り立《た》ちなどし給はぬほどにて、はづかしう心ゆるひなきものにみな思《(おもひ)》たり。一八例《れい》の、二所《ふたところ》まいり《(ゐ)》給《(たまひ)》て、一九御前《おまへ》におはするほどに、かの侍従《じじゆう》は物《もの》よりのぞきたてまつるに、二〇「いづ方《かた》にも〳〵よりて、めでたき御宿世《すくせ》見《み》えたるさまにて、世《よ》にぞおはせましかし。あさましくはかなく心うかりける御心かな」など、二一人にはそのわたりの事かけて知《し》り顔《がほ》にも言《い》はぬことなれば、心ひとつに飽《あ》かず胸《むね》いたく思《(おもふ)》。二二宮は、内《うち》の御物語《がた》りなどこまやかに聞《き》こえさせ給へば、いま一《ひと》ところは立《た》ち出《い》で給《(たまふ)》。二三見《み》つけられたてまつらじ、しばし、御はてをも過《す》ぐさず心あさしと見《み》えたてまつらじ、と思《おも》へば隠《かく》れぬ。

東《ひんがし》の二四渡殿《わたどの》にあきあひたる戸口《とぐち》に人ゝあまたゐて、もの語《がた》りなどする二五所におはして、二六「なにがしをぞ、女房《ばう》はむつましとおぼすべき。女だにかく心やすくはよもあらじかし。さすがに二七さるべからんこと、教《をし》へきこえぬべくもあり。やう〳〵見《み》知《し》り給《(たまふ)》べかめれば、いとなんうれしき」との給へば、二八いといらへにくゝのみ思《おも》ふ中《なか》に、二九弁のを《(お)》もとゝて馴《な》れたる大人《おとな》、三〇「そもむつましく思《(おもひ)》きこゆべきゆへ《(ゑ)》なき人の、はぢきこえ侍らぬにや。三一ものはさこそは、なか〳〵侍《(はべる)》め

一六 最初に咲く花。「春の初花」(古今集)、「梅の初花」のはつ花にたとへたる也」(万水一露)。
(後撰集)。「初花におとらぬ君がにほひをぞ見る」(㊀賢木三八五頁)。 一七 薫は、さほど(中宮の)お側近くにお越しにならない間柄なので。
一八 いつものように、匂宮、薫のお二人が。
一九 中宮の御前。 二〇 侍従の言。(浮舟は匂宮、薫の)どちらにせよ縁付いて、すばらしいご運であると分かるような境遇で、生きていてくださればよかったものを。 二一 同僚の女房には浮舟に関することなど一切知っている風には言わない。 二二 匂宮は、(里下がり中の中宮に)宮中の模様などをこまかにご報告申し上げなさるので、もうお一方(薫)は(御前から)退出なさる。
二三 (覗いていた侍従は、薫に)見つけられ申すまい、今しばらくの間、(浮舟の)一周忌をも待たずに(中宮に出仕して)軽薄な者と思われ申すまい、と。 二四 →二九八頁注一。薫の歩む寝殿の簀子に面した渡殿の戸がちょうど開いていた。
二五 諸本「(物語など)しのひやかにする」。「あきあひたる」→㊂常夏一八頁一一行。

33 弁のおもと

二六 薫の言。(匂宮よりも)私の方を、あなたがた女房は親しい者とお思いになるがよい。「なにがし」はへりくだった自称。 二七 男と女の間に当然ありそうなこと、つまり恋、をお教えすることにもなろう、の意。 二八 (女房達が)何とも返事に困っている中に。 二九 (中宮の女房で)「弁のおもと」という名の、場馴れした年かさの者が。 三〇 弁のおもとの言。(薫の「見知り給べかめれば」の言を承けて)それは(薫を)親しくお思い申し上げる理由もない者が、臆面もなく出しゃばり申しているのではありますまいか。 三一 こういう事は、かえってそうなるものでございます。

れ。[一]かならずそのゆへ《(ゑ)》尋《たづ》ねて、うちとけ御覧《らん》ぜらるゝにしも侍らねど、かばかりおもなくつくりそめてける身《み》に負《お》はさざらんも、かたはらいたくてなむ」と聞《き》こゆれば、「[二]はづべきゆへ《(ゑ)》あらじと思《(おもひ)》さだめ給《(たまひ)》てけるこそくちお《(を)》しけれ」などの給《(たまひ)》つゝ見《み》れば、[三]唐衣《からぎぬ》は脱《ぬ》ぎすべしを《(お)》しやり、うちとけて手習しけるなるべし、[四]硯《すゞり》の蓋《ふた》に据《す》へ《(ゑ)》て、心もとなき花《はな》の末《すゑ》たお《(を)》りて、もてあそびけりと見《み》ゆ。[五]かたへはき丁《(ちやう)》のあるにすべり隠《かく》れ、あるはうちそむき、押《お》しあけたる戸《と》の方《かた》に、まぎらはしつゝゐたる、頭《かしら》つきどももお《(を)》かしと見《み》わたし給《(たまひ)》て、硯《すゞり》ひき寄《よ》せて、

[六]女郎花《(をみなへし)》みだるゝ野辺にまじるとも露のあだ名《な》をわれにかけめや

[七]心やすくはおぼさで。

と、たゞこの[八]障子《さうじ》にうしろしたる人に見《み》せ給へば、うちみじろきなどもせず、のどやかにいととく、

[九]花といへば名《な》こそあだなれをみなへしなべての露にみだれやはする

と書《か》きたる手《て》、たゞかたそばなれどよしづきて、大方《おほかた》めやすければ、誰《たれ》ならむと見《み》給《(たまふ)》。[一〇]いままう上《のぼ》りける道《みち》に、ふたげられてとゞこほりい《(ゐ)》たるなるべしと見《み》ゆ。弁のを《(お)》もとは、「[一一]いとけざやかなる翁言《おきなごと》、にくゝ侍り」とて、

一 必ずしも理由を見つけてから、親しくお目にかかるというものでもありませんが、これほど生まれつき厚かましい私が遠慮して逃げるのも、どうかと思いまして。「おはささらん」、諸本「お(を)はさらん」。　二 薫の言。(私には)遠慮する必要はあるまいとお決めになったとは。　三 (弁のおもとは)唐衣は脱ぎ下ろして傍らへ押しのけ。主人(中宮)の御前ではないので唐衣を脱ぐ。→三〇九頁注三一。　四 硯の蓋に置いて、吹けば飛ぶような花の先端を摘んできて楽しんでいるのだった。「すゑ」、諸本「すゑ(え)〳〵」。　五 他の女房はそばの几帳の陰に滑り込んで身を隠し、ある者は(薫に)背を向け、開いている(渡殿の)戸の方を向いて、顔を見られないようにしている。　六 薫の歌。美人が大勢いるこの御殿に参上しても、(私に)浮気者という烙印を押すことはできないだろう(私は匂宮とは違って、まじめな男だ)。「女郎花多かる野辺に宿りせばあやなくあだの名をや立ちなむ」(古今集・秋上・小野美材)による。　七 (真面目な私をあなた方は)警戒なさって。　八 渡殿の襖障子を背に座っている女房、の意か。　九 女房の歌。花というと移ろいやすい、浮気なものの代名詞と思われているが、女郎花は普通に置く露に乱れたりはしない。薫の歌の初・二句を承けて、それに反駁する。　一〇 (この女房は)ちょうど今(中宮の御前に)参上の途中で、通路を(薫に)塞がれて立ち止まっていたらしく見える。　一一 あまりにも露骨な老人言葉は、憎らしうございます。中宮方の女房に心動かされないと詠んだ、注六の歌を「翁言」という。　一二 弁のおもとの歌。一夜泊まって本当にそうか試されよ、こちらの美女に気持が移るか移らないか。　一三 その後で(薫の言葉の真偽を)お決め申そう。　一四 薫の歌。

「[一二]旅寝《ね》して猶《(なほ)》心みよをみなへしさかりの色にうつりうつらず

[一三]さて後定《のちさだ》めきこえさせん」と言《い》へば、

宿[一四]かさばひと夜《よ》は寝《ね》なん大方の花にうつらぬ心《こゝろ》なりとも

とあれば、「[一五]何《なに》か、はづかしめさせ給《(たまふ)》。[一六]大方《おほかた》の野辺《のべ》のさかしらをこそ聞《き》こえさすれ」と言《い》ふ。はかなきことをたゞすこしのたまふも、人は残《のこ》り聞《き》かまほしくのみ思《(おもひ)》きこえたり。「[一七]心なし。道《みち》あけはべりなんよ。[一八]わきても、かの御ものはぢのゆへ《(ゑ)》、かならずありぬべきおり《(を)》にぞあめる」とて、立《た》ち出《い》で給へば、[一九]を《(お)》しなべてかく残《のこ》りなからむと思ひやり給《(たまふ)》こそ心うけれ、と思《おも》へる人もあり。

[二〇]東《ひんがし》の高欄《かうらむ》におしかゝりて、夕影《ゆふかげ》になるまゝに、[二一]花の紐《ひも》とく御前《おまへ》の草《くさ》むらを見《み》渡《わた》し給《(たまふ)》。もののみあはれなるに、「[二二]中《なか》に就《つ》いて腸断《はらわたた》ゆるは秋の天」といふ事を、いとしのびやかに誦《ずん》じつゝゐ給へり。[二三]ありつる衣《きぬ》のを《(お)》とないしるきけはひして、[二四]母屋《もや》の御障子《さうじ》より通《とほ》りて、あなたに入《い》るなり。[二五]宮のあゆみを《(お)》はして、「[二六]これよりあなたにまい《(ゐ)》りつるは、たそ」と問ひ給へば、「[二七]かの御方《かた》の中将の君」と聞《き》こゆなり。[二八]なを《(ほ)》、あやしのわざや、誰《たれ》にかと、かりそめにもうち思ふ人に、やがてかくゆかしげなくきこゆる名《な》ざしよといとお《(ほ)》しく、[二九]この宮には、

宿を貸してくれるなら、一晩くらいは泊まろう、並みの女には心移りしない私ではあるが。 一五 弁のおもとの言。どうして、(そのように)馬鹿になさるのか。 一六 私が「旅寝」と申したのは、一般に「野辺」と言えば「旅寝」が縁語だから、言葉の遊びでそう申したまでだ、の意。 一七 薫の言。申し訳ないことをした。通路を明けましょう。→注一〇。 一八 何よりも、先ほどの(女房達の)恥ずかしがりようは、(私ゆえではなく別に)きっと何かあるに違いない場合だと見える。匂宮が参上の折だから恥ずかしがっているのだろう、の意。 一九 (こちらの女房は)皆、弁のおもとのようにあけすけなのだろうと(薫が)想像なさるとすれば、それは情けないことだ。 二〇 (薫は)寝殿の東面の高欄にもたれて。 二一 草花が満開の前栽を。「紐とく」は花が開く意。「前栽どもこそ残りなく紐とき侍りにけれ」(㈢薄雲二四〇頁一〇行)。 二二 「大底(おほむね)四時心総(すべ)て苦し 中に就きて腸(はらわた)の断ゆることは是れ秋の天」(和漢朗詠集・上・秋興、読みは集註による)。白氏文集十四・暮立の句。陽明本「なかんつくにはらわたのたゆるはこれ秋天と」。 二三 さきほどの女房の衣擦れの音がはっきり聞こえて。注一〇の女房。 二四 寝殿の母屋を東西に仕切る「中の障子」か。 二五 (先ほどまで中宮の御前に伺候していた)匂宮が(廂の間を渡殿の方に)歩いて来られて。 二六 匂宮の言。ここを通ってあちら(女一宮)へ参上したのは、誰か。 二七 女一宮にお仕えする中将君です。 二八 薫の心内。どう考えても、おかしなことだ、誰だろうと、仮にも関心を抱いた男(匂宮)に、そのままあけすけに名指しでお教え申し上げることよと(中将君が)気の毒で。 二九 匂宮に対しては、

34 腸断ゆるは秋の天

みな目馴《めな》れてのみおぼえたてまつるべかめるもくちおし《(を)》。下《お》り[一]立《た》ちてあながちなる御もてなしに、女はさもこそ負《ま》けたてまつらめ、わが[二]、さもくちおし《(を)》う、この御ゆかりには、ねたく心うくのみあるかな、いかで[三]このわたりにもめづらしからむ人の、例《れい》の心入《い》れてさはぎ《(わ)》給はんを語《かた》らひ取《と》りて、わが思ひしやうに、やすからずとだにも思はせたてまつらん、まことに心ばせあらむ人は、わが方《かた》にぞ寄《よ》るべきや、されどかたいものかな、人の心は、と思ふにつけて、対《たい》[四]の御方《かた》の、かの御ありさまをば、ふさはしからぬものに思《(おもひ)》きこえて、いと[五]便《びん》なきむつびになりゆくが、大方《おほかた》のおぼえをば苦《くる》しと思《(おもひ)》ながら、猶《(なほ)》[六]さし放《はな》ちがたきものにおぼし知《し》りたるぞ、ありがたくあはれなりける。さやうなる心ばせある人、こゝらの中にあらむや、入《い》りたちて深《ふか》く見《み》ねば知《し》らぬぞかし、寝覚《ねさ》めがちにつれづれなるを、すこし[七]はすきもならはばや、など思ふに、いま[八]はなを《(ほ)》つきなし。姫宮《ひめ》[一〇]、夜《よる》例《れい》の、西《にし》[九]の渡殿《わたどの》を、ありしにならひてわざとおはしたるもあやし。姫宮、夜はあなたに渡《わた》らせ給《(たまひ)》ければ、人々[一一]月見《み》るとて、この渡殿《わた》にうちとけてもの語《がた》りするほどなりけり。箏《さう》の琴《こと》いとなつかしう弾《ひ》きすさむ爪《つま(お)》をと《(を)》おかしう聞《き》こゆ。思《おも》[一二]ひかけぬに寄《よ》りおはして、「など[一三]かくねたまし顔《がほ》に掻《か》き鳴《な》らし給《(たまふ)》」との給《(たまふ)》に、

(女房達)誰もがお馴染みの態度をお取り申すようなのが(薫には)妬ましい。

一 (匂宮の)積極的で強引ななさりように、女はやはり(匂宮を)お許し申してしまうのであろう。「下り立ち」は熱心に事を行う意。 二 (それに較べて)自分は、まったくふがいないことに、(明石中宮腹の匂宮、女一宮の)ご兄弟には、妬ましくつらい思いばかりさせられることだ。 三 何とかして、中宮にお仕えする中でもすばらしい女房で、例によって(匂宮が)夢中になって大騒ぎなさるような者を自分の思い人にして。 四 (匂宮の妻の)中君が匂宮の(浮気っぽい)行状を、よろしくないこととお思い申して。「猶…おぼし知りたるぞ」に掛かる。 五 (薫との仲が恋仲めいた)はなはだ具合の悪い付き合いになって行くのを、周囲の噂を気にしながらも。 六 (中君が)やはり(薫を)捨て置けない者としてお認め下さっているのは、たぐい稀なありがたいことなのであった。 七 (こちらの女房を相手に)少しは恋の練習でもしよう、などと(薫は)お思いになるにつけても。 八 (浮舟を失ったばかりの)現在はまだそういう気持になれない。 九 以前、薫が女一宮の姿を垣間見した場所。→二九八頁注一。 一〇 女一宮は、夜は中宮のおられる寝殿に移られ(てお休みにな)るので。 一一 女一宮の女房。 一二 だしぬけに(薫が琴を弾く女房の)そばにいらして。 一三 薫の言。どうしてこのように思わせぶりに琴をお弾きになるのか。この言は「ねたまし顔」の語によって、唐の小説遊仙窟の「故将繊手　時時弄小絃(こゝにねたましかほにしてほそやかなるてをもてよりよりにほそをゝかきならす)」(醍醐寺本古訓)をふまえた言であることがわかる。「ねたまし顔」は遊仙窟古訓が「故故」に施し

35 遊仙窟問答

みなおどろかる[一四]べけれど、すこしあげたる簾《すだれ》うちおろしなどもせず、[一五]起《お》き上《あ》がりて、「[一六]似《に》るべきこのかみや侍《(はべる)》べき」といらふる声《こゑ》、[一七]中将のおもとか言《い》ひつるなりけり。「[一八]まろこそ御母方《はゝかた》のお《(を)》ぢなれ」と[一九]はかなきことをの給《(たまひ)》て、「[二〇]例《れい》の、あなたにおはしますべかめりな。何《なに》わざをかこの御里住《さとず》みの程にせさせ給《(たまふ)》」など、[二一]あぢきなく問《と》ひ給《(たまふ)》。「[二二]いづくにても、何《なに》ごとをかは。たゞかやうにてこそは過《す》ぐさせ給《(たまふ)》めれ」と言《い》ふに、[二三]お《(を)》かしの御身の程やと思ふに、すゞろなる嘆《なげ》きのうち忘《わす》れてしつるも、あやしと思《(おもひ)》寄《よ》る人もこそとまぎらはしに、[二四]さし出《い》でたる和琴《わごん》を、たゞさながら掻《か》き鳴《な》らし給《(たまふ)》。律《りち》の調《しら》べは、あやしく[二五]お《(を)》りにあふと聞《き》く声《こゑ》なれば、聞《き》きにくゝもあらねど、弾《ひ》きはて給はぬを、なか〳〵なりと心入《い》れたる人は消《き》えかへり思ふ。[二六]わが母《はゝ》宮もおとり給《(たまふ)》べき人かは、后腹《きさいばら》と聞《き》こゆばかりの隔《へだ》てこそあれ、みかど〳〵のおぼしかしづきたるさま、異事《こと〴〵》ならざりけるを、猶《(なほ)》[二七]この御あたりはいとことなりけるこそあやしけれ、[二八]明石《あかし》の浦《うら》は心にくかりける所かな、など思《おも》ひつゞくる事どもに、[二九]わが宿世《すくせ》はいとやむごとなしかし、まして並《なら》べて持《も》ちたてまつらばと思ふぞいとかたきや。

36 薫と宮の君

[三〇]宮の君は、この[三一]西の対《たい》にぞ御方《かた》したりける。若《わか》き人ゝのけはひあまたして、

た意訳(小島憲之)で、以後、古辞書にも登録された語。「故々 ネタマシガホ ネタイカナ」(名義抄)。 一四 諸本「へかめれと」。 一五 (琴を弾いていた女房が)上体を起こして。 一六 私に似たような兄でもおりますのでしょうか。薫の言が遊仙窟によることに気付き、みずからも遊仙窟中の「容貌《(かほばせ)》は舅《(をぢ)》に似たり　潘安仁が外甥《(はははかたのめひ)》なれば　気調《(いきざし)》は兄《(このかみ)》の如し　崔季珪が小妹《(をといもうと)》なれば」(琴を弾く十娘の容姿性格を述べる箇所。この一節は和漢朗詠集・下・妓女に載る)によって、「私の琴の音がねたまし顔に聞こえるというのなら、私に似た崔季珪のような人がいるというのか」と応酬した。潘安仁、崔季珪はそれぞれ晋、魏の才知美貌の人。 一七→三一三頁注二七。 一八 薫の言。注一六の言を承け、同じく遊仙窟の「容貌は…外甥」をふまえて、私は(女一宮の)母方の叔父だ、と応じる。 一九 言葉の戯れをおっしゃって。 二〇 薫の言。(女一宮は)いつものように、あちら(中宮の所)に行かれたのだろうね。 二一 (女一宮がいないので)つまらなく思って、の意か、つまらないことを(お尋ねになる)の意か、解釈が分かれる。 二二 中将君の言。 二三 結構なご身分であると思うにつけ、どうなるものでもない溜息をうっかりついてしまったのも、変だと気付く人がいては困ると思って(それを)ごまかすために。 二四 (女房が)差し出した和琴を、調子を整えずそのまま(の調子)で。 二五 呂が春の調べであるのに対して、律は秋の調べだという。→[三]若菜下三四一頁注一九。「きく」、諸本多く「きこゆる」。 二六 薫の心内。自分の母女三宮も(女一宮に)引けを取るお方であろうか。(女一宮が)后のお子であるという差はあるが。女三宮は藤壺女御腹。

月めであへり。[一]いで、あはれ、これもまたおなじ人ぞかし、と思《（おもひ）》出《い》できこえて、親王《みこ》[二]の、むかし心寄《よ》せたまひしものをと言《い》[三]ひなして、[四]そなたへおはしぬ。童《わらは》のおか《（を）》しき宿直姿《とのゐすがた》にて、二三人出《い》でてありきなどしけり。[五]見《み》つけて入《い》るさまどもかゝやかし。[六]これぞ世《よ》の常《つね》と思《（おもふ）》。[七]南面《みなみおもて》の隅《すみ》の間《ま》に寄《よ》りて[八]うち声《こわ》づくり給へば、すこしを《（お）》となびたる人出《い》で来《き》たり。「[九]人知《し》れぬ心寄《よ》せなど聞《き》こえさせ侍れば、中〳〵みな人聞《き》こえさせ古《ふ》るしつらむことを、うひ〳〵しきさまにて、まねぶやうになり侍り。[一〇]まめやかになむ、言《こと》よりほかを求《もと》められ侍《（はべる）》」との給へば、[一一]君にも言《い》ひ伝《つた》へず、さかしだちて、「[一二]いと思《おも》ほしかけざりし御ありさまにつけても、[一三]故《こ》宮の思《（おもひ）》きこえさせ給へりしことなど、思給《（おもひ）》へ出《い》でられてなむ。かくのみ、おり《（を）》〳〵[一四]聞《き》こえさせ給《（たまふ）》なり。御しりう言《ごと》をも、よろこびきこえ給《（たまふ）》める」と言《い》ふ。

[一五]並《な》み〳〵の人めきて心《（ここ）》ちなのさまやとものうければ、「[一六]もとよりおぼし捨《す》つまじき筋《すぢ》よりも、[一七]いまはまして、さるべきことにつけても、思《おも》ほし尋《たづ》ねんなんうれしかるべき。[一八]うとうとしう、人づてなどにてもてなさせ給はば、えこそ」との給《（たまふ）》に、[一九]げにと思《（おもひ）》さは《（わ）》ぎて、[二〇]君を引《ひ》きゆるがすめれば、「[二一]松《まつ》もむかしの、と

二七 女一宮の周辺は違って感じられるのは不思議だ。 二八（宮中の栄華を独り占めにする）明石生まれの中宮はすごいお方だなあ。 二九（女二宮を妻にもつ）私の運勢は大したものなのだ、それに加えて女一宮を妻にお迎え申すことが出来たならと（薫が）思うのは、それは無理というものである。 三〇 →三〇九頁注二一。 三一 西の渡殿に続く西の対に局を持っていたのであった。

一 薫の心内。いや、かわいそうに、この宮君も（女一宮や女二宮と）同じ血筋の人なのだ。 二 故式部卿宮が、生前（自分に）好意を示して下さったものをと。→三一〇頁注一。 三 自分で自分に言い聞かせて、つまり口実を作って、の意。 四 宮君のいる西の対へ。 五（童たちが薫に）気付いて（御簾の内に）姿を隠す様子が。「かゝやかし」は、恥ずかしくて赤面する様。 六（薫は）これが普通（の侍女の姿）なのだと思う。前の中将のおもとの「簾うちおろしなどもせず」（三一五頁一行）という態度との対比。 七 西の対の南面の東端の間。「間」は柱と柱の間。 八（薫が）軽く咳払いをなさると、年輩の女房が。「声づくり」は、合図の咳払いをすること。 九 薫の言。心秘かに（宮君に）好意を寄せているなどと申し上げますと。 一〇 冗談抜きに、「思う」という言葉以外に自分の気持を伝える言葉がほしいものです。「思ふてふ言よりほかにまたもがな君ひとりをばわきて偲ばむ」（古今六帖五）による。 一一（女房は薫の言を）宮君に取り次がないで、差し出がましく。 一二 女房の言。まったく思いも寄らなかった宮君の（宮仕えの）ご境遇。 一三 今は亡き父式部卿宮が（宮君を薫と結婚させようと）お思い申しておられたことなどが。→注二。 一四 諸本多く「（聞こえさせ

のみながめらるゝにも、二二もとよりなどの給《(たまふ)》筋《すぢ》は、まめやかに頼《たの》もしうこそは」と人づてともなく言《い》ひなし給へる声《こゑ》、いと若《わか》やかにあい行《(ぎやう)》づき、やさしき所添《そ》ひたり。二三たゞ、なべてのかゝる住《す》みかの人と思《おも》はば、いとお《(を)》かしかるべきを、二四たゞいまは、いかでかばかりも人に声聞《こゑき》かすべきものとならひ給《(たまひ)》けん、となまうしろめたし。かたちもいとなまめかしからむかしと、見《み》まほしきけはひのしたるを、二五この人ぞ、また例《れい》の、かの御心乱《みだ》るべきつまなめると、お《(を)》かしうもありがた二六の世《よ》や、と思ひゐ給へり。

二七これこそは、限《かぎ》りなき人のかしづき生《お》ほし立《た》て給へる姫《ひめ》君、又かばかりぞ多《おほ》くはあるべき、二八あやしかりけることは、さる聖《ひじり》の御あたりに、山のふところより出《い》で来《き》たる人ゝの、かたほなるはなかりけるこそ、二九このはかなしや、かろぐしや、など思《(おもひ)》なす人も、三〇かやうのうち見《み》るけしきは、いみじうこそお《(を)》かしかりしか、と何《なに》ごとにつけても、三一たゞかの一《ひと》つゆかりをぞ思ひ出《い》で給《(たまひ)》ける。三二あやしうつらかりける契《ちぎ》りどもを、つくぐと思《(おもひ)》つゞけながめ給《(たまふ)》夕暮《ゆふぐ》れ、三三かげろふのものはかなげに飛《と》びちがふを、

三四「ありと見《み》て手にはとられず見《み》れば又ゆくゑ《(へ)》もしらず消《き》えしかげろふ

給)なる」で、(折に触れ薫が宮君について)申し上げておられるという陰ながらのお言葉をも(宮君は)感謝申していらっしゃるようです、の意。底本の「なり」は解しにくい。一五 薫の心内。(女房を介しての応対とは)並みの身分の者に対するようで、配慮に欠ける扱いよと気が進まないので。一六 薫の言。元来(私を)お見捨てになるはずのない血縁以上に。薫と宮君はいとこの関係。一七 (宮仕えに出た)今はまして、必要な際には、私におっしゃってくだされば うれしく思う。一八 他人行儀に、女房を介してのお扱いなどをなさったら、とても(お話しなど申し上げられませぬ)。一九 (女房は)薫の言う通りだと慌てふためいて。二〇 宮君。「引きゆるがす」は返事を言うように強く働きかけるさま。

二一 宮君の言。(宮仕えに出て)誰も知った人がいないと沈んでばかりおります身には、の意。「誰をかも知る人にせむ高砂の松も昔の友ならなくに」(古今集・雑上・藤原興風)による。

二二 注一六の薫の言を承けて言う。二三 薫の心内。(宮君を)たんに、普通のこのような御殿に宮仕えする女房と思うのなら、まことに好ましい物腰、態度といえそうであるが。二四 「宮の君のいらへをし給へるさまのかろぐしきをいへり」(細流抄)。二五 この宮君が、またいつものように、匂宮のお心を虜にするきっかけになりそうだと。二六 「可然(しかるべき)人は世上に有がたき物ぞと也。松も昔のなどゝ則(すなはち)答給を、いささか見おとし給との儀也」(万水一露)。二七 薫の心内。こういうのが、この上なく高貴な身分のお方が大切にお育てになった姫君で、他にもこの程度の姫君は多くいることであろう。二八 (それにつけても)不思議なことは、あのような仏道一筋の八宮のお膝下で、宇治の山里に

一あるかなきかの」と、例《れい》二の、ひとりごち給《(たまふ)》とかや。

育った大君、中君姉妹の、いずれもが欠点のないお人であったことよ。 二九 何と頼りない、軽率な、などと思うことにした浮舟にしても。 三〇 このようなちょっと見の様子は、とてもすばらしかったことだ、と。 三一 ひたすらあの同じ八宮の血を分けた三姉妹を。 三二 (三姉妹との)不思議にも叶えられなかった縁を。 三三 トンボの一種。蜉蝣。「蜻蛉 セイレイ カケロフ」(色葉字類抄)。「かげろふ、くろき虫なり」(能因歌枕)。 三四 薫の歌。(眼前に)あると見えても手につかむことは出来ず、見ているうちにどこへとも知れず消えてしまったかげろうだ。「ありと見てたのむぞかたきかげろふのいつとも知らぬ身とは知る〳〵」(古今六帖一・かげろふ)。「手に取れどたえて取られぬかげろふのうつろひやすき君が心よ」(同)。ただし古今六帖の「かげろふ」は虫部ではなく、雲、霞、煙などとともに天部に配す。「此歌の心は、大君浮舟などのはかなくてうせ給へる事を思ひつゞけて、此かげろふにおもひよそへてよめり。畢竟人間世界無常のありさまを観じ給へる也」(湖月抄)。

一「世の中と思ひしものをかげろふのあるかなきかの世にこそありけれ」(古今六帖一・かげろふ、後撰集・雑四に異伝あり)、「あはれとも憂しとも言はじかげろふのあるかなきかに消ぬる世なれば」(後撰集・雑二・読人しらず)。「あるかなきかなる物をば、かげろふといふ」(能因歌枕)。「あるかなきかのと」、三条西本・河内本・陽明本など「あるかなきかと」、高松宮本「あるかなきかとのみ」。 二 薫の「ひとりごと」は匂宮巻(四二一六頁一五行)以下、早蕨一九頁九行、宿木四一頁六行、九二頁一一行、東屋一八〇頁六行に繰り返し見出される。

手習
ならひ

〔巻名〕小野の山里でつれづれにまかせて浮舟は手習の時を過ごす。薫のこと、匂宮のこと、母のこと、浮舟は無意識に心の奥底を手習に託す。本文中に五例現れる「手習」の語(三四二・三五八・三六九・三七〇・三七九頁)をもって巻名とする。

1 **横川**の何がし僧都の母尼は**八十歳あまり**、**五十歳ほど**の僧都の妹尼と、**初瀬**詣での帰途**奈良坂**を越えたあたりで急病をわずらう。僧都は山籠りを中断して下山。病人を**宇治の院**へ移すことにする。

2 僧都、宇治院を検分。大木の下に何者かがうずくまっているのを発見する。

3 怪しい者の正体は若い女であることを確認し、救出する。弟子たちは病人のもとへ穢れを持ち込むことになるのではと危惧する。

4 僧都の妹尼は、僧都が**六十何年**生きてきて初めてのことだと、若い女について話すのを聞き、長谷寺での霊夢を思い合わせる。亡き娘の代わりであると、若い女を介抱する。

5 二日ほど病人の加持のためにとどまっていると、宇治の里人が僧都のもとに挨拶に来て、故八宮の姫君が亡くなり、昨夜が**葬送**であったことを語る。

6 母尼は回復した。女を連れ、尼君らは**比叡坂本**の**小野**の里に帰る。母尼のようすを見届けて僧都は帰山する。

7 妹尼は女の身元を忖度する。女は一言「河に流してよ」と言うだけで意識は戻らない。

8 **四月**、**五月**と**経過**しても女は回復せず、妹尼の要請で僧都は再び下山する。

9 僧都の加持により物の怪が現れる。女にとり憑いた経緯を語って去る。

10 浮舟は意識を回復し、失跡前後のことをおぼろげに回想する。死を果たせなかったことを嘆き、いっそう弱ってゆく。

11 取りとめた命はねばり強く、浮舟は快方へ向かうが、出家を望み**五戒**を受ける。

12 妹尼は美しい浮舟を得て喜び慈しむ。浮舟は素姓をひたすらに隠し、妹尼はそのことを恨む。

13 妹尼は上達部の北の方であったが、夫の死後一人娘も亡くして出家し、この山里に住み始めたのだった。小野の山里の風情は宇治よりもおだやかで、**秋**ともなればいっそうひっそりとしている。所在なくただ勤行に精を出す暮らしぶりであった。

14 月夜には妹尼たちは琴などを弾き、歌をよみ、物語りなどして過ごす。浮舟は音楽をのどかに楽しむこともなかった半生を述懐する。ただ手習をして、母君、乳母、右近のことを思う。

15 都からの客人の目に触れぬよう、妹尼のつけてくれた侍従とこもきの二人だけを相手に暮らすのが浮舟の日常であった。

16 妹尼の昔の婿君、中将が、僧都の弟子である弟の禅師の君を**横川**に訪ねる途中、妹尼を訪ねる。二人は亡き娘を偲び語りあう。**二十七、八歳**で容姿も整い、分別も備ったこの婿君を他人と見なすことも妹尼の悲しみのひとつである。

17 **むら雨**が降り出し、中将は足どめされる。浮舟と中将が似合いだと話す女房達の声に、浮舟は昔を思い出させる俗世のことは考えまいと知らぬふりをする。

18 中将は、浮舟の後ろ姿を見て心が動く。妹尼は素姓を隠す浮舟を恨み責めるが、浮舟は依然として何も語らない。

19 中将は横川へ到り、**管絃の遊び**をし僧都らと語る。弟の禅師の君に浮舟のことを尋ねる。

20 翌日、浮舟を忘れ難く思う中将は小野に立ち寄り、浮舟に贈歌する。返事はないが今回は最初だから仕方ないと思い許して帰京。

21 浮舟に心惹かれる中将は**八月十余日**、**小鷹狩**のついでに三たび来訪する。頑として応えぬ浮舟に代わり、妹尼が応対する。

22 返事のない浮舟に諦めて帰ろうとする中将を引きとめるべく、妹尼は独断で代作をする。中将は心ときめかせてとどまる。

23 中将の笛の音に母尼現れ、中将と妹尼は笛と琴(きん)の琴とを合奏する。

24 母尼は得意げに和琴を弾き、傍若無人な演奏に座は白ける。

25 翌朝、中将から手紙がある。浮舟は少しずつ過往を思い出し、出家を願いつつ経を習い読む。

26 **九月**、妹尼は**初瀬**にお礼参りに出立。浮舟は留守居を願い、少人数で小野に残る。

27 妹尼の不在を心細く思う浮舟は、少将尼と碁を打つ。少将尼は思いがけない浮舟の強さに驚き、面白がる。

28 月夜の美しい頃、中将が来訪する。隠れる浮舟に中将は恨み言を訴える。

29 応えたくない浮舟は母尼の部屋に逃げ隠れる。中将は少将尼に浮舟の事情を問いただす。

30 尼君たちのいびきに浮舟はひたすら怖じながら一夜を明かす。

31 寝入られぬ浮舟は落ち着く先なくさすらい続ける悲運のわが身を想いやる。

32 一品宮(女一宮)の物の怪の修法に召されて僧都が下山する旨の知らせが届く。浮舟はこの機会に髪を下ろしてもらおうと決意する。

33 浮舟は僧都に出家を懇願する。僧都は思い留まらせようと説得するが、浮舟の決心は固い。

34 浮舟、ついに**出家**を果たす。浮舟の髪の美しさに、髪を下ろす阿闍梨もしばしためらう。

35 少将尼は浮舟の出家を知り気も動転するがもはや止めることもままならない。浮舟ははじめて心の安らぎを覚える。

36 翌日、浮舟はただ手習に心を託す。

37 浮舟の出家を聞いた中将は落胆し、前にほの見た髪の美しさを思う。浮舟は初めて中将へ返歌する。

38 物詣でから帰邸した妹尼は悲嘆にくれながらも浮舟の尼衣を用意する。

39 一品宮の病は僧都の加持で平癒した。僧都は宮の夜居に伺候し、明石中宮と語り合う。

40 僧都は浮舟発見の経緯を語る。明石中宮は浮舟のことを思い合わせたが、確証のないこととてそのままにする。

41 僧都は帰山の途中小野に立ち寄る。妹尼から恨み言を言われるが、尼姿になった浮舟を励ます。

42 人影も稀な小野の山里に色とりどりの狩衣姿が現れた。中将の来訪であった。

43 中将は尼姿なりとも浮舟を見ることを望む。少将尼の手びきで垣間見た浮舟の美しさは尼姿にしておくのはあまりに惜しいものであった。

44 これほど美しい浮舟の素姓をほのめかす噂も聞こえてこないことに中将は疑念を抱く。

45 中将は浮舟にも手紙を送り、なお親しく語り合うことを求めるが浮舟はそれには応えない。出家の意志を貫いた浮舟は少し気持も晴れ、雪深い里で仏道に精進する。

46 **新年**、浮舟は過往を思い手習を慰めにする。雪間の**若菜**に自身を喩えた歌を妹尼と詠み合う。

47 母尼の孫にあたる紀伊守が来訪。**宇治**で薫がとり行う八宮の姫君の一周忌法要のための装束の仕立てを依頼する。自分のための法要と聞いて感慨が胸に迫る浮舟。

48 紀伊守は薫の悲嘆のさま、夕霧や匂宮の噂を語り、去ってゆく。しみじみとして聞く浮舟は改めてわが身に起ったこととは信じられない思いである。

49 薫の噂に昔を想う浮舟は母を恋う。自身の法要の衣装を見、思い乱れる。

50 **一周忌**も終わり、静かな雨の夜、明石中宮を訪ねた薫は浮舟のことを言葉少なに語る。中宮は僧都に聞いた話を教えるよう小宰相に命じる。

51 小宰相は僧都の話を薫に語る。薫は驚きさまざまに思い乱れ、もう一度明石中宮に尋ねたく思う。

52 薫は中宮に対面し、この話は匂宮がまだ知らないことを確かめる。浮舟に再び会う方策を寝ても覚めても思案する。

53 毎月八日は、薬師仏の縁日で、薫は比叡山の**中堂**に参詣することがある。それにことよせて、浮舟との再会を実現すべく、浮舟の弟小君を伴い**横川**へ赴く。

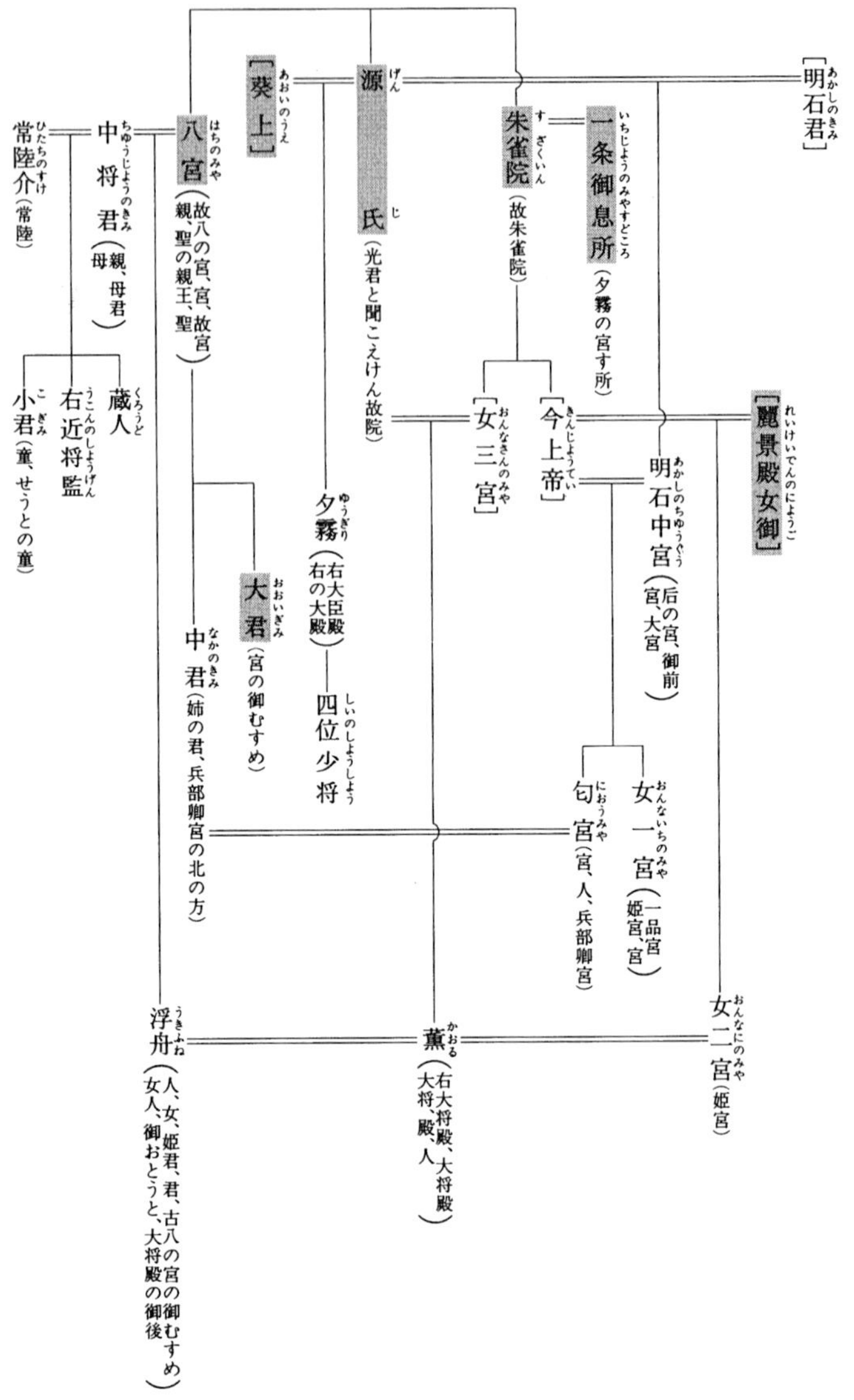

明石君《あかしのきみ》
一条御息所《いちじょうのみやすどころ》
（夕霧の宮す所）
朱雀院《すざくいん》
（故朱雀院）
源氏《げんじ》
（光君と聞こえけん故院）
葵上《あおいのうえ》
八宮《はちのみや》
（故八の宮、宮、故宮
親、聖の親王、聖）
中将君《ちゅうじょうのきみ》
（親、母君
母）
常陸介《ひたちのすけ》
（常陸）
麗景殿女御《れいけいでんのにょうご》
今上帝《きんじょうてい》
女三宮《おんなさんのみや》
明石中宮《あかしのちゅうぐう》
（后の宮、御前
宮、大宮）
夕霧《ゆうぎり》
（右大臣殿
右の大殿）
四位少将《しいのしょうしょう》
大君《おおいぎみ》
（宮の御むすめ）
中君《なかのきみ》
（姉の君、兵部卿宮の北の方）
蔵人《くろうど》
右近将監《うこんのしょうげん》
小君《こぎみ》
（童、せうとの童）
女一宮《おんないちのみや》
（一品宮
姫宮、宮）
匂宮《におうみや》
（宮、人、兵部卿宮）
女二宮《おんなにのみや》
（姫宮）
薫《かおる》
（右大将殿、大将殿
大将、殿、人）
浮舟《うきふね》
（人、女、姫君、君、古八の宮の御むすめ
女人、御おとうと、大将殿の御後）

母尼《ははのあま》（母、母の尼君、親、老い人、あるじ、大尼君、女、尼君）

- 横川僧都《よかわのそうず》（なにがし僧都、僧都、僧都の御坊、僧都の君）
- 妹尼《いもうとのあま》（いもうと、いもうとの尼君、尼君、親、上達部の北の方、むすめの尼君、尼上、東の御方、上、むすめ尼君）
  ＝衛門督《えもんのかみ》（故衛門の督、人）
  - 女子（むすめ、人、むすめの君、恋しき人、故姫君、むかし人）
    ＝中将《ちゅうじょう》（君達、婿の君、客人、をとこ君、中将殿、をとこ君）
- 親《おや》
  - 紀伊守《きのかみ》（孫）
  - 常陸の北の方《ひたちのきたのかた》（常陸）

親《おや》
- 中将《ちゅうじょう》＝［女］
- 禅師君《ぜんじのきみ》（おとうと）

藤中納言《とうちゅうなごん》——［女］

- 阿闍梨《あざり》（せうと）
- 少将尼《しょうしょうのあま》（少将の尼君、少将、尼）

浮舟の乳母《うきふねのめのと》（乳母）——右近《うこん》

弟子の阿闍梨《でしのあざり》（阿闍梨、験者の阿闍梨）
いへ主《あるじ》
院守《いんもり》
宿守の翁《やどもりのおきな》（翁、宿守の男）
大徳《だいとこ》（げらふほふし、法師）

侍従《じじゅう》
こもき
殿守《とのもり》
左衛門《さえもん》
山の座主《やまのざす》
小宰相《こざいしょう》（さい将の君、宰相の君、人、君）
律師《りっし》

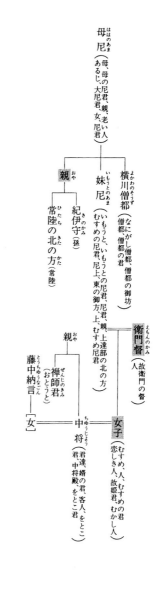

1 横川僧都の母、急病

そのころ[一]、横川《よかは》[二]に、なにがし[三]僧都《そうづ》とかいひて、いとたう《(ふ)》とき人住《す》みけり。八十《やそぢ》あまりの母《はゝ》、五十ばかりのいもうとありけり。古《ふる》[四]き願《ぐわん》ありて、初瀬《はつせ》[五]に詣《まう》でたりけり。むつまじう[六]やむごとなく思《おも》ふ弟子《でし》の阿闍梨《あざり》[七]を添《そ》へて、仏経《ほとけきやう》[八]供養《くやう》ずることを《(お)》こなひけり。事《こと》[九]ども多《おほ》くして帰《かへ》る道《みち》に、奈良坂《ならさか》[一〇]といふ山越《こ》えける程より、この母《はゝ》の尼《あま》君、心《(ここ)》ちあしうしければ、かくては、いかでか[一一]残《のこ》りの道《みち》をもおはし着《つ》かむともてさは《(わ)》ぎて、宇治《うぢ》のわたりに知《し》りたりける人のいゑ《(へ)》ありけるにとゞめて、けふばかり休《やす》めたてまつるに、なを《(ほ)》いたうわづらへば、横川《よかは》に消息《せうそこ》したり。山籠《ごも》[一二]りの本意《ほい》深《ふか》く、ことしは出《い》でじと思《(おもひ)》けれど、限《かぎ》[一三]りのさまなる親《おや》の、道《みち》の空《そら》にて亡《な》くやならむとおどろきて、急《いそ》ぎ物し給へり。

お《(を)》[一四]しむべくもあらぬ人ざまを、身《(み)》[一五]づからも、弟子《でし》の中《なか》にも験《げむ》[一六]あるして加持《かぢ》しさは《(わ)》ぐを、いゑ《(へ)》主《あるじ》[一七]聞きて、「御嶽精進《みたけさうじ》[一八]しけるを、いたう老《お》い給へる人のを《(お)》もくなやみ給ふは、いかゞ[一九]」とうしろめたげに思い《(ひ)》て言《い》ひければ、さも[二〇]言《い》ふべきことぞ、いとお《(ほ)》しう思《(おもひ)》て、いとせばく[二一]むつかしうもあれば、やう〳〵[二二]い《(ゐ)》てたてま

一 これまでの物語の内容に新たな話題を拓く表現形式。前篇では一巻の中途に用いて話題転換をはかる方式が紅梅巻で始めて巻頭表現となり、以後橋姫巻、宿木巻や本巻で巻頭形式となった。また本巻は浮舟巻を直接承け、蜻蛉巻とは表裏の関係にある。

二 比叡山の北谷にある三塔の一。最も奥にあり超俗の趣が深い。

三 実名をぼかした呼称。古来、恵心僧都源信(九四二―一〇一七)を宛てる。横川の恵心院に隠棲して往生要集を著す。母、妹の願西(願証尼・安養尼)ともに説話の世界で名高い。

四 以前亡くした娘の身代りを得たいという祈願。→三三四頁注一五。

五 長谷寺。→㈡玉鬘三四四頁注一四。

六 (僧都が)親しくもまた尊くも思う弟子。

七 →㈣橋姫三〇五頁注二四。

八 仏像・経巻を寺に奉納する儀式。

九 儀式を数々行って。

一〇 大和・山城の国境にある坂。現、奈良市の東北部。

一一 どうして残りの道中を無事に帰り着けようか。

一二 横川に籠って修行したい本来の意向。

一三 危篤だと聞く母親が、旅の途中で亡くなったら大変だと、急いで下山。源信は九年の山籠りの後、母の往生を看取ったと伝える(今昔物語集十五ノ三十九)。

一四 死んでも惜しくはなさそうな老齢を。「うしろめたげに」以下に続く。

一五 僧都自身も。

一六 効験のある者に命じて。

一七 その家の主人。六行の「知りたりける人」。

一八 →㈠夕顔一一七頁注二四。「ける」は長い期

つるべきに、[二三]中神塞《なかゞみふた》がりて、[二四]例住《れいす》み給《(たまふ)》方は忌《い》むべかりければ、故朱雀院《(こすざくゐん)》の御[二五]両《(りやう)》にて宇治《うぢ》の院といひし所、このわたりならむと思《(おもひ)》出《い》でて、[二六]院守《もり》、僧都《そうづ》知《し》り給へりければ、一二日《(ひとひふつか)》宿《やど》らんと言《い》ひにやり給へりければ、「[二七]初瀬《はつせ》になん、きのふ[二八]みなまいり《(ゐ)》にける」とて、いとあやしき[二九]宿守《やどもり》の翁《おきな》を呼《よ》びて率《ゐ》て来《き》たり。「[三〇]おはしまさば、はや。[三一]いたづらなる院の寝殿《しむ》にこそ侍《(はべ)》めれ。物詣《まう》での人は常《つね》にぞ宿《やど》り給《(たまふ)》」と言《い》へば、「[三二]いとよかなり。[三三]おほやけ所なれど、人もなく心やすきを」とて、見《み》せにやり給《(たまふ)》。この翁《おきな》、例もかく宿《やど》る人を見《み》ならひたりければ、[三四]おろそかなるしつらい《(ひ)》などして来《き》たり。

まづ、僧都《そうづ》渡《わた》り給《(たまふ)》。いといたく荒《あ》れて、おそろしげなる所かなと見《み》給《(たまふ)》。「[三五]大徳《とこ》たち、[三六]経読《よ》め」などの給《(たまふ)》。この初瀬《はつせ》に添《そ》ひたりし阿闍梨《あざり》と、[三七]おなじやうなる、[三八]何《なに》ごとのあるにか、[三九]つき〴〵しきほどのげらう《(ふ)》ほうし《(ふ)》に火《ひ》ともさせて、人も寄《よ》らぬうしろの方《かた》に行《い》きたり。[四〇]森《もり》かと見《み》ゆる木の下を、[四一]うとましげのわたりやと見《み》入《い》れたるに、白《しろ》き物のひろごりたるぞ見《み》ゆる。「かれは何《なに》ぞ」と立《(たち)》とまりて、火《ひ》を明《あ》かくなして見《み》れば、[四二]もののゐたる姿《すがた》なり。「[四三]狐《きつね》の変化《へんぐゑ》したる。にくし。[四四]見《み》あらはさむ」とて、一人《ひとり》は今すこし歩《あゆ》み寄《よ》る、いま一人《ひとり》は、「[四五]あな用《よう》な。よ

間ずっと続けてきた、の意。青表紙他本多く「侍」。
一九 重病の老人が亡くなったら、せっかくの精進も穢されまいかと危惧する。
二〇 尤もな言い分だ、気の毒だと思って。「ことそ」、青表紙他本「こと丶」。
二一 （その家は）狭くむさくるしく。
二二 （回復次第）徐々に連れて帰るはずなのに。
二三 陰陽道でいう天一神。この神のいる方角を塞りとして忌む。→㈠帚木六一頁注二五。
二四 いつも（母尼が）お住まいの方角。比叡山西坂本の小野の里（三三二頁）。
二五 御所領で。「両」は「領」の宛て字。
二六 宇治の院の管理人（を）。
二七 使者の言。二八 院守の一家は。「まいり」、青表紙他本「まうて」。二九 留守番の老人。
三〇 翁の言。おいでなさるなら、すぐにもどうぞ。三一 寝殿は空いているようです。

2 僧都、宇治院を検分

三二 僧都の言。それは都合がよさそうだ。
三三 公領だが、誰もいなくて気楽だから。
三四 簡略な部屋の設備などして（迎えに）来た。
三五 僧都の言。「大徳」は僧の敬称。呼びかけ。
三六 魔物を追い払うために行う読経。
三七 （もう一人）同じような（僧と）が。
三八 どんなことがあるのか。挿入句。
三九 お供に相応しい程度の下っぱの法師（下臈法師）に。
四〇 巨木の根もとを。
四一 気味悪そうな所だと思って覗き込むと。
四二 何かがうずくまっている恰好だ。
四三 供の僧の言。狐が化けているのだ。
四四 化けの皮をはいでやろう。
四五 まあやめた方がよい。魔性のものだろう。

からぬものならむ」と言《い》ひて、[一]さやうの物退《しりぞ》くべき印《いん》をつくりつゝ、[二]さすがに猶《（なほ）》まもる。[三]頭《かしら》の髪《かみ》あらば太《ふと》りぬべき心《（ここ）》ちするに、此《（この）》火《ひ》ともしたる大徳《とこ》、[四]憚《はゞか》りもなくあふなきさまにて近《ちか》く寄《よ》りてそのさまを見《み》れば、髪《かみ》は長《なが》くつや〳〵として、大《おほ》きなる[五]木のいと荒《あら》〳〵しきに[六]より居《ゐ》て、いみじう泣《な》く。[七]「めづらしきことにも侍《（はべる）》かな。僧都《そうづ》の[八]御坊《（ごばう）》に御覧《らむ》ぜさせたてまつらばや」と言《い》へば、げにあやしきことなりとて、一人は[九]まうでて、かゝる事なむと申す。「[一〇]狐《きつね》の人に変化《へんぐゑ》するとはむかしより聞《き》けど、まだ見《み》ぬもの也《（なり）》」とて、わざと[一一]下《お》りておはす。

[一二]かの渡《わた》り給はんとする事によりて、[一三]下種《げす》どもみなはか〴〵しきは、[一四]御厨子《みづし》所《（どころ）》などあるべかしきことどもを、[一五]かゝるわたりには急《いそ》ぐ物なりければ、[一六]ゐしづまりなどしたるに、たゞ四五人して[一七]こゝなる物を見《み》るに、変《か》はることもなし。あやしうて、時の移《うつ》るまで見《み》る。[一八]とく夜も明《あ》けはてなん、[一九]人か何《なに》ぞと見《み》あらはさむ、と心にさるべき[二〇]真言《しんごむ》を読《よ》み、印《いん》をつくりて心みるに、[二一]しるくや思《（おもふ）》らん、「[二二]これは人なり。さらに[二三]非常《ひざう》のけしからぬ物にあらず。寄《よ》りて問《と》へ。亡《な》くなりたる人にはあらぬにこそあめれ。もし死《し》にたりける人を捨《す》てたりけるが、よみがへりたるか」と言《い》ふ。「[二四]何《なに》のさる人をか、この院のうちに捨《す》て侍らむ。たと

一 魔性のものが退散するはずの印を結んでは。「印」は手の指で種々の形を作り、呪文を唱えること。密教で行われる。
二 そうしながらもやはり様子をじっと見る。
三 頭髪がもし僧にあったら(恐怖で)きっと太るに違いない気持がするのに。「頭ノ毛太リテ、心地モ悪ク思エケレバ」(今昔物語集二十七ノ十六)。頭髪のない僧を諧謔的に表現。
四 何の気がねもせず軽率な態度で。
五 「木の」、青表紙他本多く「木のねの」。
六 もたれかかって座り。
七 供の僧の言。
八 僧の敬称。
九 僧都のもとへ参って。
一〇 僧都の言。狐が女に化ける話は、日本霊異記、今昔物語集、中国六朝や唐代の説話に多い。

3 若い女を確認、救出

一一 寝殿から裏庭へ。
一二 尼君一行が宇治院へ移って来られるので。
一三 宇治院の下人で頼もしい者は皆。「ゐしづまりなど」に続く。
一四 調理場などで当然しなければならない食事のまかないなどを。
一五 こうした(突然の)来客には用意することになっていたので。
一六 (そちらに)静かに控えなどしているので。
一七 大木の下の白い物を見るが。
一八 早く夜もすっかり明けてほしい。「はや夜も明けなむと思ひつつゐたりけるに」(伊勢物語六段)。
一九 (夜が明ければ)人かどうか正体を見破ってやろう。
二〇 梵語の原音で唱える呪文。ここは陀羅尼。
二一 (正体が)はっきりしたと。

ひまことに人なりとも、狐《きつね》、[二五]木《こ》霊《たま》やうの物の、[二六]あざむきて取《と》りもて来《き》たるにこそ侍らめ、[二七]と不《ふ》便《びん》にも侍《(はべり)》けるかな。[二八]穢《けが》らひあるべき所にこそ侍《(は)》べめれ」と言《い》ひて、[二九]ありつる宿守《やどもり》の男《をのこ》を呼《よ》ぶ。[三〇]山彦《びこ》のこたふるもいとおそろし。

[三一]あやしのさまにひたい《(ひ)》おし上《あ》げて出《い》で来《き》たり。「[三二]こゝには若《わか》き女などや住《す》み給《(たまふ)》。かゝることなんある」とて見《み》すれば、「[三三]狐《きつね》の仕《つか》うまつるなり。この木のもとになん、時〻あやしきわざなむし侍《(はべる)》。をとゝしの秋も、こゝに侍《(はべる)》人の子《こ》の、二《(ふたつ)》ばかりにはべしを[三四]とりてまうで来《き》たりしかど、見《み》を《(お)》どろかずはべりき」、「[三五]さて其《(その)》児《ちご》は死《し》にやしにし」と言《い》へば、「[三六]生《い》きて侍り。狐《きつね》は、さこそは人を《(お)》びやかせど、[三七]ことにもあらぬ奴《やつ》」と言《い》ふさま、いと馴《な》れたり。[三八]かの夜深《よぶか》きまい《(ゐ)》り物《ものゝ》の所に、心を寄《よ》せたるなるべし。僧都《そうづ》、「さらば、さやうの物のしたるわざか、猶《(なほ)》よく見《み》よ」とて、此《(この)》[三九]ものを《(お)》ぢせぬ法師《し》を寄《よ》せたれば、「[四〇]鬼《おに》か、神か、狐《きつね》か、木《こ》霊《たま》か。[四一]かばかりの天《あめ》の下《した》の験《げんざ》者のおはしますには、え隠《かく》れたてまつらじ。名《な》のり給へ〳〵《(名のり給へ)》」と、衣《きぬ》を取《と》りて引《ひ》けば、顔《かほ》を引《ひ》き入《い》れていよ〳〵泣《な》く。「[四二]いで、あなさがなの木《こ》霊《たま》の鬼《おに》や。まさに隠《かく》れなんや」と言《い》ひつゝ、顔《かほ》を見《み》んとするに、[四三]昔ありけむ目《め》も鼻《はな》もなかりける女《め》鬼《おにゝ》にやあらんとむくつけきを、頼《たの》

二二 僧都の言。
二三 異常な魔物ではない。「非常」は男性語。
二四 僧の言。どうして死んだ人を。
二五 樹木の精霊。荒廃した邸などに棲む。「樹神 和名古多万」(和名抄)。
二六 その人をだまして連れて来たに違いない。
二七 と(思うと)困ったことでございますな。「と」、青表紙他本「いと」。
二八 (そうなれば)当然(死の)穢れがある場所だということになるようですが。
二九 先刻いた留守番の男。「宿守の翁」(三二五頁)。
三〇 宿守を呼ぶ声がこだまするのも。「山彦は樹神也。又は山神也」(古今集註)。→(一)夕顔一二二頁注一一。
三一 (宿守は)見苦しい恰好で(烏帽子を)額の上方へ押し上げて。 三二 僧の言。
三三 宿守の言。狐が致します事です。
三四 (狐が)くわえて(この木のもとに)やってまいりましたが、見ても(だれも)驚きませんでした。
三五 僧の言。ところでその児は死にでもしたのか。死穢の有無を確かめる。
三六 宿守の言。 三七 大したこともない奴です。
三八 夜更けの食事を支度している所に(宿守は)気をとられているのだろう。
三九 おじけづかない法師。前頁二行の「大徳」。
四〇 僧の言。
四一 この僧都ほどの天下一の修験者がおいでになるからには、正体を隠し申すことはできまい。
四二 いやもう、性悪な木精の魔物よ。どうして正体を隠し切れようぞ。
四三 目も鼻もない、のっぺらぼうの女鬼。出典未詳。

もしう[一]いかきさまを人に見《み》せむと思《(おもひ)》て、衣《きぬ》をひき脱《ぬ》がせんとすれば、うつぶして声立《こゑた》つばかり泣《な》く。[二]何《なに》にまれ、かくあやしきこと、なべて世にあらじとて、[三]見《み》はてんと思《(おもふ)》に、[四]雨いたく降《ふ》りぬべし。「[五]かくてを《(お)》いたらば、死《し》にはて侍《(はべり)》ぬべし。[六]垣《かき》のもとにこそ出《い》ださめ」と言《い》ふ。僧都《そうづ》、「まことの人のかたちなり。その[七]命絶《た》えぬを見《み》る〳〵捨《す》てんこと、いといみじきことなり。池にを《(お)》よぐ魚《いを》、山に鳴《な》く鹿《しか》をだに、人にとらへられて死《し》なむとするを見《み》て助《たす》けざらむは、[八]いとかなしかるべし。人の命久《ひさ》しかるまじき物なれど、[九]残《のこ》りの命一二日《(ひとひふつか)》をもお《(を)》しまずはあるべからず。鬼《おに》にも神《かみ》にもりよ《(や)》[一〇]うぜられ、[一一]人にを《(お)》はれ、人にはかりごたれても、[一二]これ横《よこ》さまの死《し》にをすべき物にこそあんめれ、[一三]仏のかならず救《すく》ひ給《(たまふ)》べき際《ゝは》なり。なを《(ほ)》心みに、しばし[一四]湯《ゆ》を飲《の》ませなどして助《たす》け心みむ。[一五]つゐ《(ひ)》に死《し》なば、言《い》ふ限《かぎ》りにあらず」との給《(たまひ)》て、この大徳《とこ》して抱《いだ》き入《い》れさせ給ふを、弟子《でし》ども、「[一六]たい〴〵しきわざかな。[一七]いたうわづらひ給《(たまふ)》人の御あたりに、よからぬ物をとり入《い》れて、[一八]穢《けが》らひかならず出《い》で来《き》なんとす」と、[一九]もどくもあり。又、「[二〇]物の変化《へんぐゑ》にもあれ、目《め》に見《み》す〳〵生《い》ける人を、か〻る雨《あめ》にうち失《うしな》はせんは、いみじきことなれば」など、[二一]心〳〵に言《い》ふ。下種《す》などは、[二二]いとさは《(わ)》がしく、物をうた

一 剛気な態度を。
二 何者にもせよ、こんなに不思議なことは、およそこの世にあるまい。
三 正体を見届けてやろう。
四 今にも雨がひどく降ってきそうだ。浮舟失踪の翌日に届いた母の手紙「けふは雨降り侍《(はべり)》ぬべければ」(蜻蛉二六四頁一二行)に符合。離れた場所や情況を天象で結ぶ構成。
五 このまま置いたならば、本当に死んでしまうだろう。
六 宇治院の築地垣の外に出そう。院外なら死の穢れに触れないため。
七 まだ命が絶えない姿を見ながら捨てておくとしたら、それは大変なこと(無慈悲の罪)だ。生命尊重の意志が周囲の通念と異質。
八 人間的情感を根底におく思念。
九 余命はわずかでも惜しまなければならぬ。
一〇 取り憑かれ。魅入られ。「領ず」→蜻蛉二六八頁注一。
一一 誰かに追い出され、だまされても。次行の「仏の…」に続く。
一二 この人は非業の死を遂げねばならぬ定めのようではあるが。挿入句。
一三 往生要集には、念仏で邪見の女・凡夫・極悪人らが救済されると説く。
一四 薬湯。
一五 (試みても)とどのつまり死ぬのならば。
一六 もってのほかだ。
一七 重病の母尼のおそばに不吉なものを引き込んでは。
一八 死穢に必ず触れるようになるだろう。
一九 非難する弟子もいる。
二〇 たとえ魔性の化身であっても、目の前で生きている人を、こんな(ひどい)雨で死なせると

て言《い》ひなす物なれば、二三人さは《(わ)》がしからぬ隠《かく》れの方《かた》になん臥《ふ》せたりける。

二四御車寄《よ》せて下《お》り給《(たまふ)》程いたう二五苦《くる》しがり給《(たまふ)》とてのゝしる。すこし静《しづ》まりて、僧《そう》都《づ》、二六「ありつる人、いかゞなりぬる」と問《と》ひ給《(たまふ)》。二七「なよ〳〵として物言《い》はず、息《いき》もし侍らず。二八何《なに》か、物にけどられにける人にこそ」と言《い》ふを、いもうとの尼《あま》君聞《き》き給《ゝ(たまひ)》て、「何事ぞ」と問《と》ふ。二九「しか〳〵のことなむ、六十にあまる年《とし》、三〇めづらかなる物を見《み》給へつる」との給《(たまふ)》。うち聞《き》くまゝに、三一「を《(お)》のが、寺《てら》にて見《み》し夢ありき。いかやうなる人ぞ。まづそのさま見《み》ん」と泣《な》きての給《(たまふ)》。三二「たゞこの東《ひむがし》の遣戸《やりど》になん侍《(はべる)》。はや御覧ぜよ」と言《い》へば、急《いそ》ぎ行《ゆ》きて見《み》るに、人も寄《よ》りつかでぞ捨《す》ておきたりける。いと若《わか》ううつくしげなる女の、三三白《しろ》き綾《あや》の衣一襲《きぬひとかさね》、くれなひ《(ゐ)》の袴《はかま》ぞ着《き》たる、香《か》はいみじうかうばしくて、あてなるけはひ限《かぎ》りなし。

三四「たゞ我恋《(わがこひ)》かなしむむすめのかへりおはしたるなめり」とて、泣《な》く〳〵御達《ごたち》を出《い》だして、抱《いだ》き入《い》れさす。三五いかなりつらむともありさま見《み》ぬ人は、おそろしからで抱《いだ》き入《い》れつ。三六生《い》けるやうにもあらで、さすがに目《め》をほのかに見《み》あけたるに、三七「物のたまへや。いかなる人か、かくては物し給へる」と言《い》へど、三八ものおぼえぬさま也《(なり)》。三九湯《ゆ》とりて手づからすくひ入《い》れなどするに、四〇たゞよは《(わ)》りに絶《た》え入《い》

したら、残酷なことだから。
二一 思い思いに。
二二 ひどく騒ぎ立てて、何でも不快に言い立てる連中だから。

4 妹尼、女を介抱

二三 人目につかない陰の方に寝かせておいた。
二四 尼君たちの車を宇治院に。 二五 母尼が。
二六 先刻の人。倒れていた女。
二七 僧の言。ぐったりとして。「息もせず。…なよ〳〵としてわれにもあらぬさまなれば」(一)夕顔一二四頁三行)。
二八 何の、物の怪にとりつかれた人ですよ。僧都の心配を軽くあしらう。
二九 僧都の言。
三〇 思いも寄らぬ不思議なものを。
三一 妹尼の言。自分が長谷寺で見た夢があった。参籠中に見る夢は神仏のお告げとされた。
三二 僧都の言。すぐその東の遣戸の所におります。
三三 表着をつけていない袙(あこめ)姿。綾は斜線模様を織り出した上等な絹織物。妹尼の観察は衣(視覚)から香(嗅覚)へ転じ、女の高貴さを発見する。
三四 妹尼の言。ただもう私の恋い悲しむ娘が生き返って来られたのでしょう。亡き娘については、後文で徐々に明らかにされる。
三五 (発見された時は)どんな様子だったか見ていない人は。
三六 生きているようでもなく、とはいえ目をわずかに開いているので。
三七 妹尼の言。何かおっしゃい。
三八 正気を失っているようす。
三九 薬湯。
四〇 ただもう弱って息が絶えそうなので。

るやうなりければ、「[一]中〳〵いみじきわざかな」とて、「この人亡《な》くなりぬべし。加持《かぢ》し給へ」と[二]験者《げんざ》の阿闍梨《あざり》に言《い》ふ。「[三]さればこそ。あやしき御ものあつかひ」とは言《い》へど、[四]神《かみ》などのために経読《よ》みつゝ祈《いの》る。

僧都《そうづ》もさしのぞきて、「いかにぞ。[五]何《なに》のしわざぞと、よく調《てう》じて問《と》へ」との給へど、いとよは《(わ)》げに消《き》えもていくやうなれば、「[六]え生《い》き侍らじ。[七]すぞろなる穢《けが》らひにこもりて、わづらふべきこと。[八]さすがにいとやむごとなき人にこそ侍《(はべ)》めれ。[九]死《し》にはつとも、たゞにやは捨《す》てさせ給はん。[一〇]見《み》ぐるしきわざかな」と言《い》ひあへり。「[一一]あなかま。人に聞《き》かすな。[一二]わづらはしきこともぞある」など口固《くちかた》めつゝ、尼《あま》君は、親《おや》のわづらひ給《(たまふ)》よりも、[一三]此《(この)》人を生《い》けはてて見《み》まほしうお《(を)》しみて、うちつけに添《そ》ひゐたり。知《し》らぬ人なれど、[一四]みめのこよなうお《(を)》かしげなれば、いたづらになさじと[一五]見《み》るかぎりあつかひさは《(わ)》ぎけり。

さすがに、時〻目《め》見《み》あけなどしつゝ、涙の尽《つ》きせず流《なが》るゝを、「[一六]あな心うや。[一七]いみじくかなしと思ふ人の代《か》はりに、仏《ほとけ》の導《みちび》き給へると思ひきこゆるを、かひなくなり給はば、[一八]中〳〵なることをや思はん。[一九]さるべき契《(ちぎり)》にてこそ、かく見《み》たてまつらめ。猶《(なほ)》いさゝか物の給へ」と言《い》ひつゞくれど、からうして、「[二〇]生《い》き出《い》

一 妹尼の言。(助けようと手当てして)かえって大変なことになったよ。
二 長谷寺に付添った阿闍梨。「むつましうやむごとなく思ふ弟子」(三二四頁三行)、「弟子の中にも験ある」(同頁一〇行)、「この初瀬に添ひたりし」(三二五頁一〇行)とあった。
三 阿闍梨の言。だから言わぬ事ではない。慣れないお手当てをなさるから。
四 加持の前に神分といってその土地の神を勧請し加護を願うため、般若心経を読む。
五 何物のしわざか、物の怪をよく調伏して尋ねよ。
六 人々の言。とても生きられまい。以下「見ぐるしきわざかな」(七行)まで対話だが、区分が不確かのため一括して示す。
七 思いがけぬ穢れでここに足止めされ、難儀せねばならぬとは。死穢では三十日間忌み籠る。「すぞろなる」→蜻蛉二七五頁注二二。
八 とはいえ、大変身分の高い方で。前にも衣や香から高貴さが感得されていた。→前頁九行。
九 完全に死んだとしても、そのまま捨て置かれるはずはあるまい。手厚く火葬をという考え。
一〇 (もし捨て置かれるなら)見るにたえないことだ。
一一 妹尼の言。ああやかましい、静かに。
一二 面倒なことになったら困る。
一三 この女をすっかり生き返らせてみたいと愛着して、ぴったり側に。
一四 容貌がこの上なく美しいので、死なせたくないと。　一五 尼君一行の女房たちは。
一六 妹尼の言。
一七 ひどく悲しいと思う亡き娘の代りに、仏様が連れて来て下さった人だと。長谷観音に祈願したお陰と思う。

でたりとも、あやしき不用《ふよう》の人なり。人に見《み》せで、夜《よる》、この川《かは》に落《お》とし入《い》れ給《(たまひ)》てよ」と、[二一]息《いき》の下《した》に言《い》ふ。「[二二]まれ〲物の給《(たまふ)》をうれしと思《おも》ふに、あないみじや。いかなればかくはの給《(たまふ)》ぞ。いかにしてさるところにはおはしつるぞ」と問《ゝ》へども、物も言《い》はずなりぬ。身に[二三]もし疵《きず》などやあらんとて見《み》れど、こゝはと見《み》ゆる所なくうつくしければ、あさましくかなしく、まことに[二四]人の心まどはさむとて出《い》で来《き》たる仮《かり》の物にやと疑《うたが》ふ。

二日ばかり籠《こも》りゐて、[二五]二人《ふたり》の人を祈《いの》り、加持《かぢ》する声絶《こゑた》えず、[二六]あやしきことを思《(おもひ)》さは《(わ)》ぐ。[二七]そのわたりの下種《げす》などの僧都《そうづ》に仕《つか》まつりける、[二八]かくておはしますなりとてとぶらひ出《い》で来《く》るも、物語《(がたり)》などして言《い》ふを聞《き》けば、「[二九]古《(こ)》八の宮の御むすめ、右大将殿《どのゝ》の通《かよ》ひ給《(たまひ)》し、ことに悩《なや》み給《(たまふ)》こともなくてにはかに隠《かく》れ給へりとて[三〇]さは《(わ)》ぎ侍《(はべる)》、その御葬送《さうそう》の[三一]ざう《(ふ)》じども仕《つか》うまつり侍りとて、昨日はえまい《(ゐ)》り侍らざりし」と言《い》ふ。[三二]さやうの人の玉《(たま)》しゐ《(ひ)》を、鬼《おに》の取《と》りもて来《き》たるにやと思《(おもふ)》にも、[三三]かつ見《み》る〲、ある物ともおぼえずあやう《(ふ)》くおそろしとおぼす。人ゝ、「よべ見《み》やられし火《ひ》は、しかこと〲しきけしきも見《み》えざりしを」と言《い》ふ。「[三四]ことさら事そぎて、いかめしうも侍らざりし」と言《い》ふ。[三五]穢《けが》らひたる人《ひとゝ》とて、[三六]立《た》ちなが

一八 (なまじお逢いしたために)かえってつらい思いをするのか。
一九 宿縁があればこそ、こうしてお目にかかれたのでしょう。
二〇 女(浮舟)の言。生き返ったとしても、見苦しい、生きる意味もない者です。
二一 かすかな声で。
二二 妹尼の言。珍しく口をお利きになってうれしいと思えば、まあひどいことを。
二三 万一、怪我でもしていないかと。
二四 人の心をたぶらかそうとして現れた妖怪変化かと。
二五 母尼とこの女(浮舟)。
二六 不思議な前後の経緯などで気が静まらない。

5 里人、葬送を語る

二七 宇治近辺の里人などで僧都にお仕えしていた者どもが。源信は長和二年(一〇一三)、宇治に恵心院を再興。
二八 僧都がこうしてお出での由を聞いて挨拶に出かけてくる者も。
二九 里人の言。故八宮の御娘で、右大将殿(薫)がかつて通われた(方が)。
三〇 八宮邸の人々が。
三一 雑事。雑用。浮舟失踪の翌日の夜、宇治邸では遺骸のないまま葬送が行われた。→蜻蛉二六六頁。
三二 死者の魂を鬼が持ち運んできたのかと。
三三 一方では目前に女の姿を見ていながら、実在のものとも思われず、今にも消えてなくなるかと気がかりで、また恐ろしいと(僧都は)。
三四 わざと簡略にして、盛大でもなかった。
三五 この里人らは葬送の手伝いをして死穢に触れた人だからとて。
三六 外に立たせたままで。→蜻蛉二六九頁注二一。

らをい《(おひ)》返《かへ》しつ。「[一]大将殿は、宮の御むすめもち給へりしは、亡《う》せ給《(たまひ)》て年《とし》ごろになりぬる物を、誰《たれ》を言《い》ふにかあらん。[二]姫《ひめ》宮をを《(お)》きたてまつり給《(たまひ)》て、よに異心《こと》おはせじ」など言《い》ふ。

尼《あま》君よろしくなり給《(たまひ)》ぬ。[三]方《かた》もあきぬれば、[四]かくうたてある所に久《ひさ》しうおはせんも便《びん》なし、とて帰《かへ》る。「[五]此《(この)》人は猶《(なほ)》いとよは《(わ)》げなり。[六]道《みち》の程もいかゞ物し給はん」と、[七]「心ぐるしきこと」と言《い》ひあへり。車二《ふた》つして、[八]老《お》い人乗《の》り給へるには、仕《つか》うまつる尼二人《あまふたり》、次《つぎ》のには、この人を臥《ふ》せて、かたはらに今一人《ひとり》乗《の》り添《そ》ひて、[九]道《みち》すがら行《(ゆき)》もやらず、車《くるま》とめて[一〇]湯《ゆ》まい《(ゐ)》りなどし給《(たまふ)》。[一一]比叡《ひえ》坂本《さかもと》に、[一二]小野《をの》といふ所にぞ住《す》み給《(たまひ)》ける。そこにおはし着《つ》くほど、[一三]いととを《(ほ)》し。「[一四]中宿《やど》りをまうくべかりける」など言《い》ひて、夜ふけておはし着《つ》きぬ。僧都《そうづ》は[一五]親《おや》をあつかひ、むすめの尼《あま》君は、この知《し》らぬ人をはぐくみて、みな抱《いだ》きおろしつゝ休《やす》む。[一六]老《(おい)》のやまい《(ひ)》のいつともなきが、苦《くる》しと思給《(おもひたまふ)》べし、[一七]とを《(ほ)》道のなごりこそしばしわづらひ給《(たまひ)》けれ、やうやうよろしうなり給《(たまひ)》にければ、僧都《そうづ》は[一八]登《のぼ》り給《(たまひ)》ぬ。

[一九]かゝる人なん率《ゐ》て来《き》たるなど、[二〇]ほう《(ふ)》しのあたりにはよからぬことなれば、[二一]見《み》ざりし人にはまねばず、尼《あま》君も[二二]みな口固《くちかた》めさせつゝ、[二三]もし尋《たづ》ね来《く》る人もやある

一 人々の言。薫は八宮の姫君(大君)を奥様にしていらしたが、それは亡くなられてから数年経ったが、では誰をいうのだろう。
二 女二宮をさしおかれて、まさか徒し心はおありになるまい。
三 方塞りも解けたので。→三二五頁一行。
四 こんな気味わるい所に長居は無用と。
五 人々の言。この人(浮舟)はまだやはり。

6 尼君ら小野に帰る

六 道中も無事においでになれるか。
七 「と」は青表紙他本「いと」。底本は「言ひあへり」を「と」の並立で表す。
八 母尼の乗られた車には、奉仕の尼が二人、次の車にはこの人(浮舟)を寝かせて、傍に(妹尼のほか)もう一人女房が添乗して。
九 道中は進行がはかどらず。
一〇 薬湯を差し上げなど(妹尼は)なさる。
一一 比叡山麓の西坂本。
一二 現在の一乗寺北辺から八瀬大原にかけての一帯をいう。
一三 宇治から小野まで約二十五キロメートル、一日の行程。
一四 人々の言。途中で泊る宿を用意すべきだった。
一五 母尼を世話し、妹尼はこの知らぬ女を介抱して、病人二人を途中で何度も車から抱き下ろしては。
一六 母尼は老齢でいつも病がちだが。
一七 長旅の影響もあってしばらく不調でいらしたが。
一八 横川に。
一九 こういう若い女を連れて来たなど。次行の「まねばず」に続く。
二〇 法師の間では不善の事なので。
二一 宇治院での出来事を見なかった僧たちには教えず。
二二 召使全員に口止めさせては。

7 女、意識戻らず

二三 万一探しに訪れる人でもいたら大変と、気が休まらない。
二四 以下、妹尼の心内。どうしてそんな田舎者

と思《おもふ》も、静心《しづ》なし。[二四]いかで、さるゐなか人の住《す》むあたりに、かゝる人落《お》ちあぶれけん、[二五]物詣《まう》でなどしたりける人の、心《ここ》ちなどわづらひけんを、まゝ母《はゝ》などやうの人のたばかりて置《お》かせたるにや、などぞ思《おもひ》よりける。「[二六]河に流《なが》してよ」と言《い》ひし一言《ひとこと》よりほかに、物もさらにの[二七]給はねば、[二八]いとおぼつかなく思《おもひ》て、いつしか人にもなしてみんと思《おもふ》に、[二九]つくづくとして起《お》き上《あ》がる世《よ》もなく、いとあやしうのみ物し給へば、[三〇]つゐ《ひ》に生《い》くまじき人にやと思《おもひ》ながら、うち捨《す》てむもいとお《ほ》しういみじ。[三一]夢語《がた》りもし出《い》でゝ、[三二]はじめより祈《いの》らせし阿闍梨《あざり》にも、しのびやかに[三三]芥子《けし》焼《や》くことせさせ給《たまふ》。

[三四]うちはへ、かくあつかふほどに、四五月も過《す》ぎぬ。いとわびしうかひなきことを思《おもひ》わびて、僧都《そうづ》の御もとに、

[三五]猶《なほ》下《お》り給へ。この人助《たす》け給へ。[三六]さすがにけふまでもあるは、[三七]死《し》ぬまじかりける人を、つきしみ両《りやう》じたる物の去《さ》らぬにこそあめれ。[三八]あが仏、京に出《い》で給はゞこそはあらめ、こゝまではあへなん。

など、[三九]いみじきことを書《か》きつゞけて奉《たてまつ》り給へれば、「[四〇]いとあやしきことかな。かくまでもありける人の命を、[四一]やがてとり捨《す》てゝましかば、[四二]さるべき契《ちぎり》ありて

の住む辺りに、こんな高貴な美人が落ちぶれさすらっていたのか。
二五 寺社に参詣などしていた人で、病気になったような人を、継母などといった人がたくらんで置き去りにさせたのか。継子いじめを連想。
二六 女(浮舟)の言。→三三一頁一行。
二七 女の動作に地の文で初めて尊敬語が現れる。
二八 (妹尼は)不安に思って、早く(女を)人並の状態にしてみたいと思うのに。
二九 ぼんやりとしていつ起き上がれるか分らず。
三〇 結局は生きられそうもない人なのかと。
三一 長谷寺で見た夢(三二九頁六行)の内容も打明けて。参籠中に見た夢は祈願実現のお告げと信じられた。人々に明かして不審を解こうとした。
三二 最初から祈禱に当らせた阿闍梨。→三三〇頁二行。
三三 祈禱のため護摩を焚く。密教の修法。その火で一切の罪業は消滅する。
三四 ひき続いて、こうして世話をするうちに。

8 僧都、再び下山

三五 妹尼の手紙。やはり下山して下さい。
三六 意識不明ながら今日まで生きているのは。
三七 寿命でまだ死ぬはずもなかった人に、深く取り憑いて正気を失わせた魔物がまだ離れないようです。三八 どうか、あなた様。京においでになるのは無理としても、ここ(小野)までなら差し支えないでしょう。
三九 切ない気持を綿々と書いて。
四〇 僧都の言。不思議なことよ。
四一 (あの時)そのままに捨て置いたなら。その結果はどうなったか、の意を含む。
四二 しかるべき宿縁があってこそ、外ならぬこの私が。

こそは、われしも見《み》つけけ《ゝ》め、[一]心みに助《たす》けはてむかし。[二]それにとゞまらずは、ごう《(ふ)》尽《つ》きにけりと思はん」とて下《お》り給《(たまひ)》けり。

よろこびお《(を)》がみて、月比《(ごろ)》の有《(あり)》さまを語《かた》る。「[三]かく久しうわづらふ人は、[四]むつかしきことを《(お)》のづからあるべきを、いさゝか衰《おとろ》へず、いときよげに、[五]ねぢけたる所なくのみ物し給《(たまひ)》て、[六]限《かぎ》りと見《み》えながらも、かくて生《い》きたるわざなりけり」など、[七]おほな〳〵泣《な》く〳〵の給へば、「[八]見《み》つけしより、めづらかなる人の御《み》ありさまかな。[九]いで」とて、さしのぞきて見《み》給《(たまひ)》て、「[一〇]げにいときやうさくなりける人の御容面《ようめい》かな。[一一]功徳《くどく》の報《むく(い)》ひにこそ、かゝるかたちにも生《お》ひ出《い》で給《(たまひ)》けめ。[一二]いかなる違《たが》ひ目《め》にて損《そこな》はれ給《(たまひ)》けん。[一三]もしさにや、と聞《き》き《ゝ》あはせらるゝ事もなしや」と問《ゝ》ひ給ふ。「[一四]さらに聞《き》こゆることもなし。[一五]何《なに》か、初瀬《はつせ》のくわんを《(お)》むの給へる人なり」との給へば、「[一六]何《なに》か。それ、縁《えん》に従《したが》ひてこそ導《みちび》き給はめ、種《たね》なきことはいかでか」などの給《(たまふ)》が、あやしがり給《(たまひ)》て、[一七]すほう《(ふ)》始《はじ》めたり。

[一八]おほやけの召《め》しにだに従《したが》はず、深《ふか》く籠《こも》りたる山を出《い》で給《(たまひ)》て、[一九]すぞろにかゝる人のためになむを《(お)》こなひさは《(わ)》ぎ給《(たまふ)》と、物の聞《き》こえあらん、いと聞《き》き《ゝ》にくかるべしと[二〇]おぼし、弟子ども言《ゝい》ひて、人に聞《き》かせじと隠《かく》す。僧都《そうづ》、「[二一]いであなかま、

一（それならば）ためしに最後まで助けてみることにしようぞ。
二 それでも助からなければ、もはや寿命が尽きたのだと諦めよう。「業」はここでは前世の応報としての寿命。
三 妹尼の言。
四 不快なことが姿かたちにおのずと現れてくるはずなのに。生理的に疎ましい変化。
五 ゆがんだ所も全くなくいらっしゃって。
六 これが最期だと見えながらも。
七 精いっぱい。
八 僧都の言。最初に自分が見つけた時から、これまで見たこともないすぐれたご様子の人よ。どれ。
九 几帳の上から覗きこむように。「女郎花のいみじう盛りなるを…几帳の上よりさしのぞかせ給へる」（紫式部日記）。
一〇 なるほどすぐれたご容貌の人よな。「ようめい」は「ようめん（容面）」の仮名表記。男性用語。
一一 前世に積んだ功徳の報いで。
一二 どんなまちがいで幸運を損われたのか。
一三 もしかそうではないか、とお聞き合わせになる事でもありませぬか。
一四 妹尼の言。一向に耳にすることもない。
一五 何の。これは長谷観音が下さった人です。妹尼の一貫した思い。
一六 僧都の言。いや何。いったい、仏は因縁あってこそお引合せ下さるが、それがなくてはどうして（こんなことになりましょうぞ）。

9 物の怪現れて去る

一七 修法。
一八（僧都は）朝廷のお召しにも応じない（のに）。
一九 わけもなくこんな女のために祈禱を大騒ぎでなさると噂が立つとしたら。

大徳《とこ》たち、[二二]われ無慚《むざん》のほう《(ふ)》しにて、[二三]忌《い》むことの中に破《やぶ》る戒《かい》は多《おほ》からめど、[二四]女の筋《すぢ》につけて、まだ譏《そし》りとらず、あやまつことなし。六十にあまりて、今さらに[二五]人のもどき負《お》はむは、さるべきにこそはあらめ」との給へば、「[二六]よからぬ人の、物を便《びん》なく言《い》ひなし侍《(はべる)》時には、仏ぽう《(ふ)》の疵《きず》となり侍《(はべる)》こと也《(なり)》」と、心よからず思《(おもひ)》て言《い》ふ。「[二七]このすほう《(ふ)》のほどに、験《しるし》見えずは」と、いみじきことゞもを誓《ちか》ひ給《(たまひ)》て、夜《よ》一夜《ひとよ》、加持《かぢ》し給へるあかつきに、[二八]人に駆《か》り移《うつ》して、[二九]何《なに》やうのもの、かく人《ひと》をまどはしたるぞと、[三〇]有《(あり)》さまばかり言《い》はせまほしうて、弟子の阿闍梨《あざり》と[三一]りぐ〳〵に加持《かぢ》し給《(たまふ)》。[三二]月比《(ごろ)》いさゝかもあらはれざりつる物のけ、調《てう》ぜられて、「[三三]を《(お)》のれは、こゝまでまうで来《き》て、かく調《てう》ぜられたてまつるべき身にもあらず。むかしは、[三四]を《(お)》こなひせし法師《し》の、いさゝかなる世にうらみをとゞめて漂《たゞよ》ひありきしほどに、[三五]よき女のあまた住《す》み給《(たまひ)》し所に住《す》みつきて、[三六]かたへは失《うしな》ひてしに、[三七]この人は、心と世を恨給《(うらみたまひ)》て、われいかで死《し》なんといふことを、夜昼《よるひる》の給《(たまひ)》しに[三八]たよりを得《え》て、いと暗《くら》き夜、ひとり物し給《(たまひ)》しを[三九]とりてしなり。されど観音《くわんおん》[四〇]とさまからざまにはぐゝみ給《(たまひ)》ければ、此《(この)》僧都《そうづ》に負《ま》けたてまつりぬ。[四一]今はまかりなん」と[四二]のゝしる。「[四三]かく言《い》ふは何《なに》ぞ」と問《と》へば、[四四]つきたる人、物はかなきけに

二〇 妹尼が。
二一 いやもう、あれこれ言うまい、御坊たちよ。
二二 私は不徳の法師で。「造る所の罪を自ら観じて恥無きを名づけて無慚といふ」(倶舎論)。
二三 慎むべき戒律の中でも破る戒は多かろうが。
二四 女人に関する面では、まだ譏りを受けず、過ちを犯したことはない。
二五 人の非難を受けるとしたら、それも前世の宿縁というべきだろう。
二六 弟子の言。つまらぬ連中が、噂などを不都合に言い散らす場合には、仏法の不名誉となるのです。
二七 僧都の言。この修法の間に、もし効験があらわれないなら。二度と修法はすまいの覚悟。
二八 (物の怪を)よりましに。
二九 どのような魔性の物が。
三〇 (女がこうなった)事情くらいはよりましの口を借りて言わせたくて。
三一 あれこれ手を尽して。
三二 何か月かの間少しも正体を見せなかった物の怪が調伏されて。
三三 物の怪の言。
三四 修行を積んだ僧で、少しの恨みをこの世に残して中有《ちゅう》にさまよいめぐっていたうちに。
三五 高貴な美女が大勢お住みになった所に。八宮邸。 三六 一人(大君)は取り殺したが。
三七 浮舟は、自分から。
三八 手がかりを得て。 三九 奪い取ったのだ。
四〇 あれやこれやとこの人を保護されたので。
四一 今はもう退散してしまおう。→四柏木一九頁注三八。
四二 大声でわめく。
四三 そう言うお前は何者か。
四四 よりましが何とも頼りないためか。

や、はかぐ\しうも言《い》はず。

[一]正身《さうじみ》の心《(ここ)》ちはさはやかに、いさゝかものおぼえて見《み》まはしたれば、一人《ひとり》見《み》し人の顔《かほ》はなくて、みな老《お》[二]いほう《(ふ)》し、ゆがみ衰《おとろ》へたる物《(もの)》のみ多《おほ》かれば、知《し》らぬ国《くに》に来《き》にける心《(ここ)》ちしていとかなし。[三]ありし世《よ》のこと思《(おもひ)》出《い》づれど、住《す》みけむ所、誰《たれ》といひし人とだにたしかにはかぐ\しうもおぼえず。たゞわれは限《かぎ》[四]りとて身を投《な》げし人ぞかし、[五]いづくに来《き》にたるにかとせめて思《(おもひ)》出《い》づれば、いといみじとものを思《(おもひ)》嘆《なげ》きて、[六]みな人の寝《ね》たりしに、[七]妻戸《つまど》を放《はな》ちて出《い》でたりしに、風ははげしう、河浪も荒ふ聞《あら(う)き》こえしを、ひとり物おそろしかりしかば、[八]来《き》し方行《かたゆ》く先《さき》もおぼえで、簀子《すのこ》の端《はし》に足《あし》をさし下《お》ろしながら、[九]行《(いく)》べき方《かた》もまどはれて、[一〇]帰《かへ》り入《い》らむも中空《なかぞら》にて、[一一]心つよく、此《(この)》世に亡《う》せなんと思《(おもひ)》たちしを、[一二]お《(を)》こがましうて人に見《み》つけられむよりは鬼《おに》も何《なに》も食《く》い《(ひ)》失《うしな》へと言《い》ひつゝ、[一三]つくぐ\とゐたりしを、[一四]いときよげなるお《(を)》とこの寄《よ》り来《き》て、[一五]いざ給へ、を《(お)》のがもとへと言《い》ひて、抱《いだ》く心《(ここ)》ちのせしを、[一六]宮と聞《き》こえし人のしたまふとおぼえし程より、心《(ここ)》ちまどひにけるなめり、[一七]知《し》らぬ所に据《す》ゑを《(お)》きて、此《(この)》男は消《き》え失《う》せぬと見《み》しを、つゐ《(ひ)》に[一八]かく本意《ほい》のこともせずなりぬると思《(おもひ)》つゝ、[一九]いみじう泣《な》くと思《(おもひ)》しほどに、その後《(のち)》のこ

一 本人(浮舟)の気分はさっぱりとして。 二 老いた法師で、背も曲って老い衰えた者ばかりが多いので。 三 自分の過去を思い出してみるが、住んでいた場所も自分の名さえも確実には思い出せない。回想の助動詞「き」を多用して、以下、女の現在を漸次明らかにしていく。 四 これが最期だと思って身を投げた人間だ。この意識だけは明確に蘇る。 五 いまどこに来てしまっているのか。現在との繋がりを記憶の中につよく求める。 六 以下、浮舟が失踪した当夜の経緯をくわしく回想。 七 寝殿の隅の開き戸(妻戸)を明け放って濡れ縁(簀子)に出た時に。 八 前後の分別も失い。 九 どちらへ行ったらよいのか心が乱れて。 一〇 部屋へ戻るとしたらそれも中途半端で。 一一 気強く、この世から消え失せようと。 一二 死にそこなったみっともない姿で人に見つけられるよりは、鬼でも何でも食い殺してほしいと。 一三 放心の体で座っていたが。 一四 こざっぱりとした男。 一五 さあいらっしゃい、私の所へ。 一六 匂宮。かつて宮が浮舟を連れ出して宇治川を渡った時の、宮に抱かれて移動した体験が意識に潜在していた。→浮舟二二二頁。 一七 見知らぬ所に(私を)座らせておいて。 一八 もとからの意向(である入水)。 一九 浮舟が発見された宇治院の大木の根元でも「いみじう泣く」(三二六頁)とあり符合する。 二〇 まったくどのようにも思い出せない。 二一 小野に来てから二か月以上たった。「四五月も過ぎぬ」(三二三頁九行)。 二二 どんなに情けない姿を、知らない他人に介

10 浮舟、意識回復

とは、[二〇]絶《た》えていかにも〱おぼえず、人の言《い》ふを聞《き》けば、[二一]多《おほ》くの日比《(ごろ)》も経《へ》にけり、[二二]いかにうきさまを知《し》らぬ人にあつかはれ見《み》えつらんとはづかしう、つゐ《(ひ)》にかくて生《い》きかへりぬるかと思ふもくちお《(を)》しければ、[二三]いみじうおぼえて、[二四]中〱[二五]しづみ給ひつる日比《(ごろ)》は、うつし心もなきさまにて、物いさゝかまゐ《(ゐ)》ることもありつるを、[二六]露許《(ばかり)》の湯《ゆ》をだにまゐ《(ゐ)》らず。

[二七]「いかなれば、かく頼《たの》もしげなくのみはおはするぞ。[二八]うちはへぬるみなどし給へることはさめ給《(たまひ)》て、さはやかに見《み》え給へば、うれしう思《(おもひ)》きこゆるを」と、泣《な》く〱[二九]たゆむお《(を)》りなく、添《そ》ひゐてあつかひきこえ給《(たまふ)》。[三〇]ある人〻も、[三一]あたらしき御さまかたちを見《み》れば、心を尽《つ》くしてぞお《(を)》しみまもりける。[三二]心には猶《(なほ)》いかで死《し》なんとぞ思《(おもひ)》わたり給へど、[三三]さばかりにて生《い》きとまりたる人の命なれば、いと[三四]しうねく《(ふ)》て、やう〱頭《かしら》もたげ給へば、物まゐ《(ゐ)》りなどし給《(たまふ)》にぞ、[三五]中〱面《おも》痩《や》せもていく。[三六]いつしかとうれしう思《(おもひ)》きこゆるに、「[三七]尼《あま》になし給《(たまひ)》てよ。[三八]さてのみなん生《い》くやうもあるべき」とのたまへば、「[三九]いとおほ《(ほ)》しげなる御さまを、いかでか、さはなしたてまつらむ」とて、たゞ[四〇]頂《いたゞき》許《(ばかり)》をそぎ、五戒《かい》ばかりを受《う》けさせたてまつる。心もとなけれど、もとより[四一]おれ〱しき人の心にて、[四二]えさかしくし

抱されて見られたことだろう。身もすくむ思い。 二二 ひどくつらい思いがして。二行後「露許」に続く。 二三 このまま「まゐることもありつるを」に続く。 二四 かえって。次行の「まゐることもありつるを」に続く。ここまで挿入句。 二五 重く患っておられた間は、正気もない有様ながら、何か少しは召上がることもあったのに。 二六 (正気に返った今は)わずかばかりの薬湯さえ召上がらない。 二七 妹尼の言。どういうわけで、こうして頼りなさそうにばかりしておいでか。食事もとらぬ不安を訴える。 二八 ずっと熱が続いていらしたのは。

11 浮舟、五戒を受く

二九 油断なく、付添って介抱なさる。 三〇 ここにいる尼や女房。 三一 (浮舟の)もったいないほど美しい容姿。 三二 (浮舟は)内心ではやはりどうしても死にたいと。 三三 あれほどの重態でも。二か月以上も意識不明。 三四 「執念《(しふねん)》」の形容詞化。ねばり強く。生命力の強さをいう。 三五 かえって顔つきがほっそりとひきしまる。回復期の現象。 三六 早く(全快を)と。 三七 浮舟の言。 三八 出家してこそ生きる道もあるというものです。 三九 妹尼の言。いじらしいお姿を、どうして尼になどしてさしあげられましょう。 四〇 頭の頂の髪だけを少し切って五戒(殺生、偸盗、邪婬、妄語、飲酒の戒め)を授ける形式的な剃髪。 四一 消極的な性格の人なので。 四二 こざかしく強引にはお願いもできない。

ゐ《(ひ)》てもの給はず。僧都《そうづ》は、「今は、[一]かばかりにて、[二]いたはりやめたてまつり給へ」と言《い》ひをき《(お)》て、登《のぼ》り給《(たまひ)》ぬ。

[三]夢のやうなる人を見《み》たてまつる哉《(かな)》と尼《あま》君はよろこびて、[四]せめて起《お》こし据《す》ゑつゝ、御髪《(み)ぐし》手《て》づから梳《けづ》り給《(たまふ)》。[五]さばかりあさましう引《ひ》き結《ゆ》ひてうちやりたりつれど、いたうも乱《みだ》れず、[六]ときはてたれば、つや〳〵とけうらなり。[七]一年《とせ》たらぬつくも髪《がみ》多《おほ》かる所にて、目《め》[八]もあやに、[九]いみじき天人の天降《あまくだ》れるを見《み》たらむやうに思ふも、[一〇]あやう《(ふ)》き心《(こゝ)》ちすれど、「[一一]などか、[一二]いと心うく、かばかりいみじく思《(おもひ)》きこゆるに、[一三]御心を立《た》てて《ゝ》は見《み》え給《(たまふ)》。[一四]いづくに誰《たれ》と聞《き》こえし人の、さる所にはいかでおはせしぞ」と、せめて問《と》ふを、いとはづかしと思《(おもひ)》て、「[一五]あやしかりしほどに、みな忘《わす》れたるにやあらむ、ありけんさまなどもさらにおぼえ侍《(はべら)》ず。たゞほのかに思《(おもひ)》出《い》づることと《ゝ》ては、たゞいかでこの世にあらじと思《(おもひ)》つゝ、[一六]夕暮《(ゆふぐれ)》ごとに端近《はしちか》くてながめし程に、[一七]前近《まへちか》く大《おほ》きなる木のありし下《した》より人の出《い》で来《き》て率《ゐ》て行《い》く心《(こゝ)》ちなむせし。それより外《(ほか)》のことは、われながら誰《たれ》ともえ思《(おもひ)》出《い》でられ侍《(はべら)》ず」と、[一八]いとらうたげに言《い》ひなして、「[一九]世中《(よのなか)》になを《(ほ)》ありけりと、いかで人に知《し》られじ。聞《き》き《ゝ》つくる人もあらば、[二〇]いといみじくこそ」とて泣《な》い給《(たまふ)》。あまり問《と》

一 五戒を受ける程度で。
二 介抱して病気を直しておあげなさい。
三 現実とは思われないような人。三行後に「天人の天降れる…あやふき心ちす」と古伝承をふまえた表現が見られる。

12 浮舟、素姓を隠す

四 (浮舟を)無理やり起して座らせては。
五 (病中)あれほど手入れもせず引き結んで投げ出してあったが。臥床の時に髪は結んで枕上に置く。→㊀葵三〇六頁六行。
六 梳(す)き終ってみると。
七 老女ばかり多い所なので。「百年(ももとせ)に一とせ足らぬつくも髪われを恋ふらし面影に見ゆ」(伊勢物語六十三段)。百に一画足りない白から、老女の白髪、「つくも(江浦草)」は水草の名(和名抄)で、老女の髪に似る、とされる。
八 (浮舟の容姿は)目もくらむほどで。
九 すばらしい天女が。次頁一行の記事から、竹取物語をふまえたことを漸次明らかにする表現。
一〇 いつ昇天するかと危ぶむ気持。
一一 妹尼の言。どうして。次行の「御心を…」に続く。
一二 (私が)とてもつらく、こんなに深くご心配申しているのに。
一三 (「尼に…」などと)我意を押し通しておいでなのか。
一四 (あなたは)どこにお住いの何と申したお方で、どうしてあんな所にいらしたのか。
一五 浮舟の言。意識を失っていた間に。
一六 かぐや姫の昇天が近づくころ、端近に出て嘆く姿に擬した表現。前の心内表現では「簀子の端に足をさし下ろしながら」(三二六頁九行)とあるが、浮舟巻末の記事と異なる。
一七 大木の事は前の心内表現にない。断片的記憶を交えて語る。
一八 いかにもかわいらしい口ぶりで言いつくろ

ふをば、苦《くる》しとおぼしたれば、[二一]え問《と》はず。[二二]かぐや姫《ひめ》を見《み》つけたりけん竹取《たけとり》の翁《おきな》よりもめづらしき[二三]心《(ここ)》ちするに、[二四]いかなる物のひまに消《き》え失《う》せんとすらむと、静《しづ》心なくぞおぼしける。

[二五]此《(この)》あるじも、あてなる人なりけり。[二六]むすめの尼《あま》君は、[二七]上達部《かむだちめ》の北の方《かた》にてありけるが、その人亡《な》く成給《(なりたまひ)》て後《(のち)》、むすめたゞ一人《ひとり》をいみじくかしづきて、[二八]よき君達《きむだち》を婿《むこ》にして思《(おもひ)》あつかひけるを、そのむすめの君の亡《な》くなりにければ、心うし、いみじと思《(おもひ)い》入りて、[二九]かたちをも変《か》へ、かゝる山里《ざと》には住《す》みはじめたりける也《(なり)》。[三〇]世《よ》とゝもに恋《こ》ひわたる人の形見《かたみ》にも、[三一]思《(おもひ)》よそへつべからむ人をだに見出《みい》でゝしかな、[三二]つれ〴〵も心ぼそきまゝに思《(おもひ)》嘆《なげ》きけるを、[三三]かくおぼえぬ人のかたちけはひもまさりざまなるを得《え》たれば、うつゝのことゝもおぼえず、[三四]あやしき心《(ここ)》ちしながらうれしと思《(おもふ)》。[三五]ねびにたれど、いときよげによしありて、有《(あり)》さまもあてはかなり。

[三六]むかしの山里《ざと》よりは、水のを《(お)》ともなごやかなり。[三七]造《つく》りざまゆへ《(ゑ)》ある所、木立《こだち》おもしろく、前栽《せむざい》もをかしく《(を)》、ゆへ《(ゑ)》を尽《つ》くしたり。秋になり行《(ゆけ)》ば、空のけしきもあはれなり。[三八]門田の稲刈《いねか》るとて、[三九]所につけたる物まねびしつゝ、若《わか》き女ども

い。一九 浮舟の言。二〇 それこそ大変。
二一 妹尼は。
二二 ここで種明かしする趣。罪を得て地上に流離するかぐや姫に浮舟を、裏山で姫を見つけた翁に僧都を、姫を愛育する嫗に妹尼を擬える。竹取物語の引用は細かい用語を含め数多い。
二三 祈願が叶って授かったというすばらしい思い。

13 小野の山里の風情

二四 (しかし)どういう隙に(浮舟が)消え失せてしまわないかと。かぐや姫の昇天を思い危ぶむ気持。
二五 小野の庵室の主人。老母尼。
二六 妹尼。
二七 公卿。三位以上の上流貴族。後文では「衛門の督」(三七一頁六行)。
二八 身分ある家柄の子弟。後文では「中将」(三四二頁二行)。二九 出家して尼姿となり。
三〇 亡き娘。
三一 思いなぞらえられそうな人をせめて見つけたいものだ。
三二 (娘を失い独り物思う)いらだたしい生活も心細いので。「つれ〴〵」→東屋一七一頁注二七。
三三 思いがけない人で容貌も感じも亡き娘以上の人を得たので。
三四 素姓の分らなさからくる不安な気持。
三五 (妹尼は)年とっているが。巻頭に「五十ばかり」とあった。
三六 昔、住んでいた宇治の山里よりは。以下、浮舟の目と心に即した描写。荒々しい宇治川の流れに比べて、高野川の流れの音は静かだ。
三七 山荘の造りも風情のある所で。
三八 門前や家の近くの田。歌ことば。
三九 小野という土地にふさわしい、稲刈の仕方をまねては。

は[一]歌《うた》うたひけう《(きよう)》じあへり。[二]引板《ひた》ひき鳴《な》らすを《(お)》ともお《(を)》かしく、[三]見《み》し東路《あづまぢ》のことなども思ひ出《い》でられて、[四]かの夕霧《ぎり》の宮《(みや)》す所のおはせし山里よりは、[五]今すこし入《い》りて、山に片《かた》かけたる家なれば、[六]松風《まつかぜ》しげく、風の音もいと心ぼそきに、[七]つれ〴〵にを《(お)》こなひをのみしつゝ、いつとなくしめやかなり。

[八]尼《あま》君ぞ、月《つき》など明《あ》かき夜《よ》は、[九]琴《きむ》など弾《ひ》き給《(たまふ)》。[一〇]少将の尼《あま》君などいふ人は、琵琶《びは》弾《ひ》きなどしつゝ遊《あそ》ぶ。「[一一]かゝるわざはし給《(たまふ)》や。つれ〴〵なるに」など言《い》ふ。むかしもあやしかりける身にて、[一二]心のどかにさやうの事すべき程もなかりしかば、[一三]いさゝかお《(を)》かしきさまならずも生《お》ひ出《い》でにける哉《(かな)》と、[一四]かくさだすぎにける人の、心をやるめるお《(を)》り〳〵につけては思ひ出《い》づるを、あさましく物はかなかりけると、われながらくちお《(を)》しければ、[一五]手習《てならひ》に、

[一六]身を投《な》げし涙の河のはやき瀬をしがらみかけて誰《たれ》かとゞめし

[一七]思《(おもひ)》の外《(ほか)》に心うければ、行末《(ゆく)すゑ》もうしろめたく、うとましきまで思《(おもひ)》やらる。

[一八]月の明《あ》かき夜な〳〵、老《お》い人どもは艶《えむ》に歌よみ、いにしゑ《(へ)》思《(おもひ)》出《い》でつゝ、さま〴〵物語《がた》りなどするに、[一九]いらふべき方《かた》もなければ、つく〴〵と打《(うち)》ながめて、

[二〇]われかくてうき世の中にめぐるとも誰《たれ》かは知《し》らむ月の都に

一「田植うとて女の新しき折敷のやうなるものを笠に着て、いと多う立ちて歌をうたふ」(枕草子・賀茂へまゐる道に)。「きようず」は「興ず」。二 鳴子。板二枚を紐につけて田の中につるし、引き鳴らして鳥を追払う具。三 かつて住んでいた常陸国。四 あの夕霧巻の、落葉宮の母御息所。病気で小野の別荘に住んでいた。「かの夕霧」を巻名と見る説に拠る。五 いま少し奥まって、山の斜面に片側が接するように建てられた家。

14 浮舟の述懐

六 松風がしきりに吹いて。「松風」はここでは松の木に吹く風の意。青表紙他本「松かけ」。七 不安にいらだつので勤行ばかりをしては。八 妹尼。九 七絃の琴。この物語では王統の人々が多く弾く。例えば、源氏・八宮など。一〇 妹尼に仕える尼女房の一人。一一 妹尼の言。音楽などはなさいますか。一二 音楽。一三 少しも優雅なたしなみもなく成長してしまったことよ。一四 すっかり盛りを過ぎた尼たちが、気晴らしをするらしい時々につけては(自分の生い立ちを)思い出すが。一五 手すさびに。「手習」はこの巻に五例あり、巻名の由来ともなる。自閉した心を解き放つ唯一のてだて。一六 浮舟の歌。悲しくて涙ながらに身を投げたあの河の急流に誰が柵を設けて私を引きとめ救い上げたのか。一七 助けられたことが。一八 月の明るい夜ごとに。次行「つく〴〵と打ながめて」、歌の「月の都」など、昇天近いかぐや姫を思わせる。一九 都での楽しい思い出もない浮舟は口をつぐむ。二〇 浮舟の歌。私がこうしてつらいこの世をさ

[二一]今は限《かぎ》りと思《（おもひ）》し程は、恋しき人多《おほ》かりしかど、こと人〻はさしも思《おも》ひ出《い》でられず、たゞ、[二二]親《おや》いかにまどひ給《（たまひ）》けん、乳母《めのと》、[二三]よろづにいかで人なみ〳〵になさむと思《（おもひ）》いられしを、いかに[二四]あえ《（へ）》なき心《（ここ）》ちしけん、いづくにあらむ、われ世《よ》にある物とはいかでか知《し》らむ、おなじ心なる人もなかりしまゝに、よろづ隔《へだ》つることなく[二五]語《かた》らひ見馴《みな》れたりし右近なども、お《（を）》り〳〵は思《（おもひ）》出《い》でらる。

[二六]若《わか》き人の、[二七]かゝる山里に今はと思《（おもひ）》絶《た》えこもるは、かたきわざなりければ、たゞいたく年経《へ》にける尼《あま》七八人ぞ、[二八]常《つね》の人にてはありける、それらがむすめ、孫《むまご》やうの物《（もの）》ども、京に宮仕《づか》へするも、[二九]異《こと》ざまにてあるも、時〳〵ぞ来通《きかよ》ひける。かやうの人につけて、[三〇]見《み》しわたりに行《い》き通《かよ》ひ、を《（お）》のづから世《よ》にありけり、と誰《たれ》にも〳〵聞《き》かれたてまつらむこと、いみじくはづかしかるべし。いかなるさまにてさすらへけんなど、[三一]思《（おもひ）》やり世《よ》づかずあやしかるべきを思へば、[三二]かゝる人〻にかけても見《み》えず。たゞ[三三]侍従《じじゅう》、こもきとて、尼《あま》君のわが人にしたりける二人《ふたり》をのみぞ、[三四]此《（この）》御方《かた》に言《い》ひわけたりける。[三五]みめも心ざまも、[三六]むかし見《み》し宮《（みや）》こ鳥《どり》に似《ゝ》たるはなし。何《なに》ごとにつけても、[三七]世中《（よのなか）》にあらぬ所はこれにやとぞ、[三八]かつは思《（おもひ）》なされける。かくのみ人に知《し》られじと忍《しの》び給へば、[三九]まことにわづらはしかるべき

すらいつづけても遠く隔たった京の都では誰がそのことを知っていよう。

二二 もうこれが最期と決心した時は。→浮舟二五五頁。 二三 母親。

二三 万事につけて私を何とか人並に結婚させようと気をもまずにはいられなかったが。

二四 張合いのない気がしたろう。

二五 相談して馴れ親しんでいた右近なども。ここまで浮舟の心内。自己体験の回想を表す「し」を重ね、結びは自発の「らる」を用いて浮舟の心内を地の文に収束する。

15 浮舟の日常

二六 若い女が。次行の「それらがむすめ…」をさす。

二七 「山里」は山中の人里の意だが、京の周辺で貴族の隠棲する山水の豊かな景勝の地に限定して用いられた。「住みわびぬ今はかぎりと山里につま木こるべき宿求めてむ」(後撰集・雑一・在原業平)。 二八 常住の人ではあった(が)。

二九 別の暮しをする者も。

三〇 薫や匂宮、中君など。

三一 浮舟は自分の悪い噂を予想する。

三二 京からやってくる人たちには全く会わない。

三三 女房と童女。妹尼が自分の召使にしている。

三四 浮舟づきの侍女として手元から分けて申し付けておいたのであった。

三五 二人の顔立ちも人柄も。

三六 昔知っていた都の侍女たちに。「名にし負はばいざ事問はむ都鳥わが思ふ人はありやなしやと」(古今集・羇旅・在原業平、伊勢物語九段)。

三七 この世の中とは別の世界。異郷を思う心境。「世の中にあらぬ所も得てしかな年ふりにたるかたち隠さむ」(拾遺集・雑上・読人しらず)。

三八 一方ではここが身を隠す異郷かと思ってもみる。 三九 たしかに面倒な事情がある人だと。

ゆへ《(ゑ)》ある人にも物し給《(たまふ)》らんとて、くはしきこと、[一]ある人〻にも知《し》らせず。

尼君《あま》のむかし[二]の婿《むこ》の君、[三]今は中将にて物し給ける、[四]おとうとの禅師《ぜんじ》の君、僧《そう》都《づ》の御もとに物し給《(たまひ)》ける、[五]山籠《ごも》りしたるをとぶらひに、はらからの君《きみ》たち常《つね》に登《のぼ》りけり。横川《よ》に通《かよ》ふ道《みち》のたよりによせて、中将こゝにおはしたり。前駆《さき》うちを《(お)》ひて、[六]あてやかなるおとこ《(を)》の入《い》り来《く》るを[七]見出《みい》だして、[八]しのびやかにおはせし人の御さまけはひぞ、さやかに思《(おもひ)》出《い》でらるゝ。[九]これもいと心ぼそき住《す》まゐ《(ひ)》のつれ〴〵なれど、住《す》みつきたる人〻は、物きよげにお《(を)》かしうしなして、垣《かき》ほに植《う》へ《(ゑ)》たる撫子《なでしこ》もおもしろく、女郎花《をみなへし》、[一〇]き経《(きやう)》など咲《さ》きはじめたるに、[一一]色〻の狩《かり》衣姿《ぎぬすがた》の男《をのこ》どもの若《わか》きあまたして、[一二]君もおなじ装束《さうぞく》にて、[一三]南《みなみ》を《(お)》もてに呼《よ》び据《す》へ《(ゑ)》たれば、うちながめてゐたり。[一四]年《とし》廿七八の程にて、[一五]ねびとゝのひ、心《(ここ)》ちなからぬさまもてつけたり。

尼君《あま》、[一六]障子《さうじ》口《ぐち》にき丁《(ちやう)》立《た》てゝ対面《たいめん》し給《(たまふ)》。まづうち泣《な》きて、[一七]「年ごろの積《つも》るには、過《す》ぎにし方いとゞけどを《(ほ)》くのみなん侍《(は)》べるを、[一八]山里《ざと》の光《ひかり》に猶《(なほ)》待《ま》ちきこえさすることの、うち忘《わす》れずやみ侍らぬを、[一九]かつはあやしく思給《(おもひ)》ふる」との給へば、[二〇]「心のうちあはれに、過《す》ぎにし方のことゞも、思給《(おもひ)》へられぬお《(を)》りなきを、

一 そこに住む人たち。
二 亡き娘の夫。「むかし」は娘の死で婚姻が解消したのでいう。
三 現在は近衛中将でおいでだが。挿入句。

16 昔の婿君、来訪

四 その弟の禅師の君が、僧都のもとで弟子になっておいでだが。「禅師」は一般に高徳の僧の尊称。
五 (その君が)山籠りしたのを訪ねて。
六 貴人めいた男性が。「をとこ」は後の狩衣姿の「をのこ」とは別、恋物語の主人公めく。
七 (浮舟は)室内から、門を入ってくる中将を見ている。
八 人目を忍んで通ってこられた薫のすがた振舞いが、ありありと思い出される。「大将殿…例の忍びておはしたり」(浮舟二一六頁一一行)。
九 この小野の里も宇治同様、とても心細い生活でいらだたしいが。
一〇 「経」は宛て字。上の女郎花、桔梗ともに秋の七草の一。
一一 「色〻」はさまざまな色の意。狩衣は色が定まっていない。 一二 中将。前に「婿の君」とあった。従者と同じ狩衣姿。
一三 寝殿の南廂。正客を迎える客間。
一四 薫、匂宮とほぼ同年齢。
一五 整った容姿、分別ありげな様子も備わる。
一六 妹尼のいる母屋と廂の間との間の襖障子を開け、几帳を立てて対面する。
一七 妹尼の言。年月がたつにつれ、昔の事がいよいよ縁遠くなるばかりですが。
一八 この山里の光として今もお待ち申す気持が少しも忘れずに続いておりますので。
一九 考えてみると不思議に。
二〇 中将の言。内心ではしみじみと昔の事が多

[二一]あながちに住《す》み離《はな》れ顔《がほ》なる御ありさまに、を《(お)》こたりつゝなん。[二二]山籠《ごも》りもうら山《(やま)》しう、常《つね》に出《い》で立《た》ち侍《(はべる)》を、[二三]おなじくはなど、慕《した》ひまとはさるゝ人ゝに、妨《さまた》げらるゝやうに侍《(はべり)》てなん。けふはみなはぶき捨《す》てゝ物し給へる」との給《(たまふ)》。「[二四]山籠《ごも》りの御うらやみは、中〳〵今様《いまやう》だちたる御物まねびになむ。むかしをおぼし忘《わす》れぬ御心ばへも、[二五]世《よ》になびかせ給はざりけると、を《(お)》ろかならず思《(おもひ)》給へらるゝお《(を)》り多《おほ》く」など言《い》ふ。

人ゝに[二六]水飯《はん》などやうの物食《く》はせ、君にも[二七]蓮《はす》の実《み》などやうの物出《い》だしたれば、[二八]馴《な》れにしあたりにて、さやうのこともつゝみなき心《(ここ)》ちして、[二九]むら雨《(さめ)》の降《ふ》り出《い》づるに[三〇]とめられて、物語《がた》りしめやかにし給《(たまふ)》。[三一]言《い》ふかひなく成《(なり)》にし人よりも、此君《(この)》の御心ばへなどのいと思《(おもふ)》やうなりしを、[三二]よその物に思《(おもひ)》なしたるなんいとかなしき、[三三]など忘《(わすれ)》がたみをだにとゞめ給はずなりにけんと、恋《(こひ)》しのぶ心なりければ、たまさかにかく物し給へるにつけても、[三四]めづらしくあはれにおぼゆべかめる問《と》はず語《がた》りもし出《い》でつべし。

[三五]姫君《ひめ》は、[三六]われは我と思《(おもひ)》いづる方多《おほ》くて、ながめ出《い》だし給へるさまいと[三七]うつくし。白《しろ》き単衣《ひとへ》の、[三八]いとなさけなくあざやぎたるに、袴《はかま》も[三九]檜皮《ひはだ》色にならひたるに

く思われない折とてないが。

二一 ことさら俗世を避けたお暮しぶりなので、つい無沙汰を重ねておりまする。 二二 弟禅師の山籠りもうらやましく。 二三 どうせ行くなら連れていってなどと、後を慕ってまといつかれる人々に、妨げられるようなわけでして。 二四 妹尼の言。山籠りをお羨みになるのは、かえって当世風のお人真似で。軽薄な時流を軽くからかう趣。 二五 時流になびきなさらぬお方だと。前言を和らげて篤実さを称える。

二六 飯や乾飯を水にひたしたもの。夏の食物。

二七 酒の肴に供する軽食。「くだもの」の一。

二八 亡妻の里なので、食事なども遠慮もいらない気持で。 二九 にわか雨。秋から冬にかけて多い。 三〇 足をとめられて。青表紙他本「とゝめられて」。

17 浮舟の思い

三一 むなしく死んだ娘よりも。以下、尼君の心内。 三二 (娘の死後、中将を)自分とは関係ない他人だときめこんでいたのは。 三三 どうして忘れ形見の子だけでも残されなかったのだろう。

三四 すばらしくしみじみと思われるに違いない浮舟の事も、(妹尼は)自分から進んで話してしまいそうだ。語り手の言。

三五 浮舟に対する「姫君」の呼称は初出。女主人公の役割を担う。

三六 自分は自分だ(他の人とは違う)と。孤独な自己を見つめる心。「世の中に身をし変へつる君なれば我は我にもあらずとや思ふ」(朝光集)。→[二]澪標一〇五頁注三一。

三七 かわいらしい感じ。一人ぼっちの姿についていう。以下の衣装をまとう姿とは別。

三八 風情もなくごわごわしているのに。

三九 赤みをおびた黒っぽい色。出家した人がはく袴の色。山里ではそれを着なれているせいか。

や、[一]光《ひかり》も見《み》えず黒《くろ》きを着《き》せたてまつりたれば、[二]かゝることども、見《み》しには変《か》はりてあやしうもあるかなと思《(おもひ)》つゝ、[三]こは〴〵しういらゝぎたる物ども着《き》給へるしも、いとお《(を)》かしき姿《すがた》なり。御前《まへ》なる人〻、「[四]故姫《こひめ》君のおはしたる心《(ここ)》ちのみし侍《(はべり)》つるに、[五]中将殿をさへ見《み》たてまつれば、いとあはれにこそ。おなじくは、[六]昔のさまにておはしまさせばや。[七]いとよき御あはひならむかし」と言《い》ひあへるを、[八]あないみじや、世にありて、いかにもいかにも人に見《み》えんこそ、それにつけてぞむかしのこと思《(おもひ)》出《い》でらるべき、さやうの筋《すぢ》は思《(おもひ)》絶《た》えて忘《わす》れなん、と思《(おもふ)》。

尼《あま》君、[九]入《い》り給へる間《ま》に、[一〇]客人《まらうと》、雨《あめ》のけしきを見《み》わづらひて、[一一]少将といひし人の声《こゑ》を聞《き》き知《し》りて、呼《よ》び寄《よ》せ給へり。「[一二]昔見《み》し人〻は、みなこゝに物せらるらんやと思ひながらも、かうまい《(ゐ)》り来《く》ることもかたくなりにたるを、[一三]心あさきにや誰《たれ》も誰《たれ》も見《み》なし給《(たまふ)》らん」などの給《(たまふ)》。[一四]仕《つか》うまつりなれにし人にて、あはれなりし昔のことども思《(おもひ)》出《い》でたるつゐ《(い)》でに、「[一五]かの廊《らう》のつま入《い》りつる程、[一六]風のさは《(わ)》がしかりつるまぎれに、簾《すだれ》の隙《ひま》より、[一七]なべてのさまにはあるまじかりつる人の、うち垂《た》れ髪《がみ》の見《み》えつるは、[一八]世《よ》を背《そむ》き給へるあたりに、誰《たれ》ぞとなん見《み》おどろ

一 光沢もなく黒ずんだ。年若い貴婦人には異常な装束。「光もなくくろき掻練の」(㊂初音三八六頁七行)は末摘花の衣装。
二 こんな装束のあれこれも、昔とは一変して異常ではないかと。
三 ごわごわと角立つ装束をまとっておられる姿がかえって美しい。地味で粗末な僧衣めいた衣装が逆に浮舟の美しさを引き立てる。
四 妹尼の亡き娘。
五 その上もとの夫君だった中将殿までが。
六 昔のように(今度は浮舟の婿君として)中将殿をお通わせしたい。
七 お似合いの御夫婦。
八 以下、浮舟の心内。まあとんでもない、このまま生きてどの道だれかと結婚するなんて、それにつけても辛かった昔のことが思い出されそうな、そんなむきの事は心から捨て去り忘れてしまいたい。

18 中将、浮舟を見る

九 奥へ。
一〇 中将。雨の降りやまぬ様子に困って。
一一 かつて少将といった人。「少将の尼君」(三四〇頁五行)。
一二 中将の言。
一三 薄情だからとどなたもお思いでしょう。
一四 (少将尼は)昔中将にも親しく仕えてくれた女房なので。
一五 中将の言。あの廊の端から(寝殿の南廂へ)入った時。
一六 風がつよく吹いて簾が乱れた隙間から。
一七 並の人とは思われない(美しい)人の、後ろに長く垂れた髪が見えたのは。
一八 出家された方々の中に、いったいどなたかと。

かれつる」との給《(たまふ)》。
一九姫君の立《た》ち出《い》で給へる二〇後手《うしろで》を見《み》給へりけるなめりと思《おも》ひ出《い》でて《ゝ》、ましてこまかに見《み》せたらば、心とまり給《(たまひ)》なんかし、二一むかし人はいとこよなうを《(お)》とり給へりしをだに、まだ忘《(わすれ)》がたくし給《(たまふ)》めるをと、心ひとつに思《(おもひ)》て、二二「過《す》ぎにし御事《こと》を忘《わす》れがたく慰《なぐさ》めかね給《(たまふ)》めりし程に、二三おぼえぬ人を得《え》たてまつり給《(たまひ)》て、明《あ》け暮《(くれ)》の見《み》物に思《(おもひ)》きこえ給《(たまふ)》めるを、二四うちとけ給へる御有《(あり)》さまを、いかで御覧《らん》じつらん」と言《い》ふ。二五かゝることこそはありけれとお《(を)》かしくて、何《なに》人ならむ、二六げにいとお《(を)》かしかりつと、ほのかなりつるを、中〳〵思《(おもひ)》出《い》づ。こまかに問《と》へど、そのまゝにも言《い》はず、二七「を《(お)》のづから聞《き》こしめしてん」とのみ言《い》へば、うちつけに問《と》ひ尋《(たづね)》むもさまあしき心《(ここ)》ちして、二八「雨もやみぬ。日も暮《(くれ)》ぬべし」と言《い》ふに二九そゝのかされて、出給《(いでたまふ)》。

三〇前近《まへちか》き女郎花《をみなへし》をお《(を)》りて、三一「何《なに》にほふらん」と口《くち》ずさびて、ひとりごち立《た》てり。

三二「人の物言《い》ひを、さすがにおぼし咎《とが》むるこそ」など、三三古体《こたい》の人どもは物めでをしあへり。三四いときよげに、あらまほしくもねびまさり給《(たまひ)》にけるかな、おなじくは、昔のやうにても見《み》たてまつらばやとて、三五「藤《とう》中納言の御あたりには、絶《た》え

一九 浮舟。 二〇 後ろ姿。
二一 妹尼の亡き娘は(浮舟に比べて)もっとずっと劣っておられたが、それでさえまだ忘れかねておられるらしいのにと。
二二 少将尼の言。(尼君は)亡き姫君の事が忘れがたく傷心を慰めかねておいでのようだった時に。
二三 思いがけない人を手にお入れ申されて、毎日の見るかいあるものと思い申しておいでのようだが。
二四 くつろいでおいでの(浮舟の)お姿を。
二五 (中将は)こんな思いがけないこともあるものだ、と興味がわいて。
二六 たしかに美人だったと、ちらりと見ただけにかえって思い出す。
二七 少将尼の言。いずれそのうちお分りになりましょう。
二八 供人の言。 二九 うながされて。
三〇 庭前近くの女郎花。→三四二頁八行。
三一 (このような所に)どうして美しく咲いているのか。こんな尼の住まいにどうして美女が、といぶかる。「ここにしもなに匂ふらむ女郎花人の物言ひさがにくき世に」(拾遺集・雑秋・遍照)。
三二 尼たちの言。人の噂をさすがに気になさるとは奥ゆかしい。尼たちは中将の感慨とは別に前注歌の下の句の意をうけて、その深慮をほめた。
三三 古風な尼たちは中将をほめ合っている。
三四 妹尼の心内。(中将は)とても美々しく年とともに理想的になられたことよ、同じ事なら、昔のように(婿と)して通わせ申したい。
三五 妹尼の言。(中将の現在の妻の父)藤中納言のお邸には。

ず通《かよ》ひ給《(たまふ)》やうなれど、心もとゞめ給はず、[一]親《おや》の殿がちになん物し給《(たまふ)》とこそ言《い》ふなれ」と尼《あま》君もの給《(たまひ)》て、「[二]心うく、物をのみおぼし隔《へだ》てたるなむいとつらき。今は、猶《(なほ)》[三]さるべきなめりとおぼしなして、はれ〴〵しくもてなし給へ。この五年《(いつ)とせ》六年《むとせ》、時の間《ま》も忘《(わすれ)》ず、恋しくかなしと思《(おもひ)》つる[四]人の上《うへ》も、[五]かく見《み》たてまつりて後《(のち)》よりは、こよなく思《(おもひ)》忘《わす》れて侍《(はべる)》。[六]思《(おもひ)》きこえ給《(たまふ)》べき人ゝ世におはすとも、[七]今は世になき物にこそ、やう〳〵おぼしなりぬらめ。[八]よろづのこと、さしあたりたるやうには、えしもあらぬわざになむ」と言《い》ふにつけても、[九]いとゞ涙ぐみて、「[一〇]隔《へだ》てきこゆる心は侍らねど、あやしくて生《い》き返《(かへり)》ける程に、よろづのこと[一一]夢の世にたどられて、[一二]あらぬ世に生《(うま)》れたらん人は、かゝる心《(ここ)》ちやすらんとおぼえ侍れば、今は[一三]知《(しる)》べき人世《よ》にあらんとも思ひ出《(いで)》ず、[一四]ひたみちにこそむつましく思《(おもひ)》きこゆれ」との給《(たまふ)》さまも、[一五]げに何《なに》心なくうつくしく、[一六]うち笑《ゑ》みてぞまもりゐ給へる。

19 中将、横川で語る

中将は、[一七]山におはしつきて、僧都もめづらしがりて、世中《(よのなか)》の物語《(がたり)》し給ふ。その夜はとまりて、声《こゑ》たう《(ふ)》とき人に[一八]経など読《よ》ませて、夜一夜《ひとよ》[一九]遊《あそ》び給《(たまふ)》。[二〇]禅師《ぜむじ》の君、こまかなる物語《がた》りなどするつゐ《(い)》でに、「[二一]小野《をの》に立《(たち)》寄《よ》りて、物あはれにも有《(あり)》しか

一 中将の両親の邸においでになることが多いと、世間では噂しているようだ。
二 妹尼の言。情けないことに(浮舟は)私をうとんじておいでなのが。
三 これが前世からの宿縁のようだと覚悟なさって、明るくおふるまいなさいませ。
四 亡き娘。
五 こうしてあなたを拝見してからは、すっかり忘れた気持でおります。
六 あなたを心にかけておいでに違いない方々がこの世にいらしても。親兄弟など。
七 もうこの世にきっと生きていないものと。失踪後、四か月経過。
八 万事、その当時のようには必ずしも思わないものです。時とともに忘れ去るものが世の常。
九 (浮舟は)ますます涙ぐんで。母が自分を忘れたかと思うと胸がつまる。
一〇 浮舟の言。
一一 夢の中をとまどうような思いがして。
一二 別世界に蘇ったような人は、こんな気持がするのかと。
一三 私を知っているはずの人がこの世にいようとも思い出しませんで。
一四 ひたすらあなただけを頼りに思い申しておりますが。
一五 なるほど隠しだてするようにも見えずかわいらしいので。
一六 妹尼は。
一七 比叡山の横川。
一八 声明(しよう みやう)として経を謡うこと。
一九 管絃の遊びをなさる。寺院で世俗の奏楽は異例。僧都の配慮による。
二〇 中将の弟。

な。[二二]世を捨《す》てたれど、猶《(なほ)》さばかりの心ばせある人は、難《かた》うこそ」などあるつゐ《(い)》でに、「[二三]風の吹上《(ふき)あ》げたりつる隙《ひま》より、髪《かみ》いと長《なが》く、お《(を)》かしげなる人こそ見《み》えつれ。[二四]あらはなりとや思《(おもひ)》つらん、立《た》ちてあなたに入《い》りつる後手《うしろで》、なべての人とは見《み》えざりつ。[二五]さやうの所に、よき女はを《(お)》きたるまじき物にこそあめれ。明《あ》け暮《(くれ)》見《み》る物は、ほう《(ふ)》しなり。[二六]を《(お)》のづから目《め》馴《な》れておぼゆらん。不便《ふびん》なることぞかし」との給《(たまふ)》。禅師《ぜんじ》の君、「この春、初瀬《はつせ》に詣《まう》でて《ゝ》、あやしくて見出《みい》でたる人となむ聞《き》き《ゝ》侍《(はべり)》し」とて、[二七]見《み》ぬことなれば、こまかには言《い》はず。「[二八]あはれなりけること哉《(かな)》。いかなる人にかあらむ。[二九]世中《(よのなか)》をうしとてぞ、[三〇]さる所には隠《かく》れゐけむかし。[三一]昔物語《がたり》の心《(こと)》ちもするかな」との給《(たまふ)》。

又の日、帰《かへ》り給《(たまふ)》にも、「[三二]過《す》ぎがたくなむ」とておはしたり。[三三]さるべき心づかひしたりければ、[三四]昔思《おも》ひ出《い》でたる御まかなひの少将の尼《あま》なども、袖口《ぐち》さまことなれども、お《(を)》かし。[三五]いとゞいや目《め》に、尼《あま》君は物し給《(たまふ)》。物語《がた》りのつゐ《(い)》でに、「[三六]忍《しの》びたるさまに物し給《(たまふ)》らんは、誰《たれ》にか」と問《ゝ》ひ給《(たまふ)》。わづらはしけれど、[三七]ほのかにも見《み》つけてけるを、隠《かく》し顔《がほ》ならむもあやしとて、「[三八]忘《わす》れわび侍《(はべり)》て、いとゞ罪深《つみふか》うのみおぼえ侍《(はべり)》つる慰《なぐさ》めに、[三九]この月ごろ見《み》給ふる人になむ。いかなるにか、[四〇]いと

二二 中将の言。

二三 (妹尼は)出家はしたが、それでもあれほどの思慮深い人はめったにいないよ。

二三 中将の言。浮舟をかいま見たようす。前より詳しく語る。

二四 外から丸見えだと思ったのか。

二五 あのような(尼たちの多い)所に、身分ある女は置いてはならぬものだと思われるが。

二六 いつのまにか見馴れてそれが当り前と思うようになろう。(若い女らしさを失うのが)不都合なことだ。「そかし」、青表紙他本「なりかし」。

二七 宇治院での一件を仄聞したらしい。

二八 中将の言。

二九 人間世界をつらいと思って。「うし」に宇治をひびかせる。 三〇 宇治の山里。

三一 高貴な女がわけあって山里に隠れ住むうち男に発見され救出される昔物語の一類型。うつほ物語・俊蔭巻など。

三二 「浮舟の事下心にあるなるべし」(岷江入楚)。

三三 帰途、中将が立ち寄るだろうと、食事の用意などする。

20 中将、浮舟に贈歌

三四 故姫君在世中を思い出させる給仕役の少将尼なども、袖口は昔と違う鈍色だが風情がある。

三五 いつもより涙ぐんだ目で。

三六 中将の言。人目を忍んだ様子でおいでの方はどなたですか。

三七 (中将が)ちらっとでも浮舟を見つけてしまったのに。

三八 妹尼の言。(亡き娘が)どうにも忘れられずに、ますます(妄執の)罪が深いと思わずにはいられなかった心の慰安に。

三九 ここ何か月か、お世話させていただいている人でね。 四〇 とても悩みが多い様子で。

物思《(ものおもひ)》しげきさまにて、世《よ》にありと人に知《し》られんことを苦《くる》しげに思《(おもひ)》て物せらるれば、[一]かゝる谷《たに》の底《そこ》には誰《たれ》かは尋《(たづね)》聞《き》かんと思《(おもひ)》つゝ侍《(はべる)》を、[二]いかでかは聞《き》ゝあらはさせ給へらん」といらふ。「[三]うちつけ心ありてまい《(ゐ)》り来《こ》むにだに、山深《ふか》き道《みち》のかことは聞《き》こえつべし。[四]ましておぼしよそふらん方《かた》につけては、こと〴〵に隔《へだ》て給《(たまふ)》まじきことにこそは。[五]いかなる筋《すぢ》に世をうらみ給《(たまふ)》人にか。なぐさめきこえばや」など、[六]ゆかしげにの給《(たまふ)》。[七]出《い》で給《(たまふ)》とて、畳紙《たゝうがみ》に、

[八]あだし野《の》ゝ風になびくな女郎花《をみなへし》われしめ結《ゆ》はん道《みち》遠くとも

と書《か》きて、少将の尼《あま》して入《い》れたり。尼君《あま》も見《み》給《(たまひ)》て、「[九]此《(この)》御返《(かへし)》書《か》ゝせ給へ。いと[一〇]心にくきけつき給へる人なれば、うしろめたくもあらじ」とそゝ[一一]のかせば、「[一二]いとあやしき手《て》をば、いかでか」とて、さらに聞《き》ゝ給はねば、「[一三]はしたなきことなり」とて、尼君《あま》、「[一四]聞《き》こえさせつるやうに、世《よ》づかず、人に似《ゝ》ぬ人《ひと》にてなむ。

[一五]うつしうへ《(ゑ)》て思《(おもひ)》みだれぬ女郎花《をみなへし》うき世をそむく草の庵に」

とあり。[一六]こたみはさもありぬべし、と思《(おもひ)》ゆるして帰《かへ》りぬ。

文《ふみ》などわざとやらんは、さすがにうひ〳〵しう、ほのかに見《み》しさまは忘《(わすれ)》ず、

一 こんな谷底のような辺境の地に誰が探し求めてきましょう。「春やくる花や咲くとも知らざりき谷の底なる埋れ木なれば」(和泉式部集)。「たにのそこ」、青表紙他本多く「たひのそら」、「尋きかん」、同じく「たつねきこえん」。
二 (中将は)どのようにお聞きになって見つけられたのでしょうか。 三 中将の言。突然の出来ごころでお伺いしたとしても、山深い道を尋ねてきた恨み言くらい申上げてもいいでしょう。
四 まして(亡き姫君代りに)その方を思っておられるからには、私を無縁の者と退けることはおできになれないはず。「こと〴〵」は異事。
五 どんな事情で。 六 子細を知りたそうに。
七 お帰りになろうとして、懐紙に。
八 中将の歌。ほかの浮気男になびかないでおくれ、美しい姫君よ。たとえ道は遠くても私が通ってきて君を独占したい。「あだし野」は京の西北の歌枕、現在の念仏寺の辺で、「あだ」は不実・浮気の意に、別の・異なる意の「あだし」を重ねる。「しめ」は注連縄で、占有を示すもの。庭前の女郎花に浮舟をたとえる。求愛の歌。
九 妹尼の言。「返(かへし)」は「返し歌」の略。
一〇 奥ゆかしいところがおありになる人。
一一 (浮舟に)返歌を促すと。
一二 浮舟の言。とてもまずい字を、どうして(書けましょう)。 一三 それは心ないことです。
一四 先ほど申し上げたように、世馴れず、普通とちがった人でね。 一五 妹尼の歌。美しい姫君を憂き世を捨てた私どもの草庵に連れて来ましたが、どうしたらよいか思い悩んでいます。「うつし植ゑば秋なき時や咲かざらむ花こそ散らめ根さへ枯れめや」(塗籠本伊勢物語四十九段)。
一六 今回は(最初だから)

21 中将、三たび来訪

物思ふらん筋《すぢ》何《なに》ごとと知《し》らねど、あはれなれば、八月十余日のほどに、[一七]小《こ》鷹狩《たかがり》のついでにおはしたり。[一八]例の尼呼《あまよ》び出《い》でて、「[一九]一目《ひとめ》見《み》しより、静心《しづ》なくてなむ」との給へり。[二〇]いらへ給《(たまふ)》べくもあらねば、尼君《あま》、「[二一]待乳《まつち》の山となん見《み》給ふる」と[二二]言《い》ひ出《い》だし給《(たまふ)》。[二三]対面《たいめん》し給へるにも、「[二四]心ぐるしきさまにて物し給《(たまふ)》と聞《き》き侍《(はべり)》し人の御上《うへ》なん、残《のこ》りゆかしく侍《(はべり)》つる。何《なに》ごとも心にかなはぬ心《(ここ)》ちのみし侍れば、山住《ず》みもし侍らまほしき心ありながら、[二五]ゆるい給《(たまふ)》まじき人々に、思《おも》ひ障《さは》りてなむ過《す》ぐし侍《(はべる)》。[二六]世《よ》に心《(ここ)》ちよげなる人の上《うへ》は、[二七]かく屈《くん》じたる人の心からにや、ふさはしからずなん。物思給《(おもひたまふ)》らん人に、思《(おもふ)》ことを聞《き》こえばや」など、いと心とゞめたるさまに語《かた》らひ給《(たまふ)》。「[二八]心《(ここ)》ちよげならぬ御願《ねが》ひは、[二九]聞《き》こえかはし給はんに、つきなからぬさまになむ見《み》え侍れど、[三〇]例の人にてはあらじと、[三一]いとうたゝあるまで世をうらみ給《(たまふ)》めれば、[三二]残《のこ》り少《すく》なき齢《よはひ》どもだに、今はと背《そむ》きはべる時は、いと物心ぼそくおぼえ侍《(はべり)》し物を、[三三]世をこめたる盛《さか》りには、つゐ《(ひ)》にいかゞとなん見《み》給へ侍《(はべる)》」と、[三四]親《おや》がりて言《い》ふ。

[三五]入《い》りても、「[三六]なさけなし。猶《(なほ)》いさゝかにても[三七]聞《き》こえ給へ。かゝる御住《す》まひは、すゞろなることも、あはれ知《し》るこそ世の常《つね》のことなれ」など、[三八]こしらへても言《い》

返歌をもらえなくても仕方あるまいと。
一七 隼など小形の鷹を用いて小鳥をとる狩。小野に立寄る口実。「御狩の行幸し給はむやうにて(かぐや姫を)見てむや」(竹取物語)。 一八 いつもの少将尼。中将の応対役。 一九 中将の言。
二〇 (浮舟は)お答えになりそうもないから。
二一 (浮舟は)他に誰か思う人がいるのかと。「誰をかも待乳の山の女郎花秋と契れる人ぞあるらし」(小町集)。「待乳の山」は、大和国宇智郡五条(現、奈良県五条市)から紀伊国に至る国境の山。青表紙他本「まつちのやまの」。
二二 妹尼が(少将尼を介して)簾外の中将に。
二三 中将が妹尼と。 二四 中将の言。 二五 許して下さりそうもない人々(親たち)のために、決意もためらわれて。「ゆるい」は「ゆるし」のイ音便。
二六 いかにも気持よさそうに暮している人については。暗に今の妻(藤中納言の娘)をいう。
二七 このように沈みがちな私の性分からか、(家妻は)どうも私には似合わしくなくて。
二八 妹尼の言。(今の奥様のようでない)悩みをもった人と話したいというご希望は。
二九 お話し合いなされば、不似合ではないように思われますが。 三〇 世俗の生活はしたくないと。出家の願望をいう。
三一 ほんにいやだと思うまで、俗世をうとましく思っておいでのようで。「花と見て折らむとすれば女郎花うたたあるさまの名にこそありけれ」(古今集・誹諧歌・読人しらず)。
三二 余命いくばくもない私のような老人でも。
三三 将来性ある妙齢では、結局はどうなるかと。出家を貫き通せるかと危ぶむ。
三四 親めいた口ぶりで。
三五 浮舟のいる奥の部屋へ。 三六 妹尼の言。
三七 中将へご返事を。 三八 なだめすかして。

へど、「[一]人に物聞《き》こゆらん方も知《し》らず、何《なに》ごとも言《い》ふかひなくのみこそ」と、いとつれなくて臥《ふ》し給へり。客人《まらうと》[二]は、「[三]いづら。あな心う。秋《あき》[四]を契れるは、すかし給《(たまふ)》にこそ有《(あり)》けれ」など、恨みつゝ、

[五]松虫の声《こゑ》をたづねて来《き》つれどもまた萩原《はら》の露にまどひぬ

「[六]あないとお《(ほ)》し。これをだに」などせむれば、さやうに世《よ》[七]づいたらむこと言《い》ひ出《い》でんもいと心うく、又言《い》[八]ひそめては、かやうのお《(を)》り〳〵にせめられむもむつかしうおぼゆれば、いら[九]へをだにしたまはねば、あまり言《い》ふかひなく思《(おもひ)》あへり。尼《あま》君、[一〇]はやうはいまめきたる人にぞありけるなごりなるべし。

「[一一]秋の野の露わけきたる狩《かり》衣むぐらしげれる宿にかこつな

となん、[一二]わづらはしがりきこえ給《(たまふ)》める」と言《い》ふを、[一三]うちにも、猶《(なほ)》かく[一四]心より外に世《よ》にありと知《し》られはじむるを、いと苦《くる》しとおぼす心のうちをば知《し》らで、お《(を)》[一五]とこ君をも飽《あ》かず思《(おもひ)》出《い》でつゝ恋《(こひ)》わたる人々なれば、「[一六]かくはかなきつゐ《(い)》でにも、うち語《かた》らひきこえ給はんに、[一七]心より外に、世《よ》にうしろめたくは見《み》え給はぬ物を。[一八]世《よ》の常《つね》なる筋《すぢ》にはおぼしかけずとも、なさけなからぬ程に、御いらへばかりは聞《き》こえ給へかし」など、[一九]ひき動《うご》かしつべく言《い》ふ。

一 浮舟の言。 二 中将。
三 どうしたのか。なんと情けない。
四 秋になったらとの約束は(さては)私をだましなさったか。妹尼の引歌(前頁注二一)の下の句「秋と契れる人」の「人」を自分にとりなして恨む。
五 中将の歌。尼君が待つというので来ましたが、また思う人のつれなさで涙にくれています。「萩はら」、青表紙他本「をきはら」。
六 妹尼の言。まあ、お気の毒に。せめて返歌だけでも。 七 色恋めいた返歌をするとしたらまことに情けなく。 八 一度返歌したら。
九 中将への返歌は勿論、妹尼への返事さえ。
一〇 出家前は、当世風の機知に富む人でその名残からだろう。
一一 妹尼の歌。秋の野の露を踏み分けて濡れた狩衣を葎の茂った宿のせいだとおっしゃいますな。「来たる」「着たる」の掛詞、「狩衣」は小鷹狩の縁でいう。
一二 迷惑がっておいでのようす。 一三 簾中。
一四 (浮舟が)心外にも生きていると都の人にも知られ出したことを、とても辛いとお思いの心中も察しないで。
一五 (亡き姫君は勿論)もと婿君だった中将をもいつも思い出しては慕い続ける尼君たちなので。
一六 尼たちの言。こんなちょっとした機会にでも、少しお話し申し上げなさるなら。
一七 (浮舟が)心外だと、決して心配するには及ばないお方ですから。 一八 世間並みの色恋めいたお考えにならなくても。
一九 ひき動かさんばかりに。
二〇 (尼君たちは)こんな昔気質とはいえ、それには不似合いなほど当世風に振舞っては。
二一 下手な歌を詠みたがってはしゃいでいる尼たちの様子は。

[二〇]さすがに、かゝる古体《こたい》の心どもにはありつかずいまめきつゝ、腰《こし(を)》[二一]おれ歌このましげに若《わか》やぐけしきどもは、[二二]いとうしろめたうおぼゆ。[二三]限《かぎ》りなくうき身なりけりと見《み》はててし命さへ、あさましう長《なが》くて、いかなるさまにさすらふべきならむ、[二四]ひたふるに亡《な》き物と人に見聞《みき》き捨《す》てられてもやみなばや、と思ひ臥《ふ》し給へるに、中将は、大方《かた》物思はしきことのあるにや、いといたう打嘆《(うち)なげ》き、しのびやかに[二五]ふゑ《(え)》を吹《ふ》きならして、[二六]「鹿《しか》の鳴《な》く音《ね》に」などひとりごつけはひ、まことに[二七]心《(ここ)》ちなくはあるまじ。[二八]「過《す》ぎにし方の思《(おもひ)い》出でらるゝにも、[二九]中〳〵心づくしに、今はじめてあはれとおぼすべき人、はた難《かた》げなれば、[三〇]見《み》えぬ山路《ち》にも、え思《(おもひ)》なすまじうなん」と、うらめしげにて出《い》でなむとするに、尼君《あま》、[三一]「などあたら夜《よ》を御覧《らん》じさしつる」とて、ゐざり出《い》で給へり。[三二]「何《なに》か。をちなる里《さと》も、心み侍れば」など言《い》ひすさみて、[三三]いたうすきがましからんも、さすがに便《びん》なし、いとほのかに見《み》えしさまの、目《め》とまりしばかり、[三四]つれ〴〵なる心なぐさめに思出《(おもひい)》づるを、[三五]あまりもて離《はな》れ、奥深《おくふか》なるけはひも所のさまにあはずすさまじ、と思へば、帰《かへ》りなむとするを、[三六]笛《ふえ》の音《ね》さへ飽《あ》かずいとゞおぼえて、

[三七]ふかき夜の月をあはれと見《み》ぬ人や山の端《は》ちかき宿にとまらぬ

22 中将を引きとめる

二二 とても気の許せない思いだ。中将を手引きさせぬかという不安。 二三 以下、浮舟の心内。

二四 ただもうこの世に亡い人だと誰からも見捨てられたまま終ってしまいたい。 二五 横笛。

二六 「山里は秋こそ殊にわびしけれ鹿の鳴く音に目を覚ましつつ」(古今集・秋上・壬生忠岑)。

二七 妹尼の言「いと心にくきけつき給へる人なれば」(三四八頁八行)をうける。

二八 中将の言。亡き妻のことが。

二九 お訪ねしてかえって心が乱れたが。

三〇 ここを愁えのない山里だとも思えない。「世の憂き目見えぬ山路へ入らむには思ふ人こそほだしなりけれ」(古今集・雑下・物部良名)。

三一 どうしてせっかくのすばらしい夜をご覧にならず中途でお帰りなのか。「あたら夜の月と花とを同じくはあはれ知れらむ人に見せばや」(後撰集・春下・源信明)。

三二 中将の言。いやなに、あちらの様子も、もう分りましたから。「をち」は遠方(あちら)と宇治の地名(四椎本三四二頁注二〇)とから浮舟をさす。「ここに又わがあかぬ月を山の端のをちの里には遅しとや待つ」(古今六帖一)。

三三 以下、中将の心内。あまり好色がましいのも。

三四 いらだたしい気持の慰めとして思い出すのだが。「思出つる」、青表紙他本「おもひいてつる」。

三五 (浮舟が)余りによそよそしく引込み思案な態度もしらけた感じだ。 三六 (妹尼は中将ばかりか)笛の音まで名残り惜しく。

三七 妹尼の歌。深夜の月を賞美せぬ人は(月の入る)山の端に近いこの宿には泊らないのか。前の「あたら夜」を受け、「月」に浮舟をたとえる。

と、[一]なまかたはなることを、「[二]かくなん聞《き》こえ給ふ」と言《い》ふに、[三]心ときめきして、

[四]山の端《は》に入《(いる)》まで月をながめ見《み》んねやの板間《ま》もしるしありやと

など言《い》ふに、この[五]大尼君《おほあま》、笛《ふえ》の音《ね》をほのかに聞《きゝ》きつけたりければ、[六]さすがにめて《ゝ》出《い》で来《き》たり。

[七]こゝかしこうちしはぶき、あさましきわなゝき声《ごゑ》にて、[八]中〳〵むかしのことなどもかけて言《い》はず、[九]誰《たれ》とも思《(おもひ)》分《わ》かぬなるべし。「[一〇]いで、その琴《きむ》の琴弾《ことひ》き給へ。横笛《よこぶえ》は、月にはいとおかし《(を)》き物ぞかし。[一一]いづら、御達《ごたち》、琴《ことゝ》取りてまいれ《(ゐ)》」と言《い》ふに、[一二]それなめりとをし《(お)》はかりに聞《き》けど、いかなる所にかゝる人、いかで籠《こも》りゐたらむ、定《さだ》めなき世ぞ、[一三]これにつけてあはれなる。[一四]盤渉調《ばんしきでう》をいとおかし《(を)》う吹《ふ》きて、「[一五]いづら。さらば」とのたまふ。[一六]むすめ尼君《あま》、これもよき程のすき物《(もの)》にて、「[一七]むかし聞《きゝ》き侍《(はべり)》しよりも、こよなくおぼえ侍《(はべる)》は、山風をのみ聞《きゝ》きなれ侍《(はべり)》にける耳《みゝ》からにや」とて、「[一八]いでや、これもひがことに成《(なり)》て侍らむ」と言《い》ひながら弾《ひ》く。[一九]今様《いまやう》は、おさ《(を)》〳〵なべての人の今は好《この》まず成行《(なりゆく)》物なれば、中〳〵めづらしくあはれに聞《き》こゆ。[二〇]松風もいとよくもて[二一]はやす。吹《ふ》きて合《あ》はせた

一 余りうまくない歌を。
二 妹尼の言。浮舟の気持だと偽る。
三 (中将は)心がはずんで。
四 山の端に入るまで月を眺めてみよう、その甲斐あって(浮舟に)お逢いできるかと。「ねやの板間」は、寝室の屋根を葺いてある板の隙間。月光の濡れ入る縁で逢う瀬を願う。
五 母尼。
六 老齢で出家の身とはいえ。
七 話のあちこちで咳をし、ひどい震え声で。
八 老人なのにかえって昔のことをおくびにも出さず。
九 相手が誰だとも。

23 母尼、現れる

一〇 母尼の言。
一一 どうじゃ、皆さん。「こたち」、青表紙他本「くそたち」。
一二 (中将は)母尼のようだと当て推量に思うが。
一三 この母尼は八十余歳、孫娘のわが妻は早世、中将は感慨にふける。
一四 雅楽の六調子の一。十二律の盤渉を基音とする調子。秋から冬にかけてのもの。
一五 中将の言。どうです。それでは。妹尼に弾琴を促す。
一六 妹尼、この人も相当な風流人で。
一七 妹尼の言。中将の笛を賞める。
一八 いやもう、私の琴は調子外れで。
一九 当世は、ほとんど一般の人が(琴(きん)の琴を)今では好まなくなったので。
二〇 「琴の音に峰の松風かよふらしいづれのをよりしらべそめけむ」(拾遺集・雑上・斎宮女御)。
二一 琴の音を引き立てる。
二二 (母尼は)ますます愛でずにはいられなくて、眠気も催さずに。
二三 母尼の言。「女(をむな)」は正しくは「嫗(おむな)」で

る笛《ふえ》の音《ね》に、月もかよひて澄《す》める心《(ここ)》ちすれば、[二二]いよ〳〵めでられて、よゐ《(ひ)》まどひもせず起《お》きゐたり。

[二三]「女は、むかしはあづま琴《ごと》[二四]をこそは、こともなく弾《ひ》きはべりしかど、今の世《よ》には変《か》[二五]はりにたるにやあらむ、[二六]この僧都《そうづ》の、聞《き》きにくし、[二七]念仏より外《(ほか)》のあだわざなせそとはしたなめられしかば、何《なに》[二八]かはとて弾《ひ》き侍らぬなり。[二九]さるは、いとよく鳴《な》る琴《こと》も侍り」と言《い》ひつゞけて、いと弾《ひ》かまほしと思《(おもひ)》たれば、いとしのびやかにうち笑《わら》ひて、[三〇]「いとあやしきことをも制《せい》しきこえ給《(たまひ)》ける僧都《そうづ》かな。極楽《ごくらく》[三一]といふなる所には、菩薩《ぼさつ》[三二]などもみなかゝることをして、天人なども舞《ま》ひ遊《あそ》ぶこそたうとかなれ[三三(ふ)]。[三四(お)]をこなひまぎれ、罪得《つみう》べきことかは。こよひ聞《き》き侍らばや」と言《い》ふに、[三五]とすかせば、いとよしと思《(おもひ)》て、[三六]「いで、殿守《とのもり》のくそ。あづま取《と》りて」と言《い》ふにも、咳《しはぶき》は絶《た》えず、人ゝは見《み》ぐるしと思へど、僧都《そうづ》をさへうらめしげに愁《うれ》[三七]へて言《い》ひ聞《き》かすれば、いとお《(ほ)》しくてまかせたり。取《と》り寄《よ》せて、[三八]たゞ今の笛《ふえ》の音《ね》をもたづねず、たゞを《(お)》のが心をやりて、あづまの調《しら》べを爪《つま》[三九]さはやかに調《しら》ぶ。みな異《こと》[四〇]物は声《こゑ》をやめつるを、[四一]これをのみめでたると思《(おもひ)》て、[四二]「たけふ、ちゝり〳〵、たりたんな」などかき[四三]返《かへ》しはやりかに弾《ひ》きたる、言葉《ことば》ども、わりなく古《ふる》めきたり。

老女の意、母尼の自称。「おむな」を誤って「女」と表記する例は古い。二四 和琴。大和琴とも。日本古来の楽器で六絃。二五 奏法が。

二六 横川の僧都が。

24 母尼の弾琴で白ける

二七 往生要集は念仏以外の余業を禁止。

二八 何の、弾くものかと思って。

二九 それにしても、とても響きのよい和琴も。

三〇 中将の言。全く妙なことをとどめ申された僧都ですな。三一 西方十万億土のかなたにある阿弥陀如来の浄土。

三二 菩提薩埵《(ぼだいさつた)》の略。仏道を求め衆生を教化する者。仏の次に位する名号。当時の菩薩像には音楽を楽しむものが多い。平等院鳳凰堂の二十五菩薩小像など。

三三 尊いことだと聞いています。

三四 (そのために)勤行に気が散って、罪つくりになるはずもない。三五 おだてると。

三六 母尼の言。さあ、殿守さん。和琴を取って来て。「殿守」は侍女の呼び名。親などが殿司《(とのもりづかさ)》に仕えていたための呼称か。「くそ」は敬意や親しみをこめて呼びかけるときに用いる語。

三七 (中将に)嘆き訴えるので。三八 たった今の(中将が吹いた)笛の音がどんな調子か考え合せもせず。三九 和琴は、へら状の爪で弾く。

四〇 他の楽器は演奏をやめたので。四一 (母尼は皆が)自分の和琴だけをほめていると。

四二 母尼の言。「たけふ(武生)」は催馬楽・道の口(浮舟二三六頁注一五)の一節、「ちゝり…たりたんな」は笛の譜を歌うこと(唱歌)か。催馬楽の歌詞は、浮舟巻の母親の言葉を浮舟に連想させ、漂泊の思いを誘う。

四三 琴爪の裏で絃をはじく、その歌詞は言いようもなく古めかしい。

「一いとお《(を)》かしう、今の世に聞《き》こえぬ言葉《ことば》こそは弾《ひ》き給《(たまひ)》けれ」とほむれば、二耳《みゝ》ほのぐ〳〵しく、かたはらなる人に問《と》ひ聞《き》きて、「三今様《いまやう》の若《わか》き人は、四かやうなることをぞ好《この》まれざりける。こゝに月ごろ物し給《(たまふ)》める五姫君、かたちいとけうらに物し給《(たまふ)》めれど、六もはら、かやうなる七あだわざなどし給はず、埋《う》もれてなん物し給《(たまふ)》める」と八我《(われ)》かしこにうちあざ笑《わら》ひて語《かた》るを、尼《あま》君などは九かたはらいたしとおぼす。これに一〇事《こと》みなさめて帰《かへ》り給《(たまふ)》程も、山おろし吹《(ふき)》て、一一聞《き》こえ来《く》る笛《ふえ》の音《ね》いとお《(を)》かしう聞《き》こえて、一二起《お》き明《あ》かしたるつとめて、

一三よべは、かた〴〵心乱《みだ》れ侍《(はべり)》しかば、急《いそ》ぎまかで侍《(はべり)》し。

一四忘《わす》られぬ昔のことも笛竹《ふえ》のつらきふしにも音《ね》ぞ泣《な》かれける

猶《(なほ)》すこし一五おぼし知《し》るばかり教《をし》へなさせ給へ。一六忍《しの》ばれぬべくは、すき〴〵しきまでも、何《なに》かは。

とあるを、一七いとゞわびたるは、涙とゞめがたげなるけしきにて、書《か》き給ふ。

一八笛の音《ね》に昔のこともしのばれてかへりし程も袖ぞぬれにし

あやしう、物思ひ知《し》らぬにやとまで見《み》侍《(はべる)》一九ありさまは、老《お》い人の問《と》はず語《がた》りに聞《き》こしめしけむかし。

一 中将の言。当節には聞けない唱歌をおもしろくお弾きになったよ。
二 耳も遠くなっているので。
三 母尼の言。
四 このような音楽などを。
五 浮舟。
六 全然。男性用語。他四例は男性の例。
七 つまらぬ遊び事。
八 自分一人が偉そうに(他人の気持など構わず)大声で笑う。
九 聞き苦しいと。
一〇 すっかり興ざめして。
一一 中将が笛を吹きながら帰る、その笛の音が風に乗って趣深く聞えてくる。
一二 (尼君たちが)寝ずに夜を明かした早朝に。
一三 中将の手紙。昨夜は、あれこれと。亡き妻や浮舟のことなど。

25 翌朝、中将の消息

一四 忘れられない亡き妻や冷淡な浮舟の事につけ、声を上げて泣かずにはいられなかった。「事」「琴」の掛詞、自分が吹いた「笛竹」は竹の縁で「ふし(節)」の序詞となる。
一五 浮舟に私の心がお分りになるくらい。妹尼に説得を頼む。
一六 我慢できるくらいなら、何で色めかしい言動にまで及ぼうか。
一七 以前にもまして物悲しい思いの妹尼は。
一八 妹尼の歌。あなたの笛の音に亡き娘が恋しく思い出されて、帰られたあとも袖が涙で濡れたことです。「こと」に「琴」をひびかす。
一九 浮舟の様子は、母尼の問わず語りでお分りになったでしょうよ。
二〇 すばらしくもない返歌も見がいのない気がして。
二一 そのまま捨て置かれたろう。語り手の評。

とあり。二〇めづらしからぬも見《み》所なき心《(こゝ)》ちして、二一うちを《(お)》かれけん。

二二お《(を)》ぎの葉《は》にを《(お)》とらぬほど〳〵にを《(お)》とづれわたる、二三いとむつかしうもあるかな、人の心はあながちなる物なりけり、と二四見《み》知《し》りにしお《(を)》り〳〵も、やう〳〵思《(おもひ)》出《い》づるまゝに、「二五猶《(なほ)》かゝる筋《すぢ》のこと、人《ひと》にも思《(おもひ)》放《はな》たすべきさまにとくなし給《(たまひ)》てよ」とて、経ならい《(ひ)》て二六読《よ》み給《(たまふ)》。心のうちにも念《ねん》じ給へり。かくよろづにつけて、二七世中《(よのなか)》を思《(おもひ)》捨《す》つれば、若《わか》き人とてお《(を)》二八かしやかなることもことになく、むすぼほ《ゝ》れたる本上《(ほんじやう)》なめりと思《(おもふ)》。二九かたちの見《み》るかひ有《(あり)》うつくしきに、三〇よろづの咎見《とがみ》ゆるして、明《あ》け暮《く》れの見《み》物にしたり。すこしうちは《(わ)》らひ給《(たまふ)》お《(を)》りは、めづらしくめでたき物に思へり。

三一九月になりて、此《(この)》尼《あま》君、初瀬《はつせ》に詣《まう》づ。三二としごろいと心ぼそき身に、恋《こひ》しき人の上《うへ》も思《(おもひ)》やまれざりしを、三三かくあらぬ人ともおぼえ給はぬ慰《なぐさ》めを得《え》たれば、三四くわんを《(お)》んの御験《しるし》うれしとて、三五返《かへ》り申《(まうし)》だちて詣《まう》で給《(たまふ)》なりけり。「三六いざ給へ。人《ひと》やは知《し》らむとする。おなじ仏なれど、三七さやうの所にを《(お)》こなひたるなむ験《しるし》ありてよきためし多《おほ》かる」と言《い》ひて、そゝのかし立《(たつ)》れど、三八むかし母《はゝ》君、乳母《めのと》などの、かやうに言《い》ひ知《し》らせつゝ、たび〳〵詣《まう》でさせしを、かひなきにこそあめれ、三九命

青表紙他本「うちおかれけんかし」。

二二 秋風に荻がそよぐ葉ずれの音にも劣らぬほど便りが頻繁なのは。「お(を)」の音を重ねる和歌的表現。「秋風の吹くにつけても訪はぬかな荻の葉ならば音はしてまし」(後撰集・恋四・中務)。

二三 以下、浮舟の心内。とても煩しくいやなことだ、男の気持は無理無体なものだったよ。

二四 かつて思い知った折々のことも。匂宮の執心に懲りたことを思い出す。

二五 浮舟の言。やはりこういう色恋の面を、中将にも諦めさせるような姿に早く私をして下さい。出家願望をほのめかす。

二六 声を出して。

二七 俗世のこと。

二八 はなやかなことも特になく、憂鬱な性格なのだろう。妹尼の心内。

二九 容貌が見るかいあってかわいいので。

三〇 他のすべての欠点は大目に見て。

三一 浮舟が小野に来て半年経過。

三二 長年とても心細い思いで過ごしてきた身の上で、恋しい亡き娘のことも忘れられなかったが。

26 妹尼、初瀬に出立

三三 他人とは思えない、悲しみを慰めてくれる人(浮舟)を。三四 初瀬の観音の御霊験。

三五 お礼参りの形で。

三六 妹尼の言。浮舟に同行を求める。途中、誰にも知られないからと。

三七 初瀬のような尊い霊場で勤行すると、霊験があって幸運に恵まれる例が多い。

三八 以下、浮舟の心内。過去の体験から効験なしとする。

三九 その上、命まで思うにまかせず。入水を果せなかったこと。

さへ心にかなはず、たぐひなきいみじき目《め》を見《み》るはといと心うきうちにも、知《し》[一]らぬ人に具《ぐ》して、[二]さる道《みち》のありきをしたらんよと、空おそろしくおぼゆ。

[三]心ごはきさまには言《い》ひもなさで、「[四]心《(ここ)》ちのいとあしうのみ侍れば、[五]さやうならん道《みち》の程にもいかゞなど、つゝましうなむ」との給ふ。[六]物おぢは、さもし給《(たまふ)》べき人ぞかしと思《(おもひ)》て、しゐ《(ひ)》てもいざなはず。

[七]はかなくて世にふる河のうき瀬《せ》には尋《(たづね)》もゆかじ二本《もと》の杉

と手習《てならひ》[八]にまじりたるを、尼《あま》君見《み》つけて、「[九]二本《ふたもと》は、またもあひきこえんと思《(おもひ)》給《(たまふ)》人あるべし」と戯《たはぶ》れ言《ごと》を言《い》ひあてたるに、胸《むね》つぶれて面赤《おもてあか》め給へる、いとあい行《(ぎやう)》づきうつくしげなり。

[一〇]ふる河の杉の本だち知《し》らねども過《(すぎ)》にし人によそへてぞ見《み》る

[一一]ことなることなきいらへを、口《くち》とく言《い》ふ。[一二]しのびてと言《い》へど、みな人慕《した》ひつゝ、[一三]こゝには人少《ずく》なにて[一四]おはせんを[一五]心ぐるしがりて、[一六]心ばせある少将の尼《あま》、[一七]左衛門とてあるおとなしき人、童《わらは》ばかりぞとゞめたりける。

[一八]みな出《い》で立《た》ちけるをながめ出《い》でゝ、[一九]あさましきことを思《(おもひ)》ながらも、今はいかゞせむと、[二〇]頼《たの》もし人に思ふ人一人《ひとり》物し給はぬは心ぼそくもあるかなと、いと

一 妹尼。
二 そんな遠い道中の旅をしたらどうなるかと。
三 (とはいえ)強情に拒むふうには言いもしないで。
四 浮舟の言。
五 そんな遠出もどうかと。
六 浮舟は宇治で物の怪にとりつかれたことがあるから、恐怖心を抱くのも当然だとする。
七 浮舟の歌。心細くこの世に生きている私には辛い思い出しかない古河(初瀬川)のほとりにある二本の杉を尋ねようとは思いません。「古」「経る」の掛詞、「瀬」は「河」の縁語。「初瀬川古川のへに二本ある杉 年を経てまたもあひ見む二本ある杉」(古今集・雑体・旋頭歌・読人しらず)。原歌は、別れた恋人が再会を祈念する心を託したもの。浮舟歌はそれを逆手にとって示したが「二本の杉」に却って執念が現れた。
八 (他人に見せない)手習の反故にまじっていたのを。
九 妹尼の言。二本とは、またお逢いしたいとお思いの人がいるのでしょう。恋人がいるらしいと冗談ながら言い当てる。
一〇 妹尼の歌。あなたの素姓は知らないが、亡き娘の身代りと思う。
一一 格別すぐれたところもない返歌を即座に。
一二 目立たぬようにと。小人数の微行で。
一三 小野。
一四 浮舟が。
一五 (妹尼が)気の毒がって。
一六 気転のきく。
一七 侍女の呼び名。年配者。初出。

27 浮舟、碁を打つ

一八 皆が出立したと聞いて(浮舟は)ぼんやり外を眺めて。「ける」、青表紙他本「ぬる」。

つれづ〳〵なるに、中将の御文《ふみ》あり。「[二一]御覧《らん》ぜよ」と言《い》へど、聞《き》きも入《い》れ給はず。[二二]いとゞ人も見《み》えず、つれ〴〵と来《き》し方《かた》行《(ゆく)》先《さき》を思《(おもひ)》屈《くむ》じ給ふ。「[二三]苦《くる》しきまでもながめさせ給《(たまふ)》かな。御五《(ご)》[二四]を打《う》たせ給へ」と言《い》ふ。「[二五]いとあやしうこそはありしか」とはの給へど、打《う》たむとおぼしたれば、盤取《ばむと》りにやりて、[二六]われはと思《(おもひ)》て先《せん》ぜさせたてまつりたるに、[二七]いとこよなければ、又手《て》なを《(ほ)》して打《う》つ。「[二八]尼上《あまうへ》とう帰《かへ》らせ給はなん。此《(この)》御五《(ご)》見《み》せたてまつらむ。[二九]かの御五《(ご)》ぞいとつよかりし。[三〇]僧都《そうづ》の君、はやうよりいみじう好《この》ませ給《(たまひ)》て、[三一]けしうはあらずとおぼしたりしを、いと[三二]棋聖《きせい》大徳《とこ》になりて、[三三]さし出《い》でてこそ打《う》たざらめ、[三四]御五《(ご)》には負《ま》けじかしと聞《き》こえ給《(たまひ)》しに、つゐ《(ひ)》に僧都《そうづ》なん、[三五]二《ふた》つ負《ま》け給《(たまひ)》し。[三六]棋聖《きせい》が五《(ご)》にはまさらせ給《(たまふ)》べきなめり。あないみじ」とけう《(きよう)》ずれば、[三七]さだすぎたる尼《あま》びたい《(ひ)》の見《み》つかぬに、[三八]物好《ごの》みするにむつかしきこともしそめてける哉《(かな)》と思《(おもひ)》て、心《(ここ)》ちあしとて臥《ふ》し給《(たまひ)》ぬ。「[三九]時〳〵はれ〴〵しうもてなしておはしませ。あたら御身を、[四〇]いみじう沈《しづ》みてもてなさせ給《(たまふ)》こそくちお《(を)》しう、玉に疵《きず》あらん心《(ここ)》ちし侍れ」と言《い》ふ。夕暮《(ゆふぐれ)》の風の音もあはれなるに、思《(おもひ)》出《い》づることも多《おほ》くて、

[四一]心には秋の夕《(ゆふべ)》をわかねどもながむる袖に露ぞみだるゝ

一九 あまりにも情けない身の上を。
二〇 頼りにしている唯一人の妹尼が。
二一 少将尼の言。中将の手紙を。
二二 妹尼一行が出かけたのでいよいよ。
二三 少将尼の言。(私どもまでが)つらいほど。
二四 碁の宛て字。「つれづれ慰むもの　碁・双六・物語」(枕草子)。
二五 浮舟の言。(碁は)とても下手だったが。
二六 (少将尼は)自分の方が強かろうと、浮舟に先手を打たす。碁は弱い方が先手。
二七 (浮舟は)すばらしく上手なので、もう一度、手を改めて。今度は少将尼が先手。
二八 少将尼の言。妹尼が早くお帰りになってほしい。
二九 妹尼の。三〇 横川の僧都。
三一 自分ではかなりの腕前と。
三二 碁の名人を気取って。「備前掾橘良利(略)出家して寛蓮と名づく。(略)碁の上手なるによりて碁聖と名づく」(花鳥余情)。
三三 自分から進んでは打たないが。
三四 妹尼の。
三五 三番勝負で二敗なさった。
三六 (浮舟は)僧都の碁よりお強いに違いない。まあすごい、と面白がる。
三七 年老いた尼そぎのみっともないのに。
三八 碁などを好むのでやっかいなことに手をつけてしまったよと。
三九 少将尼の言。時には晴れやかにお遊び下さい。もったいない若い御身を。
四〇 ひどく沈みこんでおいでなのはいかにも残念。
四一 浮舟の歌。自分には秋の情趣が格別分るわけではないが、物思いにふけると自然に涙の露が乱れ落ちて袖が濡れることだ。

月さし出《い》でゝお《(を)》かしき程に、昼《ひる》、文《ふみ》ありつる中将おはしたり。[一]あなうたて、こは何《なに》ぞ、とおぼえ給へば、奥深《おくふか》く入給《(いりたまふ)》を、[二]「さもあまりにもおはします物かな。[三]御心ざしのほどもあはれまさるお《(を)》りにこそ侍《(はべ)》めれ。ほのかにも、[四]聞《き》こえ給はんことも聞《き》かせ給へ。[五]しみつかんことのやうにおぼしめしたるこそ」など言《い》ふに、[六]いとはしたなくおぼゆ。[七]おはせぬよしを言《い》へど、[八]昼《ひる》の使《つかひ》の、一《ひと》所など問《と》ひ聞《き》き《ゝ》たるなるべし。いと言多《ことおほ》くうらみて、[九]「御声《こゑ》も聞《き》き《ゝ》侍《(はべ)》らじ。たゞけ[一〇]近《ちか》くて聞《き》こえんことを、[一一]聞《き》きにくしともいかにともおぼしことは《(わ)》れ」とよろづに言《い》ひわびて、[一二]「いと心うく。[一三]所につけてこそ、物のあはれもまされ。あまりかゝるは」などあ[一四]はめつゝ、

[一五]「山里の秋の夜ふかきあはれをももの思ふ人は思《(おもひ)》こそ知《し》れ

[一六]を《(お)》のづから御心も通《かよ》ひぬべきを」などあれば、[一七]「尼君《あま》おはせで、紛《まぎら》はしきこゆべき人も侍らず。[一八]いと世《よ》づかぬやうならむ」と[一九]せむれば、

[二〇]憂《(うき)》物と思《(おもひ)》もしらですぐす身を物おもふ人と人《ひと》は知《し》りけり

[二一]わざといらへともなきを、[二二]聞《き》き《ゝ》て伝《つた》へきこゆれば、いとあはれと思《(おもひ)》て、[二三]「猶《(なほ)》たゞいさゝか出《い》で給へと聞《き》こえ動《うご》かせ」と、[二四]この人ゝをわりなきまでうらみ

28 月夜に中将来訪

一 浮舟の心内。まあいやな、これはどうしたことか。
二 少将尼の言。それはあまりのなさりようで。
三 中将の御厚志も一入身にしむ折。人恋しさもつのる秋の夜だと。
四 中将の申しなされようも。
五 (中将の話を聞くだけで)深い仲になってはと気になさるのは(思い過ごしです)。
六 ひっこみがつかずきまりの悪い思いがする。青表紙他本「うしろめたく」。
七 (少将尼が)浮舟はご不在の由を。
八 昼間来た使が、浮舟一人は残っておいでだと。
九 中将の言。浮舟のお声も。
一〇 おそば近くで私の申すことを。
一一 それが聞きづらいともどうともご判断下さい。 一二 中将の言。
一三 寂しい山里なればこそ、物のあわれもまさるというもの、これでは余りに情けない。
一四 何度もなじっては。
一五 中将の歌。山里の秋の夜更けの情趣も、物思いを知る人ならよくお分りのはず。
一六 お互い物思う同士ゆえ心が通い合うはずです。
一七 少将尼の言。妹尼がご不在で、うまくお取りなし申すような人も。返歌を代作できる人もいないと言う。
一八 (それは)いかにも世間知らずのようだ。
一九 浮舟を。
二〇 浮舟の歌。つらい身の上とも知らず過ごしているのに、物思いする人だと、人は(勝手に)思うのだった。

29 浮舟、母尼の部屋に

一緒にしないでほしい、の心。
二一 とくに返歌というわけではないが。「いらへとも」、青表紙他本「いふとも」。

給《（たまふ）》。「[二五]あやしきまでつれなくぞ見《み》え給《（たまふ）》や」とて、入《い》りて見《み》れば、例はかりそめにもさしのぞき給はぬ[二六]老人《（おいびと）》の御方《かた》に入《い》り給《（たまひ）》にけり。[二七]あさましう思《（おもひ）》て、かくなんと聞《き》こゆれば、「[二八]かゝる所にながめ給《（たまふ）》らん心のうちのあはれに、[二九]大方《おほかた》のありさまなどもなさけなかるまじき人の、いとあまり[三〇]思《（おもひ）》知《し》らぬ人よりも、けにもてなし給《（たまふ）》めるこそ。[三一]それ物懲《ご》りし給へるか。[三二]猶《（なほ）》いかなるさまに世をうらみて、いつまでおはすべき人ぞ」などありさま問《と》ひて、いとゆかしげにのみおぼいたれど、こまかなることは、いかでかは言《い》ひ聞《き》かせん。たゞ、「[三三]知《し》りきこえ給《（たまふ）》べき人の、年比《とし（ごろ）》はうと〳〵しきやうにて過《す》ぐし給《（たまひ）》しを、[三四]初瀬《せ》に詣《まう》であひ給《（たまひ）》て、尋《（たづね）》きこえ給《（たまひ）》つる」とぞ言《い》ふ。

[三五]姫君《ひめ》は、いとむつかしとのみ聞《き》く老《お》い人のあたりにうつぶしふし〳〵て、寝《い》も寝《ね》られず。[三六]よひまどひは、[三七]えもいはずおどろ〳〵しきいびきしつゝ、前《まへ》にもうち[三八]すがひたる尼《あま》ども二人臥《ふたりふ》して、[三九]を《（お）》とらじといびきあはせたり。いとおそろしう、こよひこの人ゝにや食《く》はれなんと思《おも》ふも、お《（を）》しからぬ身なれど、例《れい》の心よは《（わ）》さは、[四〇]一《ひと》つ橋《はし》あやう《（ふ）》がりて帰《かへ》り来《き》たりけん物のやうに、わびしくおぼゆ。[四一]こもき、[四二]供《とも》に率《ゐ》ておはしつれど、[四三]色めきて、このめづらしきお《（を）》[四四]とこの艶《えん》だちゐたる方《かた》に

三二 少将尼が中将へ。
三三 中将の言。ほんの少しでも出て来て下さいと(浮舟に)お勧め下さい。
二四 ここにいる少将尼たちを。
二五 少将尼の言。(浮舟は)不思議なほど冷淡で。
二六 老いた母尼のお部屋に。
二七 少将尼は。
二八 中将の言。こんな山里に侘しく過ごしておいでという心情に心ひかれ。
二九 (その上)おおよその様子などから、情けの分らぬわけでもない人が。
三〇 情けの分らぬ人以上に冷淡な態度をとられるのは(全く心外だ)。
三一 いったい何か(男性関係など)でお懲りになったのか。ひどい目に遭った経験でも、と疑う。
三二 それにしても、どんな事情で世を恨み、またいつまで(そうして)おいでの人か。詳しい事情を知りたがる。
三三 少将尼の言。(妹尼が)お世話申される筋の人で、長年疎遠に過ごされたが。
三四 初瀬詣でで めぐりあい、探し出し申された方です。

30 尼君たちのいびき

三五 浮舟。まだ老母尼に会っていないが、気味悪いと聞いている。
三六 宵のうちから眠たがる癖は。
三七 言いようもなく仰山な高いびきをかき続け。
三八 (母尼に)似た老齢の尼たち。
三九 劣るものかと、いびきをかき合わせていた。戯画的な情景。
四〇 丸木橋。この話の出典未詳。
四一 浮舟づきの女童。→三四一頁一二行。
四二 (浮舟が)供に連れて母尼の部屋に来られたが。
四三 (こもきは)色気づいて。
四四 中将が気取って座っている方に。

帰《かへ》りゐ《(い)》にけり。いまや来《く》る、〱《(今や来る)》と待《(まち)》ゐたまへれど、[一]いとはかなき頼《たの》もし人なりや。

中将、言《い》ひわづらひて帰《かへ》りにければ、「[二]いとなさけなく、埋《む》もれてもおはしますかな。あたら御かたちを」など譏《そし》りて、みな一《ひと》所に寝《ね》ぬ。

夜中《なか》ばかりにやなりぬらんと思《(おもふ)》[三]ほどに、[四]尼《あま》君しはぶきおぼほれて起《お》きにたり。火《ほ》影《かげ》に、[五]頭《かしら》つきはいと白《しろ》きに、黒《くろ》き物をかづきて、この君《きみ》の臥《ふ》し給へる、あやしがりて、[六]鼬《いたち》とかいふなる物がさるわざする、額《ひたひ》に手《て》を当《あ》てて、「あやし。これは誰《たれ》ぞ」と[七]執念《しふね》げなる声《こゑ》にて見《み》おこせたる。さらにたゞいま食《く》ひてむとするとぞおぼゆる。[八]鬼《おに》の取《と》りもて来《き》けん程は、物のおぼえざりければ、[九]中〱心やすし。いかさまにせんとおぼゆるむつかしさにも、[一〇]いみじきさまにて生《い》き返《かへ》り、人になりて、[一一]又ありし色〱のうきことを思ひ乱《みだ》れ、[一二]むつかしともおそろしとも、物を思《おも》ふよ。[一三]死《し》なましかばこれよりもおそろしげなる物の中にこそはあらましか、と思《(おもひ)》やらる。

昔よりのことを、まどろまれぬまゝに、常《つね》よりも思《(おもひ)》つゞくるに、[一四]いと心うく、[一五]親《おや》と聞《き》こえけん人の御かたちも見《み》たてまつらず、[一六]遥《はる》かなる東《あづま》をかへる〱年月

一 何とも頼りにならない付き人だよ。語り手の評。
二 少将尼の言。まったく思いやりがなく、引込み思案なお方ですね。勿体ないお顔なのに。
三 浮舟が。 四 母尼がひどく咳きこんで。
五 髪かたち。白髪の上に黒い頭巾をかぶる。
六 鼬の疑い深い性質によるしぐさ。「鼬のまかげさすといふことなり」(河海抄)。→東屋一六五頁注四四。
七 疑い深そうな無気味な声をあげてこちらを見つめている。「おこす」は視点が浮舟に移ることを示す。
八 宇治で入水を決意したときの回想。「鬼も何も食ひ失へ」(三三六頁一一行)。「けん」は、浮舟の自失した意識を示す。
九 (意識がないので)かえって気は楽だ。
一〇 みじめな有様で蘇生し、人並に回復したので。
一一 再び昔のさまざまなつらいことを思い出して心が乱れ。
一二 (当面する)中将の不快さや老尼の恐怖など。
一三 もし自分が死ねば、老尼たちよりも恐ろしい地獄の鬼の中で責めさいなまれよう。
一四 まことに情けなく。以下、浮舟の心内。
一五 父親。宇治の八宮をさす。「けん」は母からの伝聞を示す。
一六 遥か遠い東国を長い歳月行き来して。養父が陸奥守、常陸介を歴任したのに伴う。
一七 中君。異母姉でも「はらから」という。
一八 思いがけぬ事から縁が切れたままになり。

31 悲運の身を想う

匂宮との一件で三条の小家に移ったこと。→東屋一六七頁。 一九 相応の身分にと(浮舟を)心にお決めになった人。正妻ではないが妻の一人にと思う

をゆきて、たまさかに尋《(たづね)》寄《よ》りて、うれし頼《たの》もしと思《(おもひ)》きこえしは[一七]らからの御あたりをも[一八]思《おも》はずにて絶《た》えすぎ、[一九]さる方《かた》に思《(おもひ)》さだめ給《(たまひ)》し人につけて、やう〳〵身[二〇]のうさをも慰《なぐさ》めつべききはめに、[二一]あさましうもてそこなひたる身を思《(おもひ)》もてゆけば、[二二]宮をすこしもあはれと思《おも》ひきこえけん心ぞいとけ[二三]しからぬ、[二四]たゞこの人の御ゆかりにさすらへぬるぞと思《おも》へば、[二五]小《こ》島《じま》の色をためしに契給《(ちぎりたまひ)》しを、などてお《(を)》かしと思《(おもひ)》きこえけんと、[二六]こよなく飽《あ》きにたる心《(ここ)》ちす。はじめより、[二七]薄《うす》きながらものどやかに物し給《(たまひ)》し人は、このお《(を)》りかのお《(を)》りなど思ひ出《い》づるぞ[二八]こよなかりける。[二九]かくてこそありけれと聞《き》きつけられたてまつらむはづかしさは、人よりまさりぬべし。さすがにこの世には、[三〇]ありし御さまを、よそながらだにいつか見《み》んずるとうち思《(おもふ)》、[三一]猶《(なほ)》わろの心や、かくだに思《おも》はじなど、[三二]心ひとつをかへさふ。

からうして鳥の鳴《な》くを聞《き》きて、[三三]いとうれし。[三四]母《はゝ》の御声《こゑ》を聞《き》きたらむは、ましていかならむと思《(おもひ)》明《あ》かして、心《(ここ)》ちもいとあし。[三五]供《とも》にてわたるべき人もとみに来《こ》ねば、猶《(なほ)》臥《ふ》し給《(たまひ)》つるに、[三六]いびきの人はいととく起《お》きて、粥《かゆ》など[三七]むつかしきことどもをもてはやして、[三八]「御前《おまへ》にとくきこしめせ」など寄《よ》り来《き》て言《い》へど、[三九]まかなひもいとゞ心づきなく、[四〇]うたて見《み》知《し》らぬ心《(ここ)》ちして、[四一]「なやましくなん」と

薫のこと。
二〇 不幸な身の上から脱け出せそうだった矢先に。　二一 すべてを持ち崩してしまったわが身のつたなさを。　二二 「匂をよきよと思つる事はくやしきと也」(孟津抄)。「これを聞きて、かぐや姫、少しあはれと思しけり」(竹取物語)。
二三 道に外れて感心できない。不倫の意。「和泉(式部)はけしからぬ方こそあれ」(紫式部日記)。
二四 ただもう匂宮とめぐり会った御縁で流浪の身となってしまったのだ。　二五 (かつて匂宮が)橘の小島の常磐木の色を例にして変らぬ愛を誓われたことを。→浮舟二二三頁五行。
二六 (そういう自分を)すっかり嫌悪する思いだ。
二七 深い思いでなくてもおだやかな愛情で気長に接してくださった人(薫)は。
二八 比べようがないほどすばらしかった。
二九 (浮舟は)こうして生きていたのだと(薫に)聞きつけられたら、その恥かしさは他の誰よりも深いものがあろう。　三〇 かつての(薫の)お姿を、せめてよそながらでも拝見することがあろうかと一瞬思う。　三一 やはりいけない未練だ、こんな事さえ思ってはならない。
三二 自分ひとりで何度も思い直してみる。
三三 魔物の支配する夜から解放されたよろこび。
三四 鳥の声から母の声を連想。「山鳥のほろほろと鳴く声聞けば父かとぞ思ふ母かとぞ思ふ」(玉葉集・釈教・行基)。　三五 供として部屋に帰るはずの人(こもき)も。　三六 母尼。
三七 不快な食事をいろいろもてなして。
三八 母尼の言。姫君(浮舟)も早く召しあがれ。「に」は、におかれても、の意。
三九 母尼の給仕ではますます気が進まず。
四〇 経験したこともない不快な気持がして。
四一 浮舟の言。気分が悪くて。

[一]ことなしび給《(たまふ)》を、しひて言《い》ふもいとこちなし。

下種《げす》[二]〳〵しきほう《(ふ)》しばらなどあまた来《き》て、「[三]僧都《そうづ》、けふ下《お》りさせ給《(たまふ)》べし」。「[四]などにはかには」と問《と》ふなれば、「[五]一品宮《(いつぽんのみや)》の御物のけに悩《なや》ませ給《(たまひ)》ける、山[六]の座主《ざすみ》御すほう《(ふ)》仕《つか》まつらせ給へど、猶《(なほ)》僧都《そうづ》まい《(ゐ)》らせ給はでは験《しるし》なしとて、昨日二たびなん召《め》し侍《(はべり)》し。[七]右大臣殿の四位の少将、よべ夜ふけてなん登《のぼ》りおはしまして、后《きさい》の宮の御文など侍《(はべり)》ければ、下《お》りさせ給《(たまふ)》なり」[八]など、いと[九]はなやかに言《い》ひなす。はづかしうとも、[一〇]あひて尼《あま》になし給《(たまひ)》てよと言《い》はん、[一一]さかしら人少《すく》なくてよきお《(を)》りにこそと思へば、起《お》きて、「[一二]心《(ここ)》ちのいとあしうのみ侍《(はべる)》を、僧都の下《お》りさせ給へらんに、[一三]忌《い》むこと受《う》け侍らんとなむ思侍《(おもひはべる)》を、さやうに聞《き》こえ給へ」と語《かた》らひ給へば、[一四]ほけ〳〵しう打《(うち)》うなづく。

[一五]例の方《かた》におはして、髪《かみ》は[一六]尼《あま》君のみ梳《けづ》り給《(たまふ)》を、こと人に手触《てふ》れさせんもうたておぼゆるに、[一七]手《て》づからはたえせぬことなれば、たゞすこしとき下《くだ》して、[一八]親《おや》に今一たびかうながらのさまを見《み》えずなりなむこそ、人やりならずいとかなしけれ。[一九]いたうわづらひしけにや、髪《かみ》もすこし落《お》ち細《ほそ》りたる心《(ここ)》ちすれど、何《なに》ばかりも衰《おとろ》へず、いと多《おほ》くて、六尺ばかりなる末《すゑ》などぞいとうつくしかりける。[二〇]筋《すぢ》なども

一 さりげなくお断りになるので。

32 僧都、下山の知らせ

二 いかにも下役ふうの品のない法師たちが大勢来て。
三 横川僧都の下山を予告。
四 びっくりして尋ねる声が聞える。
五 僧の言。明石中宮腹の女一宮。
六 延暦寺の天台座主が御修法(祈禱)を。
七 夕霧の子息。少将は正五位下相当官だが、名門に相応しく四位。「后の宮」は明石中宮。
八 青表紙他本多く「と」。
九 得意げに吹聴する。
一〇 僧都に。
一一 出家に反対して口出ししそうな妹尼など。
一二 浮舟の言。
一三 受戒。蘇生直後、五戒は受けたが不満(→三三七頁注四〇)、今回は正式の剃髪を望む。
一四 母尼は、ぼけた様子で(わけも分らず)ただうなずく。
一五 いつもの自室。
一六 平素は妹尼だけが髪をとかしなさるので。
一七 とはいえ、自分ではできないことだから。
一八 母にもう一度このままの姿を見られずに終るとしたら、自分から望んだこととはいえとても悲しい。
一九 大病したせいか。
二〇 毛筋なども繊細で。
二一 浮舟の言。まさか尼になれとことさら思って撫ではされなかったろうに。「たらちめはかかれとてしもむばたまのわが黒髪を撫でずやあ

いとこまかに、うつくしげなり。「[二一]かゝれとても」とひとりごちゐ給へり。

暮《く》れ方《がた》に、僧都《そうづ》ものし給へり。[二二]南面《みなみおもて》払《はら》ひしつらひて、[二三]まろなる頭《かしら》つき行《ゆ》きちがひさは《わ》ぎたるも、例に変《か》はりていとおそろしき心《ここ》ちす。[二四]母《はゝ》の御方《かた》にまい《ゐ》り給《たまひ》て、「いかにぞ、月比《ごろ》は」など言《い》ふ。「[二五]東《ひんがし》の御方は物詣《まう》でし給《たまひ》にきとか。[二六]このおはせし人は、なを《ほ》ものし給《たまふ》や」など問《ゝ》ひ給《たまふ》。「[二七]しか。こゝにとまりてなん。心《ここ》ちあしとこそ物し給《たまひ》て、[二八]忌《い》むこと受《う》けたてまつらんとの給《たまひ》つる」と語《かた》る。

立《た》ちて[二九]こなたにいまして、「こゝにやおはします」とて、き丁《ちやう》のもとに[三〇]ついゐ給へば、つゝましけれど、ゐざり寄《よ》りていらへし給《たまふ》。「[三一]不意《ふい》にて見《み》たてまつりそめてしも、[三二]さるべき昔の契《ちぎり》ありけるにこそと思《おもひ》給へて、御祈《いの》りなどもねんごろに仕《つか》うまつりしを、[三三]ほう《ふ》しはその事となくて御文聞《ふみき》こえうけ給はらむも便《びん》なければ、[三四]自然《じねん》になんをろ《お》かなるやうになり侍《はべり》ぬる。[三五]いとあやしきさまに、世《よ》を背《そむ》き給へる人の御あたり、いかでおはしますらん」との給《たまふ》。「[三六]世中《よのなか》に侍らじと思《おもひ》たち侍《はべり》し身の、[三七]いとあやしくていまま《ゝ》で侍《はべり》つるを、心うしと思侍《おもひはべる》物から、[三八]よろづにせさせ給《たまひ》ける御心ばえ《へ》をなむ、言《い》ふかひなき心《ここ》ちにも思《おもひ》給へ知《し》らるゝを、[三九]猶《なほ》世《よ》づかずのみ、つゐ《ひ》にえとまるまじく思《おもひ》給へらるゝを、尼《あま》にな

りけむ」(後撰集・雑三・遍照)。

二二 寝殿の南廂。正客を迎える。

二三 剃髪した丸い頭の僧たちが、右往左往して騒がしいのも。

二四 僧都が、母尼のもとに。

二五 僧都の言。東の対に住む妹尼は。

二六 こちらにおいでになった人。浮舟。

二七 母尼の言。いかにも。ここに居残っておいでで。

二八 僧都から戒をお受け申したいと。

二九 浮舟の部屋に。

三〇 ひざまずかれるので。

33 浮舟、出家を懇願

三一 僧都の言。思いがけず(宇治院で)初めてお目にかかったのも。「不意」は男性語。

三二 邂逅も因縁によるとする考え。

三三 法師は格別の用件もなくて女人と手紙をやり取りするのは不都合。

三四 おのずから疎遠になってしまった次第。

三五 母尼のぼけた醜さをいう。「御」は母尼への敬意。

三六 浮舟の言。入水を決意したときから語り始める。

三七 不思議に今まで生きていたのを情けないと思うものの。

三八 万事につけてお世話下さった御厚志を、とるに足らない私の気持にもありがたく存じますが。

三九 やはり世俗にはどうしてもなじまず、結局は生きていけそうもない気が致しますので。

させ給《(たまひ)》てよ。世中《(よのなか)》に侍《(はべる)》とも、[一]例の人にてながらふべくも侍らぬ身になむ」と聞《き》こえ給《(たまふ)》。

「[二]まだいと行《ゆ》く先《さき》とを《(ほ)》げなる御程に、いかでか、[三]ひたみちにしかはおぼしたゝむ。[四]かへりて罪《つみ》ある事也《(なり)》。思立《(おもひたち)》て、[五]心を起《お》こし給《(たまふ)》ほどは強《つよ》くおぼせど、年月経《ふ》れば、女の御身といふ物いとたい[六]〴〵しき物になん」とのたまへば、「[七]幼《をさな》く侍《(はべり)》しほどより、物をのみ思《(おもふ)》べき有《(あり)》さまにて、[八]親《おや》なども尼《あま》になしてや見《み》ましなどなむ思《(おもひ)》の給《(たまひ)》し。まして、すこしもの思《(おもひ)し》知りて後《(のち)》は、[九]例の人ざまならで、後《のち》の世をだにと思《(おもふ)》心深《ふかゝ》かりしを、[一〇]亡《な》くなるべき程のやう〳〵近《ちか》くなり侍《(はべる)》にや、心《(こゝ)》ちのいとよは《(わ)》くのみなり侍《(はべる)》を、[一一]猶《(なほ)》いかで」とて、うち泣《な》きつゝの給《(たまふ)》。

[一二]あやしく、かゝるかたちありさまを、などて身をいとはしく思《(おもひ)》はじめ給《(たまひ)》けん、物のけもさこそ言《い》ふなりしか、と思《(おもひ)》あはするに、[一三]さるやうこそはあらめ、[一四]いままでも生《い》きたるべき人かは。[一五]あしき物の見《み》つけそめたるに、いとおそろしくあやう《(ふ)》きことなりとおぼして、「[一六]とまれかくまれ、おぼしたちての給《(たまふ)》を、[一七]三宝《ぼう》のいとかしこくほめ給《(たまふ)》こと也《(なり)》、[一八]ほう《(ふ)》しにて聞《き》こえ返《かへ》すべきことにあらず。[一九]御忌《い》むことは、いとやすく授《さづ》けたてまつるべきを、[二〇]急《きふ》なることにまかんでたれば、こ

一 世俗の人として。人妻となって。
二 僧都の言。将来性のありそうな身で。
三 一途に出家を。
四 (前途ある身の出家は)却って罪深い。
五 発心の当座は道心が堅固でも。
六 先行き平穏でなく厄介で。女は罪障が深い。
七 浮舟の言。
八 母の中将君が中君に、浮舟を出家させようかと語った事実。↓東屋一四六頁一二行。
九 世俗の生活ではなく(出家して)せめて後世の安楽をと。
一〇 死期が段々近づいたせいか。
一一 やはりどうか出家を、と懇請。

34 浮舟、ついに出家

一二 以下、僧都の心内。浮舟に取り憑いた物の怪の言を想起。↓三三五頁。
一三 (出家を望む)何か深いわけがあるのだろう。
一四 (あの時放置していたら)今までとても生きていられないはず。
一五 物の怪が目をつけていた者だから、このままではとても恐ろしく危険だ。
一六 僧都の言。とにもかくにも、決心なさっておっしゃるのを。次行の「聞こえ返す…」に続く。
一七 (出家は)仏が至極尊いこととして称賛なさることだ。挿入句。「三宝」は仏法僧をいうが、ここでは仏の意。

よひ[二一]かの宮にまい《(ゐ)》るべく侍り。あすよりや[二二]御《み》すほう《(ふ)》始《はじ》まるべく侍らん。[二三]七日はてゝまかでむに仕《つか》まつらむ」との給へば、かの尼《あま》君おはしなば、かならず言《い》ひさまたげてんといとくちお《(を)》しくて、「[二四]乱《みだ》り心《(ごこ)》ちのあしかりし程に、乱《みだ》るやうにていと苦《くる》しう侍れば、[二五]を《(お)》もくならば、忌《い》むことかひなくや侍らん。[二六]猶《(なほ)》けふはうれしきお《(を)》りとこそ思ひ侍れ」とて、いみじう泣《な》き給へば、[二七]聖《ひじり》心にいと〳〵お《(ほ)》しく思《(おもひ)》て、「[二八]夜《よ》やふけ侍《(はべり)》ぬらん。山より下《お》り侍《(はべる)》こと、昔はことゝもおぼえ給はざりしを、[二九]年の生《お》う《(ふ)》るまゝには、耐《た》へがたく侍《(はべり)》ければ、[三〇]うち休《やす》みて内《うち》にはまい《(ゐ)》らんと思侍《(おもひはべる)》を、[三一]しかおぼし急《いそ》ぐことなれば、けふ仕《つか》うまつりてん」との給《(たまふ)》に、いとうれしくなりぬ。

[三二]鋏《はさみ》とりて、櫛《くし》の箱《はこ》の蓋《ふた》さし出《い》でたれば、「[三三]いづら、大徳《とこ》たち。こゝに」と呼《よ》ぶ。[三四]はじめ見《み》つけたてまつりし二人《ふたり》ながら、供《とも》にありければ、呼《よ》び入《い》れて、「[三五]御髪《ぐし》おろしたてまつれ」と言《い》ふ。げに[三六]いみじかりし人の御有《(あり)》さまなれば、[三七]うつし人にては、世《よ》におはせんもうたてこそあらめと、この阿闍梨《あざり》もことは《(わ)》りに思《(おもふ)》に、[三八]き丁《(ちやう)》の帷子《かたびら》のほころびより、御髪《かみ》をかき出《い》だし給《(たまひ)》つるが、いとあたらしくお《(を)》かしげなるになむ、[三九]しばし鋏《はさみ》をもてやすらひける。

一八 法師として反対することはできない。
一九 御受戒は、至極簡単にお授け申そうが。
二〇 下山したので。
二一 女一宮。
二二 御修法。病気平癒のための祈禱。
二三 七日間の御修法が終って。
二四 浮舟の言。かつて取り乱した心がひどかった時には心をかき乱すように苦しうございますので。底本「みたる」、諸本「したる」「にたる」など異文が多く、解釈も不定。
二五 重態になれば、受戒もむだになりましょう。
二六 やはり今日は(受戒する)喜ばしい機会だと。
二七 聖僧の気持としてまことに不憫に思われて。
二八 僧都の言。浮舟の心を静めるため、一旦、話題を転じてから言い渡す。「おもしろきかきざまなり」(明星抄)。
二九 年をとるにつれて。「生ふ」は次第に成長する意。
三〇 (ここで)一休みしてから宮中に。
三一 それ程お急ぎのことだから。
三二 浮舟は。「櫛の箱の蓋」に切った髪を入れる。
三三 僧都の言。さあさあ。弟子たちに呼びかける。
三四 最初(宇治院で浮舟を)発見した僧たち。↓三二五頁一〇行。
三五 僧都の言。尼そぎにしてさしあげよ。
三六 (発見された時)異様な姿だったお人だから。
三七 世俗の人としては、生活なさるのもよくあるまいと。出家に理解を示す。
三八 几帳の帷子の縫い合せていない部分から、(浮舟が)髪をたばねて出す。几帳を隔てに置く。
三九 (剃髪役の阿闍梨は浮舟の髪の美しさに)一瞬鋏をもつ手を休めた。

かゝるほど、少将の尼《あま》は、[一]せうとの阿闍梨《あざり》の来《き》たるにあひて、下《しも》にゐたり。[二]左衛門《さゑもん》は、[三]この私《わたくし》の知《し》りたる人にあいしらふ《(ひ)》とて、[四]かゝる所にとりては、みなとりぐに、心寄《よ》せの人ゝめづらしうて出《い》で来《き》たるにはかなき事しける、[五]見入《みい》れなどしけるほどに、[六]こもき独《(ひとり)》して、[七]かゝることなんと少将の尼《あま》に告《つ》げたりければ、まどひて来《き》て見《み》るに、[八]わが御上《うへ》の衣《きぬ》、袈裟《けさ》などをことさら許《(ばかり)》とて着《き》せたてまつりて、[九]「親《おや》の御方《かた(を)》おがみたてまつり給へ」と言《い》ふに、[一〇]いづ方《かた》とも知《し》らぬほどなむ、え忍《しの》びあへ給はで泣《な》き給《(たまひ)》にける。[一一]「あなあさましや。[一二]などかくあふなきわざはせさせ給《(たまふ)》。[一三]上《うへ》、帰《かへ》りおはしては、いかなることをの給はせむ」と言《い》へど、[一四]かばかりにしそめつるを、言《い》ひ乱《みだ》るも物しと思《(おもひ)》て、僧都《そうづ》諫《いさ》め給へば、[一五]寄《よ》りてもえ妨《さまた》げず。[一六]「流《る》転《てん》三界《がい》ちう《(ちゆう)》」など言《い》ふにも、[一七]断《た》ちはててし物をと思《(おもひ)》出《い》づるもさすがなりけり。御髪《ぐし》もそぎわづらひて、[一八]「のどやかに、尼《あま》君たちしてなを《(ほ)》させ給へ」と言《い》ふ。[一九]額《ひたひ》は僧都《そうづ》ぞそぎ給《(たまふ)》。[二〇]「かゝる御かたちやつし給《(たまひ)》て、悔《く》ひ《(い)》給《(たまふ)》な」など[二一]たう《(ふ)》ときことども説《と》き聞《き》かせ給《(たまふ)》。[二二]とみにせさすべくもあらず、みな言《い》ひ知《し》らせ給へることを、うれしくもしつるかなと、[二三]これのみぞ仏は生《い》けるしるしありてとおぼえ給《(たまひ)》ける。

35 少将尼、気も動転

一 兄弟の阿闍梨が来たので対面。僧都の供の一人。
二 留守居の侍女。↓三五六頁一二行。
三 個人的な知人に応対するというので。次行の「見入れなど…」に続く。
四 来客のほとんどない山里では、各自が珍しく訪れた懇意の人たちに簡単なもてなし(夜食)をしたが。以上、挿入句。
五 世話などしていた時に。
六 女童一人で。浮舟の側にいた。
七 浮舟の剃髪を報告。
八 僧都がご自分の衣や袈裟などを。急なことで尼衣や袈裟もなく、僧都のものを代用。
九 僧都の言。出家に先立って、四恩(父母・国王・衆生・三宝)を拝する儀。
一〇 母のいる方角も分らない。
一一 少将尼の言。まあ、呆れたこと。
一二 無分別なことを。
一三 妹尼。
一四 出家の儀式が進行しはじめたのを、はたからとやかく言うのも見苦しいと。
一五 少将尼は。
一六 僧都の言。剃髪のときに字音で唱える偈(げ)。「流転三界中、恩愛不能脱、棄恩入無為、真実報恩者」(法苑珠林二十二)。
一七 (浮舟は)自分はとうに恩愛を断って入水を決意したのにと思い出すにつけても。
一八 阿闍梨の言。あとでゆっくり尼君たちに直してもらいなさい。
一九 額髪。
二〇 僧都の言。尼姿になられても。
二一 剃髪の後、師僧は三帰の功徳を説き、十善戒を授ける。「三帰」は仏・法・僧への帰依。「十善戒」は不殺生、不偸盗、不淫欲、不妄語、不

二四みな人ゝ出《い》でしづまりぬ。夜《よる》の風のを《(お)》とに、二五この人ゝは、「心ぼそき御住《す》まひもしばしの事ぞ。二六今いとめでたくなり給《(たまひ)》なんと頼《たの》みきこえつる御身を、二七かくしなさせ給《(たまひ)》て、残《のこ》り多《おほ》かる御世の末《すゑ》を、いかにせさせ給はんとするぞ。老《お》ひ《(い)》衰《おとろ》へたる人だに、二八今は限《かぎ》りと思《(おもひ)》はてられて、いとかなしきわざに侍《(はべり)》」と言《い》ひ知《し》らすれど、二九猶《(なほ)》たゞ今は、心やすくうれし、三〇世に経《ふ》べき物とは思《(おもひ)》かけずなりぬることそはいとめでたきことなれと、胸《むね》のあきたる心《(ここ)》ちぞし給《(たまひ)》ける。

三一つとめては、さすがに人のゆるさぬことなれば、三二変《か》はりたらむさま見《み》えんもいとはづかしく、髪《かみ》の裾《すそ》のにはかに三三おぼとれたるやうに、しどけなくさへそがれたるを、三四むつかしきことども言《い》はでつくろはん人もがなと、何事につけてもつゝましくて、三五暗《くら》うしなしておはす。思ふ事を人に言《い》ひつゞけん言《こと》の葉《は》は、三六もとよりだにはかぐ〳〵しからぬ身を、まいてなつかしう三七ことはる《(わ)》べき人さへなければ、たゞ硯《すゞり》に向《む》かひて、思《(おもひ)》あまるおり《(を)》には、三八手習《てならひ》をのみたけきこととは書《か》きつけ給《(たまふ)》。

　三九亡《な》きものに身をも人をも思《(おもひ)》つゝ捨《(すて)》てし世をぞさらに捨《す》てつる

四〇今は、かくて限《かぎ》りつるぞかし。

沽酒、不説四衆過、不自讃毀他、不慳貪、不瞋恚、不誹謗三宝の十戒。
三一 浮舟の心内。すぐに許してもらえそうもなく、皆が思いとどまるように言い聞かせた出家を。
三二 これ(出家できたこと)だけは生きていた効験があって、仏はありがたいと。青表紙他本「仏は」なし。
二四 僧都一行は京へ出立して。
二五 少将尼や左衛門ら。
二六 中将との結婚で将来の幸運を期待してきた。
二七 出家なさって、これからの長い人生を。
二八 (出家すれば)これが生涯の最後かと。
二九 浮舟の心内。

36 手習に心を託す

三〇 俗世で人妻として暮らさねばならぬと考えずにすむのは何よりすばらしいことだ。
三一 翌朝は、宿望の出家であったとはいえ、周囲が認めたわけではないので。
三二 今までとは変ったわが尼姿を、人に見られたら。
三三 ばらばらに乱れたような感じで、しかも不揃いに削がれているのを。
三四 うるさいことなど言わずに整えてくれる人がいてほしい。
三五 灯火もあえて暗くして。
三六 元来はっきり物が言えないわが身を。二行後の「思あまる…」に続く。
三七 親しく事情を説明できそうな相手もいないから。 三八 精いっぱいの仕事として。
三九 浮舟の歌。わが身をも他人をもすべてないものと思って捨てたこの世を、いま再び出家によって捨てたのだ。
四〇 今という今、すべてを終りにしたのだ。

と書《か》きても、一 猶《なほ》身《み》づからいとあはれと見《み》たまふ。

二 かぎりぞと思《おもひ》なりにし世間《よのなか》を返《かへすか》〳〵《へす》もそむきぬるかな

三 おなじ筋《すぢ》のことを、とかく書《か》きすさびゐ給へるに、中将の御文あり。四 物さは《わ》がしうあきれたる心《ここ》ちしあへる程にて、五 かゝることなど言《い》ひてけり。六 いとあへなしと思《おもひ》て、七 かゝる心の深《ふか》くありける人なりければ、八 はかなきいらへをもしそめじと思《おもひ》離《はな》るゝ成《なり》けり、九 さてもあへなきわざかな、いとお《を》かしく見《み》えし髪《かみ》のほどを、たしかに見《み》せよ、と一夜《ひとよ》も語《かた》らひしかば、一〇 さるべからむおり《を》にと言《い》ひしものをと、いとくちお《を》しうて、一一 立《たち》かへり、

一二 聞《き》こえん方《かた》なきは、

一三 岸《きし》遠く漕《こぎ》はなるらむあま舟に乗《のり》を《お》くれじといそがるゝかな

一四 例ならず取《と》りて見《み》給《たまふ》。物のあはれなるおり《を》に、一五 いまはと思《おもふ》もあはれなる物から、一六 いかゞおぼさるらん、いとはかなきものの《ゝ》端《はし》に、

一七 心こそうき世の岸をはなるれど行《ゆく》ゑ《へ》も知《し》らぬあまのうき木を

と、例《れい》の手習《てならひ》にし給へるを一八 包《つゝ》みてたてまつる。一九「書《か》き写《うつ》してだにこそ」との給へど、「二〇 中〳〵書《か》きそこなひ侍《はべり》なん」とてやりつ。二一 めづらしきにも、言《い》ふ方《かた》な

一 (恩愛を断ったと手習には書いたが)やはり(断ち切れぬ思いを残し)感無量となる。
二 浮舟の歌。これが最後と決意して捨てた俗世を重ね重ね捨てて尼になったのだ。惑いをさらに払おうと自分に言い聞かせる趣。

37 中将に返歌

三 前歌と同じ内容のことを。
四 浮舟の出家で人々が動転し茫然となっているさなか。
五 浮舟の出家を(中将の使者に)。
六 (それを伝え聞いた中将は)とてもがっかりして。
七 出家の願い。八 以下、中将の心内。
九 それにしてもあっけないことよ。
一〇 (少将尼が)折をみて手引きすると約束したのに。一一 折返し。
一二 中将の手紙。何とも申し上げようもない御出家の事は。そのまま歌に続く。
一三 中将の歌。彼岸に向かって遠くこの世を漕ぎ離れようとするあなたを追って私も後れまいと気がせかれます。「海人」と「尼」、「乗り」と「法」の掛詞、「岸」「漕《こ》ぎはなる」「乗《の》り」が縁語。多様な修辞に無念の思いを託す。
一四 浮舟は。
一五 浮舟の心内。(中将がどんなに私を追い求めても)今はこれまでと思うと不憫だが。
一六 (浮舟は)どうお思いなのか。語り手の言。
一七 浮舟の歌。心だけはつらいこの世の岸を離れても行く先も分らぬ海人の舟のような頼りない尼の身の上です。「うき木」は水に漂う木で、ここは舟の意。
一八 少将尼が中将に。
一九 浮舟の言。(手習は見苦しいから)せめて清書して差し上げて下さい。

くかなしうなむおぼえける。

[二二]物詣《まう》での人帰《かへ》り給《(たまひ)》て、思《(おもひ)》さはぎ《(わ)》給《(たまふ)》こと限《かぎ》りなし。「[二三]かゝる身にては、すゝめきこえんこそはと思《(おもひ)》なし侍れど、[二四]残《のこ》り多《おほ》かる御身を、いかで経《へ》たまはむとすらむ。をのれ《(お)》は世に侍らんこと、[二五]けふあすとも知《し》りがたきに、[二六]いかでうしろやすく見《み》たてまつらむと、[二七]よろづに思《(おもひ)》給へてこそ、仏にも祈《(いのり)》きこえつれ」と、[二八]臥《ふ》しまろびつゝ、いといみじげに思《(おもひ)》給へるに、[二九]まことの親《おや》の、やがて骸《から》もなき物と思《(おもひ)》まどひ給《(たまひ)》けんほど推《お》しはからるゝぞ、まづいとかなしかりける。例のいらへもせで背《そむ》きゐ給へるさま、[三〇]いと若《わか》くうつくしげなれば、いと物はかなくぞおはしける御心なれど、泣《な》く〳〵[三一]御衣《ぞ》のことなどいそぎ給《(たまふ)》。[三二]鈍《にび》色は手馴《てな》れにしことなれば、[三三]小袿《こうちき》、袈裟《けさ》などしたり。[三四]ある人々も、かゝる色を[三五]縫《ぬ》い《(ひ)》着《き》せたてまつるにつけても、「[三六]いとおぼえず、うれしき山里の光《ひかり》と明《あ》け暮《く》れ見《み》たてまつりつる物を、口おしき《(を)》わざかな」と、[三七]あたらしがりつゝ、僧都をうらみ譏《そし》りけり。

一品宮《(いつぽんのみや)》の御なやみ、[三八]げにかの弟子の言《い》ひしもしるく、[三九]いちしるきことゞもありて、をこた《(お)》らせ給《(たまひ)》にければ、いよ〳〵いとたう《(ふ)》とき物に言《い》ひのゝしる。[四〇]名残もおそろしとて、[四一]御《み》すほう延《(ふ)の》べさせ給へば、[四二]とみにもえ帰《かへ》り入《い》らでさぶらひ

二〇 少将尼の言。書き直せばかえって見苦しくなります。

二一 直筆を手に入れても今更という中将の思い。

38 妹尼、悲嘆にくれる

二二 初瀬詣でをした妹尼たち。帰宅して動転。

二三 妹尼の言。尼の身としては、出家を勧めるのが本意だとは。

二四 これから先長い(あなたの)若い御身を。

二五 巻頭に「五十ばかり」とあった。「翁、年七十に余りぬ。けふともあすとも知らず」「翁、今年は五十ばかりなりけれども」(竹取物語)。

二六 (浮舟を)安心できるようにしてさしあげたいと。

二七 あれこれ思案すればこそ、観音様にもお祈り申したのに。

二八 悲嘆のあまり転げ回る。

二九 浮舟の心内。(他人でさえそうなのにまして)実の母が、行方不明のまま遺骸もないのかと悲嘆にくれただろう。

三〇 何とも頼りなくおいでだったお気持ではあるが。挿入句。

三一 浮舟の尼衣の用意など。

三二 尼衣の、濃いねずみ色。

三三 表着の上に着る略礼装。

三四 一緒にいる尼たち。

三五 浮舟に。

三六 尼たちの言。ほんに思いもかけず、(浮舟を)山里の光明とうれしく思って。

三七 残念がっては。

三八 あの弟子の僧が言った通り。→三六二頁三行。

三九 はっきりした効験が現れて。物の怪が退散。

39 僧都、一品宮に伺候

四〇 病後も油断できぬと。

四一 御祈禱を延期なさる。明石中宮の指図か。

四二 僧都はすぐにも帰山できず、宮中に伺候。

給《（たまふ）》に、雨など降《ふ》りてしめやかなる夜、召《め》[一]して夜居《よゐ》[二]にさぶらはせ給《（たまふ）》。[三]日ごろいたうさぶらひ極《ごう》じたる人はみな休《やす》みなどして、御前《おまへ》に人少《ずく》なにて、近《ちか》く起《お》きたる人少《すく》なきおり《（を）》に、[四]おなじ御丁《（みちやう）》におはしまして、「[五]昔より頼《たの》ませ給《（たまふ）》中にも、此《（この）》たびなん、いよ〳〵[六]後の世もかくこそはと頼《たの》もしきことまさりぬる」などの給はす。「[七]世の中に久しうはべるまじきさまに、仏なども教《をし》へ給へることども侍るうちに、ことし来年《らい》過《す》ぐしがたきやうになむ侍れば、仏を紛《まぎ》れなく念《ねん》じ勤《つと》め侍らんとて、深《ふか》く籠《こも》り侍《（はべる）》を、[八]かゝる仰《おほ》せ言《こと》にてまかり出《い》で侍《（はべり）》にし」など啓《けい》し給《（たまふ）》。

[九]御ものゝけの執念《しふね》きことを、さま〴〵に名《な》のるがおそろしきことなどの[一〇]給《（たまふ）》つゐ《（い）》でに、「[一一]いとあやしう、[一二]希有《けう》のことをなん見《み》給へし。この三月に、年老《（おい）》て侍《（はべる）》母《はゝ》の願《（ぐわん）》有《（あり）》て、初瀬《はつせ》に詣《まう》でて侍《（はべり）》しか[一三]へさの中宿《やど》りに、宇治《うぢ》の院といひ侍《（はべる）》所にまかり宿《やど》りしを、かくのごと、人住《す》まで年経《へ》ぬる大《おほ》きなる所は、[一四]よからぬ物かならず通《かよ》ひ住《す》みて、[一五]重《おも》き病者《びやうざ》のためあしき事どもと思《（おもひ）》給へしもしるく」とて、[一六]かの見《み》つけたりしことどもを語《かた》りきこえ給《（たまふ）》。「[一七]げにいとめづらかなることかな」とて、[一八]近《ちか》くさぶらふ人ゝみな寝入《ねい》りたるを、おそろしくおぼされ

一 中宮が僧都を。
二 一品宮(女一宮)の寝所近くに伺候して終夜加持する。
三 この幾日か、女一宮の看病でひどく疲れた女房たち。
四 中宮が女一宮と同じ御帳台に。
五 中宮の言。昔からそなたを頼りにしている、その中でも。「頼ませ給ふ」は中宮に自尊敬語を用いて僧都との身分の差を際立たせる語り手の語法。
六 来世もこのように救ってくれるものと。僧都の導きで極楽往生も疑いなしと期待する。
七 僧都の言。長命も能わぬ旨、仏の示教を予知したとする。
八 再度のお召しによって。→三六二頁五行。

40 僧都、浮舟を語る

九 女一宮についた物の怪がしつこいことを。「のたまふついでに」に続く。青表紙他本「を」なし。
一〇 中宮が。 一一 僧都の言。 一二 めったにないこと。男性語、源氏物語中、唯一の例。
一三 帰途の途中の宿泊所。
一四 たちの悪い魔性のもの。宇治院で行き倒れた女(浮舟)に法師が「鬼か、神か、狐か、木霊か」(三二七頁一一行)と尋問。
一五 僧都の母尼。
一六 浮舟を発見した折の様子を。
一七 中宮の言。
一八 女一宮づきの侍女。
一九 (中宮が侍女たちを)お起しになる。
二〇 薫と深い仲の宰相君(小宰相とも。→三八三頁)。

て、[一九]おどろかさせ給《(たまふ)》。[二〇]大将の語《かた》らひ給《(たまふ)》さい将《(しやう)》の君しも、このことを聞《き》きけり。おどろかさせ給《(たまふ)》人ゝは、[二一]何《なに》とも聞《き》かず。僧都、[二二]おぢさせ給へる御けしきを、心もなきこと啓《けい》してけりと思《(おもひ)》て、[二三]くはしくもその程のことをば言《い》ひさしつ。「[二四]その女人《(によにん)》、このたび[二五]まかり出《い》で侍《(はべり)》つるたよりに、小野《をの》に侍《(はべり)》つる尼《あま》どもあひとひ侍らんとてまかり寄《よ》りたりしに、泣《な》く〳〵出家の心ざし深《ふか》きよし、[二六]ねん比《(ごろ)》に語《かた》らひ侍《(はべり)》しかば、頭《かしら》おろし侍《(はべり)》にき。[二七]なにがしがいもうと、[二八]故衛門《ゑもん》の督《かみ》の妻《め》に侍《(はべり)》し尼《あま》なん、[二九]亡《う》せにし女子《ご》の代《か》はりにと、思《(おもひ)》よろこび侍《(はべり)》て、[三〇]随分《ずいぶん》にいたはりかしづき侍《(はべり)》けるを、[三一]かくなりたれば、うらみ侍《(はべ)》なり。げにぞ、[三二]かたちはいとうるはしくけうらにて、[三三]を《(お)》こなひやつれんもいとお《(ほ)》しげになむ侍《(はべり)》し。[三四]何《なに》人にか侍《(はべり)》けん」と、[三五]ものよく言《い》ふ僧都《そうづ》にて、語《かた》りつゞけ申《(まうし)》給へば、「[三六]いかでさる所に、よき人をしもとりもて行《い》きけん。[三七]さりとも、今は知《し》られぬらむ」など、この宰《さい》相の君ぞ問《と》ふ。「[三八]知《し》らず。[三九]さもや語《かた》らひ給《(たまふ)》らん。まことにやむごとなき人ならば、何《なに》か、[四〇]隠《かく》れも侍らじをや。ゐ中人《(なかびと)》のむすめも、[四一]さるさましたるこそは侍らめ。[四二]りう《(りゆう)》の中より仏生《む》まれ給はずはこそ侍らめ、[四三]たゞ人にてはいと罪《つみ》かろきさまの人になん侍《(はべり)》ける」など聞《き》こえ給《(たまふ)》。

二一 格別の関心を示さない。
二二 中宮が。
二三 その折の様子は詳しく言わずにやめてしまった。
二四 僧都の言。「女人」は僧など男性の用語。ここは浮舟をさす。
二五 下山したついでに。
二六 （浮舟が）熱心に頼みこんできましたので、落飾してやりました。
二七 拙僧の妹。妹尼。
二八 衛門府の長官。従四位下相当官。上達部ではないが、前に「上達部の北の方」（三三九頁四行）とあり参議を兼ねていたか。
二九 亡くなった娘の代りに。
三〇 それ相応に。男性用語。
三一 （浮舟が）出家したので、（妹尼は）恨んでおるようです。僧都は妹尼にまだ会っていない。
三二 顔立ちはよく整っていて気品が高く。
三三 勤行のために墨染の衣に身をやつすというのも。
三四 素姓は知らぬとする。
三五 能弁な。
三六 宰相君の言。どうしてそんな所に、身分のある女を（魔性のものが）さらっていったのか。
三七 とはいえ、今では素姓も知れていよう。
三八 僧都の言。
三九 もしや素姓を妹尼に打ち明けたかも。
四〇 知られずにはおりますまいな。
四一 そんな（美しい）容姿。
四二 竜の中から仏がお生まれにならぬならともかく。竜女が成仏した話（法華経・提婆達多品）による。
四三 並の身分の女としてはとても前世の罪障の軽い（前世の功徳で美しく生まれた）人。

[一]そのころ、[二]かのわたりに、消《き》え失《う》せにけむ人をおぼし出《い》づ。[三]この御前《おまへ》なる人も、[四]姉《あね》の君の伝《つた》へに、[五]あやしくて失《う》せたる人とは聞《き》ゝを《(お)》きたれば、それにやあらんとは思《(おもひ)》けれど、[六]定《さだ》めなきこと也《(なり)》、僧都《そうづ》も、「[七]かゝる人、世にある物とも知《し》られじと、[八]よくもあらぬかたきだちたる人もあるやうにおもむけて、隠《かく》し忍《しの》び侍《(はべる)》を、[九]事《こと》のさまのあやしければ啓《けい》し侍《(はべ)》なり」と、[一〇]なま隠《かく》すけしきなれば、人[一一]にも語《かた》らず。宮は、「[一二]それにもこそあれ。[一三]大将に聞《き》かせばや」と、[一四]此《(この)》人にぞの給はすれど、[一五]いづ方《かた》にも隠《かく》すべきことを、[一六]定《さだ》めてさならむとも知《し》らずながら、[一七]はづかしげなる人に、うち出《い》での給はせむもつゝましくおぼして、やみにけり。

[一八]姫《ひめ》宮を《(お)》こたりはてさせ給《(たまひ)》て、僧都《そうづ》も登《のぼ》りぬ。[一九]かしこに寄《よ》り給へれば、いみじううらみて、「[二〇]中〳〵、かゝる御ありさまにて罪《つみ》も得《え》ぬべきことを、[二一]の給《(たまひ)》もあはせずなりにけることをなむ。[二二]いとあやしき」などの給へど、かひもなし。「[二三]今は、たゞ御《(お)》をこなひをし給へ。老《お》いたる、若《わか》き、定《さだ》めなき世《よ》なり。[二四]はかなき物におぼしとりたるも、ことはり《(わ)》なる御身をや」との給《(たまふ)》にも、[二五]いとはづかしうなむおぼえける。「[二六]御ほうぶく《(ふ)》あたらしくし給へ」とて、[二七]綾《あや》、薄《うす》物、絹《きぬ》などいふ物たてまつりを《(お)》き給《(たまふ)》。「[二八]なにがしが侍らんかぎりは、仕《つか》うまつりなん。何《なに》

一 ↓蜻蛉三〇五頁以降。
二 宇治の辺りで、行方不明になったという人を(中宮は)思い出された。
三 宰相君。
四 浮舟の姉君(中君)からの聞き伝えで。一説に、宰相君の姉。底本「あねの君」、青表紙他本「あねきみ」。
五 不思議な死に方をした人だと。
六 はっきりきめられることでもないし。
七 浮舟。青表紙他本「かの人」。
八 恨みに思う相手でもいるかのように振舞って。
九 事情がどうも腑に落ちないので。
一〇 どことなく隠す様子なので。
一一 (宰相君は)誰にも話さない。
一二 その人(浮舟)かも知れない。「もこそ」は、(そう)だったら大変、の意。
一三 薫。 一四 宰相君。
一五 薫にも浮舟にも秘密にして置かねばならない内容を。次行の「うち出で…」に続く。

41 僧都、小野へ立寄る

一六 はっきりそうだとも分らないまま。
一七 気の置けそうな人(薫)に。
一八 女一宮が全快なさったので。
一九 小野の山里に。
二〇 妹尼の言。かえってこんな(若い女の)身で出家するのは罪を作るに相違ないのに。
二一 私に何のご相談もなさらずに(浮舟が)尼になってしまったことを(恨む)。
二二 平素の思慮深い僧都らしくないと不審がる。
二三 僧都の言。
二四 (この世を)頼りないものと悟られたのも、尤もなお身の上よな。 二五 浮舟は。
二六 僧都の言。「法服」は尼衣や袈裟。
二七 中宮から与えられた布施の品々か。

かおぼしわづらふべき。常《つね》の世に生い《お(ひ)い》出でて《ゝ》、[二九]世間《せけん》のゑ《(え)》いぐわに願《ねが》ひまつはるゝかぎりなん、所[三〇]せく捨《す》てがたく、われも人もおぼすべかめることなめる。かゝる林の中にを《(お)》こなひ勤《つと》め給はん身は、何《なに》[三一]ごとかはうらめしくもはづかしくもおぼすべき。この[三二]あらん命は、葉の薄《うす》きが如《ごと》し」と言《い》ひ知《し》らせて、「松門《(しようもん)》[三三]に暁到《いた》りて月徘徊《(はいくわい)》す」と、ほう《(ふ)》[三四]しなれど、いとよし〳〵しくはづかしげなるさまにての給《(たまふ)》ことど《ゝ》もを、[三五]思《(おもふ)》やうにも言《い》ひ聞《き》かせ給《(たまふ)》かな、と聞《き》き《ゝ》ゐたり。

けふは、[三六]ひねもすに吹《ふ》く風の音もいと心ぼそきに、[三七]おはしたる人も、「あはれ、[三八]山臥《ぶし》はかゝる日にぞ、音《ね》は泣《な》かるなるかし」と言《い》ふを聞《き》きて《ゝ》、[三九]我も今は山臥《ぶし》ぞかし、ことは《(わ)》りにとまらぬ涙なりけり、と思《(おもひ)》つゝ、[四〇]端《はし》の方《かた》に立出《(たち)い》でて《ゝ》見《み》れば、[四一]遥《はる》かなる軒端《ば》より、[四二]狩衣姿《かりぎぬすがた》色〻に立《(たち)》まじりて見《み》ゆ。[四三]山へ登《のぼ》る人なりとても、[四四]こなたの道《みち》には、通《かよ》ふ人もいとたまさかなり。[四五]黒谷《くろだに》とかいふ方よりありくほう《(ふ)》しの跡《あと》のみ、まれ〳〵は見《み》ゆるを、[四六]例の姿見《すがたみ》つけたるは、あひ《(い)》なくめづらしきに、[四七]このうらみわびし中将なりけり。[四八]かひなきことも言《い》はむとて物したりけるを、紅葉《(もみぢ)》のいとおもしろく、[四九]ほかの紅《くれなゐ》に染《そ》めましたる色〻なれば、入《い》り来《く》るよりぞ物あはれなりける。こゝに、[五〇]いと心《(ここ)》ちよげなる人を見《み》つけたらば、あ

二八 僧都の言。拙僧の存命中は。
二九 俗世間の栄華に執着している限りは。
三〇 不自由でこの世を捨てがたいと、誰しもお思いのようだ。
三一 何一つ不満に思ったり引け目を感じたりする必要はないのだ。
三二 寿命というものは、葉の薄いのと同じで頼りないもの。「命は葉の如く薄し、将に奈何せん」(白氏文集四・陵園妾)。
三三 前注の陵園妾の一節。唐代に宮女が讒言によって罪を得て帝王の陵墓を守る境涯になる薄倖を嘆く詩。
三四 法師(は一般に漢詩の朗詠は不得手)なのに。
三五 浮舟の心内。自分の望む通り、世俗を厭離すべきをさとされることよ。

42 中将来訪

三六 注三三の「松門に……」に続く「柏城尽日風蕭瑟たり」による。秋風が寂しく吹くさま。
三七 僧都。
三八 山籠りの僧はこんな日こそ声を上げて泣かずにはいられないそうだよ。婉曲に心情を吐露。
三九 浮舟の心内。思えば自分も今は尼の身、道理で涙も止らないのだ。僧都の言に呼応。
四〇 簀子に出て一行を見送る。
四一 遠く見渡される軒端から。 四二 違った色合の狩衣で。 四三 比叡山。 四四 小野からの登山口。
四五 比叡山の西麓で小野の南、後に黒谷別所といわれた所。
四六 世俗の人の姿を。二行前の「狩衣姿」。
四七 実はかつて(浮舟を)恨みあぐねていたあの中将。
四八 今さら言っても詮ない恨みを。
四九 よその紅葉よりひとしお深く染まった。
五〇 屈託なさそうな人はこの地に相応しくない。

やしくぞおぼゆべき、など思《(おもひ)》て、「[一]暇《いとま》ありて、つれ〲なる心《(ここ)》ち侍《(はべる)》に、紅葉《もみぢ》もいかにと思《(おもひ)》給へてなむ。猶《(なほ)》[二]立《(たち)》かへりて旅寝《たびね》もしつべき木《こ》のもとにこそ」とて、[三]見出《みい》だし給へり。尼《あま》君、例の涙もろにて、

[四]木枯《(こがらし)》の吹《(ふき)》にし山のふもとには立《(たち)》かくすべきかげだにぞなき

との給へば、

[五]待《(まつ)》人もあらじとおもふ山里の梢《(こずゑ)》を見《み》つゝ猶《(なほ)》ぞ過《(すぎ)》うき

言《い》ふかひなき[六]人の御事《こと》を、なを《(ほ)》つきせずの給《(たまひ)》て、「[七]さま変《か》はり給へらんさまを、いさゝか見《み》せよ」と、少将の尼《あま》にの給《(たまふ)》。「[八]それをだに、契《ちぎ》りしるしにせよ」とせめ給へば、[九]入《い》りて見《み》るに、[一〇]ことさら人にも見《み》せまほしきさましてぞおはする。[一一]薄《うす》き鈍《にび》色の綾《あや》、中《なか》には[一二]萱草《くわんざう》など澄《す》みたる色《いろ》を着《き》て、[一三]いとさゝやかに、やうだひ《(い)》お《(を)》かしく、いまめきたるかたちに、髪《かみ》は[一四]五重《いつへ》の扇《あふぎ》を広《ひろ》げたるやうにこちたき末《すゑ》つき也《(なり)》。[一五]こまかにうつくしき面様《おもやう》の、化粧《けさう》をいみじくしたらむやうに、あかくにほひたり。[一六]を《(お)》こなひなどをしたまふも、猶《(なほ)》数珠《ずゞ》は近《ちか》き几帳《きちやう》にうち掛《か》けて、経に心を入《い》れて読《よ》み給へるさま、絵《ゑ》にもかゝまほし。[一七]うち見《み》るごとに涙のとめがたき心《(ここ)》ちするを、まいて[一八]心かけ給はんお《(を)》とこは、いかに見《み》たてまつり

一 中将の言。
二 昔に立ち返った気持で一泊してみたい木陰ですね。「立かへりて」、青表紙他本「たちかへり」。
三 戸外の紅葉を。
四 妹尼の歌。木枯しの吹き過ぎた(浮舟の出家後の)山里には身を隠せる木陰(中将を泊めるよすが)もない、意。中将との縁の絶たれた悲しみをいう。
五 中将の歌。私を待つ人もあるまいと思いながら、この山里の紅葉した梢を見るとやはり通り過ぎるのはつらい。「梢」に家族や恋人への愛着をこめ、「あらじ」に嵐をひびかせ、前歌の「木枯」に応ずる。
六 浮舟。

43 中将のかいま見

七 中将の言。(浮舟の)尼になられたというお姿を。
八 中将の言。せめてそれだけでも、前の約束の証としてほしい。→三六八頁七行。
九 少将尼が浮舟の部屋に。
一〇 格別人に見せてやりたいほどの美貌。
一一 薄墨色の綾の表着(うわぎ)。
一二 紅の黄ばんだ色で落ち着いた感じのもの。
一三 とても小柄で、姿が美しく、華やかな顔立ち。「やうだい」は「様体」。
一四 五重の檜扇を広げたようにうるさいほど豊かな髪の裾だ。「三重がさねの扇、五重はあまり厚くなりて、もとなどにくげなり」(枕草子・なまめかしきもの)。
一五 繊細で美しくかわいらしい顔つきで。
一六 勤行などを。
一七 少将尼が。
一八 中将の心内を推しはかる趣。
一九 絶好の機会でもあったのだろう。語り手の言。

給はんと思《(おもひ)》て、[一九]さるべきおり《(を)》にや有《(あり)》けむ、[二〇]障子《さうじ》の掛《か》け金《がね》のもとにあきたる穴《あな》を教《をし》へて、[二一]紛《まぎ》るべき木丁《(きちやう)》など押《お》しやりたり。[二二]いとかくは思はずこそ有《(あり)》しか、[二三]いみじく思《(おもふ)》さまなりける人をと、[二四]我《(わが)》したらむあやまちのやうに、おし《(を)》くやしうかなしければ、[二五]つゝみもあへず、物ぐるはしきまでけはひも聞《き》こえぬべければ、退《の》きぬ。

[二六]かばかりのさましたる人を失《うしな》ひて、尋《たづ》ねぬ人ありけんや、[二七]又その人かの人のむすめなん行《(ゆく)》ゑ《(へ)》も知《し》らず隠《かく》れにたる、もしは物[二八]え《(ゑ)》んじして世を背《そむ》きにけるなど、をのづから《(お)》隠《かく》れなかるべきをなど、[二九]あやしう返《(かへすかへす)》ゝ思《(おもふ)》。[三〇]尼《あま》なりとも、かゝるさましたらむ人は、うたてもおぼえじなど、中[三一]〳〵見《み》所まさりて心ぐるしかるべきを、[三二]忍《しの》びたるさまに猶《(なほ)》語《かた》らひとりてんと思へば、まめやかに語《かた》らふ。[三三]「世《よ》の常《つね》のさまにはおぼし憚《はゞか》ることも有《(あり)》けんを、[三四]かゝるさまになり給《(たまひ)》にたるなん、[三五]心やすう聞《き》こえつべく侍《(はべる)》。さやうに教《をし》へきこえ給へ。[三六]来《き》し方の忘《わす》れがたくて、かやうにまい《(ゐ)》り来《く》るに、[三七]又今ひとつ心ざしを添《そ》へてこそ」などの給《(たまふ)》。[三八]「いと行末心《(ゆくすゑこゝろ)》ぼそく、うしろめたき有《(あり)》さまに侍《(はべる)》に、[三九]まめやかなるさまにおぼし忘れずとはせ給はん、いとうれしうこそ思《(おもひ)》給へお《(を)》かめ。[四〇]侍《(はべ)》らざらむ後《(のち)》なん、

二〇 襖障子の戸締りの掛金。
二一 (よく見えるように)妨げになる几帳など脇にのけた。
二二 中将の心内。これほど美しいとは思ってもいなかった。
二三 すばらしく理想的だった人を。
二四 (浮舟の出家を)自分が犯した過ちのように。
二五 こらえきれず、気も狂わんばかりの気配が(浮舟に)気づかれそうなので。
二六 以下、中将の心内。これほど美しい人を失って、捜さぬ人がいただろうか。不審の念。
二七 誰それの娘が。
二八 嫉妬して世を捨てた女。↓

44 中将の疑念

㊀帚木四二頁。
二九 どう考えても不思議に思う。
三〇 たとえ尼でもこれ程の美人なら嫌には思うまい。異常に高まる中将の思い。
三一 かえって俗体より見栄えがして悩ましいに違いないから。
三二 こっそりとうまく語らって手に入れてしまおう。
三三 中将の言。俗人だった頃は気兼ねなさることもあったろうが。
三四 尼姿。
三五 気やすくお話し申すことができそうです。
三六 亡き妻のことが忘れられず。
三七 もう一つ、浮舟への思いも加わって。下に「いとど忘れがたく参り来む」などの意を含む。
三八 妹尼の言。(浮舟は)将来がとても心細く、気がかりな身の上で。自分の余命の短かさもひびかす。「侍に」、青表紙他本「侍めるに」。
三九 色恋ぬきに(浮舟を)お忘れなく訪れ下さるなら。
四〇 私の亡き後がいかにも哀れに存じられて。

あはれに思給《(おもひ)》へらるべき」とて、泣き給《(たまふ)》に、[一]この尼《あま》君も離《はな》れぬ人なるべし、誰《たれ》ならむと心得《え》がたし。「[二]行末《(ゆく)すゑ》の御後見《うしろみ》は、命《いのち》も知《し》りがたく頼《たの》もしげなき身なれど、[三]さ聞《き》こえそめ侍《(はべ)》なれば、さらに変《か》はり侍《(は)》べらじ。[四]尋《(たづね)》きこえ給《(たまふ)》べき人は、まことにものし給はぬか。[五]さやうのことのおぼつかなきになん、[六]憚《はゞか》るべきことには侍らねど、[七]なを《(ほ)》隔《へだ》てある心《(ここ)》ちし侍《(はべる)》べき」との給へば、「[八]人に知《し》らるべきさまにて世に経《へ》たまはば《ゝ》、[九]さもや尋《(たづね)》出《い》づる人も侍らん。今は、[一〇]かゝる方に思《(おもひ)》きりつる有《(あり)》さまになん。[一一]心のおもむけもさのみ見《み》え侍《(はべり)》つるを」など語《かた》らひ給《(たまふ)》。

[一二]こなたにも消息《せうそこ》し給へり。

[一三]大かたの世を背《そむ》きける君なれど厭《いと》ふによせて身こそつらけれ

[一四]ねん比《(ごろ)》に深《ふか》く聞《き》こえ給《(たまふ)》ことなど言《い》ひ伝《つた》ふ。「[一五]はらからとおぼしなせ。はかなき世の物語《がた》りなども聞《き》こえて慰《なぐさ》めむ」など言《い》ひつゞく。「[一六]心ふかからむ御物語《がた》りなど、聞《き》き《ゝ》わくべくもあらぬこそ口おし《(を)》けれ」といらへて、[一七]この厭《いと》ふにつけたるいらへはし給はず。

[一八]思《(おもひ)》寄《よ》らずあさましきこともありし身なれば、[一九]いとうとまし、すべて朽木《くちき》などのやうにて、[二〇]人に見捨《みす》てられてやみなむともてなし給《(たまふ)》。されば、[二一]月ごろたゆ

一 中将の心内。この妹尼も(浮舟と)深いつながりをもつ人なのだろう。縁者か、とも。
二 中将の言。将来のお世話は。
三 (妹尼に私の気持を)いったん申し出るというからには、決して変ることはありますまい。「さ」は「今ひとつ心ざしを添へてこそ」(前頁一三行)をうける。「侍なれば」、諸本すべて「侍なは」。
四 浮舟の行方を。
五 捜し出そうとする男の有無が気がかりで。
六 気にすべきことではないが。挿入句。
七 妹尼たちが何か隠してはいないか、の疑念。
八 妹尼の言。人に知られてもいいように過ごされるなら。人目を忍ぶ生活でないなら。
九 中将の「尋きこえ…」をうける。
一〇 世俗と縁を絶った生活で。「思きり」、諸本すべて「思かきり」。
一一 (浮舟の)意向も道心一途に。

45 浮舟に消息

一二 浮舟。
一三 中将の歌。世俗すべてを捨てたあなたですが、私を嫌っての出家かとも思うと辛くてなりません。
一四 思いやり深く。
一五 中将の言。実の兄妹と。妹尼の「まめやかなるさまに」(前頁一四行)をうけて言う。うつほ物語では、兄仲澄の実妹あて宮への恋があり、この言には含みがある。
一六 浮舟の言。意味深長なお話など、理解できぬのが残念。
一七 注一三の中将歌の、私怨を含む底意をかわす。
一八 浮舟の心内。思いもかけぬ情けない体験をした身の上だから。
一九 男との関係はすべて嫌、の意。

みなく結《むす》ぼほ《ゝ》れ、物をのみおぼしたりしも、二二この本意《ほい》の事し給《(たまひ)》てよりのち、すこしはれ〴〵しうなりて、尼君《あま》とは二三かなくたはぶれもしかはし、五打《(ご)う》ちなどしてぞ明《あ》かし暮《く》らし給《(たまふ)》。をこなひ《(お)》もいとよくして、法華経はさら也《(なり)》、二四ことほう《(ふ)》もんなども、いと多《おほ》く読《よ》み給《(たまふ)》。二五雪深く降《ふ》り積《つ》み、二六人目《め》絶《た》えたる比《(ころ)》ぞ、げに思《(おもひ)》やる方《かた》なかりける。

年もかへりぬ。二七春のしるしも見《み》えず、凍《こほ》りわたれる水の音せぬさへ心ぼそくて、「二八君にぞまどふ」との給《(たまひ)》し人は、二九心《こゝろ》うしと思《(おもひ)》はてにたれど、猶《(なほ)》そのおり《(を)》などのことは忘《わす》れず、

三〇かきくらす野山の雪をながめてもふりにしことぞけふもかなしき

など、例の慰《なぐさ》めの手習を、お《ゝ》こなひのひまにはし給《(たまふ)》。われ三一世になくて年隔《(へだゝ)》りぬるを、思《(おもひ)い》出づる人もあらむかしなど、思出《(おもひいづ)》る時も多《おほ》かり。三二若菜《わかな》をおろそかなる籠《こ》に入《い》れて、人の持《も》て来《き》たりけるを、尼君《あま》見《み》て、

三三山里の雪間《ま》の若菜《わかな》つみはやし猶《(なほ)》おい《(ひ)》さきの頼《たの》まるゝかな

とて、三四こなたにたてまつれ給へりければ、

三五雪ふかき野辺《べ》の若菜《わかな》も今よりは君がためにぞ年もつむべき

二〇 誰からも見捨てられたまま生涯を閉じたい。二一 今までは絶えず塞ぎこみ。二二 本来の望みだった出家。二三 ちょっとした冗談も言いかわし、碁を打つなどして。浮舟は碁が強かった。↓二五七頁。二四 勿論のこと、他の法文(経文)なども。二五 小野は雪深い山里。「小野にまうでたるに、比叡の山の麓なれば、雪いと高し」(伊勢物語八十三段)。二六「雪降りて人も通はぬ道なれやあとはかもなく思ひ消ゆらむ」(古今集・冬・凡河内躬恒)。二七 浮舟の心内。荒涼とした心象風景。

46 雪間の若菜

二八 匂宮。↓浮舟二二五頁一〇行。二九 いとわしいと思い捨ててしまったのに、やはり「かたみにあはれとのみ深くおぼしまさる」(浮舟二二六頁一行)とあった深い愛の体験は忘れない。三〇 浮舟の歌。空を暗くするほど降る野山の雪をじっと見る、と、ある日のことがいま悲しく胸に迫る。「降り」「古り」の掛詞。「降り」は「雪」の縁語。三一 浮舟の心内。姿を消してから一年経過。三二 正月子の日の長寿を祈る風俗。↓三若菜上二三四頁注二一。三三 妹尼の歌。山里の雪の間から摘みとった若菜でお祝いしてさらに長い寿が期待されるのです。出家した浮舟の寿福を祈る意をこめる。三四 浮舟のもとへ。三五 浮舟の歌。雪深い野辺に生えた若菜も、今後はあなたの長寿のために摘みましょう、同時に私も年を重ねて生き永らえます。「摘む」「積む」の掛詞、「積む」は「雪」の縁語。「君がため春の野に出でて若菜摘むわが衣手に雪は降りつつ」(古今集・春上・光孝天皇)。

とあるを、[一]さぞおぼすらんとあはれなるにも、[二]見《み》るかひ有《(ある)》べき御さまと思はましかばと、まめやかにうち泣《な》い給《(たまふ)》。

閨《ねや》のつま近き紅梅《こうばい》の色も香も変《か》はらぬを、[三]春や昔のと、[四]こと花よりもこれに心寄《よ》せのあるは、[五]飽《あ》かざりし匂《にほ》ひのしみにけるにや。[六]後夜《ごや》に[七]閼伽《あか》奉《たてまつ》らせ給《(たまふ)》。げらう《(ふ)》の尼《あま》のすこし若《わか》きがある召《め》し出《い》でて、花お《(を)》らすれば、[八]かことがましく散《ち》るに、いとゞ匂《にほ》ひ来《く》れば、

[九]袖ふれし人こそ見《み》えね花の香のそれかとにほふ春の明《(あけ)》ぼの

47 紀伊守、来訪

[一〇]大尼君《おほあま》の孫《むまご》の紀伊《き》の守《かみ》なりける、この比《(ごろ)》上《のぼ》りて来《き》たり。三十ばかりにて、かたちきよげに[一一]誇《ほこ》りかなるさましたり。「[一二]何《なに》ごとか、こぞお《(を)》とゝし」など問《(とふ)》に、[一三]ほけ〳〵しきさまなれば、こなたに来《き》て、「[一四]いとこよなくこそひがみ給《(たまひ)》にけれ。あはれにもはべるかな。残《のこ》りなき御さまを見《み》たてまつることかたくて、[一五]とを《(ほ)》き程に年月を過《す》ぐし侍《(はべる)》よ。[一六]親《おや》たち物し給はで後《(のち)》は、[一七]一《ひと》所をこそ御かはりに思《(おもひ)》きこえ侍《(はべり)》つれ。[一八]常陸《ひたち》の北の方はを《(お)》とづれきこえ給《(たまふ)》や」と言《い》ふは、[一九]いもうとなるべし。「[二〇]年月に添《そ》へては、つれ〴〵にあはれなることのみまさりてなむ。[二一]常陸《ひたち》は久《ひさ》しうを《(お)》とづれきこえ給はざめり。え[二二]待《(まち)》つけ給《(たまふ)》まじきさまになむ見《み》え給《(たまふ)》」との

一 （妹尼のために生き永らえると約束した浮舟を）そうもお思いかと感激するが。
二 お世話しがいのある俗体の身であったなら。
三 この春は去年の春と同じではないか、の意。「月やあらぬ春や昔の春ならぬわが身ひとつはもとの身にして」（古今集・恋五・在原業平、伊勢物語四段）。 四 他の花より紅梅に心を寄せているのは。 五 飽きることのなかった匂宮の袖の香が深くしみついたせいなのか。浮舟の心寄せを評する語り手の言。「飽かざりし君が匂ひの恋しさに梅の花をぞ今朝は折りつる」（拾遺集・雑春・具平親王）。 六 夜半から明け方にかけての勤行。 七 仏前に供える水。
八 手折ったから散ると言わぬばかりに。「かこと」は言い訳、口実。
九 浮舟の歌。袖にふれた人（匂宮）の姿は見えないが、花の香がその人の袖の香かと思うほど漂う春の曙だ。「色よりも香こそあはれと思ほゆれ誰が袖触れし宿の梅ぞも」（古今集・春上・読人しらず）。
一〇 母尼。孫の紀伊守は妹尼の甥。 一一 得意げな様子。若年で上国である紀伊国の国守。
一二 紀伊守の言。無事でしたか、昨年一昨年は。
一三 母尼は老いぼけた様子なので、妹尼の方に。
一四 紀伊守の言。（母尼は）とてもひどく耄碌してしまわれた。
一五 遠い紀伊国で。
一六 紀伊守の両親はすでに死去。
一七 母尼（祖母）一人を親代りに。
一八 （現職の）常陸介の北の方。浮舟の母とは別人。 一九 紀伊守の姉妹。
二〇 妹尼の言。
二一 常陸介の北の方。
二二 母尼は老齢ゆえ、介の北の方の帰京を待ち

給《(たまふ)》に、[二三]わが親《おや》の名とあひ《(い)》なく耳《みゝ》とまれるに、又言《い》ふやう、「[二四]まかり上《のぼ》りて日比《(ひごろ)》になり侍《(はべり)》ぬるを、[二五]公事《おほやけごと》のいとしげく、むつかしうのみ侍《(はべる)》に、かゝづらひてなん。きのふもさぶらはんと思《(おもひ)》給へしを、[二六]右大将殿の宇治におはせし御供《とも》に仕《つか》うまつりて。故八の宮の住《す》み給《(たまひ)》し所に[二七]おはして、日暮《く》らし給《(たまひ)》し。故《こ》宮《みや》の御むすめに通《かよ》ひ給《(たまひ)》しを、[二八]まづ一《ひと》所は一年《とせ》亡《う》せ給《(たまひ)》にき。その[二九]御おとうと、又[三〇]忍《(しのび)》て据《す》へ《(ゑ)》たてまつり給へりけるを、こぞの春、又亡《う》せ給にければ、その御[三一]はてのわざせさせ給はんこと、[三二]かの寺の律師《りし》になん、[三三]さるべきことの給はせて、[三四]なにがしも、[三五]かの女の装束《さうぞく》一くだり調《てう》じ侍《(はべる)》べきを、せさせ給《(たまひ)》てんや。[三六]を《(お)》らすべき物はいそぎせさせ侍《(はべり)》なん」と言《い》ふを聞《(きく)》に、[三七]いかでかあはれならざらむ。人やあやしと見《み》むとつゝましうて、奥《おく》にむかひてゐ給へり。尼君《あま》、「[三八]かの聖《(ひじり)》の親王《みこ》の御むすめは、[三九]二人《ふたり》と聞《き》きしを、[四〇]兵部卿宮《(ひやうぶきやうのみや)》の北の方は、いづれぞ」との給へば、「[四一]この大将殿の御後《のち》のは劣《おと》り腹《ばら》なるべし。[四二]こと〱しうもてなし給はざりけるを、[四三]いみじうかなしび給ふなり。[四四]はじめの、はた、いみじかりき。[四五]ほと〱出家もし給《(たまひ)》つべかりきかし」など語《かた》る。

[四六]かのわたりの親《した》しき人なりけり、と見《み》るにも、さすがおそろし。「[四七]あやしく、

切れないのではと危ぶむ。
二三 浮舟は、自分の母親と同じ呼び名だと、他人ごとながら耳がとまるが。→東屋一四七頁四行、一五三頁。
二四 紀伊守の言。 二五 公務多端で煩わしいことばかり多く、それにかまけて(お伺いもままならず)。 二六 薫の宇治行に同行。「仕うまつりて」の後に「えさぶらはず」などが省略。
二七 薫が。 二八 お一方は先年死去。大君のこと。→宿木二一九頁注一四。
二九 妹君(浮舟)。 三〇 こっそり匿う。
三一 一周忌の法要。
三二 宇治山の寺の律師。もとの阿闍梨。律師への昇進、→蜻蛉二九〇頁八行。
三三 法要の準備。 三四 私も。
三五 布施のための女装束一揃いを調整せねばならぬが、仕立てて下さらぬか。
三六 織物はこちらで調達。
三七 (浮舟は)どうして心を揺さぶられずにいられようか。自分の一周忌と聞き感慨胸に迫る。語り手の言。
三八 八宮。 三九 北の方腹の大君と中君。
四〇 匂宮の北の方はどちらか。二人とも薫の愛人として死去と聞き、不審に思い尋ねた。妹尼は浮舟を知らない。 四一 薫の後の愛人は妾腹なのでしょう。母の身分が卑しいと。
四二 正式な待遇はお与えにならなかったと聞くが。 四三 (薫は浮舟の死後)たいそう悲しまれたとか。 四四 最初(大君の死去)の悲嘆は。
四五 すんでの事で出家もなさるところでしたよ。大君の場合、直接体験の「き」が用いられ、浮舟とは区別される。

48 薫の噂など

四六 浮舟は紀伊守は薫の親しい家来と気づく。 四七 紀伊守の言。

やうの物と、かしこにてしも亡《う》せ給《たまひ》けること。きのふも[一]いと不便《ふびん》に侍《はべり》しかな。[二]河近《ちか》き所にて、水をのぞき給《たまひ》て、いみじう泣《な》き給《たまひ》き。[三]上《うへ》にのぼり給《たまひ》て、[四]柱《はしら》に書《か》きつけ給《たまひ》し、

　[五]見《み》し人は影もとまらぬ水の上に落《おち》そふ涙いとゞせきあへず

となむ侍《はべり》し。[六]言《こと》にあらはしての給《たまふ》ことは少《すく》なけれど、たゞ気色にはいとあはれなる御さまになん見《み》え給《たまひ》し。[七]女は、いみじくめでたてまつりぬべくなん。[八]は《わ》かく侍《はべり》し時より、[九]優《いう》におはしますと見《み》たてまつりしみにしかば、世中《よのなか》の[一〇]一の所も何《なに》とも思《おもひ》侍らず、たゞこの殿を頼《たの》みきこえてなん過《す》ぐし侍《はべり》ぬる」と語《かた》るに、[一一]ことに深《ふか》き心もなげなるかやうの人だに、[一二]御有《あり》さまは見知《みし》りにけりと思《おもふ》。尼《あま》君、「[一三]光《ひかる》君と聞《き》こえけん故院の御有《あり》さまには[一四]並《なら》び給はじとおぼゆるを、たゞ今の世に、[一五]この御族《ぞう》ぞめでられ給《たまふ》なる。[一六]右の大殿と」との給へば、「[一七]それは、かたちもいとうるはしうけうらに、[一八]宿徳《すうとく》にて、際《きは》ことなるさまぞし給へる。[一九]兵部卿宮ぞいといみじうおはするや。[二〇]女にて馴《な》れ仕《つか》うまつらばやとなんおぼえ侍《はべる》」など、[二一]教《をし》へたらんやうに言《い》ひつゞく。あはれにもお《を》かしくも聞《きく》に、身の上もこの世のことゝもおぼえず。[二二]とゞこほることなく語《かた》りをき《お》て出《いで》ぬ。

一 薫の取り乱しようは何ともいたわしく。
二 八宮邸に「水にのぞきたる廊」（四椎本三四三頁四行）があり、薫はこの辺から浮舟が身を投げたか、と水面を見おろす。
三 廊から寝殿に。「（廊に）造り下ろしたる階」（四椎本三四三頁四行）がある。
四 寝殿の柱に。
五 薫の歌。昔愛した浮舟の面影さえ残さない水面に落ちて加わる私の涙はいよいよ堰きとめることもできない。「涙」に「波」をひびかせ「せき」は「水」の縁語。　六 口に出して。
七 女なら誰しもほんにすてきとおほめ申すに違いない。　八 私は若い頃から。
九（薫が）優美ですばらしいお方だと。「おはします」、諸本すべて「おはす」。
一〇 当代最高の権力者。物語上は夕霧か。
一一 特に深い思慮もなさそうな、こんな紀伊守でも。主人の私生活を軽率に語る守を評す。
一二 薫のすばらしさは分っていたのだ。浮舟の心内。
一三 源氏の愛称。この物語に四例ある。「けん」は過去の伝聞、現実には亡き六条院の「故院」で示す。
一四 比肩しなさるまい。諸本「えならひ給はし」。
一五 源氏のご一門だけがすばらしいと。薫と夕霧をさす。「なる」は伝聞、噂ではの意。
一六 夕霧。「右大臣とこの殿といづれぞと云詞なり」（花鳥余情）。
一七 紀伊守の言。夕霧は容貌も至極端正美麗で。
一八 威厳があり、身分も格別。　一九 匂宮。
二〇 こちらが女の身になって親しくお仕えしたい。
二一 誰かが浮舟に聞かせるよう教えたかのように。　二二 紀伊守は。

[二三]忘《(わすれ)》給はぬにこそはとあはれに思《(おもふ)》にも、[二四]いとゞ母《はゝ》君の御心のうちを《(お)》しはかるれど、中[二五]〳〵言《い》ふかひなきさまを見《み》えきこえたてまつらむは、猶《(なほ)》つゝましくぞ有《(あり)》ける。[二六]かの人の言《い》ひつけし事どもを、[二七]染《そ》めいそぐを見《み》るにつけても、[二八]あやしうめづらかなる心《(ここ)》ちすれど、かけても言《い》ひ出《い》でられず。裁《た》ち縫《ぬ》い《(ひ)》などするを、「[二九]これ御覧《らん》じ入《い》れよ。物をいとうつくしう[三〇]ひねらせ給へば」とて、[三一]小袿《こうちき》の単衣《ひとへ》たてまつるを、[三二]うたておぼゆれば、心《(ここ)》ちあしとて手も触《ふ》れず臥《ふ》し給へり。尼君《あまぎみ》、急《いそ》ぐことをうち捨《す》てて、いかゞおぼさるゝなど思《(おもひ)》乱《みだ》れ給《(たまふ)》。[三三]紅《(くれなゐ)》に[三四]桜のを《(お)》り物の袿重《うちきかさ》ねて、「[三五]御前《おまへ》にはかゝるをこそたてまつらすべけれ。あさましき墨染《すみぞめ》なりや」と言《い》ふ人あり。

[三六]尼《あま》衣かはれる身にやありし世《よ》のかたみに袖をかけてしのばん

と書《か》きて、いとお《(ほ)》しく、[三七]亡《な》くもなりなん後《(のち)》に、[三八]物の隠《かく》れなき世なりければ、聞《き》きあはせなどして、[三九]うとましきまでに隠《かく》しけるなどや思はんなど、さま〳〵思《(おもひ)》つゝ、「[四〇]過《(すぎ)》にし方のことは、絶《た》えて忘れ侍《(はべり)》にしを、[四一]かやうなることをおぼしいそぐにつけてこそ、[四二]ほのかにあはれなれ」と[四三]おほどかにの給《(たまふ)》。「[四四]さりとも、おぼし出《い》づることは多《おほ》からんを、尽《つ》きせず隔《へだ》て給《(たまふ)》こそ心うけれ。[四五]身にはかゝる

二三 (薫は私を)お忘れでなかったのだと。

49 法要の衣装

二四 母(中将君)の嘆きがいっそう切実に。
二五 こんな尼姿を見せては、かえって母を悲しませるかと。
二六 紀伊守。 二七 布施の衣装を仕立てるため、染める準備をする。
二八 不思議に奇妙な気がするが。自分の一周忌のための準備を見ての思い。
二九 妹尼の言。この裁縫を手伝って下さい。
三〇 「ひねる」は、反物の縁を折り曲げて絎(く)けずにおくこと。
三一 裏のない小袿。表衣の上に着る略礼装。
三二 (自分の供養の装束かと)不快に思われるので。
三三 紅色の袙(あこめ)。
三四 桜襲(ねがさ)。表白、裏紫か赤。
三五 浮舟さまにはこんな衣装をお召しいただくべきです。(それなのに)あきれた墨染なんて。
三六 浮舟の歌。尼衣の姿に変り果てたわが身にはいまさら昔の形見としてこの華やかな衣装をまとって昔を偲んだりしようか。墨染を非難する声に反発。「や」を軽い疑問と見て、昔を偲ぶよすがとしたいの解もある。二行後「さま〳〵思つゝ」とあり、浮舟の心は揺れ動く。
三七 私の死後。
三八 何でもすぐ知れわたる世の中。
三九 無気味なまで(身元を)ひた隠しにしていたことよなどと思うだろう。
四〇 浮舟の言。 四一 衣装の準備。
四二 自閉した心がわずかに開く。
四三 おっとりと、動揺する心を抑えて。
四四 妹尼の言。
四五 わが身(妹尼)には。

世《よ》[一]の常《つね》の色あひなど、久《ひさ》しく忘れにければ、な[二]を《(ほ)》〳〵しく侍《(はべる)》につけても、[三]昔の人あらましかばなど思出《(おもひいで)》侍る。[四]しかあつかひきこえ給《(たまひ)》けん人、世《よ》におはすらん。[五]やがて亡《な》くなしてみ侍《(はべり)》しだに、猶《(なほ)》いづこにあらむ、[六]そことだに尋《(たづね)》聞《き》かまほしくおぼえ侍《(はべる)》を、[七]行《(ゆく)》ゑ《(へ)》知《し》らで、思ひきこえ給《(たまふ)》人〻侍らむかし」との給へば、「[八]見《み》し程までは、一人《ひとり》は物し給《(たまひ)》き。この月比《(ごろ)》亡《う》せやし給《(たまひ)》ぬらん」とて、涙の落《お》つるをまぎらはして、「[九]中〳〵思出《(おもひいづ)》るにつけて、うたて侍ればこそ、え聞《き》こえ出《(いで)》ね。[一〇]隔《(へだ)》ては何《なに》ごとにか残《のこ》し侍らむ」と、言少《ことずく》なにの給《(たまひ)》なしつ。

[一一]大将は、この果《は》[一二]てのわざなどせさせ給《(たまひ)》て、はかなくてやみぬるかなとあはれにおぼす。かの常陸《ひたち》[一三]の子《こ》どもは、[一四]かうぶりしたりしは蔵人《くら》になして、わが御司《つかさ》の将監《ぞう》になしなど、いたはり給《(たまひ)》けり。[一五]童《わらは》なるが、中にきよげなるをば、近《ちか》く使《つか》ひ馴《な》らさむとぞおぼしたりける。

雨など降《ふ》りてしめやかなる夜、[一六]きさひ《(い)》の宮にまい《(ゐ)》り給へり。御前《まへ》[一七]のどやかなる日にて、御物語《がた》りなど聞《き》こえ給《(たまふ)》つゐ《(い)》でに、[一八]「あやしき山里に年ごろまかり通《かよ》ひ見《み》給へしを、[一九]人の譏《そし》り侍《(はべり)》しも、[二〇]さるべきにこそはあらめ、[二一]誰《たれ》も心の寄《よ》る方のことはさなむあると思《(おもひ)》給へなしつゝ、猶《(なほ)》[二二]時〻見《み》たまへしを、[二三]所のさがにやと

一　世俗の人の着る華やかな色合い。
二　上手に仕立てられませんが。
三　娘が生きていたらと。
四　そのようにあなたをお世話申しなさった人があればその人は。浮舟の母を暗にいう。
五　(私のように娘を)すぐに亡くした母でも。
六　「尋ねゆくまぼろしもがなつてにても玉のありかをそこと知るべく」(㊀桐壺一六頁一四行)。
七　(ましてあなたは)行方知れずで。
八　浮舟の言。以前会った時までは、一人は。母のこと。
九　浮舟の言。なまじ思い出すといやな気がしますので。
一〇　隔て心など何も残しておりません。
一一　薫。
一二　浮舟の一周忌の法要。三月末。
一三　常陸介。浮舟の継父。
一四　元服した子は六位の蔵人や右近衛府の将監にして面倒を見たこと。→蜻蛉二九二頁。
一五　元服前の子。のちの小君。
一六　后の宮。明石中宮。
一七　侍女たちが少ない。
一八　薫の言。鄙びた宇治の山里に、長年通って面倒を見た人(浮舟)を。二行後「猶時〻見たまへしを」に続く。

50　一周忌後、薫語る

一九　人から非難されましたのも。「人」は正室側近か。以下「思給へなしつゝ」まで挿入句。
二〇　前世の因縁であろうが。
二一　誰でも気持のひかれるむきのことはそうなのだと。
二二　浮舟に逢って面倒を見たが。
二三　(宇治という)場所のせいでか。「憂し」に通う地名をもつ。

[二四]心うく思《(おもひ)》給へなりにし後《(のち)》は、道も遥《はる》けき心《(ここ)》ちし侍《(はべり)》て、久《ひさ》しう物し侍らぬを、先《さい》つ比《(ころ)》、[二五]物のたよりにまかりて、はかなき世《よ》の有《(あり)》さま[二六]とり重《(かさね)》て思《(おもひ)》給へしに、ことさら[二七]道心おこすべく造《つく》りを《(お)》きたりける聖《(ひじり)》[二八]の栖《(すみか)》となんおぼえ侍《(はべり)》し」と啓《けい》し給《(たまふ)》に、[二九]かのことおぼし出《い》でて《ゝ》いといと《〱》お《(ほ)》しければ、「[三〇]そこにはおそろしき物や住《す》むらん。いかやうにてか、彼《(かの)》人は亡《な》くなりにし」と問《と》はせ給ふを、なを《(ほ)》[三一]つゞきをおぼし寄《よ》る方と思《(おもひ)》て、「[三二]さも侍らん。さやうの人離《はな》れたる所は、よからぬ物なんかならず住《す》みつき侍《(はべる)》を、亡《う》せ侍《(はべり)》にしさまもなんいとあやしく侍る」とて、くはしくは聞《き》こえ給はず。猶《(なほ)》かく[三三]忍《しの》ぶる筋《すぢ》を聞《き》き《ゝ》あらはしけりと思《(おもひ)》給はんがいとお《(ほ)》しくおぼされ、[三四]宮の物をのみおぼして、その比《(ころ)》はやまゐ《(ひ)》になり給《(たまひ)》しをおぼしあはするにも、[三五]さすがに心ぐるしうて、[三六]かた〴〵に口入《くちい》れにくき人の上《うへ》とおぼしとゞめつ。

[三七]小宰相《こざいしやう》に、忍びて、「[三八]大将、かの人のことを、いとあはれと思《(おもひ)》ての給《(たまひ)》しに、[三九]いとお《(ほ)》しうてうち出《い》でつべかりしかど、[四〇]それにもあらざらむ物ゆへ《(ゑ)》とつゝましうてなん。君ぞ、[四一]こと〴〵聞《き》き《ゝ》あはせける。[四二]かたはならむことは、とり隠《かく》してさることとなんありけると、大方の物語《(がたり)》のついでに、僧都《そうづ》の言《い》ひしことを語《かた》れ」

二四 すっかりつらく思うようになってからは。大君、浮舟を共に失ったこと。
二五 ちょっとした機会に。浮舟一周忌をさす。
二六 二人の喪失を重ねて。
二七 仏道を信じる心。菩提心。
二八 八宮邸。八宮は「聖の親王」(三七九頁一〇行)といわれた。
二九 あの(僧都が噂した浮舟の)ことを(中宮が)。
三〇 中宮の言。八宮邸。浮舟に取り憑いた物の怪は八宮邸に住みついた物の怪だった。↓三三五頁。
三一 二人の死が続いたことに思い当たられたお尋ねと思って。肖柏本・三条西本「うちつゝきたるをおほしよる方」、河内本・別本「うちつゝきたるをおほしよるか」。
三二 薫の言。中宮の下問の前半は肯定するが、浮舟死亡の内情は疑問のまま残す。
三三 薫がこれほど隠している内情を僧都から全部聞いてしまったと薫が気づいたらそれは気の毒。
三四 匂宮が悩んで、その頃病気になられた事を思い合わされて。
三五 匂宮が原因とはいえやはり心が痛むので。
三六 いずれにしても浮舟の事はうっかり口に出しにくいと。
三七 薫の愛人。召人《(めしゅうど)》。
三八 中宮の言。薫が浮舟のことを。
三九 薫が気の毒で打ち明けてしまおうかと思ったが。
四〇 その人かどうかも分らぬので。
四一 薫からも僧都からもすべて事情を聞き込んでいるとか。「ける」は小宰相側の情報の確認。
四二 薫に具合の悪いことは言わずに、こんなことがあったとかと、世間話のついでに。

との給はす。「[一]御前《おまへ》にだにつゝませ給はむことを、まして[二]こと人はいかでか」と聞《き》こえさすれど、「[三]さま〴〵なることにこそ。[四]又まろはいとお《(ほ)》しきことぞあるや」とのたまはするも、[五]心得《え》て、お《(を)》かしと見《み》たてまつる。

[六]立《(たち)》寄《よ》りて物語《ものがた》りなどし給ふつゐ《(い)》でに、言《い》ひ出《い》でたり。めづらかにあやしと、[七]いかでかおどろかれ給はざらむ。[八]宮の問《と》はせ給い《(ひ)》しも、かゝることをほのおぼし寄《よ》りてなりけり、などかのたまはせはつまじき、とつらけれど、[九]われも又はじめよりありしさまのこと聞《き》こえそめざりしかば、[一〇]聞《き》き《ゝ》て後《(のち)》も猶《(なほ)》お《(を)》こがましき心《(ここ)》ちして、人にすべて漏《も》らさぬを、中〳〵外《(ほか)》には聞《き》こゆることもあらむかし、[一一]うつゝの人々の中に忍《(しのぶ)》ることだに隠《かく》れある世《よ》の中かは、など思《(おもひ)》入《い》りて、[一二]此《(この)》人にもさなむありしなど明《あ》かし給はんことは、猶《(なほ)》口《くち》を《(お)》もき心《(ここ)》ちして、「[一三]猶《(なほ)》あやしと思《(おもひ)》し人のことに、似《に》ても有《(あり)》ける人のありさまかな。[一四]さて其《(その)》人は猶《(なほ)》あらんや」との給へば、「[一五]かの僧都《そうづ》の山より出《い》でし日なむ、尼《あま》になしつる。いみじうわづらい《(ひ)》し程にも、見《み》る人[一六]お《(を)》しみてせさせざりしを、[一七]正身《さうじみ》の本意《(ほ)い》深《ふか》きよしを言《い》ひてなりぬるとこそ侍《(はべ)》なりしか」と言《い》ふ。

[一八]所も変《か》はらず、そのころの有《(あり)》さまと思《(おもひ)》あはするにたがふしなければ、[一九]まこ

一 中宮様でさえご遠慮なさるような話題を。
二 私ごとき他人がどうして。
三 中宮の言。物事は時と場合で異なるもの。
四 それにまた、私では見るに忍びないこともあるし。匂宮が浮舟を奪ったことなど。
五 小宰相は中宮の心の機微に触れ、喜んで納得。
六 薫が小宰相のもとに。
七 (薫が)どうして驚かずにいられよう。

51 小宰相、薫に語る

八 薫の心内。中宮が(浮舟のことを)お尋ねになったのも、こんな事情をそれとなくお気づきになってのことだったか、どうして残らずお話し下さらなかったか。
九 薫の心内。自分もまた最初から浮舟との経緯を中宮に申し上げなかったので。
一〇 小宰相から聞いた後も、やはり自分の愚かさが自覚されて。
一一 俗世の人々の中で秘密にしていることでも隠しきれる世の中ではない。
一二 小宰相にも。
一三 薫の言。やはり変だと思った女の事に、よく似てもいた人の話ですね。
一四 ところでその人は無事でいるのか。
一五 小宰相の言。
一六 まわりの人が惜しがって出家させなかったのに。
一七 本人(浮舟)が意志の深いわけを僧都に訴えて、尼になったと聞きました。
一八 場所も同じ宇治で、当時の情況を思い合せると相違する点がないので。
一九 以下、九行後「又つかはじ」まで薫の心内。本当にその女が浮舟だと捜し当てたら、とても

とにそれと尋《たづね》出《い》でたらん、いとあさましき心《ここ》ちもすべきかな、二〇いかでかはたしかに聞《き》くべき、二一下《お》り立《た》ちて尋《たづね》ありかんもかたくなしなどや人言《い》ひなさん、又、二二彼《かの》宮も聞《き》きつけ給へらんには、かならずおぼし出《い》でて、二三思《おもひ》入《い》りにけん道も妨《さまた》げ給《たまひ》てんかし、二四さて、さなの給い《ひ》そなど聞《き》こえをき《お》給《たまひ》ければや、二五われにはさることなん聞《き》きしと、さるめづらしきことを聞《き》こしめしながら、の給はせぬにやありけん、二六宮もかゝづらひ給ふにては、いみじうあはれと思《おもひ》ながらも、二七さらにやがて亡《う》せにし物と思《おもひ》なしてをやみなん、二八うつし人になりて、末の世には、黄《き》なる泉《いづみ》のほとりばかりを、おのづから語《かた》らひ寄《よ》る風の紛《まぎ》れもありなん、二九我《わが》ものにとり返しみんの心《ここ》ち又つかはじなど、思《おもひ》乱《みだ》れて、三〇猶《なほ》のたまはずやあらんとおぼゆれど、三一御けしきのゆかしければ、三二大宮にさるべきつゐ《い》でつくり出《い》だしてぞ啓《けい》し給《たまふ》。

「三三あさましうて失《うしな》ひ侍《はべり》ぬと思《おもひ》給へし人、世《よ》に落《お》ちあぶれてあるやうに、人のまねび侍《はべり》しかな。いかでかさることは侍らんと思《おも》ひ給《たまふ》れど、三四心とおどろ〳〵しうもて離《はな》るゝことは侍らずやと、思《おもひ》わたり侍《はべる》人のありさまにはべれば、人の語《かた》り侍《は》べしやうにては、三五さるやうもや侍らむと、似《に》つかはしく思《おもひ》給へら

驚き呆れる気もするだろうよ。
二〇 どうしたら確かなことが聞けるだろうか。
二一 自分が直接のり出して調べ回るのも馬鹿げていて見苦しいなどと人は噂しよう。
二二 匂宮。
二三 せっかく浮舟が決意して入ったという仏道をも妨げなさるに違いない。
二四 そうして中宮には、薫に何もおっしゃるな、など申しおかれたからか。
二五 私には浮舟存命の噂を聞いたと、そんなすばらしいことをお聞きになりながら、仰せ下さらなかったのだろう。
二六 匂宮も浮舟に執心しておいでなら、私が彼女を深く愛していても。
二七 改めて、浮舟はそのまま死んだもの思って諦めよう。
二八 浮舟が現存する人となっているので、遠い将来には、来世でまた逢おうくらいのことを、話し合うふとした機会も自然にあるに違いない。「黄なる泉」は黄泉(冥土)の訓読。
二九 自分のものとして取り返してみようという気持は二度と持つまい。
三〇 中宮はやはり私には。
三一 中宮のお気持が知りたいので。
三二 匂宮の母宮としての中宮。

52 薫、中宮に対面

三三 薫の言。意外なことで死なせてしまったと存じておりました人が、この世に零落して生きているとか、人が私に語り伝えてくれました。
三四 自分から驚くようなこと(入水)までして世を捨てることはあるまいにと、思い続けております人。
三五 そのようなこともあろうかと。物の怪のしわざだとすれば納得できる、とする。

る丶」とて、今すこし聞《き》こえ出《い》で給《(たまふ)》。[一]宮の御事《こと》を、いとはづかしげに、さすがにうらみたるさまには言《い》ひなし給はで、[二]「かのこと、またさなんと聞《き》き《ゝ》つけ給へらば、[三]かたくなにすきぐ〵しうもおぼされぬべし。[四]更に、さてありけりとも、知《し》らず顔《がほ》にて過《す》ぐし侍《(はべり)》なん」と啓《けい》し給へば、[五]「僧都《そうづ》の語《かた》りしに、[六]いとものおそろしかりし夜《よ》のことにて、[七]耳もとゞめざりしことにこそ。[八]宮はいかでか聞《き》き《ゝ》給はむ。[九]聞《き》こえん方なかりける御心のほどかなと聞《き》けば、まして[一〇]聞《き》き《ゝ》つけ給はんこそいと苦《くる》しかるべけれ。[一一]かゝる筋《すぢ》につけて、[一二]いとかろくうき物にのみ世に知《し》られ給《(たまひ)》ぬめれば心うく」などの給はす。いとを《(お)》[一三]もき御心なれば、[一四]かならずしも、うちとけ世語《よがた》りにても、人の忍《(しのび)》て啓《けい》しけんことを漏《も》らさせ給はじなどおぼす。

[一五]住《す》むらん山里はいづこにかはあらむ、[一六]いかにしてさまあしからず尋《(たづね)》寄《よ》らむ、僧都にあひてこそは、たしかなる有《(あり)》さまも聞《き》き《ゝ》あはせなどして、[一七]ともかくも問《と》ふべかめれなど、たゞ此《(この)》事を起《お》き臥《ふ》しおぼす。

[一八]月ごとの八日は、かならずたう《(ふ)》[一九]ときわざせさせ給へば、薬師《やくし》仏に寄《よ》[二〇]せたてまつるにもてなし給《(たまひ)》つるたよりに、[二一]中堂《だう》に時〳〵まい《(ゐ)》り給《(たまひ)》けり。[二二]それより、やがて横川におはせんとおぼして、[二三]かのせうとの童《わらは》なる率《ゐ》ておはす。[二四]その人ゝには、

一 匂宮について、こちらが気がひけるほど堂々と、それでもことさら恨んでいるふうにはおっしゃらず。
二 薫の言。浮舟のことを、私が捜し出したと(匂宮が)聞きつけなさったら。
三 私を愚かで好色なやつだと。
四 絶対に、浮舟が生きていたのだとも、知らぬ顔をして過ごしたいものです。暗に中宮の口を封じる。
五 中宮の言。僧都が語ったが。次行「耳も…」に続く。
六 とても恐ろしかった夜のことなので。挿入句。
七 詳しく聞いていないとする。薫への配慮。
八 匂宮に聞かれるはずはない、の意。
九 何とも申し上げようもない怪しからぬお考えだと思うので。母の立場から薫に詫びる気持。
一〇 (匂宮が)浮舟の生存を聞きつけなさったら、それこそ私は苦しくなるでしょう。
一一 女性関係で。
一二 とても軽率で困った人だと。
一三 (中宮は)慎重なご性格だから。
一四 「必ず」に同じ。「し」「も」は強意。うちとけた世間話でも、人が内々に申し上げたような事を。
一五 浮舟が住んでいるという山里はどこなのか。以下、薫の心内。
一六 何とかして体裁よく捜し当てたい。
一七 何はともあれ訪ねてみるのがよさそうだ。

53 薫、横川に赴く

一八 毎月八日は、六斎日(八日・十四日・十五日・二十三日・二十九日・三十日)の初日で、薬師如来の縁日。薬師如来は衆生の病苦を救うという仏。
一九 ありがたい供養をおさせになるので。
二〇 寄進申し上げるために参詣されたついでに。

とみに知《し》らせじ、有《(あり)》さまにぞ従《したが》はんとおぼせど、二五うち見《み》む夢の心《(ここ)》ちにも、あはれをも加《くは》へむとにやありけん。二六さすがに、二七その人とは見《み》つけながら、あやしきさまに、かたちことなる人のなかにて、うきことを聞《き》き《ゝ》つけたらんこそいみじかるべけれと、二八よろづに道《みち》すがらおぼし乱《みだ》れけるにや。

「給つる」、青表紙他本「給へる」。
二一 比叡山の根本中堂。本尊は薬師如来。
二二 中堂からそのまま横川に。僧都に会うため。
二三 浮舟の弟で召使の童である小君。
二四 浮舟の家族には、直ぐには知らせまい、その時の情況によることにしよう。
二五 浮舟に逢うかも知れない夢のような気持にも、さらに情趣を添えようというのか。薫の心内を語り手が推測。
二六 再会を期待しながらも、やはり。後の「おぼし乱れ…」に続く。
二七 浮舟だと突きとめながら、みすぼらしい姿で、見馴れぬ尼姿の人の中にいて、嫌な噂をもし聞きつけたならば、それこそ辛いことだろう。
二八 あれこれと道すがら思い乱れなさったことだろう。巻を閉じる語り手の言。「にや」、青表紙他本「とや」。

楽府[一]　陵園妾

陵園妾〻〻顔色如花命如葉命如葉

薄将奈何

松門引暁月徘徊栢城昌一日風蕭瑟

一　→三七三頁注三二・三三・三六。

夢《ゆめの》浮《うき》橋《はし》

〔巻名〕本文中に「夢浮橋」の語は現れないが、「夢語り」を含め「夢」の語が五例見られる(三九五・三九六・四〇二・四〇五・四〇六頁)。落ち着く場を与えられずさすらい続けた浮舟の半生を象徴する。出典未詳の古歌「世の中は夢の渡りの浮橋からうちわたりつつものをこそ思へ」(河海抄)に基づくとも言われる。

1 **比叡山**に登り仏事を済ませたあと、薫は**横川**に赴き僧都を訪ねる。**小野**あたりに知り合いは、と切り出して、浮舟の噂の真相を確かめる。

2 僧都は浮舟と薫の関わりを聞いて、浮舟を出家させたことを後悔しつつ、発見時のいきさつを薫に語る。薫は夢かと驚きつつも、浮舟に会う手引きを頼むが、僧都は今日明日の下山は無理と案内を渋る。

3 薫は小君に託す浮舟への手紙を僧都に依頼し、浮舟に他意を持っていないことを弁明する。

4 僧都は小君に目を留め、浮舟への手紙をしたためて小君に託す。

5 小野の里では蛍をながめていた浮舟が薫一行の松明の光を見る。尼君たちが薫の噂をするが浮舟は念仏に心を紛らわせる。

6 薫は人目を憚って翌日小君を小野へ遣わす。小君は幼な心に亡きものと思っていた姉君に会えることを喜ぶ。

7 小野には早朝僧都からの文が届き、妹尼は薫と浮舟の関係を不明瞭ながら知る。

8 小君は小野を訪問し、僧都の紹介状を差し出す。手紙には浮舟の還俗を勧める意がほのめかしてあった。

9 妹尼は小君との関係を問う。浮舟は小君を見て母の様子を尋ねたいと思うが、薫には会わぬと決意し、小君にも人違いと伝えてくれるよう妹尼に頼む。

10 対面を拒まれ不満に思う小君は、強いて浮舟を几帳近くへ呼んでもらい、薫の手紙を渡す。

11 薫の手紙は昔に変わらぬ筆跡でたきしめた香の香りも例によってよくしみていた。深い情のこもる言葉が書き連ねてある。

12 浮舟は今の姿を薫には見せられぬと思案にくれながらも堪えきれずに泣き出すが、あくまでも人違いと返事を拒み通す。小君は姉に会うことも、返事をもらうこともできずにむなしく帰京する。薫は浮舟の心をはかりかねて誰か別の男に匿まわれているのではとまで疑う。

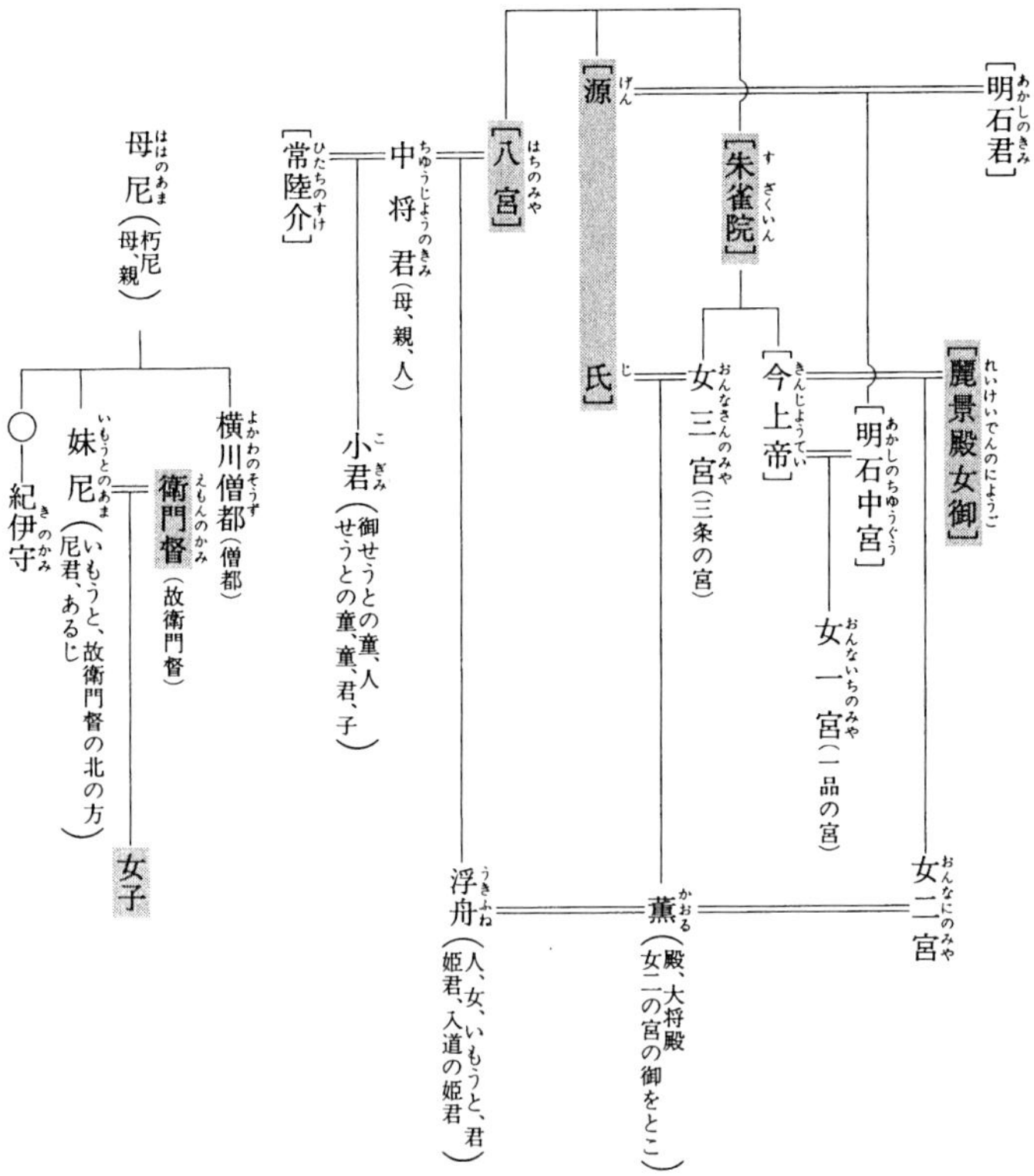

明石君《あかしのきみ》
源氏《げんじ》
朱雀院《すざくいん》
八宮《はちのみや》
麗景殿女御《れいけいでんのにょうご》
明石中宮《あかしのちゅうぐう》
今上帝《きんじょうてい》
女三宮《おんなさんのみや》（三条の宮）
女一宮《おんないちのみや》（一品の宮）
女二宮《おんなにのみや》
薫《かおる》（殿、大将殿 女二の宮の御をとこ）
中将君《ちゅうじょうのきみ》（母、親、人）
常陸介《ひたちのすけ》
小君《こぎみ》（御せうとの童、人 せうとの童、童、君、子）
浮舟《うきふね》（人、女、いもうと、君 姫君、入道の姫君）
母尼《ははのあま》（朽尼 母、親）
横川僧都《よかわのそうず》（僧都）
衛門督《えもんのかみ》（故衛門督）
妹尼《いもうとのあま》（いもうと、故衛門督の北の方 尼君、あるじ）
女子
紀伊守《きのかみ》

随身《ずいじん》

[一]山《やま》におはして、例《れい》せさせ給ふやうに、[二]経仏など供養《くやう》ぜさせ給《（たまふ）》。またの日は、横川《よかは》におはしたれば、僧都《そうづ》おどろきかしこまりきこえ給ふ。年《とし》ごろ、[三]御祈《いの》りなどつけ語《かた》らひ給ひけれど、ことにいと親《した》しきことはなかりけるを、此《（この）》たび[四]一《（いつ）》品《ぼん》の宮の御心《（ここ）》ちの程にさぶらひ給へるに、すぐれ給へる[五]験《げむ》物し給《（たまひ）》けりと見《み》たまひてよりこよなうたうと《（ふ）》び給《（たまひ）》て、[六]いますこし深《ふか》き契《（ちぎり）》加《くは》へ給《（たまひ）》てければ、[七]を《（お）》も／＼しうおはする殿《との》の、かくわざとおはしましたること、[八]ともてさは《（わ）》ぎきこえ給ふ。[九]御物語《がた》りなどこまやかにしておはすれば、[一〇]御湯漬《ゆづけ》などまい《（ゐ）》り給ふ。すこし人々静《しづ》まりぬるに、「[一一]小野《をの》のわたりに知《し》り給へる宿《やど》りや侍る」と問《と》ひ給へば、「[一二]しか侍る。いとことやうなる所になむ。[一三]なにがしが母《はゝ》なる朽尼《くちあま》の侍るを、京[一四]にはか／″＼しからぬ住《す》みかも侍らぬうちに、[一五]かくて籠《こも》り侍る間《あひだ》は、夜中《（よなか）》、暁にも[一六]あひとぶらはむと思《（おもひ）》給へを《（お）》きて侍る」など申《（まうし）》給ふ。「[一七]そのわたりには、たゞちかきころを《（ほ）》ひまで、人多《おほ》う住《す》み侍《（はべり）》けるを、いまはいとかすかにこそなりゆくめれ」などの給《（たまひ）》て、[一八]いますこし近《ちか》くゐ寄《よ》りて、忍《しの》びやかに、「[一九]いと浮《う》きた

一 比叡山根本中堂に薫が赴く。前巻末に続ける。

1 薫、横川に赴く

二 経典や仏像など。
三 御祈禱などを依頼して懇意にしておられたが、格別に親しいことはなかったのに。
四 女一宮の御病気の折に伺候されたところ。
五 霊験。
六 以前より一段と深いご縁を結ばれたので。後世のため師僧を依頼した趣。
七 重々しい地位においでの薫が。薫は右大将。
八 僧都は。
九 薫が。
一〇 湯を注いだ飯。
一一 薫の言。小野の辺にご縁のある宿泊所は。「宿り」は旅先で仮りに泊る場所。
一二 僧都の言。さようでござる。まことにむさくるしい所で。
一三 拙僧の母である老いぼれた尼がおりますが。
一四 頼りにならぬ住みかさえございません中でも。「うちに」は、その中でも特に、の意。
一五 こうして拙僧が山籠りをしております間は。
一六 しっかり見舞おうと心にきめておるのでございます。
一七 薫の言。小野の山里には、つい最近まで人が大勢住んでいたそうだが。
一八 (薫は)僧都の近くに膝を進めて。
一九 薫の言。まことに根拠のない気もしますが。
二〇 その上、お尋ね申したりすれば、どういう事だったのかと納得しがたくお思いになるでしょうから。

る心《(ここ)》ちもし侍《(はべる)》、二〇また尋《たづ》ねきこえむにつけては、いかなりけることにかと心得《え》ずおぼされぬべきに、二一かた〳〵憚《はゞか》られ侍れど、かの山里《ざと》に二二知《し》るべき人の、隠《かく》ろへて侍るやうに聞《き》き侍りしを、二三たしかにてこそは、いかなるさまにてなども、漏《も》らしきこえめ、など思《おも》ひたまふるほどに、二四御弟子《でし》になりて、忌《い》むことなど授《さづ》け給ひてけりと聞《き》き侍るは、まことか。まだ年も若《わか》く、親《おや》などもありし人なれば、二五こゝに失《うしな》ひたるやうにかことかくる人《ひと》なん侍るを」などのたまふ。

僧都《そうづ》、二六さればよ、二七たゞ人と見《み》えざりし人《ひと》のさまぞかし、二八かくまでの給ふは、かろ〴〵しくはおぼされざりける人にこそあめれ、と思《おも》ふに、二九ほう《(ふ)》しといひながら、心もなくたちまちにかたちをやつしてけること、と胸《むね》三〇つぶれて、いらへきこえむやう思《おも》ひまはさる。三一たしかに聞《き》き給へるにこそあめれ、かばかり心得《え》たまひて、うかゞひ尋《たづ》ね給はむに、隠《かく》れあるべきことにもあらず、三二中〳〵あらがひ隠《かく》さむにあいなかるべし、などとばかり三三思《おも》ひ得《え》て、「三四いかなることにか侍りけむ。この月ごろ、三五うち〳〵にあやしみ思ふ《(う)》給ふる人《ひと》の御ことにや」とて、「三六かしこに侍る尼《あま》どもの初瀬《はつせ》に願《ぐわん》侍りて、まうでて帰《かへ》りける道《みち》に、宇治《うぢ》の院といふ所にとゞまりて侍りけるに、母《はゝ》の尼《あま》の三七労気《らうげ》にはかにおこりて、いたくなむ

二一 あれこれ遠慮されますが。
二二 私が面倒を見なければならぬ人が、身を隠しているとの噂を耳にしましたが。
二三 確かにそれと聞き得た上で、どういう事情で(あったか)なども、そっと打ち明け申したいが。
二四 貴僧の御弟子になって、すでに受戒などお授けになったと。
二五 私がその女を死なせたように、言いがかりをつける者がいますのでね。親などから苦情もあって確かなことを知りたい、の意。「こゝ」は自称。
二六 やはりそうだったか。以下、僧都の心内。

2 僧都語り、薫驚く

二七 (浮舟が)並の身分の人とは見えなかった。
二八 薫が。
二九 法師とはいえ、思慮もなく即座に(浮舟を)尼姿に変えてしまったことよ。
三〇 「僧都の恐怖して、返答の様を色々思案をめぐらすとなり」(岷江入楚)。
三一 確かに(浮舟の情況を)お聞きになっているに違いない。以下、僧都の心内。
三二 なまじ言い張って隠そうとしては、かえって具合が悪かろう。
三三 しばらく思案して腹をきめ。
三四 僧都の言。どういうことでございましょうか。まだ用心深い物言い。
三五 ひそかに不審に存じておりますお方のことでしょうか。
三六 僧都の言。小野に住んでいる母尼や妹尼などが。以下、手習巻冒頭参照。記述が前後する。
三七 疲労による病気。所労。

わづらふと告《つ》げに、[一]ひとのまうで来《き》たりしかば、[二]まかり向《む》かひたりしに、まづ[三]あやしきことなむ」とさゝめきて、「[四]親《おや》の死《し》にかへるをばさしを《(お)》きて、[五]もてあつかひ嘆《なげ》きてなむ侍りし。[六]この人も、亡《な》くなり給へるさまながら、さすがに息《いき》は通《かよ》ひておはしければ、昔物語《むかしがたり》に[七]魂殿《たま(どの)》にを《(お)》きたりけむ人《ひと》のたとひを思《おも》ひ出《い》でて、さやうなることにやとめづらしがり侍《(はべり)》て、[八]弟子《でし》ばらのなかに験《げん》ある物《(もの)》どもを呼《よ》び寄《よ》せつゝ、[九]かはりがはりに加持《かぢ》せさせなどなむし侍《(はべり)》ける。[一〇]なにがしは、[一一]お《(を)》しむべき齢《よはひ》ならねど、母《はゝ》の旅《たび》の空にて病《やまひ》を《(お)》もきを助《たす》けて、念仏をも[一二]心乱《みだ》れずせさせむと、仏を念《ねむ》じたてまつり思《おも(う)》ふたまへし程に、[一三]その人のありさまくはしうも見《み》たまへずなむはべりし。[一四]事《こと》の心を《(お)》しはかり思《おも(う)》ふたまふるに、[一五]天狗《てんぐ》、木霊《こたま》などやうのものゝ、[一六]あざむきい《(ゐ)》てたてまつりたりけるにやとなむうけ給はりし。助《たす》けて[一七]京に率《ゐ》てたてまつりてのちも、三月《(みつき)》ばかりは[一八]亡《な》き人にてなむものし給ひけるを、[一九]なにがしがいもうと、故衛門《こゑもん》の督《かみ》の北の方《かた》にて侍りしが、尼《あま》になりて侍《(はべる)》なむ、一人《ひとり》持《も》ちてはべりし女子《ご》を失《うしな》ひてのち、月日は多《おほ》く隔《へだ》て侍《(はべり)》しかど、悲《かな》しび絶《た》えず嘆《なげ》き思《おも》ひ[二〇]給へ侍《(はべる)》に、[二一]おなじ年の程と見《み》ゆる人の、かくかたちいとうるはしきよらなるを見出《みい》でたてまつりて、[二二]くは《(わ)》んを《(お)》むの給へるとよろこび

一　妹尼が宇治から僧都のもとに出した使者。「横川に消息したり」(手習三二四頁七行)。
二　自分が宇治に。
三　奇怪なことが。
四　僧都の言。母親が今にも死にそうなのを。
五　妹尼が浮舟をひどく心配して介抱。
六　浮舟をさす。
七　葬儀までの間、亡骸を安置する所。昔物語に亡骸の蘇った話をいう。
八　僧都の弟子たち。
九　「二日ばかり籠りゐて、二人の人を祈り、加持する声絶えず」(手習三三一頁七行)。
一〇　拙僧は。後の「助けて」に続く。
一一　母は死んでも惜しくない老齢だが。八十余歳。
一二　一心不乱にさせようと。後の「思うたまへし」に続く。
一三　浮舟。
一四　その時の事情を推察すると。
一五　前には「狐、木霊やうの物」(手習三二七頁一行)とあった。天狗は山に住む変化《げ(へん)》の一。「陰山ニ獣アリ、其ノ状、狸ノ如クニシテ白首、名ヅケテ天狗ト曰フ」(山海経)。
一六　だましてお連れ申したのでは。
一七　僧都にとって小野は生活圏内として「京」と捉えられた。
一八　死んだ人同然で。
一九　拙僧の妹。妹尼。
二〇　「給へ侍に」、底本「給へるに」。「侍」が「流」の草体との類似で、「る」と誤って表記されたと見て改めた。青表紙他本すべて「給へ侍に」。
二一　妹尼の亡き娘と同じ年頃と思われる人。浮舟。
二二　初瀬の観音が授けて下さった(身代り)と。

思《おも》ひて、この人[二三]いたづらになしたてまつらじとまどひいられて、泣《な》く〳〵[二四]いみじきことどもを申されしかば、後《のち》になむ、かの坂本《さかもと》[二五]にみづから下《お》り侍りて、護《ご》[二六]身《しむ》など仕《つか》まつりしに、やう〳〵[二七]生《い》き出《い》でて人となり給へりけれど、猶《（なほ）》この領《らう》[二八]じたりける物《もの》の身に離《はな》れぬ心《（ここ）》ちなむする、このあしきもの[二九]の妨《さまた》げをのがれて、後の世を思はんなど、かなしげにの給ふことどものはべりしかば、[三〇]ほう《（ふ）》しにては、勧《すゝ》めも申《（まうし）》つべきことにこそはとて、まことに出家《すけ》せしめたてまつりてしになむ侍る。[三一]さらにしろしめすべきこととは、いかでかそらにさとり侍らん。めづらしき事《こと》のさまにもあるを、世語《よがた》[三二]りにもし侍《（はべり）》ぬべかりしかど、聞《き》こえ[三三]ありてわづらはしかるべきことにもこそと、[三四]この老《お》い人どものとかく申《（まうし）》て、[三五]この月ごろを《（お）》となくて侍《（はべり）》つるになむ」と申《（まうし）》給へば、[三六]さてこそあなれとほの聞《き》きて、[三七]かくまでも問《と》ひ出《い》で給へることとなれど、[三八]むげに亡《な》き人と思《おも》ひはてにし人《ひと》を、[三九]さはまことにあるにこそはとおぼす程、夢《ゆめ》の心《（ここ）》ちしてあさましければ、つゝみもあへず涙ぐまれ給ひぬるを、僧都《そうづ》の[四〇]はづかしげなるに、[四一]かくまで見《み》ゆべきことかはと思《おも》ひ返《かへ》して、[四二]つれなくもてなし給へど、[四三]かくおぼしけることを、[四四]この世には亡《な》き人とおなじやうになしたることと、[四五]あやまちしたる心《（ここ）》ちして、罪深《つみふか》ければ、

二三 死なせ申してはなるまいと心が乱れいらだって。
二四 浮舟を助けてほしいとの願いを言われましたので。「れ」は受身。前に「いみじきことを書きつゞけて」(手習三三三頁一四行)とあった。
二五 比叡山の西坂本の小野。
二六 護身の修法。印を結び陀羅尼を唱える。↓
若紫一六七頁注二〇。
二七 次第に蘇って正気の人と。
二八 私に取り憑いた物の怪が、まだ身から離れない気がする。「後の世を思はん」まで、浮舟の言葉。
二九 物の怪の妨害から逃れて、後世の安楽を願いたい。
三〇 法師としては、こちらから(出家の事を)お勧め申したいことだ。
三一 まったく薫のご関係筋だとは、どうして証拠もなくて分りましょうか。
三二 世間の噂にもなってしまいそうでしたが。
三三 評判が立って面倒な事になっては困ると。
三四 母尼や妹尼。 三五 この何か月かは黙って。
三六 浮舟の生存を小宰相から薫がちらっと聞いたこと。
三七 横川まで出向いて僧都からじかに。
三八 すっかり死んだ人と思いこんでいた人を。
三九 真実生きているのだと。
四〇 こちらが気がひけそうな立派な態度に。
四一 こんな気弱なすがたを見せてはならぬ。
四二 しいて平然と構えておられるが。
四三 僧都の心内。薫がこれほど深くお思いだった女性を。
四四 現世では死者も同然の尼にしてしまったと。
四五 過失を犯した気持がして、罪深いことと思うので。

「[一]あしき物に領《らう》ぜられ給ひけむも、さるべき先《さき》の世の契《（ちぎり）》なり。思ふに[二]高《たか》きいゑ《（へ）》の子《こ》にこそものし給《（たまひ）》けめ、いかなるあやまりにて、かくまでは[三]ふれ給《（たまひ）》けむにか」と問《と》ひ申《（まうし）》たまへば、「[四]なまわかむどをり《（ほ）》などいふべき筋《すぢ》にやありけん。[五]こゝにも、もとよりわざと思《おも》ひしことにも侍らず、[六]ものはかなくて見《み》つけそめては侍りしかど、又いとかくまで[七]落《お》ちあぶるべき際《きは》と思《おも》ひ給へざりしを、[八]めづらかに跡《あと》もなく消《き》え失《う》せにしかば、[九]身を投《な》げたるにやなど、さま〴〵に疑《うたが》ひ多《おほ》くて、たしかなることはえ聞《き》き《ゝ》侍らざりつるになむ。[一〇]罪《つみ》かろめてものすなれば、[一一]いとよしと心やすくなんみづからは思《おも》ひたまへなりぬるを、[一二]母《はゝ》なる人なむいみじく恋《こ》ひ悲《かな》しぶなるを、[一三]かくなむ聞《き》き《ゝ》出《い》でたると告《つ》げ知《し》らせまほしくはべれど、[一四]月ごろ隠《かく》させ給《（たまひ）》ける本意《ほい》たがふやうに、ものさは《（わ）》がしくや侍らん。親子《おやこ》のなかの思《おも》ひ絶《た》えず、悲《かな》しびにたへで、とぶらひものしなどし侍《（はべり）》なんかし」などの給て、さて、「[一五]いと便《び》なきしるべとはおぼすとも、[一六]かの坂本《さかもと》に下《お》りたまへ。[一七]かばかり聞《き》き《ゝ》て、なのめに思《おも》ひ過《す》ぐすべくは思《（おもひ）》侍らざりし人なるを、[一八]夢のやうなること《ゝ》ども、いまだに語《かた》りあはせんとなむ思《おも》ひたまふる」とのたまふけしき、[一九]いとあはれと思《おも》ひたまへれば、[二〇]かたちを変《か》へ、世《よ》を背《そむ》きにきとおぼえたれど、

一 僧都の言。魔性のものに取り憑かれなさったのも、前世の因縁。
二 良家の子弟。→㊁少女二八一頁一五行。
三 零落なさったのか。
四 薫の言。ちょっとした皇族筋。浮舟は親王である八宮の子だが、劣り腹のため、ぼかして言う。
五 私も、特に妻になどと思ったわけでもなく。「こゝ」→三九三頁六行。
六 ちょっとした機会で関わりをもって。
七 零落してよい身分だとは。
八 おかしなことに跡かたもなく姿を消してしまったので。
九 宇治川に。
一〇 罪障を軽くして住んでいると聞くので。出家して尼になったこと。
一一 安心だと自分は考えているが。本音をずらす。
一二 中将君。
一三 （いま僧都から聞いた話をうけて）このように聞きつけたと。
一四 今まで秘しておかれた意向に背くようで、穏やかではないでしょう。自分の執心を母の悲嘆にすり変えた上、依頼の件を持ち出す。
一五 薫の言。甚だ不都合な案内役とはお思いでしょうが。「便なき」は、男女の再会に僧を煩わすこと。
一六 浮舟のいる小野の山里。
一七 こうまで聞いては、知らぬ顔で過ごすことができるとは思わなかった相手だから。
一八 夢のような数々の出来事を、せめて今なりと語り合いたい。
一九 僧都は。
二〇 浮舟は尼姿に。

髪《かみ》、鬚《ひげ》を剃《そ》りたるほう《(ふ)》しだに、[二一]あやしき心は失《う》せぬもあなり。まして女の御身はいかゞあらむ、[二二]いとお《(ほ)》しう、罪得《つみえ》ぬべきわざにもあるべきかなと、[二三]あぢきなく心乱《こゝろみだ》れぬ。「[二四]まかり下《お》りむこと、けふあすは障《さは》り侍《(はべり)》。[二五]月立《た》ちての程に御消息《せうそこ》を申させ侍らん」と申《(まうし)》給ふ。いと心もとなけれど、[二六]なを《(ほ)》〳〵とうちつけにいられむもさまあしければ、さらばとて帰《かへ》り給ふ。

[二七]かの御せうとの童《わらは》、[二八]御供《とも》にい《(ゐ)》ておはしたりけり。[二九]ことはらからどもよりは、かたちもきよげなるを呼《よ》び出《い》で給《(たまひ)》て、「[三〇]これなむその人の近《ちか》きゆかりなるを、これを[三一]かつ〴〵ものせん。[三二]御文《ふみ》一《ひと》くだりたまへ。[三三]その人とはなくて、たゞ尋《たづ》ねきこゆる人なむあるとばかりの心を知《し》らせ給へ」との給へば、「[三四]なにがし、このしるべにて、かならず罪得《つみえ》侍《(はべり)》なん。事《こと》のありさまはくはしくとり申《(まうし)》つ。いまは[三五]御みづから立《た》ち寄《よ》らせ給ひて、[三六]あるべからむことは物せさせ給はむに、何《なに》の咎《とが》かはべらむ」と申《(まうし)》給へば、うち笑《わら》ひて、「[三七]罪得《つみえ》ぬべきしるべと思《おも》ひなしたまふらんこそはづかしけれ。[三八]こゝには、俗《ぞく》のかたちにていままで過《す》ぐすなむいとあやしき。[三九]いはけなかりしより、思《おも》ふ心ざし深《ふか》く侍るを、[四〇]三条の宮の心ぼそげにて、頼《たの》もしげなき身[四一]一《ひと》つをよすがにおぼしたるが、[四二]さりがたきほだしにお

二一 愛欲の心。
二二 かわいそうに、(いま薫に逢えば)きっと罪を作ることになるに違いないだろうよ。
二三 つまらぬ依頼を受けたものだと困惑する。
二四 僧都の言。(小野へ赴くため)下山するとしても。
二五 月が改まっての頃にご案内を差し上げさせましょう。
二六 ぜひにぜひにと性急にあせらざるをえないとしたら、それも体裁が悪いので。
二七 浮舟の弟の小君。
二八 薫はお供として連れておいでなのだった。

3 薫、手紙を依頼

二九 ほかの兄弟。
三〇 薫の言。この子がその女(浮舟)の近親なので。
三一 とりあえず遣わそう。
三二 (貴僧の)お手紙を一筆書いて下さい。
三三 誰それと名は示さずに。
三四 僧都の言。拙僧はこの手引で、必ず破戒の罪を作ってしまうだろう。
三五 薫ご自身で。
三六 しかるべき処置をなさったとしても。
三七 薫の言。罪を作りそうな手引だとあえてお考えになるとしたら大変気が引けます。
三八 私は、俗人の姿で今まで過ごしているのが。
三九 幼時から、出家の志が深いのですが。
四〇 薫の母。女三宮。
四一 薫だけを頼りに。
四二 避けられぬ出家の妨げだと。

ぼえ侍りて、[一]か〻づらひ侍《(はべり)》つる程に、を《(お)》のづから位《くらゐ》などいふことも高《たか》くなり、[二]身のを《(お)》きても心にかなひがたくなどして、[三]思《おも》ひながら過《す》ぎ侍るには、又え[四]避《さ》らぬことも数《かず》のみ添《そ》ひつ〻は過《す》ぐせど、[五]公私《おほやけわたくし》にのがれがたきことにつけてこそさも侍らめ、[六]さらでは仏《ほとけ》の制《せい》し給ふ方《かた》のことを、わづかにも聞《き〻》きを《(お)》よばむは、いかであやまたじとつ〻しみて、心のうちは[七]聖《ひじり》に劣《おと》り侍らぬものを、ましていとはかなきことにつけてしも、を《(お)》もき罪得《つみう》べきことは、[八]などてか思《おも》ひたまへむ、[九]さらにあるまじきことに侍り。疑《うたが》ひおぼすまじ。た〻[一〇]いとお《(ほ)》しき親《おや》の思《おも》ひなどを、聞《き〻》き明《あき》らめ侍らんばかりなむ、うれしう心《こ〻ろ》やすかるべき」など、むかしより深《ふか〻》かりし方《かた》の[一一]心を語《かた》り給ふ。

僧都《そうづ》も、げにとうなづきて、「[一二]いとゞたうと《(ふ)》きこと」など聞《き》こえたまふほどに、日も暮《く》れぬれば、[一三]中宿《なかやど》りもいとよかりぬべけれど、[一四]うはの空にてものしたらんこそ、なを《(ほ)》便《び》なかるべけれ、と思《おも》ひわづらひて帰《かへ》り給ふに、このせうとの童《わらは》を、僧都《そうづ》、目《め》とめてほめたまふ。「[一五]これにつけて、まづほのめかし給へ」と聞《き》こえ給へば、文書《か》きて取《と》らせ給《(たまふ)》。「[一六]時〴〵は、山におはして遊《あそ》びたまへよ」[一七]と、「[一八]すゞろなるやうにはおぼすまじきゆへ《(ゑ)》もありけり」とうち語《かた》らひたまふ。

一 (世事に)かかずらわってきた間に。
二 身の処し方も思うようにならず。
三 (出家を)願いながら。
四 避けがたい事情も多くなるばかりで。女二宮を正室としたことなどをいう。
五 公私につけて余儀ない場合には、確かに思うようにならなかったが。「さ」は二行前の「心にかなひがたく」をうける。
六 それ以外では、仏法で禁ずる戒律を、少しでも聞き知ったら、その時は。
七 在家の修行者。「俗ながら聖」(四橋姫三〇六頁一〇行)に同じ。
八 取り立てて言うほどでもない男女関係につけてさえ、重い罪を作るはずだからそんな事はどうして考えましょうか。「清浄の優婆夷(うばい＝女の在家信者)を犯せる者」は大焦熱地獄の別所に堕ちる(往生要集・大文第一・厭離穢土)。
九 全く考えられないことです。お疑いなさいますな。
一〇 かわいそうな母親の心配を、貴僧から聞いて晴らすことになれば、それくらいで私はうれしいし心も安まるのです。
一一 仏道を信ずる心。道心。

4 僧都、手紙を書く

一二 薫の道心への深まりを殊勝だとする。
一三 帰途、小野での一泊。
一四 不確かな気持で訪れたら、やはり具合が悪かろう。
一五 薫の言。この子に託して、まず小野にそれとなくご一報を。
一六 僧都の言。
一七 底本「と」、青表紙本の肖柏本・三条西本、河内本・別本なし。
一八 何の関わりもないようにはお思いになれないわけもあるのですよ。自分は浮舟を出家させた師僧だ、の意をこめる。

[一九]この子《こ》は心も得《え》ねど、文取《ふみと》りて御供《おほんとも》に出《い》づ。坂本《さかもと》になれば、[二〇]御前《ぜん》の人〻すこし立《た》ちあかれて、「[二一]しのびやかにを」との給ふ。

小野《をの》には、[二二]いと深《ふか》くしげりたる青葉《あを》の山にむかひて、紛《まぎ》るゝことなく、遣水《やり》の蛍《ほたる》ばかりを、むかしおぼゆる慰《なぐさ》めにて、ながめゐたまへるに、[二三]例《れい》の[二四]遥《はる》かに見《み》やらるゝ谷の、軒端《(のき)ば》より[二五]前駆《さき》心ことにを《(お)》ひて、いと多《おほ》うともしたる[二六]火の、のどかならぬ光《ひかり》を見《み》るとて、尼君《あま》たちも端《はし》に出《い》でゐたり。「[二七]たがおはするにかあらん。[二八]御前《ぜん》などいと多《おほ》くこそ見《み》ゆれ」、「昼《ひる》[二九]あなたに[三〇]ひきぼしたてまつれたりつる返《かへ》りことに、[三一]大将殿おはしまして、[三二]御あるじのことにわ《(は)》かにするを、[三三]いとよきお《(を)》りなりとこそありつれ」、「大将殿とは、この女二宮の[三四]御お《(を)》とこにやおはしつらん」など言《い》ふも、[三五]いとこの世《よ》とを《(ほ)》くゐ中《(なか)》びにたりや、[三六]まことにさにやあらん、時〳〵[三七]かゝる山路《ち》分《わ》けおはせし時、[三八]いとしるかりし随身《ずいじん》の声《こゑ》も、うちつけにまじりて聞《き》こゆ、月日の過《(すぎ)》ゆくまゝに、むかしのことのかく思《おも》ひ忘《わす》れぬも、[三九]いまは何《なに》にすべきことぞ、と心うければ、[四〇]阿弥陀《あみだ》仏《(ほとけ)》に思《おも》ひ紛《まぎら》はして、いとゞ物も言《い》はでゐたり。横川《よかは》に通《かよ》ふ人のみなむ、このわたりには[四一]近《ちか》きたよりなりける。

[四二]かの殿《との》は、この子をやがてやらんとおぼしけれど、人目《め》多《おほ》くて便《びん》なければ、

一九 小君は事情を解さぬが。
二〇 薫一行の前駆の人々が少し散らばって。
二一 薫の言。小野の人たちに気づかれないよう通過したい、の意。

5 浮舟、薫一行を見る

二二 以下、浮舟の眺める風景を通して心象が描かれる。繁茂した青葉の山は筑波山を(→東屋一二四頁注一)、遣水の蛍は「あくがれ出づる魂」(→浮舟二五七頁注二九)を想い出させる。後者の引歌の詞書に「男に忘られて侍りける頃」とあるのも示唆的。
二三 いつものように。次行の「軒端より…見る」に続く。
二四 遥か遠くに谷が眺められる軒の下から。
二五 先払いを格別重々しくして。
二六 松明の火の、揺れ動く光を。
二七 以下、尼君たちの会話。
二八 御前駆。実際はその「ともしたる火」で確認。
二九 横川の僧都の所。
三〇 海藻を乾燥させた食品。引干。
三一 薫。 三二 饗応。もてなし。
三三 丁度よい折に頂いたと。 三四 御夫君。
三五 以下、浮舟の心内。なんと浮世離れして田舎くさい話よ。
三六 本当に薫かもしれない。
三七 「宇治へ薫のおはせし事也」(孟津抄)。
三八 まさにそれと思われる随身の声も、ふと中にまじって聞える。
三九 「かやうに出家の後は何せんぞと也」(湖月抄)。
四〇 念仏に気を紛らして、いよいよ寡黙に。
四一 親しく目にする人。 四二 薫は、小君を途中からまっすぐ小野の山荘に遣わそうと。

6 薫、小君を遣わす

殿に帰《かへ》り給《（たまひ）》て、[一]またの日、ことさらにぞ出《い》だし立《た》て給《（たまふ）》。[二]むつましくおぼす人の、ことく〳〵しからぬ二三人を《（お）》くりにて、[三]むかしも常《つね》に遣《つか》はしゝ随身添《ずいじんそ》へ給へり。人聞《き》かぬ間《ま》に[四]呼《よ》び寄《よ》せ給《（たまひ）》て、「[五]吾子《あこ》が亡《う》せにしいもうとの顔《かほ》はおぼゆや。いまは世《よ》に亡《な》き人と[六]思《おも》ひはてにしを、いとたしかにこそ[七]ものし給《（たまふ）》なれ。[八]うとき人には聞《き》かせじと思《おも》ふを、行《い》きて尋《たづ》ねよ。[九]母《はゝ》に、いまだしきに言《い》ふな。[一〇]中〳〵おどろきさは《（わ）》がむほどに、知《し》るまじき人も知《し》りなむ。その[一一]親《おや》のみ思《おも》ひのいとお《（ほ）》しさにこそ、かくも尋《たづ》ぬれ」と、[一二]まだきにいと口固《くちかた》め給《（たまふ）》を、をさなき心《（ここ）》ちにも、[一三]はらからは多《おほ》かれど、[一四]この君のかたちをば似《に》る物なしと思《おも》ひしみたりしに、亡《う》せ給ひにけりと聞《き》きて、いとかなしと思《おも》ひわたるに、かくの給へば、うれしきにも涙《なみだ》の落《お》つるを、はづかしと思《おも》ひて、[一五]「をゝ」と、[一六]荒《あらゝ》かに聞《き》こえゐたり。

[一七]かしこには、又《（まだ）》[一八]つとめて、僧都《そうづ》の御もとより、

[一九]よべ、大将殿の御使《つかひ》にて、小君《こ》やまうでたまへりし。[二〇]事《こと》の心うけ給はりしに、あぢきなく、かへりて臆《おく》し侍《（はべり）》てなむと、姫君《ひめ》に聞《き》こえ給へ。[二一]みづから聞《き》こえさすべきことも多《おほ》かれど、けふあす過《す》ぐしてさぶらふべし。

と書《か》き給へり。これは何《なに》ごとぞと、[二二]尼君《あま》おどろきて、[二三]こなたへ持《も》て渡《わた》りて、見《み》

一　翌日、わざわざ(小君を使者として)小野にお遣わしになる。
二　薫が親しくお思いの家来で、身分の重々しくない二、三人が送り役で。
三　宇治の浮舟のもとに消息を届けさせたりした随身。→浮舟二三八頁注七、二四二頁三行。
四　薫が小君を。
五　薫の言。お前の亡くなった姉の。「吾子」は年少者を親しんで呼ぶ語。
六　思い込んでしまっていたところ。
七　生きておいでだそうな。
八　他人には知らせまいと思うから(お前が)。
九　母(中将君)に、まだはっきりしないうちは言うな。
一〇　なまじ驚き騒がれたりすると、知ってはならない人(匂宮)まで知ってしまおう。
一一　母親のお嘆きが気の毒だからこそ、こんなに捜しているのだよ。
一二　事前に固く口止めなさるので。
一三　兄弟は多いが。
一四　浮舟の容貌。
一五　小君のかしこまった返事。はいはい。
一六　(涙を隠そうと)声を荒っぽく。
一七　小野の山荘。
一八　まだ朝早く。底本「又」は「また」の宛て字、「まだ」の意。他本すべて「また」。

7 僧都の手紙届く

一九　僧都の手紙。昨夜のうちに小君が小野に訪れたかと推測。
二〇　(薫から)事情を伺ったが、情けなく、かえって気後れしております。自分のしたことに自信を失い、情けない、の意。
二一　自分自身で申し上げねばならぬことも多いが、一両日後に参上仕る。

せたてまつり給へば、[二四]面《おもて》うち赤《あか》みて、[二五]ものの聞《き》こえのあるにやと苦《くる》しう、[二六]物隠《かく》ししけるとうらみられんを思《おも》ひつゞくるに、いらへむ方《かた》なくてゐ給へるに、「[二七]猶《(なほ)》のたまはせよ。心うくおぼし隔《へだ》つること」といみじくうらみて、[二八]事《こと》の心《こゝろ》を知《し》らねば、あは《(わ)》たゝしきまで思《おも》ひたる程に、「[二九]山より、僧都《そうづ》の御消息《せうそこ》にて、まい《(ゐ)》りたる人なむある」と言《い》ひ入《い》れたり。

[三〇]あやしけれど、[三一]これこそはさはたしかなる御消息《せうそこ》ならめとて、「こなたに」と言《い》はせたれば、[三二]いときよげにしなやかなる童《わらは》の、えならず装束《さうぞ》きたるぞ歩《あゆ》み来《き》たる。[三三]わらう《(ふ)》ださし出《い》でたれば、簾《すだれ》のもとに[三四]ついゐて、「[三五]かやうにてはさぶらふまじくこそは、僧都《そうづ》はの給《(たまひ)》しか」と言《い》へば、[三六]尼《あま》君ぞいらへなどし給ふ。文取《と》り入《い》れて見《み》[三七]れば、

[三八]入道の姫君《ひめぎみ》の御方《かた》に、山より

とて、[三九]名書《か》き給へり。[四〇]あらじなど、あらがふべきやうもなし。[四一]いとはしたなくおぼえて、いよ〳〵引《ひ》き入《い》られて、人《ひと》に顔《かほ》も見《み》あはせず。「[四二]常《つね》に、誇《ほこ》りかならずものし給《(たまふ)》人《ひと》がらなれど、いとうたて心《こゝろ》うし」など言《い》ひて、僧都《そうづ》の御文《ふみ》見《み》れば、

二二 妹尼。
二三 浮舟の部屋。
二四 浮舟は。
二五 自分のことが何か噂になっているのかと。
二六 (妹尼から)隠し事をしていたと恨まれたらどうしようと。
二七 妹尼の言。やはり(隠さずに)おっしゃい。分け隔てなさるとは情けない。
二八 事情を知らないので、じっとしていられないほど悩んでいるうちに。
二九 従者の言。横川から、僧都のお手紙を持って参上した人がいる。

8 小君、小野訪問

三〇 二度も僧都の使者が来たのを不審がる。
三一 後から来た手紙。
三二 とてもきれいでしとやかな感じの童の、何ともいえず美しく着飾ったのが。
三三 藁《(わら)》などでうず巻き状に円く編んだ敷物。円座。
三四 (簀子《(すの)》に)ひざまずいて。
三五 小君の言。このようなお扱いではお目にかかるはずはないように、僧都はおっしゃいました。簀子の座という扱いを不満とした。
三六 妹尼が(人を介さず直接)返答などされる。
三七 浮舟が。
三八 浮舟のこと。
三九 僧都の法名で署名がある。
四〇 人違いだなど、抗弁のしようもない。
四一 (浮舟は)とても恥かしく思われて、いっそう奥の方へ引き込んで。
四二 妹尼の言。(浮舟は)いつも誇らしく振舞わないお人柄ですが、(それが私には)とてもいやで情けない。

[一]けさ、こゝに[二]大将殿のものし給《(たまひ)》て、[三]御ありさま尋《たづ》ね問《と》ひ給ふに、[四]はじめよりありしやうくはしく聞《き》こえ侍りぬ。[五]御心ざし深《ふか》かりける御中を背《そむ》き給ひて、[六]あやしき山がつの中に出家し給へること、[七]かへりては仏の責《せ》め添《そ》ふべきことなるをなむ、[八]うけたまはりおどろき侍る。[九]いかゞはせむ、もとの御契《ちぎ》りあやまち給はで、愛執《あいしふ》の罪《つみ》を晴《は》るかしきこえ給《(たまひ)》て、[一〇]一日の出家の功徳《くどく》ははかりなきものなれば、[一一]なを《(ほ)》頼《たの》ませ給へとなむ。[一二]ことごとにはみづからさぶらひて申《(まうし)》侍らん。[一三]かつ〴〵この小《こ》君聞《き》こえ給《(たまひ)》てん。

と書《か》いたり。

[一四]まがふべくもあらず書《か》きあきらめたまへれど、こと人は心も得《え》ず。「[一五]この君はたれにかおはすらん。なを《(ほ)》いと心うし。[一六]いまさへかくあながちに隔《へだ》てさせ給ふ」と責《せ》められて、すこし[一七]外《と》ざまに向《む》きて見《み》給へば、この子は、[一八]いまはと世《よ》を思《おも》ひなりし夕暮《(ゆふぐれ)》に、いと恋しと思《おも》ひし人なりけり。[一九]おなじ所にて見《み》し程は、い[二〇]とさがなくあやにくにおごりてにくかりしかど、[二一]母《はゝ》のいとかなしくして、宇治《うぢ》にも時〳〵率《ゐ》ておはせしかば、[二二]すこしおよすげしまゝに、かたみに思《おも》へり。童《わらは》心を思《おも》ひ出《い》づるにも夢のやうなり。まづ母《はは》のありさまいと問《と》はまほしく、[二三]こと

一　実際には、昨日の朝。手紙は昨夜書かれた。
二　薫。
三　浮舟のご様子。
四　宇治で浮舟を発見した時から。
五　(浮舟に対する)薫の情愛が深かった仲を。
六　見すぼらしい山里住まいの人たちの中で。
七　薫の愛執の思いを残しての出家は、功徳どころかかえって仏の責めを受けるとする。
八　(薫から)お話を伺って。
九　もうどうしようもない、もとからの(薫との)ご縁をそこなわず、(薫の浮舟を思う)愛執の罪を晴らしてお上げになり。
一〇　ただの一日だけでも出家した功徳は量り知れないほど大きいものだから。→四御法一七二頁注二四。
一一　(還俗はしても)やはりその功徳を頼りになさいませ。
一二　委細は私が後日参上して。
一三　とりあえずこの小君がお話し申されるはず。

9 浮舟、小君を拒む

一四　疑う余地もなく(僧都は)事実をはっきりと書き表わされたが、浮舟以外には理解できない。
一五　妹尼の言。「この君」は小君。
一六　今になってもこう強情にお隠しなさる。
一七　思わず振り向いて、簾の外にいる小君に気づく。「見給へば…なりけり」で示す。
一八　今は最期と死を覚悟した夕暮に。→浮舟二五五頁。
一九　常陸介の家で暮した頃は。以下、浮舟の回想。
二〇　意地悪で、むやみに威張っていて憎らしかったが。
二一　かわいがって。
二二　成長してからは、互いに好意をもつように

人ゝの上《うへ》は、を《(お)》のづから、[二四]やう〳〵と聞《き》けど、[二五]親《おや》のおはすらむやうは、ほのかにもえ聞《き》かずかしと、[二六]中〳〵これを見《み》るにいとかなしくて、ほろ〳〵と泣《な》かれぬ。

[二七]いとお《(を)》かしげにて、すこしうちおぼえ給へる心《(ここ)》ちもすれば、「[二八]御はらからにこそおはすめれ。[二九]聞《き》こえまほしくおぼすこともあらむ。[三〇]うちに入《い》れたてまつらん」と言《い》ふを、[三一]何《なに》か、いまは世にある物とも思はざらむに、[三二]あやしきさまに面《おも》変《が》はりしてふと見《み》えむもはづかし、と思《おも》へば、と[三三]計《(ばかり)》ためらひて、「[三四]げに隔《へだ》てありとおぼしなすらんが苦《くる》しさに、ものも言《い》はれでなむ。[三五]あさましかりけんありさまは、めづらかなることと見《み》給《(たまひ)》てけんを、[三六]うつし心も失《う》せ、魂《たましひ》などいふらむ物もあらぬさまになりにけるにやあらん、いかにも〳〵、過《(すぎ)》にし方《かた》のことを、われながらさらにえ思《おも》ひ出《い》でぬに、[三七]紀伊《き》の守《かみ》とかありし人の、世《よ》の物語《がた》りすめりしなかになむ、[三八]見《み》しあたりのことにやと、ほのかに思《おも》ひ出《い》でらるゝことある心《(ここ)》ちせし。その後《ゝち》、[三九]とさまかうざまに思《おも》ひつゞくれど、[四〇]さらにはか〴〵しくもおぼえぬに、たゞ一人《ひとり》ものし給《(たまひ)》し[四一]人の、[四二]いかでとを《(お)》ろかならず思《おも》ひためりしを、[四三]まだや世《よ》におはすらんと、[四四]そればかりなむ心に離《はな》れずかなしきおり《(を)》〳〵侍

なった。「思へり」、青表紙他本「思へりし」と続いていく形。

二三 母以外の人々。薫、匂宮など。

二四 段々と聞くが。底本「やう〳〵と」、青表紙他本多く「やう〳〵」。

二五 母のご様子は少しも聞くことができないよ。

二六 なまじ小君を見たために。

二七 (小君が)とても愛らしげで、少し(浮舟に)似ている気もするので。妹尼の印象。

二八 妹尼の言。ごきょうだいでおいでのようね。

二九 小君が浮舟に。

三〇 簀子から廂の間へ。後に「母屋の際に木丁立てて入れたり」(次頁九行)とある。

三一 以下、浮舟の心内。何の、今は私が生きているとも(小君は)思わないだろうに。

三二 尼姿に変って突然(小君に)見られるのも。

三三 少し心を静めてから。

三四 浮舟の言。たしかに(私が)隠し立てしていると思い込んでおられるとしたらそれが辛くて、口も利けません。

三五 (宇治院で発見された時の)情けない自分の姿は。

三六 正気もなくなり。青表紙他本多く「さてうつし心もうせ」。

三七 小野を訪ねた妹尼の甥。大尼君の孫。↓手習三七八頁八行。

三八 もと住んでいた辺りのことかと。

三九 あれやこれやと。

四〇 一向にはっきりとは思い出せぬが。

四一 浮舟の母、中将君。

四二 何とか(私を仕合せに)と一方ならず心を砕いていたようだが。

四三 まだ生きておいでかと。

四四 母の身の上。

るに、けふ見《み》れば、この童《わらは》の顔《かほ》は、[一]ちい《（ひ）》さくて見《み》し心《（ここ）》ちするにも、いと忍《しの》びがたけれど、[二]いまさらに、かゝる人にもありとは知《し》られでやみなむとなん思ひ侍る。[三]かの人もし世に物し給はば、それ一人《ひとり》になむ対面《たいめん》せまほしく思《おも》ひはべる。この僧都《そうづ》のの給へる人[四]などには、[五]さらに知《し》られたてまつらじとこそ思《おも》ひ侍《（はべり）》つれ。[六]かまへて、ひがごとなりけりと聞《き》こえなして、もて隠《かく》し給へ」との給へば、「[七]いとかたいことかな。僧都《そうづ》の御心は、聖《ひじり》といふ中《なか》にも、[八]あまりくまなくものし給へば、[九]まさに残《のこ（い）》ひては聞《き》こえ給ひてんや。[一〇]後《のち》に隠《かく》れあらじ。[一一]なのめにかろ〴〵しき御程にもおはしまさず」など言《い》ひさは《（わ）》ぎて、「[一二]世《よ》に知《し》らず心《こゝろ》づよくおはしますこそ」と、みな言《い》ひあはせて、[一三]母屋《もや》の際《きは》に木丁《（きちやう）》立《た》てて入《い》れたり。

[一四]この子もさは聞《き》きつれど、幼《をさな》ければ、[一五]ふと言《い》ひ寄《よ》らむもつゝましけれど、「[一六]又はべる御文《ふみ》、いかでたてまつらん。[一七]僧都の御しるべはたしかなるを、[一八]かくおぼつかなく侍《（はべる）》こそ」と、伏《ふ》し目《め》にて言《い》へば、「[一九]そゝや。あなうつくし」など言《い》ひて、「[二〇]御文《ふみ》御覧《らん》ずべき人は、こゝにものせさせ給《（たまふ）》めり。[二一]見証《けそう》の人なむ、いかなることにかと心得《え》がたく侍るを、[二二]猶《（なほ）》の給はせよ。幼《をさな》き御ほどなれど、[二三]かゝる御しるべに頼《たの》みきこえ給ふやうもあらむ」など言《い》へど、「[二四]おぼし隔《へだ》てて、お

一 幼少の姿を見た気がするにつけても。弟を認めた言葉。
二 出家した今、弟などにも（自分が）生きていたとは知られずにすましたいと。 三 母。
四 薫。 五 決して知られ申したくない。
六 何とかして、それは間違いだったと申し訳して、私を匿って下さい。
七 妹尼の言。とてもできない相談です。
八 あまりにも正直一途でおいでだから。
九 どうして言い残したまま（全部語らずに）申し上げなさいましょうか。残らず申し上げなさったに違いない、の意。「残いて」は「残して」のイ音便。
一〇 あとですっかり分ってしまう。
一一 （薫は）いいかげんな軽々しいご身分ではいらっしゃらない。
一二 侍女たちの言。めったにない強情なお方ね。
一三 母屋と廂の間の境。
一四 小君も姉の浮舟がここにいると。
一五 不意に言葉をかけるのも気恥ずかしいが。
一六 小君の言。もう一通あるお手紙。薫から浮舟に宛てたもの。

10 薫の手紙を渡す

一七 僧都のお導きは確かなのに。浮舟がここにいることは間違いない、の意。 一八 こうはっきりしませんのは（とても困ります）。 一九 妹尼の言。まあ驚いた。なんてかわいらしい。「驚破（そゝや）霓裳羽衣曲」（長恨歌古訓）。→〔一〕末摘花二二三頁三行。
二〇 妹尼の言。お手紙を御覧になるはずの人は。浮舟をさす。
二一 この場に立ち合う人。私ども。「見証」は勝負事などに立ち合って見届けること。→〔四〕竹河二六四頁注一一。
二二 もっとはっきりおっしゃって。

ぼ〳〵しくもてなさせ給ふには、何《なに》ごとをか聞《き》こえ侍らん。[二五]うとくおぼしなりにければ、聞《き》こゆべきことも侍らず。たゞ、この御文《ふみ》を[二六]人づてならでたてまつれとて、侍りつる、いかでたてまつらむ」と言《い》へば、「[二七]いとことは《(わ)》りなり。[二八]なを《(ほ)》いとかくうたてなおはせそ。[二九]さすがにむくつけき御心にこそ」と[三〇]聞《き》こえ動《うご》かして、木丁《(きちやう)》のもとに[三一]を《(お)》し寄《よ》せたてまつりたれば、あれにもあらでゐ給へる、[三二]けはひこと人には似《に》ぬ心《(ここ)》ちすれば、そこもとに寄《よ》りてたてまつりつ。「[三三]御返《かへ》りとく給《(たまひ)》て、まゐ《(ゐ)》りなむ」と、[三四]かくうとうとしきを心《こゝろ》うしとおもひて、いそぐ。

尼《あま》君、御文引《ふみひ》き解《と》きて[三五]見《み》せたてまつる。[三六]ありしながらの御手《て》にて、紙《かみ》の香など、例《れい》の[三七]世《よ》づかぬまでしみたり。ほのかに見《み》て、[三八]例《れい》の物めでのさし過《す》ぎ人、いとありがたくお《(を)》かしと思《おも》ふべし。

[三九]さらに聞《き》こえむ方《かた》なく、さま〴〵に罪《つみ》を《(お)》もき御心《こゝろ》をば、僧都《そうづ》に思《おも》ひゆるしきこえて、いまは、[四〇]いかであさましかりし世《よ》の夢語《がた》りをだにと、[四一]急《いそ》がるゝ心の、われながらもどかしきになん。[四二]まして、人目《め》はいかに。

と、[四三]書《か》きもやり給はず。

　[四四]法の師《し》と尋《たづ》ぬる道《みち》をしるべにて思《おも》はぬ山にふみまどふかな

三三　こうしたお使いとして(薫が)ご信頼申されるわけもあろう。
二四　小君の言。私を疎まれて、はっきりしない扱いをなさるのでは。　二五　私を他人のように。
二六　直接に手渡し申せという仰せで持参したが、ぜひ差し上げたい。
二七　妹尼の言。まことにもっともなこと。
二八　もうこれ以上情けないことはなさらないで。
二九　それにしてもやはり気味の悪いお心ですね。人の情けを受けつけない浮舟の態度を疑う。
三〇　説得申し上げて。　三一　(浮舟を)近づけ申したところ、無我夢中で坐っておいでだが。
三二　小君は几帳の向う側の人の気配がまぎれもなく姉だと思う。
三三　小君の言。お返事を早速(私に)下さって、帰参したい。
三四　姉の冷淡な態度を情けないと。

11 薫の手紙

三五　薫の手紙を浮舟に。
三六　昔のままの薫のご筆蹟。
三七　世間並みでないまでに。
三八　例によって何でもすぐ感心する出過ぎ者は。妹尼たちをさす。語り手の評。
三九　薫の手紙。改めて申し上げようもなく、あれこれと罪の深いあなたのお心は僧都の徳に免じて。密通、失踪、無断の出家などの罪。
四〇　何とかしてあの驚きあきれた当時の夢のような思い出話を、せめて語り合いたいと。
四一　急がれてならない私の心が、自分ながら嫌になりましてね。自己の執心を不快に思う。
四二　自省心がたちまち人目への顧慮に転ずる。
四三　書き尽くせない思い。
四四　薫の歌。仏道の師として僧都を訪ねた山道でしたが、その僧都を道しるべに、思いがけぬ恋の山路に踏み迷っています。

この人は見《み》や忘《わす》れ給ひぬらん。こゝには行《ゆ》くゑ《(へ)》なき御形見《かたみ》に見《み》る物にてなん。

などこまやかなり。

かくつぶ／＼と書《か》き給へるさまの、紛《まぎら》はさむ方《かた》なきに、さりとてその人にもあらぬさまを、思《おも》ひのほかに見《み》つけられきこえたらん程の、はしたなさなどを思《おも》ひ乱《みだ》れて、いとゞ晴《は》れ／″＼しからぬ心《こゝろ》は、言《い》ひやるべき方《かた》もなし。さすがにうち泣《な》きてひれ臥《ふ》したまへれば、いと世《よ》づかぬ御ありさまかなと見《み》わづらひぬ。「いかゞ聞《き》こえん」など責《せ》められて、「心《(ここ)》ちのかき乱《みだ》るやうにし侍るほど、ためらひて、いま聞《き》こえむ。むかしのこと思《おも》ひ出《い》づれど、さらにおぼゆることなく、あやしう、いかなりける夢にかとのみ心《こゝろ》も得《え》ずなむ。すこし静《しづ》まりてや、この御文《ふみ》なども見知《みし》らるゝこともあらむ。けふはなを《(ほ)》持《も》てまい《(ゐ)》り給ひね。所《ところ》たがへにもあらんに、いとかたはらいたかるべし」とて、広《ひろ》げながら尼《あま》君にさしやり給へれば、「いと見《み》ぐるしき御ことかな。あまりけしからぬは、見《み》たてまつる人も、罪《つみ》さり所なかるべし」など言《い》ひさは《(わ)》ぐも、うたて聞《き》ゝにくゝおぼゆれば、顔《かほ》も引《ひ》き入《い》れて臥《ふ》し給へり。

一 この人(小君)はお見忘れでしょうか。
二 私は小君を行方知れずのあなたの忘れ形見と。
三 深い情愛がこもっている。

12 浮舟、返事を拒む

四 こまごまと書かれた様子は、人違いだなどとごまかしようもないが。
五 「むかしの浮舟にもあらず尼になり給ふ事也」(湖月抄)。
六 思いがけなく(薫に)見つけられ申したら、その時のきまり悪さなどを。
七 じっとこらえてはみたものの。
八 普通と違うご様子よ、と(妹尼は)困惑の体。
九 妹尼の言。何とご返事を。
一〇 浮舟の言。気分がひどく悪いので、静めてから、いずれ後で。
一一 思い出そうとしても、一向におぼえていない。
一二 どんな夢だったのかと全く理解が得られず。薫の「あさましかりし世の夢語り」をいなす。
一三 少し気分が落ち着けば、薫のお手紙なども、意味が分るようになろう。
一四 (手紙を薫の所へ)持ち帰って下さい。
一五 宛て先違いでしたら。→浮舟二四三頁。
一六 妹尼の言。
一七 あまり不躾な態度は、お側の私どもまで、罪は免れようもないでしょう。
一八 (浮舟は)聞くにたえない嫌な気分になって。
一九 主の妹尼が小君に。
二〇 物の怪のせいでおいでか。

[一九]あるじぞ、この君に物語《がた》りすこし聞《き》こえて、「[二〇]ものゝけにやおはすらん。[二一]例《れい》のさまに見《み》え給ふお《(を)》りなく、なやみわたり給《(たまひ)》て、[二二]御かたちも異《こと》になりたまへるを、[二三]尋《たづ》ねきこえ給《(たまふ)》人あらば、いとわづらはしかるべきことゝ、[二四]見《み》たてまつり嘆《なげ》き侍《(はべり)》しもしるく、[二五]かくいと哀《(あはれ)》に心ぐるしき御ことども侍《(はべり)》けるを、[二六]いまなむいとかたじけなく思《おも》ひはべる。[二七]日ごろもうちはへなやませ給《(たまふ)》めるを、[二八]いとゞかゝることどもにおぼし乱《みだ》るゝにや、[二九]常《つね》よりもものおぼえさせ給はぬさまにてなむ」と聞《き》こゆ。

[三〇]所《ところ》につけて、お《(を)》かしきあるじなどしたれど、幼《をさな》き心《(ここ)》ちは、[三一]そこはかとなくあは《(わ)》てたる心《(ここ)》ちして、「[三二]わざとたてまつれさせ給へるしるしに、何《なに》ごとをかは聞《き》こえさせむとすらん。[三三]たゞ一言《ひとこと》をの給はせよかし」など言《い》へば、「[三四]げに」など言《い》ひて、[三五]かくなむと移《うつ》し語《かた》れど、物もの給はねば、かひなくて、「[三六]たゞかくおぼつかなき御ありさまを、聞《き》こえさせ給《(たまふ)》べきなめり。[三七]雲《くも》の遥《はる》かに隔《へだ》たらぬほどにも侍るめるを、山風《かぜ》吹《ふ》くとも、又もかならず[三八]立《た》ち寄《よ》らせ給《(たまひ)》なむかし」と言《い》へば、[三九]すゞろにゐ暮《く》らさんもあやしかるべければ、帰《かへ》りなむとす。[四〇]人知《し》れずゆかしき御ありさまをも、え見《み》ずなりぬるを、おぼつかなくくちお《(を)》しくて、[四一]心ゆか

二一 正気にお見えの時がなく、ずっと病気続きで。
二二 尼姿になられたが。病気で出家したの趣。
二三 (浮舟を)もしお捜しの人があれば、とても困ることになるに違いないと。
二四 ご心配申しておりましたら案の定。
二五 こうもまあおいたわしくお気の毒な事なども。薫との関係をいう。
二六 今となっては大変もったいなく存じます。
二七 このところずっとご病気でおいでのようで。
二八 お手紙をいただいていっそうお気持が乱れたためか。
二九 いつもより正気も失せたご様子でね。
三〇 山里なりに風情のあるおもてなしなど。
三一 何となく落ちつかぬ気がして。
三二 小君の言。わざわざ私を遣わされたしるしとして、何をご返事申せばよいのか。
三三 ほんの一言だけでもおっしゃって。使者の役目を果した証拠がほしい、の意。長恨歌を思わせる。→[一]桐壺一五頁注二五。
三四 妹尼の言。ごもっとも。小君の言に同意。
三五 こうこうと浮舟に取り次いで話すが。
三六 妹尼の言。ただもうこのようにはっきりしないご様子を(薫に)お話し申すほかないようです。それで「たゞ一言」に代えてほしい、の思いがこもる。
三七 京から遠く隔たっていない道のりでもあるようですから。
三八 立ち寄って下さいましょうね。
三九 わけもなく長居すればおかしなことだから。
四〇 心ひそかに逢いたく思う姉のお姿も。弟の真情。
四一 不満のまま帰参。

ずながらまい《(ゐ)》りぬ。

[一]いつしかと待《ま》ちおはするに、かく[二]たど〲しくて帰《かへ》り来《き》たれば、[三]すさまじく、中〲なりとおぼすことさま〲にて、[四]人の隠《かく》し据《す》へ《(ゑ)》たるにやあらむと、[五]わが御心《こゝろ》の、思《おも》ひ寄《よ》らぬくまなく、落《お》としを《(お)》きたまへりしならひに[六]とぞ、[七]本にはべめる。

一 薫は小君の帰りを待ちあぐむ。
二 わけも分らぬ、不得要領な情況で。
三 期待はずれで、なまじ使いなどやらねばよかった。興ざめな結果を悔む薫の心。
四 誰か男が(浮舟を)ひそかに隠し住まわせているのだろうかと。
五 ご自身で、あらゆる想像をめぐらせて、かつて浮舟を宇治に捨て置かれた経験から。
六 言いさした形。薫の想像の可能性を読者に委ねる結び。
七 もとの本、写した前の本、書き本の意。「本にはへめる」は青表紙他本などもほぼ同じ結び。源氏物語以前では、次のような例がある。「次の巻に、女大饗の有様、大法会のことはあめりき。季英の弁の、娘に琴(きん)教へ給ふことなどの、これ一つにては多かめれば、中より分けたるなめりと、本(ほん)にこそ侍るめれ」(前田家本うつほ物語・楼の上・下)、「京のはてなれば、夜いたう更けてぞたたき来なる、とぞ本(ほん)に」(蜻蛉日記・下)、「宮の上御文書き、女御殿の御ことば、さしもあらじ、書きなしなめり、と本(ほん)に」(和泉式部日記)、「左中将(略)やがて持ておはして、いと久しくありてぞ、返りたりし。それより、歩きそめたるなめり、とぞ本(ほん)に」(枕草子・跋文)。解説参照。

付録

大島本『源氏物語』（飛鳥井雅康等筆）の本文の様態

凡例

一　本書において底本とした大島本『源氏物語』（以下、大島本と略す）には、何回かにわたる補訂の跡がある。本書においては、その補訂の結果を取り入れて本文を立てた。飛鳥井雅康等の書写者による補訂の結果のみを取り入れることが望ましかったのであるが、補訂の段階を弁別することが困難であったので、伝来の過程において、後に加えられたと思われる補訂をも取り入れて、本文を立てた。その作業経過を示すために、補訂の跡を「様態」の名のもとに簡略に整理して示す。

二　見セケチ・抹消の箇所は、（　）をもって示す。墨によるものは右傍に線を引き、朱によるものは、左傍に線を引く。

三　訂正・補入の字句は、…印を付して示す。墨によるものは右傍に付し、朱によるものは左傍に付す。

四　抹消された跡が残るが、判読不能の字は□によって示す。

五　丁数は、各帖の遊び紙を入れてかぞえる。

六　大島本の補訂の形式には、種々のものがあり、各帖においても、また一帖の中においても均一ではない。その種々の形式をまとめて述べれば以下のとおりである。

(1)　削り取った跡の残るもの。すり取った跡の残るもの。胡粉によって抹消したもの。水によって抹消したもの。

(2)　抹消の跡に上から書き直したもの。

(3)　墨・朱の太い線で抹消したもの。抹消せずに上から書き直したもの。

(4)　墨あるいは朱で補入箇所に○印、・印を付して、墨あるいは朱で補入するもの。印を付さずに補入するもの。

(5)　墨あるいは朱で、丶印、ミ印、ときにはヒ印を付して見セケチにするもの。墨あるいは朱で、丶印・ミ印を付して抹消するもの。

(6)　仮名によって補入するもの。片仮名によって補入するもの。
(7)　その他。
七　必要ある場合には、表中で備考として説明する。
八　原則として、異文注記は本文に取り入れられている場合のみ、掲出した。

（柳井　滋・室伏信助）

補訂の例と表の見方

本冊における、注意すべき補訂の例の二、三を示し、本表の見方を解説する。

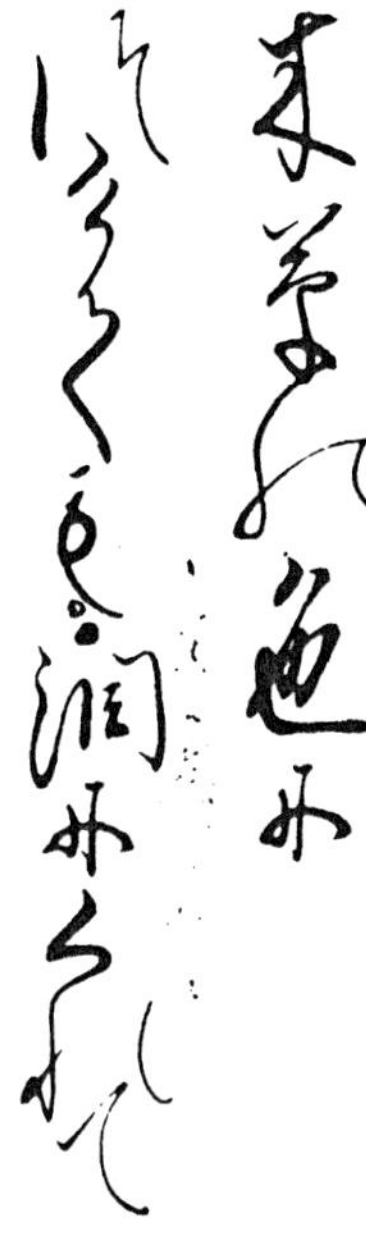

宿木巻四四頁六行「木草の色につけても泪にくれて」には、「も」と「泪」の間に、朱の句点があり、また補入の印「○」が残る。「も泪にくれ」の右傍に、すり消しの跡が残る。一度は、すり消された句が補入されたが、後に元の本文へもどされたものと思われる。消された句は判読できないが、河内本、別本などに見られる「みつのなかれにそへても」が補入されていたのであろう。本表では、元の本文へもどされているので取り上げない。

東屋巻一三二頁一二行「思ひをきて給へらん」の「給へ」は、胡粉で塗り消されており、その胡粉の上に書かれた文字は、胡粉が剝落していて判読できない。『源氏物語大成』の本文を参照して、仮に「給へ」と本文を立てて置く。なお、陽明本には「思ひをきてゝの給へらん」とある。本表では、

132・12（本書の頁・行）　思ひをきて給へらん　一三オ・10（大島本の丁・行）　思ひをきて□（給へ）らん

と示す。

蜻蛉巻三〇〇頁五行「右の大殿」の例は、補訂の過程がわかりにくい。夕霧を指して、

「右大臣」とするか「左大臣」とするか、他の巻々においても、異文の例が多く、混乱しているのであるが、書写の最初の段階で、「左」「右」に揺れて「左右の大殿」となったのであろうか。その後に、朱で「右」が消され、「左」の右傍に朱で「右ィ」とし、さらに墨で、「左右」を消し、朱の「右ィ」を墨で、「右」と本文化したものであろうか。蜻蛉巻の他の箇所の例を示すと、

とあって、「ひたりの」の右傍の「右ィ」は、

朱線で消された後にすり消され、「左」の右傍の「右ィ」は、そのまますり消されている。この二例は、「左大臣」の本文を選択していて、「左右の大殿」を「右の大殿」と訂する例と合わない。補訂が別箇に行われたためであろう。本表では、

300・5　右の大殿　四七ウ・3　右(左右)の大殿と示す。

早蕨

頁・行	本書の本文	丁・行	底本の様態	備考
4・6	よろつ	二オ・10	よろつ	「よ」の字の中央に朱点を誤って打ち、胡粉で消す
8・10	のこしたりけり	七ウ・2	のこしたりけり	傍記の「たり」は、墨で書き、朱でなぞる
8・15	心まうけせさせ給	八オ・1	心まうけせさせ給	
10・13	かいまみ	一〇オ・10	かいま(は)み	墨の消し跡の上に「は」を書き、その「は」を朱で消し、右傍に朱で「ま」。それを胡粉で塗り消し、その上に「ま」と書く
11・1	もよほさるゝ	一〇ウ・4	もよほさるゝ	「よ」と「ほ」の間に朱の消し跡
12・2	世なれは	一二オ・3	世なれは(は)	
12・12	思ひいてらるゝ	一二ウ・10	思ひいてら(ゝ)るゝ	
13・11	こゝには	一四オ・5	こ(こ)ゝには	「こ」を墨で塗り消し、さらに胡粉で塗り消し、その上に「こ」と書く
13・13	のひ侍	一四オ・9	(□)のひ侍	「の」の上方に墨で塗り消し、さらに胡粉で塗り消した跡がある
14・15	たひねせんも	一六オ・1	たひねせんも	墨で「も」を補入し、朱で消し、その右傍に再度朱で「も」を補入
15・14	みれは	一七オ・5	みれ(れ)は	「れ」を朱で消し、右傍に朱で「れ」と書き、それらを胡粉で

宿木

頁・行	本書の本文	丁・行	底本の様態	備考
16・15	心よせまほしく	一八オ・10	心よせまほしく	塗り消し、上に朱で「れ」と書く
17・3	み給ふにそ	一八ウ・4	み給ふにそ	
29・12	たてまつらせ	四オ・3	たてまつ(り)らせ	墨で塗り消した下に朱が見える。朱点があったか
30・3	たのもし人	四ウ・6	たのもし(き)人	
31・8	人めして	六オ・10	人(〱)めして	
32・3	数ひとつ	七オ・8	数ひとつ	
32・14	おはせはしも	八オ・6	おはせ(し)はしも	
33・1	右大殿	八オ・8	右大(臣)殿	
33・11	思ひ心さして	九オ・6	思ひ心さして	
34・2	れいならす	九ウ・7	れい(の)ならす	
34・10	はゝかり給ん	一〇ウ・2	はゝ(ゝ)かり給ん	見セケチの「ゝ」は、墨の上に朱で打ち直す 「ゝ」を朱で消し、さらに胡粉で塗り消し、その上に「ゝ」を書く
35・6	右大殿	一一オ・10	右大(臣)殿	
35・8	思ふ〱	一一ウ・5	思ふ〱	「く」の字の一部に胡粉がかかる。朱のうつりを消すか
40・3	したかひつゝ	一七ウ・8	したかひ(て)つゝ	
40・5	なくて	一八オ・3	なくて	
40・6	まとろます	一八オ・6	まとろ(む)ます	墨・朱で消し、さらに斜線で

頁・行	本書の本文	丁・行	底本の様態	備考
				消す
41・6	みすきてそ	一九ウ・2	みす(て)きてそ	
42・12	心くるしき	二一オ・7	心くるしき	
44・3	侍しに	二三オ・5	侍(へ)しに	
45・1	侍ける	二三ウ・1	侍ける	なぞって書く
46・6	の給はせよかし	二六オ・5	の給はせよかし	
46・8	こもりゐなはやなと	二六オ・10	こもりゐなはや(と)なと	朱で見セケチ、墨で塗り消す
48・15	きこえをき給て	二九ウ・2	きこえをき(て)給て	朱で見セケチ、墨で塗り消す
49・10	おりふし	三〇ウ・2	おりふし	
52・11	まめことをの給へは	三四オ・10	まめことをの給へは	
53・6	たのまれぬへけれ	三五オ・6	たのまれぬへ(き)けれ	朱で見セケチ、墨で消す
53・9	えとみにもためらはぬを	三五ウ・2	えとみにも(え)ためらはぬを	
54・8	給へらんとみるも	三六ウ・6	給へらんとみる(□みる)も	胡粉で消された□字は、「ゝ」か
56・11	ものおもはせ給し	三九ウ・2	ものおもはせ給(う)し	
57・15	藤さい相	四一オ・6	藤さい相(将)	胡粉で塗り消し、その上に「相」を書く
59・8	宮をゝきたてまつりて	四三オ・5	宮をゝき(て)たてまつりて	朱の見セケチ、墨で塗り消す
60・12	さまの	四四ウ・8	さま(く)の	墨の見セケチ、その上にさらに朱二点を打つ
60・14	えんを	四五オ・4	えんを	
62・6	くやしく	四七オ・3	くやしく	「く」と「や」の間の朱点を胡粉で消す。「つ」を「や」と書き直

頁・行	本書の本文	丁・行	底本の様態	備考
62・6	わたりなむ	四七オ・4	わたりなむ(と)	す
62・11	いとおしくと	四七ウ・1	いとおしくと	
62・12	さりぬへくは	四七ウ・2	さりぬへ(き)くは	
65・3	御こゝろはへ	五〇ウ・3	御こゝろはへ(も)	墨二点で消し、さらに朱の斜線で消す。「も」の右肩に墨の「ヒ」の見セケチ
65・3	あさう	五〇ウ・4	あさ(まし)う	
65・10	きこえさせ給て	五一オ・4	きこえさせ(て)給て	朱で消し、墨で消す
65・15	とりかへさまほしきと	五一ウ・4	とりかへさまほしきと	「と」の一部、胡粉で消し、書き直す
66・8	はしらもとの	五二オ・8	はしら(の)もとの	
67・11	かくやすからす	五三ウ・10	(かく)かくやすからす	
69・4	いかさまにして	五五ウ・9	いかさま(し)にして	朱と墨で消す
70・9	うちつふれて	五七ウ・4	うちつふれて	
70・11	わたり給へる	五七ウ・7	わたり(ぬ)給へる	
71・6	ちきりのたまふ	五八ウ・4	ちきり(給)のたまふ	
72・11	きこえ給へと	六〇ウ・1	きこえ給へと(も)	
73・11	御よそひ	六一ウ・8	御よそ(にほ)ひ	「御」を書き直す。「にほ」の右傍に、墨で「にほ」と傍記、それらを胡粉で消し、その上に「よそ」を書く
73・11	思くらふれと	六一ウ・8	思くらふれ(は)と	見セケチの墨の「ヒ」。さらに

頁・行	本書の本文	丁・行	底本の様態	備考
74・2	きゝみなれん	六二オ・8	きゝみな(ん)れん	朱で消す
75・5	なと	六三ウ・9	な(ん)と	
75・10	なへてならぬ	六四オ・9	なへてなら(す)ぬ	
77・2	なきにしも	六六オ・8	なき(に)しも	見セケチの墨の「ヒ」。さらに朱で消す
81・2	思給わひては心の	七一ウ・3	思給わひては(の)心の	
81・5	の給かよはむを	七一ウ・9	の給かよは(さ)むを	
81・7	うらみゝ	七二オ・2	うらみゝ(み)	胡粉の上に「ゝ」を書く
81・10	きこゆれと	七二オ・8	きこゆれ(は)と	
82・5	山さと	七三オ・2	山さと	「山」は、朱で書き、墨でなぞる
84・1	みしりぬ	七五オ・9	み(知)しりぬ	
84・11	とをき所	七六オ・6	とを(く)き所	見セケチの墨の「ヒ」。さらに朱で消す
84・15	なけくめりしに	七六ウ・2	なけくめりし(を)に	見セケチの墨の「ヒ」。さらに朱で消す
85・14	あかすに	七七ウ・6	あかすに	
87・12	おほしけんを	八〇オ・2	おほしけんを	
88・4	かはねの	八〇ウ・5	かはね(を)の	
89・5	いふかしき	八二オ・4	いふかし(く)き	
89・10	はつかしく	八二ウ・3	はつか(く)しく	見セケチの墨の「ヒ」。さらに朱で消す

頁・行	本書の本文	丁・行	底本の様態	備考
90・9	けしうはあらさりけるをいと忍ひ てはかなき程に物の給はせける	八三ウ・8	けしうはあらさりけるをいと忍ひ てはかなき程に物の給はせける	
94・7	ひわ	八八ウ・10	ひ(は)わ	見セケチの墨の「ヒ」。さらに朱で消す
95・1	あらむ	八九ウ・6	あらむ(は)	
95・11	あらねと	九〇ウ・3	あ(な)らねと	
96・11	むかしの御ものかたりとも	九一ウ・9	むかしの御ものかたりとも	「の」は、朱で書き、墨でなぞる
97・12	もの〳〵しくも	九三オ・6	もの〳〵しくも	
98・13	ひきつくろひ給て	九四ウ・4	ひきつくろひ(て)給て	見セケチの墨の「ヒ」。さらに朱で消す
101・6	右のおとゝ	九八オ・2	右(ひたり)のおとゝ	
102・12	ふかかりけり	九九ウ・8	ふか(く)かりけり	見セケチの墨の「ヒ」。さらに朱で消す
103・11	もりきゝ	一〇一オ・1	も(と)りきゝ	
105・1	みせ給へる	一〇二ウ・4	みせ(はや)給へる	「は」には、見セケチの墨の「ヒ」。さらに朱で消し、墨で消す。「や」は朱で消し、墨で消す
105・3	いて給ぬ	一〇二ウ・7	いて(ぬ)給ぬ	見セケチの墨の「ヒ」。さらに朱で消す
105・4	うくひすも	一〇二ウ・9	うくひ(も)すも	
105・9	宮の	一〇三オ・7	宮の	

東屋

頁・行	本書の本文	丁・行	底本の様態	備考
105・10	みきのおとゝ	一〇三オ・9	みき(ひたり)のおとゝ	「みき」は、胡粉の上に書く
105・15	こえふの枝	一〇三ウ・9	こえふ(ふ)の枝	「ふ」を、胡粉で塗り消し、その上に「ふ」と書く
106・2	つたへし	一〇四オ・2	つたへ(え)し	「え」を胡粉で塗り消し、その上に「へ」と書く
106・4	給へるなめり	一〇四オ・6	給へ(り)るなめり	朱で消し、墨で消す
106・8	ぬひたり	一〇四ウ・3	ぬひたり	消し跡の上に「り」を書く。右傍に墨の「る」の消し跡
106・14	給はり給たに	一〇五オ・4	給はり給たに	「給」は、消し跡の上に書く
108・11	みきの大殿	一〇七ウ・1	みき(ひたり)の大殿	「ひたり」の右傍に不明の注記。それらを胡粉で塗り消し、その上に「みき」と書く
110・7	又人やとり	一〇九ウ・6	又人やとり	
110・9	すかたとも	一〇九ウ・9	すかたとも(ん)	
110・15	ゆめ	一一〇オ・10	ゆめ(の)	
111・2	まらうと	一一〇ウ・3	まらうと	「ら」を朱二点で消し、その朱点を胡粉で消す
116・2	いるに	一一七オ・4	(弁のあま)いるに	
126・3	つくしあへる	四ウ・6	つくしあへる(り)	「り」を朱で消し、「る」と補訂。それを胡粉で塗り消し、その上に「る」と書く
126・9	さいへと	五オ・7	さいへ(つ)と	「つ」を朱で消し、「へ」と補訂。それを胡粉で塗り消し、その

頁・行	本書の本文	丁・行	底本の様態	備考
				上に「へ」と書く
127・8	しりて	六ウ・1	しりて	「しり」は、一部なぞって書き直す
129・5	よそのおほえ	八ウ・10	よその(の)おほえ	「の」を朱で消し、胡粉で塗り消し、さらに墨で消す
129・5	源少納言	九オ・2	源少納言	
129・14	女の	九ウ・6	女の	「女」は、一部消し跡の上に書く
130・6	なといはすかみ此わたりに時〴〵 出いりはすときけと	一〇オ・9	なといはすかみ此わたりに時〴〵 出いりはすときけと	
130・11	おほす	一〇ウ・8	お(も)ほす	
130・15	さゝけたること	一一オ・4	さゝけたるこ(か)と	
132・10	なにかと	一三オ・6	なにか(□)と	不明の字を朱で消し、「か」と補訂。それを胡粉で塗り消し、その上に「か」と書く
132・12	思ひをきて給へらん	一三オ・10	思ひをきて□(給へ)らん	「補訂の例と表の見方」参照
132・13	もはら	一三ウ・1	もはら(ゝ)	「ゝ」を朱で「羅」と補訂。それを胡粉で塗り消し、その上に「ら」と書く
133・1	おほく侍り	一三ウ・6	おほく侍り(つる)	「つる」を朱で消し、それを胡粉で塗り消し、その上に「り」と書く
133・1	ころの御とく	一三ウ・7	(この)ころの御とく	

頁・行	本書の本文	丁・行	底本の様態	備考
133・4	御くちつから	一四オ・1	御くちつから	
134・13	いさやと	一六オ・3	いさやと	「さ」の字の下部、胡粉で塗り消す
135・4	事をこそ	一六ウ・3	事をこ（こ）そ	「こ」を二点の墨で消し、それを胡粉で消し、なぞって書き直す
135・13	ほとの人の	一七オ・8	ほとの人の	消し跡の上に「の人」を書く
135・14	かくことよく	一七オ・10	かくこと（そ）よく	
136・4	おほけなく	一七ウ・7	おほけなく	「ほ」の右肩に朱。それを胡粉で消し、「ほ」の一部なぞって書き直す
136・5	あらしいやしく	一七ウ・8	あらしいやしく	「し」と「い」の間の朱の句点を胡粉で消し、「し」と「い」の一部をなぞって書き直す
136・5	ことやうならむ	一七ウ・9	ことやう（そ）ならむ	「そ」の右傍に朱で「うイ」とあり、それを胡粉で塗り消し、その上に「う」と書く
136・6	もはら	一八オ・1	もはら	「も」と「は」の間の朱の句点をすり消し、「はら」を胡粉で塗り消し、その上に「はら」と書く
136・7	おなしくは	一八オ・2	おなしくは（□）	不明の字を朱で消し、それを胡粉で塗り消し、その上に

頁・行	本書の本文	丁・行	底本の様態	備考
136・9	心うさ	一八オ・6	(世の中の)心うさ	「は」と書く
136・11	ゐ給へるに	一八オ・9	ゐ給へ(つ)るに	
136・13	おなしこと	一八ウ・1	おなしこと(事)	
136・15	いひなるへしや	一八ウ・5	いひなる(す)へしや	
137・12	いかはかり	一九ウ・6	いかはかり	「か」の補入の印なし
138・2	こ宮	二〇オ・4	こ(の)宮	
138・9	みたてまつれ	二〇ウ・7	みたてまつれ(と)	
138・15	つしにかいなと	二一オ・8	つしにかいなと	
139・8	思かまへられ	二一ウ・10	思かまへ(つ)られ	
139・10	中人に	二二オ・4	中人に(ひとに)	「ひとに」を胡粉で塗り消し、その上に「人に」を書く
140・7	しらすかほにてきかんこそ心くるしかるへけれことなる事なくて	二三オ・3	しらすかほにてきかんこそ心くるしかるへけれことなる事なくて	
140・10	さるやうこそは	二三オ・7	さるやうこそは	「そ」は、なぞって書き直す
141・4	けすなとは	二四オ・2	けすなとは	「は」は、なぞって書き直す
141・10	あかすいとおしく	二四ウ・2	あかすいとおしく	
142・3	かすまへられ	二五オ・5	かすまへ(つ)られ	
142・9	あひひさまつき	二五ウ・6	あひひ(ゝ)さまつき	
143・3	こ宮	二六ウ・4	こ(の)宮	
143・12	おもひつゝけらる	二七オ・10	おもひつゝけら(ゝ)る	
146・4	心うつくしう	三〇ウ・4	心うつくしう(く)	「く」の消し跡の上に「う」を書く

頁・行	本書の本文	丁・行	底本の様態	備考
147・4	ひたち殿とは	三一ウ・10	ひたち殿とは	
148・9	きく程	三三ウ・3	きく程(に)	
148・10	みえ給はす	三三ウ・4	みえ給はす	
148・12	みえす	三三ウ・6	みえ(給は)す	「給は」を墨で補入し、胡粉で塗り消す
151・4	おしけなるさま	三六ウ・9	おしけなるさま	
157・3	けにいと	四四ウ・5	けにいと	
158・5	なやませ給ふ	四六オ・4	なやませ給ふ	
158・12	さまにも	四六ウ・3	さまにも	
158・13	侍つると	四六ウ・7	侍つると(に)	
159・3	いて給ひぬ	四七オ・5	いて給ひぬ	
159・7	おはしましそめて	四七オ・9	おはしましそめて	
161・8	かたはらそ	五〇オ・2	かたはらそ	
161・12	きゝにくゝ	五〇オ・7	きゝにくゝ(き)	「き」の消し跡の上に「ゝ」を書く
161・14	そひぬる	五〇ウ・2	そひぬる	補入の「ひ」は、墨で書き、朱でなぞる
163・14	心ちし侍て	五三オ・2	心ちし侍て	補入の「侍」は、墨で書き、朱でなぞる
165・7	おほとかなりしも	五四ウ・8	おほとかなりしも	
168・10	おもひし事	五八ウ・9	おもひし事	
169・12	しらませは	六〇オ・8	しらま(さ)せは	
170・4	思はてらるれはわかき人はまして	六〇ウ・10	思はてらるれはわかき人はまして	

頁・行	本書の本文	丁・行	底本の様態	備考
	かくや思はてきこえ給ふらん		かくや思はてきこえ給ふらん	
171・10	しはししのひ	六二ウ・5	しはししのひ	
172・11	いたうも	六三ウ・9	いたうも	
174・2	たてまつらん	六五ウ・2	たてまつら(れ)ん	
176・10	ゐ給へれは	六八ウ・6	ゐ給へ(つ)れは	
176・11	たちなから	六八ウ・8	た(を)ちなから	「を」の消し跡の上に「た」を書く
176・13	給はんは	六九オ・1	給はんは(と)	
177・1	いとくらし	六九オ・5	いとく(く)らし	
177・4	いゑ	六九ウ・2	いゑ(つ)	
178・2	おほとれたる	七〇ウ・2	おほとれたる	
179・12	なそかく	七二ウ・7	なそかく	補入の印なし
180・6	ひとりこち給ふ	七三オ・10	ひとりこち給ふ	消し跡の上に「ち」を書く
181・13	みたり心ち	七五オ・8	みたり心ち	消し跡の上に「た」を書く
181・14	こゝにて	七五オ・10	こゝにて	消し跡の上に「て」を書く。「そ」を消したか
181・15	はゝ宮	七五ウ・1	はゝ宮	消し跡の上に「ゝ」を書く。「と」を消したか
182・2	もてかくす	七五ウ・3	もて(□)かくす	不明の字を墨で塗り消し、さらに胡粉で塗り消し、その上に「もて」を書く
182・4	おかしけさ	七五ウ・9	おかしけさ	補入の印なし
182・12	いとつゝましけにて	七六ウ・1	いとつゝましけにて	消し跡の上に「いと」を書く

蜻蛉

頁・行	本書の本文	丁・行	底本の様態	備考
182・14	はやりかならましはしも	七六ウ・5	はやりかならまし（はしも）	「はしも」を見セケチにし、「かはィ」と傍記。「はしも」を残す
184・3	ひとへに	七八オ・9	ひとへ（つ）に	
264・3	人おこせたり	二オ・5	人おこ（こ）せたり	
266・7	みとかめ	四ウ・1	みとか（り）め	
266・7	ときかた	四ウ・2	とき（ち）かた	傍記の「き」は、朱で書き、墨でなぞる
267・3	こよひはかりこそ	五オ・8	こよひはかりこ（う）そ	傍記の「こ」は、朱で書き、墨でなぞる
268・15	御はは	七ウ・5	御はは（ら）	傍記の「は」は、朱で書き、墨でなぞる
269・9	よつかす	八ウ・2	よつ（ろ）かす	
269・10	こととも	八ウ・3	ことと（ゝ）も	
270・12	うとましく	一〇オ・2	う（こ）とましく	傍記の「う」は、朱で書き、墨でなぞる
275・4	おこさせむ	一五ウ・8	おこ（う）させむ	傍記の「こ」は、朱で書き、墨でなぞる
275・5	はうへむ	一五ウ・9	はうへむ	「う」を朱で見セケチにし、右傍に朱で「う」と補訂した後、それらをすり消し、墨でなぞって書き直す
277・13	なくてはえさふらはす	一九オ・3	なくては（は）え（え）さふらはす	傍記の「は」は、朱で書き、墨

頁・行	本書の本文	丁・行	底本の様態	備考
				でなぞる
278・6	侍るらむかし	一九ウ・8	侍るらむかし	消し跡の上に「るら」を書く
279・6	すほうと経	二一オ・2	すほうと経(ら)	傍記の「経」は、朱で書き、墨でなぞる
279・6	まつりはらへ	二一オ・2	まつ(へ)りはらへ	
279・13	はは	二一ウ・4	はは(ら)	
280・5	ひとりこち	二二オ・5	ひとりこ(う)ち	
280・8	なかめ給	二二ウ・1	なかめ給(の)	
281・14	こゝに	二四オ・1	こゝに	胡粉で塗り消した上に書く
282・1	心つよき	二四オ・5	心(い)つよき	
283・1	いませ給はぬか	二五ウ・2	いませ給はぬ(ね)か	
283・2	なやませ給	二五ウ・2	なやま(さ)せ給	
283・7	もは	二六オ・2	もは	
286・5	いかなるさま	二九ウ・4	いかなるさま(る)	
287・5	からうして	三〇ウ・9	から(く)うして	
289・1	うたて	三三オ・4	う(み)たて	
290・6	みめくらし	三四ウ・7	みめくらし	
290・9	つみ	三五オ・3	つ(つ)み	
290・9	ことをそ	三五オ・4	ことをそ	
292・2	こと葉にも	三七オ・2	こと葉に(はる)も	
292・9	なかく	三七ウ・1	なかく(う)	「う」を朱と墨で消し、傍記の「く」も朱で書き、墨でなぞる
293・12	かならす	三九オ・4	かならす	「か」は、胡粉で塗り消した上

頁・行	本書の本文	丁・行	底本の様態	備考
294・5	すててうせ給にける	三九ウ・6	すててう(み)せ給にける	に書く
296・11	心つよく	四二ウ・8	心つよく(き)	
298・3	そうの中	四四ウ・6	そうの中	
298・12	きかへ給へる	四五ウ・2	きかへ給へる	
299・14	このさうし	四七オ・4	この(御)さうし	
300・2	たゝきにくれは	四七オ・9	たゝきにく(け)れは	
300・5	右の大殿	四七ウ・3	右(左右)の大殿	「補訂の例と表の見方」参照
300・6	さうし	四七ウ・5	さうし(く)	
301・2	大弐に	四八ウ・5	大弐に(にゝ)	
303・6	かすまへさせ給はさらむ	五一ウ・2	かすまへさせ給はさらむ	
303・7	かすまへさせ給はん	五一ウ・4	かすま(さ)へさせ給はん	
304・1	おひの君たち	五二ウ・1	お(も)ひの君たち	
304・2	いふ	五二ウ・3	いふ	「ふ」は、なぞって書き直す
304・8	物かたりするこそ	五三オ・2	物かたりするこ(に)そ	
304・9	こさい将	五三オ・3	こさい将	
306・3	くはしく	五五オ・4	くは(は)しく	
306・12	思よせらるかし	五五ウ・8	思よせらるかし	「し」の右傍の注記を墨で塗り消す
307・4	また	五六オ・10	ま(さ)た	
307・9	なかりける	五六ウ・8	なか(か)りける	
308・4	こひしやいみしや	五七ウ・5	こひしやいみしや	
309・6	思たらて	五九オ・4	思たら(ら)て	

手習

頁・行	本書の本文	丁・行	底本の様態	備考
310・11	本上	六〇ウ・9	本(ほ)上	
312・1	御らんせらる丶	六二ウ・3	御(御)らんせらる丶	「御」を書き直し、それを胡粉で塗り消し、その上に「御」を書く
313・7	かならす	六四オ・7	かならす	
316・15	まつもむかしの	六九オ・2	まつ(つ)もむかしの	
317・2	いひなし	六九オ・5	いひなし	
317・7	思ひゐ給へり	六九ウ・3	思ひゐ給へり	
324・5	みちをも	二ウ・1	みちをも	「も」は、胡粉で塗り消した上に書く
326・8	みつし所	五オ・7	みつし(丶)所	
326・11	みあらはさむ	五ウ・2	みあらはさむ	
328・5	いみしき	七ウ・3	いみしき	「き」は、なぞって書き直す
329・13	みあけたるに	九ウ・4	みあけたるに(も)	「も」は、朱で見セケチにし、墨で塗り消す。傍記の「に」は、朱で書き、墨でなぞる
330・3	とはいへと	一〇オ・1	とはいへと	傍記の「いへと」は、朱で書き、墨でなぞる
331・15	事そきて	一二オ・7	事そきて	
332・1	としころ	一二オ・10	としころ(うち)	
333・15	かくまても	一四ウ・6	かくま(ま)ても	
336・2	みまはしたれは	一七ウ・1	みまは(ほ)したれは	
336・13	したまふ	一八ウ・1	したま(さ)ふ	

頁・行	本書の本文	丁・行	底本の様態	備考
337・6	いかなれは	一九オ・3	いかなれは	
343・4	いまやうたちたる	二七オ・2	い(ひ)まやうたちたる	
344・10	こゑを	二八ウ・5	こゑを	
345・10	心ちして	二九ウ・10	心ちして	
345・10	やみぬ	二九ウ・10	や(み)みぬ	
346・7	いふにつけても	三〇ウ・10	いふにつけても	
350・2	まらうと	三五オ・9	まら(ら)うと	
351・5	あるにや	三六ウ・9	あるにや(と)	
352・1	なまかたはなる	三七ウ・7	なまかたはなる(か)	
352・1	給ふと	三七ウ・8	給ふと	消し跡の上に「と」を書く
352・5	いてきたり	三八オ・3	いて(そ)きたり	
352・11	さらは	三八ウ・3	さら(し)は	「ら」は、朱で書き、墨でなぞる
353・1	よゐまとひ	三九オ・2	よゐま(さ)とひ	
353・3	ひきはへりし	三九オ・4	ひきはへ(つ)りし	
353・5	いとよくなること	三九オ・8	いとよくなること	「る」と「こ」の間に胡粉。「る」「こ」の一部を書き直す
353・6	いとひかまほし	三九オ・9	いとひかまほし	
353・7	ことをも	三九オ・10	ことをも	
354・10	すき〳〵しきまても	四一オ・1	すき〳〵しきま(ま)ても	
354・14	しらぬにやとまて	四一オ・6	しらぬにやとま(ま)て	「ま」は、朱で書き、墨でなぞる
357・2	くるしきまても	四三ウ・10	くるしきま(さ)ても	

頁・行	本書の本文	丁・行	底本の様態	備考
357・4	やりて	四四オ・3	やり(り)て	
358・7	ききにくし	四五ウ・4	きき(ゝ)にくし	
357・11	おはせて	四五ウ・10	おは(か)せて	
359・2	かくなんときこゆれは	四六ウ・1	かくなんときこゆれは	補入の印なし
360・3	いひわつらひて	四七ウ・7	いひわつらひて	
364・6	おやなともあまになしてやみましなとなむ	五三オ・8	おやなともあまになしてやみましなとなむ	
367・3	おひおとろへたる	五六ウ・10	おひおとろへたる	
367・9	人もかなと何事につけてもつゝましくてくらうしなしておはす思ふ事を人にいひつゝけけん	五七オ・10	人もかなと何事につけてもつゝましくてくらうしなしておはす思ふ事を人にいひつゝけけん	
368・5	なりけれは	五八オ・4	なりけれは(は)	
370・3	たのませ給	六〇ウ・1	たのま(ま)せ給	
370・12	人すまて	六一オ・6	人すま(□)て	不明の字を朱で「ま」と補訂。それを胡粉で塗り消し、その上に「ま」と書く
371・9	けうらにて	六二オ・7	けうらにて	「うら」は、なぞって書き直す
371・13	こそは	六二ウ・6	こそは	
372・9	ひめ宮	六三ウ・3	ひめ宮(君)	「君」を朱で「宮」と補訂。それを胡粉で塗り消し、その上に「宮」と書く
373・11	ありくほうし	六五オ・5	ありく(かよふ)ほうし	
373・14	いとおもしろく	六五オ・10	いとおもしろく	

夢浮橋

頁・行	本書の本文	丁・行	底本の様態	備考
374・11	いつへのあふき	六六ウ・1	いつへのあふき	「いつ」は、なぞって書き直す
375・3	おしくゝやしう	六七オ・5	おしくゝやしう	「ゝ」は、胡粉で塗り消した上に書く
375・12	きこえつへく侍	六七ウ・10	きこえつへ(□)く侍	「へ」は、胡粉で塗り消した上に書く
376・2	いのちも	六八オ・10	いのちも(の)	「の」をすり消した上に「も」を書く
378・8	おほあま君	七一オ・7	おほ(おほ)あま君	
378・11	はへる	七一ウ・2	はへ(つ)る	
379・5	まつ	七二オ・9	ま(ま)つ	
380・11	右の大殿とゝの給へは	七四オ・5	右の大殿とゝ(□)の給へは	「とゝ」は、胡粉で塗り消した上に書く
381・8	おまへには	七五オ・5	おま(ま)へには	
381・11	かくれなき世	七五オ・9	かくれなき世(に)	
381・12	までに	七五オ・10	ま(ま)てに	
381・15	へたて給	七五ウ・5	へたて(ゝ)給	
382・14	さるへきにこそは	七六ウ・8	さるへきに(と)こそは	
386・3	さてありけり	八〇ウ・10	さて(も)ありけり	
386・13	八日は	八一ウ・6	八日(いひ)は	
386・15	横川	八一ウ・9	横(□)川	
392・5	くはへ給て	二オ・8	くはへ給て	
393・2	おほされぬへきに	三オ・1	おほされぬへ(□)きに	不明の字を朱で消し、胡粉で塗り消す。「へ」の一部は胡粉

頁・行	本書の本文	丁・行	底本の様態	備考
				の上から書く
394・2	さしをきて	四オ・5	さしをきて	「き」をなぞって書き直す。その右傍に墨で「き」と書く
394・10	うけ給はりし	四ウ・8	うけ給はり(ひ)し	
395・5	ことともの	五ウ・3	こととものの	
395・9	ことにもこそと	五ウ・8	ことにもこそと	「そ」と「と」の間の朱点をすり消し、「と」をなぞって書き直す
395・10	きゝて	五ウ・10	きゝ(給)て	
402・5	はるかしきこえ	一二ウ・7	はるかしきこえ	
402・15	ははの	一三オ・9	はは(ゝ)の	
403・1	きけと	一三ウ・1	きけ(け)と	

解説

明融本「浮舟」巻の本文について

室伏信助

一

この『源氏物語』は、底本に財団法人古代学協会蔵の飛鳥井雅康等筆『源氏物語』（通称、大島本）全五十三冊を一貫して採用したが、唯一の欠巻である「浮舟」巻は、東海大学付属図書館蔵『桃園文庫源氏物語』（以下、明融本と記す）の「浮舟」巻を使用した。

その理由として、大島本の巻と重なる明融本の巻で、他の青表紙本とされる諸本との比較において、大島本との近似値がきわめて高いという判断[1]が挙げられよう。現存する前記明融本の九冊のうち「花散里」巻以外の八冊には巻末に奥入が存すること、また青表紙原本の一とされた「柏木」巻（前田家尊経閣蔵本）と明融本同巻との比較から臨摸本と認定されたことなど[2]が、大島本の欠巻補充に最も相応しいとする判断を導くのである。そのことは同時に、定家自筆の一本に或る意味で根源を等しくするという推定すら可能ならしめるが、しかし、明融本「浮舟」巻の本文の様態は、大島本のそれと微細に異なり、たとえ根源を等しくする本文であっても、書写者を異にし校訂者を異にすれば、様態に変化を齎すことはむしろ当然といえよう。現存の明融本九冊は、それ自体として享受の実態が明らかにされねばならず、大島本と等価とは言いがたいが、上記の諸理由から大島本の校訂規準を準用して採択した次第である。

従って、付録の「大島本『源氏物語』(飛鳥井雅康筆)の本文の様態」の「凡例」は原則として踏襲するが、前記のように明融本「浮舟」巻の本文の様態には、大島本の本文の様態とは異なる特徴があり、「凡例」の中からそれを採り上げれば、例えば「六」の(4)「墨あるいは朱で補入箇所に○印、・印を付して、墨あるいは朱で補入するもの。印を付さずに補入するもの」とあるうち、「印を付さずに補入するもの」がきわめて多いことや、「八」に「原則として、異文注記は本文に取り入れられている場合のみ、掲示した」とあるが、異文注記(「イ」)を明示したものは三例(三オ・1、三四オ・2、四八ウ・5)しかなく、同様に補訂も訂正印(各種の見セケチ)や抹消を施す例は少ない。そのために本文の様態を示す表も、大島本のそれに準じながらも問題の箇所はすべて掲出し、「備考」にその内容を付記した。幸い、原寸大の影印が、東海大学蔵桃園文庫影印叢書の第二巻「源氏物語(明融本)Ⅱ」(一九九〇年七月二五日初版発行、東海大学出版会)に収められているので参照されたい。

二

明融本「浮舟」巻の本文の様態を左表に示す。

明融本「浮舟」巻の様態表

※「訂正印」とは、各種の見セケチを含む。「ヒ」の見セケチは特記した。

	頁・行	本書の本文	丁・行	底本の様態	備考
1	190・10	御本正	二オ・3	御本正	「本」の上に補入印。その右傍に「御」
2	191・7	かやしく	三オ・1	かやしく	「し」の右傍に「スィ」
3	191・14	れいのゝとけさ	三ウ・6	れいのゝとけ(き)さ	「き」に見セケチ
4	193・5	こまつ	六オ・3	こまつ(へ)	「へ」に見セケチ。その右傍に「つ」
5	195・7	またふりに	九オ・7	またふりに	「り」の右下方に「に」。補入印なし
6	195・12	あしきに	九ウ・7	あしきに	「き」の下に補入印。その右傍に「に」
7	196・8	たよりあるを	一〇ウ・8	たよりあるを	「り」の下に補入印。その右傍に「ある」
8	196・9	院ふたきすへきに	一〇ウ・9	院ふたきす(す)へきに	「す」に見セケチ
9	196・12	いといかめしく	一一オ・4	(てら)いと(かしこく)いかめしく	「てら」「かしこく」に「ヒ」の見セケチ
10	197・12	猶かの	一二オ・9	猶かの	「か」の右傍に「か」。訂正印なし
11	197・13	ことこそはありけれ	一二オ・10	ことこそはありけれ	「そ」の左下方に補入印。その右傍に「は」
12	199・9	けふあすはよも	一四ウ・3	けふあすはよ(に)も	「す」の右下方に「は」。補入印なし。「に」に「ヒ」の見セケチ、

	頁・行	本書の本文	丁・行	底本の様態	備考
13	200・12	火あかう	一六オ・3	火あかう	その右傍に「も」
14	202・2	ありきかし	一六ウ・4	ありきかし	「火」の右傍に「火」。訂正印なし
15	206・5	もとかむもいはんもしられす	二三オ・11	もとかむもいはんもしられす	「り」の右下方に「き」。補入印なし
16	206・6	おもひはゝからむ	二三ウ・1	おもひはゝか(ゝ)らむ	「もとかむも」の下に補入印。その右傍に「いはんも」 「も」の右下方に「ひ」。補入印なし。「か」の下の「ゝ」をすり消す
17	207・12	けふ	二四オ・2	けふ(け)	「け」に見セケチ。その右傍に「ふ」
18	208・4	時のまもみさらむは	二四ウ・6	時のまもみさらむは(に)	「む」の下に補入印。その右傍に「は」。「に」に見セケチ
19	209・10	おほしいらるゝ	二六オ・4	おほしいら(はゝか)るゝ	「はゝか」に見セケチ。その右傍に「いら」
20	211・5	おはするものには	二八オ・5	おはするものには	「の」の右下方に「に」。補入印なし
21	212・14	こえはてゝそ	三十オ・2	こえは(い)てゝそ	「い」の右傍に「は」。訂正印なし
22	213・8	女きみをも	三十ウ・6	女きみをも	「み」の右下方に「を」。補入印なし
23	214・11	おほせは	三二オ・2	おほせ(もへ)は	「もへ」に見セケチ。その右傍

	頁・行	本書の本文	丁・行	底本の様態	備考
					に「ほせ」
24	216・8	おほしゝらるれと	三四オ・2	おほしゝらるれと	「ゝらる」の右傍に「イラルレトイ」
25	219・4	こひしき人に	三七オ・7	こひ(れ)しき人に	「れ」に見セケチ。「れ」の右方をすり消した上に「ひ」。「人」の下補入印。その右下方に「に」
26	221・2	つくりいてたらむ	三九ウ・1	つくりいてたらむ	「り」の下に補入印。その右傍に「いて」
27	221・11	こと〳〵しかるへき	四〇オ・6	こと〳〵しかるへき	「か」の左下方に補入印。その右傍に「る」
28	224・3	まはゆきまて	四二ウ・10	まはゆきまて	「ま」の右下方に「は」。補入印なし
29	224・8	これさへ	四三オ・9	これさへ	「れ」の右下方に「さ」。補入印なし
30	226・3	みたれたるかみ	四五オ・10	たみれたるかみ	「る」の右下方に「か」。補入印なし
31	226・13	らうたけなり	四六オ・8	らうたけなり	「う」の右下方に「た」。補入印なし
32	227・6	心やすくも	四六ウ・8	心やすくも	「や」の右下方に「すく」。補入印なし
33	228・6	はしめなれはにや	四八オ・3	はしめなれはにや	「は」の右下方に「に」。補入印なし

	頁・行	本書の本文	丁・行	底本の様態	備考
34	228・13	思たとるに	四八ウ・5	思たとるに	「た」の右傍に「へィ」
35	229・5	うしろめたの	四九オ・6	うしろめてたの	他本で訂す
35	230・8	みともなさはや	五〇ウ・1	みと(を)もなさはや	「を」に見セケチ。その右傍に「と」
36	230・9	さりとも	五〇ウ・3	さりと(て)も	「て」に見セケチ
37	233・7	とまりたまひにきかし	五三ウ・9	とまりたまひにきかし	「し」の左傍に補入印。その右傍に「きか」
38	233・8	いとゝめかたきは	五四オ・1	いとと(ゝ)めかたきは	「ゝ」をすり消し、その右傍に「と」
39	234・4	なにかはとつゝましくて	五四ウ・9	なにかはとつゝましくて	「は」の下に補入印。その右傍に「と」
40	234・11	をのつから	五五オ・10	をのつから	「を」の右下方に「の」。補入印なし
41	235・6	うしなひてはやつゐに	五六オ・4	うしなひてはやつゐに	「や」の右下方に「つ」。補入印なし
42	236・4	さるへからむ	五七オ・4	さるへからむ	「さ」の下に補入印。その右傍に「る」
43	236・6	おひらかに	五七オ・6	おひらかに	「ひ」の右上方に「お」。補入印なし
44	241・11	思そめはしめにし	六三オ・1	思そめはしめにし	「し」の左傍に補入印。その右傍に「に」
45	242・11	の給へる	六四オ・2	の給へる	「へ」(「つ」に似る)の右傍に「へ」。訂正印なし

	頁・行	本書の本文	丁・行	底本の様態	備考
46	244・2	ひたちにて	六五オ・9	ひたちにて(も)	「も」に「ヒ」の見セケチ。その右傍に「にて」
47	247・4	返事をたにのたまはて	六八ウ・6	返事をたにのたまはて	「たに」の「た」の右傍に「タ」、「は」の右傍に「ハ」。訂正印なし
48	247・9	かくて候と	六九オ・2	かくて候と	「候」(「ハ」に似る)の右傍に「さふらふ」。訂正印なし
49	247・11	とのいに候物ともは	六九オ・6	とのいに候物ともは	「候」(「ハ」に似る)の右傍に「さふらふ」。訂正印なし
50	248・3	ふくろう	六九ウ・4	ふくろう	「う」の右傍に「ふ」。訂正印なし
51	248・4	いらへ	六九ウ・5	いらへ	「らへ」(「て」に似る)の右傍に「らへ」。訂正印なし
52	248・4	たかはぬ事ともを	六九ウ・6	たかはぬ事ともを	「は」(「え」に似る)の右傍に「は」。訂正印なし
53	249・3	人にしあれは	七〇ウ・4	人に(に)しあれは	「に」(「な」に似る)に見セケチ。その右傍に「に」
54	249・3	おすかる	七〇ウ・5	お(た)すかる	「た」に「ヒ」の見セケチ。その右傍に「お」
55	249・5	ほく	七〇ウ・6	ほく	「く」の右傍に「こ」。訂正印なし
56	251・6	おほす物から	七二ウ・4	おほす(ゆ)物から	「ゆ」に見セケチ。右傍に「す」
57	251・7	あはれと	七二ウ・5	あはれと	「は」(「え」に似る)の右傍に「は」。訂正印なし

	頁・行	本書の本文	丁・行	底本の様態	備考
58	251・12	右近は	七三オ・2	右近は	「は」の右傍に「カ」。訂正印なし
59	252・8	こゝにも	七三ウ・4	ここ(ゝ)にも	「こ」の左傍下に朱を墨で消した跡あり。「ゝ」に見セケチ。その右傍に「と」を書き、その上に「こ」を書き直す
60	253・2	かいこして	七四オ・7	かいこ(た)して	「た」に「ヒ」の見セケチ。その右傍に「こ(古)」を書いて消し「こ」と書き直す
61	254・2	火あやうし	七五オ・10	火あやう(ふ)し	「ふ」に見セケチ。その右傍に「う」
62	254・6	御かの	七五ウ・5	御か(ほ)の	「ほ」に見セケチ
63	254・11	をひうちかけなと	七六オ・2	をひうちかけなと	「ひ」の右下方に補入印。その右傍に「うちかけ」
64	256・1	と誰にもおほつかなくてやみなんと	七七ウ・4	と誰にもおほつかなくてやみなんと	「と」の下に補入印。右傍に「誰にもおほつかなくてやみなんと」
65	257・5	巻数もてきたるに	七八ウ・7	巻数もてきたるに	「も」の右上方に「巻数」。補入印なし
66	257・8	いとあやし	七九オ・4	いとあやし	「し」の右傍に「や」。補入印なし

右の様態表のうち、本巻に特徴的な補訂の方式を示すと、

⑴訂正印(見セケチなど)を付さず字形の書き直しを傍記するもの。七例。

10　13　45　47　51　52　57

⑵補入印(○など)を付さずに傍記するもの。十七例。

5　12　14　16　20　22　28　29　30　31　32　33　40　41　43　65　66

⑶訂正印を付さずに傍記するもの。六例。

21　48　49　50　55　58

⑷「イ」印を付したもの。三例。

2　24　34

などであるが、その他の例は大島本の補訂の様態に準ずるものである。右のうち⑵⑶は、それぞれ必要に応じて本文篇の脚注に摘記したが、補入印・訂正印を付した例との差異は明確にし得ず、その事由はなお今後の検討に委ねられる。

なお、明融本「浮舟」巻の採択にあたって、本文校訂の基準は基本的に大島本のそれを踏襲した。すなわち、本巻固有の校訂意識を優先し、他本との比較による数量の裁断を退けた。例えば、

返事したまへなさけなしかくいたまふへきふみにもあらさめるをなと御けしきのあしき○にまかりなんよとてたち給ぬ。（九ウ・4－7）

の文章は、「あしき」の下に補入印「○」を付して右傍に「に」を小文字で記すが、最新のテキストである『源氏物語㈥』(校注古典叢書、平成七年一月刊、明治書院)では、

「返り事したまへ。情《なさけ》なし。隠《かく》いたまふべき文にもあらざめるを。など御気色《けしき》のあしき。まかりなんよ」とて立ちたまひぬ。

と校訂され、明融本を採択しながらも「に」の補訂を認めていない。その理由は付録の「校異一覧」を見れば明らかなように、同系統の青表紙本ばかりでなく、他系統の河内本やその他の別本すべてが「に」を欠くことに拠るためである。明融本も「に」は補入だから原態は「に」を欠く本文であり、いかなる理由からか、あるいは現在失われた他本による補訂かは不明だが、少なくとも明融本自身では補入を認めている限りにおいて、まず補入した文章による読解が課せられているという事実から遁れることはできない。この本ではその事実を重く視て、まず補入された文章を次のように校訂した。

「返事《かへりごと》したまへ。なさけなし。隠《かく》いたまふべき文にもあらざめるを」など、御けしきのあしきに、「まかりなんよ」とて立ち給《たまひ》ぬ。（一九五頁）

見られるように「に」一字の補入で文章構造が一変し、匂宮の会話は「…あらざめるを」で閉じ、それを承けて例示の助詞「など」を介して「御けしきのあしきに」は中君の御機嫌のわるさを地の文として示し、それを理由に「では失礼」と退出する匂宮を描く文章にすがたを変えるのである。明融本の選んだ表現意識に添う校訂こそ、この伝本を採択した事由でなくてはならない。

さて、右の例は底本とした明融本が他の諸本とは異なって、「に」という助詞をはっきりと補入印を付して呈示しているためにその意図を重く視て、「に」を補入し整定された本文と認めて読解を試みたが、前述のように、ただ異文を傍記した場合はどのように理解すべきであろうか。

三

大島本の場合には、原則として異文傍記だけで補入印または各種の訂正印のない場合は、単なる異文参照・異本併記と認めて原則的には採用しなかったが――複数次にわたる補訂の過程が複雑で、補入印または各種の訂正印の認定に疑いのある場合は「補訂の例と表の見方」の項を設けて詳しく解説した――、本文読解に支障の生ずる場合、その認定は校注者が理由を添えて注記する方針で臨んだのである。大島本の場合、そうした例は全体から見て僅少であったが、この明融本「浮舟」巻の場合は前記の様態表で示されたように、その割合は少なくない。従って個々に言及すべきであるが、「備考」欄を参照してその限りで採択した本文はとくに注記せず、原態と傍記の異文との比較において本文読解に変化が生ずる場合や、他の諸注釈書の解釈と著しく理解を異にする場合は、脚注においてもその事情を注記するようにした。

次に一字の相違が対人関係の理解の差異に及ぶ例を見よう。

あしかきのかたをみるにれいならすあれはたそといふこゑ〳〵いさとけなりたちのきて心しりのをのこをいれたれはそれをさへとふさき〳〵のけはひにもにすわつらはしくて京よりとみの御ふみあるなりといふ右近は《カ》すさのなをよひてあひたりいとわつらはしくいと〻おほゆさらにこよひはふようなりいみしくかたしけなきこと〻いはせたり　（七二ウ・8―七三オ・5）

問題の箇所は「右近は《カ》」のところで、傍記の異文「カ」は訂正印がないため、単なる異本参照の意とも解されるが、諸注釈書すべて「右近が」の本文を立てるのは、あるいは池田本を底本にした『校異源氏物語』にも異文を掲げず、かつまた『源氏物語大成』校異篇に付載された明融本による「補正」一覧にも見落とされているためかとも解されるが、原本の様態すら紹介されずに済まされている事実は無視できない。ひとまず前掲の古典叢書本で校訂された本文を左に示そう。

葦垣《あしがき》の方《かた》を見るに、例《れい》ならず、「あれは誰《た》そ」といふ声々いざとげなり。立《た》ち退《の》きて、心知《し》りの男《をのこ》を入《い》れたれば、それをさへ問ふ。右近が従者《ずさ》の名を呼びてあひたり。いとわづらはしく、いとどおぼゆ。「さらに、今宵《こよひ》は不用なり。いみじくかたじけなきこと」と言はせたり。

「右近が従者」の頭注に「右近の召使」とあり、「が」を所有所属を表す格助詞と解している。この理解に従えば、「従者の名を呼びてあひたり」の主語は、その前の「心知りの男」となり、その「男」が「右近の従者」に会ったことになろう。従ってその下の「いとわづらはしく、いとどおぼゆ」もまた、その主語は「男」となり、かろうじて右近の召使を指名して会ったものの、困惑はいよいよつのったという描きかたとして理解されるのである。そのあたり玉上琢彌氏『源氏物語評釈』第十二巻の「鑑賞」欄は微に入り細を穿つ。

匂宮がはじめて、宇治に忍んだとき、「内記、案内よく知れるかの殿の人に、問ひ聞きたりければ、とのゐ人ある方には寄らで、葦垣しこめたる西面を、やをら少しこぼちて入りぬ」(三七行)。以後も、同じ垣をくぐったらしい。

そのかよひ路も、今夜は固められている。「あれは、たそ」。「たれだ」、歩哨線の誰何《すいか》である。いつもは寝ている夜番が、である。

それで、斥候を派遣した。先方と関係を持っている男、邸の下男か下女かと仲のよい男を出したのだが、顔では入れてくれない。用むきを言え、という。「京よりとみの御文あるなり」と言えば、母君からの使者と理解するはずである。そう言ってもおかしくない男なのだ。

その証拠として、「右近が従者の名を呼びて」、そこまで知っているなら、本物だろう、と、呼び出してくれた。「わづらはしく」という語が二度くり返される。その男の、困った顔が見えるような。

従者は右近に伝える。右近は出ても来ない。今夜はだめ。申し訳ございません。という返事が来ただけである。

右の鑑賞は、傍記の異文「カ」を採用した限りにおいて間然する所がないと言えるだろう。しかし、本行の「は」を採ってみると、この解釈では成り立たなくなる。「右近は」は当然、それ以前の文の意を承けて訪ねてきた男に対して「は」を用いたことになるから、右近が主格に立って相手の男、すなわち匂宮の従者の名を呼んで確かめ「あひたり」という文脈になる。前の文に「心知りの男」とあったから、名を確かめることで面会を許したのだ。しかし、これまではそんな手続きは無用、「心知り」なればこそ出入りも自由だったのに、という思いが「いとわづらはしく、いとどおぼゆ」という理解を導く。それに対する右近の拒絶の返事を「言はせたり」というのは、むろんその男を通して匂宮方に、具体的にはすぐあとに出てくる大夫(時方)に伝えさせたということになろう。

訂正印のない異文表記は、文脈上または語法的に難なく一方を採択できる場合が多い。しかし、この例のように両様の理解が成り立つ場合は、一度は通説にない解釈の可能性をさぐる必要があるのではないか。ことに訂正印のない異文表記は、一方に訂正印または補入印のある異文表記と対照して慎重に吟味しなければならない。それが明融本「浮舟」巻を支えてきた書写者、校訂者の心意に寄り添う理解となるだろう。もしかすると、ここに訂正印を施さなかったのも、単なる異文参照ではなく、両様に読める可能性を次世代に託した心遣いだったかも知れないのである。

しかし、注釈という作業は、そうした許容を認めぬ歴史を一方に築きつつ発展してきたこともまた事実である。が、それは読みの歴史の一面でもあったという事実を、実際に写本を手にすることがなくなった近代、もっぱら活字本を通して一方的に裁断された理解を前提に古典が論じられているとするならば、改めて考え直してみなければならないだろう。

なお、本巻の書写の特徴として、一面八行書きから十二行書きの様態が混在し、そこに一定の方式を認めがたい点、また行末がつまって二行書きになる部分が散在することなどが指摘されるが、それが何に由来するのか不明ながら、書写したもとの本、すなわち書き本の書式に従ったためではないかと想像される。つまり書き本が定家本とする推測が正しければ、その書式に従ったということである。それ以上は臆測になるが、同一筆者の自由闊達な書法と見るか、はたまた協同書写者の裁量によると見るか、意見は分れようが、いわゆる定家自筆本に対する見解も近年は後者の判断に従う傾向にあることは否定できない。『明月記』にも記録された「家中小女等」(嘉禄元年二月十六日条)の存在を、定家工房なる俗称に譬えてよいかどうかは議論の余地もあるが、さまざまな可能性を探ることは、書写伝来の実態を表記の面から考察する重要な視点であろう。古典受容の内実がその面からも解けてくれば、文化史の盲点を衝く視座も拓けてくる。

さて、明融本「浮舟」巻を注釈書本文に反映させた最初の例は、日本古典全書『源氏物語』(池田亀鑑校注、第七巻)であった。このことをめぐって石田穣二氏(「明融本浮舟の本文について」『東洋大学紀要』第十四集、昭和35年5月、のち『源氏物語論集』所収、昭和46年刊)は、「池田博士の校訂された日本古典全書源氏物語七の浮舟の巻の本文は、細部にわたつて極めて忠実に明融本を底本として校訂されたと考ふべき節がある。明融本の本文の姿を読み易い形でうかがふべき現在唯一の物かと思ふ。ただし私見とややくひ違ふ部分もあるので、その校訂と明融本の本文と違ふ部分を、次に列挙することによつて、明融本の本文紹介にかへたいと思ふ」と述べ、以下に四十六項目を古典全書の頁数、行数で示し、上に校訂本文、下に明融本を対照させ、様態の注記のほか必要に応じて諸本の異同にわたる考察も加えている。全書本が稀覯本に属した現在、一般には利用しにくいが、当時にあっては殆ど唯一のといってもよい権威あるテキストであったから、有効な手段であったと思う。

例えば、補入の場合。

一四・2　御本性—御ナシ。御は明融本。後筆補入。古典全書の校訂は、明融本に後筆で書き入れられた補訂の跡をかなりの程度において採られた形跡がある。諸本の対立は、明池横平—榊肖三吉(御アリ)

様態は右の通りだが、前に様態表の備考欄に記したように、補入印を付しての補入も認めず、全書本に採用された「御」を「御ナシ」とし、「諸本の対立」では「池横平」と同じ「御」のないグループに所属させている。つまりここでは「御」のない本文を明融本と認定し、これは後年、石田氏らの校定された『新潮日本古典集成』本でも同様の扱いになっている。ところが、

二〇・8　たよりあるを。「ある」は明融本後筆補入。肖柏本「たよりを」。

の例も、「ある」は後筆補入で、その点前記の例と同様、補入印を付しての補入だが、「あるナシ」としないのは「ある」のない本は肖柏本のみという判断によるためだろうか。集成本でも「ある」を入れた本文を立てている。つまり本文の様態は前記の場合と同様であるにも拘らず、一方は補入を認めず他方は認める、という異なる扱いになっているのである。

一八・4　おぼえなきを―をナシ。明融本の独自異文。諸本の支持がない。

右の例の場合、明融本を採択するテキストはすべて他本によって「おぼえなきを」と改訂するが、集成本は不思議にも底本のままを採り「心当りがないので」と傍注を施している。本書ではむろん底本のままだが、「なき」は「なしと」の意として「心当りがない、と」と訳した。石田氏の判断は右のように必ずしも画一的ではなく、文意をより正しく判断しようとする立場にあることは、掲示された例文の説明のなかにしばしば「文意からも……の本文を正しとする」やこれに類する表現が用いられていることからも理解されよう。

しかし、この注釈態度は底本に明融本を採択する必然性を失いはしまいか。勿論、本文を伝写する歴史は、その背後に幅広い本文読解の支えがあり、前節の明融本の本文整定の営みは、その真摯なありかたを一瞥する恰好の例といえそうだが、そうであればあるほど、ある伝本に固有の読みの歴史は、他の時代の異なる思惟観念や方法によって相対化できない独自性をもつものとして存在していると言えるだろう。それは一伝本の中にさまざまな補訂の跡を残している事実と矛盾するものではなく、たとえ補訂が加えられていない一筆書きの伝本でも、他本との比較で明らかになる異同を相対的に抱える本文としての独自性をもっているのである。となれば、ある固有の伝本をいま現在読むという行為は、その固有性を結果において凝縮した本文読解の成果として読むことを意味する。その観点から、石田論

新日本古典文学大系 23
源氏物語 五

1997年 3月21日 第1刷発行
2011年 2月7日 第5刷発行
2015年 8月11日 オンデマンド版発行

校注者 柳《やな》井《い》 滋《しげし》 室伏信助《むろふししんすけ》 大朝雄二《おおあさゆうじ》
鈴木日出男《すずきひでお》 藤井貞和《ふじいさだかず》 今西祐一郎《いまにしゆういちろう》

発行者 岡本 厚

発行所 株式会社 岩波書店
〒101-8002 東京都千代田区一ツ橋 2-5-5
電話案内 03-5210-4000
http://www.iwanami.co.jp/

印刷／製本・法令印刷

ISBN 978-4-00-730255-8 Printed in Japan

文において最も詳細に明融本の本文批判を試みた部分を採り上げ、明融本を読むという行為の意味するものを考えてみたいと思う。

五

三一・7　「すこしも身のことを思ひはばからむ人の、かかるありきは思ひ立ちなむや。」と校訂されてゐる。「思ひはばからむ」の部分、明融本は「おもはゝからむ」と本行にあり、「も」と「は」の間に後筆で「ひ」と傍書し、かつ、「か」と「ら」の間に躍り字「ゝ」の削去された形跡がある。すなはち、手の加へられる前の、もとの形は「おもはゞ、かゝらむ人の」と読め、手の加へられた形は古典全書の校訂のように読める。明融本自体に誤字、誤脱はあるから、後筆かならずしも、採りがたいとは言へない。諸本は、「おもひはゝからん」池榊三吉、「おもはゝからん」横、「はゝからむ」平、「思はゝかゝらん」肖、といふ状況で明融本のもとの墨跡を支持するのは肖柏本である。河内本、別本も「おもひはゝからむ」の本文であるが、中に、各々一本づつ、「おもはゝかゝらむ」の本文を有する本がある。以上、他本とくらべた結果、決定的なことは言へないが、「おもはゝかゝらむ」の本文はかならずしも捨て難いといふ印象が私にある。意味を取る上から言へば、私は、匂宮が自分の「身のことを思ひはばかる」といふのは、どういふことなのか、解を下すに苦しむ。「身のことを思ふ」といふのならわかる。「かゝらむ人」とは、自分のやうな身分の人、といふ意味である。古典全書の校訂としては無難であることに異論はないが、私なら冒険をして見たいところである。

このあたり、石田氏の面目躍如とした行文である。ことに明融本で削去されたもとの字形を復元して読むという方法は、場合によっては、手を加えなかった元の形こそ、明融本本来のすがたと考える一つの立場であろう。大島本についても、そういう主張をもつ研究者もいる。しかし、石田氏の場合は、前述したようにすべて画一的ではないところに大きな特色があるように思う。作品を微細な表記の異同を考え考え読む愉しみ、文学を味わう醍醐味がじかに伝わってくるような。石田氏がその思いを現実に本文化して見せたのが集成本の表記である。

この場面、非常手段を用いて匂宮が浮舟と契ったことは、翌朝、右近に思いも寄らない衝撃を与えたが、気を取り直して抗弁する右近に対して、匂宮が反発を覚えて述べた言葉を、少し前後を補って集成本の本文で記そう。

われは、月ごろ思ひつるに、ほれ果てにければ、人のもどかむも知られず、ひたぶるに思ひなりにたり。すこしも身のことを思はば、かからむ人の、かかるありきは思ひ立ちなむや。御返りには、今日は物忌など言へかし。人に知らるまじきことを、誰がためにも思へかし。異事はかひなし。

問題の箇所を傍訳で示すと、「少しでもわが身のことを考えるならば、私ほどの身分の者が、こんな危ない遠出など思いついたりしようか」となる。なるほど、こういう解釈が成り立つ本文整定も可能な、削去された本文を本来抱えた伝本であったか、という興味をそそられた。しかし、その前提に、現存の形に整定された明融本の読みが誤解を含むとしたら、それはやはり問題とせねばなるまい。前記の論のなかで「身のことを思ひはばかる」の主語を匂宮と見て理解に苦しむとあるが、原本には「思ひはばからむ人の」とあり、古典全書本では頭注に「自分のことを大切に思いあれこれ気配りする者が」とあって、この訳ではむしろ自分以外の者を想定した物言いと見た方が当っていよう。「はばからむ」の「む」は仮想の用法だろうから、例えば自分と対照的な性格の薫などを想定してあてこすっているとも見られ、その方が的確だと思われる。本書の注では「保身の術にたけた人が」と一般性をもたせた解釈を施したが、薫を言い含めたとしたらかなりきびしい批判、皮肉な言い方になろう。とするならば、明融本の整定はそれ自身、見事な読みを示した本文と考えられないだろうか。本書の本文がこの巻に関しては、明融本の整定された本文表記を優先して、あるべき読みの復元を試みようとしたが、その方法はその他の巻をすべて整定された大島本で読む方法と何ら矛盾はしないのである。

石田氏の論考は、本文の様態を通して『源氏物語』を読解する意義をあらためて考えさせる上で、きわめて有効な視座を与えてくれた。石田氏はさらに本文批判を通して「青表紙本内部の問題」を採り上げ、青表紙本の内部に「少なくとも明融本を中心とする本文系統に対しては別系と認むべき」本文が存在することを述べ、「一歩を進めれば、青表紙原本に対して別系と考へることができるし、更に一歩を進めれば、いはゆる青表紙本系統の中に分類される本の中には、定家の校訂の手を経なかつた本もあるのではないか、とも考え得る。この最後の考え方は最も魅力的であるが、今のところ、少くとも浮舟の巻の八本だけの調査だけからは、何とも言へない」と述べた。

この推定を踏まえて、さらに具体的かつ計量的に明融本「浮舟」巻の特性を評定したのが、吉岡曠氏であった。

六

吉岡氏の本文批判論(3)は、部分的な徴証を積み重ねて、総合的な視座を得る帰納法と総評することができるかも知れない。しかし、究極的には氏独自の美意識が計量的帰納法を凌駕して存在することもまた事実である。そのことを端的に表明した評言を示そう。

青表紙本というのは定家自筆本に発する諸本の謂だから、定家自筆本に近いか遠いかを諸本の良否を判定する尺度にすることは当然の常識といってよいだろう。

右にいう「定家自筆本に近いか遠いか」は具体的には異文の多寡が決定する計量的事実であり、氏の方法は活字本を主たる資料にしたとはいえ、その限りでは見事に徹底したものであるが、それが「諸本の良否を判定する尺度」になるというところに氏独自の美意識を感ぜざるを得ない。吉岡氏はその立場から、近年「この常識に水をさすような異論が提出されはじめた」として、前記の石田論文の趣旨を踏まえ、さらに定家本内部の対立を論ずる阿部秋生・片桐洋一・池田利夫の諸氏の論考に触れる。そして「右四氏の所説は、青表紙本内部での本文対立が書写過程で生じうる誤写の範囲を超えた異同であるという認識、その対立の由来を問う姿勢、定家自筆本系統の本文価値を相対化する結論という三点で軌を一にしている」と論じ、青表紙本内部の本文対立状況の正確な把捉を提唱した。以下、「定家自筆本ないしは明融本の存在する十帖の検討を通して」、主に異文数の計量的処理を丹念に試みながら、帖ごとに定家自筆本系と対立するオリジナルな別系本文を識別しようとした。

「浮舟」巻の考察もその一連のなかの一篇だが、『校異源氏物語』に採択された六本、池田本(底本)・横山本・榊原家本・平瀬本・肖柏本・三条西家本を明融本と比較して、同文・異文の異なり語数を次の一覧表に示した。

	平	肖	横	三	池	榊
明融本と同文	207	203	166	129	66	50
明融本と異文	48	52	89	126	189	205

この結果から、「明・平・肖グループと池・榊グループが大きく対立し、中間に横山本と三条西家本とが位置する」とする結論を導いている。また個々の伝本の特色を具体的に本文異同を通して、他系統本との関わりや定家自筆本系を中心としてその純度や合成度を論じている。そうした視点に立った研究としてきわめて特色あるものといえよう。

しかし、吉岡氏の論の根柢には、先にも述べたように『源氏物語』の本文——正確には表現といった方が的確だが——に対する氏独自の美意識があり、それが定家自筆本を根源とする後世のいわゆる青表紙本のあるべきすがたに絞られていく過程こそ、氏の本文研究の精髄ともいえる特色なのである。吉岡氏の『源氏物語の本文批判』は、その意味で氏の本文批判論を結集した快著である。が、筆者は新大系の『源氏物語 一』の解説やこの解説その他の論考(4)で表明したように、例えば定家自筆本に発する青表紙本を固定的に捉える方向に結論を見いだす考えはなく、読みという行為はつねに転化発展していくという捉え方をしているので、第一巻の解説にも吉岡氏の論考に触れなかった。もし言及するとなれば、その根幹に触れてテキストをどう読むかで論じ合わなければならず、その重要性を考慮すれば限られた紙幅では十分言及できる余裕はなかったのである。

今回、たまたま明融本「浮舟」巻の解説に当って吉岡氏の研究に触れ得たのは、明融本の本文状況が同系統とされる六本との比較において、いかに異なる様相を呈していたかを、異なり語数の比較という一面に限ったとはいえ顕著な事実としてやはり認めなければならなかったからである。問題はその事実をどう読むかの一点にかかっている。その点に関しては遺憾ながら、吉岡氏の該論の結語が「二系統ないしは三系統のオリジナルな本文対立が認められた」、そして「定家自筆本系と対立するオリジナルな別本本文」を識別しえたというところにとどまり、その事実から次に何が見えてくるかについては必ずしも明らかでないのである。あえて大胆な私見を述べれば、かくも異なる本文状況を青表紙本という枠内にとり押さえる不自然さは異常だということであり、そのことは当然のことながらそうした枠を設けて異文の取捨を行わなかった書写者のテキストを読む原点に立ち還ることを示唆しているということでもある。その点、野村精一氏(5)がいみじくも喝破したように、「写本と写本とのあいだにむやみに線を引かないことだ。つまり、系統をたてるのをやめよう、というのだ。なぜなら、前記書き入れや抹消削訂などのさまざまな様態とは、じつは一つの写本は単純に一つの写本の本文だけを書き写したとばかりは、いえないからだ。ある「本」が、というより、その「本」の写し手が接触した「本」は、いつも一本である、とは限るまい。線を引いたら、おそらく何重にもなってしまうだろう。それを別の言い方をすれば、下手に系統をたてて原本ないし原型などを、むやみに想定して、これを他人に強制したり、またはさせられたりしないことだ。かの写本たちの世界というものは、どだいそんなに単純でわかりやすいものではありえない。この世界のできごとをそう単純化できるということは、おそらく写本を具体的にあつかったことのない人のすることである」。

野村氏一流の辛口の論評とはいえ、筆者にとっても頂門の一針というべきである。新日本古典文学大系の『源氏物語』が大島本を一貫して採択したのも、言ってみれば、この一本に凝縮した古人の篤い思いを、簡単に他本に置き換えることができなかったということに発しているといったら当っていようか。その方法は、唯一、明融本を底本とした「浮舟」巻でも同じ立場で臨むことを容易にした。個々の本文の読解は二、三の例にとどまったとはいえ、一本を通して見つめた彼方に、これまでにない豊かな読みが見えてきた事実は、これを否定できないのである。

（注）

（1）池田亀鑑『源氏物語大成　資料篇』（昭和31年、中央公論社）、七三頁。

（2）同右、六六頁。

（3）吉岡曠『源氏物語の本文批判』（平成6年、笠間書院）。

（4）拙稿「わが身のかくいたづらに沈めるだにあるを――源氏物語の表現機構――」（「むらさき」第27輯、平成2年11月、のち『王朝物語史の研究』所収、平成7年、角川書店）、同「人なくてつれづれなれば――源氏物語の本文と享受――」（「東京女子大学　日本文学」平成5年9月）、同「源氏物語の本文」（「国文学」平成7年2月）など。

（5）野村精一「『源氏物語』の本文史について――書誌の文明史的考察」（『「源氏物語」と平安京』所収、平成6年、おうふう）。

（付記）

明融本の調査に際しては、東海大学中央図書館のご配慮を忝くした。記して、篤く御礼申し上げる。

『源氏物語』の行方

今西祐一郎

一

いつしかと待ちおはするに、かくたど〲しくて帰り来たれば、すさまじく、中〲なりとおぼすことさまぐ〲にて、人の隠し据ゑたるにやあらむと、わが御心の、思ひ寄らぬくまなく、落としおきたまへりしならひにとぞ、本にはべめる。

という一文で、『源氏物語』五十四帖は終わった。ただし最後の「本にはべめる」については、問題が残る。従来の校注書では、この「本にはべめる」を『源氏物語』の本文ではなく、その書写者の注記と見なすのが一般であった。それは、たとえば、

もとの本にさう書いてあるの意。写した人の註記で、鎌倉時代以後古形を示す意図から屢々慣用された。（日本古典全書）

この「本に侍る」、又は「本に侍める」は、後人の書入れである。「本に侍る」の如く、地の文に「侍る」を用い

たのは、大体は鎌倉に入ってからの用例で、紫式部時代には、このように、地の文に、「侍り」は使わない。「とぞ」で終っているのが正しいのである。「とぞ」で止ったから、その後にまだあるように思って、後人が「本のまま」の如き意で、その下に書き続けたのであろう。
(日本古典文学大系)

本を書写した人が、「底本にこうあります」と写本の末尾に加えたもので、鎌倉期以後のものといわれる。
(日本古典文学全集)

のように説明されてきた。

それに対して、「本にはべめる」を、形は後人の注記であるが、それを装い利用した『源氏物語』本来のものと解する立場がある。

と、もとの本にあるようです。写本の筆者が、原本にはこうあった、とする注記であるが、物語の大尾を示す常套句であったと考えられる。『宇津保物語』の大尾「楼の上の下」も、「となむ本にこそはべるめれ」と結ばれている。
(新潮日本古典集成)

この解釈は、近時、大野晋・丸谷才一『光る源氏の物語』[1]、ついで丸谷才一『恋と女の日本文学』[2]において、より積極的に主張されるにいたった。前者で大野氏は、

……私は、今日の青表紙本系統の古写本がそろって「本にはべめる」とあり、河内本にもそうなっている本があるということから、やはり本文批判の建前として、「本にはべめる」とあったと見るべきで、それを「鎌倉時代のあとに書き加えたんだ」と解釈するほうがむしろ独断的であると思うんです。

と述べ、後者で丸谷氏は、

小説の作法から言へばこれははなはだ重大なことで、これによつて『源氏』は、もとの物語を誰かが祖述して語つたものといふややこしい構造の物語になつた。形式がぐんと複雑になつたのである。

と言う。

つまり、丸谷氏の言に引きつけて言うなら、「本にはべめる」の「本」とは、手近な例でいえば芥川龍之介『奉教人の死』、『きりしとほろ上人伝』における「れげんだ・おうれあ」や、円地文子『なまみこ物語』における「生神子物語」に相当するものだということである。

たしかに「本にはべめる」には、丸谷氏のように考えたくなる思わせぶりな魅力が潜んでいる。そのせいか、その点については古来の注釈書も敏感な反応を示していた。

本にはべめる　紫式部此一部我身のかきたるといふをしらせじとて、夢やなにやのやうにかきて、さて本にかやうの事あるといへる心也。かやうにしてゆく末をかゝざる見はてぬ夢のさま、甚深微妙の趣向と見えたり。（細流抄）

本に侍めるは、例の記者のわがかゝぬよしの詞也。（一葉抄）

本にはべる　例の式部が、別の本にて見たるやうに書り。一部のいづれの巻にても、皆この心づかひにかきなせり。本にはべめると云詞なき本有之……。（万水一露）

しかし「本にはべめる」をこのような「甚深微妙の趣向」として読もうとする者にとっては、一つやっかいなことがあった。それは『万水一露』が正直に述べているように、『源氏物語』の伝本には「本にはべめると云詞なき本」もあったということである。いや、「あった」だけではなく、現存の古写本にもげんにある。

歌学においてそうであったと同様に、源氏学でも中世、とくに室町時代も後半は藤原定家の校訂を経たいわゆる定家本が優勢を誇り、流布本の地位を獲得する。その定家本の『源氏物語』を世に「青表紙本」と称するが、今問題の「本にはべめる」の一句を有するのは、その定家本系統で古写の『源氏物語』である。(3) このことは『源氏物語大成』校異篇で容易に知ることができる。と同時に、「青表紙本」とは別系統の「河内本」にはおおむね「本にはべめる」がないこと、すなわち「河内本」の夢浮橋巻は「……とぞ」で終わっているということも、『大成』校異篇から知ることができるのである。

事実、尾張徳川家旧蔵本、東山御文庫蔵各筆源氏、吉田幸一氏蔵伏見天皇本など、由緒ある鎌倉、南北朝期古写の河内本系夢浮橋巻には「本にはべめる」はない。

とすると、「本にはべめる」が『源氏物語』擱筆時の、「甚深微妙の趣向」を有する作者の言であるとは、ただちにはいえなくなる。『源氏物語』の作者は「……落としおきたまへりしならひにとぞ」で筆を擱いたという可能性も否定できないからである

しかしこの問題を考えるにあたっては、すでに「新潮日本古典集成」が指摘しているように、『源氏物語』に先立つ長編、『うつほ物語』の最終巻「楼の上の下」末尾にも、『源氏物語』夢浮橋巻の「本にはべめる」と同様の文章が見出されるということを見逃してはならない。それは次のような一節である。

次の巻に女大饗の有様、大法会のことはあめりき。季英の弁の、娘に琴教へ給ふ事などの、これ一つにては多か

めれば、中より分けたるなめり、となむ本にこそ侍るめれ。

角川文庫版の脚注で原田芳起氏は、まず「……中より分けたるなめり」までにつき、以下は草子地。次の巻があったのではなく、それらの事を暗示して、物語の余情としたのであり、「あめりき」や、「中より分けたるなめり」も草子地的虚構で、実説めかしたものであろう。とすると、長篇構成の手法の一部をなし、長篇完成時には既にこの草子地はあったのであろう。

と推測し、ついで「となむ本にこそ侍るめれ」について、

これも草子地の虚構、擬態であろう。

と述べた。(4)もし原田氏の説くとおりであるとすれば、架空の「本」を匂わせて物語を閉じるという「甚深微妙の趣向」は、『源氏物語』以前に、すでにあった技法だということになろう。そして『源氏物語』夢浮橋巻末もその技法を踏襲した可能性は多分にある。

二

「本にはべめる」の解釈もさることながら、夢浮橋巻の末尾に関しては、近代に入って新たな問題が提起される。すなわちその末尾が、作者によって意図された五十四帖有終の大尾であるのか、それともやむをえざる作者無念の中断であったのか、という問題で、それは明治三十八年、藤岡作太郎『国文学全史　平安朝篇』(5)において提出され、しかし今なお決着を見ない争点である。

藤岡作太郎は、「終らざるが如くしてしかも終りぬ」の感ある夢浮橋巻の結末に、

源氏薨じて説話は大段落を告げたるにも拘わらず、著者はなお倦まずして続編を綴れり、この勇猛心を以て、如何ぞ更に段落なきところに筆を止むべきや。こはなおその後を書き続くべき意ありしならんが、事故ありて果さず、または病歿して成らざりしものならん。

と、その中断の可能性を想定する一方、他方では、

夢浮橋の名は既に転蓬萍流の世態を示せり、運のさだめなきぞ世のさだめ、悲しきことも悲しきことのみにあらず、めでたきこともめでたきに終らず、宇津保、落窪の如き結末は、人生を写さんとする著者の眼には余りに稚し。さらばなお委曲に波瀾蕩揺の様を写し往かんには、更に同じことを繰り返さざるべからず。かくしてさだめなきにさだめ、将来の運命如何を想うて読者をして伎癢の感に堪えざらしむるところ、即ち紫式部が苦心惨澹の跡を見るべきにあらずや。

と、夢浮橋巻の作者苦心の大尾に思いを馳せる。

このうち、後者は、「ゆく末をかゝざる見はてぬ夢のさま」に「甚深微妙の趣向」を感得しようという『細流抄』以来の伝統に沿った見方といえるであろう。

対して前者は、大胆な提言である。それは尾上八郎を経て、昭和十六年に発表された玉上琢彌「源語成立攷」(6)に承け継がれた。玉上氏の「成立攷」は、『源氏物語』が書かれた当時の「物語」というもののありかた、享受のされかたに、あたうかぎり遡って、今日に残された五十四帖という形態の意味を探る労作であった。

玉上氏は、『源氏物語』以後の物語の結末の形や物語評論『無名草子』に夢浮橋巻の末尾についての一言の評もな

いことなどを援用しながら、夢浮橋の結末に「当時の読者は決して感嘆はしなかった、むしろ物足りなさを感じた」であろうこと、さらに「夢浮橋」という巻名に関しても、「その意味がはっきりせず、この名をこの帖につける理由もわからず、『源氏物語』一部に通じ得る名だとも考えられて来たところから、作者以外の人、読者が、全体に対する自己の感じをも含めてつけた帖名」であろうという推測を示して、「夢浮橋のとだえ」を強く示唆した。

今日、この問題が正面切って取り上げられることはめったにないが、「夢浮橋のとだえ」、つまり中断を考えるということは、夢浮橋巻のあるべき結末を念頭に置くことと表裏一体である。とすれば、そのあるべき結末とは、いったいどのようなものなのか。『源氏物語』の前後の作品に照らせば、それは幸福な結末ということになるのかもしれない。しかしさきに引いた藤岡作太郎の言「運のさだめなきぞ世のさだめ、悲しきことも悲しきことのみにあらず、めでたきこともめでたきに終らず、宇津保、落窪の如き結末は、人生を写さんとする著者の眼には余りに稚し」に思いを致せば、そのような結末を夢浮橋巻のあとに想定する意味も興味も半減しようというものである(ほかならぬこの点が夢浮橋完結説の拠り所でもあった)。

けれどもこの際留意すべきは、『源氏物語』とは、ある巻でめでたしめでたしとなったからといって、あるいは主人公や女主人公が姿を消したからといって、語ることを止めるという単純な物語ではなかった、ということである。光源氏を取り巻くすべてがうまくおさまったかに見えた藤裏葉巻の直後からは、延々と続く若菜上巻が始まり、そして紫上が死に、源氏の出家が暗示されたあとには、次の世代の物語が抜かり無く用意されていたではないか。

とするなら、夢浮橋巻がもっと長く、その終わりがいかにも浮舟・薫の物語の大尾にふさわしく書かれていたとしても、それは必ずしも『源氏物語』の終結を意味するとはかぎらないのではあるまいか。

かりに現行の形ではない、あるべき形で夢浮橋巻は終わった、つまり浮舟・薫の物語は一件落着した、としよう。しかし作者はそのあとで全く別の人物を登場させて物語を継続させる権利を失ったわけではない。このことは宇治十帖の発端橋姫巻における八宮の登場の仕方を思い出せば、容易に納得できるはずである。また読者(この中には作者に命令できる人物も含まれるであろう)も同じ事を作者に望んで悪いという事はないのである。

夢浮橋巻はもう少し区切りのいいところまで書き進められるはずだったのかも知れない、というのが夢浮橋中断説、いや現行のままで大尾なのだというのが完結説。しかし、前者の場合はいうまでもないことであるが、後者の場合でも、それをもって『源氏物語』が終わったということの根拠にすることはできない。

このような観点に立つとき、延々十八年を越えて現在なお全百巻という途方もない目標に向かって書き続ける物語作家の次のような言葉が思い出される。

本来、物語とは「いつまでも終わりなく語りつづける」ことだけを主張してしかるべきものであり、そしてそれこそが近代小説が物語とその読者から無報酬で奪い去ってしまった正当な純朴さの権利である。

(栗本薫『グイン・サーガ』〈1〉「あとがき」[7])

三

『源氏物語』第一部　桐壺巻から藤裏葉巻まで

『源氏物語』五十四帖は、今日その構成を三部に分けて論じられるのが普通である。

第二部　若菜上巻から幻巻まで
第三部　匂宮巻から夢浮橋巻まで

世に三部構成説とよばれるこの区分は、長大な『源氏物語』の錯綜した展開に筋道を付け、物語の展開をわかりやすく跡付けるのにはまことに便利重宝な説である。しかし、いうまでもないことながら、作者はこれを指針として『源氏物語』を書いたわけでもなければ、古来の読者がこの三部構成を念頭に置いて『源氏物語』を読んできたわけでもない。千年近い『源氏物語』享受史においては、この三部構成説はまだ五十年にも満たない新説にとどまる。見方を変えれば、この三部構成説は「物語を長篇小説と同一視する物語観を典型的に示すもの」であり、「物語とは長篇小説と同様に一貫した主題を持つものであるという前提から出発して、しかも一貫した主題が見出されないために、作品を三分割して、それぞれの部分のうちに一貫した主題を探」ろうとする（大久保健治『密教占星法と源氏物語——源氏物語の見失われた構造』）立場にすぎないと評することもできる。(8)

また、加納重文氏が三部構成説の意義を認めながらも、「『源氏物語』以前の物語における結末は、おおむね、栄花の絶頂よりもそういう絶頂が確実に予見される始発期におかれていた」という物語の文法に照らし、第一部について、物語は澪標巻の予言以後、いつ終わっても終わっていけないということはないのである。というより、ここに将来の確実な栄花の実体を明らかにしたことによって、物語の閉幕は近くに予感されるといってもよいと思われさえするのである。

それ以前の物語が持つ構造に対応する意味で「物語の結末」は、藤裏葉巻がふさわしいと言えず、あえていうなら、もし源氏が太政大臣に任じた乙女巻前後において終わっていたなら、それこそふさわしい「物語の結末」と批評することができそうだ。

と述べ、さらに主人公の出家への志向という要因を加味して、「一次的な『源氏物語』の完結は、主人公の出家の観点からみるかぎり、明瞭に薄雲巻にその形跡を残している」(『源氏物語の研究』第一編第二章「物語の構成」)[9]と分析したのも、傾聴に値する。

三部構成説という首枷をはずして『源氏物語』を眺めれば、加納氏が言うような「いつ終わっても終わっていけないということはない」箇所は他にも見出せるはずである。

夢浮橋巻の結末は、その有力な一つに挙げられてよいと私は考える。その結末、

浮舟は今の姿を薫には見せられぬと思案にくれながらも堪えきれずに泣き出すが、あくまでも人違いと返事を拒み通す。小君は姉に会うことも、返事をもらうこともできずにむなしく帰京する。薫は浮舟の心をはかりかねて誰か別の男に匿まわれているのではとまで疑う。(夢浮橋巻梗概　12)

とは、常識的に考えれば、「いつ終わっても終わっていけないということはない」ということの見本のような内容ではあるまいか(実際『源氏物語』はそこで終わっているのであるが)。そしてもしそう考えることが許されるならば、夢浮橋巻は中断なのか完結しているのかということを思案することは、それほど意味のあることではない。

「いつ終わっても終わっていけないことはない」ところで終る物語とは、場合によってはもっと続けることのできる物語であり、その「終わり」は閉じられていない、いわば「開かれた終わり」である。

しかしそのような「終わり」も、「物語」という精神の営みを外から眺める者にとっては、たんなる「終わり」にしか見えないであろう。鑑賞や研究が始まるのはこの地点からである。けれどもそれらに従事するのは本来の物語読

者ではおそらくない。そのことは『源氏物語』の早い時期の熱心な読者として有名な、『更級日記』の菅原孝標女を引き合いに出すまでもないことである。

前節で言及した玉上琢彌「源語成立攷」は、夢浮橋巻の結末に「当時の読者は決して感嘆はしなかった、むしろ物足りなさを感じた」と看破した。ならば「物足りなさ」を感じた読者はどうしたのであろうか。

その手がかりになるのは、かなり時代は下ってからであるが、夢浮橋巻の続きが書かれたという事実ではあるまいか。その後、浮舟は薫と対面し周囲も浮舟に下山を勧めたものの浮舟は応じようとしない、という内容の短編『山路の露』(作者未詳、建礼門院右京大夫かともいう)である。出来映えは、それが書かれたからとて既存の五十四帖がどうなるということもない、その程度であるが、物語の終わりが物足りなければ書くという態度をまがりなりにも示した点で、それは貴重な事例である。

書くのは何も続編でなければならぬということはない。物語の結末に心満たされなかった読者は、今度は自分が新しい物語の書き手になってもいいのである。『更級日記』の奥に見える、

> よはのねざめ、みつのはまゝつ、みづからくゆる、あさくらなどは、この日記の人のつくられたるとぞ。

という、物語名を列挙した有名な一文の背後には、そのような経緯を想像することも可能であろう。

前節で引き合いに出した栗本薫『グイン・サーガ』は、著者の言によれば、アメリカの作家ロバート・E・ハワードのヒロイック・ファンタシイ『コナン・サーガ』[10]の終わりが、執筆の引き金であったという。

> ……コナン・サーガの向こうを張るなどとは云わないが、少なくともコナンに読みふけっていたときのあの魔法、黒海湾の女王ベリ……群盗の都市、魔道師スグラ・コータン、などというひびきがかもし出す眩惑的で甘美な薄

明を再び少しでもよびさますことはできぬものか、そして「どうしてこの本が終わってしまうのだろう」というあのやるせない無念を、こんどは自分が書き手になることで何とかぬぐい去ることはできぬものか、そう思って、あえてこのとんでもない大海原にそなえもなく小舟を出すことになってしまった。

（『グイン・サーガ』〈1〉「あとがき」）

この文章の「コナン・サーガ」、「コナン」を『源氏物語』に入れ換えれば、それはそのまま『山路の露』の作者や孝標女の場合にも当てはまるに違いない。もっとも『山路の露』は短編で時代も隔たり、「よはのねざめ」以下を孝標女の作品と見なすについてはその伝承の信憑性に問題が残るのが難点ではあるけれども。しかしそれら以外にも実は『源氏物語』が醸し出す「眩惑的で甘美な薄明」を再現せんとして書かれた平安朝物語の大作があった。『狭衣物語』である。

四

「狭衣こそ源氏に次《つ》ぎては世覚《よおぼ》え侍れ」（狭衣物語こそが源氏物語の次には評判作です）と『無名草子』によって評された『狭衣物語』が、『源氏物語』の大きな影響のもとで書かれた物語であることは、連歌師紹巴の手になるこの物語最初の注釈書『狭衣下紐』の言葉「此物語は源氏物語のおもかげ也」の通りである。なるほど主人公の狭衣が『源氏物語』の薫の「おもかげ」を濃厚に宿していることをはじめとして、その他の登場人物やいろいろな場面設定に『源氏物語』の「おもかげ」を読み取ることはたやすい。時にその過剰な「おもかげ」は煩わしくさえ感じられるほどで、その意味では『源氏物語』の亜流という評価も致し方ない面がある。

しかし、本当に『狭衣物語』はそれだけの、つまり無秩序な『源氏物語』の「おもかげ」の寄せ集めにすぎない物語であったのだろうか。

この点についての興味深い考察が、後藤康文「もうひとりの薫――『狭衣物語』試論」(11)に見える。氏の結論は、『狭衣物語』は単なる『源氏物語』の模倣作品ではなく、「『源氏物語』正篇の時空を継承するという形をかりて、そこに〈もうひとりの薫〉狭衣を創造活躍せしめることで、「光隠れ給ひにしのち」の物語――光源氏没後の世界――を再構築しようとした」物語であったのではないか、ということである。氏の論証のあらましは、

○巻四で、『狭衣物語』の語り手は『源氏物語』若菜上巻の六条院の蹴鞠を見た人物、つまり『源氏物語』作中の時間を生きた人物であるという設定になっている。

○にもかかわらず、本文批判の結果によれば、『狭衣物語』の主人公狭衣に酷似する薫は『狭衣物語』内に一度もその名を現さない。

○したがって『狭衣物語』は『源氏物語』正篇を承ける物語として構想された作品であり、狭衣は薫と同じ時間を生きる「もうひとりの薫」と見なしうる。

と要約できるであろう。

『狭衣物語』のすべてとはいわず、たとえその一面をでもこのように読むことができるなら、それは『狭衣物語』に新しい意味を与えるだけにとどまらない。ともすれば作品名の退屈な挙列に終始する文学史に血を通わせ、文学史が愛用する「影響」という無味乾燥な概念を「「どうしてこの本が終わってしまうのだろう」というあのやるせない

無念を、こんどは自分が書き手になることで何とかぬぐい去る」(栗本薫)という作家の営みとして生き返らせることにも、それはなるであろう。

また、『狭衣物語』のような大作でなくても、「もうひとりの薫」や「もうひとりの光源氏」を作り出すことはできた。『堤中納言物語』十篇中のいくつかの物語は、そのような作品として読み解くことが可能であり、そう読まれてこそ本来の面目を発揮する小品であったようだ。

はやく倉野憲司氏は『逢坂越えぬ権中納言』を取り上げ、

第一に、主人公は題号には権中納言となつてゐるが、本文は中納言で一貫してゐる。然るに薫は竹河の巻では四位侍従とも宰相中将とも言はれてゐるが、一面には中納言ともいはれて居り、殊に総角の巻では中納言で一貫してゐて、両者官職が一致してゐること。

第二に、主人公中納言の遊び相手に蔵人の少将があるが、薫のそれにも夕霧の息蔵人の少将があること。

第三に、主人公が和琴を「この世の事とは聞えず」弾き合せ、蔵人の少将が「声まぎれずうつくし」く伊勢の海をうたつたとあるのが、薫が和琴を「いとひゞき多く聞ゆ」る程に搔き渡し、蔵人の少将も「声いと面白うて」さき草をうたつたとあるのと類同してゐること。

第四に、中納言がかねて思つてゐる宮の所へ忍んで行つたが、宮は心強くて遂に靡かなかつたといふ最後の条が、薫が宇治の大君の峻拒にあふ条と著しく類似してゐること。

の四点を指摘、この一篇が「源語から抜け出た薫君」の物語であることを説いた(12)。

あるいは、『花桜折る少将』の題号が本来は『花桜折る中将』であるべきだという前提の上で、「この物語が『源氏物語』の光源氏の中将時代を意識しながら創り上げられている」と鷲山茂雄氏によって指摘された[13]『花桜折る少将』の一篇も、「もうひとりの光源氏」、「源語から抜け出た光源氏」の物語といってさしつかえない。

さらに『虫めづる姫君』もその一員に加えることができる。従来、「虫めづる姫君」に対して嘲笑的な「右馬助」と姫君の登場する物語として読まれてきたこの一篇は、出雲路修「右馬助のしわざにこそあめれ――〈虫めづる姫君〉考[14]――」によって、姫君に好意的な「中将」と姫君の関係を軸にする物語であることが明らかにされた。その上で、中将と右馬助の姫君垣間見の場面が、『源氏物語』若紫巻の光源氏(当時は中将)と従者惟光の垣間見の場面を下敷きにして成立した物語であり、その中将に「光源氏の転生した姿」を看取する、下鳥朝代「『虫めづる姫君』と『源氏物語』北山の垣間見[15]」の読み方に従えば、この一篇もまた、「もうひとりの」、「源語から抜け出た」光源氏の物語であったということになる。

このように近時の解読によって、『源氏物語』以降の物語はたんに『源氏物語』風の物語といった漠然とした模倣作品ではなく、『源氏物語』の続篇あるいは別伝を書こうという、いわば確信犯としての模倣作品であることが明らかにされつつあり、この種の成果は今後さらに期待できるであろう。

五

「〈大きな物語〉を共有し、そこから立ちあらわれるさまざまな〈小さな物語〉の出来不出来に作者の力量なり個性を見出すという感覚」とは、四百万部を超える空前の部数を誇ったという漫画雑誌『少年ジャンプ』に連載された漫画

『キャプテン翼』[16]をもとに、「ある時期から十代後半の少女たちが「キャプテン翼」の主要キャラクターを使ったまんがを自費出版の同人誌で書き初め、それがまたたく間に全国に広がった」現象に関連して、大塚英志『物語消費論』[17]に記された言葉である。

この言葉自体は、歌舞伎や浄瑠璃にいう「世界」と「趣向」を説明し、それが原作『キャプテン翼』と同人誌版「翼」との関係に通底相似する構造であることを指摘するために発せられたのであるが、大塚氏のいう「〈大きな物語〉を共有し」、そこから「さまざまな〈小さな物語〉」が立ちあらわれるという巧みな比喩は、歌舞伎や浄瑠璃を待つまでもなく、『源氏物語』以後の平安・鎌倉時代の物語史についても当てはまるのではないか。いうまでもなく「大きな物語」とは『源氏物語』であり、それ以後の『狭衣物語』(これはけっこう大作であるが)や『堤中納言物語』中の諸篇が「小さな物語」に相当する。

もちろん、自覚的な作劇の方法として確立された「世界」と「趣向」がそのまま平安朝物語史に通じるわけはなく、また「熱血友情物語」たる『キャプテン翼』から「翼」同人誌の描く「少年愛物語」への変貌(大塚英志『少女民俗学』[18])が、『源氏物語』から後期物語への流れに厳密な意味で対応するものでないことはもとよりである。

けれども『源氏物語』という「大きな物語」を共有し、「そこから立ちあらわれるさまざまな〈小さな物語〉の出来不出来に作者の力量なり個性を見出すという感覚」とは、『源氏物語』に遅れてきた物語作者たち、読者たちにもひとしく共有された感覚ではなかったであろうか。

想像を逞しくすれば、かつて「その奇変を好むや、殆ど乱に近づき、醜穢読むに堪えざるところ少なからず。(中略)殊に甚しきは、中納言が右大将の妻の四の君と通じ、また右大将と契るところなど、たゞ嘔吐を催おすのみ」(藤岡作太郎『国文学全史　平安朝篇』）と酷評された『とりかへばや』の物語史への登場は、「翼」同人誌における不気味な「少年愛物語」の出現を連想させないでもない。物語史の異端『とりかへばや』も、巨視的に見れば『源氏物語』という「大きな物語」を共有する「小さな物語」のひとつであったのかもしれない。

『源氏物語』が作者在世中から世評高く一条天皇の天聴にも達したことは『紫式部日記』から知られ、また平安時代の末にははやくも『源氏釈』なる注釈書まで著される古典と目されていたことも周知の事柄である。以来千年、古典として読まれ研究されてきたというのが、『源氏物語』のよく知られた表の顔であった。しかし『源氏物語』という「大きな物語」は、いったん夢浮橋巻の「（とぞ）本にはべめる」で終わった後、以後に簇出した「小さな物語」のなかに、光源氏や薫を再生させながら文学史を生きたという旺盛な別の顔も持っていたのである。

（注）

（1）中央公論社刊（一九八九年）。

（2）講談社刊（一九九六年）。

（3）ただし室町中期、三条西家の証本（実隆筆）では、本文は「……ならひにとぞ」で終わり、「本にはべめる」は異本注記として細字で記される（『日本大学蔵　源氏物語』〈八木書店刊〉による）。江戸期の版本では承応板本（絵入り板本）、湖月抄本が三条西家証本の形に同じ。大東急記念文庫蔵慶長頃刊古活字本、首書本「……とぞ本に侍める」、大東急記念文庫蔵寛永頃刊古活字本、九州大学蔵古活字本「……とぞ」に作る。

（4）ただし、日本古典全書（宮田和一郎校注）は、この箇所について「以下は一本にない。後人のさかしらでもあらう」と述べるが、近時の解釈はおおむね原田氏説に同じである(野口元大『うつほ物語の研究』(笠間書院刊))。
(5)引用は東洋文庫版(平凡社刊)による。
(6)玉上琢彌『源氏物語研究』(角川書店刊)所収。
(7)ハヤカワ文庫。一九九六年十二月までに既刊五十四冊、他に外伝九冊。
(8)河出書房新社刊(一九八一年)。
(9)望稜社刊(一九八六年)。
(10)ハヤカワ文庫。全八冊。この八冊中二冊は、原作者ロバート・E・ハワード没後の別人による改作および補作を含む。それ以外にもかなりの数にのぼる模作が書き足されているという『コナン・サーガ』の執筆、享受の形態は、以下に述べる『源氏物語』と以後の物語との関係を考える上でも、興味深いものがある。
(11)「語文研究」六十八号(平成元年十二月)。
(12)「文学」第七巻四号(昭和十四年四月)。
(13)鷲山茂雄「『花桜折る少将』新見」(『今井卓爾博士古稀記念 物語・日記文学とその周辺』所収)。
(14)「金沢大学国語国文」第九号(昭和五十八年三月)。
(15)「国語国文研究」(北海道大学)第九十四号(平成五年七月)。
(16)集英社刊ジャンプ・コミックス。全三十七巻。
(17)新曜社刊(一九八九年)。
(18)光文社刊(一九八九年)。

世界の文学として読むために

藤井貞和

一　再現と読解

〝世界へ発信する『源氏物語』〟という思いが、今日の校注作業や読解のしごとのなかでは、非常に強くしてこないことだろうか。日本語を母語とする人と、母語としない読者とが、完全に対等に出会える場所としての、新しい、読むという知的な行為を提案したいと思う。もしそういうところに今後、不足があるとなると、これからの日本文学の将来はなきにひとしくなる、特に、代表作とされる『源氏物語』が、ここに踏みとどまることを怠るなら、なさけない後退が続くかもしれない、といまを励ましたくなる。

日本語なら日本語を丁寧に使えば、その丁寧さは、たとい他の言語に翻訳されてもきっと伝わる。やさしくても、しかし考え尽くされた日本語なら、現在の文化を、現在の〝国境〟をきっと越えられる。むろん『源氏物語』そのものがそれらの〝壁〟を越えるのだ。とともに、母語をしかうまく操れない校注作業の従事者であるわれわれが、世界に散らばる読者に伝えるための言語は、とりあえず日本語の物語が、日本語として、どんな構造で、どんな思いで書かれているかを忠実に〝再現〟してみようとすることであった。『源氏物語』がそれをさせている、という思いはいつでもどこかに存在している。

母語ということについて、もう少し言いたい。『源氏物語』は十一世紀初頭において行われた日本語を基礎にして、それを母語とする一作家により、書き言葉としての枠を拡大させながら書き切られた。漢語や、漢語による詩、さらに引用としての諸外国の説話を内包しながら、それらがすべて日本語としてかみ砕かれている。われわれは、その作家ののこした作品の意識の底に、できるだけ近づいてみたかった。注釈の作業として、一字一句に下りてたずねる言語の文法的な事実や感情のくまぐまは、却って特殊であるよりは普遍的な言語との出会いであったように思われる。従来のような、校注者が母語使用者であることを無防備に粗暴に前面に立てて行われる注釈のしごとから、私どもは徹底して距離を取ろうとした。なによりもまず古典の日本語であるから、それをただちに母語のように扱うことは許されない。しかし、とあえていおう、現代日本語の母語使用者としての校注者の有利さを大いに利用したこともまた、いうまでもない。日本古典文学に親しむことばかり専攻して、それ以外の言語や文学には暗いわれわれの、ささやかな得意を捨てて冷たい〝科学的〟な解剖のような批評を企ててもしょうがない、そんなのはむしろ非科学的な態度だろう。

新しい言説的研究によって物語文を裁断することを今回は極力避けた。『源氏物語』の物語文そのものがむしろ普遍的な〝物語論(narratology)〟を提供してくれることだろう、という信念の方へ賭けることにする。むろん比較文学者や欧米文学の〝物語〟学者が『源氏物語』を読むことのうちには、方法上の比較が必ずあるのでなければならない。しかし、日本文学から発信すべき注釈の作業や、基礎的な報告において、非日本語圏からの言説研究が安易に導入されていては、日本語を非母語とする研究者や読者をとまどわせるばかりであり、避けられるべきことだろうと思う。それでは真の意味で言語の壁を越えることにならない公算が大きい。そう考えて、むしろ母語を大切にする読解の再編をこのような注釈にゆだねる。

二　読者の空間として

『源氏物語』は、それでは、どれぐらいの校注作業をほどこすなら、現代に生きられるそれとして納得できる〝源氏物語〟だといえることになるか、なかなか難問だと思う。すぐれた古典文学ならば、読者は同時代にのみいるはずがない、後代の、非在の読者へ向けてもまた書かれている。このことは口承の語り物などと同じ現象であって、後代へ伝えられることは〝文学〟自体の要求するところとしてある。文字が発明され、その表現を通してあらわされる、ということは〝古典〟を成立させる端的な要因であるはずだろう。

現代人は、右のことが言えるとするなら、非在の読者であることを引き受けて、読むことを現在へ実現する読み手になろうとする。むろん現代にかぎらないことだろう。生活一般、とりわけ文学生活を中心にして後代の人々に指針を与えるという〝教育〟効果が『源氏物語』を古典たらしめてきた一面があると信じられる。物語の作中人物の批評が盛んであったという現象はかならず、そういう古典の側面であるのにちがいない。写本や注釈書の生産はそのまま積極的な読書行為でもあったはずだ。そこまで至らぬ一般の読者が無数にそのかげに存在していたことをかいま見させる。こいつは長すぎる。むずかしい。しかし読みたい。そんな忙しい読者たちがいろんな工夫をして『源氏物語』

に取り組んできた。梗概書や源氏物語系図のたぐいの需要は現代とそう変わるものではあるまい。現代語訳や、はなはだしい場合としては劇画つまり漫画のたぐいに化けたりする現代読者向けの〝提供〟はそんな梗概書や何やの中世の読書行為にやや似ていると言えば似ている。

『源氏物語』が黙読されたか、音読されたか、という問いは児戯よりも劣る。文字は実際の音声を省略して物語内面の表現の声たちと直対するために力を尽くす。音読をせずともよい経済のために書くことが供される一方に、むろん感に堪えながら大いに音読することがあってかまわない。五月の夜、『更級日記』の作者は一人起きて『源氏物語』を「よむ」こと=音読をしていた。女君たちに読んで聞かせる、という記事は帚木巻にあるし、『源氏物語絵巻』浮舟の場面描写はあまりにもよく知られる。けれども、音を出して読むことをしなければ物語を味わえない、というように論じられるならば、それはあまりにも文字によって書くことの意義を軽視している。黙読に支えられてわれわれの『源氏物語』は今日に至っている、と弁じたい。黙読されたという証拠を出せ、などとどうか無茶を言わないでほしい。音読と黙読とのあいだに「読むこと」の差別はどこまでいっても実証し得ないことをもって〝証拠〟としたい。

玉上琢彌氏の〝物語音読論〟は戦後の『源氏物語』批評のその方面を領導した。作中世界があり、それを語り伝える古御達がおり、それの筆記編集者がおり、それを観照者に読み聞かせる女房がいて、それが現存の物語本文だと言う。氏の『物語文学』(塙書房、昭和三十五年)によれば、昔物語は、近世の演劇台本にたとえると、根本《ねほん》ぐらいのところであったのが、『源氏物語』によって上演用台本として本文にすみずみまで書きあらわすに至った、とうまい言い方をしている。けれども、氏の言う昔物語(『源氏物語』以前)というのが、どんな生産の形態であったかよく分からないうえに、女房が読んで聞かせる、というのはごく限定的な享受の形態かも知れないとすると、〝物語音読論〟は実証不能な仮説と言うほかはない。

玉上氏のもう一つの重要な仮説は、『源氏物語』が、その特徴として〝女による、女のための、女の物語〟だ、というのがある(『物語文学』の〝物語音読論〟の章を「女による女のための女の物語」と題する)。しかしながら、『源氏物語』が男の読者を排除していた証拠はないばかりか、表現に即する、というわれわれの鉄則に従うと、日本語は基本的に男女によって表現の差をほぼ持たない言語であることを無視してよいものであろうか。あるのは少女らしさ、少年らしさの言語や、侍女など、仕える人たちの言語や、年配の婦人の言語やという区別、さらには場面場面に生きられる言語の実態だろう。そういう社会言語学的な文脈の理解をぬきに、『源氏物語』から会話の一節を取り出してきて、これは男の会話か女の会話か、とたずねるのはおかしいし、また表現上の差別がない以上、そんな質問に答えることはむずかしい。もし答えることができるとしたら、文脈のなかできちんと内面の声を聞き取りながら読みふける読者でいられるかぎりにおいてだ。書かれて声をかりに失っているとしても、読書行為の参加によってその声が起動する、ということにとりたてて疑問はなかろう。

読者の参加する行為は端的に言って句読点の添加というところにある、ということにもふれておきたい。底本をはじめとして、朱やその他の色で句点ないし読点がほどこされているのが読み手による読書の行為であることは見やすい。平安時代初期にはほぼはじまった、訓点をつけるという読みの一千年の経歴の末に、現代において句読点をほどこすという行為が、いよいよ書き手の文作りに任されるに至って、それが読書の行為であるという本性を見失いつつある。しかし、一般の書き手の作文であろうと、さらには全面的に書くことを支配する近代の作家の行為であろうと、構文の継ぎ目に句読点を置く瞬間瞬間は、その作家なら作家がみずからの書き物の最初の読者になることを引き受けて、読む側に立つ、ということなのではあるまいか。

校注作業の結果、原文にはない段落が定められ、会話文は括弧によって指示され、そして句読点がほどこされて、現代人の読書に耐えられる性格の本文になっている。本文を改めたのではなく、原文のもつ本文の性格を現代において探求した結果だ、ということはその通りだとして、校注者によるこれが読書行為に帰せられることもまた言うまでもない。校注者の、いわば読書の行為を先行的に任されての、まさに原文にとってのメディア、つまり媒介者に徹して句読点その他の施行を試みてある。しかし、句読点が本来的に読者の自由領域にあるからには、この新日本古典文学大系を読まれる読者が筆を執って、新たなそれを添加あるいは削除して、より深遠の読みに到達されることは大いに望まれることとしてある。

前の日本古典文学大系の『源氏物語』の校注者、山岸徳平氏の、細微に句読点をつけてゆかれる方法は、聞くところによると漢文訓読の応用であるらしい。今回の新日本古典文学大系にあっては、反対に、むしろ句読点を惜しみ、必要な構文上の要請として、あるいは文脈に息づく緩急、呼吸のようなものを生かすために、また読み誤りを避けるなどの意図を大切にしてある。

三　物語の時間

原文から見ると、現代語訳の〝源氏物語〟は、言うまでもなく古典語そのものを消失させられている。現代語によって地の文までが支配されてしまうそれが、極端な言い方をすると、漫画よりはそれでもましだと、ほんとうに言えるかという、たちどまるぐらいの価値のある問題かと思う。

『源氏物語』が、全体は「いづれの御時《おほんとき》にか」(㈠桐壺巻の冒頭)と、過去の枠であるにもかかわらず、刻々と進む叙述の時間が〝現在〟に所属している、という端的な事情は、なんだか映画やテレビのドラマの画面の進行に似る。全体の舞台が過去という時であろうと、刻々と進む時は〝現在〟に主に所属する。そこが物語文学の非過去という時制の基本によく一致する。『源氏物語』にかぎった特徴ではなくて、日本古典語の叙事文学は刻々と進む叙述を〝現在〟で示すことが基本としてある。

明治十―二十年代の言文一致運動では、書き言葉をどう作るかという中心の問いに付随して、どう古典語の文を書くか、という課題があった。下田歌子はそれについて、「口語にて、『花は咲きた』といふ時の、たは、咲きをはりたるを、いふ語なれば、過去なり。此過去の、たといふ所は、文章法にては、たり、とも、けり、とも、き、とも、つ、とも、ぬともいふ故に、適当の語を、撰びて用ふべし」(『国文小学読本』七「例言」、明治二十年。山本正秀『近代文体発生の史的研究』岩波書店、四四七頁)と言う。「咲きをはりたる」が果たして「過去」かどうかはおいて、文語文を書くのに「たり」「けり」「き」「つ」「ぬ」を適当に選ぶようにと、現代語からは、たしかに、そのように言うほかはない。同様に未来は「ん」か「べし」かを用いて口語の「う」をあらわすことになろう。

右のことは、口語文のほうからいうと、「た」だけ、あるいは「う」だけで過去と未来とをあらわせるから、その簡便さは表現の経済だ、とする見方が容易に行われることになろう。「しやしんぶん　では、……くわこ　みらい　の　とき　を　あらはす　すけことば　が、くわこ　に　ひとつ、みらい　に　ひとつ　のみ　で、はなはだ　べんり　で　ある」(平井正俊『にほん　の　ぶんぽう』明治二十一年。同二八一頁)と言う意見が出てくる。近代主義的な文体の考えからすると、古い時間関係の語である「たり」「けり」「き」「つ」「ぬ」がたった一つになる、というのは「はなはだ　べんり」というほかはないことらしい。

桐壺巻の冒頭は、

いづれの、御時でありたらうか。女御更衣、あまたさぶらひ給うた中に、いとやんごとなき、きはではなくて、すぐれて、ときめき給ふ、人がありた。

(物集高見『言文一致』明治十九年。同二八八頁)

となる。

与謝野晶子の現代語訳を現行の角川文庫本で見よう。

(早蕨)

「日の光林藪《やぶ》しわかねばいそのかみ古《ふ》りにし里も花は咲きけり」と言われる春であったから、山荘のほとりのにおいやかになった光を見ても、宇治の中の君は、どうして自分は今まで生きていられたのであろうと、現在を夢のようにばかり思われた。

(宿木)

そのころ後宮《こうきゅう》で藤壺《ふじつぼ》と言われていたのは亡き左大臣の女《むすめ》の女御《にょご》であった。

(東屋)

源右大将は常陸守《ひたちのかみ》の養女に興味は覚えながらも、しいて筑波《つくば》の葉山繁山《しげやま》を分け入るのは軽々しいことと人の批議するのが思われ、自身でも恥ずかしい気のされる家であるために、はばかって手紙すら送りえずにいた。

(蜻蛉)

宇治の山荘では浮舟《うきふね》の姫君の姿のなくなったことに驚き、いろいろと捜し求めるのに努めたが、何のかいもなかった。

（夢浮橋）

薫《かおる》は山の延暦寺《えんりゃくじ》に着いて、常のとおりに経巻と仏像の供養を営んだ。

右に冒頭の箇所ばかり五巻ほど書き出してみた。その文末に注意して、原文にそれぞれ見ると、「…おぼえ給ふ。」（早蕨）「…おはしける。」（宿木）「…え伝へさせ給はず。」（東屋）「…もとめさわげど、かひなし。」（蜻蛉）「…供養ぜさせ給ふ。」（夢浮橋）と、ぜんぶちがっている。しかし与謝野晶子訳の『源氏物語』では「思われた。」（早蕨）「女御《にょご》であった。」（宿木）「送りえずにいた。」（東屋）「何のかいもなかった。」（蜻蛉）「営んだ。」（夢浮橋）と、すべて「た」に統一されている。

その他をさらに宿木巻に拾うと、「たり」が「た」になることはむろんのこととして、「もてなし給へり」→「おかしずきをしていた」、「負けさせ給ひぬ」→「帝はお負けになった」、「おぼしなりにたり」→「兵部卿の宮を目標として進むことに定めた」、「思ひはべりつる」→「思っておりました」、「くはしく聞き侍りにき」→「くわしく知ることができました」などとある。これを要するに、「（に）たり」「り」「けり」「（に）き」「つ」「ぬ」がぜんぶ「た」になり、さらには、それら以外の、つまり非過去の〝現在〟になっている文までがすべて「た」にきれいに所属させられる。〝はなはだ便利だ〟と平井正俊の言った近代主義的〝言文一致〟のまさに最後をここにみることができる、と言うほかはない。

四　物語の場面の臨場感

古文の〝時制〟は基本としてけっして過去ではない。

雪にはかに降り乱れ、風などはげしければ、御遊びとくやみぬ。この宮の御殿ゐ所に人〳〵まゐり給ふ。物まゐりなどしてうちやすみ給へり。大将、人に物のたまはむとて、すこし端近く出でたまへるに、雪のやう〳〵積るが星の光におぼ〳〵しきを、闇はあやなしとおぼゆる匂ひありさまにて、「衣かたしきこよひもや」とうち誦じ給へるも、はかなきことを口ずさびにのたまへるも、あやしくあはれなるけしき添へる人ざまにて、いともの深げなり。言しもこそあれ、宮は寝たるやうにて御心さわぐ。（浮舟）

薫大将が、心の奥をふと覗かせるかのような古歌を口ずさむと、匂宮は心をかきたてられずにいない。そんな男同士の事情が、ここにはいない浮舟の女君の運命を追い込んで行く。緊迫するこのような場面の描写が刻々と〝現在〟時制で進む。こんなのを歴史的現在などと説明してきた従来の読みに屈して、現代語訳としては「た」という過去に変えてしまうことが、その緊迫感をうすらがすことにならないか、なによりも原文に忠実でなくなることをわれわれの痛みとしないでよいのか、重大な反省期にいまきているかと思う。

誤解のないように言い添えれば、「御あそびとくやみぬ」の「ぬ」は管絃の演奏がもう止まってしまっていることをさし、いわゆる完了で、現在という時に対して深く影響を与えている。「ぬ」がくると、物語の場面が一つ動く気配がする。はたして匂宮の宿直所に人々が参上する、というように展開する。ここにはないが、つけ加えて叙べておくと、物語にとって重要な「けり」という助動詞は、過去から現在への時間の経過をあらわす。現在へ注ぎ込む時間を引き受けるだいじな部位に「けり」は置かれる。「ぬ」に近いように感じられるものの、「けり」には現在へ影響を与える感じよりは、過去から続けてきていまになお続いているさまをあらわすことが中心だから、物語の場面がその「けり」ごとに動くということはない。物語にとっての過去(現在との断絶)は「き」(連体形「し」、已然形「しか」)が効果的に引き受けて、それとの対比によって「けり」は一層現在へ連続してくる時間をさしあらわす。「き」も「けり」も「た」にしてしまっては、物語が微妙な時間を把握しわけて描写してきた文学らしさを削ぐことになる。

世界の古典として生きられる『源氏物語』がどう世界の言語に翻訳されるのがよいか、という問題にただちにつながることは言うまでもない。その場合、研究として苦心される翻訳はどうか、ということと、文学として伝えられるべき『源氏物語』の世界的な言語化、ということとは分けて考えるのがよいかと思う。前者には例えばシャルル・アグノエルのフランス語訳(桐壺のみ、一九五九年)があり、後者には例えばサイデンスティッカー訳の英語による『源氏物語』(一九七六年)がある。欧米語の訳文としては、文学として、どうしても過去の時制にせざるを得ないという事情があろう。それはそうだとして、日本古典語では緊迫する場面をはじめとして臨場感をもつ〝現在〟時制によって刻々と叙述が進むという物語言語の特性をつよく主張する必要があろう。